上册

中国现当代文学经典作品选讲

王泽龙　李遇春 —— 主编

王海燕　朱一帆 —— 副主编

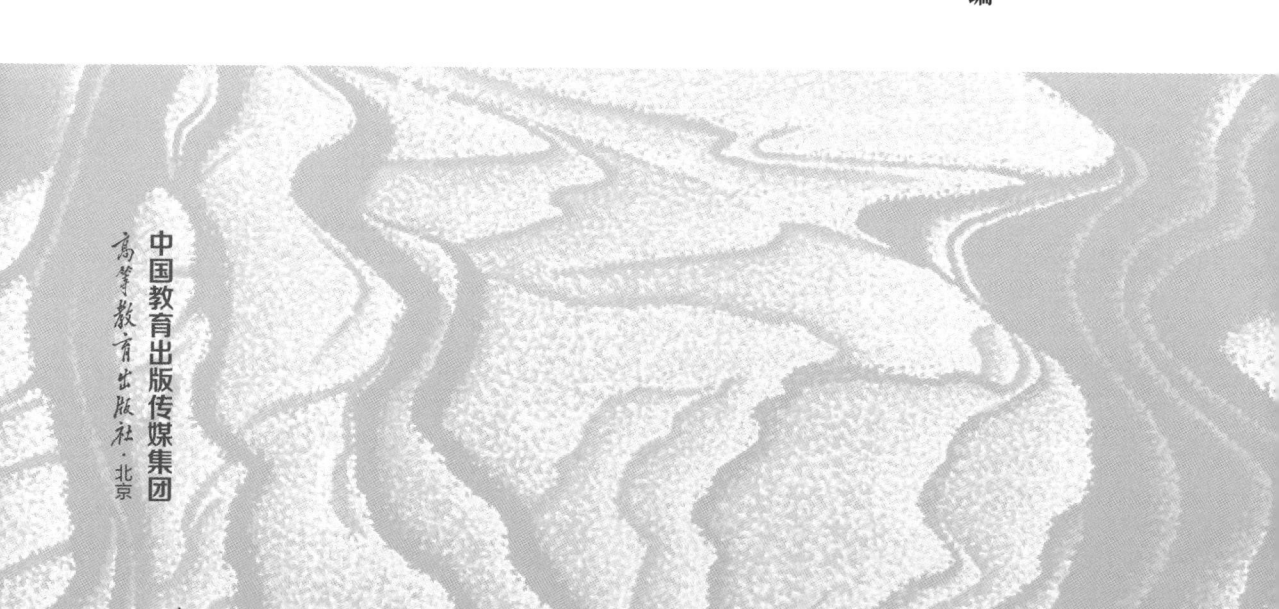

中国教育出版传媒集团
高等教育出版社·北京

内容简介

　　本套教材分上、下两册，本书为上册，主要遴选1949年以前的经典文学作品进行分析评讲。全书以小说、诗歌、散文、戏剧进行编排，由作品与讲析两部分组成，按照新世纪的文学史经典标准与学术眼光，对现代文学作品作了重新取舍，选入了不少以前被忽略的经典作品，在文学作品的讲析中有效吸收了学界近十年来新的研究成果，力争反映现代文学研究的新水平。本书通过对作品的细读分析，对文本在思想内涵、叙事风格等方面进行了深入的发掘，由此引导学生对现代文学经典作品进行全面与深层次的把握。每个选篇讲析后均附思考题、延伸阅读及参考文献，以便提示学生进一步的思考及阅读、探究。本书选篇精练、经典，讲析细致深入、层次分明，可供全国高等院校中文专业学生或新闻、艺术类学生使用。

图书在版编目（ＣＩＰ）数据

　　中国现当代文学经典作品选讲. 上册 / 王泽龙，李遇春主编. -- 北京 ：高等教育出版社，2024.1
　　ISBN 978-7-04-060081-0

　　Ⅰ. ①中… Ⅱ. ①王… ②李… Ⅲ. ①中国文学－现代文学－文学研究②中国文学－当代文学－文学研究 Ⅳ. ①I206.6

　　中国国家版本馆CIP数据核字(2023)第036927号

中国现当代文学经典作品选讲
Zhongguo xiandangdai Wenxue Jingdian Zuopin Xuanjiang

| 策划编辑　胡蔓妮 | 责任编辑　胡蔓妮 | 封面设计　裴一丹 | 版式设计　马　云 |
| 责任校对　张　然 | 责任印制　高　峰 | | |

出版发行	高等教育出版社	网　址	http://www.hep.edu.cn
社　址	北京市西城区德外大街 4 号		http://www.hep.com.cn
邮政编码	100120	网上订购	http://www.hepmall.com.cn
印　刷	固安县铭成印刷有限公司		http://www.hepmall.com
开　本	787mm×1092mm　1/16		http://www.hepmall.cn
印　张	31		
字　数	740 千字	版　次	2024 年 1 月第 1 版
购书热线	010-58581118	印　次	2024 年 1 月第 1 次印刷
咨询电话	400-810-0598	定　价	60.00 元

目录

小说

诗　歌

散　文

戏　　剧

小　说

狂人日记

鲁 迅

某君昆仲，今隐其名，皆余昔日在中学校时良友；分隔多年，消息渐阙。日前偶闻其一大病；适归故乡，迂道往访，则仅晤一人，言病者其弟也。劳君远道来视，然已早愈，赴某地候补矣。因大笑，出示日记二册，谓可见当日病状，不妨献诸旧友。持归阅一过，知所患盖"迫害狂"之类。语颇错杂无伦次，又多荒唐之言；亦不著月日，惟墨色字体不一，知非一时所书。间亦有略具联络者，今撮录一篇，以供医家研究。记中语误，一字不易；惟人名虽皆村人，不为世间所知，无关大体，然亦悉易去。至于书名，则本人愈后所题，不复改也。七年四月二日识。

一

今天晚上，很好的月光。

我不见他，已是三十多年；今天见了，精神分外爽快。才知道以前的三十多年，全是发昏；然而须十分小心。不然，那赵家的狗，何以看我两眼呢？

我怕得有理。

二

今天全没月光，我知道不妙。早上小心出门，赵贵翁的眼色便怪：似乎怕我，似乎想害我。还有七八个人，交头接耳的议论我，又怕我看见。一路上的人，都是如此。其中最凶的一个人，张着嘴，对我笑了一笑；我便从头直冷到脚跟，晓得他们布置，都已妥当了。

我可不怕，仍旧走我的路。前面一伙小孩子，也在那里议论我；眼色也同赵贵翁一样，脸色也都铁青。我想我同小孩子有什么仇，他也这样。忍不住大声说，"你告诉我！"他们可就跑了。

我想：我同赵贵翁有什么仇，同路上的人又有什么仇；只有廿年以前，把古久先生的陈年流水簿子，踹了一脚，古久先生很不高兴。赵贵翁虽然不认识他，一定也听到风声，代抱不平；约定路上的人，同我作冤对。但是小孩子呢？那时候，他们还没有出世，何以今天也睁着怪眼睛，似乎怕我，似乎想害我。这真教我怕，教我纳罕而且伤心。

我明白了。这是他们娘老子教的！

三

晚上总是睡不着。凡事须得研究，才会明白。

他们——也有给知县打枷过的，也有给绅士掌过嘴的，也有衙役占了他妻子的，也有老子娘被债主逼死的；他们那时候的脸色，全没有昨天这么怕，也没有这么凶。

最奇怪的是昨天街上的那个女人，打他儿子，嘴里说道，"老子呀！我要咬你几口才出气！"他眼睛却看着我。我出了一惊，遮掩不住；那青面獠牙的一伙人，便都哄笑起来。陈老五赶上前，硬把我拖回家中了。

拖我回家，家里的人都装作不认识我；他们的眼色，也全同别人一样。进了书房，便反扣上门，宛然是关了一只鸡鸭。这一件事，越教我猜不出底细。

前几天，狼子村的佃户来告荒，对我大哥说，他们村里的一个大恶人，给大家打死了；几个人便挖出他的心肝来，用油煎炒了吃，可以壮壮胆子。我插了一句嘴，佃户和大哥便都看我几眼。今天才晓得他们的眼光，全同外面的那伙人一模一样。

想起来，我从顶上直冷到脚跟。

他们会吃人，就未必不会吃我。

你看那女人"咬你几口"的话，和一伙青面獠牙人的笑，和前天佃户的话，明明是暗号。我看出他话中全是毒，笑中全是刀。他们的牙齿，全是白厉厉的排着，这就是吃人的家伙。

照我自己想，虽然不是恶人，自从踹了古家的簿子，可就难说了。他们似乎别有心思，我全猜不出。况且他们一翻脸，便说人是恶人。我还记得大哥教我做论，无论怎样好人，翻他几句，他便打上几个圈；原谅坏人几句，他便说"翻天妙手，与众不同"。我那里猜得到他们的心思，究竟怎样；况且是要吃的时候。

凡事总须研究，才会明白。古来时常吃人，我也还记得，可是不甚清楚。我翻开历史一查，这历史没有年代，歪歪斜斜的每叶上都写着"仁义道德"几个字。我横竖睡不着，仔细看了半夜，才从字缝里看出字来，满本都写着两个字是"吃人"！

书上写着这许多字，佃户说了这许多话，却都笑吟吟的睁着怪眼睛看我。

我也是人，他们想要吃我了！

四

早上，我静坐了一会。陈老五送进饭来，一碗菜，一碗蒸鱼；这鱼的眼睛，白而且硬，张着嘴，同那一伙想吃人的人一样。吃了几筷，滑溜溜的不知是鱼是人，便把他兜肚连肠的吐出。

我说"老五，对大哥说，我闷得慌，想到园里走走。"老五不答应，走了；停一会，可就来开了门。

我也不动，研究他们如何摆布我；知道他们一定不肯放松。果然！我大哥引了一个老头子，慢慢走来；他满眼凶光，怕我看出，只是低头向着地，从眼镜横边暗暗看我。大哥说，"今天你仿佛很好。"我说"是的。"大哥说，"今天请何先生来，给你诊一诊。"我说"可以！"其实我岂不知道这老头子是刽子手扮的！无非借了看脉这名目，揣一揣肥瘠：因这功劳，也分一片肉吃。我也不怕；虽然不吃人，胆子却比他们还壮。伸出两个拳头，看他如何下手。老头子坐着，闭了眼睛，摸了好一会，呆了好一会；便张开他鬼眼睛说，"不要乱想。静静的养几天，就好了。"

不要乱想，静静的养！养肥了，他们是自然可以多吃；我有什么好处，怎么会"好了"？他们这群人，又想吃人，又是鬼鬼祟祟，想法子遮掩，不敢直捷下手，真要令我笑死。我忍不住，便放声大笑起来，十分快活。自己晓得这笑声里面，有的是义勇和正气。

老头子和大哥,都失了色,被我这勇气正气镇压住了。

但是我有勇气,他们便越想吃我,沾光一点这勇气。老头子跨出门,走不多远,便低声对大哥说道,"赶紧吃罢!"大哥点点头。原来也有你!这一件大发见,虽似意外,也在意中:合伙吃我的人,便是我的哥哥!

吃人的是我哥哥!

我是吃人的人的兄弟!

我自己被人吃了,可仍然是吃人的人的兄弟!

五

这几天是退一步想:假使那老头子不是刽子手扮的,真是医生,也仍然是吃人的人。他们的祖师李时珍做的"本草什么"上,明明写着人肉可以煎吃;他还能说自己不吃人么?

至于我家大哥,也毫不冤枉他。他对我讲书的时候,亲口说过可以"易子而食";又一回偶然议论起一个不好的人,他便说不但该杀,还当"食肉寝皮"。我那时年纪还小,心跳了好半天。前天狼子村佃户来说吃心肝的事,他也毫不奇怪,不住的点头。可见心思是同从前一样狠。既然可以"易子而食",便什么都易得,什么人都吃得。我从前单听他讲道理,也胡涂过去;现在晓得他讲道理的时候,不但唇边还抹着人油,而且心里满装着吃人的意思。

六

黑漆漆的,不知是日是夜。赵家的狗又叫起来了。

狮子似的凶心,兔子的怯弱,狐狸的狡猾,……

七

我晓得他们的方法,直捷杀了,是不肯的,而且也不敢,怕有祸祟。所以他们大家连络,布满了罗网,逼我自戕。试看前几天街上男女的样子,和这几天我大哥的作为,便足可悟出八九分了。最好是解下腰带,挂在梁上,自己紧紧勒死;他们没有杀人的罪名,又偿了心愿,自然都欢天喜地的发出一种呜呜咽咽的笑声。否则惊吓忧愁死了,虽则略瘦,也还可以首肯几下。

他们是只会吃死肉的!——记得什么书上说,有一种东西,叫"海乙那"的,眼光和样子都很难看;时常吃死肉,连极大的骨头,都细细嚼烂,咽下肚子去,想起来也教人害怕。"海乙那"是狼的亲眷,狼是狗的本家。前天赵家的狗,看我几眼,可见他也同谋,早已接洽。老头子眼看着地,岂能瞒得我过。

最可怜的是我的大哥,他也是人,何以毫不害怕;而且合伙吃我呢?还是历来惯了,不以为非呢?还是丧了良心,明知故犯呢?

我诅咒吃人的人,先从他起头;要劝转吃人的人,也先从他下手。

八

其实这种道理,到了现在,他们也该早已懂得,……

忽然来了一个人；年纪不过二十左右，相貌是不很看得清楚，满面笑容，对了我点头，他的笑也不像真笑。我便问他，"吃人的事，对么？"他仍然笑着说，"不是荒年，怎么会吃人。"我立刻就晓得，他也是一伙，喜欢吃人的；便自勇气百倍，偏要问他。

"对么？"

"这等事问他什么。你真会……说笑话。……今天天气很好。"

天气是好，月色也很亮了。可是我要问你，"对么？"

他不以为然了。含含胡胡的答道，"不……"

"不对？他们何以竟吃？！"

"没有的事……"

"没有的事？狼子村现吃；还有书上都写着，通红斩新！"

他便变了脸，铁一般青。睁着眼说，"有许有的，这是从来如此……"

"从来如此，便对么？"

"我不同你讲这些道理；总之你不该说，你说便是你错！"

我直跳起来，张开眼，这人便不见了。全身出了一大片汗。他的年纪，比我大哥小得远，居然也是一伙；这一定是他娘老子先教的。还怕已经教给他儿子了；所以连小孩子，也都恶狠狠的看我。

九

自己想吃人，又怕被别人吃了，都用着疑心极深的眼光，面面相觑。……

去了这心思，放心做事走路吃饭睡觉，何等舒服。这只是一条门槛，一个关头。他们可是父子兄弟夫妇朋友师生仇敌和各不相识的人，都结成一伙，互相劝勉，互相牵掣，死也不肯跨过这一步。

十

大清早，去寻我大哥；他立在堂门外看天，我便走到他背后，拦住门，格外沉静，格外和气的对他说，

"大哥，我有话告诉你。"

"你说就是，"他赶紧回过脸来，点点头。

"我只有几句话，可是说不出来。大哥，大约当初野蛮的人，都吃过一点人。后来因为心思不同，有的不吃人了，一味要好，便变了人，变了真的人。有的却还吃，——也同虫子一样，有的变了鱼鸟猴子，一直变到人。有的不要好，至今还是虫子。这吃人的人比不吃人的人，何等惭愧。怕比虫子的惭愧猴子，还差得很远很远。

"易牙蒸了他儿子，给桀纣吃，还是一直从前的事。谁晓得从盘古开辟天地以后，一直吃到易牙的儿子；从易牙的儿子，一直吃到徐锡林；从徐锡林，又一直吃到狼子村捉住的人。去年城里杀了犯人，还有一个生痨病的人，用馒头蘸血舐。

"他们要吃我，你一个人，原也无法可想；然而又何必去入伙。吃人的人，什么事做不出；他们会吃我，也会吃你，一伙里面，也会自吃。但只要转一步，只要立刻改了，也就人人太平。虽然从来如此，我们今天也可以格外要好，说是不能！大哥，我相信你能说，前天佃户要减租，你说过不能。"

当初，他还只是冷笑，随后眼光便凶狠起来，一到说破他们的隐情，那就满脸都变成青色了。大门外立着一伙人，赵贵翁和他的狗，也在里面，都探头探脑的挨进来。有的是看不出面貌，似乎用布蒙着；有的是仍旧青面獠牙，抿着嘴笑。我认识他们是一伙，都是吃人的人。可是也晓得他们心思很不一样，一种是以为从来如此，应该吃的；一种是知道不该吃，可是仍然要吃，又怕别人说破他，所以听了我的话，越发气愤不过，可是抿着嘴冷笑。

这时候，大哥也忽然显出凶相，高声喝道，

"都出去！疯子有什么好看！"

这时候，我又懂得一件他们的巧妙了。他们岂但不肯改，而且早已布置；预备下一个疯子的名目罩上我。将来吃了，不但太平无事，怕还会有人见情。佃户说的大家吃了一个恶人，正是这方法。这是他们的老谱！

陈老五也气愤愤的直走进来。如何按得住我的口，我偏要对这伙人说，

"你们可以改了，从真心改起！要晓得将来容不得吃人的人，活在世上。

"你们要不改，自己也会吃尽。即使生得多，也会给真的人除灭了，同猎人打完狼子一样！——同虫子一样！"

那一伙人，都被陈老五赶走了。大哥也不知那里去了。陈老五劝我回屋子里去。屋里面全是黑沉沉的。横梁和椽子都在头上发抖；抖了一会，就大起来，堆在我身上。

万分沉重，动弹不得；他的意思是要我死。我晓得他的沉重是假的，便挣扎出来，出了一身汗。可是偏要说，

"你们立刻改了，从真心改起！你们要晓得将来是容不得吃人的人，……"

十一

太阳也不出，门也不开，日日是两顿饭。

我捏起筷子，便想起我大哥；晓得妹子死掉的缘故，也全在他。那时我妹子才五岁，可爱可怜的样子，还在眼前。母亲哭个不住，他却劝母亲不要哭；大约因为自己吃了，哭起来不免有点过意不去。如果还能过意不去，……

妹子是被大哥吃了，母亲知道没有，我可不得而知。

母亲想也知道；不过哭的时候，却并没有说明，大约也以为应当的了。记得我四五岁时，坐在堂前乘凉，大哥说爷娘生病，做儿子的须割下一片肉来，煮熟了请他吃，才算好人；母亲也没有说不行。一片吃得，整个的自然也吃得。但是那天的哭法，现在想起来，实在还教人伤心，这真是奇极的事！

十二

不能想了。

四千年来时时吃人的地方，今天才明白，我也在其中混了多年；大哥正管着家务，妹子恰恰死了，他未必不和在饭菜里，暗暗给我们吃。

我未必无意之中，不吃了我妹子的几片肉，现在也轮到我自己，……

有了四千年吃人履历的我，当初虽然不知道，现在明白，难见真的人！

十三

没有吃过人的孩子，或者还有？

救救孩子……

一九一八年四月。

（选自《鲁迅全集》第一卷，人民文学出版社 2005 年版）

中国现代白话小说的开山之作

王泽龙

关键词：现代性；狂人；象征

《狂人日记》是鲁迅经过了长期的深沉思索之后，将久久蓄积的情绪思想化作第一次火山喷发式的呐喊，它是五四时代激昂声音的象征，是一篇充满了"义勇和正气"的向封建主义大胆宣战的檄文。小说发表于 1918 年 5 月，以表现的深切和格式的特别，成为中国文学史上第一篇具有现代精神与现代文学意味的白话小说。当时有人评论说，读了以前的小说，"再读《狂人日记》时，我们就譬如从薄暗的古庙的灯明底下骤然间走到夏日的炎光里来，我们由中世纪跨进了现代"（张定璜《鲁迅先生》）。

《狂人日记》的现代性意义首先表现为作者在对历史与现实的深刻洞析中体现的一种现代理性精神。鲁迅将他在长期的对封建社会历史文化的沉思中磨锐的理性锋芒，直接刺向被仁义道德一类冠冕堂皇的假面掩盖着的封建宗法制度的内核，剥露出其凶残的"吃人"真相。小说切开历史的纵剖面，活现出旧中国是一个吃人的地方，而这种吃人的惨剧如黑暗之网，笼罩社会。从赵贵翁到大哥，从医生到路人，"自己想吃人，又怕被别人吃了，都用着疑心极深的眼光，面面相觑"。吃人的场面又是如此暴戾："易子而食"，长幼在劫，食肉寝皮，无所不施。这篇"意在暴露家族制度和礼教的弊害"的小说实乃一篇囊括数千年宗法制度吃人总罪状的檄文。鲁迅向挚友披露创作动机时说："偶阅《通鉴》，乃悟中国人尚是食人民族，因此成篇。此种发见，关系亦甚大，而知者尚寥寥也。"（《致许寿裳（1918 年 8 月 20 日）》）纵观两千年中国文学史，从来没有一部作品能如此透辟地施行对封建主义本质以这般一针见血的揭露。《红楼梦》这部堪称封建时代最伟大的杰作，极为生动地表现了封建宗法制度走向分崩离析的没落史，但究其实质，仍未超出悲金悼玉，恍叹"补天"不成的思想范畴。《狂人日记》以其热烈的憎恶拆穿"从来如此"的封建宗法教义，对封建主义的批判是一种完全体现了"醒来的人的真声音"的理性自觉，具有鲜明的现代意识。

《狂人日记》的现代精神还体现在它所表现的五四思想启蒙时期深沉的忧患意识与自审精神。在狂人的迷狂的感觉世界里，狂人发现了在这个吃人的世界中，不但有大哥、赵贵翁这样的吃人者，还从路人的谈笑、孩子们的嬉笑、妇人的斥骂中感到，无论是女人、青年、小孩，还是"给知县打枷过的"，"衙役占了他妻子的"，这些被"吃"的人们也都露着又怕又凶的吃人眼光，信奉"从来如此"的"吃人"道理，有意无意参与"吃人"，特别是青年、小孩——将来社会的希望，也竟混在其中，为阴森森的吃人的社会深深戕害，这样一个吃人者用礼教杀人的凶残严酷与被吃者的麻木不醒是一种何等可怕的民族现实！从中不难看到作者对民族命运忧愤深广的情怀。他面对这样一个世界发出了"救救孩子"的呐喊，把彻底扫荡这"人肉筵席"的使命寄托在年轻一代的身上，他在深沉忧患中仍不失理想信念。

《狂人日记》对民族历史的批判与作家自身文化心理的自省是结合为一体的。狂人在确认周围的人要合伙吃他之后，又发现大哥也参与了这一阴谋，因而在极度恐怖中又感受到极度痛苦，产生了一种极为沉重的原罪感："我是吃人的人的兄弟！我自己被人吃了，可仍然是吃人的人的兄弟！"作者一方面揭开了封建家族制度吃人的真相，又从加害者与被害者的血缘关系中揭露了吃人者加给被害者的罪恶感与耻辱。当狂人在联想之中觉得自己"未必无意之中，不吃了我妹子的几片肉"时，便由被害者的恐怖转化为加害者的恐怖，由被害者的控诉转化为加害者的深深自责，从中蕴含了体现在狂人形象中的创作主体人格对自身无情、沉痛的剖析。作者另一方面通过这些揭露和剖析昭示人们：只有充分意识到自己应承担的一份罪责，在革除自身旧的负累中才可能真正与传统彻底决裂，成为反传统的力量。在这方面它远远地超出了传统知识分子包括五四时期一般知识分子的忧患意识，伸展到了对文化心理自省的现代理性层次，显示了五四时期现代思想启蒙的高度。

《狂人日记》的现代性鲜明特征又直接表现在它与传统小说相比所具有的"格式的特别"。小说所包含的丰富深广的思想意蕴，用一般传统故事的铺陈与一般短篇小说的体式是无法表现的。它要求作者选择一种与内容相适应的高度浓缩型写法。因此作者在借鉴果戈理同名小说的形式外壳和安特莱夫作品象征主义手法的基础上，采用了一种总体象征的表现形式，兼用写实手法，大容量地展开了对封建主义的总清算。作者将一个疯子的迷狂错乱的幻觉成功地转化为对于历史和现实的控告，通过对狂人心态的描写导向对历史作高度理性的思考。

小说开头用文言文写的"识"就意味特别。它首先向读者郑重预告：小说主人公是一位"语颇错杂无伦次，又多荒唐之言"的"迫害狂"精神病患者，狂人语言错乱、记忆失误、感觉反常皆不必为怪，读者注意力不必停留在这些表象上。日记既不著日月，人物也只是假设姓名的村人，正文中也没涉及主人公发疯原因及痊愈的过程，这些被普遍认作传统故事中较重要的内容在这里却是一片空白。作者有意要把读者从传统的阅读兴趣上引开，防止读者出于传统鉴赏习惯而热衷于追寻主人公的过去与未来，把注意力分散到人物个人遭遇与命运方面，用这种开篇告白方式对读者思路进行预设，把他们吸引到狂人对历史与现实的种种怪诞感受与思考上。

小说正文利用狂人不稳定的精神状态与逻辑紊乱的思维方式，打破了时空界线，着意展开对狂人疑惧心态的描写。一开始，狂人从天上的月光疑到赵家狗的眼光，赵家的狗看了两眼构成了对他自身安全的威胁，觉得须事事提防。走到街上从赵贵翁的眼神、路人的议论中觉得他们"似乎怕我，似乎想害我"，他认为人们对他普遍怀有恶意，这又引得他去追究人们如此憎恶他的缘由。他回忆20年前把古久先生的陈年流水簿踹了一脚，便认定这是人们皆仇视他的唯一原因了。于是狂人的不安和恐惧转向对迫害方式的侦破。街上女人骂儿子的气话，狼子村佃户告荒的村谈，皆成为他构筑现实社会普遍"吃人"观念的材料。继而又联想到大哥传授的"做论"的诡辩术，由现实推想到过去吃人的景象。他出自本能地为了防范，便要研究，当他查阅史书以期证实自己的结论时，史书既不见年代，又不见史实，只发觉每页都写着"吃人"。对历史考察的观念一经确认，又从历史的"吃人"、现实的普遍吃人疑惧到家族制度当然也会"吃人"。大哥引来医生诊病看脉，被他当作刽子手来揣摸肥瘦，大哥点头听从医嘱，被他认作参与了阴谋合伙吃人。为了确认这一新发现，他又寻找到过去大哥亲口说过的"易子而食""食肉寝皮"，以此作为断定大哥吃人的依据。从历史到现实，从社会到家庭，吃人的罗网恢恢，而吃人手段又是那样卑劣狡猾，他们不肯"直捷杀"，总是布了罗网，逼人自戕，既不承担杀人的罪名，又遂了心愿。这就是封建"仁义道德"杀人不见血的"狐狸的狡猾"和"狮子似的凶心"。几千年吃人的历史被人们习以为常了，狂人在对青年人穷力追问中给予了"从来如此"的大胆否定，对见怪不惊态度予以义愤抨击，并拿起进化论、人道主义武器向吃人者施以劝说，正告吃人者将来是容不得吃人者存在的。在对历史的揭露与对吃人的人的劝告后，又痛省自我，把改变吃人历史的希望寄托在或许"没有吃过人的孩子"身上，于绝望中生出希望，大声呼吁：救救孩子！

我们穿越了狂人颠倒混乱、古怪荒诞的深层心理后，不难透过他那错杂无序的观察与思考，看到小说中一种内在理性联系的整体性。小说从表面上看近乎写实，而实际上是作者为施行对封建礼教制度的批判而作的"有意味"的寓意构思。作者对一个疯子的深层心理活动的挖掘，目的在于以疯子的疯狂思维来唤起正常人的理性思考，用疯狂世界来冲击正常世界。鲁迅选择象征手法，从宏观象征性意义着眼，于微观写实落墨，使狂人形象与作家内心诗的呼号互相渗透，有机交汇。在狂人的错综观察与混乱思维中巧妙地融进了作家主体的理性思考，最大限度地扩展了作品的容量与深度。《狂人日记》是鲁迅小说的一篇"总序言"，在此后一系列小说创作中，鲁迅采用鲜明的现实主义方法，展开了对封建主义"吃人"的具体描绘与进一步清算。

思 考 题

1. 分析这篇小说与鲁迅其他小说的思想联系，体会这篇小说的现代性思想意义。
2. 分析小说体现的象征特点。
3. 体会小说中"余"与"我"双重叙述者的叙事效果。

延 伸 阅 读

鲁迅：《祝福》《孔乙己》《白光》《明天》

参 考 文 献

1. 王富仁：《中国反封建思想革命的一面镜子——〈呐喊〉〈彷徨〉综论》，北京师范大学出版社1986年版。

2. 王晓明:《无法直面的人生:鲁迅传》(修订本),生活·读书·新知三联书店 2021 年版。

3. 吴义勤、王金胜:《"吃人"叙事的历史变形记——从〈狂人日记〉到〈酒国〉》,《文艺研究》2014 年第 4 期。

阿Q正传

鲁 迅

第一章 序

我要给阿Q做正传，已经不止一两年了。但一面要做，一面又往回想，这足见我不是一个"立言"的人，因为从来不朽之笔，须传不朽之人，于是人以文传，文以人传——究竟谁靠谁传，渐渐的不甚了然起来，而终于归结到传阿Q，仿佛思想里有鬼似的。

然而要做这一篇速朽的文章，才下笔，便感到万分的困难了。第一是文章的名目。孔子曰，"名不正则言不顺"。这原是应该极注意的。传的名目很繁多：列传，自传，内传，外传，别传，家传，小传……，而可惜都不合。"列传"么，这一篇并非和许多阔人排在"正史"里；"自传"么，我又并非就是阿Q。说是"外传"，"内传"在那里呢？倘用"内传"，阿Q又决不是神仙。"别传"呢，阿Q实在未曾有大总统上谕宣付国史馆立"本传"——虽说英国正史上并无"博徒列传"，而文豪迭更司也做过《博徒别传》这一部书，但文豪则可，在我辈却不可的。其次是"家传"，则我既不知与阿Q是否同宗，也未曾受他子孙的拜托；或"小传"，则阿Q又更无别的"大传"了。总而言之，这一篇也便是"本传"，但从我的文章着想，因为文体卑下，是"引车卖浆者流"所用的话，所以不敢僭称，便从不入三教九流的小说家所谓"闲话休题言归正传"这一句套话里，取出"正传"两个字来，作为名目，即使与古人所撰《书法正传》的"正传"字面上很相混，也顾不得了。

第二，立传的通例，开首大抵该是"某，字某，某地人也"，而我并不知道阿Q姓什么。有一回，他似乎是姓赵，但第二日便模糊了。那是赵太爷的儿子进了秀才的时候，锣声镗镗的报到村里来，阿Q正喝了两碗黄酒，便手舞足蹈的说，这于他也很光采，因为他和赵太爷原来是本家，细细的排起来他还比秀才长三辈呢。其时几个旁听人倒也肃然的有些起敬了。那知道第二天，地保便叫阿Q到赵太爷家里去；太爷一见，满脸溅朱，喝道：

"阿Q，你这浑小子！你说我是你的本家么？"

阿Q不开口。

赵太爷愈看愈生气了，抢进几步说："你敢胡说！我怎么会有你这样的本家？你姓赵么？"

阿Q不开口，想往后退了；赵太爷跳过去，给了他一个嘴巴。

"你怎么会姓赵！——你那里配姓赵！"

阿Q并没有抗辩他确凿姓赵，只用手摸着左颊，和地保退出去了；外面又被地保训斥了一番，谢了地保二百文酒钱。知道的人都说阿Q太荒唐，自己去招打；他大约未必姓赵，即使真姓赵，有赵太爷在这里，也不该如此胡说的。此后便再没有人提起他的氏族来，所以我终于不知道阿 Q 究竟什么姓。

第三，我又不知道阿 Q 的名字是怎么写的。他活着的时候，人都叫他阿 Quei，死了以后，便没有一个人再叫阿 Quei 了，那里还会有"著之竹帛"的事。若论"著之竹帛"，这篇文章要算第一次，所以先遇着了这第一个难关。我曾经仔细想：阿 Quei，阿桂还是阿贵呢？倘使他号叫月亭，或者在八月间做过生日，那一定是阿桂了；而他既没有号——也许有号，只是没有人知道他，——又未尝散过生日征文的帖子：写作阿桂，是武断的。又倘若他有一位老兄或令弟叫阿富，那一定是阿贵了；而他又只是一个人：写作阿贵，也没有佐证的。其余音 Quei 的偏僻字样，更加凑不上了。先前，我也曾问过赵太爷的儿子茂才先生，谁料博雅如此公，竟也茫然，但据结论说，是因为陈独秀办了《新青年》提倡洋字，所以国粹沦亡，无可查考了。我的最后的手段，只有托一个同乡去查阿 Q 犯事的案卷，八个月之后才有回信，说案卷里并无与阿 Quei 的声音相近的人。我虽不知道是真没有，还是没有查，然而也再没有别的方法了。生怕注音字母还未通行，只好用了"洋字"，照英国流行的拼法写他为阿 Quei，略作阿 Q。这近于盲从《新青年》，自己也很抱歉，但茂才公尚且不知，我还有什么好办法呢。

第四，是阿 Q 的籍贯了。倘他姓赵，则据现在好称郡望的老例，可以照《郡名百家姓》上的注解，说是"陇西天水人也"，但可惜这姓是不甚可靠的，因此籍贯也就有些决不定。他虽然多住未庄，然而也常常宿在别处，不能说是未庄人，即使说是"未庄人也"，也仍然有乖史法的。

我所聊以自慰的，是还有一个"阿"字非常正确，绝无附会假借的缺点，颇可以就正于通人。至于其余，却都非浅学所能穿凿，只希望有"历史癖与考据癖"的胡适之先生的门人们，将来或者能够寻出许多新端绪来，但是我这《阿 Q 正传》到那时却又怕早经消灭了。

以上可以算是序。

第二章　优胜记略

阿 Q 不独是姓名籍贯有些渺茫，连他先前的"行状"也渺茫。因为未庄的人们之于阿 Q，只要他帮忙，只拿他玩笑，从来没有留心他的"行状"的。而阿 Q 自己也不说。独有和别人口角的时候，间或瞪着眼睛道：

"我们先前——比你阔的多啦！你算是什么东西！"

阿 Q 没有家，住在未庄的土谷祠里；也没有固定的职业，只给人家做短工，割麦便割麦，春米便春米，撑船便撑船。工作略长久时，他也或住在临时主人的家里，但一完就走了。所以，人们忙碌的时候，也还记起阿 Q 来，然而记起的是做工，并不是"行状"；一闲空，连阿 Q 都早忘却，更不必说"行状"了。只是有一回，有一个老头子颂扬说："阿 Q 真能做！"这时阿 Q 赤着膊，懒洋洋的瘦伶仃的正在他面前，别人也摸不着这话是真心还是讥笑，然而阿 Q 很喜欢。

阿 Q 又很自尊，所有未庄的居民，全不在他眼睛里，甚而至于对于两位"文童"也有以为不值一笑的神情。夫文童者，将来恐怕要变秀才者也；赵太爷钱太爷大受居民的尊敬，除有钱之外，就因为都是文童的爹爹，而阿 Q 在精神上独不表格外的崇奉，他想：我的儿子会阔得多啦！加以进了几回城，阿 Q 自然更自负，然而他又很鄙薄城里人，譬如用三尺长三寸宽的木板做成的凳子，未庄叫"长凳"，他也叫"长凳"，城里人却叫"条凳"，他想：这是错的，可笑！油煎大头鱼，未庄都加上半寸长的葱叶，城里却加上切细的葱丝，他想：这也是错的，可笑！然而未庄人真是不见世面的可笑的乡下人呵，他们没有见过城里的煎鱼！

阿Q"先前阔"，见识高，而且"真能做"，本来几乎是一个"完人"了，但可惜他体质上还有一些缺点。最恼人的是在他头皮上，颇有几处不知起于何时的癞疮疤。这虽然也在他身上，而看阿Q的意思，倒也似乎以为不足贵的，因为他讳说"癞"以及一切近于"赖"的音，后来推而广之，"光"也讳，"亮"也讳，再后来，连"灯""烛"都讳了。一犯讳，不问有心与无心，阿Q便全疤通红的发起怒来，估量了对手，口讷的他便骂，气力小的他便打；然而不知怎么一回事，总还是阿Q吃亏的时候多。于是他渐渐的变换了方针，大抵改为怒目而视了。

谁知道阿Q采用怒目主义之后，未庄的闲人们便愈喜欢玩笑他。一见面，他们便假作吃惊的说：

"哙，亮起来了。"

阿Q照例的发了怒，他怒目而视了。

"原来有保险灯在这里！"他们并不怕。

阿Q没有法，只得另外想出报复的话来：

"你还不配……"这时候，又仿佛在他头上的是一种高尚的光荣的癞头疮，并非平常的癞头疮了；但上文说过，阿Q是有见识的，他立刻知道和"犯忌"有点抵触，便不再往底下说。

闲人还不完，只撩他，于是终而至于打。阿Q在形式上打败了，被人揪住黄辫子，在壁上碰了四五个响头，闲人这才心满意足的得胜的走了，阿Q站了一刻，心里想，"我总算被儿子打了，现在的世界真不像样……"于是也心满意足的得胜的走了。

阿Q想在心里的，后来每每说出口来，所以凡有和阿Q玩笑的人们，几乎全知道他有这一种精神上的胜利法，此后每逢揪住他黄辫子的时候，人就先一着对他说：

"阿Q，这不是儿子打老子，是人打畜生。自己说：人打畜生！"

阿Q两只手都捏住了自己的辫根，歪着头，说道：

"打虫豸，好不好？我是虫豸——还不放么？"

但虽然是虫豸，闲人也并不放，仍旧在就近什么地方给他碰了五六个响头，这才心满意足的得胜的走了，他以为阿Q这回可遭了瘟。然而不到十秒钟，阿Q也心满意足的得胜的走了，他觉得他是第一个能够自轻自贱的人，除了"自轻自贱"不算外，余下的就是"第一个"。状元不也是"第一个"么？"你算是什么东西"呢？！

阿Q以如是等等妙法克服怨敌之后，便愉快的跑到酒店里喝几碗酒，又和别人调笑一通，口角一通，又得了胜，愉快的回到土谷祠，放倒头睡着了。假使有钱，他便去押牌宝，一堆人蹲在地面上，阿Q即汗流满面的夹在这中间，声音他最响：

"青龙四百！"

"咳～～开～～啦！"桩家揭开盒子盖，也是汗流满面的唱。"天门啦～～角回啦～～！人和穿堂空在那里啦～～！阿Q的铜钱拿过来～～！"

"穿堂一百——一百五十！"

阿 Q 的钱便在这样的歌吟之下，渐渐的输入别个汗流满面的人物的腰间。他终于只好挤出堆外，站在后面看，替别人着急，一直到散场，然后恋恋的回到土谷祠，第二天，肿着眼睛去工作。

但真所谓"塞翁失马安知非福"罢，阿 Q 不幸而赢了一回，他倒几乎失败了。

这是未庄赛神的晚上。这晚上照例有一台戏，戏台左近，也照例有许多的赌摊。做戏的锣鼓，在阿 Q 耳朵里仿佛在十里之外；他只听得桩家的歌唱了。他赢而又赢，铜钱变成角洋，角洋变成大洋，大洋又成了叠。他兴高采烈得非常：

"天门两块！"

他不知道谁和谁为什么打起架来了。骂声打声脚步声，昏头昏脑的一大阵，他才爬起来，赌摊不见了，人们也不见了，身上有几处很似乎有些痛，似乎也挨了几拳几脚似的，几个人诧异的对他看。他如有所失的走进土谷祠，定一定神，知道他的一堆洋钱不见了。赶赛会的赌摊多不是本村人，还到那里去寻根柢呢？

很白很亮的一堆洋钱！而且是他的——现在不见了！说是算被儿子拿去了罢，总还是忽忽不乐；说自己是虫豸罢，也还是忽忽不乐：他这回才有些感到失败的苦痛了。

但他立刻转败为胜了。他擎起右手，用力的在自己脸上连打了两个嘴巴，热剌剌的有些痛；打完之后，便心平气和起来，似乎打的是自己，被打的是别一个自己，不久也就仿佛是自己打了别个一般，——虽然还有些热剌剌，——心满意足的得胜的躺下了。

他睡着了。

第三章　续优胜记略

然而阿 Q 虽然常优胜，却直待蒙赵太爷打他嘴巴之后，这才出了名。

他付过地保二百文酒钱，愤愤的躺下了，后来想："现在的世界太不成话，儿子打老子……"于是忽而想到赵太爷的威风，而现在是他的儿子了，便自己也渐渐的得意起来，爬起身，唱着《小孤孀上坟》到酒店去。这时候，他又觉得赵太爷高人一等了。

说也奇怪，从此之后，果然大家也仿佛格外尊敬他。这在阿 Q，或者以为因为他是赵太爷的父亲，而其实也不然。未庄通例，倘如阿七打阿八，或者李四打张三，向来本不算一件事，必须与一位名人如赵太爷者相关，这才载上他们的口碑。一上口碑，则打的既有名，被打的也就托庇有了名。至于错在阿 Q，那自然是不必说。所以者何？就因为赵太爷是不会错的。但他既然错，为什么大家又仿佛格外尊敬他呢？这可难解，穿凿起来说，或者因为阿 Q 说是赵太爷的本家，虽然挨了打，大家也还怕有些真，总不如尊敬一些稳当。否则，也如孔庙里的太牢一般，虽然与猪羊一样，同是畜生，但既经圣人下箸，先儒们便不敢妄动了。

阿 Q 此后倒得意了许多年。

有一年的春天，他醉醺醺的在街上走，在墙根的日光下，看见王胡在那里赤着膊捉虱子，他忽然觉得身上也痒起来了。这王胡，又癞又胡，别人都叫他王癞胡，阿 Q 却删去了一个癞字，然而非常渺视他。阿 Q 的意思，以为癞是不足为奇的，只有这一部络腮胡子，实在太新奇，令人看不上眼。他于是并排坐下去了。倘是别的闲人们，阿 Q 本不敢大意坐下去。但这王胡旁边，他有什么怕呢？老实说：他肯坐下去，简直还是抬举他。

阿 Q 也脱下破夹袄来，翻检了一回，不知道因为新洗呢还是因为粗心，许多工夫，只捉到三四个。他看那王胡，却是一个又一个，两个又三个，只放在嘴里毕毕剥剥的响。

阿Q最初是失望，后来却不平了：看不上眼的王胡尚且那么多，自己倒反这样少，这是怎样的大失体统的事呵！他很想寻一两个大的，然而竟没有，好容易才捉到一个中的，恨恨的塞在厚嘴唇里，狠命一咬，劈的一声，又不及王胡响。

他癞疮疤块块通红了，将衣服摔在地上，吐一口唾沫，说：

"这毛虫！"

"癞皮狗，你骂谁？"王胡轻蔑的抬起眼来说。

阿Q近来虽然比较的受人尊敬，自己也更高傲些，但和那些打惯的闲人们见面还胆怯，独有这回却非常武勇了。这样满脸胡子的东西，也敢出言无状么？

"谁认便骂谁！"他站起来，两手叉在腰间说。

"你的骨头痒了么？"王胡也站起来，披上衣服说。

阿Q以为他要逃了，抢进去就是一拳。这拳头还未达到身上，已经被他抓住了，只一拉，阿Q跄跄踉踉的跌进去，立刻又被王胡扭住了辫子，要拉到墙上照例去碰头。

"'君子动口不动手'！"阿Q歪着头说。

王胡似乎不是君子，并不理会，一连给他碰了五下，又用力的一推，至于阿Q跌出六尺多远，这才满足的去了。

在阿Q的记忆上，这大约要算是生平第一件的屈辱，因为王胡以络腮胡子的缺点，向来只被他奚落，从没有奚落他，更不必说动手了。而他现在竟动手，很意外，难道真如市上所说，皇帝已经停了考，不要秀才和举人了，因此赵家减了威风，因此他们也便小觑了他么？

阿Q无可适从的站着。

远远的走来了一个人，他的对头又到了。这也是阿Q最厌恶的一个人，就是钱太爷的大儿子。他先前跑上城里去进洋学堂，不知怎么又跑到东洋去了，半年之后他回到家里来，腿也直了，辫子也不见了，他的母亲大哭了十几场，他的老婆跳了三回井。后来，他的母亲到处说，"这辫子是被坏人灌醉了酒剪去的。本来可以做大官，现在只好等留长再说了。"然而阿Q不肯信，偏称他"假洋鬼子"，也叫作"里通外国的人"，一见他，一定在肚子里暗暗的咒骂。

阿Q尤其"深恶而痛绝之"的，是他的一条假辫子。辫子而至于假，就是没有了做人的资格；他的老婆不跳第四回井，也不是好女人。

这"假洋鬼子"近来了。

"秃儿。驴……"阿Q历来本只在肚子里骂，没有出过声，这回因为正气忿，因为要报仇，便不由的轻轻的说出来了。

不料这秃儿却拿着一支黄漆的棍子——就是阿Q所谓哭丧棒——大踏步走了过来。阿Q在这刹那，便知道大约要打了，赶紧抽紧筋骨，耸了肩膀等候着，果然，拍的一声，似乎确凿打在自己头上了。

"我说他！"阿Q指着近旁的一个孩子，分辩说。

拍！拍拍！

在阿Q的记忆上，这大约要算是生平第二件的屈辱。幸而拍拍的响了之后，于他倒似乎完结了一件事，反而觉得轻松些，而且"忘却"这一件祖传的宝贝也发生了效力，他慢慢的走，将到酒店门口，早已有些高兴了。

但对面走来了静修庵里的小尼姑。阿 Q 便在平时，看见伊也一定要唾骂，而况在屈辱之后呢？他于是发生了回忆，又发生了敌忾了。

"我不知道我今天为什么这样晦气，原来就因为见了你！"他想。

他迎上去，大声的吐一口唾沫：

"咳，呸！"

小尼姑全不睬，低了头只是走。阿 Q 走近伊身旁，突然伸出手去摩着伊新剃的头皮，呆笑着，说：

"秃儿！快回去，和尚等着你……"

"你怎么动手动脚……"尼姑满脸通红的说，一面赶快走。

酒店里的人大笑了。阿 Q 看见自己的勋业得了赏识，便愈加兴高采烈起来：

"和尚动得，我动不得？"他扭住伊的面颊。

酒店里的人大笑了。阿 Q 更得意，而且为满足那些赏鉴家起见，再用力的一拧，才放手。

他这一战，早忘却了王胡，也忘却了假洋鬼子，似乎对于今天的一切"晦气"都报了仇；而且奇怪，又仿佛全身比拍拍的响了之后更轻松，飘飘然的似乎要飞去了。

"这断子绝孙的阿 Q！"远远地听得小尼姑的带哭的声音。

"哈哈哈！"阿 Q 十分得意的笑。

"哈哈哈！"酒店里的人也九分得意的笑。

第四章　恋爱的悲剧

有人说：有些胜利者，愿意敌手如虎，如鹰，他才感得胜利的欢喜；假使如羊，如小鸡，他便反觉得胜利的无聊。又有些胜利者，当克服一切之后，看见死的死了，降的降了，"臣诚惶诚恐死罪死罪"，他于是没有了敌人，没有了对手，没有了朋友，只有自己在上，一个，孤另另，凄凉，寂寞，便反而感到了胜利的悲哀。然而我们的阿 Q 却没有这样乏，他是永远得意的：这或者也是中国精神文明冠于全球的一个证据了。

看哪，他飘飘然的似乎要飞去了！

然而这一次的胜利，却又使他有些异样。他飘飘然的飞了大半天，飘进土谷祠，照例应该躺下便打鼾。谁知道这一晚，他很不容易合眼，他觉得自己的大拇指和第二指有点古怪：仿佛比平常滑腻些。不知道是小尼姑的脸上有一点滑腻的东西粘在他指上，还是他的指头在小尼姑脸上磨得滑腻了？……

"断子绝孙的阿 Q！"

阿 Q 的耳朵里又听到这句话。他想：不错，应该有一个女人，断子绝孙便没有人供一碗饭，……应该有一个女人。夫"不孝有三无后为大"，而"若敖之鬼馁而"，也是一件人生的大哀，所以他那思想，其实是样样合于圣经贤传的，只可惜后来有些"不能收其放心"了。

"女人，女人！……"他想。

"……和尚动得……女人，女人！……女人！"他又想。

我们不能知道这晚上阿 Q 在什么时候才打鼾。但大约他从此总觉得指头有些滑腻，所以他从此总有些飘飘然；"女……"他想。

即此一端，我们便可以知道女人是害人的东西。

中国的男人，本来大半都可以做圣贤，可惜全被女人毁掉了。商是妲己闹亡的；周是褒姒弄坏的；秦……虽然史无明文，我们也假定他因为女人，大约未必十分错；而董卓可是的确给貂蝉害死了。

阿Q本来也是正人，我们虽然不知道他曾蒙什么明师指授过，但他对于"男女之大防"却历来非常严；也很有排斥异端——如小尼姑及假洋鬼子之类——的正气。他的学说是：凡尼姑，一定与和尚私通；一个女人在外面走，一定想引诱野男人；一男一女在那里讲话，一定要有勾当了。为惩治他们起见，所以他往往怒目而视，或者大声说几句"诛心"话，或者在冷僻处，便从后面掷一块小石头。

谁知道他将到"而立"之年，竟被小尼姑害得飘飘然了。这飘飘然的精神，在礼教上是不应该有的，——所以女人真可恶，假使小尼姑的脸上不滑腻，阿Q便不至于被蛊，又假使小尼姑的脸上盖一层布，阿Q便也不至于被蛊了，——他五六年前，曾在戏台下的人丛中拧过一个女人的大腿，但因为隔一层裤，所以此后并不飘飘然，——而小尼姑并不然，这也足见异端之可恶。

"女……"阿Q想。

他对于以为"一定想引诱野男人"的女人，时常留心看，然而伊并不对他笑。他对于和他讲话的女人，也时常留心听，然而伊又并不提起关于什么勾当的话来。哦，这也是女人可恶之一节：伊们全都要装"假正经"的。

这一天，阿Q在赵太爷家里舂了一天米，吃过晚饭，便坐在厨房里吸旱烟。倘在别家，吃过晚饭本可以回去的了，但赵府上晚饭早，虽说定例不准掌灯，一吃完便睡觉，然而偶然也有一些例外：其一，是赵大爷未进秀才的时候，准其点灯读文章；其二，便是阿Q来做短工的时候，准其点灯舂米。因为这一条例外，所以阿Q在动手舂米之前，还坐在厨房里吸旱烟。

吴妈，是赵太爷家里唯一的女仆，洗完了碗碟，也就在长凳上坐下了，而且和阿Q谈闲天：

"太太两天没有吃饭哩，因为老爷要买一个小的……"

"女人……吴妈……这小孤孀……"阿Q想。

"我们的少奶奶是八月里要生孩子了……"

"女人……"阿Q想。

阿Q放下烟管，站了起来。

"我们的少奶奶……"吴妈还唠叨说。

"我和你困觉，我和你困觉！"阿Q忽然抢上去，对伊跪下了。

一刹时中很寂然。

"阿呀！"吴妈楞了一息，突然发抖，大叫着往外跑，且跑且嚷，似乎后来带哭了。

阿Q对了墙壁跪着也发楞，于是两手扶着空板凳，慢慢的站起来，仿佛觉得有些糟。他这时确也有些志忑了，慌张的将烟管插在裤带上，就想去舂米。蓬的一声，头上着了很粗的一下，他急忙回转身去，那秀才便拿了一支大竹杠站在他面前。

"你反了，……你这……"

大竹杠又向他劈下来了。阿 Q 两手去抱头，拍的正打在指节上，这可很有一些痛。他冲出厨房门，仿佛背上又着了一下似的。

"忘八蛋！"秀才在后面用了官话这样骂。

阿 Q 奔入春米场，一个人站着，还觉得指头痛，还记得"忘八蛋"，因为这话是未庄的乡下人从来不用，专是见过官府的阔人用的，所以格外怕，而印象也格外深。但这时，他那"女……"的思想却也没有了。而且打骂之后，似乎一件事也已经收束，倒反觉得一无挂碍似的，便动手去春米。春了一会，他热起来了，又歇了手脱衣服。

脱下衣服的时候，他听得外面很热闹，阿 Q 生平本来最爱看热闹，便即寻声走出去了。寻声渐渐的寻到赵太爷的内院里，虽然在昏黄中，却辨得出许多人，赵府一家连两日不吃饭的太太也在内，还有间壁的邹七嫂，真正本家的赵白眼，赵司晨。

少奶奶正拖着吴妈走出下房来，一面说：

"你到外面来，……不要躲在自己房里想……"

"谁不知道你正经，……短见是万万寻不得的。"邹七嫂也从旁说。

吴妈只是哭，夹些话，却不甚听得分明。

阿 Q 想："哼，有趣，这小孤孀不知道闹着什么玩意儿了？"他想打听，走近赵司晨的身边。这时他猛然间看见赵太爷向他奔来，而且手里捏着一支大竹杠。他看见这一支大竹杠，便猛然间悟到自己曾经被打，和这一场热闹似乎有点相关。他翻身便走，想逃回春米场，不图这支竹杠阻了他的去路，于是他又翻身便走，自然而然的走出后门，不多工夫，已在土谷祠内了。

阿 Q 坐了一会，皮肤有些起粟，他觉得冷了，因为虽在春季，而夜间颇有余寒，尚不宜于赤膊。他也记得布衫留在赵家，但倘若去取，又深怕秀才的竹杠。然而地保进来了。

"阿 Q，你的妈妈的！你连赵家的用人都调戏起来，简直是造反。害得我晚上没有觉睡，你的妈妈的！……"

如是云云的教训了一通，阿 Q 自然没有话。临末，因为在晚上，应该送地保加倍酒钱四百文，阿 Q 正没有现钱，便用一顶毡帽做抵押，并且订定了五条件：

一　明天用红烛——要一斤重的——一对，香一封，到赵府上去赔罪。
二　赵府上请道士祓除缢鬼，费用由阿 Q 负担。
三　阿 Q 从此不准踏进赵府的门槛。
四　吴妈此后倘有不测，惟阿 Q 是问。
五　阿 Q 不准再去索取工钱和布衫。

阿 Q 自然都答应了，可惜没有钱。幸而已经春天，棉被可以无用，便质了二千大钱，履行条约。赤膊磕头之后，居然还剩几文，他也不再赎毡帽，统统喝了酒了。但赵家也并不烧香点烛，因为太太拜佛的时候可以用，留着了。那破布衫是大半做了少奶奶八月间生下来的孩子的衬尿布，那小半破烂的便都做了吴妈的鞋底。

第五章　生　计　问　题

阿 Q 礼毕之后，仍旧回到土谷祠，太阳下去了，渐渐觉得世上有些古怪。他仔细一想，终于省悟过来：其原因盖在自己的赤膊。他记得破夹袄还在，便披在身上，躺倒了，待张开眼睛，原来太阳又已经照在西墙上头了。他坐起身，一面说道，"妈妈的……"

他起来之后，也仍旧在街上逛，虽然不比赤膊之有切肤之痛，却又渐渐的觉得世上有些古怪了。仿佛从这一天起，未庄的女人们忽然都怕了羞，伊们一见阿Q走来，便个个躲进门里去。甚而至于将近五十岁的邹七嫂，也跟着别人乱钻，而且将十一岁的女儿都叫进去了。阿Q很以为奇，而且想："这些东西忽然都学起小姐模样来了。这娼妇们……"

但他更觉得世上有些古怪，却是许多日以后的事。其一，酒店不肯赊欠了；其二，管土谷祠的老头子说些废话，似乎叫他走；其三，他虽然记不清多少日，但确乎有许多日，没有一个人来叫他做短工。酒店不赊，熬着也罢了；老头子催他走，噜苏一通也就算了；只是没有人来叫他做短工，却使阿Q肚子饿：这委实是一件非常"妈妈的"的事情。

阿Q忍不下去了，他只好到老主顾的家里去探问，——但独不许踏进赵府的门槛，——然而情形也异样：一定走出一个男人来，现了十分烦厌的相貌，像回复乞丐一般的摇手道：

"没有没有！你出去！"

阿Q愈觉得稀奇了。他想，这些人家向来少不了要帮忙，不至于现在忽然都无事，这总该有些蹊跷在里面了。他留心打听，才知道他们有事都去叫小Don。这小D，是一个穷小子，又瘦又乏，在阿Q的眼睛里，位置是在王胡之下的，谁料这小子竟谋了他的饭碗去。所以阿Q这一气，更与平常不同，当气愤愤的走着的时候，忽然将手一扬，唱道：

"我手执钢鞭将你打！……"

几天之后，他竟在钱府的照壁前遇见了小D。"仇人相见分外眼明"，阿Q便迎上去，小D也站住了。

"畜生！"阿Q怒目而视的说，嘴角上飞出唾沫来。

"我是虫豸，好么？……"小D说。

这谦逊反使阿Q更加愤怒起来，但他手里没有钢鞭，于是只得扑上去，伸手去拔小D的辫子。小D一手护住了自己的辫根，一手也来拔阿Q的辫子，阿Q便也将空着的一只手护住了自己的辫根。从先前的阿Q看来，小D本来是不足齿数的，但他近来挨了饿，又瘦又乏已经不下于小D，所以便成了势均力敌的现象，四只手拔着两颗头，都弯了腰，在钱家粉墙上映出一个蓝色的虹形，至于半点钟之久了。

"好了，好了！"看的人们说，大约是解劝的。

"好，好！"看的人们说，不知道是解劝，是颂扬，还是煽动。

然而他们都不听。阿Q进三步，小D便退三步，都站着；小D进三步，阿Q便退三步，又都站着。大约半点钟，——未庄少有自鸣钟，所以很难说，或者二十分，——他们的头发里便都冒烟，额上便都流汗，阿Q的手放松了，在同一瞬间，小D的手也正放松了，同时直起，同时退开，都挤出人丛去。

"记着罢，妈妈的……"阿Q回过头去说。

"妈妈的，记着罢……"小D也回过头来说。

这一场"龙虎斗"似乎并无胜败，也不知道看的人可满足，都没有发什么议论，而阿Q却仍然没有人来叫他做短工。

有一日很温和，微风拂拂的颇有些夏意了，阿Q却觉得寒冷起来，但这还可担当，第一倒是肚子饿。棉被，毡帽，布衫，早已没有了，其次就卖了棉袄；现在有裤子，却万不可脱的；有破夹祆，又除了送人做鞋底之外，决定卖不出钱。他早想在路上拾得一注钱，但至今还没有见；他想在自己的破屋里忽然寻到一注钱，慌张的四顾，但屋内是空虚而且了然。于是他决计出门求食去了。

他在路上走着要"求食"，看见熟识的酒店，看见熟识的馒头，但他都走过了，不但没有暂停，而且并不想要。他所求的不是这类东西了；他求的是什么东西，他自己不知道。

未庄本不是大村镇，不多时便走尽了。村外多是水田，满眼是新秧的嫩绿，夹着几个圆形的活动的黑点，便是耕田的农夫。阿 Q 并不赏鉴这田家乐，却只是走，因为他直觉的知道这与他的"求食"之道是很辽远的。但他终于走到静修庵的墙外了。

庵周围也是水田，粉墙突出在新绿里，后面的低土墙里是菜园。阿 Q 迟疑了一会，四面一看，并没有人。他便爬上这矮墙去，扯着何首乌藤，但泥土仍然簌簌的掉，阿 Q 的脚也索索的抖；终于攀着桑树枝，跳到里面了。里面真是郁郁葱葱，但似乎并没有黄酒馒头，以及此外可吃的之类。靠西墙是竹丛，下面许多笋，只可惜都是并未煮熟的，还有油菜早经结子，芥菜已将开花，小白菜也很老了。

阿 Q 仿佛文童落第似的觉得很冤屈，他慢慢走近园门去，忽而非常惊喜了，这分明是一畦老萝卜。他于是蹲下便拔，而门口突然伸出一个很圆的头来，又即缩回去了，这分明是小尼姑。小尼姑之流是阿 Q 本来视若草芥的，但世事须"退一步想"，所以他便赶紧拔起四个萝卜，拧下青叶，兜在大襟里。然而老尼姑已经出来了。

"阿弥陀佛，阿 Q，你怎么跳进园里来偷萝卜！……阿呀，罪过呵，阿唷，阿弥陀佛！……"

"我什么时候跳进你的园里来偷萝卜？"阿 Q 且看且走的说。

"现在……这不是？"老尼姑指着他的衣兜。

"这是你的？你能叫得他答应你么？你……"

阿 Q 没有说完话，拔步便跑；追来的是一匹很肥大的黑狗。这本来在前门的，不知怎的到后园来了。黑狗哼而且追，已经要咬着阿 Q 的腿，幸而从衣兜里落下一个萝卜来，那狗给一吓，略略一停，阿 Q 已经爬上桑树，跨到土墙，连人和萝卜都滚出墙外面了。只剩着黑狗还在对着桑树嗥，老尼姑念着佛。

阿 Q 怕尼姑又放出黑狗来，拾起萝卜便走，沿路又检了几块小石头，但黑狗却并不再出现。阿 Q 于是抛了石块，一面走一面吃，而且想道，这里也没有什么东西寻，不如进城去……

待三个萝卜吃完时，他已经打定了进城的主意了。

第六章　从中兴到末路

在未庄再看见阿 Q 出现的时候，是刚过了这年的中秋。人们都惊异，说是阿 Q 回来了，于是又回上去想道，他先前那里去了呢？阿 Q 前几回的上城，大抵早就兴高采烈的对人说，但这一次却并不，所以也没有一个人留心到。他或者也曾告诉过管土谷祠的老头子，然而未庄老例，只有赵太爷钱太爷和秀才大爷上城才算一件事。假洋鬼子尚且不足数，何况是阿 Q：因此老头子也就不替他宣传，而未庄的社会上也就无从知道了。

但阿 Q 这回的回来，却与先前大不同，确乎很值得惊异。天色将黑，他睡眼蒙胧的在酒店门前出现了，他走近柜台，从腰间伸出手来，满把是银的和铜的，在柜上一扔说，

"现钱！打酒来！"穿的是新夹袄，看去腰间还挂着一个大搭连，沉钿钿的将裤带坠成了很弯很弯的弧线。未庄老例，看见略有些醒目的人物，是与其慢也宁敬的，现在虽然明知道是阿 Q，但因为和破夹袄的阿 Q 有些两样了，古人云，"士别三日便当刮目相待"，所以堂倌，掌柜，酒客，路人，便自然显出一种疑而且敬的形态来。掌柜既先之以点头，又继之以谈话：

"嘿，阿 Q，你回来了！"

"回来了。"

"发财发财，你是——在……"

"上城去了！"

这一件新闻，第二天便传遍了全未庄。人人都愿意知道现钱和新夹袄的阿 Q 的中兴史，所以在酒店里，茶馆里，庙檐下，便渐渐的探听出来了。这结果，是阿 Q 得了新敬畏。

据阿 Q 说，他是在举人老爷家里帮忙。这一节，听的人都肃然了。这老爷本姓白，但因为合城里只有他一个举人，所以不必再冠姓，说起举人来就是他。这也不独在未庄是如此，便是一百里方圆之内也都如此，人们几乎多以为他的姓名就叫举人老爷的了。在这人的府上帮忙，那当然是可敬的。但据阿 Q 又说，他却不高兴再帮忙了，因为这举人老爷实在太"妈妈的"了。这一节，听的人都叹息而且快意，因为阿 Q 本不配在举人老爷家里帮忙，而不帮忙是可惜的。

据阿 Q 说，他的回来，似乎也由于不满意城里人，这就在他们将长凳称为条凳，而且煎鱼用葱丝，加以最近观察所得的缺点，是女人的走路也扭得不很好。然而也偶有大可佩服的地方，即如未庄的乡下人不过打三十二张的竹牌，只有假洋鬼子能够又"麻酱"，城里却连小乌龟子都又得精熟的。什么假洋鬼子，只要放在城里的十几岁的小乌龟子的手里，也就立刻是"小鬼见阎王"。这一节，听的人都赧然了。

"你们可看见过杀头么？"阿 Q 说，"咳，好看。杀革命党。唉，好看好看，……"他摇摇头，将唾沫飞在正对面的赵司晨的脸上。这一节，听的人都凛然了。但阿 Q 又四面一看，忽然扬起右手，照着伸长脖子听得出神的王胡的后项窝上直劈下去道：

"嚓！"

王胡惊得一跳，同时电光石火似的赶快缩了头，而听的人又都悚然而且欣然了。从此王胡瘟头瘟脑的许多日，并且再不敢走近阿 Q 的身边；别的人也一样。

阿 Q 这时在未庄人眼睛里的地位，虽不敢说超过赵太爷，但谓之差不多，大约也就没有什么语病的了。

然而不多久，这阿 Q 的大名忽又传遍了未庄的闺中。虽然未庄只有钱赵两姓是大屋，此外十之九都是浅闺，但闺中究竟是闺中，所以也算得一件神异。女人们见面时一定说，邹七嫂在阿 Q 那里买了一条蓝绸裙，旧固然是旧的，但只化了九角钱。还有赵白眼的母亲，——一说是赵司晨的母亲，待考，——也买了一件孩子穿的大红洋纱衫，七成新，只用三百大钱九二串。于是伊们都眼巴巴的想见阿 Q，缺绸裙的想问他买绸裙，要洋纱衫的想问他买洋纱衫，不但见了不逃避，有时阿 Q 已经走过了，也还要追上去叫住他，问道：

"阿 Q，你还有绸裙么？没有？纱衫也要的，有罢？"

后来这终于从浅闺传进深闺里去了。因为邹七嫂得意之余，将伊的绸裙请赵太太去鉴赏，赵太太又告诉了赵太爷而且着实恭维了一番。赵太爷便在晚饭桌上，和秀才大爷讨论，以为阿 Q 实在有些古怪，我们门窗应该小心些；但他的东西，不知道可还有什么可买，也许有点好东西罢。加以赵太太也正想买一件价廉物美的皮背心。于是家族决议，便托邹七嫂即刻去寻阿 Q，而且为此新辟了第三种的例外：这晚上也姑且特准点油灯。

油灯干了不少了，阿 Q 还不到。赵府的全眷都很焦急，打着呵欠，或恨阿 Q 太飘忽，或怨邹七嫂不上紧。赵太太还怕他因为春天的条件不敢来，而赵太爷以为不足虑：因为这是"我"去叫他的。果然，到底赵太爷有见识，阿 Q 终于跟着邹七嫂进来了。

"他只说没有没有，我说你自己当面说去，他还要说，我说……"邹七嫂气喘吁吁的走着说。

"太爷！"阿 Q 似笑非笑的叫了一声，在檐下站住了。

"阿 Q，听说你在外面发财，"赵太爷踱开去，眼睛打量着他的全身，一面说。"那很好，那很好的。这个，……听说你有些旧东西，……可以都拿来看一看，……这也并不是别的，因为我倒要……"

"我对邹七嫂说过了。都完了。"

"完了？"赵太爷不觉失声的说，"那里会完得这样快呢？"

"那是朋友的，本来不多。他们买了些，……"

"总该还有一点罢。"

"现在，只剩了一张门幕了。"

"就拿门幕来看看罢。"赵太太慌忙说。

"那么，明天拿来就是，"赵太爷却不甚热心了。"阿 Q，你以后有什么东西的时候，你尽先送来给我们看，……"

"价钱决不会比别家出得少！"秀才说。秀才娘子忙一瞥阿 Q 的脸，看他感动了没有。

"我要一件皮背心。"赵太太说。

阿 Q 虽然答应着，却懒洋洋的出去了，也不知道他是否放在心上。这使赵太爷很失望，气愤而且担心，至于停止了打呵欠。秀才对于阿 Q 的态度也很不平，于是说，这忘八蛋要提防，或者竟不如吩咐地保，不许他住在未庄。但赵太爷以为不然，说这也怕要结怨，况且做这路生意的大概是"老鹰不吃窝下食"，本村倒不必担心的；只要自己夜里警醒点就是了。秀才听了这"庭训"，非常之以为然，便即刻撤消了驱逐阿 Q 的提议，而且叮嘱邹七嫂，请伊万不要向人提起这一段话。

但第二日，邹七嫂便将那蓝裙去染了皂，又将阿 Q 可疑之点传扬出去了，可是确没有提起秀才要驱逐他这一节。然而这已经于阿 Q 很不利。最先，地保寻上门了，取了他的门幕去。阿 Q 说是赵太太要看的，而地保也不还，并且要议定每月的孝敬钱。其次，是村人对于他的敬畏忽而变相了，虽然还不敢来放肆，却很有远避的神情，而这神情和先前的防他来"嚓"的时候又不同，颇混着"敬而远之"的分子了。

只有一班闲人们却还要寻根究底的去探阿 Q 的底细。阿 Q 也并不讳饰，傲然的说出他的经验来。从此他们才知道，他不过是一个小脚色，不但不能上墙，并且不能进洞，只站在洞外接东西。有一夜，他刚才接到一个包，正手再进去，不一会，只听得里面大嚷起来，他便赶紧跑，连夜爬出城，逃回未庄了，从此不敢再去做。然而这故事却于阿 Q

更不利，村人对于阿Q的"敬而远之"者，本因为怕结怨，谁料他不过是一个不敢再偷的偷儿呢？这实在是"斯亦不足畏也矣"。

第七章 革　命

宣统三年九月十四日——即阿Q将搭连卖给赵白眼的这一天——三更四点，有一只大乌篷船到了赵府上的河埠头。这船从黑魆魆中荡来，乡下人睡得熟，都没有知道；出去时将近黎明，却很有几个看见的了。据探头探脑的调查来的结果，知道那竟是举人老爷的船！

那船便将大不安载给了未庄，不到正午，全村的人心就很摇动。船的使命，赵家本来是很秘密的，但茶坊酒肆里却都说，革命党要进城，举人老爷到我们乡下来逃难了。惟有邹七嫂不以为然，说那不过是几口破衣箱，举人老爷想来寄存的，却已被赵太爷回复转去。其实举人老爷和赵秀才素不相能，在理本不能有"共患难"的情谊，况且邹七嫂又和赵家是邻居，见闻较为切近，所以大概该是伊对的。

然而谣言很旺盛，说举人老爷虽然似乎没有亲到，却有一封长信，和赵家排了"转折亲"。赵太爷肚里一轮，觉得于他总不会有坏处，便将箱子留下了，现就塞在太太的床底下。至于革命党，有的说是便在这一夜进了城，个个白盔白甲：穿着崇正皇帝的素。

阿Q的耳朵里，本来早听到过革命党这一句话，今年又亲眼见过杀掉革命党。但他有一种不知从那里来的意见，以为革命党便是造反，造反便是与他为难，所以一向是"深恶而痛绝之"的。殊不料这却使百里闻名的举人老爷有这样怕，于是他未免也有些"神往"了，况且未庄的一群鸟男女的慌张的神情，也使阿Q更快意。

"革命也好罢，"阿Q想，"革这伙妈妈的的命，太可恶！太可恨！……便是我，也要投降革命党了。"

阿Q近来用度窘，大约略略有些不平；加以午间喝了两碗空肚酒，愈加醉得快，一面想一面走，便又飘飘然起来。不知怎么一来，忽而似乎革命党便是自己，未庄人却都是他的俘虏了。他得意之余，禁不住大声的嚷道：

"造反了！造反了！"

未庄人都用了惊惧的眼光对他看。这一种可怜的眼光，是阿Q从来没有见过的，一见之下，又使他舒服得如六月里喝了雪水。他更加高兴的走而且喊道：

"好，……我要什么就是什么，我欢喜谁就是谁。

得得，锵锵！

悔不该，酒醉错斩了郑贤弟，

悔不该，呀呀呀……

得得，锵锵，得，锵令锵！

我手执钢鞭将你打……"

赵府上的两位男人和两个真本家，也正站在大门口论革命。阿Q没有见，昂了头直唱过去。

"得得，……"

"老Q，"赵太爷怯怯的迎着低声的叫。

"锵锵，"阿Q料不到他的名字会和"老"字联结起来，以为是一句别的话，与己无干，只是唱。"得，锵，锵令锵，锵！"

"老 Q。"

"悔不该……"

"阿 Q！"秀才只得直呼其名了。

阿 Q 这才站住，歪着头问道，"什么？"

"老 Q，……现在……"赵太爷却又没有话，"现在……发财么？"

"发财？自然，要什么就是什么……"

"阿……Q 哥，像我们这样穷朋友是不要紧的……"赵白眼惴惴的说，似乎想探革命党的口风。

"穷朋友？你总比我有钱。"阿 Q 说着自去了。

大家都怆然，没有话。赵太爷父子回家，晚上商量到点灯。赵白眼回家，便从腰间扯下搭连来，交给他女人藏在箱底里。

阿 Q 飘飘然的飞了一通，回到土谷祠，酒已经醒透了。这晚上，管祠的老头子也意外的和气，请他喝茶；阿 Q 便向他要了两个饼，吃完之后，又要了一支点过的四两烛和一个树烛台，点起来，独自躺在自己的小屋里。他说不出的新鲜而且高兴，烛火像元夜似的闪闪的跳，他的思想也迸跳起来了：

"造反？有趣，……来了一阵白盔白甲的革命党，都拿着板刀，钢鞭，炸弹，洋炮，三尖两刃刀，钩镰枪，走过土谷祠，叫道，'阿 Q！同去同去'！于是一同去。……

"这时未庄的一伙鸟男女才好笑哩，跪下叫道，'阿 Q，饶命！'谁听他！第一个该死的是小 D 和赵太爷，还有秀才，还有假洋鬼子，……留几条么？王胡本来还可留，但也不要了。……

"东西，……直走进去打开箱子来：元宝，洋钱，洋纱衫，……秀才娘子的一张宁式床先搬到土谷祠，此外便摆了钱家的桌椅，——或者也就用赵家的罢。自己是不动手的了，叫小 D 来搬，要搬得快，搬得不快打嘴巴。……

"赵司晨的妹子真丑。邹七嫂的女儿过几年再说。假洋鬼子的老婆会和没有辫子的男人睡觉，吓，不是好东西！秀才的老婆是眼胞上有疤的。……吴妈长久不见了，不知道在那里，——可惜脚太大。"

阿 Q 没有想得十分停当，已经发了鼾声，四两烛还只点去了小半寸，红焰焰的光照着他张开的嘴。

"荷荷！"阿 Q 忽而大叫起来，抬了头仓皇的四顾，待到看见四两烛，却又倒头睡去了。

第二天他起得很迟，走出街上看时，样样都照旧。他也仍然肚饿，他想着，想不起什么来；但他忽而似乎有了主意了，慢慢的跨开步，有意无意的走到静修庵。

庵和春天时节一样静，白的墙壁和漆黑的门。他想了一想，前去打门，一只狗在里面叫。他急急拾了几块断砖，再上去较为用力的打，打到黑门上生出许多麻点的时候，才听得有人来开门。

阿 Q 连忙捏好砖头，摆开马步，准备和黑狗来开战。但庵门只开了一条缝，并无黑狗从中冲出，望进去只有一个老尼姑。

"你又来什么事？"伊大吃一惊的说。

"革命了……你知道？……"阿Q说得很含胡。

"革命革命，革过一革的，……你们要革得我们怎么样呢？"老尼姑两眼通红的说。

"什么？……"阿Q诧异了。

"你不知道，他们已经来革过了！"

"谁？……"阿Q更其诧异了。

"那秀才和洋鬼子！"

阿Q很出意外，不由的一错愕；老尼姑见他失了锐气，便飞速的关了门，阿Q再推时，牢不可开，再打时，没有回答了。

那还是上午的事。赵秀才消息灵，一知道革命党已在夜间进城，便将辫子盘在顶上，一早去拜访那历来也不相能的钱洋鬼子。这是"咸与维新"的时候了，所以他们便谈得很投机，立刻成了情投意合的同志，也相约去革命。他们想而又想，才想出静修庵里有一块"皇帝万岁万万岁"的龙牌，是应该赶紧革掉的，于是又立刻同到庵里去革命。因为老尼姑来阻挡，说了三句话，他们便将伊当作满政府，在头上很给了不少的棍子和栗凿。尼姑待他们走后，定了神来检点，龙牌固然已经碎在地上了，而且又不见了观音娘娘座前的一个宣德炉。

这事阿Q后来才知道。他颇悔自己睡着，但也深怪他们不来招呼他。他又退一步想道：

"难道他们还没有知道我已经投降了革命党么？"

第八章 不准革命

未庄的人心日见其安静了。据传来的消息，知道革命党虽然进了城，倒还没有什么大异样。知县大老爷还是原官，不过改称了什么，而且举人老爷也做了什么——这些名目，未庄人都说不明白——官，带兵的也还是先前的老把总。只有一件可怕的事是另有几个不好的革命党夹在里面捣乱，第二天便动手剪辫子，听说那邻村的航船七斤便着了道儿，弄得不像人样子了。但这却还不算大恐怖，因为未庄人本来少上城，即使偶有想进城的，也就立刻变了计，碰不着这危险。阿Q本也想进城去寻他的老朋友，一得这消息，也只得作罢了。

但未庄也不能说是无改革。几天之后，将辫子盘在顶上的逐渐增加起来了，早经说过，最先自然是茂才公，其次便是赵司晨和赵白眼，后来是阿Q。倘在夏天，大家将辫子盘在头顶上或者打一个结，本不算什么稀奇事，但现在是暮秋，所以这"秋行夏令"的情形，在盘辫家不能不说是万分的英断，而在未庄也不能说无关于改革了。

赵司晨脑后空荡荡的走来，看见的人大嚷说，

"嚄，革命党来了！"

阿Q听到了很羡慕。他虽然早知道秀才盘辫的大新闻，但总没有想到自己可以照样做，现在看见赵司晨也如此，才有了学样的意思，定下实行的决心。他用一支竹筷将辫子盘在头顶上，迟疑多时，这才放胆的走去。

他在街上走，人也看他，然而不说什么话，阿Q当初很不快，后来便很不平。他近来很容易闹脾气了；其实他的生活，倒也并不比造反之前反艰难，人见他也客气，店铺也不说要现钱。而阿Q总觉得自己太失意：既然革了命，不应该只是这样的。况且有一回

看见小 D，愈使他气破肚皮了。

小 D 也将辫子盘在头顶上了，而且也居然用一支竹筷。阿 Q 万料不到他也敢这样做，自己也决不准他这样做！小 D 是什么东西呢？他很想即刻揪住他，拗断他的竹筷，放下他的辫子，并且批他几个嘴巴，聊且惩罚他忘了生辰八字，也敢来做革命党的罪。但他终于饶放了，单是怒目而视的吐一口唾沫道"呸！"

这几日里，进城去的只有一个假洋鬼子。赵秀才本也想靠着寄存箱子的渊源，亲身去拜访举人老爷的。但因为有剪辫的危险，所以也就中止了。他写了一封"黄伞格"的信，托假洋鬼子带上城，而且托他给自己绍介绍介，去进自由党。假洋鬼子回来时，向秀才讨还了四块洋钱，秀才便有一块银桃子挂在大襟上了；未庄人都惊服，说这是柿油党的顶子，抵得一个翰林；赵太爷因此也骤然大阔，远过于他儿子初隽秀才的时候，所以目空一切，见了阿 Q，也就很有些不放在眼里了。

阿 Q 正在不平，又时时刻刻感着冷落，一听得这银桃子的传说，他立即悟出自己之所以冷落的原因了：要革命，单说投降，是不行的；盘上辫子，也不行的；第一着仍然要和革命党去结识。他生平所知道的革命党只有两个，城里的一个早已"嚓"的杀掉了，现在只剩了一个假洋鬼子。他除却赶紧去和假洋鬼子商量之外，再没有别的道路了。

钱府的大门正开着，阿 Q 便怯怯的蹩进去。他一到里面，很吃了惊，只见假洋鬼子正站在院子的中央，一身乌黑的大约是洋衣，身上也挂着一块银桃子，手里是阿 Q 曾经领教过的棍子，已经留到一尺多长的辫子都拆开了披在肩背上，蓬头散发的像一个刘海仙。对面挺直的站着赵白眼和三个闲人，正在必恭必敬的听说话。

阿 Q 轻轻的走近了，站在赵白眼的背后，心里想招呼，却不知道怎么说才好：叫他假洋鬼子固然是不行的了，洋人也不妥，革命党也不妥，或者就应该叫洋先生了罢。

洋先生却没有见他，因为白着眼睛讲得正起劲：

"我是性急的，所以我们见面，我总是说：洪哥！我们动手罢！他却总说道 No！——这是洋话，你们不懂的。否则早已成功了。然而这正是他做事小心的地方。他再三再四的请我上湖北，我还没有肯。谁愿意在这小县城里做事情。……"

"唔，……这个……"阿 Q 候他略停，终于用十二分的勇气开口了，但不知道因为什么，又并不叫他洋先生。

听着说话的四个人都吃惊的回顾他。洋先生也才看见：

"什么？"

"我……"

"出去！"

"我要投……"

"滚出去！"洋先生扬起哭丧棒来了。

赵白眼和闲人们便都吆喝道："先生叫你滚出去，你还不听么！"

阿 Q 将手向头上一遮，不自觉的逃出门外；洋先生倒也没有追。他快跑了六十多步，这才慢慢的走，于是心里便涌起了忧愁：洋先生不准他革命，他再没有别的路；从此决不能望有白盔白甲的人来叫他，他所有的抱负，志向，希望，前程，全被一笔勾销了。至于闲人们传扬开去，给小 D 王胡等辈笑话，倒是还在其次的事。

他似乎从来没有经验过这样的无聊。他对于自己的盘辫子，仿佛也觉得无意味，要侮蔑；为报仇起见，很想立刻放下辫子来，但也没有竟放。他游到夜间，赊了两碗酒，喝下肚去，渐渐的高兴起来了，思想里才又出现白盔白甲的碎片。

有一天，他照例的混到夜深，待酒店要关门，才踱回土谷祠去。

拍，吧～～～！

他忽而听得一种异样的声音，又不是爆竹。阿Q本来是爱看热闹，爱管闲事的，便在暗中直寻过去。似乎前面有些脚步声；他正听，猛然间一个人从对面逃来了。阿Q一看见，便赶紧翻身跟着逃。那人转弯，阿Q也转弯，既转弯，那人站住了，阿Q也站住。他看后面并无什么，看那人便是小D。

"什么？"阿Q不平起来了。

"赵……赵家遭抢了！"小D气喘吁吁的说。

阿Q的心怦怦的跳了。小D说了便走；阿Q却逃而又停的两三回。但他究竟是做过"这路生意"的人，格外胆大，于是蹩出路角，仔细的听，似乎有些嚷嚷，又仔细的看，似乎许多白盔白甲的人，络绎的将箱子抬出了，器具抬出了，秀才娘子的宁式床也抬出了，但是不分明，他还想上前，两只脚却没有动。

这一夜没有月，未庄在黑暗里很寂静，寂静到像羲皇时候一般太平。阿Q站着看到自己发烦，也似乎还是先前一样，在那里来来往往的搬，箱子抬出了，器具抬出了，秀才娘子的宁式床也抬出了，……抬得他自己有些不信他的眼睛了。但他决计不再上前，却回到自己的祠里去了。

土谷祠里更漆黑；他关好大门，摸进自己的屋子里。他躺了好一会，这才定了神，而且发出关于自己的思想来：白盔白甲的人明明到了，并不来打招呼，搬许多好东西，又没有自己的份，——这全是假洋鬼子可恶，不准我造反，否则，这次何至于没有我的份呢？阿Q越想越气，终于禁不住满心痛恨起来，毒毒的点一点头："不准我造反，只准你造反？妈妈的假洋鬼子，——好，你造反！造反是杀头的罪名呵，我总要告一状，看你抓进县里去杀头，——满门抄斩，——嚓！嚓！"

第九章　大　团　圆

赵家遭抢之后，未庄人大抵很快意而且恐慌，阿Q也很快意而且恐慌。但四天之后，阿Q在半夜里忽被抓进县城里去了。那时恰是暗夜，一队兵，一队团丁，一队警察，五个侦探，悄悄地到了未庄，乘昏暗围住土谷祠，正对门架好机关枪；然而阿Q不冲出。许多时没有动静，把总焦急起来了，悬了二十千的赏，才有两个团丁冒了险，踰垣进去，里应外合，一拥而入，将阿Q抓出来；直待擒出祠外面的机关枪左近，他才有些清醒了。

到进城，已经是正午，阿Q见自己被搡进一所破衙门，转了五六个弯，便推在一间小屋里。他刚刚一跄踉，那用整株的木料做成的栅栏门便跟着他的脚跟阖上了，其余的三面都是墙壁，仔细看时，屋角上还有两个人。

阿Q虽然有些忐忑，却并不很苦闷，因为他那土谷祠里的卧室，也并没有比这间屋子更高明。那两个也仿佛是乡下人，渐渐和他兜搭起来了，一个说是举人老爷要追他祖父欠下来的陈租，一个不知道为了什么事。他们问阿Q，阿Q爽利的答道，"因为我想造反。"

他下半天便又被抓出栅栏门去了，到得大堂，上面坐着一个满头剃得精光的老头子。

阿 Q 疑心他是和尚，但看见下面站着一排兵，两旁又站着十几个长衫人物，也有满头剃得精光像这老头子的，也有将一尺来长的头发披在背后像那假洋鬼子的，都是一脸横肉，怒目而视的看他；他便知道这人一定有些来历，膝关节立刻自然而然的宽松，便跪了下去了。

"站着说！不要跪！"长衫人物都吆喝说。

阿 Q 虽然似乎懂得，但总觉得站不住，身不由己的蹲了下去，而且终于趁势改为跪下了。

"奴隶性！……"长衫人物又鄙夷似的说，但也没有叫他起来。

"你从实招来罢，免得吃苦。我早都知道了。招了可以放你。"那光头的老头子看定了阿 Q 的脸，沉静的清楚的说。

"招罢！"长衫人物也大声说。

"我本来要……来投……"阿 Q 胡里胡涂的想了一通，这才断断续续的说。

"那么，为什么不来的呢？"老头子和气的问。

"假洋鬼子不准我！"

"胡说！此刻说，也迟了。现在你的同党在那里？"

"什么？……"

"那一晚打劫赵家的一伙人。"

"他们没有来叫我。他们自己搬走了。"阿 Q 提起来便愤愤。

"走到那里去了呢？说出来便放你了。"老头子更和气了。

"我不知道，……他们没有来叫我……"

然而老头子使了一个眼色，阿 Q 便又被抓进栅栏门里了。他第二次抓出栅栏门，是第二天的上午。

大堂的情形都照旧。上面仍然坐着光头的老头子，阿 Q 也仍然下了跪。

老头子和气的问道，"你还有什么话说么？"

阿 Q 一想，没有话，便回答说，"没有。"

于是一个长衫人物拿了一张纸，并一支笔送到阿 Q 的面前，要将笔塞在他手里。阿 Q 这时很吃惊，几乎"魂飞魄散"了：因为他的手和笔相关，这回是初次。他正不知怎样拿；那人却又指着一处地方教他画花押。

"我……我……不认得字。"阿 Q 一把抓住了笔，惶恐而且惭愧的说。

"那么，便宜你，画一个圆圈！"

阿 Q 要画圆圈了，那手捏着笔却只是抖。于是那人替他将纸铺在地上，阿 Q 伏下去，使尽了平生的力画圆圈。他生怕被人笑话，立志要画得圆，但这可恶的笔不但很沉重，并且不听话，刚刚一抖一抖的几乎要合缝，却又向外一耸，画成瓜子模样了。

阿 Q 正羞愧自己画得不圆，那人却不计较，早已掣了纸笔去，许多人又将他第二次抓进栅栏门。

他第二次进了栅栏，倒也并不十分懊恼。他以为人生天地之间，大约本来有时要抓进抓出，有时要在纸上画圆圈的，惟有圈而不圆，却是他"行状"上的一个污点。但不多时也就释然了，他想：孙子才画得很圆的圆圈呢。于是他睡着了。

然而这一夜，举人老爷反而不能睡：他和把总呕了气了。举人老爷主张第一要追赃，把总主张第一要示众。把总近来很不将举人老爷放在眼里了，拍案打凳的说道，"惩一儆百！你看，我做革命党还不上二十天，抢案就是十几件，全不破案，我的面子在那里？破了案，你又来迂。不成！这是我管的！"举人老爷窘急了，然而还坚持，说是倘若不追赃，他便立刻辞了帮办民政的职务。而把总却道，"请便罢！"于是举人老爷在这一夜竟没有睡，但幸而第二天倒也没有辞。

阿Q第三次抓出栅栏门的时候，便是举人老爷睡不着的那一夜的明天的上午了。他到了大堂，上面还坐着照例的光头老头子；阿Q也照例的下了跪。

老头子很和气的问道，"你还有什么话么？"

阿Q一想，没有话，便回答说，"没有。"

许多长衫和短衫人物，忽然给他穿上一件洋布的白背心，上面有些黑字。阿Q很气苦：因为这很像是带孝，而带孝是晦气的。然而同时他的两手反缚了，同时又被一直抓出衙门外去了。

阿Q被抬上了一辆没有篷的车，几个短衣人物也和他同坐一处。这车立刻走动了，前面是一班背着洋炮的兵们和团丁，两旁是许多张着嘴的看客，后面怎样，阿Q没有见。但他突然觉到了：这岂不是去杀头么？他一急，两眼发黑，耳朵里喤的一声，似乎发昏了。然而他又没有全发昏，有时虽然着急，有时却也泰然；他意思之间，似乎觉得人生天地间，大约本来有时也未免要杀头的。

他还认得路，于是有些诧异了：怎么不向着法场走呢？他不知道这是在游街，在示众。但即使知道也一样，他不过便以为人生天地间，大约本来有时也未免要游街要示众罢了。

他省悟了，这是绕到法场去的路，这一定是"嚓"的去杀头。他惘惘的向左右看，全跟着马蚁似的人，而在无意中，却在路旁的人丛中发见了一个吴妈。很久违，伊原来在城里做工了。阿Q忽然很羞愧自己没志气：竟没有唱几句戏。他的思想仿佛旋风似的在脑里一回旋：《小孤孀上坟》欠堂皇，《龙虎斗》里的"悔不该……"也太乏，还是"手执钢鞭将你打"罢。他同时想将手一扬，才记得这两手原来都捆着，于是"手执钢鞭"也不唱了。

"过了二十年又是一个……"阿Q在百忙中，"无师自通"的说出半句从来不说的话。

"好！！！"从人丛里，便发出豺狼的嗥叫一般的声音来。

车子不住的前行，阿Q在喝采声中，轮转眼睛去看吴妈，似乎伊一向并没有见他，却只是出神的看着兵们背上的洋炮。

阿Q于是再看那些喝采的人们。

这刹那中，他的思想又仿佛旋风似的在脑里一回旋了。四年之前，他曾在山脚下遇见一只饿狼，永是不近不远的跟定他，要吃他的肉。他那时吓得几乎要死，幸而手里有一柄斫柴刀，才得仗这壮了胆，支持到未庄；可是永远记得那狼眼睛，又凶又怯，闪闪的像两颗鬼火，似乎远远的来穿透了他的皮肉。而这回他又看见从来没有见过的更可怕的眼睛了，又钝又锋利，不但已经咀嚼了他的话，并且还要咀嚼他皮肉以外的东西，永是不远不近的跟他走。

这些眼睛们似乎连成一气，已经在那里咬他的灵魂。

"救命，……"

然而阿 Q 没有说。他早就两眼发黑，耳朵里嗡的一声，觉得全身仿佛微尘似的迸散了。

至于当时的影响，最大的倒反在举人老爷，因为终于没有追赃，他全家都号咷了。其次是赵府，非特秀才因为上城去报官，被不好的革命党剪了辫子，而且又破费了二十千的赏钱，所以全家也号咷了。从这一天以来，他们便渐渐的都发生了遗老的气味。

至于舆论，在未庄是无异议，自然都说阿 Q 坏，被枪毙便是他的坏的证据；不坏又何至于被枪毙呢？而城里的舆论却不佳，他们多半不满足，以为枪毙并无杀头这般好看；而且那是怎样的一个可笑的死囚呵，游了那么久的街，竟没有唱一句戏：他们白跟一趟了。

一九二一年十二月。
（选自《鲁迅全集》第一卷，人民文学出版社 2005 年版）

阿 Q：沉默的国民的魂灵

张全之

关键词：启蒙；精神胜利法；传记

《阿 Q 正传》自 1921 年 12 月 4 日至 1922 年 2 月 12 日，分章发表于北京《晨报副刊》，署名"巴人"，鲁迅说是取"下里巴人"之意。鲁迅在为《阿 Q 正传》俄文译本写的序言中强调，他"要画出这样沉默的国民的魂灵来"，阿 Q 就是"国民魂灵"的典型，在他的身上凝结着鲁迅对中国国民性最深刻也是最沉痛的思考。在现实生活中，阿 Q 是一个弱者，处处受到戏弄和欺凌，但他独能于失败中获得胜利的快乐，靠的就是"精神胜利法"。从心理学上说，"精神胜利法"就是指个人在瞬息之间将生活中的弱者地位转化为想象中的强者地位，在"心造的幻影"中求得暂时的心理平衡。鲁迅通过四类情节展示了阿 Q"精神胜利法"的四种表现方式：

第一，想象。这是实行"精神胜利法"最简易、最直接的方式，也是阿 Q 最常用的方式。阿 Q 穷困潦倒，但与别人发生口角的时候，间或瞪着眼睛道："我们先前——比你阔的多啦！你算是什么东西？"或者会想"我的儿子会阔得多啦！"他由此获得了不把未庄人放在眼里的资本。这种想象胜利的方式，造就了不敢正视现实、不敢面对苦难的怯懦人格，使人能够在苦难与屈辱中麻木地苟活下去。

第二，转移。通过欺辱更弱小的对象来获得胜利的快感。阿 Q 被王胡拉到墙上碰了五个响头之后，又被"假洋鬼子"用"哭丧棒"痛打一顿。他记忆中平生的两大屈辱先后发生了，阿 Q 感到有些不平。这时他碰到了小尼姑，便以极为恶劣的方式对小尼姑进行欺凌，他获得了完全的胜利，所有的屈辱都在胜利的喜悦中烟消云散了。这体现了鲁迅对

31

中国封建宗法等级制度本质的认识与批判。

第三，自虐。当想象无法解决问题，又找不到转移对象的时候，自虐就成为缓解内心痛苦的有效方法。阿Q在一次赌博中赢了很多钱，但突然在一阵骚乱之后钱被人抢走了，"说是算被儿子拿去了罢，总还是忽忽不乐；说自己是虫豸罢，也还是忽忽不乐：他这回才有些感到失败的苦痛了"。"但他立刻转败为胜了。他擎起右手，用力的在自己脸上连打了两个嘴巴，热剌剌的有些痛；打完之后，便心平气和起来，似乎打的是自己，被打的是别一个自己，不久也就仿佛是自己打了别个一般，——虽然还有些热剌剌，——心满意足的得胜的躺下了。"对弱者而言，当屈辱带来了心理的失衡，又没有能力为自己讨回公道，那就只能靠自虐来维持心理平衡了，而这种自虐又助长了强者的凌辱，由此形成了恶性循环，社会也就一天天地败坏下去。

第四，革命。以极端的方式获得极端的权力，使被虐者成为虐人者，实现社会等级的大翻转。阿Q本来以为革命便是造反，造反便是与他为难，但当他发现革命使百里闻名的举人老爷都害怕的时候，他对革命突然神往起来。这说明他对革命的意义毫无所知，仅仅希望依靠革命来获得自己的"优胜"地位，所以这仍是"精神胜利法"的组成部分。而他想象中的革命，只是为了满足自己的个人私欲：杀掉和自己有过节的人，抢劫财物，占有女人，使自己成为他人命运的主宰者。从这个角度来说，阿Q就是赵太爷，鲁迅分析说："专制者的反面就是奴才，有权时无所不为，失势时即奴性十足。……做主子时以一切别人为奴才，则有了主子，一定以奴才自命：这是天经地义，无可动摇的。"（《南腔北调集·谚语》）中国封建时代的革命，基本上都是阿Q式的革命，江山易主，奴才依旧。

阿Q"精神胜利法"的四种表现形式，充分说明了中国国民性的复杂病态。从艺术上说，阿Q是一个成功的典型，他集自高自大与自轻自贱、争强好胜与忍辱屈从、敏感禁忌与麻木健忘等多重矛盾于一身，显示了性格的"二重性"。从文体来说，《阿Q正传》是一部"反传记"的传记小说，因为作为传记的几个重要构件（如传主的详细资料）都不具备，每一章的标题与实际内容也不相符，名曰"正传"，其实是"反传"，由此使小说获得了强烈的反讽效果。

思 考 题

1.《阿Q正传》是如何表现阿Q的"精神胜利法"的？结合中国历史与现实，谈谈阿Q"精神胜利法"的批判意义。

2. 结合作品分析阿Q性格的复杂性。

延 伸 阅 读

鲁迅：《祝福》

塞万提斯：《堂吉诃德》

参 考 文 献

1. 汪晖:《反抗绝望:鲁迅及其文学世界》(增订版),生活·读书·新知三联书店 2008 年版。

2. 张梦阳:《阿 Q 新论——阿 Q 与世界文学中的精神典型问题》,陕西人民教育出版社 1996 年版。

3. 毕飞宇:《沿着圆圈的内侧,从胜利走向胜利——读〈阿 Q 正传〉》,《文学评论》2017 年第 4 期。

伤逝

鲁 迅

——涓生的手记

如果我能够，我要写下我的悔恨和悲哀，为子君，为自己。

会馆里的被遗忘在偏僻里的破屋是这样地寂静和空虚。时光过得真快，我爱子君，仗着她逃出这寂静和空虚，已经满一年了。事情又这么不凑巧，我重来时，偏偏空着的又只有这一间屋。依然是这样的破窗，这样的窗外的半枯的槐树和老紫藤，这样的窗前的方桌，这样的败壁，这样的靠壁的板床。深夜中独自躺在床上，就如我未曾和子君同居以前一般，过去一年中的时光全被消灭，全未有过，我并没有曾经从这破屋子搬出，在吉兆胡同创立了满怀希望的小小的家庭。

不但如此。在一年之前，这寂静和空虚是并不这样的，常常含着期待；期待子君的到来。在久待的焦躁中，一听到皮鞋的高底尖触着砖路的清响，是怎样地使我骤然生动起来呵！于是就看见带着笑涡的苍白的圆脸，苍白的瘦的臂膊，布的有条纹的衫子，玄色的裙。她又带了窗外的半枯的槐树的新叶来，使我看见，还有挂在铁似的老干上的一房一房的紫白的藤花。

然而现在呢，只有寂静和空虚依旧，子君却决不再来了，而且永远，永远地！……

子君不在我这破屋里时，我什么也看不见。在百无聊赖中，随手抓过一本书来，科学也好，文学也好，横竖什么都一样；看下去，看下去，忽而自己觉得，已经翻了十多页了，但是毫不记得书上所说的事。只是耳朵却分外地灵，仿佛听到大门外一切往来的履声，从中便有子君的，而且橐橐地逐渐临近，——但是，往往又逐渐渺茫，终于消失在别的步声的杂沓中了。我憎恶那不像子君鞋声的穿布底鞋的长班的儿子，我憎恶那太像子君鞋声的常常穿着新皮鞋的邻院的搽雪花膏的小东西！

莫非她翻了车么？莫非她被电车撞伤了么？……

我便要取了帽子去看她，然而她的胞叔就曾经当面骂过我。

蓦然，她的鞋声近来了，一步响于一步，迎出去时，却已经走过紫藤棚下，脸上带着微笑的酒窝。她在她叔子的家里大约并未受气；我的心宁帖了，默默地相视片时之后，破屋里便渐渐充满了我的语声，谈家庭专制，谈打破旧习惯，谈男女平等，谈伊孛生，谈泰戈尔，谈雪莱……。她总是微笑点头，两眼里弥漫着稚气的好奇的光泽。壁上就钉着一张铜板的雪莱半身像，是从杂志上裁下来的，是他的最美的一张像。当我指给她看时，她却只草草一看，便低了头，似乎不好意思了。这些地方，子君就大概还未脱尽旧思想的束缚，——我后来也想，倒不如换一张雪莱淹死在海里的记念像或是伊孛生的罢；但也终于没有换，现在是连这一张也不知那里去了。

"我是我自己的，他们谁也没有干涉我的权利！"

　　这是我们交际了半年，又谈起她在这里的胞叔和在家的父亲时，她默想了一会之后，分明地，坚决地，沉静地说了出来的话。其时是我已经说尽了我的意见，我的身世，我的缺点，很少隐瞒；她也完全了解的了。这几句话很震动了我的灵魂，此后许多天还在耳中发响，而且说不出的狂喜，知道中国女性，并不如厌世家所说那样的无法可施，在不远的将来，便要看见辉煌的曙色的。

　　送她出门，照例是相离十多步远；照例是那鲇鱼须的老东西的脸又紧帖在脏的窗玻璃上了，连鼻尖都挤成一个小平面；到外院，照例又是明晃晃的玻璃窗里的那小东西的脸，加厚的雪花膏。她目不邪视地骄傲地走了，没有看见；我骄傲地回来。

　　"我是我自己的，他们谁也没有干涉我的权利！"这彻底的思想就在她的脑里，比我还透澈，坚强得多。半瓶雪花膏和鼻尖的小平面，于她能算什么东西呢？

　　我已经记不清那时怎样地将我的纯真热烈的爱表示给她。岂但现在，那时的事后便已模胡，夜间回想，早只剩了一些断片了；同居以后一两月，便连这些断片也化作无可追踪的梦影。我只记得那时以前的十几天，曾经很仔细地研究过表示的态度，排列过措辞的先后，以及倘或遭了拒绝以后的情形。可是临时似乎都无用，在慌张中，身不由己地竟用了在电影上见过的方法了。后来一想到，就使我很愧恶，但在记忆上却偏只有这一点永远留遗，至今还如暗室的孤灯一般，照见我含泪握着她的手，一条腿跪了下去……。

　　不但我自己的，便是子君的言语举动，我那时就没有看得分明；仅知道她已经允许我了。但也还仿佛记得她脸色变成青白，后来又渐渐转作绯红，——没有见过，也没有再见的绯红；孩子似的眼里射出悲喜，但是夹着惊疑的光，虽然力避我的视线，张皇地似乎要破窗飞去。然而我知道她已经允许我了，没有知道她怎样说或是没有说。

　　她却是什么都记得：我的言辞，竟至于读熟了的一般，能够滔滔背诵；我的举动，就如有一张我所看不见的影片挂在眼下，叙述得如生，很细微，自然连那使我不愿再想的浅薄的电影的一闪。夜阑人静，是相对温习的时候了，我常是被质问，被考验，并且被命复述当时的言语，然而常须由她补足，由她纠正，像一个丁等的学生。

　　这温习后来也渐渐稀疏起来。但我只要看见她两眼注视空中，出神似的凝想着，于是神色越加柔和，笑窝也深下去，便知道她又在自修旧课了，只是我很怕她看到我那可笑的电影的一闪。但我又知道，她一定要看见，而且也非看不可的。

　　然而她并不觉得可笑。即使我自己以为可笑，甚而至于可鄙的，她也毫不以为可笑。这事我知道得很清楚，因为她爱我，是这样地热烈，这样地纯真。

　　去年的暮春是最为幸福，也是最为忙碌的时光。我的心平静下去了，但又有别一部分和身体一同忙碌起来。我们这时才在路上同行，也到过几回公园，最多的是寻住所。我觉得在路上时时遇到探索，讥笑，猥亵和轻蔑的眼光，一不小心，便使我的全身有些瑟缩，只得即刻提起我的骄傲和反抗来支持。她却是大无畏的，对于这些全不关心，只是镇静地缓缓前行，坦然如入无人之境。

　　寻住所实在不是容易事，大半是被托辞拒绝，小半是我们以为不相宜。起先我们选择得很苛酷，——也非苛酷，因为看去大抵不像是我们的安身之所；后来，便只要他们能相容了。看了二十多处，这才得到可以暂且敷衍的处所，是吉兆胡同一所小屋里的两间南屋；主人是一个小官，然而倒是明白人，自住着正屋和厢房。他只有夫人和一个不到周岁的女孩子，雇一个乡下的女工，只要孩子不啼哭，是极其安闲幽静的。

我们的家具很简单，但已经用去了我的筹来的款子的大半；子君还卖掉了她唯一的金戒指和耳环。我拦阻她，还是定要卖，我也就不再坚持下去了；我知道不给她加入一点股分去，她是住不舒服的。

和她的叔子，她早经闹开，至于使他气愤到不再认她做侄女；我也陆续和几个自以为忠告，其实是替我胆怯，或者竟是嫉妒的朋友绝了交。然而这倒很清静。每日办公散后，虽然已近黄昏，车夫又一定走得这样慢，但究竟还有二人相对的时候。我们先是沉默的相视，接着是放怀而亲密的交谈，后来又是沉默。大家低头沉思着，却并未想着什么事。我也渐渐清醒地读遍了她的身体，她的灵魂，不过三星期，我似乎于她已经更加了解，揭去许多先前以为了解而现在看来却是隔膜，即所谓真的隔膜了。

子君也逐日活泼起来。但她并不爱花，我在庙会时买来的两盆小草花，四天不浇，枯死在壁角了，我又没有照顾一切的闲暇。然而她爱动物，也许是从官太太那里传染的罢，不一月，我们的眷属便骤然加得很多，四只小油鸡，在小院子里和房主人的十多只在一同走。但她们却认识鸡的相貌，各知道那一只是自家的。还有一只花白的叭儿狗，从庙会买来，记得似乎原有名字，子君却给它另起了一个，叫作阿随。我就叫它阿随，但我不喜欢这名字。

这是真的，爱情必须时时更新，生长，创造。我和子君说起这，她也领会地点点头。

唉唉，那是怎样的宁静而幸福的夜呵！

安宁和幸福是要凝固的，永久是这样的安宁和幸福。我们在会馆里时，还偶有议论的冲突和意思的误会，自从到吉兆胡同以来，连这一点也没有了；我们只在灯下对坐的怀旧谭中，回味那时冲突以后的和解的重生一般的乐趣。

子君竟胖了起来，脸色也红活了；可惜的是忙。管了家务便连谈天的工夫也没有，何况读书和散步。我们常说，我们总还得雇一个女工。

这就使我也一样地不快活，傍晚回来，常见她包藏着不快活的颜色，尤其使我不乐的是她要装作勉强的笑容。幸而探听出来了，也还是和那小官太太的暗斗，导火线便是两家的小油鸡。但又何必硬不告诉我呢？人总该有一个独立的家庭。这样的处所，是不能居住的。

我的路也铸定了，每星期中的六天，是由家到局，又由局到家。在局里便坐在办公桌前钞，钞，钞些公文和信件；在家里是和她相对或帮她生白炉子，煮饭，蒸馒头。我的学会了煮饭，就在这时候。

但我的食品却比在会馆里时好得多了。做菜虽不是子君的特长，然而她于此却倾注着全力；对于她的日夜的操心，使我也不能不一同操心，来算作分甘共苦。况且她又这样地终日汗流满面，短发都粘在脑额上；两只手又只是这样地粗糙起来。

况且还要饲阿随，饲油鸡，……都是非她不可的工作。

我曾经忠告她：我不吃，倒也罢了；却万不可这样地操劳。她只看了我一眼，不开口，神色却似乎有点凄然；我也只好不开口。然而她还是这样地操劳。

我所豫期的打击果然到来。双十节的前一晚，我呆坐着，她在洗碗。听到打门声，我去开门时，是局里的信差，交给我一张油印的纸条。我就有些料到了，到灯下去一看，果然，印着的就是：

> 奉
> 局长谕史涓生着毋庸到局办事
> 　　　　　　秘书处启　十月九号

这在会馆里时，我就早已料到了；那雪花膏便是局长的儿子的赌友，一定要去添些谣言，设法报告的。到现在才发生效验，已经要算是很晚的了。其实这在我不能算是一个打击，因为我早就决定，可以给别人去钞写，或者教读，或者虽然费力，也还可以译点书，况且《自由之友》的总编辑便是见过几次的熟人，两月前还通过信。但我的心却跳跃着。那么一个无畏的子君也变了色，尤其使我痛心；她近来似乎也较为怯弱了。

"那算什么。哼，我们干新的。我们……。"她说。

她的话没有说完；不知怎地，那声音在我听去却只是浮浮的；灯光也觉得格外黯淡。人们真是可笑的动物，一点极微末的小事情，便会受着很深的影响。我们先是默默地相视，逐渐商量起来，终于决定将现有的钱竭力节省，一面登"小广告"去寻求钞写和教读，一面写信给《自由之友》的总编辑，说明我目下的遭遇，请他收用我的译本，给我帮一点艰辛时候的忙。

"说做，就做罢！来开一条新的路！"

我立刻转身向了书案，推开盛香油的瓶子和醋碟，子君便送过那黯淡的灯来。我先拟广告；其次是选定可译的书，迁移以来未曾翻阅过，每本的头上都满漫着灰尘了；最后才写信。

我很费踌蹰，不知道怎样措辞好，当停笔凝思的时候，转眼去一瞥她的脸，在昏暗的灯光下，又很见得凄然。我真不料这样微细的小事情，竟会给坚决的，无畏的子君以这么显著的变化。她近来实在变得很怯弱了，但也并不是今夜才开始的。我的心因此更缭乱，忽然有安宁的生活的影像——会馆里的破屋的寂静，在眼前一闪，刚刚想定睛凝视，却又看见了昏暗的灯光。

许久之后，信也写成了，是一封颇长的信；很觉得疲劳，仿佛近来自己也较为怯弱了。于是我们决定，广告和发信，就在明日一同实行。大家不约而同地伸直了腰肢，在无言中，似乎又都感到彼此的坚忍崛强的精神，还看见从新萌芽起来的将来的希望。

外来的打击其实倒是振作了我们的新精神。局里的生活，原如鸟贩子手里的禽鸟一般，仅有一点小米维系残生，决不会肥胖；日子一久，只落得麻痹了翅子，即使放出笼外，早已不能奋飞。现在总算脱出这牢笼了，我从此要在新的开阔的天空中翱翔，趁我还未忘却了我的翅子的扇动。

小广告是一时自然不会发生效力的；但译书也不是容易事，先前看过，以为已经懂得的，一动手，却疑难百出了，进行得很慢。然而我决计努力地做，一本半新的字典，不到半月，边上便有了一大片乌黑的指痕，这就证明着我的工作的切实。《自由之友》的总编辑曾经说过，他的刊物是决不会埋没好稿子的。

可惜的是我没有一间静室，子君又没有先前那么幽静，善于体帖了，屋子里总是散乱着碗碟，弥漫着煤烟，使人不能安心做事，但是这自然还只能怨我自己无力置一间书斋。然而又加以阿随，加以油鸡们。加以油鸡又大起来了，更容易成为两家争吵的引线。

加以每日的"川流不息"的吃饭；子君的功业，仿佛就完全建立在这吃饭中。吃了筹钱，筹来吃饭，还要喂阿随，饲油鸡；她似乎将先前所知道的全都忘掉了，也不想到我的构思就常常为了这催促吃饭而打断。即使在坐中给看一点怒色，她总是不改变，仍然毫无感触似的大嚼起来。

使她明白了我的作工不能受规定的吃饭的束缚，就费去五星期。她明白之后，大约很不高兴罢，可是没有说。我的工作果然从此较为迅速地进行，不久就共译了五万言，只要润色一回，便可以和做好的两篇小品，一同寄给《自由之友》去。只是吃饭却依然给我苦恼。菜冷，是无妨的，然而竟不够；有时连饭也不够，虽然我因为终日坐在家里用脑，饭量已经比先前要减少得多。这是先去喂了阿随了，有时还并那近来连自己也轻易不吃的羊肉。她说，阿随实在瘦得太可怜，房东太太还因此嗤笑我们了，她受不住这样的奚落。

于是吃我残饭的便只有油鸡们。这是我积久才看出来的，但同时也如赫胥黎的论定"人类在宇宙间的位置"一般，自觉了我在这里的位置：不过是叭儿狗和油鸡之间。

后来，经多次的抗争和催逼，油鸡们也逐渐成为肴馔，我们和阿随都享用了十多日的鲜肥；可是其实都很瘦，因为它们早已每日只能得到几粒高粱了。从此便清静得多。只有子君很颓唐，似乎常觉得凄苦和无聊，至于不大愿意开口。我想，人是多么容易改变呵！

但是阿随也将留不住了。我们已经不能再希望从什么地方会有来信，子君也早没有一点食物可以引它打拱或直立起来。冬季又逼近得这么快，火炉就要成为很大的问题；它的食量，在我们其实早是一个极易觉得的很重的负担。于是连它也留不住了。

倘使插了草标到庙市去出卖，也许能得几文钱罢，然而我们都不能，也不愿这样做。终于是用包袱蒙着头，由我带到西郊去放掉了，还要追上来，便推在一个并不很深的土坑里。

我一回寓，觉得又清静得多多了；但子君的凄惨的神色，却使我很吃惊。那是没有见过的神色，自然是为阿随。但又何至于此呢？我还没有说起推在土坑里的事。

到夜间，在她的凄惨的神色中，加上冰冷的分子了。

"奇怪。——子君，你怎么今天这样儿了？"我忍不住问。

"什么？"她连看也不看我。

"你的脸色……。"

"没有什么，——什么也没有。"

我终于从她言动上看出，她大概已经认定我是一个忍心的人。其实，我一个人，是容易生活的，虽然因为骄傲，向来不与世交来往，迁居以后，也疏远了所有旧识的人，然而只要能远走高飞，生路还宽广得很。现在忍受着这生活压迫的苦痛，大半倒是为她，便是放掉阿随，也何尝不如此。但子君的识见却似乎只是浅薄起来，竟至于连这一点也想不到了。

我拣了一个机会，将这些道理暗示她；她领会似的点头。然而看她后来的情形，她是没有懂，或者是并不相信的。

天气的冷和神情的冷，逼迫我不能在家庭中安身。但是，往那里去呢？大道上，公园里，虽然没有冰冷的神情，冷风究竟也刺得人皮肤欲裂。我终于在通俗图书馆里觅得了我的天堂。

那里无须买票；阅书室里又装着两个铁火炉。纵使不过是烧着不死不活的煤的火炉，但单是看见装着它，精神上也就总觉得有些温暖。书却无可看：旧的陈腐，新的是几乎没有的。

好在我到那里去也并非为看书。另外时常还有几个人，多则十余人，都是单薄衣裳，正如我，各人看各人的书，作为取暖的口实。这于我尤为合式。道路上容易遇见熟人，得到轻蔑的一瞥，但此地却决无那样的横祸，因为他们是永远围在别的铁炉旁，或者靠在自家的白炉边的。

那里虽然没有书给我看，却还有安闲容得我想。待到孤身枯坐，回忆从前，这才觉得大半年来，只为了爱，——盲目的爱，——而将别的人生的要义全盘疏忽了。第一，便是生活。人必生活着，爱才有所附丽。世界上并非没有为了奋斗者而开的活路；我也还未忘却翅子的扇动，虽然比先前已经颓唐得多……。

屋子和读者渐渐消失了，我看见怒涛中的渔夫，战壕中的兵士，摩托车中的贵人，洋场上的投机家，深山密林中的豪杰，讲台上的教授，昏夜的运动者和深夜的偷儿……。子君，——不在近旁。她的勇气都失掉了，只为着阿随悲愤，为着做饭出神；然而奇怪的是倒也并不怎样瘦损……。

冷了起来，火炉里的不死不活的几片硬煤，也终于烧尽了，已是闭馆的时候。又须回到吉兆胡同，领略冰冷的颜色去了。近来也间或遇到温暖的神情，但这却反而增加我的苦痛。记得有一夜，子君的眼里忽而又发出久已不见的稚气的光来，笑着和我谈到还在会馆时候的情形，时时又很带些恐怖的神色。我知道我近来的超过她的冷漠，已经引起她的忧疑来，只得也勉力谈笑，想给她一点慰藉。然而我的笑貌一上脸，我的话一出口，却即刻变为空虚，这空虚又即刻发生反响，回向我的耳目里，给我一个难堪的恶毒的冷嘲。

子君似乎也觉得的，从此便失掉了她往常的麻木似的镇静，虽然竭力掩饰，总还是时时露出忧疑的神色来，但对我却温和得多了。

我要明告她，但我还没有敢，当决心要说的时候，看见她孩子一般的眼色，就使我只得暂且改作勉强的欢容。但是这又即刻来冷嘲我，并使我失却那冷漠的镇静。

她从此又开始了往事的温习和新的考验，逼我做出许多虚伪的温存的答案来，将温存示给她，虚伪的草稿便写在自己的心上。我的心渐被这些草稿填满了，常觉得难于呼吸。我在苦恼中常常想，说真实自然须有极大的勇气的；假如没有这勇气，而苟安于虚伪，那也便是不能开辟新的生路的人。不独不是这个，连这人也未尝有！

子君有怨色，在早晨，极冷的早晨，这是从未见过的，但也许是从我看来的怨色。我那时冷冷地气愤和暗笑了；她所磨练的思想和豁达无畏的言论，到底也还是一个空虚，而对于这空虚却并未自觉。她早已什么书也不看，已不知道人的生活的第一着是求生，向着这求生的道路，是必须携手同行，或奋身孤往的了，倘使只知道揥着一个人的衣角，那便是虽战士也难于战斗，只得一同灭亡。

我觉得新的希望就只在我们的分离；她应该决然舍去，——我也突然想到她的死，然而立刻自责，忏悔了。幸而是早晨，时间正多，我可以说我的真实。我们的新的道路的开辟，便在这一遭。

我和她闲谈，故意地引起我们的往事，提到文艺，于是涉及外国的文人，文人的作品：《诺拉》，《海的女人》。称扬诺拉的果决……。也还是去年在会馆的破屋里讲过的那些话，但现在已经变成空虚，从我的嘴传入自己的耳中，时时疑心有一个隐形的坏孩子，在背后恶意地刻毒地学舌。

她还是点头答应着倾听，后来沉默了。我也就断续地说完了我的话，连余音都消失在虚空中了。

"是的。"她又沉默了一会，说，"但是，……涓生，我觉得你近来很两样了。可是的？你，——你老实告诉我。"

我觉得这似乎给了我当头一击，但也立即定了神，说出我的意见和主张来：新的路的开辟，新的生活的再造，为的是免得一同灭亡。

临末，我用了十分的决心，加上这几句话：

"……况且你已经可以无须顾虑，勇往直前了。你要我老实说；是的，人是不该虚伪的。我老实说罢：因为，因为我已经不爱你了！但这于你倒好得多，因为你更可以毫无挂念地做事……。"

我同时豫期着大的变故的到来，然而只有沉默。她脸色陡然变成灰黄，死了似的；瞬间便又苏生，眼里也发了稚气的闪闪的光泽。这眼光射向四处，正如孩子在饥渴中寻求着慈爱的母亲，但只在空中寻求，恐怖地回避着我的眼。

我不能看下去了，幸而是早晨，我冒着寒风径奔通俗图书馆。

在那里看见《自由之友》，我的小品文都登出了。这使我一惊，仿佛得了一点生气。我想，生活的路还很多，——但是，现在这样也还是不行的。

我开始去访问久已不相闻问的熟人，但这也不过一两次；他们的屋子自然是暖和的，我在骨髓中却觉得寒冽。夜间，便蜷伏在比冰还冷的冷屋中。

冰的针刺着我的灵魂，使我永远苦于麻木的疼痛。生活的路还很多，我也还没忘却翅子的扇动，我想。——我突然想到她的死，然而立刻自责，忏悔了。

在通俗图书馆里往往瞥见一闪的光明，新的生路横在前面。她勇猛地觉悟了，毅然走出这冰冷的家，而且，——毫无怨恨的神色。我便轻如行云，漂浮空际，上有蔚蓝的天，下是深山大海，广厦高楼，战场，摩托车，洋场，公馆，晴明的闹市，黑暗的夜……。

而且，真的，我豫感得这新生面便要来到了。

我们总算度过了极难忍受的冬天，这北京的冬天；就如蜻蜓落在恶作剧的坏孩子的手里一般，被系着细线，尽情玩弄，虐待，虽然幸而没有送掉性命，结果也还是躺在地上，只争着一个迟早之间。

写给《自由之友》的总编辑已经有三封信，这才得到回信，信封里只有两张书券：两角的和三角的。我却单是催，就用了九分的邮票，一天的饥饿，又都白挨给于己一无所得的空虚了。

然而觉得要来的事，却终于来到了。

这是冬春之交的事，风已没有这么冷，我也更久地在外面徘徊；待到回家，大概已经昏黑。就在这样一个昏黑的晚上，我照常没精打采地回来，一看见寓所的门，也照常更加丧气，使脚步放得更缓。但终于走进自己的屋子里了，没有灯火；摸火柴点起时，是异样的寂寞和空虚！

正在错愕中，官太太便到窗外来叫我出去。

"今天子君的父亲来到这里，将她接回去了。"她很简单地说。

这似乎又不是意料中的事，我便如脑后受了一击，无言地站着。

"她去了么？"过了些时，我只问出这样一句话。

"她去了。"

"她，——她可说什么？"

"没说什么。单是托我见你回来时告诉你，说她去了。"

我不信；但是屋子里是异样的寂寞和空虚。我遍看各处，寻觅子君；只见几件破旧而黯淡的家具，都显得极其清疏，在证明着它们毫无隐匿一人一物的能力。我转念寻信或她留下的字迹，也没有；只是盐和干辣椒，面粉，半株白菜，却聚集在一处了，旁边还有几十枚铜元。这是我们两人生活材料的全副，现在她就郑重地将这留给我一个人，在不言中，教我借此去维持较久的生活。

我似乎被周围所排挤，奔到院子中间，有昏黑在我的周围；正屋的纸窗上映出明亮的灯光，他们正在逗着孩子玩笑。我的心也沉静下来，觉得在沉重的迫压中，渐渐隐约地现出脱走的路径：深山大泽，洋场，电灯下的盛筵，壕沟，最黑最黑的深夜，利刃的一击，毫无声响的脚步……。

心地有些轻松，舒展了，想到旅费，并且嘘一口气。

躺着，在合着的眼前经过的豫想的前途，不到半夜已经现尽；暗中忽然仿佛看见一堆食物，这之后，便浮出一个子君的灰黄的脸来，睁了孩子气的眼睛，恳托似的看着我。我一定神，什么也没有了。

但我的心却又觉得沉重。我为什么偏不忍耐几天，要这样急急地告诉她真话的呢？现在她知道，她以后所有的只是她父亲——儿女的债主——的烈日一般的严威和旁人的赛过冰霜的冷眼。此外便是虚空。负着虚空的重担，在严威和冷眼中走着所谓人生的路，这是怎么可怕的事呵！而况这路的尽头，又不过是——连墓碑也没有的坟墓。

我不应该将真实说给子君，我们相爱过，我应该永久奉献她我的说谎。如果真实可以宝贵，这在子君就不该是一个沉重的空虚。谎语当然也是一个空虚，然而临末，至多也不过这样地沉重。

我以为将真实说给子君，她便可以毫无顾虑，坚决地毅然前行，一如我们将要同居时那样。但这恐怕是我错误了。她当时的勇敢和无畏是因为爱。

我没有负着虚伪的重担的勇气，却将真实的重担卸给她了。她爱我之后，就要负了这重担，在严威和冷眼中走着所谓人生的路。

我想到她的死……。我看见我是一个卑怯者，应该被摈于强有力的人们，无论是真实者，虚伪者。然而她却自始至终，还希望我维持较久的生活……。

我要离开吉兆胡同，在这里是异样的空虚和寂寞。我想，只要离开这里，子君便如还在我的身边；至少，也如还在城中，有一天，将要出乎意表地访我，像住在会馆时候似的。

然而一切请托和书信，都是一无反响；我不得已，只好访问一个久不问候的世交去了。他是我伯父的幼年的同窗，以正经出名的拔贡，寓京很久，交游也广阔的。

大概因为衣服的破旧罢，一登门便很遭门房的白眼。好容易才相见，也还相识，但是很冷落。我们的往事，他全都知道了。

“自然，你也不能在这里了，”他听了我托他在别处觅事之后，冷冷地说，“但那里去呢？很难。——你那，什么呢，你的朋友罢，子君，你可知道，她死了。”

我惊得没有话。

“真的？”我终于不自觉地问。

“哈哈。自然真的。我家的王升的家，就和她家同村。”

“但是，——不知道是怎么死的？”

“谁知道呢。总之是死了就是了。”

我已经忘却了怎样辞别他，回到自己的寓所。我知道他是不说谎话的；子君总不会再来的了，像去年那样。她虽是想在严威和冷眼中负着虚空的重担来走所谓人生的路，也已经不能。她的命运，已经决定她在我所给与的真实——无爱的人间死灭了！

自然，我不能在这里了；但是，“那里去呢？”

四围是广大的空虚，还有死的寂静。死于无爱的人们的眼前的黑暗，我仿佛一一看见，还听得一切苦闷和绝望的挣扎的声音。

我还期待着新的东西到来，无名的，意外的。但一天一天，无非是死的寂静。

我比先前已经不大出门，只坐卧在广大的空虚里，一任这死的寂静侵蚀着我的灵魂。死的寂静有时也自己战栗，自己退藏，于是在这绝续之交，便闪出无名的，意外的，新的期待。

一天是阴沉的上午，太阳还不能从云里面挣扎出来，连空气都疲乏着。耳中听到细碎的步声和咻咻的鼻息，使我睁开眼。大致一看，屋子里还是空虚；但偶然看到地面，却盘旋着一匹小小的动物，瘦弱的，半死的，满身灰土的……。

我一细看，我的心就一停，接着便直跳起来。

那是阿随。它回来了。

我的离开吉兆胡同，也不单是为了房主人们和他家女工的冷眼，大半就为着这阿随。但是，“那里去呢？”新的生路自然还很多，我约略知道，也间或依稀看见，觉得就在我面前，然而我还没有知道跨进那里去的第一步的方法。

经过许多回的思量和比较，也还只有会馆是还能相容的地方。依然是这样的破屋，这样的板床，这样的半枯的槐树和紫藤，但那时使我希望，欢欣，爱，生活的，却全都逝去了，只有一个虚空，我用真实去换来的虚空存在。

新的生路还很多，我必须跨进去，因为我还活着。但我还不知道怎样跨出那第一步。有时，仿佛看见那生路就像一条灰白的长蛇，自己蜿蜒地向我奔来，我等着，等着，看看临近，但忽然便消失在黑暗里了。

初春的夜，还是那么长。长久的枯坐中记起上午在街头所见的葬式，前面是纸人纸马，后面是唱歌一般的哭声。我现在已经知道他们的聪明了，这是多么轻松简截的事。

然而子君的葬式却又在我的眼前，是独自负着虚空的重担，在灰白的长路上前行，而又即刻消失在周围的严威和冷眼里了。

我愿意真有所谓鬼魂，真有所谓地狱，那么，即使在孽风怒吼之中，我也将寻觅子君，当面说出我的悔恨和悲哀，祈求她的饶恕；否则，地狱的毒焰将围绕我，猛烈地烧尽我的悔恨和悲哀。

我将在孽风和毒焰中拥抱子君，乞她宽容，或者使她快意……。

但是，这却更虚空于新的生路；现在所有的只是初春的夜，竟还是那么长。我活着，我总得向着新的生路跨出去，那第一步，——却不过是写下我的悔恨和悲哀，为子君，为自己。

我仍然只有唱歌一般的哭声，给子君送葬，葬在遗忘中。

我要遗忘；我为自己，并且要不再想到这用了遗忘给子君送葬。

我要向着新的生路跨进第一步去，我要将真实深深地藏在心的创伤中，默默地前行，用遗忘和说谎做我的前导……。

一九二五年十月二十一日毕。

（选自《鲁迅全集》第二卷，人民文学出版社 2005 年版）

悲情缱绻的悼亡诗

王巧凤

关键词：爱情；启蒙；悲情

短篇小说《伤逝》写毕于 1925 年 10 月，是鲁迅知识分子题材小说中唯一描写爱情的作品。《伤逝》在第一人称"我"的悲诉中以倒叙开场："要写下我的悔恨和悲哀，为子君，为自己。"浓浓的悲剧气氛在这一真诚的忏悔中引领着故事层层展开。在封建势力与五四思潮处于对峙阶段的不寻常时代，涓生和子君勇敢地走着自己的路。先是受五四个性解放思想影响，子君冲破了封建家庭与社会习俗的束缚，坚定地与她精神上的导师涓生结合了。接着他们沉浸在爱的海洋里。时隔不久，涓生发现自己只为了爱，竟忘了其他，子君在无聊中虚度着青春年华，涓生为失却了以往的爱悲苦着。这篇洋溢着爱的忏悔意识与悲剧意义的抒情之作，通过男女主人公婚恋及其悲剧，对毫无根基的个性解放提出了质疑，指出经济不独立，终究没有幸福，爱必须有所附丽。这曲声泪俱下的悲歌，大胆地审视自我，批判性地探索和选择着人生之路，真切地反映了当时一部分知识分子人生道路探索中的情感历程。

子君、涓生是五四时代精神孕育的产儿。子君开始出现时，总是带着涓生所热望的那种"微笑"姗姗而来，她善良、柔弱、纤巧、秀丽，在关健时刻，她能坚定不移，一往无前，"我是我自己的，他们谁也没有干涉我的权利"。她是五四时期光彩照人的可爱新女性，但是爱的结合停滞了子君前进的步伐，她生活的全部成了洗碗、做饭、饲鸡、养狗，与官太太勾心斗角。无聊琐事与狭隘庸俗消弭了她曾经有的无畏与勇敢。子君的变化并不奇怪，因为她的理想就是自由的婚姻，得到了爱情与家庭，她再也无所追求。子君作为一个个性解放主义者，却并未完全摆脱封建观念的羁绊，她把封建的"女子治内，服侍丈夫"视为当然，她在新的家庭中仍无经济地位，不得不成为男子的附属品。所以，从本质上看，子君是冲出一个牢笼又陷入了另一个牢笼，不知不觉地又回到了中国旧式妇女所走的老路。她并未取得真正的解放。当涓生失业，提出分手时，子君不得不回到旧家，"负着虚空的重担，在严威和冷眼中走着所谓人生的路"。

涓生是子君思想的启蒙者，是封建礼教的叛逆者。他和子君谈家庭专制，谈男女平等，谈伊孛生，谈泰戈尔，他们联合起来，挣脱封建的羁绊，实现了爱的结合，随着爱的热情的减退，他感到了索漠与空虚。正在爱的危机之时，失业的打击又加在了他身上。面对失业，他比子君镇定，尚未忘却"翅子的扇动"。然而日益窘迫的生活与日益枯萎的爱促使他开始冷静自省。他检讨了"大半年来，只为了爱"，"而将别的人生的要义全盘疏忽了"，认为"人必生活着，爱才有所附丽"。但他认为是子君妨碍了自己的前行，他依然把新的生路的希望寄托在个人"翅子的扇动"上，他不顾及对子君的伤害与打击，提出与子君分手，以为他们的分离就是新的道路的开辟。个性主义使得他获得了子君，实现了爱的理想，个性主义又成了他继续前行道路中的障碍，把子君推向了人生的末路，使自己陷入了忏悔与迷惘之中。在他体验了爱情悲剧与理想幻灭的悲剧后，决心再寻新的生路。涓生的悲剧宣告了个性解放的破产，那种孤军奋战，踽踽孤行，是不可能寻找到真正的人生出路的。

小说采用独特的手记体形式与自省视觉的第一人称写法，着力于对人物内在情感的自我表现。小说抒写涓生的悔恨和悲哀，没有作抽象空泛的分析与理性说教，而是紧紧扣住涓生的原罪式心情，以忏悔的内心告白形式，追怀往事，剖析自我，由此生发哀意。小说在整个悲剧的叙述过程中，抒情氛围非常强烈。热恋的深情、新婚的喜悦、失业打击后的惶惑、感情濒于破裂时的痛苦、终于分手后的绝望以及子君死后涓生沉痛的悔恨和悲哀，形成了一条起伏奔腾的情感河流。小说不仅以"理"启迪读者，又以"情"动人。

小说构思也很巧妙。它按照会馆—吉兆胡同—会馆这样的回归式结构展开叙述，形象地表明依靠"个人奋斗"是无法突破封建的罗网、无法跳出原来的生活圈子的。在具体事件的回顾中，并没有严格按照事件的时间先后为序，而是根据主人公的情感，有详有略地、跳跃式地追述，形成了在叙事中抒情、在抒情中叙事的特色。此外，作者还通过暮春、晚秋、严冬的季节与环境的变换，来表现子君与涓生爱情的勃发、枯萎、凋零三个阶段，增强了抒情氛围。

思 考 题

1. 子君与涓生的爱情悲剧体现了鲁迅对知识分子问题怎样的思考?
2. 这篇小说的手记体形式对人物的塑造有何作用?

延 伸 阅 读

鲁迅:《在酒楼上》《孤独者》《白光》

参 考 文 献

1. 王乾坤:《鲁迅的生命哲学》,人民文学出版社 1999 年版。
2. 李今:《析〈伤逝〉的反讽性质》,《文学评论》2010 年第 2 期。
3. 徐仲佳:《叙事视角与召唤结构:〈伤逝〉意蕴再探讨》,《文学评论》2020 年第 1 期。

铸剑（存目）

鲁　迅

复仇者之歌

张全之

关键词：复仇；铸剑；眉间尺

在鲁迅作品中，《故事新编》是一部奇书，它戏仿历史，针砭现实，跨越文体，搅乱时空，既有史实或传说的依据，更有信马由缰的虚构、点染和夸张，鲁迅称之为"油滑"，但实则是"一种观察人生世相的特殊眼光，是一种对社会、历史、文化独特的认识方式"（郑家建《历史向自由的诗意敞开：〈故事新编〉诗学研究》）。在《故事新编》的八篇小说中，《铸剑》"油滑"情节少一些，也深得鲁迅的喜爱。

《铸剑》的本事来自《列异传》《搜神记》等古籍中记载的"三王冢"的故事。经过鲁迅的艺术加工，这样一个古老的传说，演变为一篇具有现代思想和现代审美品格的经典小说。在干宝的《搜神记》中，眉间尺名赤比，他踏上复仇之路后，"王梦见一儿，眉间广尺，言欲报仇"，鲁迅据此将其名更为眉间尺，并增加了其性格由优柔到果敢的转变，显得更为形象、生动。小说中最具魅力的人物黑色人"宴之敖者"，在《搜神记》中被称为"客"，除此之外没有任何多余的交代。但在《铸剑》中，鲁迅称其来自"汶汶乡"（昏暗不明的地方），并对其形象进行了细致的刻画，凸显其冷、硬、黑、瘦的特征。他还用尖厉的声音唱着谁也听不懂的歌曲，更增添了其神秘性。他帮眉间尺复仇没有任何功利目的，并拒绝一切的感激和赞美，他认为："仗义，同情，那些东西，先前曾经干净过，现在却都成了放鬼债的资本。我的心里全没有你所谓的那些。我只不过要给你报仇！"黑色人拒绝"义士""仗义"等称号，对他而言，复仇本身就是目的，他就是复仇之剑的"精魂"——一个为复仇而诞生的幽灵。而在复仇中，他可以毁灭自己，这似乎是他的一个愿望："我的魂灵上是有这么多的，人我所加的伤，我已经憎恶了我自己！"从这个意义上说，他帮助眉间尺复仇，也是为了实现自己的复仇愿望：毁掉他自己！与眉间尺的伦理复仇（报杀父之仇）不同，他指向自身的复仇行为，是复仇的另一种形式，它根源于根深蒂固的绝望和对绝望的反抗。正是在这个人的身上，鲁迅暗置了自己的复仇心理。鲁迅出生于越地，自古乃"雪耻之乡"，他的骨子里有着越王勾践的精神遗传。所以他对那些阻碍社会进步的恶劣现象和自称"正人君子"的伪善之士深恶痛绝，至死也"一个都不宽恕"！黑色人正是鲁迅这种复仇心理的外化。

小说结尾，先写眉间尺的头颅在水中嬉戏，继写两颗和三颗头颅在水中撕咬，集诡异、怪诞和真实生动于一体，读来惊心动魄、荡气回肠，确是难得一见的好文章。而鲁迅快意恩仇、"与子偕亡"的复仇精神，也尽在这些描写中得以呈现。

思 考 题

1. 比较《铸剑》与干宝《搜神记》中的相关记载，分析鲁迅赋予了这个故事怎样的新内涵。
2. 分析黑色人帮助眉间尺复仇的动机和意义。

延 伸 阅 读

鲁迅：《奔月》《采薇》

参 考 文 献

1. 郑家建：《历史向自由的诗意敞开：〈故事新编〉诗学研究》，上海三联书店 2005 年版。
2. 郜元宝：《鲁迅六讲》（增订本），北京大学出版社 2007 年版。
3. 孙郁：《晚年鲁迅文本的"墨学"之影》，《北京大学学报》（哲学社会科学版）2020 年第 6 期。

春桃（存目）

许地山

宗教情怀　人格魅力

王巧凤

关键词：春桃；宗教情结；人格魅力

对于《春桃》的评价历来不一。陈平原谈到主人公春桃之所以能够冷静处理突发矛盾，"实在有赖于作家潜在而又强烈的宗教情绪"；作家把"儒家的义、佛学的慈悲和基督教的博爱混和在一起，使春桃毫不犹豫地收留残废的李茂。在现实的社会中，一妻二夫是荒谬的、淫荡的（这似乎谈不上反封建礼教）；但在精神世界里，救援一个孤立无助的灵魂，却是崇高的、圣洁的，即使其手段表面看来不道德"（陈平原《论苏曼殊、许地山小说的宗教色彩》）。林志仪、雷锐却反对："这一见解看来颇为精辟，但却脱离作品实际，未免有些附会；虽然作者后期仍存在有宗教思想意识，但这并不是占主要地位的，……像春桃这个来自农村的妇女，作品又何曾写到她信仰什么宗教，或受什么宗教思想影响呢？"（林志仪、雷锐《许地山、郑振铎作品欣赏》）

壮年而逝的许地山，创作数量虽然不多，却有不少佳作留给我们：《命命鸟》《商人妇》《缀网劳蛛》《铁鱼的鳃》等。他早期带有典型的宗教和人道主义思想倾向，后期走上了切实沉着的现实主义创作道路。但有一条不变的原则是：宗教情结和人格魅力。读《春桃》，一般人不易发现其中的宗教情结，但细心的读者还是能看出她与尚洁、惜官等人具有的承继关系。她的冷静、果断、宽厚、仁慈等精神品质，与尚洁等人的精神品质既一脉相承又有所发展。有人认为她有儒家的义、佛家的慈悲和基督的博爱，也许还有道家顺应自然、随遇而安的思想，即许地山所谓的"避"与"顺"："所谓避与顺并不是消极的服从与躲避，乃是在不可抵挡的命运中求适应，像不能飞的蜘蛛为创造自己的生活，只能打打网一样。"（许地山《序〈野鸽的话〉》）

春桃与丈夫李茂失散，被迫流落异乡，却没有伤感与悲痛。街头偶遇失散四五年的丈夫，尽管一时"心跳得慌"，但很快恢复平静；听李茂诉说别后遭遇，眼眶湿润，却"静默"地听着。男人间关于她的谈论，没有引起她内心深处的轩然大波，也不怕世俗社会对她的指责，而是与尚洁、惜官一样，以"不是个弱者"的姿态，应对着世俗人生的不断变化。她挽留李茂，主要不是因为他们曾经是夫妻，而是出于对李家父辈之恩的报答和对李茂严重伤残的同情和怜悯，是尚洁宽待、救治窃贼的仁慈在她身上的再现，是一种非常自然的宗教意识。尽管春桃不是教徒，也许她根本未意识到宗教的存在，但这种"仁义""博爱""慈悲"的宗教情怀，却早已渗透到了她的灵魂深处。

《春桃》选择了战乱生活之一幕，表现的是一个佛家命题："苦"即"生本不乐"的思想。无论是人生残缺包括李茂的身体残缺，还是春桃因战乱与丈夫失散捡烂纸为生，都属于人生的残缺和无奈，且与生俱来。宗教当使人对于社会、个人，负起善良、精进的责任，纵使没有天堂、地狱，也要力行。也就是说，人生本苦，人世本来残缺不全，但宗教不是教人在"生本不乐"的命运里毫无作为，而是教人在命运中如何求适应，在不乐中求快乐，以苦为本却又以苦为乐，在认同苦的过程中享受人生，探知人生真谛，寻找人生的真义。

《春桃》叙述了一个特定时代、特定环境中的动人故事，揭示了现实社会的黑暗与苦难，塑造了一个此前还未曾出现过的现代人物典型。春桃作为一个下层劳动妇女，纯朴、率直，没有不切实际的幻想和遭受挫折后的忧郁，而是立足于现实生活土壤，在生活和爱情中努力追求自主、自立、自尊、自强。她虽然也被压在生活的底层，却生命力极强，努力凭借自己的能力和方式谋生，成为一个具有叛逆性格和独立精神的劳动妇女形象。命运多难，春桃从不抱怨，一方面承认"生本不乐"的命运，一方面又力所能及地找到自己可以生存的方式，这是平常人于不可抵抗的命运中求适应的平常生活方式。两个男人，一个女人，同吃同住，以捡破烂为生，看似不符合传统、不符合常人思维，却成为苦中求生的最好选择。与其说是体现女性冲破束缚、反抗封建世俗的思想，不如说是出于宗教情怀。春桃的行为达到了一种超越世俗、超越苦难、超越人生乐趣的境界，纯粹是一种高尚的精神所在。许地山笔下的春桃，能在如此平和之中消融世俗伦理，达到一种复归纯朴、自由人性的最高境界，是作者用宗教观念统摄世俗伦理及超越人间世俗伦理的宗教情怀的大爱体现。

《春桃》的故事情节曲折离奇，人物命运充满戏剧性，整体氛围神奇妙秘；人物命运带着极强的偶然性、突发性和难以捉摸性；人生无常、世事难测的宗教诡秘情绪耐人寻味。春桃既坚韧、乐观，又困惑于命运捉弄。这种既无法回避又难以直面的矛盾心理，寓含了作者对人与自然非常规悲剧命运的玄思与悲苦感。由春桃在苦难中平静、乐观的生活态度，折射出了作者淡定静观、佛心入性的明慧远达。那一盆陋室晚香玉的意象，更将作者潜意识中的佛家香火色彩，含蓄而幽远地弥漫了全篇，这也许正是《春桃》这篇小说的独特意义和审美价值所在。

思 考 题

1. 比较分析许地山前后期小说风格的异同。
2.《春桃》体现了怎样的宗教思想特色？

延 伸 阅 读

许地山：《命命鸟》《商人妇》《缀网劳蛛》

参 考 文 献

1. 孙德喜：《徘徊于宗教与现实之间：许地山的〈春桃〉与其早期作品比较》，《扬州师院学报》（社会科学版）1993 年第 1 期。

2. 宋媛：《试析许地山笔下的春桃形象》，《北京社会科学》2011 年第 1 期。

沉沦（存目）

郁达夫

堕落与忏悔的背后

王巧凤

关键词：爱国；沉沦；忏悔

《沉沦》是郁达夫的第一篇作品，也是一篇有争议的作品。贬者认为它是一篇"海淫""不道德""不端方"的作品；褒者认为它是一篇反封建的先锋之作，"他那大胆的自我暴露，对于深藏在千年万年的背甲里面的士大夫的虚伪，完全是一种暴风雨式的闪击"，"这样露骨的真率，使他们感受着假的困难"（郭沫若《论郁达夫》）。

无论是儒家伦理，还是道家规范，正常的男欢女爱，"只能意会而不能言传"，作为新旧交替时代知识分子的郁达夫，却未能延续"士"阶层知识分子传统，把从来不能说更不能写的"欲""性"直陈于纸上，供人欣赏。无怪乎他的小说一出现，就被斥为"海淫"之作。《沉沦》所写的窥浴、看"淫书"、手淫、嫖妓等下流邪恶的东西，不仅与君子所谓的羞耻感、罪恶感相悖，而且与以"孝"为先的儒家伦理道德也相去甚远。

褒者观点大多出自新文化阵营的先驱者和先锋战士。他们认为，不被纲常伦理认可的个体生命本能，也是一种生命的存在形式。作为一种独立存在体，长久以来被封建的社会伦理道德人为地忽略、遮蔽、压抑，且以一种集体无意识与个体无意识的潜在形式，约定俗成为一种心照不宣的共同道德规则、一种不能僭越的契约合同。《沉沦》的主人公充当了那个撕毁契约符号的"英雄"。他以冒天下之大不韪的勇气，切身的自我体验，真实的自我暴露，第一次向封建传统的"禁欲主义"发出了挑战。

1949年后的评论大都强调《沉沦》的爱国意识、情欲苦闷、感伤风格。从伦理意义上看，《沉沦》具有"反道德"价值；从政治倾向而言，《沉沦》的爱国热忱更有价值；从艺术表现分析，《沉沦》以情绪取代情节，直白显露，细腻松散，有意为之而又漫不经心，以"他"者言说的第三人称叙述方式，在道德与心理的探索中，创造了一种紧张的心理氛围，使主人公性格及小说题旨都表现得鲜明突出。今天重读《沉沦》，除了毋庸置疑地肯定学界以上研究外，还可以进一步走入文本，走向主人公由爱国而失望，由失望而沉沦的伤感苦闷，在作者由不同文化刺激引发的"抒情小说"写作背后，分析一下《沉沦》是否还存在着前人未看到，抑或不想看到的郁达夫创作的作秀文化心理：既在堕落，又在立牌坊。

《沉沦》中，主人公因为祖国不富强，渴望爱情不得而跳海自杀。这里面有郁达夫的人生感受。20岁以前的郁达夫，出国时间短，年龄小，突然经历了中国"禁欲"而日本

"性开放"的不同文化刺激，他不知所措；加之青春期的到来，个性解放思想及"私小说"的影响等，郁达夫具有《沉沦》主人公同样的苦闷，这都是国人能够体察理解的方面。我们所不能理解的是，郁达夫笔下的主人公一边在爱国，一边却在堕落；一边对祖国刻骨地失望，一边又在别国暗夜宿妓嫖娼；一边在妓女怀里享受着快乐，一边又自恃清高地鄙薄自己失去童男的"不值得"。如果说，《沉沦》期的苦闷，让郁达夫这样一个单身的男子，难于抗拒日本性开放时期的诱惑和青春期的孤独，而背叛了传统的伦理道德，走向了人性的沉沦堕落；订婚后的他却一边和未婚妻诗来赋往，鸿雁传书，热恋谈情，一边却又身心出轨。他的妻子孙荃是旧式妇女，从订婚到离婚10年间，相夫教子、生儿育女，却饱尝了他宿妓嫖娼、移情别恋等婚外放荡行为之痛苦。

这样一来，重读就给我们提供了一种新的思考。以往我们在评价《沉沦》时，比较单纯地注重了小说带给我们的社会意义和反封建价值，忽略了创作者的文化心理甚或潜意识。大多欣赏《沉沦》的读者是男性，最早评价《沉沦》，反对《沉沦》的也基本上是男性。从来没有人站在女性角度，反观郁达夫及其人物背后的文化心理，反思郁达夫及其人物堕落的更潜在的主观原因。不可否认，道学家"男盗女娼"喊"禁欲"是很虚伪，他们敢做不敢当的虚假行为，是《沉沦》应该揭露的。然而，挂着启蒙家招牌的新派人物，因为"真诚"，因为"敢做敢当"，因为要与世俗抗争，就应该享有"沉沦"的权利与"堕落"的自由吗？忏悔证明着改悔，不是意味着屡忏不改。倘若忏悔只是成名造坊的一种方式，这忏悔的作秀意味也许太不值得称道了。

思 考 题

1. 简析《沉沦》在中国现代文学史上的地位与价值。
2. 如何认识郁达夫小说的感伤颓废描写？

延 伸 阅 读

郁达夫：《南迁》《茫茫夜》

参 考 文 献

1. 夏志清：《中国现代小说史》，刘绍铭等译，复旦大学出版社2005年版。
2. 吴晓东：《郁达夫与中国现代"风景的发现"》，《中国现代文学研究丛刊》2012年第10期。

迟桂花

郁达夫

××兄：

　　突然间接着我这一封信，你或者会惊异起来，或者你简直会想不出这发信的翁某是什么人。但仔细一想，你也不在做官，而你的境遇，也未见得比我的好几多倍，所以将我忘了的这一回事，或者是还不至于的。因为这除非是要贵人或境遇很好的人才做得出来的事情。前两礼拜为了采办结婚的衣服家具之类，才下山去。有好久不上城里去了，偶尔去城里一看，真是像丁令威的化鹤归来，触眼新奇，宛如隔世重生的人。在一家书铺门口走过，一抬头就看见了几册关于你的传记评论之类的书。再踏进去一问，才知道你的著作竟积成了八九册之多了。将所有的你的和关于你的书全买将回来一读，仿佛是又接见了十余年不见的你那副音容笑语的样子。我忍不住了，一遍两遍的尽在翻读，愈读愈想和你通一次信，见一面。但因这许多年数的不看报，不识世务，不亲笔砚的缘故，终于下了好几次决心，而仍不敢把这心愿来实现。现在好了，关于我的一切结婚的事情的准备，也已经料理到了十之七八，而我那年老的娘，又在打算着于明天一侵早就进城去，早就上床去躺下了。我那可怜的寡妹，也因为白天操劳过了度，这时候似乎也已经坠入了梦乡，所以我可以静静儿的来练这久未写作的笔，实现我这已经怀念了有半个多月的心愿了。

　　提笔写将下来，到了这里，我真不知将如何的从头写起。和你相别以后，不通闻问的年数，隔得这么的多，读了你的著作以后，心里头触起的感觉情绪，又这么的复杂；现在当这一刻的中间，汹涌盘旋在我脑里想和你谈谈的话，的确，不止像一部二十四史那么的繁而且乱，简直是同将要爆发的火山内层那么的热而且烈，急遽寻不出一个头来。

　　我们自从房州海岸别来，到现在总也约莫有十多年光景了罢！我还记得那一天晴冬的早晨，你一个人立在寒风里送我上车回东京去的情形。你那篇《南迁》的主人公，写的是不是我？我自从那一年后，竟为这胸腔的恶病所压倒，与你再见一次面和通一封信的机会也没有，就此回国了。学校当然是中途退了学，连生存的希望都没有了的时候，哪里还顾得到将来的立身处世？哪里还顾得到身外的学艺修能？到这时候为止的我的少年豪气，我的绝大雄心，是你所晓得的。同级同乡的同学，只有你和我往来得最亲密。在同一公寓里同住得最长久的，也只有你一个人；时常劝我少用些功，多保养身体，预备将来为国家为人类致大用的，也就是你。每于风和日朗的晴天，拉我上多摩川上井之头公园及武藏野等近郊去散走闲游的，除你以外，更没有别的人了。那几年高等学校时代的愉快的生活，我现在只教一闭上眼，还历历透视得出来。看了你的许多初期的作品，这记忆更加新鲜了。我的所以愈读你的作品，愈想和你通一次信者，原因也就在这些过去的往事的追怀。这些都是你和我两人所共有的过去，我写也没有写得你那么好，就是不写你总也还记得的，所以我不想再说。我打算详详细细向你来作一个报告的，就是从那年冬天回故乡以后的十几年光景的山居养病的生活情形。

那一年冬天咯了血，和你一道上房州去避寒，在不意之中，又遇见了那个肺病少女——是真砂子罢？连她的名字我都忘了——无端惹起了那一场害人害己的恋爱事件。你送我回东京之后，住了一个多礼拜，我就回国来了。我们的老家在离城市有二十来里地的翁家山上，你是晓得的。回家住下，我自己对我的病，倒也没什么惊奇骇异的地方，可是我痰里的血丝，脸上的苍白，和身体的瘦削，却把我那已经守了好几年寡的老母急坏了，因为我那短命的父亲，也是患这同样的病而死去的。于是她就四处的去求神拜佛，采药求医，急得连粗茶淡饭都无心食用，头上的白发，也似乎一天一天的加多起来了。我哩！恋爱已经失败了，学业也已辍了，对于此生，原已没有多大的野心，所以就落得去由她摆布，积极地虽尽不得孝，便消极地尽了我的顺。初回家的一年中间，我简直门外也不出一步，各色各样的奇形的草药，和各色各样的异味的单方，差不多都尝了一个遍。但是怪得很，连我自己都满以为没有希望的这致命的病症，一到了回国后所经过的第二个春天，竟似乎有神助似地，忽然减轻了，夜热也不再发，盗汗也居然止住，痰里的血丝早就没有了。我的娘的喜欢，当然是不必说，就是在家里替我煮药缝衣，代我操作一切的我那位妹妹，也同春天的天气一样，时时展开了她的愁眉，露出了她那副特有的真真是讨人欢喜的笑容。到了初夏，我药也已经不服，有兴致的时候，居然也能够和她们一道上山前山后去采采茶，摘摘菜，帮她们去服一点小小的劳役了。是在这一年的——回家后第三年的——秋天，在我们家里，同时候发生了两件似喜而又可悲，说悲却也可喜的悲喜剧。第一，就是我那妹妹的出嫁，第二，就是我定在城里的那家婚约的解除。妹妹那年十九岁了，男家是只隔一支山岭的一家乡下的富家。他们来说亲的时候，原是因为我们祖上是世代读书的，总算是来和诗礼人家攀婚的意思。定亲已经定过了四五年了，起初我娘却嫌妹妹年纪太小，不肯马上准他们来迎娶，后来就因为我的病，一搁就又搁起了两三年。到了这一回，我的病总算已经恢复，而妹妹却早到了该结婚的年龄了。男家来一说，我娘也就应允了他们，也算完了她自己的一件心事。至于我的这家亲事呢，却是我父亲在死的前一年为我定下的，女家是城里的一家相当有名的旧家。那时候我的年纪虽还很小，而我们家里的不动产却着实还有一点可观。并且我又是一个长子，将来家里要培植我读书处世是无疑的，所以那一家旧家居然也应允了我的婚事。以现在的眼光看来，这门亲事，当然是我们去竭力高攀的，因为杭州人家的习俗，是吃粥的人家的女儿，非要去嫁吃饭的人家不可的。还有乡下姑娘，嫁往城里，倒是常事，城里的千金小姐，却不大会下嫁到乡下来的，所以当时的这个婚约，起初在根本上就有点儿不对。后来经我父亲的一死，我们家里，丧葬费用，就用去了不少。嗣后年复一年，母子三人，只吃着家里的死饭。亲族戚属，少不得又要对我们孤儿寡妇，时时加以一点剥削。母亲又忠厚无用，在出卖田地山场的时候，也不晓得市价的高低，大抵是任凭族人在从中勾搭。就因这种种关系的结果，到我考取了官费，上日本去留学的那一年，我们这一家世代读书的翁家山上的旧家，已经只剩得一点仅能维持衣食的住屋山场和几块荒田了。当我初次出国的时候，承蒙他们不弃，我那未来的亲家，还送了我些赆仪路肴。后来于寒假暑假回国的期间，也曾央原媒来催过完姻。可是接着就是我那致命的病症的发生，与我的学业的中辍，于是两三年中，他们和我们的中间，便自然而然的断绝了交往。到了这一年的晚秋，当我那妹妹嫁后不久的时候，女家忽而又央了原媒来对母亲说："你们的大少爷，有病在身，婚娶的事情，当然是不大相宜的，而他家的小姐，也已经下了绝大的决心，立志终身不嫁了，所以这一个婚约，还是解除了的好。"说着就打开包裹，将我们传红时候交去的金玉如意，红绿帖子等，拿了出来，退还了母亲。我那忠厚老实的娘，人虽则无用，但面子却是死要的，一听了媒人的这一番说话，目瞪口僵，立时就滚下了几颗眼泪来。幸亏我在旁边，做好做歹的对娘劝慰了好久，她才含着眼泪，将女家的回礼及八字全帖等检出，交还了原媒。媒人去后，她又上山后我父亲的坟边去大哭了一场。直到傍晚，我和同族邻人等一道去拉她回来，她在路上，还流着满脸的眼泪鼻涕，在很伤心地呜咽。这一出赖婚的怪剧，在我只有高兴，本来是并没有什么大不了的，可是由头脑很旧的她看来，却似乎是翁家世代的颜面家声都被他们剥尽了。自此以后，一直下来，将近十年，我和她母子二人，就日日的寡言少笑，相对茕茕，直到前年的冬天，我那妹夫死去，寡妹回来为止，两人所过的，都是些在炼狱里似的沉闷的日子。

说起我那寡妹，她真也是前世不修。人虽则很长大，身体虽则很强壮，但她的天性，却永远是一个天真活泼的小孩子。嫁过去那一年，来回郎的时候，她还是笑嘻嘻地如同上城里去了一趟回来了的样子，但双满月之后，到年下边回来的时候，从来不晓得悲泣的她，竟对我母亲掉起眼泪来了。她们夫家的公公虽则还好，但婆婆的繁言咨音，小姑的刻薄尖酸和男人的放荡凶暴，使她一天到晚过不到一刻安闲自在的生活。工作操劳本系是她在家里的时候所惯习的，倒并不以为苦，所最难受的，却是多用一枝火柴，也要受婆婆责备的那一种俭约到不可思议的生活状态。还有两位小姑，左一句尖话，右一句毒语，仿佛从前我娘的不准他们早来迎娶，致使她们的哥哥染上了游荡的恶习，在外面养起了女人这一件事情，完全是我妹妹的罪恶。结婚之后，新郎的恶习，仍旧改不过来，反而是在城里他那旧情人家里过的日子多，在新房里过的日子少。这一笔账，当然又要写在我妹妹的身上。婆婆说她不会侍奉男人，小姑们说她不会劝，不会骗。有时候公公看得难受，替她申辩一声，婆婆就尖着喉咙，要骂上公公的脸去："你这老东西！脸要不要，脸要不要，你这扒灰老！"因我那妹夫，过的是这一种不自然的生活，所以前年夏天，就染了急病死掉了，于是我那妹妹又多了一个克夫的罪名。妹妹年轻守寡，公公少不得总要对她客气一点，婆婆在这里就算抓住了扒灰的证据，三日一场吵，五日一场闹，还是小事，有几次在半夜里，两老夫妇还会大哭大骂的喧闹起来。我妹妹于有一回被骂被逼得特别厉害的争吵之后，就很坚决地搬回到了家里来住了。自从她回来之后，我娘非但得到了一个很大的帮手，就是我们家里的沉闷的空气，也缓和了许多。

这就是和你别后，十几年来，我在家里所过的生活的大概。平时非但不上城里去走走，当风雪盈途的冬季，我和我娘简直有好几个月不出门外的时候。我妹妹回来之后，生活又约略变过了。多年不做的焙茶事业，去年也竟出产了一二百斤。我的身体，经了十几年的静养，似乎也有一点把握了。从今年起，我并且在山上的晏公祠里参加入了一个训蒙的小学，居然也做了一位小学教师。但人生是动不得的，稍稍一动，就如滚石下山，变化便要接连不断的簇生出来。我因为在校教书，而家里头又勉强地干起了一点事业，今年夏季居然又有人来同我议婚了。新娘是近邻乡村里的一位老处女，今年二十七岁，家里虽称不得富有，可也是小康之家。这位新娘，因为从小就读了些书，曾在城里进过学堂，相貌也还过得去——好几年前，我曾经在一处市场上看见过她一眼的——故而高不凑，低不就，等闲便度过了她的锦样的青春。我在教书的学校里的那位名誉校长——也是我们的同族——本来和她是旧亲，所以这位校长就在中间做了个传红线的冰人。我独居已经惯了，并且身体也不见得分外强健，若一结婚，难保得旧病的不会复发，故而对这门亲事，当初是断然拒绝了的。可是我那年老的母亲，却仍是雄心未死，还在想我结一头亲，生下几个玉树芝兰来，好重振重振我们的这已经坠落了很久的家声，于是这亲事就又同当年生病的时候服草药一样，勉强地被压上我的身来了。我哩，本来也已经入了中年了，百事原都看得很穿，又加以这十几年的疏散和无为，觉得在这世上任你什么也没甚大不了的事情，落得随随便便的过去，横竖是来日也无多了。只教我母亲喜欢的话，那就是我稍稍牺牲一点意见也使得。于是这婚议，就在很短的时间里，成熟得妥妥帖帖，现在连迎娶的日期也已经拣好了，是旧历九月十二。

是因为这一次的结婚，我才进城里去买东西，才发见了多年不见的你这老友的存在，所以结婚之日，我想请你来我这里吃喜酒，大家来谈谈过去的事情。你的生活，从你的日记和著作中看来，本来也是同云游的僧道一样的。让出一点工夫来，上这一区僻静的乡间来住几日，或者也是你所喜欢的事情。你来，你一定来，我们又可以回顾回顾一去而不复返的少年时代。

我娘的房间里，有起响动来了，大约天总就快亮了罢。这一封信，整整地费了我一夜的时间和心血，通宵不睡，是我回国以后十几年来不曾有过的经验，你单只看取了我的这一点热忱，我想你也不好意思不来。

啊，鸡在叫了，我不想再写下去了，还是让我们见面之后再来谈罢！

一九三二年九月　翁则生上

刚在北平住了个把月，重回到上海的翌日，和我进出的一家书铺里，就送了这一封挂号加邮托转交的厚信来。我接到了这信，捏在手里，起初还以为是一位我认识的作家，寄了稿子来托我代售的。但翻转信背一看，却是杭州翁家山的翁某某所发，我立时就想起了那位好学不倦，面容妩媚，多年不相闻问的旧同学老翁。他的名字叫翁矩，则生是他的小名。人生得矮小娟秀，皮色也很白净，因而看起来总觉得比他的实际年龄要小五六岁。在我们的一班里，算他的年纪最小，操体操的时候，总是他立在最后的，但实际上他也只不过比我小了两岁。那一年寒假之后，和他同去房州避寒，他的左肺尖，已经被结核菌损蚀得很厉害了。住不上几天，一位也住在那近边养肺病的日本少女，很热烈地和他要好了起来，结果是那位肺病少女的因兴奋而病剧，他也就同失了舵的野船似地迁回到了中国。以后一直十多年，我虽则在大学里毕了业，但关于他的消息，却一向还不曾听见有人说起过。拆开了这封长信，上书室去坐下，从头至尾细细读完之后，我呆视着远处，茫茫然如失了神的样子，脑子里也触起了许多感慨与回思。我远远的看出了他的那种柔和的笑容，听见了他的沉静而又清澈的声气。直到天将暗下去的时候，我一动也不动，还坐在那里呆想，而楼下的家人却来催吃晚饭了。在吃晚饭的中间，我就和家里的人谈起了这位老同学，将那封长信的内容约略说了一遍。家里的人，就劝我落得上杭州去旅行一趟，像这样的秋高气爽的时节，白白地消磨在煤烟灰土很深的上海，实在有点可惜，有此机会，落得去吃吃他的喜酒。

第二天仍旧是一天晴和爽朗的好天气，午后二点钟的时候，我已经到了杭州城站，在雇车上翁家山去了。但这一天，似乎是上海各洋行与机关的放假的日子，从上海来杭州旅行的人，特别的多。城站前面停在那里候客的黄包车，都被火车上下来的旅客雇走了，不得已，我就只好上一家附近的酒店去吃午饭。在吃酒的当中，问了问堂倌以去翁家山的路径，他便很详细地指示我说：

"你只教坐黄包车到旗下的陈列所，搭公共汽车到四眼井下来走上去好了。你又没有行李，天气又这么的好，坐黄包车直去是不上算的。"

得到了这一个指教，我就从容起来了，慢慢的喝完了半斤酒，吃了两大碗饭，从酒店出来，便坐车到了旗下。恰好是三点前后的光景，湖六段的汽车刚载满了客人，要开出去。我到了四眼井下车，从山下稻田中间的一条石板路走进满觉陇去的时候，太阳已经平西到了三五十度斜角度的样子，是牛羊下山，行人归舍的时刻了。在满觉陇的狭路中间，果然遇见了许多中学校的远足归来的男女学生的队伍。上水乐洞口去坐下喝了一碗清茶，又拉住了一位农夫，问了声翁则生的名字，他就晓得得很详细似地告诉我说：

"是山上第二排的朝南的一家，他们那间楼房顶高，你一上去就可以看得见的。则生要讨新娘子了，这几天他们正在忙着收拾。这时候则生怕还在晏公祠的学堂里哩。"

谢过了他的好意，付过了茶钱，我就顺着上烟霞洞去的石级，一步一步的走上山去。渐走渐高，人声人影是没有了，在将暮的晴天之下，我只看见了许多树影。在半山亭里立住歇了一歇，回头向东南一望，看得见的，只是些青葱的山和如云的树，在这些绿树丛中又是些这儿几点，那儿一簇的屋瓦与白墙。

"啊啊，怪不得他的病会得好起来了，原来翁家山是在这样的一个好地方。"

烟霞洞我儿时也曾来过的，但当这样晴爽的秋天，于这一个西下夕阳东上月的时刻，独立在山中的空亭里，来仔细赏玩景色的机会，却还不曾有过。我看见了东天的已经满过半弓的月亮，心里正在羡慕翁则生他们老家的处地的幽深，而从背后又吹来了一阵微风，里面竟含满着一种说不出的撩人的桂花香气。

"啊……"

我又惊异了起来：

"原来这儿到这时候还有桂花？我在以桂花著名的满觉陇里，倒不曾看到，反而在这一块冷僻的山里面来闻吸浓香，这可真也是奇事了。"

这样的一个人独自在心中惊异着，闻吸着，赏玩着，我不知在那空亭里立了多少时候。突然从脚下树丛深处，却幽幽的有晚钟声传过来了，东噹，东噹地这钟声实在真来得缓慢而凄清。我听得耐不住了，拔起脚跟，一口气就走上了山顶，走到了那个山下农夫曾经教过我的烟霞洞西面翁则生家的近旁。约莫离他家还有半箭路远时候，我一面喘着气，一面就放大了喉咙向门里面叫了起来：

"喂，老翁！老翁！则生！翁则生！"

听见了我的呼声，从两扇关在那里的腰门里开出来答应的却不是被我所唤的翁则生自己，而是我从来也没有见过面的，比翁则生略高三五分的样子，身体强健，两颊微红，看起来约莫有二十四五的一位女性。

她开出了门，一眼看见了我，就立住脚惊疑似地略呆了一呆。同时我看见她脸上却涨起了一层红晕，一双大眼睛眨了几眨，深深地吞了一口气。她似乎已经镇静下去了，便很腼腆地对我一笑。在这一脸柔和的笑容里，我立时就看到了翁则生的面相与神气，当然她是则生的妹妹无疑了，走上了一步，我就也笑着问她说：

"则生不在家么？你是他的妹妹不是？"

听了我这一句问话，她脸上又红了一红，柔和地笑着，半俯了头，她方才轻轻地回答我说：

"是的，大哥还没有回来，你大约是上海来的客人罢？吃中饭的时候，大哥还在说哩！"

这沉静清澈的声气，也和翁则生的一色而没有两样。

"是的，我是从上海来的。"

我接着说：

"我因为想使则生惊骇一下，所以电报也不打一个来通知，接到他的信后，马上就动身来了。不过你们大哥的好日也太逼近了，实在可也没有写一封信来通知的时间余裕。"

"你请进来罢，坐坐吃碗茶，我马上去叫了他来。怕他听到了你来，真要惊喜得像疯了一样哩。"

走上台阶，我还没有进门，从客堂后面的侧门里，却走出了一位头发雪白，面貌清癯，大约有六十内外的老太太来。她的柔和的笑容，也是和她的女儿儿子的笑容一色一样的。似乎已经听见了我们在门口所交换过的谈话了，她一开口就对我说：

"是郁先生么？为什么不写一封快信来通知？则生中上还在说，说你若要来，他打算进城上车站去接你去的。请坐，请坐，晏公祠只有十几步路，让我去叫他来罢，怕他真要高兴得像什么似的哩。"说完了，她就朝向了女儿，吩咐她上厨下去烧碗茶来。她自己却踏着很平稳的脚步，走出大门，下台阶去通知则生去了。

"你们老太太倒还轻健得很。"

"是的，她老人家倒还好。你请坐罢，我马上起了茶来。"

她上厨下去起茶的中间，我一个人，在客堂里倒得了一个细细观察周围的机会。则生他们的住屋，是一间三开间而有后轩后厢房的楼房。前面阶沿外走落台阶，是一块可以造厅造厢楼的大空地。走过这块数丈见方的空地，再下两级台阶，便是村道了。越村道而下，再低数尺，又是一排人家的房子。但这一排房子，因为都是平屋，所以挡不杀翁则生他们家里的眺望。立在翁则生家的空地里，前山后山的山景，是依旧历历可见的。屋前屋后，一段一段的山坡上，都长着些不大知名的杂树，三株两株夹在这些杂树中间，树叶短狭，叶与细枝之间，满撒着锯末似的黄点的，却是木犀花树。前一刻在半山空亭里闻到的香气，源头原来就系出在这一块地方的。太阳似乎已下了山，澄明的光里，已经看不见日轮的金箭，而山脚下的树梢头，也早有一带晚烟笼上了。山上的空气，真静得可怜，老远老远的山脚下的村里，小儿在呼唤的声音，也清晰地听得出来。我在空地里立了一会，背着手又踱回到了翁家的客厅，向四壁挂在那里的书画一看，却使我想起了翁则生信里所说的事实。琳琅满目，挂在那里的东西，果然是件件精致，不像是乡下人家的俗恶的客厅。尤其使我看得有趣的，是陈豪写的一堂《归去来辞》的屏条，墨色的鲜艳，字迹的秀腴，有点像董香光而更觉得柔媚。翁家的世代书香，只须上这客厅里来一看就可以知道了。我立在那里看字画还没有看得周全，忽而背后门外老远的就飞来了几声叫声：

"老郁！老郁！你来得真快！"

翁则生从小学校里跑回来了，平时总很沉静的他，这时候似乎也感到了一点兴奋。一走进客堂，他握住了我的两手，尽在喘气，有好几秒钟说不出话来。等落在后面的他娘走到的时候，三人才各放声大笑了起来。这时候他妹妹也已经将茶烧好，在一个朱漆盘里放着三碗搬出来摆上桌子来了。

"你看，则生这小孩，他一听见我说你到了，就同猴子似的跳回来了。"他娘笑着对我说。

"老翁！说你生病生病，我看你倒仍旧不见得衰老得怎么样，两人比较起来，怕还是我老得多哩？"

我笑说着，将脸朝向了他的妹妹，去征她的同意。她笑着不说话，只在守视着我们的欢喜笑乐的样子。则生把头一扭，向他娘指了一指，就接着对我说：

"因为我们的娘在这里，所以我不敢老下去吓。并且媳妇儿也还不曾娶到，一老就得做老光棍了，那还了得！"

经他这么一说，四个人重又大笑起来了，他娘的老眼里几乎笑出了眼泪。则生笑了一会，就重新想起了似的替他妹妹介绍：

"这是我的妹妹，她的事情，你大约是晓得的罢？我在那信里是写得很详细的。"

"我们可不必你来介绍了，我上这儿来，头一个见到的就是她。"

"噢，你们倒是有缘啊！莲，你猜这位郁先生的年纪，比我大呢，还是比我小？"

他妹妹听了这一句话，面色又涨红了，正在嗫嚅困惑的中间，她娘却止住了笑，问我说：

"郁先生，大约是和则生上下年纪罢？"

"那里的话，我要比他大得多哩。"

"娘，你看还是我老呢，还是他老？"

则生又把这问题转向了他的母亲。他娘仔细看了我一眼，就对他笑骂般的说：

"自然是郁先生来得老成稳重，谁更像你那样的不脱小孩子脾气呢！"

说着，她就走近了桌边，举起茶碗来请我喝茶。我接过来喝了一口，在茶里又闻到了一种实在是令人欲醉的桂花香气。掀开了茶碗盖，我俯首向碗里一看，果然在绿莹莹的茶水里散点着有一粒一粒的金黄的花瓣。则生以为我在看茶叶，自己拿起了一碗喝了一口，他就对我说：

"这茶叶是我们自己制的，你说怎么样？"

"我并不在看茶叶，我只觉这触鼻的桂花香气，实在可爱得很。"

"桂花吗？这茶叶里的还是第一次开的早桂，现在在开的迟桂花，才有味哩！因为开得迟，所以日子也经得久。"

"是的是的，我一路上走来，在以桂花著名的满觉陇里，倒闻不着桂花的香气。看看两旁的树上，都只剩了一簇一簇的淡绿的桂花托子了，可是到了这里，却同做梦似地，所闻吸的尽是这种浓艳的气味。老翁，你大约是已经闻惯了，不觉得什么罢？我……我……"

说到了这里，我自家也忍不住笑了起来。则生尽管在追问我，"你怎么样？你怎么样？"到了最后，我也只好说了：

"我，我闻了，似乎要起性欲冲动的样子。"

则生听了，马上就大笑了起来，他的娘和妹妹虽则并没有明确地了解我们的说话的内容，但也晓得我们是在说笑话，母女俩便含着微笑，上厨下去预备晚饭去了。

我们两人在客厅上谈谈笑笑，竟忘记了点灯，一道银样的月光，从门里洒进来了。则生看见了月亮，就站起来想去拿煤油灯，我却止住了他，说：

"在月光底下清谈，岂不是很好么？你还记不记得起，那一年在井之头公园里的一夜游行？"

所谓那一年者，就是翁则生患肺病的那一年秋天。他因为用功过度，变成了神经衰弱症。有一天，他课也不去上，竟独自一个在公寓里发了一天的疯。到了傍晚，他饭也不吃，从公寓里跑出去。我接到了公寓主人的注意，下学回来，就远远的在守视着他，看他走出了公寓，就也追踪着他，远远地跟他一道到了井之头公园。从东京到井之头公园去的高架电车，本来是有前后的两乘，所以在电车上，我和他并不遇着。直到下车出车站之后，我假装无意中和他冲见了似的同他招呼了。他红着双颊，问我这时候上这野外来干什么，我说是来看月亮的，记得那一晚正是和这天一样地有月亮的晚上。两人笑了一笑，就一道的在井之头公园的树林里走到了夜半方才回来。后来听他的自白，他是在那一天晚上想到井之头公园去自杀的，但因为遇见了我，谈了半夜，胸中的烦闷，有一半消散了，所以就同我一道又转了回来。"无限胸中烦闷事，一宵清话又成空！"他自白的时候，还念出了这两句诗来，借作解嘲。以后他就因伤风而发生了肺炎，肺炎愈后，就一直的为结核菌所压倒了。

谈了许多怀旧话后，话头一转，我就提到了他的这一回的喜事。

"这一回的喜事么？我在那信里也曾和你说过。"

谈话的内容，一从空想追怀转向了现实，他的声气就低了下去，又回复了他旧日的沉静的态度。

"在我是无可无不可的，对这事情最起劲的，倒是我的那位年老的娘。这一回的一切准备麻烦，都是她老人家在替我忙的。这半个月中间，她差不多日日跑城里。现在是已经弄得完完全全，什么都预备好了，明朝一日，就要来搭灯彩，下午是女家送嫁妆来，后天就是正日。可是老郁，有一件事情，我觉得很难受，就是莲儿——这是我妹妹的小名——近来，似乎是很不高兴的样子，她话虽则不说，但因为她是很天真的缘故，所以在态度上表情上处处我都看得出来。你是初同她见面，所以并不觉得什么，平时她着实要活泼哩，简直活泼得同现代的那些时髦女郎一样，不过她的活泼是天性的纯真，而那些现代女郎，却是学来的时髦。……按说哩，这心绪的恶劣，也是应该的，她虽则是一个纯真的小孩子，但人非木石，究竟总有一点感情，看到了我们这里的婚事热闹，无论如何，总免不得要想起她自己的身世凄凉的。并且还有一个最重要的动机，仿佛是她在觉得自己今后的寄身无处。这儿虽是娘家，但她却是已经出过嫁的女儿了，哥哥讨了嫂嫂，她还有什么权利再寄食在娘家呢？所以我当这婚事在谈起的当初，就一次两次的对她说过了，不管它怎样，她总是我的妹妹，除非她要再嫁，则没有话说，要是不然的话，那她是一辈子有和我同居，和我对分财产的权利的，请她千万不要自己感到难过。这一层意思，她原也明白，我的性情，她是晓得的，可是不晓得怎么，她近来似乎总有点不大安闲的样子。你来得正好，顺便也可以劝劝她。并且明天发嫁妆结灯彩之类的事情，怕她看了又要想到自己的身世，我想明朝一早就叫她陪你出去玩去，省得她在家里一个人在暗中受苦。"

"那好极了，我明天就陪她出去玩一天回来。"

"那可不对，假使是你陪她出去玩的话，那是形迹更露，愈加要使她难堪了，非要装作是你要她去作陪不行。仿佛是你想出去玩，但我却没有工夫陪你，所以只好勉强请她和你一道出去。要这样，她才安逸。"

"好，好，就这么办，明天我要她陪我去逛五云山去。"

正谈到了这里，他的那位老母从客室后面的那扇侧门里走出来了，看到了我们坐在微明灰暗的客室里谈天，她又笑了起来说：

"十几年不见的一段总账，你们难道想在这几刻工夫里算它清来么？有什么话谈得那么起劲，连灯都忘了点一点？则生，你这孩子真像是疯了，快立起来，把那盏保险灯点上。"

说着她又跑回到了厨下，去拿了一盒火柴出来。则生爬上桌子，在点那盏悬在客室正中的保险灯的时候，她就问我吃晚饭之先，要不要喝酒。则生一边在点灯，一边就从肩背上叫他娘说：

"娘，你以为他也是肺痨病鬼么？郁先生是以喝酒出名的。"

"那么你快下来去开坛去罢，今天挑来的那两坛酒，不晓得好不好，请郁先生尝尝看。"

他娘听了他的话后，就也昂起了头，一面在看他点灯，一面在催他下来去开酒去。

"幸而是酒，请郁先生先尝一尝新，倒还不要紧，要是新娘子，那可使不得。"

他笑说着从桌子上跳了下来，他娘眼睛望着了我，嘴唇却朝着他啐了一声说：

"你看这孩子，说话老是这样不正经的！"

"因为他要做新郎官了，所以在高兴。"

我也笑着对他娘说了一声，旋转身就一个人踱出了门外，想看一看这翁家山的秋夜的月明，屋内且让他们母子俩去开酒去。

月光下的翁家山，又不相同了。从树枝里筛下来的千条万条的银线，像是电影里的白天的外景。不知躲在什么地方的许多秋虫的鸣唱，骤听之下，满以为在下急雨。白天的热度，日落之后，忽然收敛了，于是草木很多的这深山顶上，就也起了一层白茫茫的透明雾障。山上电灯线似乎还没有接上，远近一家一家看得见的几点煤油灯光，仿佛是大海湾里的渔灯野火。一种空山秋夜的沉默的感觉，处处在高压着人，使人肃然会起一种畏敬之思。我独立在庭前的月光亮里看不上几分钟，心里就有点寒辣辣的怕了起来，回身再走回客室，酒菜杯筷，都已热气蒸腾的摆好在那里候客了。

四个人当吃晚饭的中间，则生又说了许多笑话。因为在前回听取了一番他所告诉我的衷情之后，我于举酒杯的瞬间，偷眼向他妹妹望望，觉得在她的柔和的笑脸上，的确似乎是有一种说不出的悲寂的表情流露在那里的样子。这一餐晚饭，吃尽许多时间，我因为白天走路走得不少，而谈话之后又感到了一点兴奋，肚子有点饿了，所以酒和菜，竟吃得比平时要多一倍。到了最后将快吃完的当儿，我就向则生提出说：

"老翁，五云山我倒还没有去玩过，明天你可不可以陪我一道去玩一趟？"

则生仍复以他的那种滑稽的口吻回答我说：

"到了结婚的前一日，新郎官哪里走得开呢，还是改天再去罢。等新娘子来了之后，让新郎新娘抬了你去烧香，也还不迟。"

我却仍复主张着说，明天非去不行。则生就说：

"那么替你去叫一顶轿子来，你坐了轿子去，横竖是明天轿夫会来的。"

"不行不行，游山玩水，我是喜欢走的。"

"你认得路么？"

"你们这一种乡下的僻路，我哪里会认得呢？"

"那就怎么办呢？……"

则生抓着头皮，脸上露出了一脸为难的神气。停了一二分钟，他就举目向他的妹妹说：

"莲！你怎么样！你是一位女豪杰，走路又能走，地理又熟悉，你替我陪了郁先生去怎么样？"

他妹妹也笑了起来，举起眼睛来向她娘看了一眼。接着她娘就说：

"好的，莲，还是你陪了郁先生去罢，明天你大哥是走不开的。"

我一看她脸上的表情，似乎已经有了答应的意思了，所以又追问了她一声说：

"五云山可着实不近哩，你走得动的么？回头走到半路，要我来背，那可办不到。"

她听了这话，就真同从心坎里笑出来的一样笑着说：

"别说是五云山，就是老东岳，我们也一天要往返两次哩。"

从她的红红的双颊，挺突的胸脯，和肥圆的肩臂看来，这句话也决不是她夸的大口。吃完晚饭，又谈了一阵闲天，我们因为明天各有忙碌的操作在前，所以一早就分头到房里去睡了。

山中的清晓，又是一种特别的情景。我因为昨天夜里多喝了一点酒，上床去一睡，就同大石头掉下海里似的，一直就酣睡到了天明。窗外面吱吱唧唧的鸟声喧噪得厉害，我满以为还是夜半，月明将野鸟惊醒了，但睁开眼掀开帐子来一望，窗内窗外已饱浸着晴天爽朗的清晨光线，窗子上面的一角，却已经有一缕朝阳的红箭射到了。急忙滚出了被窝，穿起衣服，跑下楼去一看，他们母子三人，也已梳洗得妥妥服服，说是已经在做了个把钟头的事情之后。平常他们总是于五点钟前后起床的。这一种日出而作，日入而息的山中住民的生活秩序，又使我对他们感到了无穷的敬意。四人一道吃过了早餐，我和则生的妹妹，就整了一整行装，预备出发。临行之际，他娘又叫我等一下子，她很迅速地跑上楼上去取了一枝黑漆手杖下来，说，这是则生生病的时候用过的，走山路的时候，用它来撑扶撑扶，气力要省得多。我谢过了她的好意，就让则生的妹妹上前带路，走出了他们的大门。

早晨的空气，实在澄鲜得可爱。太阳已经升高了，但它的领域，还只限于屋檐，树梢，山顶等突出的地方。山路两旁的细草上，露水还没有干，而一味清凉触鼻的绿色草气，和入在桂花香味之中，闻了好像是宿梦也能摇醒的样子。起初还在翁家山村内走着，则生的妹妹，对村中的同性，三步一招呼，五步一立谈的应接得忙不暇给。走尽了这村子的最后一家，沿了入谷的一条石板路走上下山面的时候，遇见的人也没有了，前面的眺望，也转换了一个样子。朝我们去的方向看去，原又是冈峦的起伏和别墅的纵横，但稍一住脚，掉头向东面一望，一片同呵了一口气的镜子似的湖光，却躺在眼下了。远远从两山之间的谷顶望去，并且还看得出一角城里的人家，隐约藏躲在尚未消尽的湖雾当中。

我们的路先朝西北，后又向西南，先下了山坡，后又上了山背，因为今天有一天的时间，可以供我们消磨，所以一离了村境，我就走得特别的慢。每这里看看，那里看看的看个不住。若看见了一件稍可注意的东西，那不管它是风景里的一点一堆，一山一水，或植物界的一草一木与动物界的一鸟一虫，我总要拉住了她，寻根究底的问得它仔仔细细。说也奇怪，小时候只在村里的小学校里念过四年书的她——这是她自己对我说的——对于我所问的东西，却没有一样不晓得的。关于湖上的山水古迹，庙宇楼台哩，那还不要去管它，大约是生长在西湖附近的人，个个都能够说出一个大概来的，所以她的知道得那么详细，倒还在情理之中，但我觉得最奇怪的，却是她的关于这西湖附近的区域之内的种种动植物的知识。无论是如何小的一只鸟，一个虫，一株草，一棵树，她非但各能把它们的名字叫出来，并且连几时孵化，几时他迁，几时鸣叫，几时脱壳，或几时开花，几时结实，花的颜色如何，果的味道如何等，都说得非常有趣而详尽，使我觉得仿佛是在读一部活的桦候脱的《赛儿鹏自然史》（G.White's *Natural History and Antiquities of Selborne*）。而桦候脱的书，却决没有叙述得她那么朴质自然而富于刺激，因为听听她那种舒徐清澈的语气，看看她那一双天生成像饱使过耐吻胭脂棒般的红唇，更加上以她所特有的那一脸微笑，在知识分子之外还不得不添一种情的成分上去，于书的趣味之上更要兼一层人的风韵在里头。我们慢慢的谈着天，走着路，不上一个钟头的光景，我竟恍恍惚惚，像又回复了青春时代似的完全为她迷倒了。

她的身体，也真发育得太完全，穿的虽是一件乡下裁缝做的不大合式的大绸夹袍，但在我的前面一步一步的走去，非但她的肥突的后部，紧密的腰部，和斜圆的胫部的曲线，看得要簇生异想，就是她的两只圆而且软的肩膊，多看一歇，也要使我贪鄙起来。立在她的前面和她讲话哩，则那一双水汪汪的大眼，那一个隆正的尖鼻，那一张红白相间的椭圆嫩脸，和因走路走得气急，一呼一吸涨落得特别快的那个高突的胸脯，又要使我恼杀。还有她那一头不曾剪去的黑发哩，梳的虽然是一个自在的懒髻，但一映到了她那个圆而且白的额上，和短而且腴的颈际，看起来，又格外的动人。总之，我在昨天晚上，不曾在她身上发见的康健和自然的美点，今天因这一回的游山，完全被我观察到了。此外我又在她的谈话之中，证实了翁则生也和我曾经讲到过的她的生性的活泼与天真。譬如我问她今年几岁了？她说，二十八岁。我说这真看不出，我起初还以为你只有二十三四岁，她说，女人不生产是不大会老的。我又问她，对于则生这一回的结婚，你有点什么感触？她说，另外也没有什么，不过以后长住在娘家，似乎有点对不起大哥和大嫂。像这一类的纯粹真率的谈话，我另外还听取了许多许多，她的朴素的天性，真真如翁则生之所说，是一个永久的小孩子的天性。

爬上了龙井狮子峰下的一处平坦的山顶，我于听了一段她所讲的如何栽培茶叶，如何摘取焙烘，与那时候的山家生活的如何紧张而有趣的故事之后，便在路旁的一块大岩石上坐下了。遥对着在晴天下太阳光里躺着的杭州城市，和近水遥山，我的双眼只凝视着苍空的一角，有半晌不曾说话。一边在我的脑里，却只在回想着德国的一位名延生（Jensen）的作家所著的一部小说《野紫薇爱立喀》（*Die Braune Erika*）。这小说后来又有一位英国的作家哈特生（Hudson）摹仿了，写了一部《绿阴》（*Green Mansions*）。两部小说里所描写的，都是一个极可爱的生长在原野里的天真的女性，而女主人公的结果，后来都是不大好的。我沉默着痴想了好久，她却从我背后用了她那只肥软的右手很自然地搭上了我的肩膀。

"你一声也不响的在那里想什么？"

我就伸上手去把她的那只肥手捏住了，一边就扭转了头微笑着看入了她的那双大眼，因为她是坐在我的背后的。我捏住了她的手又默默对她注视了一分钟，但她的眼里脸上却丝毫也没有羞惧兴奋的痕迹出现，她的微笑，还依旧同平时一点儿也没有什么的笑容一样。看了我这一种奇怪的形状，她过了一歇，反又很自然的问我说：

"你究竟在那里想什么？"

倒是我被她问得难为情起来了，立时觉得两颊就潮热了起来。先放开了那只被我捏住在那儿的她的手，然后干咳了两声，最后我就鼓动了勇气，发了一声同被绞出来似的答语：

"我……我在这儿想你！"

"是在想我的将来如何的和他们同住么？"

　　她的这句反问，又是非常的率真而自然，满以为我是在为她设想的样子。我只好沉默着把头点了几点，而眼睛里却酸溜溜的觉得有点热起来了。

　　"啊，我自己倒并没有想得什么伤心，为什么，你，你却反而为我流起眼泪来了呢？"

　　她像吃了一惊似的立了起来问我，同时我也立起来了，且在将身体起立的行动当中，乘机拭去了我的眼泪。我的心地开朗了，欲情也净化了，重复向南慢慢走上岭去的时候，我就把刚才我所想的心事，尽情告诉了她。我将那两部小说的内容讲给了她听，我将我自己的邪心说了出来，我对于我刚才所触动的那一种自己的心情，更下了一个严正的批判，末后，便这样的对她说：

　　"对于一个洁白得同白纸似的天真小孩，而加以玷污，是不可赦免的罪恶。我刚才的一念邪心，几乎要使我犯下这个大罪了。幸亏是你的那颗纯洁的心，那颗同高山上的深雪似的心，却救我出了这一个险。不过我虽则犯罪的形迹没有，但我的心，却是已经犯过罪的。所以你要罚我的话，就是处我以死刑，我也毫无悔恨。你若以为我是那样卑鄙，而将来永没有改善的希望的话，那今天晚上回去之后，向你大哥母亲，将我的这一种行为宣布了也可以。不过你若以为这是我的一时糊涂，将来是永也不会再犯的话，那请你相信我的誓言，以后请你当我作你大哥一样那么的看待，你若有急有难，有了的事情，我总情愿以死来代替着你。"

　　当我在对她作这些忏悔的时候，两人起初是慢慢在走的，后来又在路旁坐下了。说到了最后的一节，倒是她反同小孩子似的发着抖，捏住了我的两手，倒入了我的怀里，呜呜咽咽的哭了起来。我等她哭了一阵之后，就拿出了一块手帕来替她揩干了眼泪，将我的嘴唇轻轻地搁到了她的头上。两人偎抱着沉默了好久，我又把头俯了下去，问她，我所说的这段话的意思，究竟明白了没有。她眼看着了地上，把头点了几点。我又追问了她一声：

　　"那么你承认我以后做你的哥哥了不是？"

　　她又俯视着把头点了几点，我撒开了双手，又伸出去把她的头捧了起来，使她的脸正对着了我。对我凝视了一会，她的那双泪珠还没有收尽的水汪汪的眼睛，却笑起来了。我乘势把她一拉，就同她搀着手并立了起来。

　　"好，我们是已经决定了，我们将永久地结作最亲爱最纯洁的兄妹。时候已经不早了，让我们快一点走，赶上五云山去吃午饭去。"

　　我这样说着，搀着她向前一走，她也恢复了早晨刚出发的时候的元气，和我并排着走向了前面。

　　两人沉默着向前走了几十步之后，我侧眼向她一看，同奇迹似地忽而在她的脸上看出了一层一点儿忧虑也没有的满含着未来的希望和信任的圣洁的光耀来。这一种光耀，却是我在这一刻以前的她的脸上从没有看见过的。我愈看愈觉得对她生起敬爱的心思来了，所以不知不觉，在走路的当中竟接连着看了她好几眼。本来只是笑嘻嘻地在注视着前面太阳光里的五云山的白墙头的她，因为我的脚步的迟乱，似乎也感觉到了我的注意力的分散了，将头一侧，她的双眼，却和我的视线接成了两条轨道。她又笑起来了，同时也放慢了脚步。再向我看了一眼，她才腼腆地开始问我说：

　　"那我以后叫你什么呢？"

　　"你叫则生叫什么，就叫我也叫什么好了。"

　　"那么——大哥！"

大哥的两字，是很急速的紧连着叫出来的，听到了我的一声高声的"啊！"的应声之后，她就涨红了脸，撒开了手，大笑着跑上前面去了。一面跑，一面她又回转头来，"大哥！""大哥！"的接连叫了我好几声。等我一面叫她别跑，一面我自己也跑着追上了她背后的时候，我们的去路已经变成了一条很窄的石岭，而五云山的山顶，看过去也似乎是很近了。仍复了平时的脚步，两人分着前后，在那条窄岭上缓步的当中，我才觉得真真是成了她的哥哥的样子，满含着了慈爱，很正经地吩咐她说：

"走得小心，这一条岭多么险啊！"

走到了五云山的财神殿里，太阳刚当正午，庙里的人已经在那里吃中饭了。我们因为在太阳底下的半天行路，口已经干渴得像旱天的树木一样，所以一进客堂去坐下，就教他们先起茶来，然后再开饭给我们吃。洗了一个手脸，喝了两三碗清茶，静坐了十几分钟，两人的疲劳兴奋，都已平复了过去，这时候饥饿却抬起头来了，于是就又催他们快点开饭。这一餐只我和她两人对食的五云山上的中餐，对于我正敌得过英国诗人所幻想着的亚力山大王的高宴。若讲到心境的满足，和谐，与食欲的高潮亢进，那恐怕亚力山大王还远不及当时的我。

吃过午饭，管庙的和尚又领我们上前后左右去走了一圈。这五云山，实在是高，立在庙中阁上，开窗向东北一望，湖上的群山，都像是青色的土堆了。本来西湖的山水的妙处，就在于它的比舞台上的布景又真实伟大一点，而比各处的名山大川又同盆景似地整齐渺小一点这地方。而五云山的气概，却又完全不同了。以其山之高与境的僻，一般脚力不健的游人是不会到的，就在这一点上，五云山已略备着名山的资格了，更何况前面远处，蜿蜒盘曲在青山绿野之间的，是一条历史上也着实有名的钱塘江水呢？所以若把西湖的山水，比作一只锁在铁笼子里的白熊来看，那这五云山峰与钱塘江水，便是一只深山的野鹿。笼里的白熊，是只能满足满足胆怯无力者的冒险雄心的；至于深山的野鹿，虽没有高原的狮虎那么雄壮，但一股自由奔放之情，却可以从它那里摄取得来。

我们在五云山的南面又看了一会钱塘江上的帆影与青山，就想动身上我们的归路了，可是举起头来一望，太阳还在中天，只西偏了没有几分。从此地回去，路上若没有耽搁，是不消两个钟头就能到翁家山上的；本来是打算出来把一天光阴消磨过去的我们，回去得这样的早，岂不是辜负了这大好的时间了么？所以走到了五云山西南角的一条狭路边上的时候，我就又立了下来，拉着了她的手亲亲热热地问了她一声：

"莲，你还走得动走不动？"

"起码三十里路总还可以走的。"

她说这句话的神气，是富有着自信和决断，一点也不带些夸张卖弄的风情，真真是自然到了极点，所以使我看了不得不伸上手去，向她的下巴底下拨了一拨。她怕痒，缩着头颈笑起来了，我也笑开了大口，对她说：

"让我们索性上云栖去罢！这一条是去云栖的便道，大约走下去，总也没有多少路的，你若是走不动的话，我可以背你。"

两人笑着说着，似乎只转瞬之间，已经把那条狭窄的下山便道走尽了大半。山下面尽是些绿玻璃似的翠竹，西斜的太阳晒到了这条坞里，一种又清新又寂静的淡绿色的光同清水一样，满浸在这附近的空气里在流动。我们到了云栖寺里坐下，刚喝完了一碗茶，忽而前面的大殿上，有嘈杂的人声起来了，接着就走进了两位穿着分外宽大的黑布和尚衣的老僧来。知客僧便指着他们夸耀似地对我们说：

"这两位高僧，是我们方丈的师兄，年纪都快八十岁了，是从城里某公馆里回来的。"

城里的某巨公，的确是一位佞佛的先锋，他的名字，我本系也听见过的，但我以为同和尚来谈这些俗天，也不大相称，所以就把话头扯了开去，问和尚大殿上的嘈杂的人声，是为什么而起的。知客僧轻鄙似地笑了一笑说：

"还不是城里的轿夫在敲酒钱，轿钱是公馆里付了来的，这些穷人心实在太凶。"

这一个伶俐世俗的知客僧的说话，我实在听得有点厌起来了，所以就要求他说：

"你领我们上寺前寺后去走走罢？"

我们看过了"御碑"及许多石刻之后，穿出大殿，那几个轿夫还在咕噜着没有起身。我一半也觉得走路走得太多了，一半也想给那个知客僧以一点颜色看看，所以就走了上去对轿夫说：

"我给你们两块钱一个人，你们抬我们两人回翁家山去好不好？"

轿夫们喜欢极了，同打过吗啡针后的鸦片嗜好者一样，立时将态度一变，变得有说有笑了。

知客僧又陪我们到了寺外的修竹丛中，我看了竹上的或刻或写在那里的名字诗句之类，心里倒有点奇怪起来，就问他这是什么意思。于是他也同轿夫他们一样，笑迷迷地对我说了一大串话。我听了他的解释，倒也觉得非常有趣，所以也就拿出了五圆纸币，递给了他，说：

"我们也来买两枝竹放放生罢！"

说着我就向立在我旁边的她看了一眼，她却正同小孩子得到了新玩意儿还不敢去抚摸的一样，微笑着靠近了我的身边轻轻地问我：

"两枝竹上，写什么名字好？"

"当然是一枝上写你的，一枝上写我的。"

她笑着摇摇头说：

"不好，不好，写名字也不好，两个人分开了写也不好。"

"那么写什么呢？"

"只教把今天的事情写上去就对。"

我静立着想了一会，恰好那知客僧向寺里去拿的油墨和笔也已经拿到了。我拣取了两株并排着的大竹，提起笔来，就各写上了"郁翁兄妹放生之竹"的八个字。将年月日写完之后，我搁下了笔，回头来问她这八个字怎么样，她真像是心花怒放似的笑着，不说话而尽在点头。在绿竹之下的这一种她的无邪的憨态，又使我深深地，深深地受到了一个感动。

坐上轿子，向西向南的在竹荫之下走了六七里坂道，出梵村，到闸口西首，从九溪口折入九溪十八涧的山坳，登杨梅岭，到南高峰下的翁家山的时候，太阳已经悬在北高峰与天竺山的两峰之间了。他们的屋里，早已挂上了满堂的灯彩，上面的一对红灯，也已经点尽了一半的样子。嫁妆似乎已经在新房里摆好，客厅上看热闹的人，也早已散了。我们轿子一到，则生和他的娘，就笑着迎了出来，我付过轿钱，一跷进门槛，他娘就问我说：

"早晨拿出去的那枝手杖呢？"

我被她一问，方才想起，便只笑着摇摇头对她慢声的说：

"那一枝手杖么——做了我的祭礼了。"

"做了你的祭礼？什么祭礼？"则生惊疑似地问我。

"我们在狮子峰下，拜过天地，我已经和你妹妹结成了兄妹了。那一枝手杖，大约是忘记在那块大岩石的旁边的。"

正在这个时候，先下轿而上楼去换了衣服下来的他的妹妹，也嬉笑着，走到了我们的旁边。则生听了我的话后，就也笑着对他的妹妹说：

"莲，你们真好！我们倒还没有拜堂，而你和老郁，却已经在狮子峰拜过天地了，并且还把我的一枝手杖忘掉，作了你们的祭礼。娘！你说这事情应怎么罚罚他们？"

经他这一说，说得大家都笑了起来，我也情愿自己认罚，就认定后日馈房，算作是我一个人的东道。

这一晚翁家请了媒人，及四五个近族的人来吃酒，我和新郎官，在下面奉陪。做媒人的那位中老乡绅，身体虽则并不十分肥胖，但相貌态度，却也是很富裕的样子。我和他两人干杯，竟干满了十八九杯。因酒有点微醉，而日里的路，也走得很多，所以这一晚睡得比前一晚还要沉熟。

九月十二的那一天结婚正日，大家整整忙了一天。婚礼虽系新旧合参的仪式，但因两家都不喜欢铺张，所以百事也还比较简单。午后五时，新娘轿到，行过礼后，那位好好先生的媒人硬要拖我出来，代表来宾，说几句话。我推辞不得，就先把我和则生在日本念书时候的交情说了一说，末了我就想起了则生同我说的迟桂花的好处，因而就抄了他的一段话来恭祝他们：

"则生前天对我说，桂花开得愈迟愈好，因为开得迟，所以经得日了久。现在两位的结婚，比较起平常的结婚年龄来，似乎是觉得大一点了，但结婚结得迟，日子也一定经得久。明年迟桂花开的时候，我一定还要上翁家山来。我预先在这儿计算，大约明年来的时候，在这两株迟桂花的中间，总已经有一株早桂花发出来了。我们大家且等着，等到明年这个时候，再一同来吃他们的早桂的喜酒。"

说完之后，大家就坐拢来吃喜酒。猜猜拳，闹闹房，一直闹到了半夜，各人方才散去。当这一日的中间，我时时刻刻在注意着偷看则生的妹妹的脸色，可是则生所说而我也曾看到过的那一种悲寂的表情，在这一日当中却终日没有在她的脸上流露过一丝痕迹。这一日，她笑的时候，真是乐得难耐似的完全是很自然的样子。因了她的这一种心情的反射的结果，我当然可以不必说，就是则生和他的母亲，在这一日里，也似乎是愉快到了极点。

因为两家都喜欢简单成事的缘故，所以三朝回郎等繁缛的礼节，都在十三那一天白天行完了，晚上馈房，总算是我的东道。则生虽则很希望我在他家里多住几日，可以和他及他的妹妹谈谈笑笑，但我一则因为还有一篇稿子没有做成，想另外上一个更僻静点的地方去做文章，二则我觉得我这一次吃喜酒的目的也已经达到了，所以在馈房的翌日，就离开翁家山去乘早上的特别快车赶回上海。

送我到车站的，是翁则生和他的妹妹两个人。等开车的信号钟将打，而火车的机关头上在吐白烟的时候，我又从车窗里伸出了两手，一只捏着了则生，一只捏着了他的妹妹，很重很重的捏了一回。汽笛鸣后，火车微动了，他们兄妹俩又随车前走了许多步，我也俯出了头，叫他们说：

"则生！莲！再见，再见！但愿得我们都是迟桂花！"

火车开出了老远老远，月台上送客的人都回去了，我还看见他们兄妹俩直立在东面月台篷外的太阳光里，在向我挥手。

一九三二年十月在杭州写

读者注意！这小说中的人物事迹，当然都是虚拟的，请大家不要误会。

——作者附注
（原载 1932 年 12 月《现代》第 2 卷第 2 期）

晚秋桂花香

王巧凤

关键词：人性；自然；审美

《迟桂花》带着与郁达夫早期不同的审美风格于 1932 年面世，奠定了郁达夫后期小说自然而纯净的基本格调，也使郁达夫在此之前的感伤、颓废之风打了一个结。它"不是简单地因袭传统的道家出世思想和佛家的厌世思想，它在纯朴美好的自然环境中呈现出人性的自然优美……弥漫于小说全篇的馥郁淡雅的迟桂花的香气，赋予作品纯美的诗的意境"（钱理群等《中国现代文学三十年》），境界极高。

《迟桂花》的成功，最重要的是完成了抒情主体与抒情形象、风景与心理的有机统一。"我"接到老同学翁则生的一封信，说他肺病已好，现在老家翁家山做小学教师，邀请"我"一定参加他的婚礼。那里景色秀丽，宁静温馨，满山遍野开满迟桂花，香气袭人。他要结婚，其妹却新寡，担心妹妹翁莲触景伤情，于是让"我"陪其妹游玩散心。"我"与翁莲爬五云山，为山美陶醉，也为翁莲之美倾倒。然而"我"在翁莲纯洁、健康、高尚的人格影响下，净化了欲情邪念，灵魂在欲望与道德搏战后升华，与其结为兄妹。最后"我"把翁则生说的"桂花开得愈迟愈好，因为开得迟，所以经得日子久"的话送给翁则生，祝福他的婚姻天长地久，以"但愿得我们都是迟桂花"结束全文。小说中，翁家山的景随着抒情主人公"我"的情绪而动："山路两旁的细草上，露水还没有干，而一味清凉触鼻的绿色草气，和入在桂花香味之中，闻了好像是宿梦也能摇醒的样子。""听听她那种舒徐清澈的语气，看看她那一双天生成像饱使过耐吻胭脂棒般的红唇，更加上以她所特有的那一脸微笑，在知识分子之外还不得不添一种情的成分上去，于书的趣味之上更要兼一层人的风韵在里头……我竟恍恍惚惚，像又回复了青春时代似的完全为她迷倒了。""细草""露水""绿色""桂花香味""宿梦""红唇""恍恍惚惚"，景秀山美，恰如卞之琳的《断章》：景色被人欣赏，人也变成了大自然中的一景。"我"在欣赏优美的景色时，已在有意无意中把翁莲也当作美景欣赏了。"我"是在一种潜意识下，自然地把人景并同，进而净化了自己的俗念，景物、人物、抒情主体在此时已很难分得清谁是谁非，已经被作家最大限度地审美化了。

其实翁则生就是另一个"我"的化身。他留学十几年却一直隐居山中，不被世俗所诱惑、困扰，过着世外桃源式的生活，虚幻缥缈的处境在 20 世纪 30 年代风雨飘摇的时代，几乎是不现实的。就是翁莲也被审美化了。人说寡妇门前是非多，她却天真活泼得像个小女孩，不仅住在娘家，而且自由自在地陪男客游玩，举止浪漫，无拘无束。小说中的人物被笼罩在浓烈的理想主义情绪中，而且被诗化的自然氛围所萦绕。那么，这时的"我"、翁家兄妹、自然景物，早已变得亲切可爱，温馨柔美，成为作者意念中的理想化意境和人物，并且融汇成了理想的抒情形象。也就是说，它以借助情感逻辑支撑起来的独立生命体，达到了抒情与理想的高度统一。读者在自觉不自觉中，在作家的审美创造中接受了文本的真实性，并且自然缝合了生活中可能存在的不合理性，趋向合理性的审美接受。

无怪乎郁达夫在《山水及自然景物的欣赏》中说："山水、自然，是可以使人性发现，使名利心减淡，使人格净化的陶冶工具。"他所说的"自然"不是指物质世界，而是精神之"真"。他将卢梭的"返回自然"译成"返回天真"，认为两者在审美理念上是一致的。在此意义上看，"桂花香"真正的主旨却是发掘着人性中的"真"，从而完善自我，超越自我，实现道德的净化之"美"。

思 考 题

1. 如何理解郁达夫抒情小说"自我写真"的特征？
2. 比较《沉沦》与《迟桂花》的特色。

延 伸 阅 读

郁达夫：《沉沦》《春风沉醉的晚上》《迷羊》

参 考 文 献

1. 曾华鹏、范伯群：《郁达夫评传》，百花文艺出版社 1983 年版。
2. 薛家宝：《郁达夫自叙传小说的唯美主义特质》，《文学评论》2010 年第 4 期。

黄金

王鲁彦

陈四桥虽然是一个偏僻冷静的乡村，四面围着山，不通轮船，不通火车，村里的人不大往城里去，城里的人也不大到村里来，但每一家人家却是设着无线电话的，关于村中和附近地方的消息，无论大小，他们立刻就会知道，而且，这样的详细，这样的清楚，仿佛是他们自己做的一般。例如，一天清晨，桂生婶提着一篮衣服到河边去洗涤，走到大门口，遇见如史伯伯由一家小店里出来，一眼瞥去，看见他手中拿着一个白色的信封，她就知道如史伯伯的儿子来了信了，眼光转到他的脸上去，看见如史伯伯低着头一声不响的走着，她就知道他的儿子在外面不很如意了，倘若她再叫一声说，"如史伯伯，近来萝菔很便宜，今天我和你去合买一担来好不好？"如史伯伯摇一摇头，微笑着说，"今天不买，我家里还有菜吃，"于是她就知道如史伯伯的儿子最近没有钱寄来，他家里的钱快要用完，快要……快要……了。

不到半天，这消息便会由他们自设的无线电话传遍陈四桥，由家家户户的门缝里窗隙里钻了进去，仿佛阳光似的，风似的。

的确，如史伯伯手里拿的是他儿子的信；一封不很如意的信，最近，信中说，不能寄钱来；的确，如史伯伯的钱快要用完了，快要……快要……

如史伯伯很忧郁，他一回到家里便倒在藤椅上，躺了许久，随后便在房子里踱来踱去，苦恼地默想着。

"悔不该把这些重担完全交给了伊明，把自己的职务辞去，现在……"他想，"现在不到二年便难以维持，便要摇动，便要撑持不来原先的门面了……悔不该——但这有什么法子想呢？我自己已是这样的老，这样的衰，讲了话马上就忘记，算算账常常算错，走路又踉踉跄跄，谁喜欢我去做账房，谁喜欢我去做跑街，谁喜欢我……谁喜欢我呢？"

如史伯伯想到这里，忧郁地举起两手往头上去抓，但一触着头发脱了顶的光滑的头皮，他立刻就缩回了手，叹了一口气，这显然是悲哀侵占了他的心，觉得自己老得不堪了。

"你总是这样的不快乐，"如史伯母忽然由厨房里走出来，说。她还没有像如史伯伯那么老，很有精神，一个肥胖的女人，但头发也有几茎白了。"你父母留给我们的只有一间破屋，一口破衣橱，一张旧床，几条板凳，没有田，没有多的屋。现在，我们已把家庭弄得安安稳稳，有了十几亩田，有了几间新屋，一切应用的东西都有，不必再向人家去借，只有人家向我们借，儿子读书知礼，又很勤苦——弄到这步田地，也够满意了，你还只是这样忧郁的做什么！"

"我没有什么不满意，"如史伯伯假装出笑容，说，"也没有什么不快乐。只是在外面做事惯了，有吃有笑有看，住在家里冷清清的，没有趣味，所以常常想，最好是再出去做几年事，而且，儿子书虽然读了多年，毕竟年纪还轻，我不妨再帮他几年。"

"你总是这样的想法，儿子够能干了，放心罢。——哦，我昨晚做了一个梦，忘记告诉你了：我看见伊明戴了一顶五光十色的帽子，摇摇摆摆的走进门来，后面七八个人抬着一口沉重的棺材，我吓了一跳，醒来了。但是醒后一想，这是一个好梦：伊明戴着五光十色的帽子，显然是做了官了；沉重的棺材，明明就是做官得来的大财。这几天，伊明一定有银信寄到的了。"如史伯母说着，不知不觉地眉飞目舞的欢喜起来。

听了这个，如史伯伯的脸上也现出了一阵微笑，他相信这帽子确是官帽，棺材确是财。但忽然想到刚才接得的信，不由得又忧郁起来，脸上的笑容又飞散了。

"这几天一定有钱寄到的，这是一个好梦。"他又勉强装出笑容，说。

刚才接到了儿子一封信，他没有告诉她。

第二天午后，如史伯母坐在家里寂寞不过，便走到阿彩婶家里去。阿彩婶平日和她最谈得来，时常来往，她们两家在陈四桥都算是第二等的人家。但今天不知怎的，如史伯母一进门，便觉得有点异样：那时阿彩婶正侧面的立在弄子那一头，忽然转过身去，往里走了。

"阿彩婶，午饭吃过吗？"如史伯母叫着说。

阿彩婶很慢很慢的转过头来，说，"啊，原来是如史伯母，你坐一坐，我到里间去去就来。"说着就进去了。

如史伯母是一个聪明人，她立刻又感到了一种异样：阿彩婶平日看见她来了，总是搬凳拿茶，嘻嘻哈哈的说个不休，做衣的时候，放下针线，吃饭的时候，放下碗筷，今天只隔几步路侧着面立着，竟会不曾看见，喊她时，她只掉过头来，说你坐一坐就走了进去，这显然是对她冷淡了。

她闷闷地独自坐了约莫十五分钟，阿彩婶才从里面慢慢的走了出来。

"真该死！他平信也不来，银信也不来，家里的钱快要用完了也不管！"阿彩婶劈头就是这样说。"他们男子都是这样，一出门，便任你是父亲母亲，老婆子女，都丢开了。"

"不要着急，阿彩叔不是这样一个人。"如史伯母安慰着她说。但同时，她又觉得奇怪了：十天以前，阿彩婶曾亲自对她说过，她还有五百元钱存在裕生木行里，家里还有一百几十元，怎的今天忽然说快要用完了呢？……

过了一天，这消息又因无线电话传遍陈四桥了：如史伯伯接到儿子的信后，愁苦得不得了，要如史伯母跑到阿彩婶那里去借钱，但被阿彩婶拒绝了。

有一天是裕生木行老板陈云廷的第三个儿子结婚的日子，满屋都挂着灯结着彩，到的客非常之多。陈四桥的男男女女都穿得红红绿绿，不是绸的便是缎的。对着外来的客，他们常露着一种骄矜的神气，仿佛说：你看，裕生老板是四近首屈一指的富翁，而我们，就是他的同族！

如史伯伯也到了。他穿着一件灰色的湖绉棉袍，玄色大花的花缎马褂。他在陈四桥的名声本是很好，而且，年纪都比别人大，除了一个七十岁的阿瑚先生。因此，平日无论走到那里，都受族人的尊敬。但这一天不知怎的，他觉得别人对他冷淡了，尤其是当大家笑嘻嘻地议论他灰色湖绉棉袍的时候。

"阿，如史伯伯，你这件袍子变了色了，黄了！"一个三十来岁的人说。

"真是，这样旧的袍子还穿着，也太俭省了，如史伯伯！"绰号叫做小耳朵的珊贵说，接着便是一阵冷笑。

"年纪老了还要什么好看，随随便便算了，还做什么新的，知道我还能活……"如史伯伯想到今天是人家的喜期，说到"活"字便停了口。

"老年人都是这样想，但儿子总应该做几件新的给爹娘穿。"

"你听，这个人专门说些不懂世事的话，阿凌哥！"如史伯伯听见背后稍远一点的地方有人这样说。"现在的世界，只有老子养儿子，还有儿子养老子的吗？你去打听打听，他儿子出门了一年多，寄了几个钱给他了！年轻的人一有了钱，不是赌就是嫖，还管什么爹娘！"接着就是一阵冷笑。

如史伯伯非常苦恼，也非常生气，这是他第一次听见人家的奚落。的确，他想，儿子出门一年多，不曾寄了多少钱回家，但他是一个勤苦的孩子，没有一刻忘记过爹娘，谁说他是喜欢赌喜欢嫖的呢？

他生着气踱到别一间房子里去了。

喜酒开始，大家嚷着"坐，坐，"便都一一的坐在桌边，没有谁提到如史伯伯，待他走到，为老年人而设，地位最尊敬，也是他常坐的第一二桌已坐满了人，次一点的第三第五桌也已坐满，只有第四桌的下位还空着一位。

"我坐到这一桌来，"如史伯伯说着，没有往凳上坐。他想，坐在上位的品生看见他来了，一定会让给他的。但是品生看见他要坐到这桌来，便假装着不注意，和别个谈话了。

"我坐到这一桌来，"他重又说了一次，看有人让位子给他没有。

"我让给你，"坐在旁边，比上位卑一点地方的阿琴看见品生故意装做不注意，过意不去，站起来，坐到下位去，说。

如史伯伯只得坐下了。但这侮辱是这样的难以忍受，他几乎要举起拳头敲碗盏了。

"品生是什么东西！"他愤怒的想，"三十几岁的木匠！他应该叫我伯伯！平常对我那样的恭敬，而今天，竟敢坐在我的上位！狗！狗！……"

他觉得隔座的人都诧异的望着他，便低下了头。

平常，大家总要谈到他，当面称赞他的儿子如何的能干，如何的孝顺，他的福气如何的好，名誉如何的好，又有田又有钱；但今天座上的人都仿佛没有看见他似的，只是讲些别的话。

没有终席，如史伯伯便推说已经吃饱，郁郁的起身回家。甚至没有走得几步，他还听见背后一阵冷笑，仿佛正是对他而发的。

"品生这狗！我有一天总得报复他！"回到家里，他气愤愤的对如史伯母说。

如史伯母听见他坐在品生的下面，几乎气得要哭了。

"他们明明是有意欺侮我们！"她嗄着声说，"咳，运气不好，儿子没有钱寄家，人家就看不起我们，欺侮我们了！你看，这班人多么会造谣言：不知那一天我到阿彩婶那里去了一次，竟说我是向她借钱去的，怪不得她许久不到我这里来了，见面时总是冷淡淡的。"

"伊明再不寄钱来，真是要倒霉了！你知道，家里只有十几元钱了，天天要买菜买东西，如何混得下去！"

如史伯伯说着，又忧郁起来，他知道这十几元钱用完时，是没有地方去借的，虽然陈四桥尽多有钱的人家，但他们都像虫一样的小器，你还没有开口，他们就先说他们怎样的穷了。

三天过去，第四天晚上，如史伯伯最爱的十五岁小女儿放学回来，把书包一丢，忍不住大哭了。如史伯伯和如史伯母好不伤心，看见最钟爱的女儿哭了起来，他们连忙抚慰着她，问她什么。过了许久，几乎如史伯母也要流泪了，她才停止啼哭，呜呜咽咽地说：

"在学校里，天天有人问我，我的哥哥写信来了没有，寄钱回来了没有。许多同学，原先都是和我很要好的，但自从听见哥哥没有寄钱来，都和我冷淡了，而且还不时的讥笑地对我说，你明年不能读书了，你们要倒霉了，你爹娘生了一个这样的儿子！……先生对我也不和气了，他总是天天骂我愚蠢……我没有做错的功课，他也说我做错了……今天，他出了一个题目，叫做'冬天的乡野'，我做好交给他看，他起初称赞说，做得很好，但忽然发起气来，说我是抄的！我问他从什么地方抄来，有没有证据，他回答不出来，反而愈加气怒，不由分说，拖去打了二十下手心，还叫我面壁一点钟……"她说到这里又哭了，"他这样冤枉我……我不愿意再到那里读书去了！……"

如史伯伯气得呆了，如史伯母也只会跟着哭。他们都知道那位先生的脾气：对于有钱人家的孩子一向和气，对于没有钱人家的孩子只是骂打的，无论他错了没有。

"什么东西！一个连中学也没有进过的光蛋！"如史伯伯拍着桌子说，"只认得钱，不认得人，配做先生！"

"说来说去，又是自己穷了，儿子没有寄钱来！咳，咳！"如史伯母揩着女儿的眼泪说，"明年让你到县里去读，但愿你哥哥在外面弄得好！"

一块极其沉重的石头压在如史伯伯夫妻的心上似的，他们都几乎透不过气来。真的穷了吗？当然不穷，屋子比人家精致，田比人家多，器用什物比人家齐备，谁说穷了呢？但是，但是，这一切不能拿去当卖！四周的人都睁着眼睛看着你，如果你给他们知道，那么你真的穷了，比讨饭的还要穷了！讨饭的，人家是不敢欺侮的；但是你，一家中等人家，如果给了他们一点点，只要一点点，穷的预兆，那么什么人都要欺侮你了，比对于讨饭的，对于狗，还厉害！……

过去了几天忧郁的时日，如史伯伯的不幸又来了。

他们夫妻两个只生了一个儿子，两个女儿：儿子出了门，大女儿出了嫁，现在住在家里的只有三个人。如果说此外还有，那便只有那匹年轻的黑狗了。来法，这是黑狗的名字。它生得这样的伶俐，这样的可爱；它日夜只是躺在门口，不常到外面去找情人，或去偷别人的东西吃。遇见熟人或是面貌和善的生人，它仍躺着让他进来，但如果遇见一个坏人，无论他是生人或熟人，它远远的就噪了起来，如果没有得到主人的许可，他就想进来，那么它就会跳过去咬那人的衣服或脚跟。的确奇怪，它不晓得是怎样辨别的，好人或坏人，而它的辨别，又竟和主人所知道的无异。夜里，如果有什么声响，它便站起来四处巡行，直至遇见什么意外，它才噪，否则是不做声的。如史伯伯一家人是这样的爱它，与爱一个二三岁的小孩一般。

一年以前，如史伯伯做六十岁生辰那一天，来了许多客。有一家人家差了一个曾经偷过东西的人来送礼，一到门边，来法就一声不响的跳过去，在他的脚骨上咬了一口。如史伯伯觉得它这一天太凶了，在它头上打了一下，用绳子套了它的头，把它牵到花园里拴着，一面又连忙向那个人赔罪，拿药给他敷。来法起初噪着，挣扎着，但后来就躺下了。酒席散后，有的是残肉残鱼，伊云，如史伯伯的小女儿，拿去放在来法的面前喂它吃，它一点也不吃，只是躺着。伊云知道它生气了，连忙解了它的绳子。但它仍旧躺着，不想吃。拖它起来，推它出去，它也不出去。如史伯伯知道了，非常的感动，觉得这惩罚的确太重了，走过去抚摩着它，叫它出去吃一点东西，它这才摇着尾巴走了。

"它比人还可爱！"如史伯伯常常这样的说。

然而不知怎的，它这次遇了害了。

约莫在上午十点钟光景，有人来告诉如史伯伯，说是来法跑到屠坊去拾肉骨吃，肚子上被屠户阿灰砍了一刀，现在躺在大门口嗥着。如史伯伯和如史伯母听见都吓了一跳，急急忙忙跑出去看，果然它躺在那里嗥，浑身发着抖，流了一地的血。看见主人去了，它掉转头来望着如史伯伯的眼睛。它的目光是这样的凄惨动人，仿佛知道自己就将永久离开主人，再也看不见主人，眼泪要涌了出来似的。如史伯伯看着心酸，如史伯母流泪了。他们检查它的肚子，割破了一尺多长的地方，肠都拖出来了。

"你回去，来法，我马上给你医好，我去买药来。"如史伯伯推着它说，但来法只是望着嗥着，不能起来。

如史伯伯没法，急忙忙地跑到药店里，买了一点药回来，给它敷上，包上。隔了几分钟，他们夫妻俩出去看它一次，临了几分钟又出去看它一次。吃中饭时，伊云从学校里回来了。她哭着抚摩着它很久很久，如同亲生的兄弟遇了害一般的伤心，看见的人也都心酸。看看它哼得好一些，她又去拿了肉和饭给它吃，但它不想吃，只是望着伊云。

下午二点钟，它哼着进来了，肚上还滴着血。如史伯母忙找了一点旧棉花旧布和草，给它做了一个柔软的躺的窝，推它去躺着，但它不肯躺。它一直踱进屋后，满房走了一遍，又出去了，怎样留它也留不住。如史伯母哭了。她说它明明的知道自己不能活了，舍不得主人和主人的家，所以又最后来走了一次，不愿意自己肮脏地死在主人的家里，又到大门口去躺着等死了，虽然已走不动。

果然，来法是这样的，第二天早晨，他们看见它吐着舌头死在大门口了，地上还流了一地的血。

"我必须为来法报仇！叫阿灰一样的死法！"伊云哭着，咒诅说。

"咳！不要做声，伊云，他是一个恶棍，没有办法的。受他欺侮的人何至数个！说来说去，又是我们穷了，不然他怎敢做这事情！……"说着，如史伯母也哭了起来。

听见"穷"字，如史伯伯脸色渐渐青白了，他的心撞得这样的厉害：犹如雷雨狂至时，一个过路的客人用着全力急急地敲一家不相识者的门，恨不得立时冲进门去的一般。

在他的账簿上，已只有十二元另几角存款。而三天后，是他们远祖的死忌，必须做两桌羹饭；供过后，给亲房的人吃，这里就须化六元钱。离开小年，十二月二十四，只有十几天，在这十几天内，店铺都要来收账，每一个收账的人都将说，"中秋没有付清，年底必须完全付清的，现在……"现在，现在怎么办呢？伊明不是来信说，年底不限定能够张罗一点钱，在二十四以前寄到家吗？……他几乎也急得流泪了。

三天过去，便是做羹饭的日子。如史伯伯一清早便提着篮子到三里外的林家塘去买菜。簿子上写着，这一天羹饭的鱼，必须是支鱼。但寻遍鱼摊，如史伯伯看不见一条支鱼，不得已，他买了一条米鱼代替。米鱼的价钱比支鱼大，味道也比支鱼好，吃的人一定满意的，他想。

晚间，羹饭供在祖堂中的时候，亲房的人都来拜了。大房这一天没有人在家，他们知道二房轮着吃的是阿安，他的叔伯兄弟阿黑今年轮不到吃，便派阿黑来代大房。

阿黑是一个驼背的泥水匠，从前曾经有过不名誉的事，被人家在屋柱上绑了半天。他平常对如史伯伯是很恭敬的。这一天不知怎样，他有点异样：拜过后，他眨着眼睛，绕着桌子看了一遍，像在那里寻找什么似的。如史伯母很注意他。随后，他拖着阿安走到屋角里，低低的说了一些什么。

酒才一巡，阿黑便先动筷钳鱼吃。尝了一尝，便大声的说：

"这是什么鱼？米鱼！簿子上明明写的是支鱼！做不起羹饭，不做还要好些！……"

如史伯伯气得跳了起来，说：

"阿黑！支鱼买不到，用米鱼代还不好吗？哪种贵？哪种便宜？哪种好吃？哪种不好吃？"

"支鱼贵！支鱼好吃！"

"米鱼便宜！米鱼不好吃！"阿安突然也站了起来说。

如史伯伯气得呆了。别的人都停了筷，愤怒地看着阿黑和阿安，显然觉得他们是无理的。但因为阿黑这个人不好惹，都只得不做声。

"人家儿子也有，却没有看见过连羹饭钱也不寄给爹娘的儿子！米鱼代支鱼！这样不好吃！"阿黑左手拍着桌子，右手却只是钳鱼吃。

"你说什么话，畜生！"如史伯母从房里跳了出来，气得脸色青白了。"没有良心的东西！你靠了谁，才有今天？绑在屋柱上，是谁把你保释的？你今天有没有资格说话？今天轮得到你吃饭吗？……"

"从前管从前，今天管今天！……我是代表大房！……明年轮到我当办，我用鲤鱼来代替！鸭蛋代鸡蛋！小碗代大碗！……"阿黑似乎不曾生气，这话仿佛并不是由他口里出来，由另一个传声机里出来一般。他只是喝一口酒，钳一筷鱼，慢吞吞地吃着。如史伯母还在骂他，如史伯伯在和别人谈论他不是，他仿佛都不曾听见。

几天之后，陈四桥的人都知道如史伯伯的确穷了：别人家忙着买过年的东西，他没有买一点，而且，没有钱给收账的人，总是约他们二十三，而且，连做羹饭也没有钱，反而给阿黑骂了一顿，而且，有一天跑到裕生木行那里去借钱，没有借到，而且，跑到女婿家里去借钱，没有借到，坐着船回来，船钱也不够，而且……而且……

的确，如史伯伯着急得没法，曾到他女婿家里去借过钱。女婿不在家里。和女儿说着说着，他哭了。女儿哭得更厉害。伊光，他的大女儿，最懂得陈四桥人的性格：你有钱了，他们都来了，对神似的恭敬你；你穷了，他们转过背去，冷笑你，诽谤你，尽力的欺侮你，没有一点人心。她小时，不晓得在陈四桥受了多少的气，看见了多少这一类的事情。现在，想不到竟转到老年的父母身上了。她越想越伤心起来。

"最好是不要住在那里，搬到别的地方去。"她哭着说，"那里的人比畜生还不如！……"

"别的地方就不是这样吗？咳！"老年的如史伯伯叹着气，说。他显然知道生在这世间的人都是一样的。

伊光答应由她具名打一个电报给弟弟，叫他赶快电汇一点钱来，同时她又叫丈夫设法。最后给了父亲三十元钱，安慰着，含着泪送她父亲到船边。

但这三十元钱有什么用呢？当天付了两家店铺就没有了。店账还欠着五十几元。过年不敬神是不行的，这里还需十几元。

在他的账簿上，只有三元另几个铜子的存款了！

收账的人天天来，他约他们二十三那一天一定付清。

十二月十六日，账簿上只有二元八角的存款……

"这样羞耻的发抖的日子，我还不曾遇到过……"如史伯伯颤动着语音，说。

如史伯母含着泪，低着头坐着，不时在沉寂中发出沉重的长声的叹息。

"啊啊，多福多寿，发财发财！"忽然有人在门外叫着说。

隔着玻璃窗一望，如史伯伯看见强讨饭的阿水来了。

他不由得颤动着站了起来。"这个人来，没有好结果，"他想着走了出去。

"啊，发财发财，恭喜恭喜！财神菩萨！多化一点！"

"好，好，你等一等，我去拿来。"如史伯伯又走了进来。

他知道阿水来到是要比别的讨饭的拿得多的，于是就满满的盛了一碗米出去。

"不行，不行，老板，这是今年最末的一次！"阿水远远的就叫了起来。

"那么你拿了，我再去盛一碗来。"如史伯伯知道，如果阿水说"不行"，是真的不行的。

"差得远，差得远！像你们这样的人家，米是不要的。"

"你要什么呢？"

"我吗？现洋！"阿水睁着两只凶恶的眼睛，说。

"不要说笑话，阿水，像我们这样的人家，那里……"

"哼！你们这样的人家！你们这样的人家！我不知道吗？到这几天，过年货也还不买，藏着钱做什么！施一点给讨饭的！"阿水带着冷笑，恶狠狠地说。

"今年实在……"如史伯伯忧郁地说，但阿水立刻把他的话打断了。

"不必多说，快去拿现洋来，不要耽搁我的工夫！"

如史伯伯没法，慢慢地进去了，从柜子里，他拿了四角钱。正要出去，如史伯母急得跳了起来，叫着说：

"发疯了吗？一个讨饭的，给他这许多钱！"

"没有办法，没有办法！"如史伯伯低声的说着，又走了出去。

"四角吗？看也没有看见。我又不是小讨饭的，哼！"阿水忿然的说，偏着头，看着门外。"一千多亩田，二万元现金的人家，竟拿出这一点点来哄小孩子！谁要你的！"

"你去打听打听，阿水！我那里有这许多……"

"不要多说！快去拿来！"阿水不耐烦的说。

如史伯伯又进去了。他又拿了两角钱。

"六角总该够了罢，阿水？我的确没有……"

"不上一元，用不着拿出来！钱，我看得多了！"阿水仍偏着头说。

这显然是没有办法的。如史伯伯又进去了。

在柜子里，只有两元另两角……

"把这角子统统给了他算了，罢，罢，罢！"如史伯伯叹着气说。

"天呀！你要我们的命吗？一个讨饭的要这许多钱！"如史伯母气得脸色青白，叫着跳了出去。

"哼！又是两角！又是两角！"阿水冷笑地说。

"好了，好了，阿水！明年多给你一点。儿子的钱的确还没有寄到，家里的钱已经用完了……"

"再要多，我同你到林家塘警察所去拼老命！看有没有这种规矩！"如史伯母暴躁的说。

"好好！去就去！哼！……"

"她是女人家，阿水，原谅她。我明年多给你一点就是了。"如史伯伯忍气吞声的说，在他的灵魂中，这是第一次充满了羞辱。

"既这样说，我就拿着走了，到底是男人家。哼！我是一个讨饭的，要知道，一个穷光蛋，什么事情都做得出来的！……"他拿了钱，喃喃的说着，走了。

走进房里，如史伯母哭了。如史伯伯也只会陪着流泪。

"阿水这东西，就是这样的坏！"如史伯伯非常气忿的说。"真正有钱的人家，他是决不敢这样的，给他多少，他就拿多少。今天，他知道我们穷了，故意来敲诈。"

忽然，他想到柜子里只有两元，只有两元了……

他点了一炷香，跑到厨房里，对着灶神跪下了……不一会，如史伯母也跑进去在旁边跪下了……

……两个人口里喃喃的祷祝着，面上流着泪……

十二月二十二日的清晨，如史伯伯捧着账簿，失了魂似的呆呆地望着。簿子上很清楚的写着：尚存小洋八角。

"啊，这是一个好梦！"如史伯母由后房叫着说，走了出来。她的脸上露着希望的微笑。

"又讲梦话了！日前不是做了不少的好梦吗？但是钱呢？"如史伯伯皱着眉头说。

"自然会应验的，昨夜。"如史伯母坚决地相信着，开始叙述她的梦了，"不知在什么地方，我看见地上泼着一堆饭，'罪过，饭泼了一地，'我说着用手去拾，却不知怎的，到手就烂了，像浆糊似的，仔细一看，却是黄色的粪。'啊，这怎么办呢，满手都是粪了。'我说着，便用衣服去揩手，那知揩来揩去，只是揩不干净，反而愈揩愈多，满身都是粪了。'用水去洗罢，'我正想着要走的时候，忽然伊明和几个朋友进来了。'啊，慢一点！伊明慢一点进来！'我慌慌张张叫着说，着急了，看着自己满身都是粪，满地都是粪。'不要紧的，妈妈，都是熟人，'他说着向我走来，我慌慌张张的往别处跑，跑着跑着，好像伊明和他的朋友追了来似的。'怎么办呢，怎么办呢，满身都是粪！'我叫着醒来了。你说，粪不就是黄金吗？呵，这许多……"

"不见得应验，"如史伯伯说。但想到梦书上写着"梦粪染身，主得黄金"，确也有点相信了。

然而这不过是一阵清爽的微风，它过去后，苦恼重又充满了老年人的心。

来了几个收账的人，严重的声明，如果明天再不给他们的钱，他们只得对不住他，坐索了……

时日在如史伯伯夫妻是这样的艰苦，这样的沉重，他们俩都消瘦了，尤其是如史伯伯。他觉得自己仿佛是一匹拖重载的驴子，挨着饿，耐着苦，忍着叱咤的鞭子，颠踬着在雨后泥途中行走。但前途又是这样的渺茫，没有一线光明，没有一点希望。时光留住着罢，不要走近年底！但它并不留住，它一天一天的向这难关上走着。迅速地跨过这难关罢！但它却有意延宕，要走不走的徘徊着。咳，咳……

夜上来了。他们睡得很迟。他近来常常咳嗽，仿佛有什么梗在他的喉咙里一般。

时钟警告地敲了十二下。四周非常的沉寂。如史伯伯也已沉入在睡眠里。

钟敲二下，如史伯伯又醒了。他记得柜子里只有小洋八角，他预算二十四那一天就要用完了。伊明为什么这几天连信也没有呢？伊光打去的电报没有收到吗？来不及了，来不及了，现在已是二十三，最末的一天，一切店铺里的收账人都将来坐索了！这是一种什么样的耻辱！六十年来没有遇到过！不幸！不幸！……

忽然，他倾着耳朵细听了，仿佛有谁在房子里轻着脚步走动似的。

"谁呀？"

但没有谁回答，轻微的脚步出去了。

"啊！伊云的娘！伊云的娘！起来！起来！"他一面叫着，一面翻起身点灯。

如史伯母和伊云都吓了一惊，发着抖起来了。

衣橱门开着，柜子门也开着，地上放着两只箱子，外面还丢着几件衣服。

"有贼！有贼！"如史伯伯敲着板壁，叫着说。

住在隔壁的是南货店老板松生，他好像没有听见。

如史伯母抬头来看，衣橱旁少了四只箱子，两只在地上，两只不见了。

"打！打！打贼！打贼！"如史伯伯大声的喊着，但他不敢出去。如史伯母和伊云都牵着他的衣服，发着抖。

约莫过去了十五分钟，听听没有动静，大家渐渐镇静了。如史伯伯拿着灯，四处的照，从卧房里照起，直照到厨房。他看见房门上烧了一个洞。厨房的砖墙挖了一个大洞。

如史伯母检查一遍，哭着说把她冬季的衣服都偷去了。此外还有许多衣服，她一时也记不清楚。

"如果，"她哭着说，"来法在这里，决不会让贼进来的。……仿佛他们把来法砍死了，就是为的这个……阿灰不是好人，你记得。我已经好几次听人家说他的手脚靠不住……明天，我们到林家塘警察所去报告，而且，叫他们注意阿灰。"

"没有钱，休提起警察！"如史伯伯狠狠的说，"而且，你知道，明天如果儿子没有钱寄来，不要对人家说我们来了贼，不然，就会有更不好的名声加到我们的头上，一班人一定会说这是我们的计策，假装出来了贼，可以赖钱。你想，你想，……在这样的世界上，最好是不要活着！……"

如史伯伯叹了一口气，躺倒在藤椅上，昏过去了。

但过了一会，他的青白的脸色渐渐绯红起来，微笑显露在上面了。

他看见阳光已经上升，充满着希望和欢乐的景象。阿黑拿着一个极大的信封，驼背一耸一耸地颠了进来，满面露着笑容，嘴里哼着恭喜，恭喜。信封上印着红色的大字，什么司令部什么处缄。红字上盖着墨笔字，是清清楚楚的"陈伊明"。如史伯伯喜欢得跳了起来。拆开信，以下这些字眼就飞进他的眼里：

> ……儿已在……任秘书主任……兹先汇上大洋二千元，新正……再
> 当亲解价值三十万元之黄金来家……

"呵！呵！……"如史伯伯喜欢得说不出话了。

门外走进来许多人，齐声大叫："老太爷！老太太！恭喜恭喜！"

阿黑，阿灰，阿水都跪在他们的前面，磕着头……

（选自王鲁彦《黄金》，人间书店 1928 年版）

一幅世态炎凉的风俗画

刘继林

关键词： 乡土；世态；民间心理

被鲁迅称为"吾家彦弟"的王鲁彦，是五四后深受鲁迅"故乡"系列小说影响的乡土文学作家，其作品善于从人情世态、民风习俗中透视乡土中国的冷漠与残酷。

《黄金》是王鲁彦的代表作，被茅盾视为他最好的一个作品。陈四桥的如史伯伯，有十几亩田，几间新屋，在乡间本是生活得安安稳稳，不愁吃、不愁穿的小康人家。到年关了，因在外工作的儿子没有及时寄钱回家接济家用，这一家人便被势利的村民拨弄得摇摇晃晃。"不到半天，这消息便会由他们自设的无线电话传遍陈四桥，由家家户户的门缝里窗隙里钻了进去，仿佛阳光似的，风似的"，这可怜的老人便无休止地受到乡邻的猜忌、奚落、鄙视乃至捉弄、要挟。他们对如史伯伯的态度，由尊敬而轻侮，由谄媚而嘲讽，甚至有人还落井下石，借机对如史伯伯进行敲诈勒索。正像最懂得陈四桥人的性格的如史伯伯的大女儿所说的，"你有钱了，他们都来了，对神似的恭敬你；你穷了，他们转过背去，冷笑你，诽谤你，尽力的欺侮你，没有一点人心"。无怪乎如史伯伯感叹："在这样的世界上，最好是不要活着！……"最后，当如史伯伯的儿子来信说已荣任秘书主任，汇上大洋二千元，并将亲解价值三十万元之黄金来家时，那些曾经轻侮、诽谤他们的乡邻却都来恭喜，并跪拜在他们的面前，齐声大呼老太爷、老太太。在这里，金钱成了陈四桥人情冷暖的计温器、世态炎凉的风向标。

王鲁彦笔下的陈四桥，表面看来虽然是一个偏僻的乡村，却深受商品经济的侵染和冷酷的民风习俗的桎梏。在这里，民间原本和谐自然、简单纯朴的人际关系业已被物质欲望所摧毁。小说在展示陈四桥人普遍存在的金钱崇拜心理和趋炎附势心态的同时，还将这种拜金主义与乡土世俗习惯势力结合起来，并试着去触摸一种更深层的乡土民间文化心理。如史伯伯在强烈的现实反差中之所以表现得如此脆弱，不堪一击，一个"穷"字便可以让他如此抬不起头来，其实是与他发财愿望强、面子观念重的文化心理相关的。正是这种心理，让如史伯伯背上了无比沉重的精神负担，"他觉得自己仿佛是一匹拖重载的驴子，挨着饿，耐着苦，忍着叱咤的鞭子，颠蹶着在雨后泥途中行走"。家中的积蓄在急剧减少，而外界的流言蜚语却在与日激增，如史伯伯诚惶诚恐，如坐针毡。在受人欺侮、遭人敲诈之时，他选择的是忍气吞声，"说来说去，又是自己穷了，儿子没有寄钱来"！甚至在家中被盗的时候，他也不敢声张，生怕别人说这是他们的计谋，只能自欺欺人地用虚无的梦境来换得片刻的心理安慰。

在小说的结尾部分,如史伯伯将如史伯母"满身是粪"的梦释为"梦粪染身,主得黄金",可以说把鲁迅似的阴冷风格发挥得淋漓尽致,很值得玩味。作者将现实与梦境、黄金与粪土联系起来,现实中金灿灿的黄金,在梦里却是黄色的粪便;为陈四桥人所顶礼膜拜的金钱,作者却视之为粪土,既点了题,深化了主旨,又增强了艺术上的反讽效果。

思 考 题

1. 谈谈五四乡土小说与鲁迅"故乡"系列小说之间的关系。
2. 分析《黄金》的讽刺手法。

延 伸 阅 读

王鲁彦:《柚子》《李妈》《菊英的出嫁》

参 考 文 献

1. 丁帆:《中国乡土小说史》,北京大学出版社 2007 年版。
2. 杨剑龙:《论鲁迅的影响与王鲁彦的乡土小说创作》,《吉林师范大学学报》(人文社会科学版)2014 年第 3 期。

蚀（存目）

茅 盾

幻灭的悲哀

张佳惠

关键词：理想；幻灭；写实

在中外文学史上，表现青年感情脉搏的文学作品历来具有迷人的魅力，茅盾的《蚀》三部曲就是真实地表现20世纪20年代中后期的青年知识分子在那个风云变幻年代的心灵历程的优秀作品。

《蚀》写于第一次国共合作破裂、中国民主革命进程遭到破坏的1927年9月至1928年6月，由《幻灭》《动摇》《追求》三个中篇构成。当时，中国光明与黑暗的斗争异常剧烈，追求理想的一代青年知识分子又一次陷入了"梦醒了无路可走"的迷茫之中。茅盾当时恰恰就处于这一时代大潮的中心。《蚀》是茅盾亲身经历了纷纭复杂的现实斗争生活后有感而发的艺术结晶。他在《从牯岭到东京》中说："我是真实地去生活，经验了动乱中国的最复杂的人生的一幕，终于感得了幻灭的悲哀，人生的矛盾，在消沉的心情下，孤寂的生活中，而尚受生活执着的支配，想要以我的生命力的余烬从别方面在这迷乱灰色的人生内发一星微光，于是我就开始创作了……《幻灭》等三篇只是时代的描写，是自己想能够如何忠实便如何忠实的时代描写；说它们是革命小说，那我就觉得很惭愧，因为我不能积极的指引一些什么——姑且说是出路罢！""当我写这三部小说的时候，我的思想情绪是悲观失望的。"

《蚀》集中展示了当时青年知识分子在时代风潮中经历的三个时期：（一）革命前夕的亢昂和革命既到面前时的幻灭，如静女士先是充满革命的幻想和对恋爱的憧憬，但一接触实际便一一幻灭了。（二）革命斗争剧烈时的动摇，如具有国民党"左派"精神特质的方罗兰始终动摇于两极之间，时而想镇压反动土豪，时而又惧怕群众运动；时而深爱自己贤淑传统的夫人，时而又追求奔放现代的孙舞阳。（三）动摇后不甘寂寞，尚思作最后之追求，如张曼青由失望于政治，转而追求教育救国；王仲昭转而以新闻事业作追求爱情的手段；章秋柳以享乐和感官刺激作为报复社会的手段；史循则因怀疑一切而试图自杀。悲观失望情绪是贯穿《蚀》三部曲的一条中心线。

小说描写了曾经向往或参加大革命浪潮的青年知识分子在追求革命、追求形形色色个人价值实现过程中所产生的幻灭感，刻画了静女士、慧女士、张曼青、王仲昭、章秋柳、孙舞阳、史循等"时代青年"群像。在中国现代文学史上，具有类似特征的青年知识分子形象虽不能说绝无仅有，但还没有一位作家像茅盾这样对他们倾注如此多的热情。在这些"时代青年"形象中那些青年女性更具光彩，她们不仅具有中国传统与"西风东渐"相结合的文化意义，而且具有时间和政治寓言的意义。如静女士和方太太被一些论者认为是"时间的被动者"，慧女士和孙舞阳是"革命的弄潮儿"，而章秋柳则表现了"都市时间的欲望和死亡"。

在描写小资产阶级知识分子对于革命的幻灭与动摇中，作品最大的特色就是时时处处倾注着一种极度悲观的虚无色彩。如《追求》中的人物，追求的目标或大或小，但无论大小都不能如愿，甚至怀疑主义者史循连对自杀这种最低限度的追求也是失败的。作品在展现一个不寻常的时代缩影和一些神经质的女子的生活片段的同时，深入细致地描绘了当时一些青年知识分子的软弱、悲观、灰暗、矛盾等病态心理，并渗透了感伤基调和世纪末颓废情绪。作者如医生诊脉般鞭辟入里地透视了青年知识分子在那个非常年代的心灵世界：当革命遭遇挫折和艰辛时，当旧势力进行一系列投机和复辟行为时，当希望一个个破灭时，他们最终或主动或被迫地选择了妥协、放弃、逃离或颓废、放纵乃至自杀。虽然作品罩上了一层虚无主义色彩，但是从根本意义上，它表现了那个时代青年知识分子的思想迷茫与人生困惑，是中国现代文学史上难得的具有一定史诗性意义的作品。

茅盾擅长心理描写，那些稍纵即逝的下意识念头，女性那些难以描摹的曲折多变的暧昧心理在他精微的解剖刀下都会仔细地呈现出来。对两性心理的解析，文字浓艳，技巧纯熟。茅盾尤其擅长细描男子的软弱心理和表现男子在女性肉体魅力面前的头晕目眩、软弱不敌。有论者认为趣味流于低级，也有论者认为恰恰是这种自然主义的解析超越了一般说教主义的陈腔滥调和启蒙主义的高蹈，洞察到了更幽微、更本真的人性，达到了与弱者心灵的沟通。

思 考 题

1. 如何看待茅盾在《蚀》中所塑造的女性群像？
2. 有人认为《蚀》过多地暴露人生的黑暗面而忽略了人生的光明面，你如何看待这个问题？

延 伸 阅 读

茅盾：《虹》《腐蚀》

参 考 文 献

1. 茅盾：《从牯岭到东京》，《小说月报》第19卷第10期，1928年10月。
2. 李欧梵：《现代性的追求》，生活·读书·新知三联书店2000年版。

子夜（存目）

茅 盾

社会分析小说的典范

王泽龙

关键词：社会分析；都市；资本家

20世纪30年代初，一个运用社会科学的方法剖析中国社会的新小说流派，在左翼文学运动的影响下出现了，茅盾的《子夜》就是这一流派的代表。

《子夜》脱稿于1932年底，其创作的最初动因与契机，首先是当时理论界关于中国社会性质的论战。在这场论战中托派认为中国已经走上了资本主义发展的道路。1930年春秋之间，茅盾在上海由于患神经衰弱和眼疾，不能看书。在东奔西走、串亲访友中他广泛接触了上海各阶层人物，认为一些感性材料经过艺术处理有助于人们对当时社会性质的认识，便决意以小说的形式参加这场社会性质的论战。他由当时复杂的阶级关系、经济关系形成的社会矛盾入手，在广阔的都市生活画卷中，描绘了中国民族工业在帝国主义买办资产阶级和国民党政权控制下的艰难处境和不可避免的悲剧命运，从而艺术地揭示中国并没有走向资本主义发展道路，中国在帝国主义的压迫下，更加殖民地化了。从政治、经济、社会等诸种交错的社会矛盾关系中，把握社会运行规律，剖析现实，再现时代面影，这正是《子夜》开创的社会分析派小说的一个重要特点。

《子夜》对现实社会的透视是通过一系列矛盾关系的冲突、一系列人物形象的刻画来体现的。主人公吴荪甫是小说中的核心人物。吴荪甫是一位曾经留学欧美的踌躇满志的上海工业界大亨，他年富力强，坚信自己过人的才智，企望联合一批有作为的资本家同仁来发展中国的民族工业。他财力雄厚，在上海经营着规模巨大的、具有中国民族工业优势的裕华丝厂，并在家乡双桥镇开办有电厂、油坊、米厂、布店、钱庄，建立了一个由他操纵的双桥王国，这是为他提供发展都市产业资金的重镇。他刚毅果断，充满雄心和魄力，具有管理资本主义企业的现代本领与铁的手腕，他要和倾销中国市场的洋货竞争。他要实现他的梦想：高大的烟囱如林，轮船乘风破浪，汽车在原野上奔驰，让工厂的产品走遍全国的穷乡僻壤。裕华丝厂、双桥王国当然盛不下他的英雄气概，不足以施展他的宏伟抱负。于是他联合起大兴煤矿公司总经理王和甫、太平洋轮船公司总经理孙吉人，建立了"三驾马车"的资本主义托拉斯组织——兼买办金融和实业为一体的益中信托公司。这样，作者为吴荪甫设置了一个广阔的活动舞台，由此展开了吴荪甫与其他民族资本家、与买办资产阶级赵伯韬、与工人复杂冲突的描写。

吴荪甫一面联合敢作有为、实力雄厚的大资本家，一面对弱小无能的小资本家施以铁的手腕。他看到丝厂老板朱吟秋、绸厂老板陈君宜、火柴厂老板周仲伟资财薄弱，才干平庸，断然拒绝他们参加益中公司。但他又打着救济的幌子，名为放款，实质是圈套，以造成朱吟秋等人更大的经济负累，达到对对方企业一口吞并的目的。他用这一类手段兼并了八个小厂。他办企业的信条之一是要把那些平庸的、不会经营的企业家，毫不怜悯地打倒，促成他们破产，把他们的企业纳入自己的铁腕中来。这既是吴荪甫的魄力，也是他狠毒性格的一面。从与其他民族资本家的对照中，吴荪甫显现出过人的气魄与才智，可谓上海工业界的"骑士""王子"。

然而，吴荪甫发展民族工业的理想与苦心经营，面临着重重阻碍。国内，政府对民族工业课以苛捐杂税，南北两地军阀混战，农村经济凋敝不堪。国外，世界性资本主义经济危机不断加重，他们向殖民地国家转嫁经济危机。帝国主义还实行资本输出，在中国办工厂，组织银团，吞并民族企业。赵伯韬就是由他们扶植的代表帝国主义利益的买办掮客。赵伯韬与吴荪甫的对立冲突，无疑是一场控制与反控制、扼杀与反扼杀的生死搏斗。吴荪甫面对劲敌，他刚强自信，紧紧团结孙吉人、王和甫，鼓舞同伴坚定反赵的决心。然而面对赵伯韬强大有力的资金后盾，他又无时不感到惶惑与怯弱。尽管吴荪甫从骨子里轻蔑赵伯韬这号政治掮客、无耻投机商的嘴脸，然而赵伯韬左右公债市场的魔力，不能不让他折服，而赵伯韬对益中公司的破坏与经济封锁更使他感到胆寒。尽管如此，吴荪甫刚愎自用、不服输的性格与赵伯韬把他逼上虎背、上下两难的境况决定了他要和赵伯韬拼个鱼死网破。这就是吴荪甫的血性。当吴荪甫在四面楚歌中面临企业破产时，也不甘屈服于赵伯韬，而是一头钻进公债市场，调集各路资金，不惜把公馆地皮抵押上，全力以赴，孤注一掷要和赵伯韬在公债市场上决一死战，结果是一败涂地，彻底破产。赵伯韬对吴荪甫的压迫，反映了帝国主义的官僚买办资本对中国民族工业的无情摧残。吴荪甫破产的必然性悲剧说明，像吴荪甫这样的资本家都失败了，当时中国民族工业是没有出路的，中国不可能发展资本主义，这是吴荪甫悲剧形象的主要意义。

吴荪甫在企业经营上的挫折，在公债投机中的损失，他要在工人身上寻求补偿。他在工人难以生活下去时，仍要减工资、加工时、解雇工人。在工人的罢工斗争中，他通过屠维岳收买、分化工人，依靠国民党军警和黄色工会中的流氓用武力镇压工人，逮捕工人积极分子。在劳资关系的对立冲突中，吴荪甫表现出一个资本家十足的凶狠、冷酷与反动。面对工人反抗，他也常常表现出恐慌不安。在家庭关系中，吴荪甫专制独断，把事业上的苦闷发泄到妻子、弟妹身上。他和妻子同床异梦。作者从他对妻子及家庭成员情感的冷漠中表现了他与封建主义观念的联系，又反衬了他对事业全力以赴的努力。总之在吴荪甫身上，刚毅与颓唐、果决与凶狠、才智与狡黠、进步与反动、民族性与阶级性是对立互补的，多侧面的性格构成了一个立体化的艺术形象。他是 20 世纪 30 年代民族资产阶级的典型形象。在善与恶、是与非的表现中寄寓了作者对这一人物的讽喻和贬斥，以及同情和褒扬。

作品以吴荪甫作为一切矛盾的焦点，多线辐射，拓展融合。为适应小说表现广阔而复杂的生活内容的特征，《子夜》的结构恢宏而严谨。吴荪甫事业的由盛而衰是小说的中轴，吴赵冲突是小说的主要矛盾，吴荪甫与其他民族资本家，与工人、家庭成员的矛盾交织其间，还有知识分子与女性群体所形成的"新《儒林外史》"也浮游其中。而益中公司、公债市场、裕华丝厂、吴公馆则是这些矛盾冲突上演的舞台。整个作品离散错落，分合有致，在五彩斑斓、波澜起伏的画面中呈现出纵横开阔的史诗风范。

《子夜》这部社会分析小说，以其深邃的理性思索与恢宏的结构内容，表现了 20 世纪 30 年代初期都市社会生活的广阔画面，茅盾把鲁迅开创的现实主义传统发展到了一个新的阶段。20 世纪 30 年代是世界无产阶级革命文学思潮汹涌澎湃的时期，新文学正在经历从"人的文学"向"社会文学"、从个性解放的张扬向讴歌群体的"普罗文学"主潮的大转变。如果我们肯定 20 年代文学的个性解放主题的时代意义的话，那么 30 年代群体的觉醒与斗争无疑体现了时代的先锋精神。《子夜》把社会风情，对群体命运的探寻和民族出路的思索汇成一体，在整体上展示了 20 世纪 30 年代现代中国社会的广阔画卷。它是时代的感召和作家才情及庄严的社会责任感相融汇的产物，小说既容纳了 20 世纪 30 年代初期恢宏繁富的生活客体，也显现了主体把握现实的非凡魄力。在民族危难的生活图景中，揭示了社会动荡的深层波澜，叩响了时代精神的乐声。《子夜》在新文学史上有着里程碑的意义。尽管作者意识形态化的理性参与淡化了作品诗意的表现，在社会生活事件的描写中有一些失真的问题等，但整体上看，《子夜》依然是新文学史上第一部称得上具有史诗风范的作品。

思 考 题

1. 分析吴荪甫形象的特征与意义。

2. 为什么说《子夜》是中国新文学史上称得上具有史诗风范的作品？

延 伸 阅 读

茅盾：《蚀》《虹》《春蚕》《林家铺子》

参 考 文 献

1. 严家炎：《中国现代小说流派史》（增订本），高等教育出版社 2014 年版。

2. 陈思广：《放大与悬置——〈子夜〉接受研究 60 年（1951—2011）述评》，《河北师范大学学报》（哲学社会科学版）2013 年第 1 期。

家（存目）

巴　金

现代家族小说的经典

杨厚均

关键词：家族；矛盾；青春激情

《家》是巴金"激流三部曲"的第一部，最初以《激流》之名在 1931 年 4 月至 1932 年 5 月的《时报》上连载，1933 年 5 月以《家》为名由开明书店出版。《家》被认为是"激流三部曲"中"成就最高、影响最大"的作品。

新文学自鲁迅的《狂人日记》以来，揭露旧家庭、旧礼教的创作很多，但以宏大的规模全面、深入地描写一个封建大家庭的分崩离析的，《家》还是第一次。在一个由传统向现代的转型社会中，家被历史地置于文化矛盾的焦点。家往往是传统的象征。它浓缩了已有的社会意识形态，代表了已有的社会秩序。社会的现代转型便是对这样一种意识形态以及相应秩序的颠覆。《家》所传达的正是这样一个信息：封建的家庭不可避免地走向衰亡，新的一代正在走出家庭，走向社会。

小说写的是一个封建大家庭高家三代人的故事。高老太爷是这个家庭的长者，也是这个家庭的权威。他一心维护的是这个家庭的既有秩序，并希望这个家庭能四世同堂，人丁兴旺，永世不衰。为此他对一切可能给这个家庭带来不稳定因素的各种人事采取压迫的方式，这种压迫像幽灵一样无处不在，而且是专横的、残忍的。正是他，制造了这个家庭一幕幕血淋淋的悲剧。长房长孙觉新被迫放弃自己的学业和理想，放弃自己的爱情，成了维护这个封建家庭的继承人；婢女鸣凤被他随意地送给自己的朋友作妾，这直接导致了鸣凤的投湖自杀，凡此种种，不一而足。克安、克定是这个家庭的第二代，他们享受着这个家庭给他们带来的种种权益，但他们同时是这个家庭的"蛀虫"，他们虚伪自私、荒淫无耻，他们是这个家庭内部滋生出来的异己的力量。从本质上看，他们的种种荒谬仍然是这个家庭的一部分，他们必将连同这个家庭一起走向衰败和灭亡。年轻的第三代虽然是这个家庭的成员，但他们在精神上都不属于这个家庭。觉新作为长房长孙，虽然被指认为这个家庭的法定接班人，但他无力接管这个家庭。更为重要的是，他的身上本就有不属于这个家庭的诸多要素，他接受过现代教育，并不认同这个家庭的诸多秩序，他维护的是他自己也并不认同的东西，由此他必然承受着巨大的压力和痛苦。鸣凤、梅芬、瑞钰这类身为奴婢、小姐、媳妇的青年女性，同样是这个家庭的牺牲者，她们的命运被牢牢地控制在这个家庭的长辈或者主子手中，她们的理想、爱情最终化作了缕缕冤魂，控诉着这个家庭的罪恶。作者正是通过一个个青春生命被无情毁灭的悲剧，"宣告一个不合理的制度的死刑，来向一个垂死的制度叫出我的 J'accuse（我控告）"，"为过去无数无名的牺牲者喊一声冤"（巴金《关于〈家〉》）。觉慧是这个家庭幼稚而大胆的叛逆者，他背叛这个家庭所要求他的一切，他代表了现代社会新生的力量，他同情底层百姓、追求自由爱情、参加社会活动、宣传新文化思想，最终离开高家，赴上海投身革命，做了这个家庭最彻底的叛徒。

巴金创作《家》明显地受到了法国自然主义作家左拉的《卢贡－马卡尔家族》的影响，对此，巴金曾有过这样的表述："……整套书中的二十部长篇（指《卢贡－马卡尔家族》，编者按）我先后读过了一半以上，在马赛我读完了它们。我不相信左拉的遗传规律，也不喜欢他那种自然主义的写法，可是他的小说抓住我的心，小说中那么多的人物活在我的眼前。我不仅一本接一本热心地读着那些小说，它们还常常引起我的'创作的欲望'。"（巴金《谈〈新生〉及其它》）左拉的《卢贡－马卡尔家族》以自然主义的写法重现法兰西第二帝国时代一个家族的自然史和社会史，巴金摒弃了自然主义的法则，但采用了通过家族的变迁来反映时代精神的小说策略，并在这样的创作中融入了自己强烈的主观情绪，形成了他自己的家族小说的特色。

《家》也明显地受到了我国传统家族小说《红楼梦》的影响，一家三代的人物关系、复杂而带有悲剧色彩的爱情纠葛、以爱情为线索的结构方式等都可以视作《红楼梦》的翻版。但《家》毕竟是一部现代家族小说，和《红楼梦》不同的是，在《红楼梦》里，家庭是在儒与道、释的文化冲突中崩溃的，宝玉最终离家而遁入空门。而在《家》里，高家的崩溃，是在外来现代文化的背景中开始的，觉慧代表的正是以西方文化为基点的现代文化，觉慧最后的结局也是离家，但觉慧离家以后并不是遁入空门，而是走向社会，走向更广阔的革命天地。在这个意义上说，巴金在继承中国传统家族小说创作特点的同时，开创了中国现代家族小说的先河，正如杨义在《中国现代小说史》中所提到的："读过《红楼梦》的人，要了解中国大家族制度在一两个世纪以后如何走向彻底的崩溃，不可不读一读巴金的'激流三部曲'。"因为是在这样的一个起点上，巴金的《家》较之《红楼梦》有更多的青春激情，在艺术表现上，呈现出热情酣畅的风格特征。

思 考 题

1. 如何理解觉新这一人物形象的文化意义？
2. 为什么说《家》开了中国现代家族小说的先河？

延 伸 阅 读

巴金：《灭亡》《春》《秋》《随想录》

参 考 文 献

1. 李辉：《巴金：在历史中叙述》，湖北人民出版社 2006 年版。
2. 黄子平：《命运三重奏：〈家〉与"家"与"家中人"》，见王晓明主编：《二十世纪中国文学史论》

上卷（修订版），东方出版中心 2003 年版。

3. 李哲：《从政治宣泄到文学叙事——论〈家〉之于巴金创作转型的特殊意义》,《中国现代文学研究丛刊》2012 年第 8 期。

寒夜（存目）

一曲现代家庭的悲歌

杨厚均

关键词：现代家庭；人性；悲剧

《寒夜》和"激流三部曲"、《憩园》一起构成巴金一生最珍爱的作品。《寒夜》始作于1944年秋冬之际的重庆，1946年底完成于上海。最初连载于上海《文艺复兴》，1947年3月由上海晨光出版公司出版。以后数十年里，印行数十版。《寒夜》被公认为继《家》之后巴金创作的又一个高峰。

如果说《家》描写的是一个封建大家庭的悲剧，《寒夜》描写的则是一个现代普通知识分子家庭的悲剧。主人公汪文宣的家庭可以说是五四以后出现的新式家庭的标本，汪文宣及其妻子曾树生都是上海某大学教育系的学生，接受五四以后的新式教育，具有现代知识和现代思想，他们有着创办新式学堂、为中学教育事业而献身的理想，他们自由恋爱，并不计较正式婚礼而同居。53岁的汪母也是一个知识分子，年轻时知书达理，当过教师，其人生的黄金年龄也是在民国以后度过的。孩子小宣被送往现代贵族学校接受新式教育。这是一个在当时历史条件下最可能出现的典型的现代家庭模式，也是多少现代知识分子曾经梦寐以求的家庭生活理想。然而就是这样一个家庭，却时刻充满了矛盾、烦恼，这个家庭如同寒夜一样，毫无生机，最终不得不走向解体。

是什么样的动因让巴金写出了这样一个现代家庭的悲剧？又是什么原因导致这样一个现代家庭的悲剧？陈思和在谈到《寒夜》的创作时曾表达过自己的困惑："这个构思在巴金的创作道路上实在意外：巴金以前的创作几乎都可以在他生活道路上寻到构思原型，唯独这部小说……则很难在巴金当时的生活中找到对应关系。"（《人格的发展——巴金传》）要理解这个问题，我们不能不重新审视巴金在40年代的文化态度。《家》时期的巴金是义无反顾地对传统的封建文化给予坚决的揭露和鞭挞的，然而到了40年代，自己年龄的增长、阅历的增加以及新文化二十余年的历史发展，使得巴金对新旧文化的关系有了较为理性的观照态度，这一点其实在《寒夜》之前的《憩园》中就已经有了端倪，《憩园》虽然可以看作是对封建家庭的一次彻底的清算，但作品中哀婉的情绪已经超出了早期的愤激。在巴金看来，旧的传统文化是一个复杂体，封建的文化糟粕仍然需要背叛，但旧文化中又同时包裹着美好和善良的东西，而新的现代文化是否就真的像我们所想象的那样给我们带来完全的自由与幸福呢？可以说《寒夜》便是这种反思的结果。

巴金一再强调，《寒夜》中家庭的悲剧仍然是社会的悲剧。《寒夜》中汪文宣在图书文具公司从事的编辑校对工作，曾树生从事的银行职员工作都带有非常明显的现代特征，都是在现代社会中非常普遍的职位。但正是在这样的环境中，无论是汪文宣还是曾树生都没有做人的尊严。老实谨慎的汪文宣无法处理复杂的现代社会关系，在单位时刻受到压制，因为得了肺病而被提防、歧视。曾树生在银行的资本不过是其年轻漂亮的身体，她不过是一个"花瓶"。汪家的悲剧很大程度上与他们在现代社会中的委屈与扭曲联系在一起，在社会上找不到出路的他们，便把一切烦恼、怨恨带回到他们赖以栖息的家庭，这正是这个家庭破裂的社会基础。在这里，我们看到这个家庭悲剧的重要源头，就是所谓的现代社会同样充满了残酷与无情。

汪家的悲剧还是一种新旧文化观念冲突的悲剧，汪母和曾树生正是新旧文化的代表。汪家悲剧最直接的原因就是汪母与曾树生之间不可调和的婆媳矛盾。而这种婆媳矛盾的深刻内涵却是文化上的矛盾与冲突。汪母用传统的标准来看待婆媳关系，她看不惯曾树生的生活方式，她甚至因为曾树生和汪文宣没有举行正式的婚礼而把曾树生看作是儿子的姘头；而曾树生有着现代观念，她不愿意恪守传统的妇道，爱打扮，善交际。巴金的深刻之处，不仅写出了她们之间不可调和的文化观念的冲突，而且在处理新旧文化观念冲突时，作者并没有采取简单的好坏判断，汪母及其所代表的传统文化和曾树生及其所代表的新的文化本身就是一个复杂体，交织着好与坏、善与恶、美与丑，正是这样一种深刻的认识，使得这种蕴含着丰富文化内涵的家庭悲剧平添了更多的无奈与悲凉。

汪家的悲剧在一定程度上还是一种人性的悲剧。五四新文化运动原是以个性的解放与自由为目标的，殊不知，在与旧的文化交锋而追求解放与自由的过程中，人的软弱与自私等人性的弱点和丑陋也同时以变态的方式呈现出来，而这些人性的弱点和丑陋又恰恰成为人的解放与自由的巨大障碍，这是一个巨大的悖论。巴金看到了这个悖论，并在《寒夜》中体现得淋漓尽致。汪母和曾树生均表现出她们独有的自私与尖刻。巴金曾说："汪文宣的母亲的确爱儿子，也愿意跟着儿子吃苦。然而她的爱是自私的。"（《谈〈寒夜〉》）她把儿子看作是自己一个人的，由此而看不惯儿子与媳妇的任何亲近的表现。曾树生同样是一个自私的女人，她追求个人的幸福与快乐，她说"只想活着痛快一点，过得舒服一点"。她终于忍受不了家庭的矛盾和贫穷，在汪文宣重病的时刻离开家庭去追求自己个人的幸福生活。汪文宣最大的特点就是他性格的懦弱，无论是在家庭之外的工作单位，还是在家庭内部面对母亲和妻子的矛盾中，总是表现出其胆小怕事、到处讨好而又到处不得好的性格弱点。

无论是社会的还是文化的抑或是人性的悲剧，都是在一个不断现代化的社会背景中发生的，巴金通过一个现代知识分子家庭的悲剧一方面继续着其反封建文化的主题，另一方面又对现代文化保持着理性的反思，这是对于《家》的一个超越。鲁迅当年曾反思易卜生《玩偶之家》中娜拉的出走，写过一篇文章《娜拉走后怎样》，其结论是，中国的娜拉在离家后最终还是要回来的。巴金则通过《寒夜》提出了《家》中的觉慧出走后怎么样的问题，汪文宣正可以看作是出走后的觉慧。巴金以这样的现代家庭悲剧告诉人们，人的解放与自由是何其艰难的事情。

思 考 题

1. 比较《寒夜》和《家》的异同。
2. 分析汪母和曾树生矛盾的深刻内涵。

延 伸 阅 读

巴金：《憩园》《第四病室》

参 考 文 献

1. 陈思和：《人格的发展——巴金传》，上海人民出版社 1992 年版。
2. 陈思广：《新时期以来的〈寒夜〉接受研究》，《中国现代文学研究丛刊》2012 年第 7 期。

骆驼祥子（存目）

老 舍

市民底层生活的出色表现

胡德才　王泽龙

关键词：人力车夫；市民；人性

《骆驼祥子》通过对一个人力车夫悲剧命运的描写，提出了城市贫民寻求生活出路的社会问题，既超越了作者以前的创作，也显示了新文学史上同类题材作品前所未有的思想深度。小说集中地表现了主人公祥子生活的悲剧与性格的悲剧。祥子生活的悲剧表现在他企望做一个自食其力劳动者的生活理想的破灭。从农村流向城市的破产农民祥子，希望凭自己年轻、健壮和吃苦耐劳的精神，过上一种独立自主的生活。他把买一辆洋车作为生活的奋斗目标，自以为有了洋车就像农民有了土地一样，当了车子的主人就可成为生活的主人。然而，生活的车轮并没有随祥子朴实的愿望转动，严峻的现实给了他一次又一次打击：经过三年的艰苦奋斗，祥子用血汗换得一辆新车，但没拉多久便被军阀乱兵抢走。祥子并未放弃自己的目标，可是反动政府的特务孙侦探又洗劫了他买第二辆车的积蓄。后来他被迫与虎妞成亲后，也未褪尽劳动者的本色，没有改变"拉自己的车"的人生目标。他的执拗、倔强使虎妞成全了他买车、拉车的愿望。然而，祥子来不及再次振作，虎妞就难产而死，为给虎妞办丧事，祥子又不得不将车子卖掉。小说围绕祥子买车、失车"三起三落"的经历而展开对他的悲剧命运的描绘，展示了祥子"做一个独立劳动者"的善良、朴实愿望的最后破灭。祥子顽强求生的努力拼搏与现实社会给他的一次比一次沉重的打击形成强烈对照，从而深刻揭露了造成祥子悲剧的社会根源。尽管祥子所遭受的几次挫折具有一定的偶然性，但作者对一个个体劳动者悲剧命运必然性的揭示是符合生活真实的。小说所描写的另外两位靠拉自己的车生活的车夫二强子与老马师傅的悲惨遭遇有力地表明，即使祥子拉上了自己的车，实现了自己的愿望，也避免不了二强子和老马师傅的悲剧命运。

祥子的人生悲剧还较鲜明地表现在他的婚姻悲剧上。祥子与虎妞的结合是促成祥子悲剧的一个重要因素。虎妞的青春被耽误以及由此产生的某些变态心理是令人同情的；但她利用社会地位与经济手段对祥子自主人生的控制又不能不令人生厌，她用剥削阶级的生活理想与权力意志无情地剥夺了祥子成为独立劳动者的生活理想与主宰自我的人格意志。祥子对婚姻的就范也正意味着他要求独立自主的生活理想的破灭，也是其软弱无力，"不能掌握自己命运"的人生悲剧的典型表现。祥子非但得不到他想要的东西，甚至连他厌恶的东西也拒斥不掉。黑暗的社会对善良的劳动者灵肉的摧残是何等残酷无情！

祥子性格的悲剧集中表现在作为一个劳动者的美好品质的丧失和正常人性的蜕变。他初到城市，"像一棵树，坚壮，沉默，而又有生气"，充满了对生活的美好热望与自信。他诚实、善良、俭朴，为了能自己买上车，像骆驼一样耐住一切疾苦。然而，他的努力却屡遭失败，黑暗的现实给予他的是一次又一次的无情打击。当他对生活的信心完全动摇之后，又找不到真正的原因，他终于向命运屈服了。他试图反抗，施行报复，但又认不清敌手，于是，他向一切人甚至包括自己盲目地发泄胸中的怨气。他敢揍巡警，敢在杨斋的先生们的洋服上弄上大黑手印，敢把刘四从车上赶下来，甚至为几十块赏钱出卖革命者阮明。"他不再有希望，就这么迷迷糊糊地往下坠，坠入那无底的深坑。他吃，他喝，他嫖，他赌，他懒，他狡猾"，在北京这个文化城，他成了失去灵魂的走兽。至此，祥子被剥夺的不仅仅是买车子的积蓄，更重要的是丧失了奋发向上的生活意志和劳动者的美德。"人把自己从野兽中提拔出，可是到现在人还把自己的同类驱逐到野兽里去。"作者满怀着对被损害者的深刻同情，发出了对戕害美好人性的黑暗现实的强烈控诉。这正是祥子悲剧深刻意义的一个重要内容。

祥子悲剧的深刻思想意义还在于作者把笔触伸到了人物内心深处，从城市贫民自身的思想性格弱点的挖掘中，探索其悲剧命运的内在因素，艺术地揭示出祥子的悲剧与他作为一个个体劳动者的思想弱点和个人奋斗的方式分不开。作为一个个体劳动者，祥子的眼界是狭隘的，他不关心时事、大局，其全部用心就是"拉自己的车"；在遇到突然事变和打击时，毫无精神准备，也找不到遭受厄运的根源；个体劳动者的个人奋斗方式与习惯心理又使他不愿看到处于同一阶层的人们的生活遭遇的共同性。祥子自以为年轻力壮，能吃苦耐劳，比一般车夫强，却没有从老马师傅、二强子的命运中思考新的生活出路；同时，个人奋斗又加深了个体劳动者彼此间的隔阂，导致他们互相争夺，而不是互相团结，共同反抗黑暗的现实。因此，祥子在遭受了一连串的打击后，无法找到造成其悲剧命运的真正根源，而把一切都归之于命运，向命运屈服。当他发泄怨恨，施行报复时，也只能是盲目、疯狂地破坏，这不仅不能给压迫他的那个社会造成丝毫的损害，而且还会更快地把自己推向堕落的深渊。祥子命运的悲剧历程正是祥子个人奋斗不断失败的悲剧历程。作者宣告祥子是一个"个人主义的末路鬼"，也就宣告了劳动者想依靠个人奋斗改变受苦受难的生活道路是行不通的。

《骆驼祥子》取得了多方面的艺术成就。第一，情节单纯，结构谨严，脉络分明。小说的构思以祥子为中心，祥子的活动与命运发展就是小说的情节主线，这种单纯、集中、明晰的结构，便于表现祥子"三起三落"的奋斗经历和思想性格的变化过程。同时，通过祥子跟社会的接触，描写了不同阶级、阶层的人物及其命运，从而展示了较广阔的社会生活画面。第二，成功的北京世态画和风俗画描写。小说继续发挥了作者善于描绘和剖析北京古都文化的艺术优势。虎妞是小说中塑造得很成功的人物形象，也是小说中最有生活味和艺术气息的世俗形象。小说成功的世俗画与风俗画描写有很多地方是与对虎妞的刻画相联系的。第三，语言简练平易而极富北京地方色彩。作者自称"调动口语，给平易的文字添上些亲切、新鲜、恰当、活泼的味儿。因此，《祥子》可以朗诵。它的言语是活的"（老舍《我怎样写〈骆驼祥子〉》）。作者灵活、巧妙、纯熟地运用经过加工提炼后的北京口语，加之从容不迫的叙事节奏、温婉的讽刺笔调、简练的白描手法，显示了老舍小说语言艺术的独特成就。

思 考 题

1. 分析骆驼祥子的悲剧形象及其意义。
2. 比较阅读老舍与茅盾的都市题材小说，体会其不同特点。

延 伸 阅 读

老舍：《四世同堂》《猫城记》《月牙儿》

参 考 文 献

1. 关纪新：《老舍评传》（增补本），北京出版社 2019 年版。
2. 江腊生：《〈骆驼祥子〉的还原性阐释》，《文学评论》2010 年第 4 期。

断魂枪

老 舍

"生命是闹着玩，事事显出如此；从前我这么想过，现在我懂得了。"

沙子龙的镖局已改成客栈。

东方的大梦没法子不醒了。炮声压下去马来与印度野林中的虎啸。半醒的人们，揉着眼，祷告着祖先与神灵；不大会儿，失去了国土、自由与权利。门外立着不同面色的人，枪口还热着。他们的长矛毒弩，花蛇斑彩的厚盾，都有什么用呢；连祖先与祖先所信的神明全不灵了啊！龙旗的中国也不再神秘，有了火车呀，穿坟过墓的破坏着风水。枣红色多穗的镖旗，绿鲨皮鞘的钢刀，响着串铃的口马，江湖上的智慧与黑话，义气与声名，连沙子龙，他的武艺、事业，都梦似的变成昨夜的。今天是火车、快枪、通商与恐怖。听说，有人还要杀下皇帝的头呢！

这是走镖已没有饭吃，而国术还没被革命党与教育家提倡起来的时候。

谁不晓得沙子龙是短瘦、利落、硬棒，两眼明得像霜夜的大星？可是，现在他身上放了肉。镖局改了客栈，他自己在后小院占着三间北房，大枪立在墙角，院子有几只楼鸽。只是在夜间，他把小院的门关好，熟习熟习他的"五虎断魂枪"。这条枪与这套枪，二十年的工夫，在西北一带，给他创出来："神枪沙子龙"五个字，没遇见过敌手。现在，这条枪与这套枪不会再替他增光显胜了；只是摸摸这凉、滑、硬而发颤的杆子，使他心中少难过一些而已。只有在夜间独自拿起枪来，才能相信自己还是"神枪沙"。在白天，他不大谈武艺与往事；他的世界已被狂风吹了走。

在他手下创练起来的少年们还时常来找他。他们大多数是没落子的，都有点武艺，可是没地方去用。有的在庙会上去卖艺：踢两趟腿，练套家伙，翻几个跟头，附带着卖点大力丸，混个三吊两吊的。有的实在闲不起了，去弄筐果子，或挑些毛豆角，赶早儿在街上论斤吆喝出去。那时候，米贱肉贱，肯卖膀子力气本来可以混个肚儿圆；他们可是不成：肚量既大，而且得吃口管事儿的；干饽饽辣饼子咽不下去。况且他们还时常去走会：五虎棍、开路、太狮少狮……虽然算不了什么——比起走镖来——可是到底有个机会活动活动，露露脸。是的，走会捧场是买脸的事，他们打扮的得像个样儿，至少得有条青洋绉裤子，新漂白细市布的小褂，和一双鱼鳞洒鞋——顶好是青缎子抓脚虎靴子。他们是神枪沙子龙的徒弟——虽然沙子龙并不承认——得到处露脸，走会得赔上俩钱，说不定还得打场架。没钱，上沙老师那里去求。沙老师不含糊，多少不拘，不让他们空着手儿走。可是，为打架或献技去讨教一个招数，或是请给说个对子——什么空手夺刀，或虎头钩进枪——沙老师有时说句笑话，马虎过去："教什么？拿开水浇吧！"有时直接把他们逐出去。他们不大明白沙老师是怎么了，心中也有点不乐意。

可是，他们到处为沙老师吹腾，一来是愿意使人知道他们的武艺有真传授，受过高人的指教；二来是为激动沙老师：万一有人不服气而找上老师来，老师难道还不露一两手真的么？所以：沙老师一拳就砸倒了个牛！沙老师一脚把人踢到房上去，并没使多大的劲！他们谁也没见过这种事，但是说着说着，他们相信这是真的了，有年月，有地方，千真万确，敢起誓！

王三胜——沙子龙的大伙计——在土地庙拉开了场子，摆好了家伙。抹了一鼻子茶叶末色的鼻烟，他抢了几下竹节钢鞭，把场子打大一些。放下鞭，没向四围作揖，又着腰念了两句："脚踢天下好汉，拳打五路英雄！"向四围扫了一眼："乡亲们，王三胜不是卖艺的；玩艺儿会几套，西北路上走过镖，会过绿林上的朋友。现在闲着没事，拉个场子陪诸位玩玩。有爱练的尽管下来，王三胜以武会友，有赏脸的，我陪着。神枪沙子龙是我的师傅；玩艺地道！诸位，有愿下来的没有？"他看着，准知道没人敢下来，他的话硬，可是那条钢鞭更硬，十八斤重。

王三胜，大个子，一脸横肉，努着对大黑眼珠，看着四围。大家不出声。他脱了小褂，紧了紧深月白色的腰里硬，把肚子杀进去。给手心一口吐沫，抄起大刀来：

"诸位，王三胜先练趟瞧瞧。不白练，练完了，带着的扔几个；没钱，给喊个好，助助威。这儿没生意口。好，上眼！"

大刀靠了身，眼珠努出多高，脸上绷紧，胸脯子鼓出像两块老桦木根子。一跺脚，刀横起，大红缨子在肩前摆动。削砍劈拨，蹲越闪转，手起风生，忽忽直响。忽然刀在右手心上旋转，身弯下去，四围鸦雀无声，只有缨铃轻叫。刀顺过来，猛的一个跺泥，身子直挺，比众人高着一头，黑塔似的。收了势："诸位！"一手持刀，一手叉腰，看着四围。稀稀的扔下几个铜钱，他点点头。"诸位！"他等着，等着，地上依旧是那几个亮而削薄的铜钱，外层的人偷偷散去。他咽了口气："没人懂！"他低声的说，可是大家全听见了。

"有功夫！"西北角上一个黄胡子老头儿答了话。

"啊？"王三胜好似没听明白。

"我说：你——有——功——夫！"老头子的语气很不得人心。

放下大刀，王三胜随着大家的头往西北看。谁也没看起这个老人：小干巴个儿，披着件粗蓝布大衫，脸上窝窝瘪瘪，眼陷进去很深，嘴上几根细黄胡，肩上扛着条小黄草辫子，有筷子那么细而绝对不像筷子那么直顺。王三胜可是看出这老家伙有功夫，脑门亮，眼睛亮——眼眶虽深，眼珠可黑得像两口小井，深深的闪着黑光。王三胜不怕：他看得出别人有功夫没有，可更相信自己的本事，他是沙子龙手下的大将。

"下来玩玩，大叔！"王三胜说得很得体。

点点头，老头儿往里走。这一走，四外全笑了。他的胳臂不大动；左脚往前迈，右脚随着拉上来，一步步的往前拉扯，身子整着，像是患过瘫痪病。蹭到场中，把大衫扔在地上，一点没理会四围怎样笑他。

"神枪沙子龙的徒弟，你说？好，让你使枪吧；我呢？"老头子非常的干脆，很像久想动手。

人们全回来了，邻场耍狗熊的无论怎么敲锣也不中用了。

"三截棍进枪吧？"王三胜要看老头子一手，三截棍不是随便就拿得起来的家伙。

老头子又点点头，拾起家伙来。

王三胜努着眼，抖着枪，脸上十分难看。

　　老头子的黑眼珠更深更小了，像两个香火头，随着面前的枪尖儿转，王三胜忽然觉得不舒服，那俩黑眼珠似乎要把枪尖吸进去！四外已围得风雨不透，大家都觉出老头子确是有威。为躲那对眼睛，王三胜耍了个枪花。老头子的黄胡子一动："请！"王三胜一扣枪，向前躬步，枪尖奔了老头子的喉头去，枪缨打了一个红旋。老人的身子忽然活展了，将身微偏，让过枪尖，前把一挂，后把撩王三胜的手。拍，拍，两响，王三胜的枪撒了手。场外叫了好。王三胜连脸带胸口全紫了，抄起枪来；一个花子，连枪带人滚了过来，枪尖奔了老人的中部。老头子的眼亮得发着黑光；腿轻轻一屈，下把掩裆，上把打着刚要抽回的枪杆；拍，枪又落在地上。

　　场外又是一片彩声。王三胜流了汗，不再去拾枪，努着眼，木在那里。老头子扔下家伙，拾起大衫，还是拉拉着腿，可是走得很快了。大衫搭在臂上，他过来拍了王三胜一下："还得练哪，伙计！"

　　"别走！"王三胜擦着汗："你不离，姓王的服了！可有一样，你敢会会沙老师？"

　　"就是为会他才来的！"老头子的干巴脸上皱起点来，似乎是笑呢。"走；收了吧；晚饭我请！"

　　王三胜把兵器拢在一处，寄放在变戏法二麻子那里，陪着老头子往庙外走。后面跟着不少人，他把他们骂散。

　　"你老贵姓？"他问。

　　"姓孙哪，"老头子的话与人一样，都那么干巴。"爱练；久想会会沙子龙。"

　　沙子龙不把你打扁了！王三胜心里说。他脚底下加了劲，可是没把孙老头落下。他看出来，老头子的腿是老走着查拳门中的连跳步；交起手来，必定很快。但是，无论他怎么快，沙子龙是没对手的。准知道孙老头要吃亏，他心中痛快些，放慢了些脚步。

　　"孙大叔贵处？"

　　"河间的，小地方。"孙老者也和气了些："月棍年刀一辈子枪，不容易见功夫！说真的，你那两手就不坏！"

　　王三胜头上的汗又回来了，没言语。

　　到了客栈，他心中直跳，唯恐沙老师不在家，他急于报仇。他知道老师不爱管这种事，师弟们已碰过不少回钉子，可是他相信这回必定行，他是大伙计，不比那些毛孩子；再说，人家在庙会上点名叫阵，沙老师还能丢这个脸么？

　　"三胜，"沙子龙正在床上看着本《封神榜》，"有事吗？"

　　三胜的脸又紫了，嘴唇动着，说不出话来。

　　沙子龙坐起来，"怎了，三胜？"

　　"栽了跟头！"

　　只打了个不甚长的哈欠，沙老师没别的表示。

　　王三胜心中不平，但是不敢发作；他得激动老师："姓孙的一个老头儿，门外等着老师呢；把我的枪，枪，打掉了两次！"他知道"枪"字在老师心中有多大分量。没等吩咐，他慌忙跑出去。

　　客人进来，沙子龙在外间屋等着呢。彼此拱手坐下，他叫三胜去泡茶。三胜希望两个老人立刻交了手，可是不能不沏茶去。孙老者没话讲，用深藏着的眼睛打量沙子龙。沙很客气：

"要是三胜得罪了你，不用理他，年纪还轻。"

孙老者有些失望，可也看出沙子龙的精明。他不知怎样好了，不能拿一个人的精明断定他的武艺。"我来领教领教枪法！"他不由的说出来。

沙子龙没接碴儿。王三胜提着茶壶走进来——急于看二人动手，他没管水开了没有，就沏在壶中。

"三胜，"沙子龙拿起个茶碗来，"去找小顺们去，天汇见，陪孙老者吃饭。"

"什么！"王三胜的眼球几乎掉出来。看了看沙老师的脸，他敢怒而不敢言的说了声"是啦！"走出去，撅着大嘴。

"教徒弟不易！"孙老者说。

"我没收过徒弟。走吧，这个水不开！茶馆去喝，喝饿了就吃。"沙子龙从桌子拿起青缎子褡裢，一头装着鼻烟壶，一头装着点钱，挂在腰带上。

"不，我还不饿！"孙老者很坚决，两个"不"字把小辫从肩上抡到后边去。

"说会子话儿。"

"我来为领教领教枪法。"

"功夫早搁下了，"沙子龙指着身上，"已经放了肉！"

"这么办也行，"孙老者深深的看了沙老师一眼："不比武，教给我那趟五虎断魂枪。"

"五虎断魂枪？"沙子龙笑了："早忘净了！早忘净了！告诉你，在我这儿住几天，咱们逛逛各处，临走，多少送点盘川。"

"我不逛，也用不着钱，我来学艺！"孙老者立起来，"我练趟给你看看，看够得上学艺不够！"一屈腰已到了院中，把楼鸽都吓飞起去。拉开架子，他打了趟查拳：腿快，手飘洒，一个飞脚起去，小辫儿飘在空中，像从天上落下来一个风筝；快之中，每个架子都摆得稳、准、利落；来回六趟，把院子满都打到，走得圆，接得紧，身子在一处，而精神贯串到四面八方。抱拳收势，身儿缩紧，好似满院的乱飞的燕子忽然归了巢。

"好！好！"沙子龙在阶上点着头喊。

"教给我那趟枪！"孙老者抱了抱拳。

沙子龙下了台阶，也抱着拳："孙老者，说真的吧；那条枪和那套枪都跟我入棺材，一齐入棺材！"

"不传？"

"不传！"

孙老者的胡子嘴动了半天，没说出什么来。到屋里抄起蓝布大衫，拉拉着腿："打搅了，再会！"

"吃过饭走！"沙子龙说。

孙老者没言语。

沙子龙把客人送到小门，然后回到屋中，对着墙角立着的大枪点了点头。

他独自上了天汇，怕是王三胜们在那里等着。他们都没有去。

王三胜和小顺们都不敢再到土地庙去卖艺，大家谁也不再为沙子龙吹胜；反之，他们说沙子龙栽了跟头，不敢和个老头儿动手；那个老头子一脚能踢死个牛。不要说王三胜输给他，沙子龙也不是"个儿"。不过呢，王三胜到底和老头子见了个高低，而沙子龙连句硬话也没敢说。"神枪沙子龙"慢慢似乎被人们忘了。

夜静人稀,沙子龙关好了小门,一气把六十四枪刺下来;而后,挂着枪,望着天上的群星,想起当年在野店荒林的威风。叹一口气,用手指慢慢摸着凉滑的枪身,又微微一笑,"不传!不传!"

(原载 1935 年 9 月天津《大公报》副刊《文艺》第 13 期)

失落的惆怅

李小平

关键词:断魂;文化;反思

《断魂枪》作于 1935 年,是老舍从原计划要写的一部长篇小说《二拳师》中"提出一段来"创作而成的一个短篇小说。老舍从这个短篇小说的创作中得到了宝贵的经验:用长材料写短篇并不吃亏,因为要从能够写十几万字的事实中提出一段来,当然是提出那最好的一段。老舍称这就是"楞吃仙桃一口,不吃烂杏一筐"(《我怎样写短篇小说》)。由此可见,《断魂枪》是一个相当精练的短篇。

小说将故事的背景放在晚清时期,让读者看到了一个"断魂枪"断了魂的惨痛现实。帝国主义的坚船利炮轰开了中国闭关自守的大门,沉睡了千年的"东方的大梦没法子不醒了"。"半醒的人们,揉着眼,祷告着祖先与神灵;不大会儿,失去了国土、自由与权利。门外立着不同面色的人,枪口还热着。"中国人的"长矛毒弩,花蛇斑彩的厚盾,都有什么用呢;连祖先与祖先所信的神明全不灵了啊!龙旗的中国也不再神秘,有了火车呀,穿坟过墓的破坏着风水。……今天是火车、快枪、通商与恐怖"。

小说在这样一个背景下,着重描写、刻画、塑造了一个自创"五虎断魂枪",威镇西北二十年,"没遇见过敌手"的拳师"神枪沙子龙"的形象,着重展示了这个拳师在中国社会急剧变化中的复杂心态。"断魂枪"之所以断了魂,并不仅仅是时代的变化,"走镖已没有饭吃",经营多年的沙子龙的镖局已改成客栈,还因为沙子龙心态的变化。"他的世界已被狂风吹了走。"白天里他不仅不谈武艺与往事,也不再教徒弟们,尽管他的徒弟们还在到处为他鼓吹。他对打上门来、想和他比武的人也不交手,一个劲地只是敷衍,往日的雄风荡然无存。他只有在夜间的时候,把小院的门关好,熟悉熟悉他的"五虎断魂枪","摸摸这凉、滑、硬而发颤的杆子,使他心中少难过一些而已"。小说的结尾处写道,他"一气把六十四枪刺下来;而后,挂着枪,望着天上的群星,想起当年在野店荒林的威风。叹一口气,用手指慢慢摸着凉滑的枪身,又微微一笑",说着"不传!不传!"这"微微一笑"是多么的耐人寻味,透视出了沙子龙多么复杂的内心世界。

老舍说过:"在《断魂枪》里,我表现了三个人,一桩事。"(《我怎样写短篇小说》)这"三个人"除了"神枪沙子龙"外,还有一个是沙子龙的"徒弟"王三胜,另一个是慕名前来向他"学枪"的孙老者。与深沉老练的沙子龙相比,这两个人物却是虎虎生威。王三胜狂妄吹嘘、狡猾善变,孙老者饶有心计、咄咄逼人。他们对"断魂枪"都情有独钟,都想得到真传，却各具不同的心态。王三胜是想借沙子龙和"断魂枪"为他在卖艺时增加卖点，而孙老者名为学枪，实则更多的是想和"断魂枪"比个高低。"东方的大梦"在这二人身上似乎都还没有醒过来，他们并没有意识到"断魂枪"已经断了魂，在社会的新变中，这老手艺已经没有了用武之地。沙子龙只能在夜里关上小院的门，练习他的断魂枪；王三胜与孙老者交手时枪两次被打落；沙子龙坚决不传"断魂枪"，这些都意味着"断魂枪"将无法再传而断魂。老舍在小说中将三个人物紧紧围绕着一个传艺的事件纠集在一起，形成故事的传奇性与内在含义的象征性韵味，一代又一代的传统手艺与谋生的职业，就这样在他们这一代人手中失落，那种难言的痛苦与惆怅的确让人感到悲凉，这正是传统遭遇现代的一种心理体验的写照。

思 考 题

1.《断魂枪》是怎样将"三个人，一桩事"巧妙联结在一起的？

2. "神枪沙子龙"为什么反复表示"不传""断魂枪"，小说寓意何在？

延 伸 阅 读

老舍：《微神》《月牙儿》

参 考 文 献

1. 吴小美、魏韶华：《老舍的小说世界与东西方文化》，兰州大学出版社 1992 年版。

2. 王润华：《老舍小说新论》，学林出版社 1995 年版。

3. 谢昭新：《论老舍小说中的中国形象》，《中国现代文学研究丛刊》2011 年第 9 期。

死水微澜（存目）

李劼人

浓郁乡土风味的史诗小说

苏春生

关键词：史诗；风俗；写实

李劼人在 20 世纪 30 年代潜心创作的系列长篇小说《死水微澜》《大波》《暴风雨前》，被郭沫若称为具有史诗特征的"大河小说"。《死水微澜》最有代表性，小说写成于 1935 年，次年由上海中华书局出版。小说主要写 1894 年中日甲午战争到 1901 年成都郊外的天回镇上两种势力（教民与袍哥）的斗争，侧面展现了特定时代的政治历史风貌。小说以义和团运动为时代背景，以邓幺姑（蔡大嫂）与天回镇上的杂货店老板蔡兴顺、袍哥罗歪嘴，以及奉教的土粮户顾天成的婚姻爱情为线索，主要人物之间的恩怨纠葛与时代风云的激荡相联系，通过人物命运的沉浮，展现了历史风云在死水一潭的川西小镇所激起的波澜。袍哥、乡绅、教民、官府等形形色色的社会人物在天回镇的舞台上粉墨登场。在塑造生动的人物形象的同时，作者还以细腻的笔触描写了赶场、看灯、庙会等川西风俗场景，更间以四川方言土语的运用，使这部具有史诗性的小说笼罩了一层浓郁的乡土气息。

李劼人酷爱福楼拜的作品，他曾经三译《包法利夫人》，特别欣赏福楼拜式的对事态的细腻描绘和精到的心理剖析，因此不论在肖像的刻画、心理的勾勒、言语的安排上，还是对"外省风俗"的描绘和故事情节的安排上，他的小说创作都受到自然主义的鲜明影响。《死水微澜》的女主人公邓幺姑，更是在性格和命运上体现了与包法利夫人某种程度上的相似性。这位出身农家的女性贪慕虚荣，艳羡大家闺秀和都市的文明生活。她作为主要人物被历史的漩涡卷入天回镇各种势力争斗的中心，成了广阔的社会生活、历史发展的见证者。而她身上具有的特殊的生命力，更使她成为中国文学史上绝无仅有的女性形象。邓幺姑出生在穷乡僻壤的川西农村，闭塞的环境使她性格充满野性，她既不为封建伦理所压抑，也不受知识启蒙的引导。邓幺姑在少女时期任性要强，不安境遇，特别是听了邻居韩二奶奶关于大城市生活的描述后，她心中构筑起了浮华虚荣的成都形象。自从嫁到成都郊区，成了天回镇蔡兴顺杂货店的老板娘之后，她那躁动的灵魂对"除了算盘账簿外，只晓得吃饭睡觉"的丈夫和枯燥平淡的生活多有不满。她崇拜行走江湖、见多识广、敢作敢为，专门与洋教势力捣乱的袍哥首领表哥罗歪嘴，公开在家里与罗歪嘴姘居，如此违背封建伦常的行为让她成为小镇上的风云人物。但是，她的境遇在八国联军侵华后急转直下，随着教民在与义和团的冲突中得势，丈夫陷狱，罗歪嘴遭遇教会势力的追捕而"跑滩"，她的爱情生活与家庭生活全部被打乱，未来的憧憬彻底破灭，她再次被推到时代的风口浪尖。此刻，为了保护罗歪嘴，救出丈夫，她当机立断，决定改嫁奉教得势的教民顾天成，她由蔡大嫂变成了顾三奶奶。作品与传统历史小说不同，作者撇开了对英雄豪杰影响历史进程的描写，而从社会肌体内部的震荡、普通社会阶层的矛盾冲突中透视历史风云的变幻。四川会党的活跃与反教斗争，仿佛停滞、闭塞的死水般生活中荡起的微澜。

很明显，女主人公邓幺姑也是死水中还能保有一点生命力的微澜的象征，是能在历史的大潮中激起希望的微小波澜。这位偏僻小镇上的"包法利夫人"，靠着与生俱来的生命力，靠着对浮华生活野心勃勃却又不切实际的幻想，在 20 世纪初的历史断层里顽强而又扭曲地生长着。即便她的生命之舟不断遭遇历史的漩涡，她旺盛的生命力也没有被完全扼杀。但是，在那样的时代里，这种生命力又是被扭曲的，她的悲剧又不可避免。蔡兴顺、罗歪嘴、顾天成都无法满足她物质和精神的欲求。灯火通明、流金溢彩的成都，仅仅存在于她朦胧而又热切的梦想里。20 世纪初的中国社会，纵然有再多邓幺姑这样的人物，以她们一己顽强的生命力激荡起的，无非是这滩毫无希望的死水中的小小波澜。这个人物身上隐含了作者对社会历史与人生命运的沉重哀伤。

思　考　题

1. 谈谈你对邓幺姑形象的认识。
2. 分析李劼人这篇历史题材小说的特点。

延　伸　阅　读

李劼人：《大波》《暴风雨前》

参　考　文　献

1. 钱林森：《"东方的福楼拜"与"中国的左拉"——李劼人与法国现实主义文学》,《南京师范大学文学院学报》2011 年第 2 期。
2. 罗维斯：《李劼人的"大河小说"与中国的现代化》,《当代文坛》2021 年第 3 期。

为奴隶的母亲

柔　石

　　她底丈夫是一个皮贩，就是收集乡间各猎户底兽皮和牛皮，贩到大埠上出卖的人。但有时也兼做点农作，芒种的时节，便帮人家插秧，他能将每行插得非常直，假如有五人同在一个水田内，他们一定叫他站在第一个做标准。然而境况总是不佳，债是年年积起来了。他大约就因为境况的不佳，烟也吸了，酒也喝了，钱也赌起来了。这样，竟使他变做一个非常凶狠而暴躁的男子，但也就更贫穷下去，连小小的移借，别人也不敢答应了。

　　在穷底结果的病以后，全身便变成枯黄色，脸孔黄的和小铜鼓一样，连眼白也黄了。别人说他是黄胆病，孩子们也就叫他"黄胖"了。有一天，他向他底妻说：

　　"再也没有办法了，这样下去，连小锅子也都卖去了。我想，还是从你底身上设法罢。你跟着我挨饿，有什么办法呢？"

　　"我底身上？……"

　　他底妻坐在灶后，怀里抱着她底刚满五周的男小孩——孩子还在啜着奶，她讷讷地低声地问。

　　"你，是呀，"她底丈夫病后的无力的声音，"我已经将你出典了……"

　　"什么呀？"他底妻几乎昏去似的。

　　屋内是稍稍静寂了一息。他气喘着说：

　　"三天前，王狼来坐讨了半天的债回去以后，我也跟着他去，走到了九亩潭边，我很不想要做人了。但是坐在那株爬上去一纵身就可落在潭里的树下，想来想去，总没有力气跳了。猫头鹰在耳朵边不住地啭，我底心被它叫寒起来，我只得回转身，但在路上，遇见了沈家婆，她问我，晚也晚了，在外做什么。我就告诉她，请她代我借一笔款，或向什么人家的小姐借些衣服或首饰去暂时当一当，免得王狼底狼一般的绿眼睛天天在家里闪烁。可是沈家婆向我笑道：

　　"'你还将妻养在家里做什么呢，你自己黄也黄到这个地步了？'

　　"我低着头站在她面前没有答，她又说：

　　"'儿子呢，你只有一个了，舍不得。但妻——'

　　"我当时想：'莫非叫我卖去妻了么？'

　　"而她继续道：

　　"'但妻——虽然是结发的，穷了，也没有法。还养在家里做什么呢？'

　　"这样，她就直说出：'有一个秀才，因为没有儿子，年纪已五十岁了，想买一个妾；又因他底大妻不允许，只准他典一个，典三年或五年，叫我物色相当的女人：年纪约三十岁左右，养过两三个儿子的，人要沉默老实，又肯做事，还要对他底大妻肯低眉下首。这次是秀才娘子向我说的，假如条件合，肯出八十元或一百元的身价。我代她寻了好几天，总没有相当的女人。'她说：现在碰到我，想起了你来，样样都对的。当时问我底意见怎样，我一边掉了几滴泪，一边却被她催的答应她了。"

说到这里，他垂下头，声音很低弱，停止了。他底妻简直痴似的，话一句没有。又静寂了一息，他继续说：

"昨天，沈家婆到过秀才底家里，她说秀才很高兴，秀才娘子也喜欢，钱是一百元，年数呢，假如三年养不出儿子，是五年。沈家婆并将日子也拣定了——本月十八，五天后。今天，她写典契去了。"

这时，他底妻简直连腑脏都颤抖，吞吐着问：

"你为什么早不对我说？"

"昨天在你底面前旋了三个圈子，可是对你说不出。不过我仔细想，除出将你底身子设法外，再也没有办法了。"

"决定了么？"妇人战着牙齿问。

"只待典契写好。"

"倒霉的事情呀，我！——一点也没有别的方法了么？春宝底爸呀！"

春宝是她怀里的孩子底名字。

"倒霉，我也想到过，可是穷了，我们又不肯死，有什么办法？今年，我怕连插秧也不能插了。"

"你也想到过春宝么？春宝还只有五岁，没有娘，他怎么好呢？"

"我领他便了。本来是断了奶的孩子。"

他似乎渐渐发怒了，也就走出门外去了。她，却呜呜咽咽地哭起来。

这时，在她过去的回忆里，却想起恰恰一年前的事：那时她生下了一个女儿，她简直如死去一般地卧在床上。死还是整个的，她却肢体分作四碎与五裂。刚落地的女婴，在地上的干草堆上叫："呱呀，呱呀"声音很重的，手脚揪缩。脐带绕在她底身上，胎盘落在一边，她很想挣扎起来给她洗好，可是她底头昂起来，身子凝滞在床上。这样，她看见她底丈夫，这个凶狠的男子，飞红着脸，提了一桶沸水到女婴的旁边。她简直用了她一生底最后的力向他喊："慢！慢……"但这个病前极凶狠的男子，没有一分钟商量的余地，也不答半句话，就将"呱呀，呱呀，"声音很重地在叫着的女儿，刚出世的新生命，用他粗暴的两手捧起来，如屠户捧将杀的小羊一般，扑通，投下在沸水里了！除出沸水的溅声和皮肉吸收沸水的嘶声以外，女孩一声也不喊——她疑问地想，为什么也不重重地哭一声呢？竟这样不响地愿意冤枉死去么？啊！——她转念，那是因为她自己当时昏过去的缘故，她当时剜去了心一般地昏去了。

想到这里，似乎泪竟干涸了。"唉！苦命呀！"她低低地叹息了一声。这时春宝拔去了奶头，向他底母亲的脸上看，一边叫：

"妈妈！妈妈！"

在她将离别底前一晚，她拣了房子底最黑暗处坐着。一盏油灯点在灶前，萤火那么的光亮。她，手里抱着春宝，将她底头贴在他底头发上。她底思想似乎浮漂在极远，可是她自己捉摸不定远在那里。于是慢慢地跑回来，跑到眼前，跑到她底孩子底身上。她向她底孩子低声叫：

"春宝，宝宝！"

"妈妈，"孩子含着奶头答。

"妈妈明天要去了……"

"唔，"孩子似不十分懂得，本能地将头钻进他母亲底胸膛。

"妈妈不回来了，三年内不能回来了！"

她擦一擦眼睛，孩子放松口子问：

"妈妈那里去呢？庙里么？"

"不是，三十里路外，一家姓李的。"

"我也去。"

"宝宝去不得的。"

"呃！"孩子反抗地，又吸着并不多的奶。

"你跟爸爸在家里，爸爸会照料宝宝的：同宝宝睡，也带宝宝玩，你听爸爸底话好了。过三年……"

她没有说完，孩子要哭似地说：

"爸爸要打我的！"

"爸爸不再打你了，"同时用她底左手抚摸着孩子底右额，在这上，有他父亲在杀死他刚生下的妹妹后第三天，用锄柄敲他，肿起而又平复了的伤痕。

她似要还想对孩子说话，她底丈夫踏进门了。他走到她底面前，一只手放在袋里，掏取着什么，一边说：

"钱已经拿来七十元了。还有三十元要等你到了后十天付。"

停了一息说："也答应轿子来接。"

又停了一息："也答应轿夫一早吃好早饭来。"

这样，他离开了她，又向门外走出去了。

这一晚，她和她底丈夫都没有吃晚饭。

第二天，春雨竟滴滴淅淅地落着。

轿是一早就到了。可是这妇人，她却一夜不曾睡。她先将春宝底几件破衣服都修补好；春将完了，夏将到了，可是她，连孩子冬天用的破烂棉袄都拿出来，移交给他底父亲——实在，他已经在床上睡去了。以后，她坐在他底旁边，想对他说几句话，可是长夜是迟延着过去，她底话一句也说不出，而且，她大着胆向他叫了几声，发了几个听不清楚的音，声音在他底耳外，她也就睡下不说了。

等她朦朦胧胧地刚离开思索将要睡去，春宝又醒了。他就推叫他底母亲，要起来。以后当她给他穿衣服的时候，向他说：

"宝宝好好地在家里，不要哭，免得你爸爸打你。以后妈妈常买糖果来，买给宝宝吃，宝宝不要哭。"

而小孩子竟不知道悲哀是什么一回事，张大口子"唉，唉，"地唱起来了。她在他底唇边吻了一吻，又说：

"不要唱，你爸爸被你唱醒了。"

轿夫坐在门首的板凳上，抽着旱烟，说着他们自己要听的话。一息，邻村的沈家婆也赶到了。一个老妇人，熟悉世故的媒婆，一进门，就拍拍她身上的雨点，向他们说：

"下雨了，下雨了，这是你们家里此后会有滋长的预兆。"

老妇人忙碌似地在屋内旋了几个圈，对孩子底父亲说了几句话，意思是讨酬报。因为这件契约之能订的如此顺利而合算，实在是她底力量。

"说实在话，春宝底爸呀，再加五十元，那老头子可以买一房妾了。"她说。

于是又转向催促她——妇人却抱着春宝，这时坐着不动。老妇人声音很高地：

"轿夫要赶到他们家里吃中饭的，你快些预备走呀！"

可是妇人向她瞧了一瞧，似乎说：

"我实在不愿离开呢！让我饿死在这里罢！"

声音是在她底喉下，可是媒婆懂得了，走近到她前面，迷迷地向她笑说：

"你真是一个不懂事的丫头，黄胖还有什么东西给你呢？那边真是一份有吃有剩的人家，两百多亩田，经济很宽裕，房子是自己底，也雇着长工养着牛。大娘底性子是极好的，对人非常客气，每次看见人总给人一些吃的东西。那老头子——实在并不老，脸很白白的，也没有留胡子，因为读了书，背有些偻偻的，斯文的模样。可是也不必多说，你一走下轿就看见的，我是一个从不说谎的媒婆。"

妇人拭一拭泪，极轻地：

"春宝……我怎么能抛开他呢！"

"不用想到春宝了，"老妇人一手放在她底肩上，脸凑近她和春宝。"有五岁了，古人说：'三周四岁离娘身，'可以离开你了。只要你底肚子争气些，到那边，也养下一二个来，万事都好了。"

轿夫也在门首催起身了，他们噜苏着说：

"又不是新娘子，啼啼哭哭的。"

这样，老妇人将春宝从她底怀里拉去，一边说：

"春宝让我带去罢。"

小小的孩子也哭了，手脚乱舞的，可是老妇人终于给他拉到小门外去。当妇人走进轿门的时候，向他们说：

"带进屋里来罢，外边有雨呢。"

她底丈夫用手支着头坐着，一动没有动，而且也没有话。

两村的相隔有三十里路，可是轿夫的第二次将轿子放下肩，就到了。春天的细雨，从轿子底布篷里飘进，吹湿了她底衣衫。一个脸孔肥肥的，两眼很有心计的约摸五十四五岁的老妇人来迎她，她想：这当然是大娘了。可是只向她满面羞涩地看一看，并没有叫。她很亲昵似地将她牵上阶沿，一个长长的瘦瘦的而面孔圆细的男子就从房里走出来。他向新来的少妇，仔细地瞧了瞧，堆出满脸的笑容来，向她问：

"这么早就到了么？可是打湿你底衣裳了。"

而那位老妇人，却简直没有顾到他底说话，也向她问：

"还有什么在轿里么？"

"没有什么了。"少妇答。

几位邻舍的妇人站在大门外，探头张望的；可是她们走进屋里面了。

她自己也不知道这究竟为什么，她底心老是挂念着她底旧的家，掉不下她底春宝。这是真实而明显的，她应庆祝这将开始的三年的生活——这个家庭，和她所典给他的丈夫，都比曾经过去的要好，秀才确是一个温良和善的人，讲话是那么地低声，连大娘，实在也是一个出乎意料之外的妇人，她底态度之殷勤，和滔滔的一席话：说她和她丈夫底过去的生活之经过，从美满而漂亮的结婚生活起，一直到现在，中间的三十年。她曾做过一次的产，十五六年以前了，养下一个男孩子，据她说，是一个极美丽又极聪明的婴儿，可是不到十个月，竟患了天花死去了。这样，以后就没有再养过第二个。在她底意思中，似乎——似乎——早就叫她底丈夫娶一房妾。可是他，不知是爱她呢，还是没有相当的人——这一层她并没有说清楚；于是，就一直到现在。这样，竟说得这个具着朴素的心地的她，一时酸，一时苦，一时甜上心头，一时又咸的压下去了。最后，这个老妇人并将她底希望也向她说出来了。她底脸是娇红的，可是老妇人说：

"你是养过三四个孩子的女人了，当然，你是知道什么的，你一定知道的还比我多。"

这样，她说着走开了。

当晚，秀才也将家里底种种情形告诉她，实际，不过是向她夸耀或求媚罢了。她坐在一张橱子的旁边，这样的红的木橱，是她旧的家所没有的，她眼睛白晃晃地瞧着它。秀才也就坐到橱子底面前来，问她：

"你叫什么名字呢？"

她没有答，也并不笑，站起来，走到床底前面，秀才也跟到床底旁边，更笑地问她：

"怕羞么？哈，你想你底丈夫么？哈，哈，现在我是你底丈夫了。"声音是轻轻的，又用手去牵着她底袖子。"不要愁罢！你也想你底孩子的，是不是？不过——"

他没有说完，却又哈的笑了一声，他自己脱去他外面的长衫了。

她可以听见房外的大娘底声音在高声地骂着什么人，她一时听不出在骂谁，骂烧饭的女仆，又好像骂她自己，可是因为她底怨恨，仿佛又是为她而发的。秀才在床上叫道：

"睡罢，她常是这么噜噜苏苏的。她以前很爱那个长工，因为长工要和烧饭的黄妈多说话，她却常要骂黄妈的。"

日子是一天天地过去了。旧的家，渐渐地在她底脑子里疏远了，而眼前，却一步步地亲近她使她熟悉。虽则，春宝底哭声有时竟在她底耳朵边响，梦中，她也几次地遇到过他了。可是梦是一个比一个缥缈，眼前的事务是一天比一天繁多。她知道这个老妇人是猜忌多心的，外表虽则对她还算大方，可是她底嫉妒的心是和侦探一样，监视着秀才对她的一举一动。有时，秀才从外面回来，先遇见了她而同她说话，老妇人就疑心有什么特别的东西买给她了，非在当晚，将秀才叫到她自己底房内去，狠狠地训斥一番不可。"你给狐狸迷着了么？""你应该称一称你自己底老骨头是多少重！"像这样的话，她耳闻到不止一次了。这样以后，她望见秀才从外面回来而旁边没有她坐着的时候，就非得急忙避开不可。即使她在旁边，有时也该让开一些，但这种动作，她要做的非常自然，而且不能让旁人看出，否则，她又要向她发怒，说是她有意要在旁人的前面暴露她大娘底丑恶。而且以后，竟将家里的许多杂务都堆积在她底身上，同一个女仆那么样。她还算是聪明的，有时老妇人底换下来的衣服放着，她也给她拿去洗了，虽然她说：

"我底衣服怎么要你洗呢？就是你自己底衣服，也可叫黄妈洗的。"可是接着说：

"妹妹呀，你最好到猪栏里去看一看，那两只猪为什么这样喝喝叫的，或者因为没有吃饱罢，黄妈总是不肯给它们吃饱的。"

八个月了，那年冬天，她底胃却起了变化：老是不想吃饭，想吃新鲜的面，番薯等。但番薯或面吃了两餐，又不想吃，又想吃馄饨，多吃又要呕。而且还想吃南瓜和梅子——这是六月里的东西，真稀奇，向那里去找呢？秀才是知道在这个变化中所带来的预告了。他镇日地笑微微，能找到的东西，总忙着给她找来。他亲身给她到街上去买橘子，又托便人买了金柑来。他在廊沿下走来走去，口里念念有词的，不知说什么。他看她和黄妈磨过年的粉，但还没有磨了三升，就向她叫："歇一歇罢，长工也好磨的，年糕是人人要吃的。"

有时在夜里，人家谈着话，他却独自拿了一盏灯，在灯下，读起《诗经》来了：

> 关关雎鸠，
> 在河之洲，
> 窈窕淑女，
> 君子好逑——

这时长工向他问：

"先生，你又不去考举人，还读它做什么呢？"

他却摸一摸没有胡子的口边，怡悦地说道：

"是呀，你也知道人生底快乐么？所谓：'洞房花烛夜，金榜挂名时。'你也知道这两句话底意思么？这是人生底最快乐的两件事呀！可是我对于这两件事都过去了，我却还有比这两件更快乐的事呢！"

这样，除出他底两个妻以外，其余的人们都大笑了。

这些事，在老妇人眼睛里是看得非常气恼了。她起初闻到她底受孕也欢喜，以后看见秀才的这样奉承她，她却怨恨她自己肚子底不会还债了。有一次，次年三月了，这妇人因为身体感觉不舒服，头有些痛，睡了三天。秀才呢，也愿她歇息歇息，更不时地问她要什么，而老妇人却着实地发怒了。她说她装娇，噜噜苏苏地也说了三天。她先是恶意地讥嘲她：说是一到秀才底家里就高贵起来了，什么腰酸呀，头痛呀，姨太太的架子也都摆出来了；以前在她自己底家里，她不相信她有这样的娇养，恐怕竟和街头的母狗一样，肚子里有着一肚皮的小狗，临产了，还要到处地奔求着食物。现在呢，因为"老东西"——这是秀才的妻叫秀才的名字——趋奉了她，就装着娇滴滴的样子了。

"儿子，"她有一次在厨房里对黄妈说，"谁没有养过呀？我也曾怀过十个月的孕，不相信有这么的难受。而且，此刻的儿子，还在'阎罗王的簿里'，谁保的定生出来不是一只癞虾蟆呢？也等到真的'鸟儿'从洞里钻出来看见了，才可在我底面前显威风，摆架子，此刻，不过是一块血的猫头鹰，就这么的装腔，也显得太早一点！"

当晚这妇人没有吃晚饭，这时她已经睡了，听了这一番婉转的冷嘲与热骂，她呜呜咽咽地低声哭泣了。秀才也带衣服坐在床上，听到浑身透着冷汗，发起抖来。他很想扣好衣服，重新走起来，去打她一顿，抓住她底头发狠狠地打她一顿，泄泄他一肚皮的气。但不知怎样，似乎没有力量，连指也颤动，臂也酸软了，一边轻轻地叹息着说：

"唉，一向实在太对她好了。结婚了三十年，没有打过她一掌，简直连指甲都没有弹到她底皮肤上过，所以今日，竟和娘娘一般地难惹了。"

同时，他爬过到床底那端，她底身边，向她耳语说：

"不要哭罢，不要哭罢，随她吠去好了！她是阉过的母鸡，看见别人的孵卵是难受的。假如你这一次真能养出一个男孩子来，我当送你两样宝贝——我有一只青玉的戒指，一只白玉的……"

他没有说完，可是他忍不住听下门外的他底大妻底喋喋的讥笑的声音，他急忙地脱去衣服，将头钻进被窝里去，凑向她底胸膛，一边说：

"我有白玉的……"

肚子一天天地膨胀的如斗那么大，老妇人终究也将产婆雇定了，而且在别人的面前，竟拿起花布来做婴儿用的衣服。

酷热的暑天到了尽头，旧历的六月，他们在希望的眼中过去了。秋开始，凉风也拂拂地在乡镇上吹送。于是有一天，这全家的人们都到了希望底最高潮，屋里底空气完全地骚动起来。秀才底心更是异常地紧张，他在天井上不断地徘徊，手里捧着一本历书，好似要读它背诵那么地念去——"戊辰"，"甲戌"，"壬寅之年"，老是反复地轻轻地说着。有时他底焦急的眼光向一间关了窗的房子望去——在这间房子内是有产母底低声呻吟的声音；有时他向天上望一望被云笼罩着的太阳，于是又走向房门口，向站在房门内的黄妈问：

"此刻如何？"

黄妈不住地点着头不做声响，一息，答：

"快下来了，快下来了。"

于是他又捧了那本历书，在廊下徘徊起来。

这样的情形，一直继续到黄昏底青烟在地面起来，灯火一盏盏的如春天的野花般在屋内开起，婴儿才落地了，是一个男的。婴儿底声音是很重地在屋内叫，秀才却坐在屋角里，几乎快乐到流出眼泪来了。全家的人都没有心思吃晚饭，在平淡的晚餐席上，秀才底大妻向用人们说道：

"暂时瞒一瞒罢，给小猫头避避晦气；假如别人问起，也答养一个女的好了。"

他们都微笑地点点头。

一个月以后，婴儿底白嫩的小脸孔，已在秋天的阳光里照耀了。这个少妇给他哺着奶，邻舍的妇人围着他们瞧，有的称赞婴儿底鼻子好，有的称赞婴儿底口子好，有的称赞婴儿底两耳好；更有的称赞婴儿底母亲，也比以前好，白而且壮了。老妇人却正和老祖母那么地吩咐着，保护着，这时开始说：

"够了，不要弄他哭了。"

关于孩子底名字，秀才是煞费苦心地想着，但总想不出一个相当的字来。据老妇人底意见，还是从"长命富贵"或"福禄寿喜"里拣一个字，最好还是"寿"字或与"寿"同意义的字，如"其颐"，"彭祖"等。但秀才不同意，以为太通俗，人云亦云的名字。于是翻开了《易经》，《书经》，向这里面找，但找了半月，一月，还没有恰贴的字。在他底意思：以为在这个名字内，一边要祝福孩子，一边要包含他底老而得子底蕴义，所以竟不容易找。这一天，他一边抱着三个月的婴儿，一边又向书里找名字，戴着一副眼镜，将书递到灯底旁边去。婴儿底母亲呆呆地坐在房内底一边，不知思想着什么，却忽然开口说道：

"我想，还是叫他'秋宝'罢。"屋内的人们底几对眼睛都转向她，注意地静听着："他不是生在秋天吗？秋天的宝贝——还是叫他'秋宝'罢。"

秀才立刻接着说道：

"是呀，我真极费心思了。我年过半百，实在到了人生的秋期；孩子也正养在秋天；'秋'是万物成熟的季节，秋宝，实在是一个很好的名字呀！而且《书经》里没有么？'乃亦有秋'，我真乃亦有'秋'了！"

接着，又称赞了一通婴儿底母亲：说是呆读书实在无用，聪明是天生的。这些话，说的这妇人连坐着都觉着局促不安，垂下头，苦笑地又含泪地想：

"我不过因春宝想到罢了。"

秋宝是天天成长的非常可爱地离不开他底母亲了。他有出奇的大的眼睛，对陌生人是不倦地注视地瞧着，但对他底母亲，却远远地一眼就知道了。他整天地抓住了他底母亲，虽则秀才是比她还爱他，但不喜欢父亲；秀才底大妻呢，表面也爱他，似爱她自己亲生的儿子一样，但在婴儿底大眼睛里，却看她似陌生人，也用奇怪的不倦的视法。可是他的执住他底母亲愈紧，而他底母亲的离开这家的日子也愈近了。春天底口子咬住了冬天底尾巴；而夏天底脚又常是紧随着在春天底身后的；这样，谁都将孩子底母亲底三年快到的问题横放在心头上。

秀才呢，因为爱子的关系，首先向他底大妻提出来了：他愿意再拿出一百元钱，将她永远买下来。可是他底大妻底回答是：

"你要买她，那先给我药死罢！"

秀才听到这句话，气的只向鼻孔放出气，许久没有说；以后，他反而做着笑脸地：

"你想想孩子没有娘……"

老妇人也尖利地冷笑地说：

"我不好算是他底娘么？"

在孩子底母亲的心呢，却正矛盾着这两种的冲突了：一边，她底脑里老是有"三年"这两个字，三年是容易过去的，于是她底生活便变做在秀才底家里底用人似的了。而且想象中的春宝，也同眼前的秋宝一样活泼可爱，她既舍不得秋宝，怎么就能舍得掉春宝呢？可是另一边，她实在愿意永远在这新的家里住下去，她想，春宝的爸爸不是一个长寿的人，他底病一定是在三五年之内要将他带走到不可知的异国里去的，于是，她便要求她底第二个丈夫，将春宝也领过来，这样，春宝也在她底眼前。

有时，她倦坐在房外的沿廊下，初夏的阳光，异常地能令人昏朦地起幻想，秋宝睡在她底怀里，含着她底乳，可是她觉得仿佛春宝同时也站在她底旁边，她伸出手去也想将春宝抱近来，她还要对他们兄弟两人说几句话，可是身边是空空的。

在身边的较远的门口，却站着这位脸孔慈善而眼睛凶毒的老妇人，目光注视着她。这样，她也恍恍惚惚地敏悟："还是早些脱离罢，她简直探子一样地监视着我了。"可是忽然怀内的孩子一叫，她却又什么也没有的只剩着眼前的事实来支配她了。

以后，秀才又将计划修改了一些：他想叫沈家婆来，叫她向秋宝底母亲底前夫去说，他愿否再拿进三十元——最多是五十元，将妻续典三年给秀才。秀才对他底大妻说：

"要是秋宝到五岁，是可以离开娘了。"

他底大妻正是手里捻着念佛珠，一边在念着"南无阿弥陀佛"，一边答：

"她家里也还有前儿在，你也应放她和她底结发夫妇团聚一下罢。"

秀才低着头，断断续续地仍然这样说：

"你想想秋宝两岁就没有娘……"

可是老妇人放下念佛珠说：

"我会养的，我会管理他的，你怕我谋害了他么？"

秀才一听到末一句话，就拔步走开了。老妇人仍在后面说：

"这个儿子是帮我生的，秋宝是我底；绝种虽然是绝了你家底种，可是我却仍然吃着你家底餐饭。你真被迷了，老昏了，一点也不会想了。你还有几年好活，却要拼命拉她在身边？双连牌位，我是不愿意坐的！"

老妇人似乎还有许多刻毒的锐利的话，可是秀才走远开听不见了。

在夏天，婴儿底头上生了一个疮，有时身体稍稍发些热，于是这位老妇人就到处地问菩萨，求佛药，给婴儿敷在疮上，或灌下肚里，婴儿底母亲觉得并不十分要紧，反而使这样小小的生命哭成一身的汗珠，她不愿意，或将吃了几口的药暗地里拿去倒掉了。于是这位老妇人就高声叹息，向秀才说：

"你看，她竟一点也不介意他底病，还说孩子是并不怎样瘦下去。爱在心里的是深的；专疼表面是假的。"

这样，妇人只有暗自挥泪，秀才也不说什么话了。

秋宝一周纪念的时候，这家热闹地排了一天的酒筵，客人也到了三四十，有的送衣服，有的送面，有的送银制的狮狲，给婴儿挂在胸前的，有的送镀金的寿星老头儿，给孩子钉在帽上的，许多礼物，都在客人底袖子里带来了。他们祝福着婴儿的飞黄腾达，赞颂着婴儿的长寿永生；主人底脸孔，竟是荣光照耀着，有如落日的云霞反映着在他底颊上似的。

可是在这天，正当他们筵席将举行的黄昏时，来了一个客，从朦胧的暮光中向他们底天井走进，人们都注意他：一个憔悴异常的乡人，衣服补衲的，头发很长，在他底腋下，挟着一个纸包。主人骇异地迎上前去，问他是那里人，他口吃似地答了，主人一时糊涂的，但立刻明白了，就是那个皮贩。主人更轻轻地说：

"你为什么也送东西来呢？你真不必的呀！"

来客胆怯地向四周看看，一边答说：

"要，要的……我来祝祝这个宝贝长寿千……"

他似没有说完，一边将腋下的纸包打开来了，手指颤动地打开了两三重的纸，于是拿出四只铜制镀银的字，一方寸那么大，是"寿比南山"四字。

秀才底大娘走来了，向他仔细一看，似乎不大高兴。秀才却将他招待到席上，客人们互相私语着。

两点钟的酒与肉，将人们弄得胡乱与狂热了；他们高声猜着拳，用大碗盛着酒互相比赛，闹得似乎房子都被震动了。只有那个皮贩，他虽然也喝了两杯酒，可是仍然坐着不动，客人们也不招呼他。等到兴尽了，于是各人草草地吃了一碗饭，互祝着好话，从两两三三的灯笼光影中，走散了。

而皮贩，却吃到最后，用人来收拾羹碗了，他才离开了桌，走到廊下的黑暗处。在那里，他遇见了他底被典的妻。

"你也来做什么呢？"妇人问，语气是非常凄惨的。

"我那里又愿意来，因为没有法子。"

"那末你为什么来的这样晚？"

"我那里来买礼物的钱呀？！奔跑了一上午，哀求了一上午，又到城里买礼物，走得乏了，饿了，也迟了。"

妇人接着问：

"春宝呢？"

男子沉吟了一息答：

"所以，我是为春宝来的。……"

"为春宝来的？"妇人惊异地回音似地问。

男人慢慢地说：

"从夏天来，春宝是瘦的异样了。到秋天，竟病起来了。我又那里有钱给他请医生吃药，所以现在，病是更厉害了！再不想法救救他，眼见得要死了！"静寂了一刻，继续说："现在，我是向你来借钱的……"

这时妇人底胸膛内，简直似有四五只猫在抓她，咬她，咀嚼着她底心脏一样。她恨不得哭出来，但在人们个个向秋宝祝颂的日子，她又怎么好跟在人们底声音后面叫哭呢？她吞下她底眼泪，向她底丈夫说：

"我又那里有钱呢？我在这里，每月只给我两角钱的零用，我自己又那里要用什么，悉数补在孩子底身上了。现在，怎么好呢？"

他们一时没有话，以后，妇人又问：

"此刻有什么人照顾着春宝呢？"

"托了一个邻舍。今晚，我仍旧想回家，我就要走了。"

他一边说着，一边揩着泪。女的同时哽咽着说：

"你等一下罢，我向他去借借看。"

她就走开了。

三天以后的一天晚上，秀才忽然问这妇人道：

"我给你的那只青玉戒指呢？"

"在那天夜里，给了他了。给了他拿去当了。"

"没有借你五块钱么？"秀才愤怒地。

妇人低着头停了一息答：

"五块钱怎么够呢！"

秀才接着叹息说：

"总是前夫和前儿好，无论我对你怎么样！本来我很想再留你两年的，现在，你还是到明春就走罢！"

女人简直连泪也没有地呆着了。

几天后，他还向她那么地说：

"那只戒指是宝贝，我给你是要你传给秋宝的，谁知你一下就拿去当了！幸得她不知道，要是知道了，有三个月好闹了！"

妇人是一天天地黄瘦了。没有精采的光芒在她底眼睛里起来，而讥笑与冷骂的声音又充塞在她底耳内了。她是时常记念着她底春宝的病的，探听着有没有从她底本乡来的朋友，也探听着有没有向她底本乡去的便客，她很想得到一个关于"春宝的身体已复原"的消息，可是消息总没有；她也想借两元钱或买些糖果去，方便的客人又没有，她不时地抱着秋宝在门首过去一些的大路边，眼睛望着来和去的路。这种情形却很使秀才底大妻不舒服了，她时常对秀才说：

"她那里愿意在这里呢，她是极想早些飞回去的。"

有几夜，她抱着秋宝在睡梦中突然喊起来，秋宝也被吓醒，哭起来了。秀才就追逼地问：

"你为什么？你为什么？"

可是女人拍着秋宝，口子哼哼的没有答。秀才继续说：

"梦着你底前儿死了么，那么地喊？连我都被你叫醒了。"

女人急忙地一边答：

"不，不，……好像我底前面有一圹坟呢！"

秀才没有再讲话，而悲哀的幻象更在女人底前面展现开来，她要走向这坟去。

冬末了，催离别的小鸟，已经到她底窗前不住地叫了。先是孩子断了奶，又叫道士们来给孩子度了一个关，于是孩子和他亲生的母亲的别离——永远的别离的运命就被决定了。

这一天，黄妈先悄悄地向秀才底大妻说：

"叫一顶轿子送她去么？"

秀才底大妻还是手里捻着念佛珠说：

"走走好罢，到那边轿钱是那边付的，她又那里有钱呢，听说她底亲夫连饭也没得吃，她不必摆阔了。路也不算远，我也是曾经走过三四十里路的人，她底脚比我大，半天可以到了。"

这天早晨当她给秋宝穿衣服的时候，她底泪如溪水那么地流下，孩子向她叫："姆姆，姆姆，"——因为老妇人要他叫她自己是"妈妈"，只准叫她是"姆姆"——她向他咽咽地答应。她很想对他说几句话，意思是：

"别了，我底亲爱的儿子呀！你底妈妈待你是好的，你将来也好好地待还她罢，永远不要再记念我了！"

可是她无论怎样也说不出。她也知道一周半的孩子是不会了解的。

秀才悄悄地走向她，从她背后的腋下伸进手来，在他底手内是十枚双毫角子，一边轻轻说：

"拿去罢，这两块钱。"

妇人扣好孩子底钮扣，就将角子塞在怀内的衣袋里。

老妇人又进来了，注意着秀才走出去的背后，又向妇人说：

"秋宝给我抱去罢，免得你走时他哭。"

妇人不做声响，可是秋宝总不愿意，用手不住地拍在老妇人底脸上。于是老妇人生气地又说：

"那末你同他去吃早饭去罢，吃了早饭交给我。"

黄妈拼命地劝她多吃饭，一边说：

"半月来你就这样了，你真比来的时候还瘦了。你没有去照照镜子。今天，吃一碗下去罢，你还要走三十里路呢。"

她只不关紧要地说了一句：

"你对我真好！"

但是太阳是升的非常高了，一个很好的天气，秋宝还是不肯离开他底母亲，老妇人便狠狠地将他从她底怀里夺去，秋宝用小小的脚踢在老妇人底肚子上，用小小的拳头搔住她底头发，高声呼喊地。妇人在后面说：

"让我吃了中饭去罢。"

老妇人却转过头，汹汹地答：

"赶快打起你底包袱去罢，早晚总有一次的！"

孩子底哭声便在她底耳内渐渐远去了。

打包裹的时候，耳内是听着孩子底哭声。黄妈在旁边，一边劝慰着她，一边却看她打进什么去。终于，她挟着一只旧的包裹走了。

她离开他底大门时，听见她底秋宝的哭声；可是慢慢地远远地走了三里路了，还听见她底秋宝的哭声。

暖和的太阳所照耀的路，在她底面前竟和天一样无穷止地长。当她走到一条河边的时候，她很想停止她底那么无力的脚步，向明澈可以照见她自己底身子的水底跳下去了。但在水边坐了一会之后，她还得依前去的方向，移动她自己底影子。

太阳已经过午了，一个村里的一个年老的乡人告诉她，路还有十五里；于是她向那个老人说：

"伯伯，请你代我就近叫一顶轿子罢，我是走不回去了！"

"你是有病的么？"老人问。

"是的，"

她那时坐在村口的凉亭里面。

"你从那里来？"

妇人静默了一时答：

"我是向那里去的；早晨我以为自己会走的。"

老人怜悯地也没有多说话，就给她找了两位轿夫，一顶没篷的轿。因为那是下秧的时节。

下午三四时的样子，一条狭窄而污秽的乡村小街上，抬过了一顶没篷的轿子，轿里躺着一个脸色枯萎如同一张干瘪的黄菜叶那么的中年妇人，两眼朦胧地颓唐地闭着。嘴里的呼吸只有微弱地吐出。街上的人们个个睁着惊异的目光，怜悯地凝视着过去。一群孩子们，争噪地跟在轿后，好像一件奇异的事情落到这沉寂的小村镇里来了。

春宝也是跟在轿后的孩子们中底一个，他还在似赶猪那么地哗着轿走，可是当轿子一转一个弯，却是向他底家里去的路，他却伸直了两手而奇怪了，等到轿子到了他家里的门口，他简直呆似地远远地站在前面，背靠在一株柱子上，面向着轿，其余的孩子们胆怯地围在轿的两边。妇人走出来了，她昏迷的眼睛还认不清站在前面的，穿着褴褛的衣服，头发蓬乱的，身子和三年前一样的短小，那个八岁的孩子是她底春宝。突然，她哭出来地高叫了：

"春宝呀！"

一群孩子们，个个无意地吃了一惊，而春宝简直吓的躲进屋里他父亲那里去了。

妇人在灰暗的屋内坐了许久许久，她和她底丈夫都没有一句话。夜色降落了，他下垂的头昂起来，向她说：

"烧饭吃罢！"

妇人就不得已地站起来，向屋角上旋转了一周，一点也没有气力地对她丈夫说：

"米缸内是空空的……"

男人冷笑了一声，答说：

"你真在大人家底家里生活过了！米，盛在那只香烟盒子内。"

当天晚上，男子向他底儿子说：

"春宝，跟你底娘去睡！"

而春宝却靠在灶边哭起来了。他底母亲走近他，一边叫：

"春宝，宝宝！"

可是当她底手去抚摸他底时候，他又躲闪开了。男子加上说：

"会生疏得那么快，一顿打呢！"

她眼睁睁地睡在一张龌龊的狭板床上，春宝陌生似地睡在她底身边。在她底已经麻木的脑内，仿佛秋宝肥白可爱地在她身边挣动着，她伸出两手想去抱，可是身边是春宝。这时，春宝睡着了，转了一个身，他底母亲紧紧地将他抱住，而孩子却从微弱的鼾声中，脸伏在她底胸膛上，两手抚摩着她底两乳。

沉静而寒冷的死一般的长夜，似无限地拖延着，拖延着……

1930 年 1 月 20 日

（选自《柔石选集》，人民文学出版社 1958 年版）

左翼作家笔下的农村妇女

苏春生

关键词： 典妻；母亲；人性

《为奴隶的母亲》1930 年初发表于《萌芽》第 1 卷第 3 期，是左翼青年作家柔石的短篇小说代表作。《为奴隶的母亲》为我们展现了一个江南农村典妻的故事。与变革世界隔绝的浙江东部农村，落后的婚姻生育观念，生存压力的转嫁，使社会底层贫苦女性的人身权利与生存尊严被剥夺殆尽。皮贩子的命运是众多普通乡民的一个缩影。作品并没有直接描绘农村经济的破产以及生存空间的紧张，只是寥寥几笔写出了愚弱国民的境遇，"然而境况总是不佳，债是年年积起来了。……这样，竟使他变做一个非常凶狠而暴躁的男子"，穷困之中皮贩子丧失了生存的能力与自尊，沦落为被人取笑的"黄胖"。乡土国民的勤劳、善良、淳朴再也无法从他身上找到一丝痕迹，他毫无人性地溺死自己刚出生的孩子、出典妻子，然而也无力维系最基本的生存。

小说从浙江东部流行的"典妻"风俗出发，讲述了典妻的原因、典妻的过程和典妻的结局。小说中没有出现波澜壮阔的场面，场面的描写也平淡朴素，却令我们心灵震颤。这里所描写的典妻行为是重血缘承续的宗法制社会的丑陋习俗，它以男性的血缘承续剥夺了女性的人格尊严，它把有血有肉的人当作无知无觉的物予以典当，这种畸形的人的物化或异化，残酷无情地侮辱着和催磨着人的神圣感情。这种典妻习俗，自然是由于农民物质生活的贫困，但小说描写的焦点不在物质的贫困，而在心灵的痛苦。这个悲剧的女主人公被典当到秀才家中，物质生活比起从前是优胜得多的，但在感情生活上处在亲子离异、寄人篱下、受人欺凌、灵魂受着凌迟的苦刑中。由于身受典当，她的母爱在春宝和秋宝之间不能两全。假若说《祝福》中再寡的祥林嫂恐惧死后在阎王殿上身子被锯分成两片，那么典妻习俗中的春宝娘在有生之年，灵魂早已被一贫一富的两个男人执行着惨不忍睹的锯刑了。

在艺术手法的运用上，这篇小说既有完整的故事情节，又有贯穿全篇的忧郁的抒情调子，作者真挚、深切的同情自然地流露在叙述中。同时，作品成功地运用白描的手法，描写了大量生活中常见而又富有典型意义的场面和细节，这使作品显得朴素自然，平易真切。另外，作品成功地运用了对比的手法，展开了两个家庭、两个妻子、两个儿子、两个男人之间生活和心理状态的描写，深刻地控诉了丑陋的宗法制习俗践踏人性的罪恶。

思 考 题

1.《为奴隶的母亲》与你了解的其他现代作家反映农村妇女生活的小说相比，显示了怎样的特色？

2. 比较柔石与其他左翼作家的小说创作。

延 伸 阅 读

柔石：《二月》《人鬼和他底妻的故事》

参 考 文 献

1. 蓝棣之：《柔石：〈为奴隶的母亲〉》，《现代文学经典：症候式分析》，清华大学出版社 1998 年版。

2. 李伟：《论柔石文学创作中的鲁迅因素》，《鲁迅研究月刊》2014 年第 3 期。

呼兰河传（存目）

萧　红

一串凄婉的歌谣

张全之

关键词：萧红体；风俗画；凄婉歌谣

中国现代杰出的女作家萧红，她坎坷的一生就是一首感伤的诗，她在短暂的生命历程中留下了众多脍炙人口的作品。在生命的最后几年，她与端木蕻良流落香港，在寂寞与苦闷中，回忆遥远的故乡，写下一生的绝唱《呼兰河传》。

萧红小说最大的特点就是不像小说，她凭借自己的才华，创造了一种游走于诗歌、散文、小说之间的文体，被誉为"萧红体"，长篇小说《呼兰河传》是"萧红体"的典型代表。作品没有贯穿始终的人物和贯穿始终的故事，没有稳定的线索，更没有悬念和高潮，有的只是一种贯穿始终的情绪——寂寞和忧伤的情绪——淡淡地在作品中游走回旋，从而使作品具有了完整性和统一性。作品刚发表的时候，很多人认为它不像小说，独具慧眼的茅盾对此进行了分析："要点不在《呼兰河传》不像是一部严格意义的小说，而在于它这'不像'之外，还有些别的东西——一些比'像'一部小说更为'诱人'些的东西：它是一篇叙事诗，一幅多彩的风土画，一串凄婉的歌谣。"（《〈呼兰河传〉序》）

小说前两章采用了类似地方志的写法，详细介绍了呼兰小城中人们的日常生活。单调、呆板、日复一日的生活在萧红笔下获得了灵性与诗意。第三章和第四章集中写"我"、祖父和后花园。这可能是至今我们能读到的最精彩的童年回忆了：祖母死的时候，她顶着盖缸用的帽子闯进了灵堂。她偷偷把玫瑰花插满祖父的帽子，祖父闻着浓郁的花香，自言自语："今年春天雨水大，咱们这棵玫瑰开得这么香。"祖父戴着满头鲜花进到屋里，满屋的人都笑了，她在炕上笑得打滚，还要嘲笑爷爷："爷爷……今年春天雨水大呀。"她跟祖父胡扭歪缠地背唐诗"西沥忽通扫不开"（几度呼童扫不开）。在我们忍俊不禁的时候，又分明感到似乎总有若隐若现的寂寞和惆怅，一种挥之不去的忧郁和伤怀。第五章讲述了小团圆媳妇的悲惨遭遇，一个十二岁的小姑娘，被婆婆在良好用心的驱使下虐待致死。善良的人们在传统习俗的支配下，集体犯下了杀死无辜者的罪行，而他们却浑然不觉。第六章写的是她家的老佣人有二伯，一个像贾府焦大一般的人物，但有时也近于无赖。第七章写的是磨房里的冯歪嘴子，他默默承受着生活的打击，坚忍地活着。后两章充分显示了萧红塑造人物性格的能力。

《呼兰河传》写出了东北民众的生活状态："生、老、病、死，都没有什么表示。生了就任其自然地长去；长大就长大，长不大也就算了。"他们像野草一样，默默地活着，默默地死去，沉默中透着坚韧，痛苦中显出乐观，这是中华民族不死的灵魂。但萧红不会一味地颂扬这种近于停滞的生活，她从鲁迅手里接过了文学启蒙的精神旗帜，在作品中对民众的愚昧和麻木，进行了穿皮透骨的解剖和批判，充分显示了其作品的思想价值。

《呼兰河传》语言柔顺、缠绵，富有诗意和质感，但有时绵里藏针，柔中带骨，具有很强的穿透力。这就是萧红，早逝而又不死的萧红。

思 考 题

1. 分析"萧红体"小说的特征。
2. 结合作品，分析萧红是怎样继承鲁迅文学传统的。

延 伸 阅 读

萧红：《生死场》
萧军：《八月的乡村》

参 考 文 献

1. ［美］葛浩文：《萧红评传》，北方文艺出版社 1985 年版。
2. 段从学：《〈呼兰河传〉的"写法"与"主题"》，《中国现代文学研究丛刊》2014 年第 7 期。

华威先生

张天翼

转弯抹角算起来——他算是我的一个亲戚。我叫他"华威先生"。他觉得这种称呼不大好。

"嗳，你真是！"他说。"为什么一定要个'先生'呢。你应当叫我'威弟'。再不然叫'阿威'。"

把这件事交涉过了之后，他立刻戴上了帽子：

"我们改日再谈好不好？我总想畅畅快快跟你谈一次——唉，可总是没有时间。今天刘主任起草了一个县长公余工作方案，硬叫我参加意见，叫我替他修改。三点钟又还有一个集会。"

这里他摇摇头，没奈何地苦笑了一下。他声明他并不怕吃苦：在抗战时期大家都应当苦一点。不过——时间总要够支配呀。

"王委员又打了三个电报来，硬要请我到汉口去一趟。这里全省文化界抗敌总会又成立了，一切抗战工作都要领导起来才行。我怎么跑得开呢，我的天！"

于是匆匆忙忙跟我握了握手，跨上他的包车。

他永远挟着他的公文皮包。并且永远带着他那根老粗老粗的黑油油的手杖。左手无名指上戴着他的结婚戒指。拿着雪茄的时候就叫这根无名指微微地弯着，而小指翘得高高的，构成一朵兰花的图样。

这个城市里的黄包车谁都不作兴跑，一脚一脚挺踏实地踱着，好像饭后千步似的。可是包车例外：叮当，叮当，叮当，——一下子就抢到了前面。黄包车立刻就得往左边躲开，小推车马上打斜。担子很快地就让到路边。行人赶紧就避到两旁的店铺里去。

包车踏铃不断地响着。钢丝在闪着亮。还来不及看清楚——它就跑得老远老远的了，像闪电一样快。

而——据这里有几位抗战工作者的上层分子的统计——跑得顶快的是那位华威先生的包车。

他的时间很要紧。他说过——

"我恨不得取消晚上睡觉的制度。我还希望一天不止二十四小时。抗战工作实在太多了。"

接着掏出表来看一看，他那一脸丰满的肌肉立刻紧张了起来。眉毛皱着，嘴唇使劲撮着，好像他在把全身的精力都要收敛到脸上似的。他立刻就走：他要到难民救济会去开会。

照例——会场里的人全到齐了坐在那里等着他。他在门口下车的时候总得顺便把踏铃踏它一下：叮！

同志们彼此看着：唔，华威先生到会了。有几位透了一口气。有几位可就拉长了脸瞧着会场门口。有一位甚至于要准备决斗似的——抓着拳头瞪着眼。

华威先生的态度很庄严，用种从容的步子走进去，他先前那副忙劲儿好像被他自己的庄严态度消解掉了。他在门口稍为停了一会儿，让大家好把他看个清楚，仿佛要唤起同志们的一种信任心，仿佛要给同志们一种担保——什么困难的大事也都可以放下心来。他并且还点点头。他眼睛并不对着谁，只看着天花板。他是在对整个集体打招呼。

会场里很静。会议就要开始。有谁在那里翻着什么纸张，窸窸窣窣的。

华威先生很客气地坐到一个冷角落里，离主席位子顶远的一角。他不大肯当主席。

"我不能当主席，"他拿着一支雪茄烟打手势。"工人抗战工作协会的指导部今天开常会。通俗文艺研究会的会议也是今天。伤兵工作团也要去的，等一下。你们知道我的时间不够支配：只容许我在这里讨论十分钟。我不能当主席。我想推举刘同志当主席。"

说了就在嘴角上闪起一丝微笑，轻轻地拍几下手板。

主席报告的时候，华威先生不断地在那里括洋火点他的烟。把表放在面前，时不时像计算什么似地看看它。

"我提议！"他大声说。"我们的时间是很宝贵的：我希望主席尽可能报告得简单一点。我希望主席能够在两分钟之内报告完。"

他括了两分钟洋火之后，猛的站了起来。对那正在哇啦哇啦的主席摆摆手：

"好了，好了。虽然主席没有报告完，我已经明白了。我现在还要赴别的会，让我先发表一点意见。"

停了一停。抽两口雪茄，扫了大家一眼。

"我的意见很简单，只有两点，"他舔舔嘴唇。"第一点，就是——每个工作人员不能够怠工。而是相反，要加紧工作。这一点不必多说，你们都是很努力的青年，你们都能热心工作。我很感谢你们。但是还有一点——你们时时刻刻不能忘记，那就是我要说的第二点。"

他又抽了两口烟，嘴里吐出来的可只有热气。这就又括了一根洋火。

"这第二点呢就是：青年工作人员要认定一个领导中心。你们只有在这一个领导中心的领导之下，抗战工作才能够展开。青年是努力的，是热心的，但是因为理解不够，工作经验不够，常常容易犯错误。要是上面没有一个领导中心，往往要弄得不可收拾。"

瞧瞧所有的脸色，他脸上的肌肉耸动了一下——表示一种微笑。他往下说：

"你们都是青年同志，所以我说得很坦白，很不客气。大家都要做抗战工作，没有什么客气可讲。我想你们诸位青年同志一定会接受我的意见。我很感激你们。好了，抱歉得很，我要先走一步。"

把帽子一戴，把皮包一挟，瞧着天花板点点头，挺着肚子走了出去。

到门口可又想起了一件什么事。他把当主席的同志拽开，小声儿谈了几句。

"你们工作——有什么困难没有？"他问。

"我刚才的报告提到了这一点，我们……"

华威先生伸出个食指顶着主席的胸脯：

"唔，唔，唔。我知道我知道。我没有多余的时间来谈这件事。以后——你们凡是想到的工作计划，你们可以到我家里去找我商量。"

坐在主席旁边那个长头发青年注意地看着他们，现在可忍不住插嘴了：

"星期三我们到华先生家里去过三次，华先生不在家……"

那位华先生冷冷地瞅他一眼，带着鼻音哼了一句——"唔，我有别的事，"又对主席低声说下去：

"要是我不在家，你们跟密司黄接头也可以。密司黄知道我的意见，她可以告诉你们。"

密司黄就是他的太太。他对第三者说起她来，总是这么称呼她的。

他交代过了这才真的走开。这就到了通俗文艺研究会的会场。他发现别人已经在那里开会，正有一个人在那里发表意见。他坐了下来，点着了雪茄，不高兴地拍了三下手板。

"主席！"他叫。"我因为今天另外还有一个集会，我不能等到终席。我现在有点意见，想要先提出来。"

于是他发表了两点意见：第一，他告诉大家——在座的人都是当地的文化人，文化人的工作是很重要的，应当加紧地做去。第二，文化人应当认清一个领导中心，文化人在文抗会的领导中心的领导之下团结起来，统一起来。

五点三刻他到了文化界抗敌总会的会议室。

这回他脸上堆上了笑容，并且对每一个人点头。

"对不住得很，对不住得很：迟到了三刻钟。"

主席对他微笑一下，他还笑着伸了伸舌头，好像闯了祸怕挨骂似的。他四面瞧瞧形势，就拣在一个小胡子的旁边坐下来。

他带着很机密很严重的脸色——小声儿问那个小胡子：

"昨晚你喝醉了没有？"

"还好，不过头有点子晕。你呢？"

"我啊——我不该喝了那三杯猛酒，"他严肃地说。"尤其是汾酒，我不能猛喝。刘主任硬要我干掉——嗨，一回家就睡倒了。密司黄说要跟刘主任去算账呢：要质问他为什么要把我灌醉。你看！"

一谈了这些，他赶紧打开皮包，拿出一张纸条——写几个字递给了主席。

"请你稍为等一等，"主席打断了一个正在发言的人的话。"华威先生还有别的事情要走。现在他有点意见：要求先让他发表。"

华威先生点点头站了起来。

"主席！"腰板微微地一弯。"各位先生！"腰板微微地一弯。"兄弟首先要请求各位原谅：我到会迟了点，而又要提前退席。……"

随后他说出了他的意见。他声明——这文化界抗敌总会的常务理事会，是一切救亡工作的领导机关，应该时时刻刻起领导中心作用。

"群众是复杂的。工作又很多。我们要是不能起领导作用，那就很危险，很危险。事实上，此地各方面的工作也非有个领导中心不可。我们的担子真是太重了，但是我们不怕怎样的艰苦，也要把这担子担起来。"

他反复地说明了领导中心作用的重要，这就戴起帽子去赴一个宴会。他每天都这么忙着。要到刘主任那里去联络。要到各学校去演讲。要到各团体去开会。而且每天——不是别人请他吃饭，就是他请人吃饭。

华威太太每次遇到我，总是代替华威先生诉苦。

"唉，他真苦死了！工作这么多，连吃饭的工夫都没有。"

"他不可以少管一点，专门去做某一种工作么？"我问。

"怎么行呢？许多工作都要他去领导呀。"

可是有一次，华威先生简直吃了一大惊。妇女界有些人组织了一个战时保婴会，竟没有去找他！

他开始打听，调查。他设法把一个负责人找来。

"我知道你们委员会已经选出来了。我想还可以多添加几个。由我们文化界抗敌总会派人来参加。"

他看见对方在那里踌躇，他把下巴挂了下来：

"问题是在这一点：你们委员是不是能够真正领导这工作？你能不能够对我担保——你们会内没有汉奸，没有不良分子？你能不能担保——你们以后工作不至于错误，不至于怠工？你能不能担保，你能不能？你能够担保的话，那我要请你写个书面的东西，给我们文抗会常务理事会。以后万一——如果你们的工作出了毛病，那你就要负责。"

接着他又声明：这并不是他自己的意思。他不过是一个执行者。这里他食指点点对方胸脯：

"如果我刚才说的那些你们办不到，那不是就成了非法团体了么？"

这么谈判了两次，华威先生当了战时保婴会的委员。于是在委员会开会的时候，华威先生挟着皮包去坐这么五分钟，发表了一两点意见就跨上了包车。

有一天他请我吃晚饭。他说因为家乡带来了一块腊肉。

我到他家里的时候，他正在那里对两个学生样的人发脾气。他们都挂着文化界抗敌总会的徽章。

"你昨天为什么不去，为什么不去？"他吼着。"我叫你拖几个人去的。但是我在台上一开始演讲，一看——连你都没有去听！我真不懂你们干了些什么？"

"昨天——我去出席日本问题座谈会的。"

华威先生猛地跳起来了：

"什么！什么！日本问题座谈会？怎么我不知道，怎么不告诉我？"

"我们那天部务会议决议了的。我来找过华先生，华先生又是不在家——"

"好啊，你们秘密行动！"他瞪着眼。"你老实告诉我——这个座谈会到底是什么背景，你老实告诉我！"

对方似乎也动了火：

"什么背景呢，都是中华民族！部务会议议决的，怎么是秘密行动呢。……华先生又不到会，开会也不终席，来找又找不到……我们总不能把部里的工作停顿起来。"

"混蛋！"他咬着牙，嘴唇在颤抖着。"你们小心！你们，哼，你们！你们！……"他倒到了沙发上，嘴巴痛苦地抽得歪着。"妈的！这个这个——你们青年！……"

五分钟之后他抬起头来，害怕地四面看一看。那两个客人已经走了。他叹一口长气，对我说：

"唉，你看你看！现在的青年怎么办，现在的青年！"

这晚他没命地喝了许多酒，嘴里嘶嘶地骂着那些小伙子。他打碎了一只茶杯。密司黄扶着他上了床，他忽然打个寒噤说：

"明天十点钟有个集会……"

1938年2月

（原载1938年4月《文艺阵地》第1卷第1期）

漫画式形象　小品化手法

江胜清

关键词：漫画；讽刺；夸张

《华威先生》是张天翼的代表作，发表于 1938 年第 1 卷第 1 期的《文艺阵地》，后收入小说集《速写三篇》。作者曾回忆："抗战初期，我在长沙搞文化界的统一战线工作。当时'文化界抗敌后援会'有三个部，部长都是民主人士，后来国民党要来争领导，要争作部长，当了部长又不干抗日的事，因此斗争很尖锐。那时茅盾同志主编《文艺阵地》，要稿子，我有感于此，一天赶写成了这篇《华威先生》。"（《和部队作者的谈话》）《华威先生》一经发表，就产生了巨大的轰动和强烈的反响，引发了一场关于抗战文学要不要暴露的争论。

《华威先生》的最大贡献是塑造了一个"包而不办"的抗战官僚华威先生的典型形象。关于华威先生，作者曾明确说明："华威先生是那时国民党反动集团里的家伙。他们力图打进一切群众团体中去'领导'，以便一面探听和监视；一面设法阻碍群众运动。"（《关于〈华威先生〉》）。华威先生的外在表现是"忙"：忙赴会、忙汇报、忙宴请、忙钻营，但其性格的核心是狂热的权力欲。他无孔不入的揽权行为，从侧面暗示出统一战线内部争夺领导权问题的严重性。当然，华威先生这一漫画式的喜剧形象，还能启发我们更深层次的文化思考；昭示出一部分人身上体现的在艰危时势中不念国家大义而膨胀其派系、不顾民族存亡而谋取私利的国民弱点。因而，华威先生有超越时代的艺术魅力。

《华威先生》篇幅短小，它只是由几个生活片断连缀而成。小说没有一个贯穿始终的故事，也找不到情节的发生、发展与高潮，它只有华威先生一个个的人生片断，但华威先生这一漫画式形象栩栩如生，发人深思。这一艺术效果得益于作者小品化手法的成功运用。其表现之一是将人物的行为加以集中和放大，产生一种漫画效果。"他永远挟着他的公文皮包。并且永远带着他那根老粗老粗的黑油油的手杖。左手无名指上戴着他的结婚戒指。拿着雪茄的时候就叫这根无名指微微地弯着，而小指翘得高高的，构成一朵兰花的图样。"每次到达会场，"在门口下车的时候总得顺便把踏铃踏它一下：叮！"每参加一个会议，谈完"两点意见"的老调后，立即匆匆地离开会场，"把帽子一戴，把皮包一挟，瞧着天花板点点头，挺着肚子走了出去"。这一踏、一戴、一挟、点头、挺肚子等滑稽动作的几笔描写，线条简洁却富有立体感，一个骄横虚妄的地方文化官僚形象便清晰地凸现在面前。表现之二是重复。作者巧妙地捕捉最能体现人物性格特点的某些言行加以反复描写，如华威先生自述的"忙"和逢会必讲的"两点意见"。表现之三是自我暴露。作者并不议论，主要写了华威先生三次出席会议的自我亮相与表演，尽显人物的乖张与滑稽。小说还有意把人物放置在自我矛盾的情景中写其荒诞。华威先生的车是最快的，但每次开会都迟到；华威先生"忙"极了，但他每次在会场上又故作姿态地"闲"；华威先生表面上"威"，实质上"怯"，这些看似矛盾的元素奇妙地统一在华威先生身上，收到了强烈的讽刺效果。正是漫画式手法的成功运用，构成了小说明快、锋利的讽刺风格。

思 考 题

1. 分析华威先生的形象与意义。
2. 这篇小说体现了张天翼小说怎样的讽刺风格？

延 伸 阅 读

张天翼：《包氏父子》《笑》

参 考 文 献

1. 吴福辉：《锋利·新鲜·夸张——试论张天翼讽刺小说的人物及其描写艺术》，《文学评论》1980年第 5 期。
2. 刘东玲：《批判与建构：左翼文学的可能性——以张天翼 20 世纪 30 年代小说为例》，《山东社会科学》2015 年第 9 期。

在其香居茶馆里

沙　汀

　　坐在其香居茶馆里的联保主任方治国，当他看见从东头走来，嘴里照例扰嚷不休的那么吵吵，他简直立刻冷了半截，觉得身子快要坐不稳了。

　　使他发生这种异状的有下面几个原因：为了种种糊涂的措施，他目前正处在全镇市民的围攻当中，这是一，其次，幺吵吵第二个儿子，因为缓役了四次，好多人在讲闲话了。加之新县长又是宣言了要整顿兵役的，于是他胡胡涂涂地上了一封密告，而在三天前被兵役科捉进城了。

　　但最重要的是：如全市所批评，幺吵吵是不忌生冷的人，什么话都说得出来的。而他本人虽不可怕，但他的大哥是全县极有威望的耆宿，他的舅子是财务委员，县政上的活动份子，并且，就是主任的令尊在世的时候，也是对幺吵吵那张嘴表示头痛的。

　　但幺吵吵终必吵过来了。这是那种精力充足，对这世界上任何物事都抱了一种毫不在意的态度的典型男性。在这类人身上是找不出悲观和扫兴的。他常打着哈哈在茶馆里自白道：

　　"老子这张嘴么，就这样，说是要说的，吃也是要吃的；说够了回去两杯甜酒一喝，倒下去就睡……"

　　现在，他一面跨上其香居的阶沿，拖了把圈椅坐了下去，一面直着嗓子，干笑着嚷道：

　　"嗨，对！看阳沟里还把船翻了么！"

　　他所参加的桌子已经有着三个茶客，全是熟人：十年前当过视学的俞视学；前征收局的管账，现在靠着利金生活的汪二；纸店老板黄光锐。

　　他们大家，以及旁的茶客，都向他打着招呼：

　　"拿碗来，茶钱我给了。"

　　"坐上来好吧，"视学客气道，"这里要舒服些。"

　　"我要那么舒服的做什么哇，"出乎意外，吵吵红着脸叫嚷道："你知道么。我坐了上席会昏头的，……没有那个资格！"

　　本份人的视学禁不住红起脸来。但他立刻觉得幺吵吵是针对着联保主任说的，因为在说的时候，他看见他满含恶意的瞥了坐在后面首席上的方治国一眼。

　　除却主任，那桌还坐着的有张三监爷。他们都说他是方治国的军师，但实际上，他只能跟主任坐坐酒馆。在紧要关头，尽点忠告。但这又并不特别，他原是对什么事也关心的，而往往忽略了自己。他的老婆在家里是经常饿着饭的。

　　同监爷对坐着的是黄毛牛肉，正在吞服着一种秘制的戒烟丸药。他是主任的重要助手；虽然并无过人之才，惟一的特点是毫无顾忌；"现在的事你管那么多做什么哇，"他常常说，"拿得到的你就拿！"

　　他应付这世界上一切足以使人大惊小怪的事变，只有一种态度，装做不懂。因此，他小声向主任说道：

"你不要管他的，"他眨眼而且努嘴，"发神筋！"

"这回子把蜂窝戳破了，"主任发出苦笑说。

"我看要赶紧'缝'啊，"监爷拿着暗淡无光的黄铜水烟袋，沉吟道："另外找一个人'抵'怎样？"

"已经来不及了呀。"

"不要管他的，"牛肉道，"他是个火炮性子。"

这时，幺吵吵已经拍着桌子，放开嗓子叫了。但他的战术还停留在第一阶段上，即并不指出被攻击的人的姓名，只是隐射着，似乎像一通没头没脑的漫骂。

"搞到我名下来了。"他佯装着打了一串哈哈，"好得很！老子今天就要看他是什么鸡巴入出来的：人鸡巴，狗鸡巴，你们见过狗鸡巴么，嗨，那才有兴趣！"

于是他又比又说的形容起来了。虽然已经蓄了十年上下的胡子，但他是以粗鲁话出名的。许多闲着无事的人，有时甚至故意挑弄他说下流话。他所谓的"狗"是指他的仇人说的，因为主任的外祖当过衙役，而这又是方府上下人等最大的忌讳。

因为他形容得太难堪了，那视学插嘴道：

"少造点口孽，有道理讲得清的。"

"我有什么道理哇！"吵吵忽然正色道，"有道理我也当什么鸡巴主任了。两眼墨黑，见钱就拿！"

"吓，邢表叔！"

气得脸青面黑的瘦小的主任，一下子忍不住站起来了。

"吓，邢表叔，"他说，"你说话要负责啊！"

"什么叫做负责哇！我就不懂，——什么人是你的表叔，你认错人了，是你表叔你也不吃我了！"

"对，对，对，我吃你，"主任解嘲的说，一面坐了下去。

"不是吗？"吵吵拍了一掌桌子，"兵役科的人亲自对我老大说的！你的报告真做得好呢。我倒要看你今天是长的几个卵子！……"

他愈说，就愈觉得这并非玩笑的事。如一向以来的瞎吵瞎闹一样，他感到愤激了。

他相信，要是一年或者半年以前，他是用不着怎样着急的，事情好办得很，只需给他大哥一个通知，他的老二就会自自由由走回来的。而且以往他就避掉过四次。但现在是不同了，一切都要照规矩办了。而且更重要的，他的老二已经抓进城了。

照经验，事情一露了头，弄得县长面前去了，就难办的。他已经派了老大进城，但带回来的口信是：因为新县长的脾气还不清楚，而且一接印就宣布他是要整顿兵役的，所以他的伯父和舅父都表示情形的险恶。额外那捎信人又说，壮丁就要送进省了。

凡是邢大老爷们都感觉棘手的事，人还能有什么办法呢？这也是说，他的老二只有作炮灰了。

"你怕我是聋子吧，"幺吵吵简直在咆哮了，"去年蒋家寡母子的儿子五百，你放了；陈二靴子两百，你也放了！你比土匪头儿肖大个子还厉害，钱也拿了，脑壳也保住了，——老子也有钱！你要张一张嘴呀？……"

"说话要负责啊！邢幺老爷！"

主任咕噜着，而且现出假装的笑容。

这是一个糊涂而胆怯的人。胆怯是因为富有，而且在这个边野地方，从来没有摸过枪炮的原故。这里是每一个人都能来两手的。他一直规规矩矩地吃着祖宗的田产，在好几年以前，因为预征太多。许多人怕当公事，于是在一种策动下，他当团总了。

他明白这是阴谋。但一向忍气吞声的日子引诱他接受了这个挑战。他起初老是垫钱，但后来他发觉甜头了：回扣，黑粮等等，并且走进茶馆的时候，招呼茶钱的声音也来得更响亮，更众多了。

而在五年以前，他的大门上已经有了一道县长颁赠的匾额：

"尽瘁桑梓"

但不管怎样，如他自己所感觉的一般，在回龙镇，还是有人压住他的。他看得清楚，所以他现在很失悔做了糊涂事情。他老是强笑着，满不在意似的说道：

"你发气做什么啊，都不是外人。……"

"你也知道不是外人么？"对方反问道："你知道不是外人，就不该搞我了，告我的密了！"

"我只问你一句！"

主任又站起来了。他笑问道：

"你说一句就是了：兵役科什么人告诉你的？"

"总有那个人呀！"

吵吵说，十分气派地摊在圈椅里面；一面冷笑着加添道：

"像还是我造谣呢。"

"不是，你要告诉我呀。"

看见吵吵松了劲，主任知道可以说理的机会到了，他就势坐向视学侧面去，赌咒发誓地分辩起来，说他是一辈子都不会做出这样胆大糊涂的事情来的。

但却并不向着吵吵，而是视学们。他说：

"你们想吧，"他平摊开手，侧仰他那瘦瘦的铁青的脸蛋，"你们想，我是吃饭长大的呀！并且，我一定要他去做什么呢？难道 ××× 会给我一个状元当么？没讲的话，这街上的事，一向糊得圆我总是糊的！"

"你才会糊！"吵吵叹着气抵了一句。

"那总是我吹牛啊！"主任无可奈何地说，"别的不讲，就拿公债来说吧，别人写的多少，你写的多少？"

他又挨近视学的耳朵呻唤道：

"连丁八字都是五百元呀！"

他之所以说得如此秘密的有两个原因，其一，是想充分表示出事情的重要性；又其一，是因为街上看热闹的人已经多了。公开宣布出来究竟太不光彩，而且容易引起纠纷。

大约视学相信了他的话，或者被他的诚意所感动了。兼之又是出名的好好先生；因此他劝解道：

"幺哥！我看这样啊，"他斯斯文文地扫了扫喉咙，"人不抓，已经抓去了，横竖是为了国家。……"

"这你才会说呢！"吵吵一下撑起来了："这样会说，你怎么不把你自己的送去呢？"

"好！我不同你讲。"

视学红着脸说，故意勾脑袋吃茶去了。

"你讲呀！"吵吵重又坐了下去，继续道："真是没有生过娃娃不晓得 × 痛！怎么把你个好好先生遇到了啊：冬瓜做不做得甑子？做得。蒸垮了呢？那是要垮的，——你个老哥子真是！"

他的形容引来了一片笑声。但他自己并不笑，他把他那结实的身子移动了一下，抹抹胡子，宣言道：

"闲话少讲！方大主任，说不清楚你走不掉的！"

"好呀，"对方漫应着，一面懒懒退还原地方去；"回龙镇只有这样大一个地方哩。往那里跑？要跑也跑不脱的。"

他的声口和表情照例带着一种嘲笑的意味，至于是嘲笑自己或者对方，那就要凭你猜了。他是经常凭藉了这点武器来掩护他自己的。而且经常弄得顽强的敌手哭笑不是。他们叫他做软硬人。

当回到原位的时候，他的助手一面吞服着戒烟丸，生气道：

"我白还懒得答呢：你就让他去！"

"不行不行，"监爷意味深长地说，"事情不同了。"

他一直这样坚持自己的意见是有理由的。他确信镇上已在进行一种大规模的控告；而且邢大老爷是可以左右它的；他可以使这成为事实，也可以打消它，所以联络邢家乃是一个必要的步骤。

何况谁知道新县长是怎样一副脾气的人呢！

这时候，茶堂里的来客已增多了。连平时懒于出门的陈新老爷也走来了。新老爷是科举时代最末一次的秀才，当了十年团总，十年哥老会的头目，八年前才退休的。但他的说话还是同团总一样有效。

这可见幺吵吵已经布置好一台讲茶了。茶堂里响着一片呼唤声，有单向堂倌叫拿茶来的，有站起来让座位的，有的至于怒气冲冲地吼道：

"不准乱收钱啦！嗨！这个龟儿子听到没？……"

于是立刻跑去塞一张钞票在堂倌手里。

在这种种热情的骚动中间，争执的双方，已经变平静了。主任知道自己会亏理的，他在殷勤地争取着客人，希望能于自己有利。而幺吵吵则一直闷气着；这是因为当着这许多漂亮人面前，他忽然直觉到，既然他的老二被抓，这就等于说他已经没面子了。

这镇上是流行着这样一种风气的，凡是按规矩行事的，就是平常人，重要人物都是站在一切规矩之外的。比如陈新老爷，他并不是惜疼金钱的角色，但就连打醮这种小事他也是没有份的；不然便是惹起人们大惊小怪，以为新老爷失了面子，快倒霉了。

面子在这里就如此的厉害，所以吵吵闷着脸，只是懒懒地打着招呼。直到新老爷问起他是否欠安的时候，他才稍稍振作地答道：

"人倒是好的，"他苦笑着，"就是眉毛快给人剪光了！"他一连打了一串干燥无味的哈哈。

"你瞎说！"新老爷严肃地晃着脑袋，切断他。"你瞎说！"

"当真哩，不然也不敢劳驾你老哥子动步了。"

为了表示关切，新老爷叹了口气；并且问道：

"大哥有信来没有呢？"

"他也没办法呀！"

吵吵呻唤了。但为了免除人们的误会，以为他的大哥已经成了没面子的角色，遂又立刻加上一番解释：

"你想吧，新县长的脾气又没有摸到，他怎么办呢？常言说，新官上任三把火，他又是闹起要搞兵役的；谁晓得他会发什么猫儿毛病呢！前天我又托蒋门神打听去了。"

"这个人怕难说话，"一个新近从城里回来的小商人插入道，"看样子就晓得了：戴他妈副黑眼镜子……"

但严肃沉默的空气没有使小商人说下去。

大家都不知道应该如何表示自己的感情才好。表示高兴是会得罪人的，因为情形确乎有些严重；但说是严重吧，也不对，这又将显得邢府上太无能了。所以彼此只好暧昧不明地摇头叹气，喝起茶来。

看出主任有点焦灼和担心的神情，似乎正在考虑一种行动，牛肉包着丸药，小声道：

"不要管，这么快县长就叫他们喂家了么！"

"去找找新老爷是对的，"监爷说。

这个脸面浮肿，常以足智多谋自负的没落者的建议正投了主任的机，他是已经在考虑着这个必要的办法的了。

使他迟疑的是他和新老爷的关系，与新老爷同邢家的关系的比较。他觉得差得多，并且虽然在派款和收粮上面，并没有对不住团总的地方，但在几件小事情上，他是开罪过他的。

比如，有一回曾布客想压制他，抬出老团总的招牌来，说道：

"好的，我们在新老爷那里去说！"

"你把时候记错了！"他发火道，"前几年的皇历用不上了！——你想吓倒我不行！"

后来，事情虽然依然在团总的意志下和平解决，但他的话语也一定散播开去。团总给记下一笔账。可是他终于站起身来，向了新老爷走去。

这行动立刻使人们振作起来了，他们都期待着一个新的开端和发展。有几人在大叫拿开水来，以图缓和一下他们紧张的心情。吵吵自然也是注意到主任的攻势的，但他不当作攻势看，以为他是要求新老爷转圆的。但他却猜不准转圆的方式。

而且，他又觉得，在他目前的处境上，任何调解他都是难于接受的。这不能道歉了事，也不能用金钱的赔偿弥补，那么剩下的只有上法庭。然则在一个整饬兵役的县长面前这件事他会操胜算么！

他觉得苦恼，而且一切都不对劲。这个坚实乐观的人第一次被烦扰所袭击了。

他在桌面上拍了一掌，苦笑着自言自语道：

"哼，乱整吧，老子大家乱整！"

"你又来了，"那视学说，"他总会拿话出来说呀。"

"这还有什么说的呢？你个老哥怎么不想想啊：难道什么天王老子还有面子把人给我取脱手么？！"

"不是那么讲。取不出来也有取不出来的办法的。"

"那我就请教你,"吵吵依旧忍耐着说,"什么办法呢?!说一句对不住了事?打死了让他赔命?……"

"也不是那样讲。……"

"那又是怎样讲?!"他简直大发起火了:"老实说吧!他就没有办法!我们只有到场外前大河里去喝水。"

他愤怒地吼叫着,真像要拼掉他的命了。

这宣言引起一阵新的骚动。许多人都像预感到节目的精彩部分了。一个看客,他是立在阶沿下人堆里的,他大声回绝着朋友的催促:

"你走你的嘛!我还要玩一会!"

茶堂倌也在兴高采烈叫道:

"让开点,你个龟儿子,看把脑壳烫肿!"

在当街的最末一张桌子上,那里离幺吵吵隔着四张桌子,一种平心静气的谈判已近结束。但效果显然很少,因为长条子的团总,忽然板着脸站起来了。

他仰着脸把颈子一扭,大叫道:

"你倒说条鸟啊!"

但他随又坐了下去,手指很响地击着桌面。

"老弟!"他一直望着主任,"我不会害你的!一个人眼光要远大点,目前的事是谁也料不到的。"

"我知道呀!你都会害我么?"

"那你就该听大家劝呀?"

"查出来要这样呀,我的老先人?"

他苦滞地叫着,用手在后颈一比:他怕杀头。

这确也可虑,因为严惩兵役舞弊的明令,已经来过三四次了。这就算不上数。我们这里隔上峰还远,但县长于我们的情形却全然不相同了:他简直就在你的鼻子下面。并且既已捉去,要额外买人替换是更难了。

加之前一任县长正为壮丁问题撤职的,而新县长一上任便宣称他要扫除兵役上的种种积弊。谁知道也如一般新县长一样,说过了事,或者他更认真干一下?他的脾气又是怎么样的呢?

此外,他还有不能冒这危险的理由。他已经四十岁了,但他还没有取得父亲的资格。他的两个太太都不中用,虽然一般人把这责任归在他的先天不足上面,好像就是再活下去,他也将永远无济于事。

但不管如何,便从他那畏惧的性格着想,他也是决不冒险的了。所以停停,他又解嘲地继续道:

"我的老先人!这个险我是不敢冒的。你说认真是我密告他的我都想得过……"

他佯笑着,而且装得很安静的神情。同幺吵吵一样,他也看出了事情的诸般困难的,而他应该否认那密告的责任。但他没料到,他是把新老爷激恼了。

那个人并不让他说完便很生气地,截住他道:

"你才会装呢!可惜是大老爷亲自听兵役科说的!"

"方大主任,"吵吵也直接插入了,"是人鸡巴搞出来的你就撑住吧!我告诉你:赖是赖不脱的！"

"嘴巴不要伤人啊！"

主任认真起来了；但对方的嗓子也更提高了：

"是的，老子说了，是人搞出来的你撑住！"

"好嘛，你多凶啊。"

"老子就是这样！"

"对对对，你是老子！哈哈！……"

联保主任干笑着，一壁退回自己原先的座位上去。他觉得他在全市镇的人家面前受了辱，他决心要同他的敌人斗了。

他的同伴依旧担心着他。那牛肉说：

"你愈让他就愈来了，是吧！"

"不行不行，事情不同了，"监生叹着气。

许多人都感到事情已经闹僵了局，接着而来的一定是谩骂，是散场了。因为情形很明显，争吵的双方都是不会动拳头的，有的人是在准备回家吃午饭了。

但茶客们却谁也不能动身，这会很失体统，得罪人的。并且新老爷已经请了幺吵吵过去，在互相商量着，希望能有一个顾全体面的办法，虽然一个二十岁的青年人的生命不会恰恰的和体面相等。

然而由于一种不得已的苦衷，幺吵吵终至让步了；他带决然忍受一切的神情，说道：

"好好，就照你哥子说的做吧！"

"那么方主任，"于是团总站起来宣布了，"这一下就看你怎样：一切用费幺老爷出，人由你找。事情由你进城办；办不通还有他们大老爷，——"

"就请林大老爷不更方便些么！"主任插入说。

"是呀！也请他们大老爷，不过你负责就是了。"

"我负不了这个责。"

"什么呀？"

"你想，我怎么能负责呢？"

"好！"

新老爷简紧地说，闷着脸坐下去了。他显然是被对方弄得不快意了；但沉默一会，他随耐着性子问道：

"你是怕用的钱会推在你身上么？"

"笑话！我怕什么，又不是我的事。"

"那是什么人的事呢？"

"我晓得的呀！"

主任说这些话的时候一直带着一种做作的安闲态度，而且嘲弄似的笑着，好像他什么都不懂，因此什么也不觉得可怕，但他没有料到吵吵冲过来了。而且那个气得胡子发抖的汉子一把扭牢了他。

他扭住他的领口朝街面上拖，嚷叫道：

"我晓得你是个软硬人，我晓得你是个软硬人！"

"有话好好说啊！"人们劝解着，"都是熟人熟事的！"

但一面劝解，一面偷溜开的人也就不少。堂倌已经在忙着收茶碗了。监爷在四处向人求援。

"这太不成了，"他摇着头说，"大家把他们分开吧！"

"我管不了！"视学微笑着说，"看血喷在我身上。"

牛肉在包裹着戒烟丸药，一面咭咕道：

"这样就好！那个没有生得有手么！好得很！"

但当他收拾停当的时候，他的朋友已经吃了亏了。他淌着鼻血，左眼睛已经青肿。他已经被团总解救出来；他一手摸着眼睛，嚷叫道：

"你姓邢的是对的，你打得好！……"

"你嘴硬吧！"吵吵则在唾着牙血，喘气着，"你嘴硬吧！"

黄牛肉建议主任应该即到医生那里去，但他被拒绝了，反而要他赶快去租滑竿。他觉得还是保持原样的好，因为他就要进城向县署控告去了。

他的眷属，尤其是他的母亲，那个以悭吝出名的小老太婆，一看过主任的成绩便连连叫道：

"咦，兴这样打么！这样的眼睛不认人么！"

邢幺太太也在丈夫耳朵边咕咕哝哝着：

"眼睛都肿来像毛桃子了！"

"不要管，"吵吵吐着牙血，一面说，"打死了还有我报命！"

别的来看热闹的妇女也不少，整个市镇几乎全给翻了转来，吵架和打架本身就值得看，一对有面子的人动手动脚，自然也就更可观了！

但正当人心沸腾的时候，一个左腿微跛，满脸胡须的矮汉子忽然挤将进来。这正是蒋米贩子，因为人呆滞尴尬，他又叫蒋门神。前天进城吵吵就托过他捎信的。所以他立刻为大家所注意了。首先拖住他的是幺太太。

这是个顶着假发的胖妇人，爱做作，爱谈话，诨名九娘子。她担心地，颤声颤气地问道：

"怎么样了？……你坐下来说吧！"

"怎么样，"跛子冷淡地说，"人已经出来了。"

"当真的呀！"许多人吃惊了。

"那还是假话么，我走的时候还在十字口牌桌子上呢。昨天夜里点名，报数报错了。队长说他不够资格打国仗就开革了；打了一百军棍。"

"一百军棍？"又是许多声音。

"不是面子大，你就是挨一百也出来不了呢。起初都讲新县长厉害，其实很好说话。前天大老爷请客，一个人早就到了：戴他妈副黑眼镜子……"

正说着，他忽然注意到了幺吵吵和联保主任。纵然是一个那么迟钝的人，他们的形状，也不免略略叫他吃惊起来了。

"你们是怎么搞的？"他问着，"你牙齿痛吗？你的眼睛怎么肿了？……"

（选自沙汀《播种者》，华夏书店1946年版）

精妙的构思　冷峻的讽刺

江胜清

关键词：兵役；冷静；讽刺

　　沙汀是与张天翼齐名的讽刺小说家，被誉为左翼文坛的讽刺"双璧"。《在其香居茶馆里》写于1940年，最初发表在1940年12月《抗战文艺》第6卷第4期上，是沙汀短篇小说的代表作。小说通过国民党基层政府代表联保主任方治国和地方实力派豪强邢幺吵吵的冲突，深刻地揭露了20世纪40年代国民党兵役制的黑暗和基层政府的腐朽。小说以其含蓄深沉的讽刺、精妙的构思、严谨的结构、独特的川西地方色彩，成为中国现代文学短篇小说经典，也是20世纪40年代讽刺文学中的重要收获。

　　《在其香居茶馆里》情节简单，矛盾冲突也不复杂，但小说的构思和设计相当巧妙。首先是环境的选择。作者将小说情节展开的地点固定在一个"茶馆"里，这样，众多的人物都有了一个充分"展演"的公共平台，小说又呈现出浓厚的四川地方色彩。其次是主要人物性格的设计。矛盾冲突的双方，一个是"说话不忌生冷"的火暴性子邢幺吵吵，一个是"碰见绵羊是老虎，见了老虎是绵羊"的"软硬人"方治国，两种不同的性格必然使冲突波澜起伏。三是矛盾冲突的设置。表面上邢幺吵吵和方治国的冲突是围绕邢幺吵吵的二小子服兵役进行的，但实际上是国民党基层政府和地方实力派之间的较量，而焦点则是"面子"问题。从小说隐含的情节可以看出，在以往的较量中，邢幺吵吵凭借其强大的实力玩方治国于股掌之中，让方治国很没面子。方治国想借"新县长"之手打击他的对立面，于是自作聪明地将邢幺吵吵的二小子逃避兵役的事密告县兵役科，导致邢家二小子被抓。而儿子的被抓又让邢幺吵吵很失面子，为了挽回面子，他必须与方治国拼个鱼死网破。四是明暗互动式的双线结构。小说通过明、暗两条线索来叙述故事：围绕邢幺吵吵的二小子被抓了壮丁这一中心事件，邢幺吵吵与方治国在茶馆中"狗咬狗"式的争斗采用了实写，是明线；邢大老爷与新县长的幕后交易采用了虚写，是暗线。两条线索相互交织，相互作用，共同推动小说情节的发展，明、暗两线通过蒋米贩子的出场聚合在一起，把情节推向高潮。沙汀采用这种声东击西、假戏真唱的障眼法，让暗线与明线巧妙配合，使故事结局既出人意料又在情理之中。

　　沙汀和张天翼都以讽刺见长，但风格明显不同：张天翼喜欢用小品化的笔法，锋利而明快，一刀见血；沙汀则多以冷静、客观的笔法，于漫不经心之处露锋芒，冷峻而深沉，令人回味。

思　考　题

1. 这篇小说的构思有何特点？
2. 以《华威先生》和《在其香居茶馆里》为例，分析张天翼和沙汀小说不同的讽刺风格。

延 伸 阅 读

沙汀:《淘金记》《随军散记》

参 考 文 献

1. 吴福辉:《怎样暴露黑暗——沙汀小说的诗意和喜剧性》,《带着枷锁的笑》,浙江文艺出版社1991年版。

2. 马学永:《沙汀讽刺小说中道德距离的展示与控制》,《东岳论丛》2015年第3期。

山峡中

艾　芜

　　江上横着铁链作成的索桥，巨蟒似的，现出顽强古怪的样子，终于渐渐吞蚀在夜色中了。

　　桥下凶恶的江水，在黑暗中奔腾着，咆哮着，发怒地冲打崖石，激起吓人的巨响。

　　两岸蛮野的山峰，好像也在怕着脚下的奔流，无法避开一样，都把头尽量地躲入疏星寥落的空际。

　　夏天的山中之夜，阴郁、寒冷、怕人。

　　桥头的神祠，破败而荒凉的，显然已给人类忘记了，遗弃了，孤零零地躺着，只有山风、江流送着它的余年。

　　我们这几个被世界抛却的人们，到晚上的时候，趁着月色星光，就从远山那边的市集里，悄悄地爬了下来，进去和残废的神们，一块儿住着，作为暂时的自由之家。

　　黄黑斑驳的神龛面前，烧着一堆煮饭的野火，跳起熊熊的红光，就把伸手取暖的阴影，鲜明地绘在火堆的周遭。上面金衣剥落的江神，虽也在暗淡的红色光影中，显出一脚踏着龙头的悲壮样子，但人一看见那只扬起的握剑的手，是那么地残破，危危欲坠了，谁也要怜惜他这位末路英雄的。锅盖的四围，呼呼地冒出白色的蒸气，咸肉的香味和着松柴的芬芳，一时到处弥漫起来。这是宜于哼小曲、吹口哨的悠闲时候，但大家都是静默地坐着，只在暖暖手。

　　另一边角落里，燃着一节残缺的蜡烛，摇曳地吐出微黄的光辉，展画出另一个暗淡的世界。没头的土地菩萨侧边，躺着小黑牛，污腻的上身完全裸露出来，正无力地呻唤着，衣和裤上的血迹，有的干了，有的还是湿渍渍的。夜白飞就坐在旁边，给他揉着腰杆，擦着背，一发现重伤的地方，便惊讶地喊：

　　"呵呀，这一处！"

　　接着咒骂起来：

　　"他妈的！这地方的人，真毒！老子走尽天下，也没碰见过这些吃人的东西！……这里的江水也可恶，像今晚要把我们冲走一样！"

　　夜愈静寂，江水也愈吼得厉害，地和屋宇和神龛都在震颤起来。

　　"小伙子，我告诉你，这算什么呢？对待我们更要残酷的人，天底下还多哩，……苍蝇一样的多哩！"

　　这是老头子不高兴的声音，由那薄暗的地方送来，仿佛在说，"你为什么要大惊小怪哪！"他躺在一张破烂虎皮的毯子上面，样子却望不清楚，只是铁烟管上的旱烟，现出一明一暗的红焰。复又吐出教训的话语：

　　"我么？人老了，拳头棍棒可就挨得不少。……想想看，吃我们这行饭，不怕挨打就是本钱哪！……没本钱怎么做生意呢？"

在这边烤火的鬼冬哥把手一张，脑袋一仰，就大声插嘴过去，一半是讨老人的好，一半是夸自己的狠。

"是呀，要活下去。我们这批人打断腿子倒是常有的事情，……你们看，像那回在鸡街，鼻血打出了，牙齿打脱了，腰杆也差不多伸不起来，我回来的时候，不是还在笑么？……"

"对哪！"老头子高兴地坐了起来，"还有，小黑牛就是太笨了，嘴巴又不会扯谎，有些事情一说就说脱了的。像今天，你说，也掉东西，谁还拉着你哩？……只晓得说'不是我，不是我'，就是这一句，人家怎不搜你身上呢？……不怕挨打，也好嘛！……呻唤，呻唤，尽是呻唤！"

我虽是没有就着火光看书了，但却仍旧把书拿在手里的。鬼冬哥得了老头子的赞许，就动手动脚起来，一把抓着我的书喊道：

"看什么？书上的废话，有什么用呢？一个钱也不值，……烧起来还当不得这一根干柴。……听，老人家在讲我们的学问哪！"

一面就把一根干柴，送进火里。

老头子在砖上叩去了铁烟管上的余烬，很矜持地说道：

"我们的学问，没有写在纸上，……写来给傻子读么？……第——一句话，就是不怕和扯谎！……第二……我们的学问，哈哈哈。"

似乎一下子觉出了，我才同他合伙没久的，便用笑声掩饰着更深一层的话了。

"烧了吧，烧了吧，你这本傻子才肯读的书！"

鬼冬哥作势要把书抛进火里去，我忙抢着喊：

"不行！不行！"

侧边的人就叫了起来：

"锅碰倒了！锅碰倒了！"

"同你的书一块去跳江吧！"

鬼冬哥笑着把书丢给了我。

老头子轻徐地向我说道：

"你高兴同我们一道走，还带那些书做什么呢。……那是没用的，小时候我也读过一两本。"

"用处是不大的，不过闲着的时候，看看罢了，像你老人家无事的时候吸烟一样。……"

我不愿同老头子引起争论，因为就有再好的理由也说不服他这顽强的人的，所以便这样客气地答复他。他得意地笑了，笑声在黑暗中散播着。至于说到要同他们一道走，我却没有如何决定，只是一路上给生活压来说气忿话的时候，老头子就误以为我真的要入伙了。今天去干的那一件事，无非由于他们的逼迫，凑凑角色罢了，并不是另一个新生活的开始。我打算趁此向老头子说明，也许不多几天，就要独自走我的，但却给小黑牛突然一阵猛烈的呻唤打断了。

大家皱着眉头沉默着。

在这些时候，不息地打着桥头的江涛，仿佛要冲进庙来，扫荡一切似的。江风也比往天晚上大些，挟着尘沙，一阵阵地滚入，简直要连人连锅连火吹走一样。

残烛熄灭，火堆也闷着烟，全世界的光明，统给风带走了，一切重返于无涯的黑暗。

只有小黑牛痛苦的呻吟，还表示出了我们悲惨生活的存在。

野老鸦拨着火堆，尖起嘴巴吹，闪闪的红光，依旧喜悦地跳起，周遭不好看的脸子，重又画出来了。大家吐了一口舒适的气。野老鸦却是流着眼泪了，因为刚才吹的时候，湿烟熏着了他的眼睛，他伸手揉揉之后，独自悠悠然地说：

"今晚的大江，吼得这么大……又凶，……像要吃人的光景哩，该不会出事吧……"

大家仍旧沉默着。外面的山风、江涛，不停地咆哮，不停地怒吼，好像诅咒我们的存在似的。

小黑牛突然大声地呻唤，发出痛苦的呓语：

"哎呀，……哎……害了我了……害了我了，……哎呀……哎呀……我不干了！我不……"

替他擦着伤处的夜白飞，点燃了残烛，用一只手挡着风，照映出小黑牛打坏了的身子——正痉挛地做出要翻身不能翻的痛苦光景，就赶快替他往腰部揉一揉，狠狠地抱怨他：

"你在说什么？你……鬼附着你哪！"

同时掉头回去，恐怖地望望黑暗中的老头子。

小黑牛突地翻过身，嘎声嘶叫：

"你们不得好死的！你们！……菩萨！菩萨呀！"

已经躺下的老头子突然坐了起来，轻声说道：

"这样吗？……哦……"

忽又生气了，把铁烟管用力地往砖上扣了一下，说：

"菩萨，菩萨，菩萨也同你一样的倒楣！"

交闪在火光上面的眼光，都你望我我望你地，现出不安的神色。

野老鸦向着黑暗的门外看了一下，仍旧静静地说：

"今晚的江水实在吼得太大了！……我说嘛……"

"你说，……你一开口，就是吉利的！"

鬼冬哥粗暴地盯了野老鸦一眼，狠狠地诅咒着。

一阵风又从破门框上刮了进来，激起点点红艳的火星，直朝鬼冬哥的身上迸射。他赶快退后几步，向门外黑暗中的风声，扬着拳头骂：

"你进来！你进来！……"

神祠后面的小门一开，白色鲜明的玻璃灯光和着一位油黑蛋脸的年轻姑娘，连同笑声，挤进我们这个暗淡的世界里来了。黑暗、沉闷和忧郁，都悄悄地躲去。

"喂，懒人们！饭煮得怎样了……孩子都要饿哭了哩！"

一手提灯，一手抱着一块木头人儿，亲昵地偎在怀里，做出母亲那样高兴的神情。

蹲着暖手的鬼冬哥把头一仰，手一张，高声哗笑起来：

"哈呀，野猫子，……一大半天，我说你在后面做什么？……你原来是在生孩子哪！……"

"呸，我在生你！"

接着啵的响了一声。野猫子生气了，鼓起原来就是很大的乌黑眼睛，把木人儿打在鬼冬哥的身旁；一下子冲到火堆边上，放下了灯，揭开锅盖，用筷子查看锅里翻腾滚沸的咸肉。白蒙蒙的蒸气，便在雪亮的灯光中，袅袅地上升着。

鬼冬哥拾起木人儿，做模做样地喊道：

"呵呀，……尿都跌出来了！……好狠毒的妈妈！"

野猫子不说话，只把嘴巴一尖，头颈一伸，向他做个顽皮的鬼脸，就撕着一大块油腻腻的肉，有味地嚼她的。

小骡子用手肘碰碰我，斜起眼睛打趣说：

"今天不是还在替孩子买衣料么？"

接着大笑起来：

"吓吓，……酒鬼……吓吓，酒鬼。"

鬼冬哥也突地记起了，哗笑着，向我喊：

"该你抱！该你抱！"

就把木人儿递在我的面前。

野猫子将锅盖骤然一盖，抓着木人儿，抓着灯，像风一样蓦地卷开了。

小骡子的眼珠跟着她的身子溜，点点头说：

"活像哪，活像哪，一条野猫子！"

她把灯、木人儿和她自己，一同蹲在老头子的面前，撒娇地说：

"爷爷，你抱抱！娃儿哭哩！"

老头子正生气地坐着，虎着脸，耳根下的刀痕，绽出红涨的痕迹，不答理他的女儿。女儿却不怕爸爸的，就把木人儿的蓝色小光头，伸向短短的络腮胡上，顽皮地乱撞着，一面努起小嘴巴，娇声娇气地说：

"抱，嗯，抱，一定要抱！"

"不！"

老头子的牙齿缝里挤出这么一声。

"抱，一定要抱，一定要，一定！"

老头子在各方面，都很顽强的，但对女儿却每一次总是无可如何地屈服了。接着木人儿，对在鼻子尖上，鼓大眼睛，粗声粗气地打趣道：

"你是哪个的孩子？……喊声外公吧！喊，蠢东西！"

"不给你玩！拿来，拿来！"

野猫子一把抓去了，气得翘起了嘴巴。

老头子却粗暴地哗笑起来。大家都感到了异常的轻松，因为残留在这个小世界里的怒气，这一下子也已完全冰消了。

我只把眼光放在书上，心里却另外浮起了今天那一件新鲜而有趣的事情。

早上，他们叫我装作农家小子，拿着一根长烟袋，野猫子扮成农家小媳妇，提着一只小竹篮，同到远山那边的市集里，假作去买东西。他们呢，两个三个地远远尾在我们的后面，也装作忙忙赶市的样子。往日我只是留着守东西，从不曾伙同他们去干的，今天机会一到，便逼着扮演一位不重要的角色，可笑而好玩地登台了。

山中的市集，也很热闹的，拥挤着许多远地来的庄稼人。野猫子同我走到一家布摊子的面前，她就把竹篮子套在手腕上，乱翻起摊子上的布来，选着条纹花的说不好，选着棋盘格的也说不好，惹得老板也感到烦厌了。最后她扯出一匹蓝底白花的印花布，喜孜孜地叫道：

"呵呀，这才好看哪！"

随即掉转身来，鼓起乌溜溜的眼睛，对我说：

"爸爸，……买一件给阿狗穿！"

我简直想笑起来——天呀，她怎么装得这样像！幸好始终板起了面孔，立刻记起了他们教我的话。

"不行，太贵了！……我没那样多的钱花！"

"酒鬼，我晓得！你的钱，是要喝马尿水的！"

同时在我的鼻子尖上，竖起一根示威的指头，点了两点。说完就一下子转过身去，气狠狠地把布丢在摊子上。

于是，两个人就小小地吵起嘴来了。

满以为狡猾的老板总要看我们这幕滑稽剧的，哪知道他才是见惯不惊了，眼睛始终照顾着他的摊子。

野猫子最后赌气说：

"不买了，什么也不买了！"

一面却向对面街边上的货摊子望去。突然做出吃惊的样子，低声地向我也是向着老板喊：

"呀！看，小偷在摸东西哪！"

我一望去，简直吓灰了脸，怎么野猫子会来这一着？在那边干的人不正是夜白飞、小黑牛他们吗？

然而，正因为这一着，事情却得手了。后来，小骡子在路上告诉我，就是在这个时候，狡猾的老板始把时时刻刻都在提防的眼光引向远去，他才趁势偷去一匹上好的细布的。当时我却不知道，只听得老板幸灾乐祸地袖着手说：

"好呀！好呀！王老三，你也倒楣了！"

我还呆着看，野猫子便揪了我一把，喊道：

"酒鬼，死了么？"

我便跟着她赶快走开，却听着老板在后面冷冷地笑着，说风凉话哩。

"年纪轻轻，就这样的泼辣！咳！"

野猫子掉回头去啐了一口。

……

"看进去了！看进去了！"

鬼冬哥一面端开燉肉的锅，一面打趣着我。

于是，我的回味，便同山风刮着的火烟，一道儿溜走了。

中夜，纷乱的脚声和嘈杂的低语，惊醒了我；我没有翻爬起来，只是静静地睡着。像是野猫子吧？走到我所睡的地方，站了一会，小声说道：

"睡熟了，睡熟了。"

我知道一定有什么瞒我的事在发生着了，心里禁不住惊跳起来，但却不敢翻动，只是尖起耳朵凝神地听着，忽然听见夜白飞哀求的声音，在暗黑中颤抖地说着：

"这太残酷了，太，太残酷了……魏大爷，可怜他是……"

尾声低小下去，听着的只是夜深打岸的江涛。

接着老头子发出钢铁一样的高声，叱责着：

"天底下的人，谁可怜过我们？……小伙子，个个都对我们捏着拳头哪！要是心肠软一点，还活得到今天吗？你……哼，你！小伙子，在这里，懦弱的人是不配活的。……他，又知道我们的……咳，那么多！怎好白白放走呢？"

那边角落里躺着的小黑牛，似乎被人抬了起来，一路带着痛苦的呻唤和着杂乱的脚步，流向神祠的外面去。一时屋里静悄悄的了，简直空洞得十分怕人。

我轻轻地抬起头，朝破壁缝中望去，外面一片清朗的月色，已把山峰的姿影、岩石的面部和林木的参差，或浓或淡地画了出来，更显着峡壁的阴森和凄郁，比黄昏时候看起来还要怕人些。山脚底，汹涌着一片蓝色的奔流，碰着江中的石礁，不断地在月光中，溅跃起、喷射起银白的水花。白天，尤其黄昏时候，看起来像是顽强古怪的铁索桥呢，这时却在皎洁的月下，露出妩媚的修影了。

老头子和野猫子站在桥头。影子投在地上。江风掠飞着他们的衣裳。

另外抬着东西的几个阴影，走到索桥的中部，便停了下来。蓦地一个人那么样的形体，很快地丢下江去。原先就是怒吼着的江涛，却并没有因此激起一点另外的声息，只是一霎时在落下处，跳起了丈多高亮晶晶的水珠，然而也就马上消灭了。

我明白了，小黑牛已经在这世界上凭借着一只残酷的巨手，完结了他的悲惨的命运了。但他往天那样老实而苦恼的农民样子，却还遗留在我的心里，搅得我一时无法安睡。

他们回来了。大家都是默无一语地悄然睡下，显见得这件事的结局是不得已的，谁也不高兴做的。

在黑暗中，野老鸦翻了一个身，自言自语地低声说道：

"江水实在吼得太大了！"

没有谁答一句话，只有庙外的江涛和山风，鼓噪地应和着。

我回忆起小黑牛坐在坡上歇气时，常常爱说的那一句话了：

"那多好呀！……那样的山地！……还有那小牛！"

随着他那忧郁的眼睛了望去，一定会在晴明的远山上面，看出点点灰色的茅屋和正在缕缕升起的蓝色轻烟的。同伴们也知道，他是被那远处人家的景色，勾引起深沉的怀乡病了，但却没有谁来安慰他，只是一阵地瞎打趣。

小骡子每次都爱接着他的话说：

"还有那白白胖胖的女人啰！"

另一人插嘴道：

"正在张太爷家里享福哪，吃好穿好的。"

小黑牛呆住了，默默地低下了头。

"鬼东西，总爱提这些！……我们打几盘再走吧，牌嘛？牌嘛？……谁捡着？"

夜白飞始终袒护着小黑牛；众人知道小黑牛的悲惨故事，也是由他的嘴巴传达出来的。

"又是在想，又是在想！你要回去死在张太爷的拳头下才好的！……同你的山地牛儿一块去死吧！"

鬼冬哥在小黑牛的鼻子尖上示威似地摇一摇拳头，就抽身到树荫下打纸牌去了。

　　小黑牛在那个世界里躲开了张太爷的拳击，掉过身来在这个世界里，却仍然又免不了江流的吞食。我不禁就由这想起，难道穷苦人的生活本身，便原是悲痛而残酷的么？也许地球上还有另外的光明留给我们的吧？明天我终于要走了。

　　次晨醒来，只有野猫子和我留着。

　　破败凋残的神祠，尘灰满积的神龛，吊挂蛛网的屋角，俱如我枯燥的心地一样，是灰色的、暗淡的。

　　除却时时刻刻都在震人心房的江涛声而外，在这里简直可以说没有一样东西使人感到兴奋了。

　　野猫子先我起来，穿着青花布的短衣，大脚统的黑绸裤，独自生着火，燉着开水，悠悠闲闲地坐在火旁边唱着：

　　　　江水呵，
　　　　慢慢流，
　　　　流呀流，
　　　　流到东边大海头，

　　我一面爬起来扣着衣纽，听着这样的歌声，越发感到岑寂了。便没精打采地问（其实自己也是知道的）：

　　"野猫子，他们哪里去了？"

　　"发财去了！"

　　接着又唱她的：

　　　　那儿呀，没有忧！
　　　　那儿呀，没有愁！

　　她见我不时朝昨夜小黑牛睡的地方了望，便打探似的说道：

　　"小黑牛昨夜可真叫得凶，大家都吵来睡不着。"

　　一面闪着她乌黑的狡猾的眼睛。

　　"我没听见。"

　　打算听她再捏造些什么话，便故意这样地回答。

　　她便继续说：

　　"一早就抬他去医伤去了！……他真是个该死的家伙，不是爸爸估着他，说着好话，他还不去呢！"

　　她比着手势，很出色地形容着，好像真有那么一回事一样。

　　刚在火堆边坐着的我，简直感到忿怒了，便低下头去，用干枝拨着火冷冷地说：

　　"你的爸爸，太好了，太好了！……可惜我却不能多跟他老人家几天了。"

　　"你要走了么？"她吃了一惊，随即生气地骂道，"你也想学小黑牛了！"

　　"也许……不过……"

　　我一面用干枝画着灰，一面犹豫地说。

"不过什么？不过！……爸爸说的好，懦弱的人，一辈子只有给人踏着过日子的。……伸起腰杆吧！抬起头吧！……羞不羞哪，像小黑牛那样子！"

"你的爸爸，说的话，是对的，做的事，却错了！"

"为什么？"

"你说为什么？……并且昨夜的事情，我通通看见了！"

我说着，冷冷的眼光浮了起来。看见她突然变了脸色，但又一下子恢复了原状，而且狡猾地说着："吓吓，就是为了这才要走么？你这不中用的！"

马上揭开开水罐子看，气冲冲地骂：

"还不开！还不开！"

蓦地像风一样卷到神殿后面去，一会儿，抱了一抱干柴出来。一面拨大火，一面柔和地说：

"害怕吗？要活下去，怕是不行的。昨夜的事，多着哩，久了就会见惯了的。……是吗？规规矩矩地跟我们吧，……你这阿狗的爹，哈哈哈！"

她狂笑起来，随即抓着昨夜丢下了的木人儿，顽皮地命令我道：

"木头，抱，抱，他哭哩！"

我笑了起来，但却仍然去整理我的衣衫和书。

"真的要走么？来来来，到后面去！"

她的两条眉峰一竖，眼睛露出恶毒的光芒，看起来，却是又美丽又可怕的。

她比我矮一个头，身子虽是结实，但却总是小小的，一种好奇的冲动作弄着我：于是无意识地笑了一下，便尾着她到后面去了。

她从柴草中抓出一把雪亮的刀来，半张不理地递给我，斜睨着狡猾的眼睛，命令道：

"试试看，你砍这棵树！"

我由她摆布，接着刀，照着面前的黄桷树，用力砍去，结果只砍了半寸多深。因为使刀的本事，我原是不行的。

"让我来！"

她突地活跃了起来，夺去了刀，做出一个侧面骑马的姿势，很结实地一挥，喳的一刀，便没入树身三四寸的光景，又毫不费力地拔了出来，依旧放在柴草里面，然后气昂昂地走来我的面前，两手叉在腰上，微微地噘起嘴巴，笑嘻嘻地嘲弄我：

"你怎么走得脱呢？……你怎么走得脱呢？"

于是，在这无人的山中，我给这位比我小块的野女子窘住了。正还打算这样地回答她：

"你的爸爸会让我走的！"

但她却忽然抽身跑开了，一面高声唱着，仿佛奏着凯旋一样。

> 这儿呀，也没有忧，
> 这儿呀，也没有愁。

我慢步走到江边去，无可奈何地徘徊着。

峰尖浸着粉红的朝阳。山半腰，抹着一两条淡淡的白雾。崖头苍翠的树丛，如同雨洗后一样的鲜绿。峡里面，到处都流溢着清新的晨光。江水仍旧发着吼声，但却没有夜来那样的怕人。清亮的波涛，碰在嶙峋的石上，溅起万朵灿然的银花，宛若江在笑着一样。谁能猜到这样美好的地方，曾经发生过夜来那样可怕的事情呢？

午后，在江流的澎湃中，迸裂出马铃子连击的声响，渐渐强大起来。野猫子和我都感到非常的诧异，赶快跑出去看。久无人行的索桥那面，从崖上转下来一小队人，正由桥上走了过来。为首的一个胖家伙，骑着马，十多个灰衣的小兵，尾在后面。还有两三个行李挑子，和一架坐着女人的滑竿。

"糟了！我们的对头呀！"

野猫子恐慌起来，我却故意喜欢地说道：

"那么，是我的救星了！"

野猫子狠狠地看了我一眼，把嘴唇紧紧地闭着，两只嘴角朝下一弯，傲然地说：

"我还怕么？……爸爸说的，我们原是在刀上过日子哪！迟早总有那么一天的。"

他们一行人来到庙前，便歇了下来。老爷和太太坐在石阶上，互相温存地问询着。勤务兵似的孩子，赶忙在挑子里面，找寻着温水瓶和毛巾。抬滑竿的伕子，满头都是汗，走下江边去喝江水。兵士们把枪横在地上，从耳上取下香烟缓缓地点燃，吸着。另一个班长似的灰衣汉子，军帽挂在脑后，毛巾缠在颈上，走到我们的面前。枪兜子抵在我的脚边，眼睛盯着野猫子，盘问我们是做什么的，从什么地方来，到什么地方去。

野猫子咬着嘴唇，不作声。

我就从容地回答他，说我们是山那边的人，今天从丈母家回来，在此歇歇气的。同时催促野猫子说：

"我们走吧？——阿狗怕在家里哭哩！"

"是呀，我很担心的。……唉，我的脚怪疼哩！"

野猫子做出焦眉愁眼的样子，一面就摸着她的脚，叹气。

"那就再歇一会吧。"

我们便开始讲起山那边家中的牛马和鸡鸭，竭力做出一副庄稼人的应有的风度。

他们歇了一会，就忙着赶路走了。

野猫子欢喜得直是跳，抓着我喊：

"你怎么不叫他们抓我呢？怎么不呢？怎么不呢？"

她静下来叹一口气，说：

"我倒打算杀你哩，唉，我以为你是恨我们的。……我还想杀了你，好在他们面前显显本事。……先前，我还不曾单独杀过一个人哩。"

我静静地笑着说：

"那么，现在还可以杀哩。"

"不，我现在为什么要杀你呢？……"

"那么，规规矩矩地让我走吧！"

"不！你得让爸爸好好地教导一下子！……往后再吃几个人血馒头就好了！"

她坚决地吐出这话之后，就重又唱着她那常常在哼的歌曲，我的话、我的祈求，全不理睬了。

于是，我只好待着黄昏的到来，抑郁地。

晚上，他们回来了，带着那么多的"财喜"，看情形，显然是完全胜利，而且不像昨天那样小干的了。老头子喝得泥醉，由鬼冬哥的背上放下，便呼呼地睡着。原来大家因为今天事事得手，就都在半路上的山家酒店里，喝过庆贺的酒了。

夜深都睡得很熟，神殿上交响着鼻息的鼾声。我却不能安睡下去，便在江流激湍中，思索着明天怎样对付老头子的话语，同时也打算趁此夜深人静，悄悄地离开此地。但一想到山中不熟悉的路径，和夜间出游的野物，便又只好等待天明了。

大约将近天明的时候，我才昏昏地沉入梦中。醒来时，已快近午，发现出同伴们都已不见了，空空洞洞的破残神祠里，只我一人独自留着。江涛仍旧热心地打着崖石，不过比往天却显得单调些、寂寞些了。

我想着，这大概是我昨晚独自儿在这里过夜，做了一场荒诞不经的梦，今朝从梦中醒来，才有点感觉异常吧。

但看见躺在砖地上的灰堆，灰堆旁边的木人儿，与乎留在我书里的三块银元时，烟霭也似的遐思和怅惘，便在我岑寂的心上缕缕地升起来了。

一九三三年冬　上海

（原载 1934 年 5 月《青年界》第 5 卷第 3 期）

小人物的心灵开掘

江胜清

关键词：漂泊；浪漫气息；异域色彩

1925 年，风华正茂的艾芜毅然离开学校，开始了他浪漫而艰辛的流浪之旅。西南边陲秀丽的风光，"化外"之民残酷的传奇人生，异国他乡迷人的风土人情，成了他漂泊人生的大学课堂。这种迥异于其他现代作家的特殊人生经历和人生体验，促成了艾芜的短篇小说集《南行记》的问世。它以独特的表现领域和艺术个性，在 20 世纪 30 年代文坛独树一帜，丰富了左翼文学的色调，"开拓了现代文学反映现实的新领域"（王嘉良、李标晶主编《中国现代文学史新编》）。《山峡中》是《南行记》中的代表篇目。

《山峡中》的成功在于它描绘出"边地"社会一个底层群体的生存状况。小说反映的不是普通人的常态生活，而是被社会抛出了正常人的生活轨道的一个特殊群体——以魏老头子为首的盗贼集团的生活。小说写出了这一群体的生成环境。他们生活在一个没有天理、不讲人道、没有公平正义的社会，正是社会的残酷扭曲了这些人的善良天性，使他们沉沦为盗贼，造成了他们狠毒、残酷的性格：为了生存，他们不惜打家劫舍，靠偷抢为生。小黑牛原本是一个朴实善良的农民，新婚不久地主张太爷霸占了他的妻子，为了报仇，他加入了魏老头子的团伙。因为白天作案时"太笨"，"不会扯慌"，被人打得遍体鳞伤。当小黑牛流露出要告别这种铤而走险的强盗生涯的心事时，魏老头子下令把小黑牛活活抛到了奔腾吼叫的大江中。小说通过魏老头子之口道出了他们生存的悲剧性和无赖的人生规则："一句话，就是不怕和扯谎"，"在这里，懦弱的人是不配活的"。小黑牛的遭遇是对黑暗无道的社会的沉痛控诉。

在刻画这群流浪汉被扭曲的性格时，作者没有忘记挖掘他们心灵深处闪光的一面。他们身上恶不掩善，善恶并存。魏老头子的女儿野猫子的塑造最有特色。这个十七八岁的姑娘，在长期的流浪行窃的环境里养成了泼辣的野性，像她的外号一样，活泼、精灵、凶狠。她抱着小木人儿与同伙放肆调笑，大口吃油腻的肥肉，在小黑牛被扔进江里时没有丝毫的怜悯。"要活下去，怕是不行的"的人生哲学早就成了她的生活信条。作者更多地表现的是野猫子作为一个青春少女对生活的美好憧憬，她喜欢小木人儿，是她对正常人生活的渴望。她毫无城府，喜则喜，怒则怒，爱憎分明，机智伶俐。她与同伙在集市偷布，面对布店老板的警惕，大家无从下手时，她灵机一动，贼喊捉贼，引开老板的注意，轻易下手成功。她还有江湖人的柔肠侠骨。当"我"向她流露出要离开的想法时，她眼里闪出凶狠的光芒。在一次意外地遭遇官兵时，"我"没有逃跑，还掩护她脱离了危险。第二天在"我"熟睡未醒时，他们悄悄拔营而去，还给"我"留下了三块银元的回家路费。从野猫子的身上典型地传达出这伙人荒凉粗暴的心灵深处仍然不失善良本色。这是艾芜表现小人物的一个独到的创造，显示了左翼小说别样的风格，把鲁迅告诫的写小说"选材要严，开掘要深"做了成功的试验。

小说弥漫着浓厚的浪漫气息。除了小说情节具有浓厚的传奇色彩外，边地异域的风光又为人物与故事做了有魅力的烘托。作者很善于巧妙地将自然景观与小说中人物的命运有机联系。在写小黑牛的遭遇时，小说中怒吼的江水、巨蟒似的铁索桥、衰败的江神祠、金衣剥落的神像、跳动的野火、咆哮的山风，构成一种阴冷骇人的气氛，这对小黑牛的悲剧起到了有力的衬托作用。在小黑牛遇害的次日清晨，小说又展示大自然的美丽：朝阳映红峰尖，白雾围绕山腰，树丛苍翠鲜绿，江水欢笑，激起万朵银花。这是以自然的美反衬社会的丑，深化了主题，强化了悲剧效果。

思 考 题

1. 分析野猫子这一形象的特征与意义。

2. 这篇小说在艺术上有何主要特点？

延 伸 阅 读

艾芜：《人生哲学的一课》《山野》

参 考 文 献

1. 谭兴国：《艾芜评传》，重庆出版社 1994 年版。

2. 张悦：《艾芜与他的三部"南行记"》，《中国现代文学研究丛刊》2017 年第 9 期。

竹林的故事 ——————————————————— 🌀

废　名

出城一条河，过河西走，坝脚下有一簇竹林，竹林里露出一重茅屋，茅屋两边都是菜园：十二年前，他们的主人是一个很和气的汉子，大家呼他老程。

那时我们是专门请一位先生在祠堂里讲《了凡纲鉴》，为得拣到这菜园来割菜，因而结识了老程，老程有一个小姑娘，非常的害羞而又爱笑，我们以后就借了割菜来逗她玩笑。我们起初不知道她的名字，问她，她笑而不答，有一回见了老程呼"阿三"，我才挽住她的手："哈哈，三姑娘！"我们从此就呼她三姑娘。从名字看来，三姑娘应该还有姊妹或兄弟，然而我们除掉她的爸爸同妈妈，实在没有看见别的谁。

一天我们的先生不在家，我们大家聚在门口掷瓦片，老程家的捏着香纸走我们的面前过去，不一刻又望见她转来，不笔直的循走原路，勉强带笑的弯近我们："先生！替我看看这签。"我们围着念菩萨的绝句，问道，"你求的是什么呢？"她对我们诉一大串，我们才知道她的阿三头上本来还有两个姑娘，而现在只要让她有这一个，不再三朝两病的就好了。

老程除了种菜，也还打鱼卖。四五月间，霉雨之后，河里满河山水，他照例拿着摇网走到河边的一个草墩上，——这墩也就是老程家的洗衣裳的地方，因为太阳射不到这来，一边一棵树交荫着成一座天然的凉棚。水涨了，搓衣的石头沉在河底，剩现绿团团的坡，刚刚高过水面，老程老像乘着划船一般站在上面把摇网朝水里兜来兜去；倘若兜着了，那就不移地的转过身倒在挖就了的荡里，——三姑娘的小小的手掌，这时跟着她的欢跃的叫声热闹起来，一直等到碰跳碰跳好容易给捉住了，才又坐下草地望着爸爸。

流水潺潺，摇网从水里探起，一滴滴的水点打在水上，浸在水当中的枝条也冲击着查查作响。三姑娘渐渐把爸爸站在那里都忘掉了，只是不住的抠土，嘴里还低声的歌唱；头毛低到眼边，才把脑壳一扬，不觉也就瞥到那滔滔水流上的一堆白沫，顿时兴奋起来，然而立刻不见了，偏头又给树叶子遮住了，——使得眼光回复到爸爸的身上，是突然一声"阿呀！"这回是一尾大鱼！而妈妈也沿坝走来，说盐钵里的盐怕还够不了一飧饭。

老程由街转头，茅屋顶上正在冒烟，叱咤一声，躲在园里吃菜的猪飞奔的跑，——三姑娘也就出来了，老程从荷包里掏出一把大红头绳："阿三，这个打辫好吗？"三姑娘抢在手上，一面还接下酒壶，奔向灶角里去。"留到端午扎艾呵，别糟蹋了！"妈妈这样答应着，随即把酒壶伸到灶孔烫。三姑娘到房里去了一会又出来，见了妈妈抽筷子，便赶快拿出杯子——家里只有这一个，老是归三姑娘照管——踮着脚送在桌上；然而老程终于还是要亲自朝中间挪一挪，然后又取出壶来。"爸爸喝酒，我吃豆腐干！"老程实在用不着下酒的菜，对着三姑娘慢慢的喝了。

三姑娘八岁的时候，就能够代替妈妈洗衣。然而绿团团的坡上，从此也不见老程的踪迹了，——这只要看竹林的那边河坝倾斜成一块平坦的上面，高耸着一个不毛的同教书先生（自然不是我们的先生）用的戒方一般模样的土堆，堆前竖着三四根只有秒梢还没有斩去的枝桠吊着被雨粘住的纸幡残片的竹竿，就可以知道是什么意义。

老程家的已经是四十岁的婆婆，就在平常，穿的衣服也都是青蓝大布，现在不过系鞋的带子也不用那水红颜色的罢了，所以并不现得十分异样。独有三姑娘的黑地绿花鞋的尖头蒙上一层白布，虽然更现得好看，却叫人见了也同三姑娘自己一样懒懒的没有话可说了。

然而那也并非是长久的情形。母女都是那样勤敏，家事的兴旺，正如这块小天地，春天来了，林里的竹子，园里的菜，都一天一天的绿得可爱。老程的死却正相反，一天比一天淡漠起来，只有鹞鹰在屋头上打圈子，妈妈呼喊女儿道，"去，去看坦里放的鸡娃"，三姑娘才走到竹林那边，知道这里睡的是爸爸了。到后来，青草铺平了一切，连曾经有个爸爸这件事实几乎也没有了。

正二月间城里赛龙灯，大街小巷，真是人山人海。最多的还要算邻近各村上的女人，她们像一阵旋风，大大小小牵成一串从这街冲到那街，街上的汉子也借这个机会撞一撞她们的奶。然而能够看得见三姑娘同三姑娘的妈妈吗？不，一回也没有看见！锣鼓喧天，惊不了她母子两个，正如惊不了栖在竹林的雀子。鸡上埘的时候，比这里更西也是住在坝下的堂嫂子们顺便也邀请一声"三姐"，三姑娘总是微笑的推辞。妈妈则极力鼓励着一路去，三姑娘送客到坝上，也跟着出来，看到底攀缠着走了；然而别人的渐渐走得远了，自己的不还是影子一般的依在身边吗？

三姑娘的拒绝，本是很自然的，妈妈的神情反而有点莫名其妙了！用询问的眼光朝妈妈脸上一瞧，——却也正在瞧过来，于是又掉头望着嫂子们走去的方向：

"有什么可看？成群打阵，好像是发了疯的！"

这话本来想使妈妈热闹起来，而妈妈依然是无精打采沉着面孔。河里没有水，平沙一片，现得这坝从远远看来是蜿蜒着一条蛇，站在上面的人，更小到同一颗黑子了。由这里望过去，半圆形的城门，也低斜得快要同地面合成了一起；木桥俨然是画中见过的，而往来蠕动都在沙滩；在坝上分明数得清楚，及至到了沙滩，一转眼就失了心目中的标记，只觉得一簇簇的仿佛是远山上的树林罢了。至于聒聒的喧声，却比站在近旁更能入耳，虽然听不着说的是什么，听者的心早被他牵引了去了。竹林里也同平常一样，雀子在奏他们的晚歌，然而对于听惯了的人只能够增加静寂。

打破这静寂的终于还是妈妈：

"阿三！我就是死了也不怕猫跳！你老这样守着我，到底……"

妈妈不作声，三姑娘抱歉似的不安，突然来了这埋怨，刚才的事倒好像给一阵风赶跑了，增长了一番力气娇恼着：

"到底！这也什么到底不到底！我不欢喜玩！"

三姑娘同妈妈间的争吵，其原因都出在自己的过于乖巧，比如每天清早起来，把房里的家具抹得干净，妈妈却说，"乡户人家呵，要这样？"偶然一出门做客，只对着镜子把散在额上的头毛梳理一梳理，妈妈却硬从盒子里拿出一枝花来。现在站在坝上，眶子里的眼泪快要迸出来了，妈妈才不作声。这时节难为的是妈妈了，皱着眉头不转睛的望，而三姑娘老不抬头！待到点燃了案上的灯，才知道已经走进了茅屋，这期间的时刻竟是在梦中过去了。

灯光下也立刻照见了三姑娘，拿一束稻草，一菜篮适才饭后同妈妈在园里割回的白菜，坐下板凳三棵捆成一把。

"妈妈，这比以前大得多了！两棵怕就有一斤。"

妈妈那想到屋里还放着明天早晨要卖的菜呢？三姑娘本不依恃妈妈的帮忙，妈妈终于不出声的叹一口气伴着三姑娘捆了。

三姑娘不上街看灯，然而当年背在爸爸的背上是看过了多少次的，所以听了敲在城里响在城外的锣鼓，都能够在记忆中画出是怎样的情境来。"再是上东门，再是在衙门口领赏，……"忖着声音所来的地方自言自语的这样猜。妈妈正在做嫂子的时候，也是一样的欢喜赶热闹，那情境也许比三姑娘更记得清白，然而对于三姑娘的仿佛亲临一般的高兴，只是无意的吐出来几声"是"，——这几乎要使得三姑娘稀奇得伸起腰来了："刚才还催我去玩哩！"

三姑娘实在是站起来了，一二三四的点着把数，然后又一把把的摆在菜篮，以便于明天一大早挑上街去卖。

见了三姑娘活泼泼的肩上一担菜，一定要奇怪，昨夜晚为什么那样没出息，不在火烛之下现一现那黑然而美的瓜子模样的面庞的呢？不，——倘若奇怪，只有自己的妈妈。人一见了三姑娘挑菜，就只有三姑娘同三姑娘的菜，其余的什么也不记得，因为耽误了一刻，三姑娘的菜就买不到手；三姑娘的白菜原是这样好，隔夜没有浸水，煮起来比别人的多，吃起来比别人的甜了。

我在祠堂里足足住了六年之久，三姑娘最后留给我的印象，也就在卖菜这一件事。

三姑娘这时已经是十二三岁的姑娘，因为是暑天，穿的是竹布单衣，颜色淡得同月色一般，——这自然是旧的了，然而倘若是新的，怕没有这样合式，不过这也不能够说定，因为我们从没有看见三姑娘穿过新衣：总之三姑娘是好看罢了。三姑娘在我们的眼睛里同我们的先生一样熟，所不同的，我们一望见先生就往里跑，望见三姑娘都不知不觉的站在那里笑。然而三姑娘是这样淑静，愈走近我们，我们的热闹便愈是消灭下去，等到我们从她的篮里拣起菜来，又从自己的荷包里掏出了铜子，简直是犯了罪孽似的觉得太对不起三姑娘了。而三姑娘始终是很习惯的，接下铜子又把菜篮肩上。

一天三姑娘是卖青椒。这时青椒出世还不久，我们大家商议买四两来煮鱼吃，——鲜青椒煮鲜鱼，是再好吃没有的。三姑娘在用秤称，我们都高兴的了不得，有的说买鲫鱼，有的说鲫鱼还不及鳊鱼。其中有一位是最会说笑的，向着三姑娘道：

"三姑娘，你多称一两，回头我们的饭熟了，你也来吃，好不好呢？"

三姑娘笑了：

"吃先生们的一餐饭使不得？难道就要我出东西？"

我们大家也都笑了；不提防三姑娘果然从篮子里抓起一把掷在原来称就了的堆里。

"三姑娘是不吃我们的饭的，妈妈在家里等吃饭。我们没有什么谢三姑娘，只望三姑娘将来碰一个好姑爷。"

我这样说。然而三姑娘也就赶跑了。

从此我没有见到三姑娘。到今年，我远道回家过清明，阴雾天气，打算去郊外看烧香，走到坝上，远远望见竹林，我的记忆又好像一塘春水，被微风吹起波皱了。正在徘徊，从竹林上坝的小径，走来两个妇人，一个站住了，前面的一个且走且回应，而我即刻认定了是三姑娘！

"我的三姐，就有这样忙，端午中秋接不来，为得先人来了饭也不吃！"

那妇人的话也分明听到。

再没有别的声息：三姑娘的鞋踏着沙土。我急于要走过竹林看看，然而也暂时面对流水，让三姑娘低头过去。

1924 年 10 月

（选自《冯文炳选集》，人民文学出版社 1985 年版）

乡愁　诗境　禅意

尚文祥

关键词：美；梦；禅

《竹林的故事》以对文章之美的追求，对梦境的描绘和混合在其中的禅意，较典型地体现了废名的艺术追求。废名曾自道："我写小说同唐人写绝句一样。"《竹林的故事》即透露着绝句般的清新美丽，真可以说是"蒸馏诗意，一清如水"（卞之琳语）。大量的风俗景物描写可以说是废名小说的一大特色，散文化小说之名也相当程度上由此而来。这篇小说的文章之美首先就体现在景物描写上。作者把故事置于一个绿色的大背景下，翠绿的竹林、碧绿的菜畦、绿团团的坡、青色的石头、搭成凉棚的大树，共同构成了人物活动的背景色。在这个大背景下，远处的喧嚣声、近处雀子的歌声、河水倒映的光影、鱼虾的灵动，光影声色无所不有，构成了清幽寂静的和谐。如果说这些景物描写很有"竹喧归浣女""清泉石上流""空山不见人"之类古典韵味的话，作者在画面的流动切换上又颇具现代色彩。如老程捕鱼那段景物的描写，就用到了镜头的转换。射不进的太阳，交荫的树，三姑娘站在坝上看景物，坝上人看河，远处人看坝和坝上人，一幕幕的情景切换就如电影的蒙太奇。当然，除了清新的景物描写，主要角色三姑娘的形象清秀之美更让人爽心悦目。无论是扎着红头绳拍着手叫着的清纯无忧的小女孩，还是长大后穿着"颜色淡得同月色一般"素雅的女儿，都极为"好看"的。三姑娘不爱热闹的娴静、卖菜时的落落大方、爱干净不重打扮的素朴更是与竹林融为一体。作者采用对比的手法，以城里的喧闹来写竹林的幽静，以嫂子们的"发疯"来写三姑娘的恬静，以"我"和同伴的爱玩爱闹来写三姑娘的安静，整个小说如同山水画一般美丽。

《竹林的故事》是作者 24 岁时的童年生活回忆，除了记录作者记忆中的美景外，还包含着复杂的感情。这些美景和感情，随着叙事时间的推移，展现着它们的特殊性。在文章最开始，三姑娘还是一个活泼可爱的小姑娘时，叙述者是以欣喜的口吻来叙述的，而至三姑娘长大了去卖菜时，叙述者也充满轻快愉悦的情感，到最后叙述者再次见到已成为妇人的三姑娘时，笔触已经染上了梦醒后薄薄的悲凉和无奈。废名在《说梦》中曾说："《竹林的故事》《河上柳》《去乡》，是我过去生命的结晶，现在我还时常回顾他一下，简直是一个梦，我不知这梦是如何做起，我感到不可思议！"《竹林的故事》可以说是废名的写梦之作，而废名一向认为优秀的作品是做梦给人看，难怪他称"我再不能写这样的杰作"了。

废名的思想中浸透着禅宗的影响，在梦中的景色与梦外的情感中，透露着禅宗气息。文中涉及的景物多是流水、翠竹、茅屋等冷色调的清幽寒静之物。文中的情感平静恬淡，即便是对三姑娘至关重要的父亲之死，也几笔带过，后来竟淡忘了，像这种看淡生死，对悲苦的无所用心，正是禅宗生命观的体现。在艺术表达上，文章的语言浅近、简洁、生动，节奏闲适、舒缓，传达出特有的意境之美。

思 考 题

1. 试分析这篇小说写景与写人的关系。
2. 禅宗意趣是怎样体现在这篇小说中的？

延 伸 阅 读

废名：《桃园》《桥》

参 考 文 献

1. 格非：《废名的意义》，《塞壬的歌声》，上海文艺出版社 2001 年版。
2. 贺仲明：《在传统中间寻找异路——论废名的方法学意义》，《人文杂志》2010 年第 1 期。
3. 吴景明：《生态批评视野中的废名小说创作》，《中国现代文学研究丛刊》2014 年第 2 期。

边城（存目）

沈从文

边城世界的人性哀乐

沈光明

关键词：乡土；人性；悲凉

怀着对民族美好品德的消失与重建的巨大忧思，以及对农人与兵士不可言说的温爱，沈从文于 1933 年冬至 1934 年春完成了他的代表作《边城》，以实现他"用一枝笔来好好保留最后一个浪漫派在 20 世纪生命取予的形式"（沈从文《水云》）的愿望。很显然，沈从文在这种愿望后面隐含着一种令人沮丧的失望与痛苦。这种失望和痛苦总体上表现为对文明社会的不满和怀疑。

在沈从文的人生经验与感受中，他认为在所谓"文明社会"里，不仅军阀混战，民不聊生，而且，传统文化中各种伦理观念、道德规范又极大地束缚着人性的自然发展。正是这种现实的感触与理性的思考，使沈从文异常怀念起他的家乡，那个虽然闭塞愚昧，但仍然古朴犹存的湘西。因为这里"没有乡愿的'教训'，没有腐儒的'思想'，有的只是一点属于人性的真诚情感"（沈从文《看虹摘星录·后记》）。他企望用未被异化的苗人心理品格与优美健康的人性来重塑中华民族的灵魂，以尚未进入文明社会的自然和谐的湘西社会为蓝本构建一个理想社会。他的《边城》便是他对人生形式的设计，是他精心绘制的理想图景。《边城》充满了一种牧歌情调，是一幅没有任何阶级纷争与伦理规范的静穆和谐的人生图画。正因为如此，《边城》不以塑造人物和设计惊险情节取胜，而是以描摹和谐的人际关系与淳朴的风俗民情见长。

《边城》中的故事人物都非常简单。小说描写的是一个失去了双亲的孤雏翠翠，跟着外祖父以摆渡为生。由于年龄的增长与爱情意识的萌芽，她朦朦胧胧地爱上了船总顺顺的小儿子傩送，而顺顺的大儿子天保也爱上了翠翠。结果，老大知道翠翠爱的是弟弟，又觉得与弟弟争抢一个女人没有骨气，便赌气离家放船出走，却行船遇险翻江而死。弟弟觉得很对不起哥哥，悔恨中驾船离开了家乡。苦命的翠翠没有得到爱情，又失去了和自己相依为命的外祖父，悲悲切切中过着一种平静如初的生活。故事就这么简单，涉及的人物也只有四五个。然而在这简单的故事和人物中却蕴含着作者天真的人生理想和令人心旷神怡的诗情。

在作者笔下，这里山清水秀，人情淳朴，人们仗义疏财，乐于助人。翠翠的外祖父，一个年过七十，靠摆渡为生的老人，一生忠于职守，慷慨好施，不仅不收小费，而且还准备了茶峒特有的茶叶烟草，赠送过往客人。若到盛夏，则备有茶水，给过路人清热解渴，防暑降温。只要有人过河，则不管起风下雨，决不怠慢。这摆渡老人，从不思索自己的职务对于本人的意义，只是静静地忠于职守。他既是边民的一个代表，也是淳朴民情与古风犹存的一种象征。然而，作者并没有把笔墨过多地洒在这个乐善好施的老人身上，而是以婉转的笔调描写一个既包蕴着边民淳朴民情又表达了作者人生理想的爱情故事。

爱情作为文学创作的基本母题之一，在长期的封建社会里，它总是在与封建的伦理观念与等级秩序的悲剧性对抗中进行的。《边城》中的故事也并没有一个喜剧性的结局，但这里没有任何反叛性的味道，这并非因为男女双方没有真正的感情交流，而只是这个社会本身就没有阻碍人性自然发展的道德律令与等级观念。翠翠在端午节看赛龙舟与水中抢鸭子，无意中发现了勇敢英俊的傩送，便把少女的一片纯真，朦胧地系在这个年轻人的身上。然而，老大天保早就钟情于这个摆渡老人的外孙女。他托媒说亲，送来聘礼，这表明了天保的一往情深。外祖父倒不觉得媒人与聘礼之难于回绝，只感到天保也是方圆几十里有名的勇敢诚实的青年，心里乐滋滋地希望这桩婚事成功，以遂凤愿。然而善良的外祖父却不知道外孙女小小的心房中装的是那个英俊的少年。他没有一点父母之命媒妁之言的自尊与蛮横，却有意装糊涂地去问自己的外孙女。翠翠爱的是傩送，当然也无须投合外祖父善良的愿望。这里就似乎没有一点封建伦理观念的影子。不仅翠翠祖孙二人是这样，傩送的决定也会使那些把爱情等同于财富与权势扩充的人大惑不解。中国封建社会自门阀制度以来，总是把男女双方的结合看成是财产与权势的联姻。门当户对成为男女双方择偶的主要标准。船总家在地方上应该说是有钱有势的，然而傩送并不因自己是船总的儿子就不爱只有一条渡船和一条老黄狗的翠翠，他反而谢绝了扬言携带一座崭新的碾坊作为陪嫁的团总的千金。这一选择，表明了傩送和翠翠一样，自己的命运自己来选择和做主，他们的生活是本色的。

然而，这种本色的生活并没有使这个爱情故事有个大团圆结局。现实的问题是兄弟俩同时爱上了翠翠，他们之中必然有一个被淘汰。茶峒人遇事勇敢，但又讲究义气。哥哥天保明知道自己的条件不如弟弟优越，只好采取回避的方式，却不幸翻江而死。弟弟觉得有愧于哥哥，也随之离乡。可怜的翠翠经过了一番感情纠葛后又驾起了外祖父留下的渡船来尽人生的义务。沈从文所构筑的理想梦幻也只是昙花一现。小说最后留下了一句意味深长的结语："这个人也许永远不回来了，也许明天回来。"感伤中留下一线希望，希望中更多的是感伤，牧歌终究是牧歌，现实是无情的。作者明知现实的无情，却偏要在这无情的现实里寻觅理想的人生，这也是小说令人感动的地方。

作者是以牧歌的情调来描绘边城世界的，因而小说具有一种似真非真、似幻非幻又带有传奇性的审美特征。作者曾说他的作品是梦与现实的交汇物。这里的"梦"，包括他的人生理想，他的以人性为核心的价值体系；这里的"现实"，包括湘西所特有的风土民情和山川景物。所以，在沈从文的小说里，我们看到的是边民的勇敢、真诚、善良、淳朴；我们看到的是奇山秀水与两岸翘首以待的吊脚楼，还有走"车路"与走"马路"的独特的婚恋形式等。作者所描绘的既是一个充满和谐人性的美好世界，又是一幅明丽奇特的风俗画。由"梦"，我们感到了人性的和谐，人生的乐趣；由记实，我们又领略了边地的奇异风俗与秀丽山川，它给人的是一种综合的审美感受。它是小说，又是诗。

思 考 题

1. 结合这篇小说讨论沈从文小说人性思考的复杂性。

2. 与传统小说比较，这篇小说的爱情故事在艺术表现上有哪些不同？

延 伸 阅 读

沈从文：《月下小景》《萧萧》《长河》

参 考 文 献

1. 赵园：《沈从文构筑的"湘西世界"》，《文学评论》1986 年第 6 期。

2. 凌宇：《沈从文传》，北京十月文艺出版社 1988 年版。

3. 张新颖：《沈从文的前半生：1902—1948》，上海三联书店 2018 年版。

柏子

沈从文

把船停顿到岸边，岸是辰州的河岸。

于是客人可以上岸了，从一块跳板走过去。跳板一端固定在码头石级上，一端搭在船舷，一个人从跳板走过时，摇摇荡荡不可免。凡要上岸的全是那么摇摇荡荡上岸了。

泊定的船太多了，沿岸泊，桅子数不清，大大小小随意矗到空中去，桅子上的绳索象要纠纷到成一团，然而却并不。

每一个船头船尾全站得有人，穿青布蓝布短汗褂，口里噙了长长的旱烟杆，手脚露在外面让风吹，——毛茸茸的象一种小孩子想象中的妖洞里喽啰，毛脚毛手。看到这些手脚，很容易记起"飞毛腿"一类英雄名称。可不是，这些人正是……桅子上的绳索指定活车，拖拉全无从着手时，看这些飞毛腿的本领，有得是机会显露！毛脚毛手所有的不单是毛，还有类乎钩子的东西，光溜溜的桅，只要一贴身，便飞快的上去了。为表示上下全是儿戏，这些年青水手一面整理绳索一面还将在上面唱歌，那一边桅上，也有这样人时，这种歌便来回唱下去。

昂了头看这把戏的，是各个船上的伙计。看着还在下面喊着。左边右边，不拘要谁一个试上去，全是容易之至的事，只是不得老舵手吩咐，则不敢放肆而已。看的人全已心中发痒，又不能随便爬上桅子顶尖去唱歌，逗其他船上媳妇发笑，便开口骂人。

"我的儿，摔死你！"

"我的孙，摔死了你看你还唱！"

"……"

全是无恶意而快乐的笑骂。

仍然唱，且更起劲了一点。但可以把歌唱给下面骂人的人听，当先若唱的是"一枝花"，这时唱的便是"众儿郎"了。"众儿郎"却依然笑嘻嘻的昂了头看这唱歌人，照例不能生气的。

可是在这情形中，有些船，却有无数黑汉子，用他的毛手毛脚，盘着大而圆的黑铁桶，从舱中滚出，也是那么摇摇荡荡跌到岸边泥滩上了。还有作成方形用铁皮束腰的洋布，有海带，有鱿鱼，有药材……这些东西同搭客一样，在船上舱中紧挤着卧了二十天或十二天，如今全应当登岸了。登岸的人各自还家，各自找客栈，各自吃喝，这些货物却各自为一些大脚婆子走来抱之负之送到各个堆栈里去。

在各样匆忙情形中，便正有闲之又闲的一类人在。这些人住到另一个地方，耳朵能超然于一切嘈杂声音以上，听出桅子上人的歌声，——可是心也正忙着。歌声一停止，唱歌地方代替了一盏红风灯以后，那唱歌的人便已到这听歌人的身边了。桅上用红灯，不消说是夜里了。河边夜里不是平常的世界。

落着雨，刮着风，各船上了篷，人在篷下听雨声风声，江波吼哮如癫子，船只纵互相牵连互相依靠，也簸动不止，这一种情景是常有的。坐船人对此决不奇怪，不欢喜，不厌恶，因为凡是在船上生活，这些平常人的爱憎便不及在心上滋生了。有月亮又是一种趣味，同晚日与早露，各有不同。然而他们全不会注意。船上人心情若必须勉强分成两种或三种，这分类方法得另作安排。吃牛肉与吃酸菜，是能左右一般水手心情的一件事。泊半途与湾口岸，这于水手们情形又稍稍不同。不必问，牛肉比酸菜合乎这类"飞毛腿"胃口，船在码头停泊他们也欢喜多了！

如今夜里既落小雨，泥滩头滑溜溜使人无从立足，还有人上岸到河街去。

这是其中之一个，名叫柏子。日里爬桅子唱歌，不知疲倦，到夜来，还依然不知疲倦，所以如其他许多水手一样，在腰边板带中塞满了铜钱，小心小心的走过跳板到岸边了。先是在泥滩上走，没有月，没有星，细毛毛雨在头上落，两只脚在泥里慢慢翻——成泥腿，快也无从了——目的是河街小楼红红的灯光，灯光下有使柏子心开一朵花的东西存在。

灯光多无数，每一小点灯光便有一个或一群水手，灯光还不及塞满这个小房，快乐却将水手们胸中塞紧，欢喜在胸中涌着，各人眼睛皆眯了起来。沙喉咙的歌声笑声从楼中溢出，与灯光同样，溢进上岸无钱守在船中的水手耳中眼中时，便如其他世界一样，反应着欢喜的是诅咒。那些不能上岸的水手，他们诅咒着，然而一颗心也摇摇荡荡上了岸，且不必冒滑滚的危险，全各以经验为标准，把心飞到所熟习的吊脚楼上去了。

酒与烟与女人，一个浪漫派文人非此不能夸耀于世人的三样事，这些喽啰们却很平常的享受着。虽然酒是酽冽的酒，烟是平常的烟，女人更是……然而各个人的心是同样的跳，头脑是同样的发迷，口——我们全明白这些平常时节只是吃酸菜、南瓜、臭牛肉以及说点下流话的口，可是到这时也粘粘糯糯，也能找出所蓄于心各样对女人的诙谐言语，献给面前的妇人，也能粗粗卤卤的把它放到妇人的脸上去，脚上去，……他们把自己沉浸在这欢乐空气中，忘了世界，也忘了自己的过去和未来。女人则帮助这些无家水上人，把一切劳苦一切期望从这些人心上挪去，放进的是类乎烟酒的兴奋与醉麻。在每一个妇人身上，一群水手同样作着那顶切实的顶勇敢的好梦，预备将这一月贮蓄的金钱与精力，全倾之于妇人身上，他们却不曾预备要人怜悯，也不知道可怜自己。

他们的生活就是这样，若说还有使他们在另一时反省的机会，仍然是快乐的吧。这些人，虽然缺少眼泪，却并不缺少欢乐的承受！

其中之一的柏子，为了上岸去找寻他的幸福，终于到一个地方了。

先打门，用一个水手通常的章法，且吹着哨子。

门开后，一只泥腿在门里，一只泥腿在门外，身子便为两条胳膊缠紧了，在那新刮过的日炙雨淋粗糙的脸上，就贴紧了一个宽宽的温暖的脸子。

这种头香油是他所熟习的。这种抱人的章法，先虽说不出，这时一上身却也熟习之至。还有脸，那么软软的，混着脂粉的香，用口可以吮吸。到后是，他把嘴一歪，便找到了一个湿的舌子了，他咬着。

女人挣扎着，口中骂着：

"悖时的！我以为到常德府被婊子尿冲你到洞庭湖了！"

进到里面的柏子，在一盏"满堂红"灯下立定。妇人望他痴笑。这一对是并肩立着，他比她高一个头，他蹲下去，象整理橹绳那样扳了妇人的腰身时，妇人身便朝前倾。

妇人搜索柏子身上的东西。搜出的东西便往床上丢去，又数着东西的名字"一瓶雪花膏，一卷纸，一条手巾，一个罐子——这罐子装甚么？"

"猜呀！"

"猜你妈，忘了为我带的粉吗？"

"你看那罐子是甚么招牌！打开看！"

妇人不认识字，看了看罐上封皮，一对美人儿画相。把罐子在灯前打开，放鼻子边闻闻，便打了一个嚏。柏子可乐了，不顾妇人如何，把罐子抢来放在一条白木桌上，便擒了妇人向床边倒下去。

灯光明亮，照着一堆泥脚迹在黄色楼板上。

外面雨大了。

张耳听，还是歌声与笑骂声音。房子相间多只一层薄薄白木板子，比吸烟声音还低一点声音也可以听出，然而人全无闲心听隔壁。

柏子的纵横脚迹渐干了，在地板上也更其分明。灯光依然，把一对横搁在床上的人照得清清楚楚。

"柏子，我说你是一个牛。"

"我不这样，你就不信我在下头是怎么规矩！"

"你规矩！你赌咒你干净得可以进天王庙！"

"赌咒也只有你妈去信你，我不信。"

柏子只有如妇人所说，粗卤得同一只小公牛一样。到后于是喘息了，松弛了，象一堆带泥的吊船棕绳，散漫的搁在床边上。

一点不差，这柏子就是日里爬桅子唱歌的柏子。

妇人望到他这些行为发笑，妇人是翻天躺的。

过一阵，两人用一个烟盘作长城，各据长城一边烧烟吃。

妇人一旁烧烟一旁唱《孟姜女》给柏子听，在这样情形下的柏子，喝一口茶且吸一泡烟，象是作皇帝。

"婊子我告给你听，近来下头媳妇才标得要命！"

"你命怎么不要去，又跟船到这地方来？"

"我这命送她们，她们也不要。"

"不要的命才轮到我。"

"轮到你，你这……好久才轮到我！我问你，到底有多少日子才轮到我？"

妇人嘴一扁，举起烟枪把一个烧好的烟泡装上，就将烟枪送过去塞了柏子的嘴，省得再说混话。柏子吸了一口烟，又说："我问你，昨天有人来？"

"来你妈！别人早就等你，我算到日子，我还算到你这尸……"

"老子若是真在青浪滩上泡坏了，你才乐！"

"是，我才乐！"妇人说着便稍稍生了气。

柏子是正要妇人生气才欢喜的。他见妇人把脸放下，便把烟盘移到床头去。长城一去情形全变了，一分钟内局面成了新样子。

一种丑的努力，一种神圣的愤怒，是继续，是开始。

柏子冒了大雨在河岸的泥滩上慢慢的走着，手中拿的是一段燃着火头的废缆子，光旺旺的照到周围三尺远近。光照前面的雨成无数返光的线，柏子全无所遮蔽的从这些线林穿过，一双脚浸在泥水里面，——他回船上去。

雨虽大，也不忙。一面怕滑倒，一面有能防雨——或者不如说忘雨的东西吧。

他想起眼前的事心是热的。想起眼前的一切，则头上的雨与脚下的泥，全成为无须置意的事了。

这时妇人是睡眠了，还是陪别一个水手又来在那大白木床上作某种事情，谁知道。柏子也不去想这个。他把妇人的身体，记得极其熟悉；一些转弯抹角地方，一些幽僻地方，恰如离开妇人身边一千里，也象可以用手摸，说得出尺寸。妇人的笑，妇人的动，也死死的象蚂蝗一样钉在心上。这就够了。他的所得抵得过一个月的一切劳苦，抵得过船只来去路上的风雨太阳，抵得过打牌输钱的损失，抵得过……他还把以后下行日子的快乐预支了。这一去又是半月或一月，他很明白的。以后也将高高兴兴的作工，高高兴兴的吃饭睡觉，因为今夜已得了前前后后的希望，今夜所"吃"的足够两个月咀嚼，不到两月他可又回来了。

他的板带钱已完了，这种花费是很好的一种花费。并且他也并不是全无计算，他已预先留下了一小部分钱，作为在船上玩牌用的。花了钱，得到些甚么，他是不去追究的。钱是在甚么情形下得来，又在甚么情形下失去，柏子不能拿这个来比较。总之比较有时象也比较过了，但结果不消说还是"合算"。

轻轻的唱着《孟姜女》，唱着《打牙牌》，到得跳板边时，柏子小心小心的走过去，预定的《十八摸》便不敢唱了——因为老板娘还在喂小船老板的奶，听到哄孩子声音，听到吮奶声音。

辰州河岸的商船各归各帮，泊船原有一定地方，各不相混。可是每一只船，把货一起就得到另一处去装货，因此柏子从跳板上摇摇荡荡上过两次岸，船就开了。

一九二八年五月作

（原载 1928 年 8 月《小说月报》第 19 卷第 8 期）

辰州河畔的风情

沈光明

关键词：水手；妓女；人性

毛手毛脚的水手，带着一身的泥巴和一个月的精力与积蓄，吹着哨子，跨进了盼望已久的吊脚楼。迎接他的是两条蛇一样的胳膊和一个软乎乎的脸盘。当然，辰州河上的水手与吊脚楼上的妓女的幽会不会像浪漫派文人那样含蓄雅致、曲曲折折，却也不失缠绵悱侧、柔情蜜意，只是多一点文人难以想象的粗鲁与强烈。他们也知道猜疑，但没有夸张的表白和虚假的泪，有的只是一种力的渗透与回答；他们的动作多于语言，愉悦多于烦恼。他们活得那样舒坦、自然、富于激情。他们身上，体现了另一世界的一种风情。

很显然，沈从文所描绘的不是我们所熟悉的文明世界里的芸芸众生。或者说，他不是用我们所习以为常的价值尺度来衡量他作品中的男女主人公的。在我们看来，一个水手，为人做事，以船为家，浪荡江湖，搏激流，过险滩，胸中早已贮满了不平的怒火，何至于唱歌般地对待生活？一个妓女，红颜已衰，卖笑为生，被人取乐，受尽凌辱，何至于强忍眼泪有真情？然而，沈从文似乎有意忽略这种人生的辛酸，他关注的只是人的另一种生存方式，即在生活中，并不始终背着沉重的精神十字架在岁月中呻吟，而是在可能的情况下去品尝人生的乐趣与真意。或者说，他们根本不把生活的磨难当成一回事，而是滋滋有味地品尝着人生的苦乐。受人役使的柏子和遭人凌辱的女人根本没有意识到自己的艰难处境，他们活得那样快活、轻松，好像幸福之门永远向他们洞开，好像他们从未感受到烦恼与忧伤。柏子和其他水手一样，把艰苦的劳动当作一种诗意的操作，当作一种勇敢的表现。他在桅杆顶上唱歌，摇摇晃晃中有着冒险的满足。如果能赢得几声喝彩或者引起吊脚楼上女人的注意，那是柏子预料中的最佳效果。至于兴致勃勃而又心急如焚地闯进吊脚楼，和楼上的女人缠绵一番，喝一杯茶，抽一口烟，便觉得像当了皇帝一样的快活。吊脚楼上的女人也没有把这种现金交易下的肉体出卖当成痛不欲生的羞辱，她们似乎在这种肉体出卖中又买回了水手们的那份真情和勇敢。这里，我们与其认为作者在作不真实的描写，不如说他在这种辰州河畔的风情描写中寄予了一种人生理想。用沈从文自己的话来说："故事在写实中依旧浸透一种抒情幻想成分"。（《沈从文小说选集·题记》）这种"抒情幻想成分"隐去了小说的写实性，凸显出来的是浸泡着作者人生理想的人生形态。所以，作者笔下的人物，乐观、勇敢、真诚，充满活力，富于激情，既无生活磨难的呻吟，又无道德强制的变态。虽不免粗糙野气，却也有那份情与爱。

当然，单单玩味于这种辰州风情，只能满足一种猎奇的心理。事实上，沈从文在津津乐道地讲述他的辰州河畔的故事时，隐含着相当强烈的对都市上流社会的反讽。沈从文曾说："请你试从我的作品里找出两个短篇对照看看，从《柏子》同《八骏图》看看，就可明白对于道德的态度，城市与乡村的好恶，知识分子与抹布阶级的爱憎，一个乡下人之所以为乡下人，如何显明具体反映在作品里。"（《从文小说习作选·习作选集代序》）很明显，沈从文是把《柏子》和《八骏图》作为对乡村与城市、抹布阶级与知识阶级不同的道德情感态度的代表作来看待的。这是沈从文所构筑的两个不同的文学世界。因此，当我们把《柏子》这篇描写湘西辰州河畔风情的小说放置在沈从文所构筑的湘西社会与都市社会这两个不同世界里进行考察的时候，我们不难理解沈从文笔下的水手、妓女们对生活达观、执着的人生态度。因为，这正是沈从文所呼唤的、所理想的。在沈从文看来，中国之所以在近代软弱无力，任人宰割，其原因就在于传统的道德文化异常发达与完备，遏制了人性的自然发展，以致造成了一种虚伪狡诈、胆小怕事的畸形人格。沈从文正是怀着这种民族忧患意识才把他的注意力集中在古朴坚实的湘西大地上，集中在横贯湘西又充满活力的辰州河畔上。因为这里"没有乡愿的'教训'，没有腐儒的'思想'，有的只是一点属于人性的真诚情感"（沈从文《看虹摘星录·后记》）。尽管这里也滋生着文明社会的种种弊病，如卖淫、剥削、鸦片泛道，但还不失淳朴优美的古风；尽管这里的男男女女灵魂粗糙，头脑简单，但过着充分人性化的生活。他们正直、勇敢、朴素、善良，正是现代中国人所需求的，连同那点野性与强烈的原始生命力。沈从文正是怀着这种重建民族品格与灵魂的善良愿望，对他笔下的人物与生活作了诗化的处理。

这种诗化的处理，在艺术上便达到了一种散文诗化的效果。我们与其把《柏子》看成一篇小说，不如把它看成一篇散文，一篇贯注着辰州河畔特异风情的采风录。这种风情小说，不是以刻画人物性格见长，也不以情节的曲折生动取胜，而是以描绘一种独特的生活场景和奇风异俗吸引读者。《柏子》中，柏子和那个吊脚楼上的妓女，其性格并不鲜明，结构也近乎散漫，但水手们在船上桅杆上乐观豪爽的动作和做爱时热烈粗犷的情态却活灵活现。再加上沈从文那舒缓而又清丽的文笔，给这幅风情画添了一层淡淡的诗意。读者在一种情绪的颤动中领略了辰州河畔那种特异的风情与作者那种潜隐的悲哀。

思 考 题

1. 分析这篇风俗小说体现的沈从文的人生理想。

2. 这篇小说的文体有何特点？

延 伸 阅 读

沈从文：《丈夫》《在别一个国度里》《八骏图》

参 考 文 献

1. 刘洪涛、杨瑞仁编：《沈从文研究资料》（上、下），天津人民出版社 2006 年版。

2.［美］金介甫：《他从凤凰来：沈从文传》，符家钦译，新星出版社 2018 年版。

3. 袁先欣：《沈从文三十年代中后期湘西叙述中的民族与区域》，《文学评论》2021 年第 2 期。

梅雨之夕 ————————————————————————

施蛰存

梅雨又凄凄地降下了。

对于雨，我倒并不觉得嫌厌，所嫌厌的是在雨中疾驰的摩托车的轮，它会得溅起泥水猛力地洒上我的衣裤，甚至会连嘴里也拜受了美味。我常常在办公室里，当公事空闲的时候，凝望着窗外淡白的空中的雨丝，对同事们谈起我对于这些自私的车轮的怨苦。下雨天是不必省钱的，你可以坐车，舒服些。他们会这样善意地劝告我。但我并不曾屈就了他们的好心，我不是为了省钱，我喜欢在滴沥的雨声中撑着伞回去。我的寓所离公司是很近的，所以我散工出来，便是电车也不必坐，此外还有一个我所以不喜欢在雨天坐车的理由，那是因为我还不曾有一件雨衣，而普通在雨天的电车里，几乎全是裹着雨衣的先生们，夫人们或小姐们，在这样一间狭窄的车厢里，滚来滚去的人身上全是水，我一定会虽然带着一把上等的伞，也不免满身淋漓地回到家里。况且尤其是在傍晚时分，街灯初上，沿着人行路用一些暂时安逸的心境去看看都市的雨景，虽然拖泥带水，也不失为一种自己的娱乐。在蒙雾中来来往往的车辆人物，全都消失了清晰的轮廓，广阔的路上倒映着许多黄色的灯光，间或有几条警灯的红色和绿色在闪烁着行人的眼睛。雨大的时候，很近的人语声，即使声音很高，也好像在半空中了。

人家时常举出这一端来说我太刻苦了，但他们不知道我会得从这里找出很大的乐趣来，即使偶尔有摩托车的轮溅满泥泞在我身上，我也并不曾因此而改了我的习惯。说是习惯，有什么不妥呢，这样的已经有三四年了。有时也偶尔想着总得买一件雨衣来，于是可以在雨天坐车，或者即使步行，也可以免得被泥水溅着了上衣，但到如今这仍然留在心里做一种生活上的希望。

在近来的连日的大雨里，我依然早上撑着伞上公司去，下午撑着伞回家，每天都是如此。

昨日下午，公事堆积得很多。到了四点钟，看看外面雨还是很大，便独自留下在公事房里，想索性再办了几桩，一来省得明天要更多地积起来，二来也借此避雨，等它小一些再走。这样地竟逗留到六点钟，雨早已止了。

走出外面，虽然已是满街灯火，但天色却转清朗了。曳着伞，避着檐滴，缓步过去，从江西路走到四川路桥，竟走了差不多有半点钟光景。邮政局的大钟已是六点二十五分了。未走上桥，天色早已重又冥晦下来，但我并没有介意，因为晓得是傍晚的时分了，刚走到桥头，急雨骤然从乌云中漏下来，潇潇的起着繁音。看下面北四川路上和苏州河两岸行人的纷纷乱窜乱避，只觉得连自己心里也有些着急。他们在着急些什么呢？他们也一定知道这降下来的是雨，对于他们没有生命上的危险，但何以要这样急迫地躲避呢？说是为了恐怕衣裳给淋湿了，但我分明看见手中持着伞的和身上披了雨衣的人也有些脚步跟跄了。我觉得至少这是一种无意识的纷乱。但要是我不会感觉到雨中闲行的滋味，我也是会得和这些人一样地急突地奔下桥去的。

何必这样的奔逃呢，前路也是在下着雨，张开我的伞来的时候，我这样漫想着。不觉已走过了天潼路口。大街上浩浩荡荡地降着雨，真是一个伟观，除间或有几辆摩托车，连续地冲破了雨仍旧钻进了雨中地疾驰过去之外，电车和人力车全不看见。我奇怪他们都躲到什么地方去了。至于人，行走着的几乎是没有，但在店铺的檐下或蔽荫下是可以一团一团地看得见，有伞的和无伞的，有雨衣的和无雨衣的，全都聚集着，用嫌厌的眼望着这奈何不得的雨。我不懂他们这些雨具是为了怎样的天气而买的。

至于我，已经走近文监师路了。我并没什么不舒服，我有一把好的伞，脸上绝不会给雨淋湿，脚上虽然觉得有些潮扭扭，但这至多是回家后换一双袜子的事。我且行且看着雨中的北四川路，觉得朦胧的颇有些诗意。但这里所说的"觉得"，其实也并不是什么具体的思绪。除了"我该得在这里转弯了"之外，心中一些也不意识着什么。

从人行路上走出去，探头看看街上有没有往来的车辆，刚想穿过街去转入文监师路，但一辆先前并没有看见的电车已停在眼前。我止步了，依然退进到人行路上，在一支电杆边等候着这辆车的开出。在车停的时候，其实我是可以安心地对穿过去的，但我并不会这样做。我在上海住得很久，我懂得走路的规则，我为什么不在这个可以穿过去的时候走到对街去呢，我没知道。

我数着从头等车里下来的乘客。为什么不数三等车里下来的呢？这里并没有故意的挑选，头等座在车底前部，下来的乘客刚在我面前，所以我可以很看得清楚。第一个，穿着红皮雨衣的俄罗斯人，第二个是中年的日本妇人，她急急地下了车，撑开了手里提着的东洋粗柄雨伞，缩着头鼠窜似地绕过车前，转进文监师路去了。我认识她，她是一家果子店的女店主。第三，第四，是像宁波人似的我国商人，他们都穿着绿色的橡皮华式雨衣。第五个下来的乘客，也即是末一个了，是一位姑娘。她手里没有伞，身上也没有穿雨衣，好像是在雨停止了之后上电车的，而不幸在到目的地的时候却下着这样的大雨。我猜想她一定是从很远的地方上车的，至少应当在卡德路以上的几站吧。

她走下车来，缩着瘦削的，但并不露骨的双肩，窘迫地走上人行路的时候，我开始注意着她的美丽了。美丽有许多方面，容颜的姣好固然一重要素，但风仪的温雅，肢体的停匀，甚至谈吐的不俗，至少是不惹厌，这些也有着份儿，而这个雨中的少女，我事后觉得她是全适合这几端的。

她向路的两边看了一看，又走到转角上看着文监师路。我晓得她是急于要招呼一辆人力车。但我看，跟着她的眼光，大路上清寂地没有一辆车子徘徊着，而雨还尽量地落下来。她旋即回了转来，躲避在一家木器店的屋檐下，露着烦恼的眼色，并且蹙着细淡的修眉。

我也便退进在屋檐下，虽则电车已开出，路上空空地，我照理可以穿过去了。但我何以不穿过去，走上了归家的路呢？为了对于这个少女有什么依恋么？并不，绝没有这种依恋的意识。但这也决不是为了我家里有着等候我回去在灯下一同吃晚饭的妻，当时是连我已有妻的思想都不会有，面前有着一个美的对象，而又是在一重困难之中，孤寂地单身呆立着望这永远地，永远地垂下来的梅雨，只为了这些缘故，我不自觉地移动了脚步站在她旁边了。

虽然在屋檐下，虽然没有粗重的檐溜滴下来，但每一阵风会得把凉凉的雨丝吹向我们。我有着伞，我可以如中古时期骁勇的武士似地把伞当作盾牌，挡着扑面袭来的雨丝的箭，但这个少女却身上间歇地被淋得很湿了。薄薄的绸衣，黑色也没有效用了，两支手臂已被画出了它们的圆润。她屡次旋转身去，侧立着，避免这轻薄的雨之侵袭她的前胸。肩臂上受些雨水，让衣裳贴着了肉倒不打紧吗？我曾偶尔这样想。

天晴的时候，马路上多的是兜搭生意的人力车。但现在需要它们的时候，却反而没有了。我想着人力车夫的不善于做生意，或许是因为需要的人太多了，供不应求，所以即使在这样繁盛的街上，也不见一辆车子的踪迹。或许车夫也都在避雨呢，这样大的雨，车夫不该避一避吗？对于人力车之有无，本来用不到关心的我，也忽然寻思起来，我并且还甚至觉得那些人力车夫是可恨的，为什么你们不拖着车子走过来接应这生意呢，这里有一位美丽的姑娘，正窘立在雨中等候着你们的任何一个。

如是想着，人力车终于没有踪迹。天色真的晚了。远处对街的店铺门前有几个短衣的男子已经等得不耐而冒着雨，他们是拼着淋湿一身衣裤的，跨着大步跑去了。我看这位少女的长眉已颦蹙得更紧，眸子莹然，像是心中很着急了。她的忧闷的眼光正与我的互相交换，在她眼里，我懂得我是正受着诧异，为什么你老是站在这里不走呢。你有着伞，并且穿着皮鞋，等什么人么？雨天在街路上等谁呢？眼睛这样锐利地看着我，不是没怀着好意么？从她将钉住着在我身上打量我的眼光移向着阴黑的天空的这个动作上，我肯定地猜测她是在这样想着。

我有着伞呢，而且大得足够容两个人蔽荫的，我不懂何以这个意识不早就觉醒了我。但现在它觉醒了我将使我做什么呢？我可以用我的伞给她障住这样的淫雨，我可以陪伴她走一段路去找人力车，如果路不多，我可以送她到她的家。如果路很多，又有什么不成呢？我应当跨过这一箭路，去表白我的好意吗？好意，她不会有什么别方面的疑虑吗？或许她会得像刚才我所猜想着的那样误解了我，她便会得拒绝了我。难道她宁愿在这样不止的雨和风中，在冷静的夕暮的街头，独自个立到很迟吗？不啊！雨是不久就会停的，已经这样连续不断地降下了……多久了，我也完全忘记了时间的在雨水中间流过。我取出时计来，七点三十四分。一小时多了。不至于老是这样地降下来吧，看，排水沟已经来不及渲泄，多量的水已经积聚在它上面，打着旋涡，挣扎不到流下去的路，不久怕会溢上了人行道么？不会的，决不会有这样持久的雨，再停一会，她一定可以走了。即使雨不就停止，人力车大约总能够来一辆的。她一定会不管多大的代价坐了去的。然则我是应当走了么？应当走了。为什么不？……

这样地又十分钟过去了。我还没有走。雨没有住，车儿也没有影踪。她也依然焦灼地立着。我有一个残忍的好奇心，如她这样的在一重困难中，我要看她终于如何处理她自己。看着她这样窘急，怜悯和旁观的心理在我身中各占了一半。

她又在惊异地看着我。

忽然，我觉得，何以刚才会不觉得呢，我奇怪，她好像在等待我拿我的伞贡献给她，并且送她回去，不，不一定是回去，只是到她所需要到的地方去。你有伞，但你不走，你愿意分一半伞荫蔽我，但还在等待什么更适当的时候呢？她的眼光在对我这样说。

我脸红了，但并没有低下头去。

用羞赧来对付一个少女的注目，在结婚以后，我是不常有的。这是自己也随即觉得可怪了。我将用何种理由来譬解我的脸红呢？没有！但随即有一种男子的勇气升上来，我要求报复，这样说或许是较严重了，但至少是要求着克服她的心在我身里急突地催促着。

终归是我移近了这少女，将我的伞分一半荫蔽她。

——小姐，车子恐怕一时不会得有，假如不妨碍，让我来送一送罢。我有着伞。

我想说送她回府，但随即想到她未必是在回家的路上，所以结果是这样两用地说了。当说着这些话的时候，我竭力做得神色泰然，而她一定已看出了这勉强的安静的态度后面藏匿着的我的血脉之急流。

她凝视着我半微笑着。这样好久。她是在估量我这种举止的动机，上海是个坏地方，人与人都用一种不信任的思想交际着！她也许是正在自己委决不下，雨真的在短时期内不会止么？人力车真的不会来一辆么？要不要借着他的伞姑且走起来呢？也许转一个弯就可以有人力车，也许就让他送到了。那不妨事么？……不妨事。遇见了认识人不会猜疑吗？……但天太晚了，雨并不觉得小一些。

于是她对我点了点头，极轻微地。

——谢谢你。朱唇一启，她进出柔软的苏州音。

转进靠西边的文监师路，响着雨声的伞下，在一个少女的旁边，我开始诧异我的奇遇。事情会得展开到这个现状吗？她是谁，在我身旁同走，并且让我用伞荫蔽着她，除了和我的妻之外，近几年来我并不曾有过这样的经历。我回转头去，向后面斜看，店铺里有许多人歇下了工作对我，或是我们，看着。隔着雨的眬蒙，我看得见他们的可疑的脸色。我心里吃惊了，这里有着我认识的人吗？或是可有着认识她的人吗？……再回看她，她正低下着头，拣着踏脚地走。我的鼻刚接近她的鬘发，一阵香。无论认识我们之中任何一个人，看见了这样的我们的同行，会怎样想？……我将伞沉下了些，让它遮蔽到我们的眉额。人家除非低下身子来，不能看见我们的脸面。这样的举动，她似乎很中意。

我起先是走在她的右边，右手执着伞柄，为了要让她多得些荫蔽，手臂便凌空了。我开始觉得手臂酸痛，但并不以为是一种苦楚。我侧眼看她，我恨那个伞柄，它遮隔了我的视线。从侧面看，她并没有从正面看那样的美丽。但我却从此得到了一个新的发现：她很像一个人。谁？我搜寻着，我搜寻着，好像记得，岂但……几乎每日都在意中的，一个我认识的女子，像现在身旁并行着的这个一样的身材，差不多的面容，但何以现在百思不得了呢？……啊，是了，我奇怪为什么我竟会得想不起来，这是不可能的！我的初恋的那个少女，同学，邻居，她不是很像她吗？这样的从侧面看，我与她离别了好几年了，在我们相聚的最后一日，她还只有十四岁，……一年……二年……七年了呢。我结婚了，我没有再看见她，想来长成得更美丽了……但我并不是没有看见她长大起来，当我脑中浮起她的印象来的时候，她并不还保留着十四岁的少女的姿态。我不时在梦里，睡梦或白日梦，看见她在长大起来，我曾自己构成她是个美丽的二十岁年纪的少女。她有好的声音和姿态，当偶然悲哀的时候，她在我的幻觉里会得是一个妇人，或甚至是一个年轻的母亲。

但她何以这样的像她呢？这个容态，还保留十四岁时候的余影，难道就是她自己么？她为什么不会到上海来呢？是她！天下有这样容貌完全相同的人么？不知她认出了我没有……我应该问问她了。

——小姐是苏州人么？

——是的。

确然是她，罕有的机会啊！她几时到上海来的呢？她的家搬到上海来了吗？还是，哎，我怕，她嫁到上海来了呢？她一定已经忘记我了，否则她不会允许我送她走。……也许我的容貌有了改变，她不能再认识我，年数确是很久了。……但她知道我已经结婚吗？

要是没有知道，而现在她认识了我，怎么办呢？我应当告诉她吗？如果这样是需要的，我将怎么措辞呢？……

我偶然向道旁一望，有一个女子倚在一家店里的柜上。用着忧郁的眼光，看着我，或者也许是在看着她。我忽然好像发现这是我的妻，她为什么在这里？我奇怪。

我们走在什么地方了。我留心看。小菜场。她恐怕快要到了。我应当不失了这个机会。我要晓得她更多一些，但要不要使我们继续已断的友谊呢，是的，至少也得是友谊？还是仍旧这样地让我在她的意识里只不过是一个不相识的帮助女子的善意的人呢？我开始踌躇了。我应当怎样做才是最适当的。

我似乎还应该知道她正要到哪里去。她未必是归家去吧。家——要是父母的家倒也不妨事的，我可以进去，如像幼小的时候一样。但如果是她自己的家呢？我为什么不问她结婚了不曾呢……或许，连自己的家也不是，而是她的爱人的家呢，我看见一个文雅的青年绅士。我开始后悔了，为什么今天这样高兴，剩下妻在家里焦灼地等候着我，而来管人家的闲事呢。北四川路上，终于会有人力车往来的？即使我不这样地用我的伞伴送她，她也一定早已能雇到车子了。要不是自己觉得不便说出口，我是已经会得剩了她在雨中反身走了。

还是再考验一次罢。

——小姐贵姓？

——刘。

刘吗？一定是假的。她已经认出了我，她一定都知道了关于我的事，她哄我了。她不愿意再认识我了，便是友谊也不想继续了。女人！……她为什么改了姓呢？……也许这是她丈夫的姓？刘……刘什么？

这些思想的独白，并不占有了我多少时候。它们是很迅速地翻舞过我的心里，就在与这个好像有魅力的少女同行过一条马路的几分钟之内。我的眼不常离开她，雨到这时已在小下来也没有觉得。眼前好像来来往往的人在多起来了，人力车也恍惚看见了几辆。她为什么不雇车呢？或许快要到达她的目的地了。她会不会因为心里已认识了我，不敢断认，所以故意延滞着和我同走么？

一阵微风，将她的衣缘吹起，飘荡在身后。她扭过脸去避对面吹来的风，闭着眼睛，有些娇媚。这是很有诗兴的姿态，我记起日本画伯铃木春信的一帧题名叫"夜雨宫诣美人图"的画。提着灯笼，遮着被斜风细雨所撕破的伞，在夜的神社之前走着，衣裳和灯笼都给风吹卷着，侧转脸儿来避着风雨的威势，这是颇有些洒脱的感觉。现在我留心到这方面了，她也有些这样的风度。至于我自己，在旁人眼光里，或许成为她的丈夫或情人了，我很有些得意着这种自譬的假饰。是的，当我觉得她确是幼小时候初恋着的女伴的时候，我是如像真有这回事似地享受着这样的假饰。而从她鬓边颊上被潮润的风吹过来的粉香，我也闻嗅得出是和我妻所有的香味一样的。……我旋即想到古人有"担簦亲送绮罗人"那么一句诗，是很适合于今日的我的奇遇的。铃木画伯的名画又一度浮现上来了。但铃木的所画的美人并不和她有一些相像，倒是我妻的嘴唇却与画里的少女的嘴唇有些仿佛的。我再试一试对于她的凝视，奇怪啊，现在我觉得她并不是我适才所误会着的初恋的女伴了。她是另外一个不相干的少女。眉额，鼻子，颧骨，即使说是有年岁的改换，也绝对地找不出一些踪迹来。而我尤其嫌厌着她的嘴唇，侧看过去，似乎太厚一些了。

我忽然觉得很舒适，呼吸也更通畅。我若有意无意地替她撑着伞，徐徐觉得手臂太酸痛之外，没什么感觉。在身旁由我伴送着的这个不相识的少女的形态，好似已经从我的心的樊笼中被释放了出去。我才觉得天已完全夜了，而伞上已听不到些微的雨声。

——谢谢你，不必送了，雨已经停了。

她在我耳朵边这样地嘤响。

我蓦然惊觉，收拢了手中的伞。一缕街灯的光射上了她的脸，显着橙子的颜色。她快要到了吗？可是她不愿意我伴她到目的地，所以趁此雨已停住的时候要辞别我吗？我能不能设法看一看她究竟到什么地方去呢？……

——不要紧，假使没有妨碍，让我送到了罢。

——不敢当呀，我一个人可以走了，不必送罢。时光已是很晚了，真对不起得很呢。

看来是不愿我送的了。但假如还是下着大雨便怎么了呢？……我怨怼着不情的天气，何以不再继续下半小时雨呢，是的，只要再半小时就够了。一瞬间，我从她的对于我的凝视——那是为了要等候我的答话——中看出一种特殊的端庄，我觉得凛然，像雨中的风吹上我的肩膀。我想回答，但她已不再等候我。

——谢谢你，请回转罢，再会。……

她微微地侧面向我说着，跨前一步走了，没有再回转头来。我站在中路，看她的后影，旋即消失在黄昏里。我呆立着，直到一个人力车夫来向我兜揽生意。

在车上的我，好像飞行在一个醒觉之后就要忘记了的梦里。我似乎有一桩事情没有做完成，我心里有着一种牵挂。但这并不会很清晰地意识着。我几次想把手中的伞张起来，可是随即会自己失笑这是无意识的。并没有雨降下来，完全地晴了，而天空中也稀疏地有了几颗星。

下车了，我叩门。

——谁？

这是我在伞底下伴送着走的少女的声音！奇怪，她何以又会在我家里？……门开了。堂中灯火通明，背着灯光立在开着一半的大门边的，倒并不是那个少女。朦胧里，我认出她是那个倚在柜台上用嫉妒的眼光看着我和那个同行的少女的女子。我惝恍地走进门。在灯下，我很奇怪，为什么从我妻的脸色上再也找不出那个女子的幻影来。

妻问我何故归家这样的迟，我说遇到了朋友，在沙利文吃了些小点，因为等雨停止，所以坐得久了。为了要证实我这谎话，夜饭吃得很少。

（选自《梅雨之夕》，新中国书局 1933 年版）

微妙心灵世界的探幽

罗　田

关键词：都市人；心理意识；幻美

在那交织着蒙蒙的梅雨和溶溶灯光的大都市街头，一位痴情男子送着一位陌生的躲雨的姑娘，由此揭开了一个男人的心理情感世界——这就是施蛰存的心理分析小说《梅雨之夕》所展示的一幅清丽淡雅的"心画"。

首先，作者抓住男女双方心理定势的异向发展的特点来展示人物的心态。小说男主人公本是带着对都市生活的"嫌厌"情绪，带着在雨雾迷蒙的自然里寻找慰藉的心情缓步归家的。在这寻求"暂时的安逸与娱乐"的主观意愿形成的心理定势下，小说在他意外的美遇中描写他由欣赏到爱护，到迷醉，到遐想，到惆怅的心理，在他那冥渺无涯的潜意识的海里，一个精灵在颤动，在不住地跳跃。女主人公呢，是在毫无准备之下突然遇到这场大雨的。她刚从电车上下来，雨就把她赶到了屋檐下，她急于找人力车。由实用知觉形成的固定心理定势，使她无心旁顾。她"孤寂地只身呆立着望着永远地，永远地垂下来的梅雨"，"露着烦恼的眼色"，"雨"占据了她的全意识。一个痴情男子，一个美丽姑娘；一个暗喜着雨下个不停，一个焦急地盼望雨止天晴；一个心里是晴朗的，一个心里是阴郁的。小说的机趣不在于表现男女心态的异向发展，而在于表现：当这位姑娘带着焦急不安的心情在躲雨，没有一丁点的闲情雅兴，甚至没有丝毫的"爱"的意识的时候，这位多情的男子却在独自静悄悄地时忧时乐地欣赏着她，而她却一无所知！

其次，作者极有层次地、立体地展示了男主人公的心灵历程。当陌生的姑娘刚出现在他面前时，只是那"窘迫"的样子引起了他的注意，继而，她那娇弱的体态引起了他的怜惜，他想帮助她，但"自尊的需要"又唤起了他的疑虑："不是没怀着好意么？"但这自尊和怜惜、爱护之情相混合后，又生出了一种希冀对方了解、信任的"自我实现的需要"。终于，心灵通过眼睛这个窗口传递了新的信息，当她再一次"惊异地"看他时，他感觉对方仿佛洞穿了他心里的活动而"脸红了"。到此，他的心理已经历了一个由欣赏、注意、好奇、旁观到怜惜、关心、疑虑而羞赧的复杂、曲折的过程。这羞赧又激起掩饰自己某种自我实现的需要。当她再次传来心灵的信息，放出"微笑"时，他才鼓起"男子的勇气"去帮助她。这是一个多么艰难的完成！这个细微、曲折的心理过程的描绘，展示了小说人物一步步克服心理障碍，不停地作自我调节的心灵历程，使读者获得清晰可触的立体感和真实自然的亲切感。在小说技法上，它通过人物心绪的变化，配合淅淅沥沥、绵绵不断的雨丝，幽淡迷蒙的灯光，渲染出一种若隐若现的艺术氛围，造成一种若即若离的情感联系，给人物心理情绪的继续发展起到"蓄势"作用。

再次，作者通过人物的某些特殊感觉——幻觉和错觉，发掘了人物深层心理结构中的情感因素。当男女主人公在浸染着橘黄色灯光的雨幕里共伞并肩而行时，一种新奇的感觉使他差不多陶醉了。由于动机实现后所产生的愉悦感，由于特殊情境产生的新奇感，加之男主人公过分的注意力集中，加之他那高度的紧张与极度的激动心理，引起了他心理感觉的变异与错位：街店旁的一个女子，竟是他的妻！正在用"忧郁的眼光"瞧他。他一阵紧张、慌促、奇怪。这种错觉，是一种深层意识的极其复杂的变异反应，是包含着情感的、责任的、理性的、道义的等多种因素交织而成的变异反应。作者的笔触，继续在人物表层意识与深层意识的交汇处开掘。当他隔着伞柄偷偷瞧她的侧面的脸型时，奇怪！竟是他"初恋的那个少女"！当他尚未理清这惊喜发现引起的纷乱时，便喜极而悲：他为她将变成一个妇人而"悲哀"。这既是心理失控时情绪的不稳定性、不确定性表现，一种悲喜交替的变奏曲，也是一种极度的激动中引起的爱的心理的变态反应。作者以轻灵的笔触，刻画出了人物心灵深处这种一晃即逝而变化无端的意绪。这种人物内心隐秘的意识显现的一刹那，这种最容易被人忽视的两极对立的心态变化，作者迅速、准确地捕捉到了，并极为细腻、深刻地刻画出来了。这种发幽抉微的笔法，正是施蛰存心理分析小说艺术表现的长处。同时，作者对人物神态的点绘，不仅使这幅清幽淡雅的"心画"具体化，而且将人物心里冥渺幽远的深层意识以形象固定了下来。请看："一阵微风，将她的衣缘吹起，飘荡在身后。她扭过脸去避对面吹来的风，闭着眼睛，有些娇媚。"这与其说是男主人公眼中的形象，不如说是他独特的心理意象。由此唤起了他沉睡的美感经验，记起了《夜雨宫诣美人图》。此时此刻，画中人，意中人，初恋的少女，家中的妻子，眼前的美人，由内心幻觉而重新复选，构成了一个新的意象。这种心理幻觉和由此激发的联想，把小说所呈现的"心画"推向了一个新的艺术意境——一个主客体交融，过去与现在勾连，情感经验与审美经验化合，"爱"与"不得所爱"的两极心理溶解，意中人与眼中人叠合的亦幻亦真、和谐优美的意境。

最后需要指出的是，作者在描写人物心态变化时，没有忘记人物潜在的集体无意识因素和社会伦理观念对人物心理的制约与控制，如男主人公感觉到的"人与人都用了一种不信任的思想交际着"的现实环境。因而，小说将社会性特征与生理性特征自然、恰当地统一在人物的心理感觉中，从而显示了其真正意义上的心理分析小说的本质特征。

思 考 题

1. 分析这篇小说体现的新感觉派心理描写的特征。

2. 小说中的男主人公的心理感觉体现了怎样的思想意蕴？与戴望舒的《雨巷》比较，两者有何异同？

延 伸 阅 读

施蛰存：《春阳》《周夫人》《上元灯》《将军底头》

参 考 文 献

1. 杨迎平：《永远的现代——施蛰存论》，光明日报出版社 2007 年版。

2. 李俊国：《中国现代都市小说研究》，中国社会科学出版社 2004 年版。

3. 李欧梵：《"怪诞"与"着魅"：重探施蛰存的小说世界》，《现代中文学刊》2015 年第 3 期。

围城（存目）

钱锺书

中西文化交汇中的"畸形儿"

王学谦

关键词：知识分子；中西文化；反省

钱锺书的《围城》作为一部优秀的长篇小说，具有丰富而独特的审美价值。比如，那种铺张、细腻、机智、幽默的讽刺风格，那种将中西方文化典故随手拈来，运用自如的智慧，皆呈现出独特的艺术魅力。在此，我们拟就小说里那群知识分子形象作些分析。

《围城》以抗日战争为背景，以留学归国的方鸿渐的生活道路为主要线索，牵扯出一群卑劣、平庸的知识分子。关于知识分子卑劣、平庸的灰暗生活、阴郁心理，在新文学诞生之初就已经成为小说的表现对象了。鲁迅的小说就辛辣地讽刺了封建卫道者四铭的卑劣、污浊的内心。叶圣陶也讽刺了潘先生苟且偷安的小市民庸俗性格。但是，这样的知识分子，大都是小镇上的土著人物，而《围城》中的这些知识分子，却是留过学、见过大世面的教授、学者，是西方化了的知识分子。

这些知识分子在全民族抗战、国家危亡的紧要关头，没有投身抗日救国运动的崇高理想，却陷在狭小、卑琐的生活中，为女人，为名利，怀着极端利己主义思想，勾心斗角，蝇营狗苟。小说从细微之处，以细腻的笔法，描绘出这些西化了的知识分子的精神病态。鲍小姐放浪妖冶，她在归国的船上勾引方鸿渐，并和他同居，可是下了船就抛开他，一头扑进未婚夫的怀抱。文学博士苏文纨是个大家闺秀，既有阔家小姐的清高自傲，又有老处女的自卑和尖酸刻薄，有时甚至兼有王熙凤式的心狠手辣。她得不到方鸿渐，也决不让方鸿渐得到唐晓芙。后来，她又在香港和重庆之间倒运贵重商品，这个清高的小姐身上又表现出了铜臭味。董斜川当过驻外使馆的军事参赞，却开口乾嘉，闭口同光，是个地地道道的封建遗少。他特别憎恨新诗和女诗人，对于女性，则继承了老派名士的态度，对妓女谑浪玩弄，对朋友的妻子却眼观鼻，鼻观心，不敢平视。褚慎明以哲学家自居，实际上是个不学无术的好色之徒。他靠外国哲学家的三四十封回信，吓倒了无数人。他在研究数理逻辑时，满脑子是女人，由某个单词就可以联想到接吻、后臀。李梅亭是个封建遗老，自私、悭吝、好色、官瘾十足。大家饿肚子，他却独自偷着买烤白薯吃。孙小姐有病，他舍不得拿出一包仁丹，因为他觉得孙小姐对他的态度还不值一包仁丹。他好色，不论是对孙小姐，还是对路上遇到的寡妇，一律感兴趣。可是他当上三闾大学训导长后，却冠冕堂皇地禁止未婚男教师当女学生的导师，以正校风。汪处厚靠着侄子是部里次长而当上了三闾大学中文系主任。他相信命运，善于权术，又保留着前清习气。韩学愈是个不学无术的骗子，在国外，他花钱买了一个假博士文凭，还把自己在国外找职业登的广告，当作自己的学术著作，把自己在国内娶的白俄老婆称为美国小姐。他害怕露出破绽，极力玩弄权术，先是收买人心，然后挤走知情者。高松年以老科学家自居，实则虚伪狡诈，心灵猥琐。这些灵魂丑恶的知识分子，在钱锺书的笔下活灵活现、栩栩如生。

褚慎明说："关于 Bertie 结婚离婚的事，我也和他谈过。他引一句英国古话，说结婚仿佛金漆的鸟笼，笼子外面的鸟想住进去，笼内的鸟想飞出来；所以结而离，离而结，没有了局。"苏文纨说："法国也有这么一句话。不过，不说是鸟笼，说是被围困的城堡 fortresses assiegee，城外的人想冲进来，城里的人想逃出来。"他们自以为看破了人生和社会的一切，这两句话其实正绝妙地道出了他们自己的真实处境和心理状态。他们自己才是金漆鸟笼内外的鸟、城堡内外的人。他们的天地，他们的胸襟，无论是住进鸟笼还是飞出鸟笼，无论是冲进城堡还是冲出城堡，都狭小得可怜。如果说这两句话具有形而上的巨大概括意义的话，那么，它的确超越时空，概括出中国近现代社会中西文化冲突中一类知识分子的人生境况，他们始终陷于狭小的生活圈子里，卑劣、庸俗地消耗着自己的生命，这是极为暗淡、可怜的人生。

这些人物，正是半殖民地半封建社会的旧中国的产物。正如作者所说的那样，是"现代中国某一部分社会、某一类人物"（《围城·序》）。当作者把他那辛辣的讽刺笔芒指向这一群病态的知识分子的时候，无疑对孕育这些人的病态社会现实也就具有深刻而有力的否定意义。然而，小说的意义不仅仅在于指出了这些知识分子的精神病态的现实社会根源，而且在于深刻地发掘了这种精神病态的文化原因，其中蕴含着对中西方文化碰撞中的知识分子精神病态的独特的文化反思。

这些知识分子都留过学，较多地受过西方文化的影响。在这些知识分子的意识和行为上，根本找不到五四时期一代先觉者呼唤的那种科学与民主的精神。他们既没有寻求光明、反抗不合理的黑暗现实的强烈而坚定的个性主义，又没有同情苦难者的人道主义。相反，他们拾来的是西方的"下九流"文化，沾染上了发国难财的奸商的铜臭味，知道借外国哲学家张扬自己的名声，狐假虎威，学会了极端个人主义，争权夺利，勾心斗角，只知有我，不知有国。这些知识分子根本就没有摆脱掉封建文化的古老阴魂，他们是以积淀着浓厚的封建文化劣根性的阴暗心理扑向大洋彼岸的。小说透过他们的西装、领带，挖出那些浸泡着封建文化的毒汁的陈腐的灵魂。以封建文化的劣根性去迎合西方文化，其结果，就造就了他们的精神病态。这一点，在方鸿渐的性格上得到最充分的体现。

方鸿渐是小说中贯穿始终的主要人物。他不过是一个封建家庭孕育出来的纨绔子弟。但他不是那种衙内式的专横霸道的纨绔子弟，他也瞧不起那种游手好闲、不务正业、无所事事、碌碌无为、软弱无能的纨绔子弟。他父亲是个前清举人，他的家庭充斥着陈腐的封建气息。繁琐的礼仪，陈规陋习，妯娌间的争斗，让人不堪忍受。他去北平读大学，也是个"无用之人"，"学不了土木工程，在大学里从社会学系转哲学系，最后转入中国文学系毕业"。他留学，既无科学救国的宏图大志，也无求知的欲望，而是在西洋风的吹拂之下随波逐流来到欧洲的。他到了欧洲，"既不钞敦煌卷子，又不访《永乐大典》，也不找太平天国文献，更不学蒙古文、西藏文或梵文。四年中倒换了三个大学，伦敦、巴黎、柏林，随便听几门功课，兴趣颇广，心得全无，生活尤其懒散"。归国前，为了满足父亲、岳父的愿望，买了一张假博士文凭，多年的留学，根本没有领会任何西方文化真谛，难怪他给学生们讲西洋文化与中国的时候，说西洋文化对中国的影响，只有鸦片、梅毒。

他在爱情、婚姻方面，更多地表现出孟浪、轻浮，并没有渴求真正爱情的坚定、执着。他在归国的船上，明知鲍小姐是有夫之妇，却与她同居。他明明不爱苏文纨，却向她献殷勤，与之周旋。他对唐晓芙不无真诚，却又显得猥猥琐琐。他不爱孙柔嘉，又抵抗不住她的巧妙进攻，结果和孙柔嘉结婚。婚后，他陷于无休止的家庭亲属之间的摩擦纠纷之中，无力自拔。他既没有勇气做封建家庭的逆子，又没有能力做孝子；既没有"夫为妻纲"的气概，又不能成为妻子的柔顺丈夫。他处在困境中，好像有各色的手抓住他。最后，他不得不和孙柔嘉分手。在事业上，他也和在婚姻方面一样，无所作为。在三闾大学同事之间的争斗中，他几乎是迷迷糊糊地被挤走的。回到上海，他在报馆工作不到几天，又准备到重庆去工作。总之，方鸿渐是中西文化交汇中的一个"畸形儿"，在爱情、婚姻、事业诸方面，都显得平庸、软弱、碌碌无为。钱锺书通过对方鸿渐等灰色的知识分子的灵魂剖示，揭示出借鉴西方文化，必须有对中国传统文化的深刻反省，斩断与封建腐朽文化的联系，才可能达到中西文化的健康交汇。《围城》从知识分子对西方文化接受的本质特征入手，发掘出古老的封建主义文化幽灵，从而更为深刻地批判了封建文化。从这个方面理解"《围城》是现代的《儒林外史》"，也许更为确切。

思 考 题

1. 这篇小说体现了作者对现代知识分子问题怎样的思考？方鸿渐的悲剧人生有何启示意义？
2. 分析这篇小说的讽刺特色。

延 伸 阅 读

钱锺书：《人兽鬼》《谈艺录》

参 考 文 献

1. 胡河清：《真精神　旧途径：钱锺书的人文思想》，河北教育出版社 1997 年版。
2. 张文江：《钱锺书传：营造巴比塔的智者》，上海人民出版社 2016 年版。
3. 张隆溪：《中西交汇与钱锺书的治学方法——纪念钱锺书先生百年诞辰》，《书城》2010 年第 3 期。

啼笑因缘（存目）

张恨水

啼笑皆因缘　俗雅集一身

王雪松

关键词：俗与雅；通俗小说；现代转化

《啼笑因缘》是张恨水的代表作，当时在上海《新闻报》副刊《快活林》连载，轰动一时，张恨水顿时成为上海滩的名人。小说以富家子弟、青年学生樊家树与唱大鼓书的姑娘沈凤喜的爱情故事为主线，中间穿插了樊家树与何丽娜、关秀姑的感情纠葛和军阀刘德柱仗势霸占沈凤喜的情节，以及关寿峰父女扶弱除暴的武侠传奇。小说集社会、言情和武侠三位一体，既有都市的富丽场景，又有民间的传奇色彩，具有独特的魅力。

樊家树是小说中的主角，作者正是以他的生活经历为中心安排情节的。他是富家子弟（父亲为外交领事），旅居北平，有才有貌，多情善感，但绝非寻花问柳的浮浪纨绔之辈，对生活、对爱情有着自己进步的道德标准和情操。他爱凤喜的美貌、人品、节操，这种破除门第观念、不为地位尊卑和金钱利禄所羁绊的爱情观，具有强烈的反封建色彩。后来，军阀刘德柱横行暴虐，凌逼弱小，夺人之爱，折磨凤喜。对此，樊家树一筹莫展，无可奈何，终于淡化了与凤喜的爱情，他既没有认识到这场爱情悲剧的社会根源，也无力与邪恶势力进行抗争，只好听任命运的安排。

沈凤喜、关秀姑、何丽娜三个女性在作者笔下真切动人，呼之欲出，其身世遭遇、社会阅历、一言一行、一颦一笑，无不各具情态。这三位青春少女，与樊家树萍水相逢，各怀情思，但是由于出身教养、生活道路、心理素质的差异，她们各自的性格也都非常鲜明。凤喜出身卑微，境遇堪怜，风尘困顿，既有少女的羞涩，也有小市民般的虚荣、软弱。关秀姑爽朗机警、清秀义气，面对家树的丝丝柔情，并非炽烈爆发，溢于言表，而是十分谨慎，犹抱琵琶，反复思量，终于把感情的砝码投放在倾心促成樊、何二人结合的天平上。当她飘然离去之际，还不忘暗地里从何丽娜的窗口抛进一束鲜花，在花上用小红绸条写上"关秀姑鞠躬敬贺"的字样，可见其在爱情纠葛中的高洁情操和少女的多情与细心。何丽娜出身名门，落落大方，有少女的娇嗔但不骄纵，"洋味"十足但又带些许世故，对家树有一片痴情但不失名门小姐的矜持。她与家树的爱情真有点"落花有意，流水无情"的味道，终了，樊不得不"有情"，而何还不能认定樊之完全有情。樊、何二人的爱情归宿，依然使人感到扑朔迷离。

张恨水作为当时社会言情小说的集大成者，对中国传统的章回体小说做了多种革新实验，融俗雅于一体，推动了通俗小说的现代化进程。作者自己分析过《啼笑因缘》成功的原因："在那几年间，上海洋场章回小说，走着两条路子，一条是肉感的，一条是武侠而神怪的。《啼笑因缘》，完全和这两种不同。"（《我的写作生涯》）张恨水采取平民视角，不回避世俗价值取向，全书细细叙事的笔调和文化气味是传统的，是俗与旧的一面；而不交代主人公结局的开放式的结尾，复杂的人物心理描写，以书中的以天桥景致为代表的风俗、风景、环境描写和细节刻画，则是西方式的笔法，这是雅与新的一面。

从行动中刻画人物的心理活动，揭示人物在特定情势下的典型心理，是小说表现人物心理的主要特征。如第六回写秀姑在凤喜家中看到挂着的放大了的家树半身照后，脸上"早是红一阵，白一阵"，及至出得门来，只觉身子软瘫，两脚站立不住。回到家里，适遇家树来访，她低了头，漫不经意地翻经书，在活计盆里找到了小剪刀，"慢慢的剪着指甲，剪了又看，看了又剪……"秀姑的痴情所受的出其不意的打击在感情上引起的强烈震动和平静之后的心灰意冷、幽怨痛苦的复杂微妙的心理态势，皆通过其一连串的行为动作而得到穷神尽态的表现。

刘德柱强夺沈凤喜，以及沈凤喜禁不住诱迫背叛樊家树的描写，是最重要的一笔。作者不是作一般性的道德谴责或评判，而是从人性的角度去揣度与开掘。对沈凤喜柔弱虚荣性格、天真薄弱意志的刻画，反反复复心理的叙述，突破了旧章回小说的容量，突出了张恨水小说中现代都市生活与传统道德心理相互冲突的主题。同时通过这出爱情悲剧，提出了许多值得思考的社会问题。从这个意义上讲，《啼笑因缘》远远超越了"公子痴情，红颜薄命；一番磨难，终成美眷""才子佳人一见钟情""惊艳思春"等一般的社会言情小说的俗套。

思 考 题

1. 试将张恨水的小说与老舍的都市小说作比较，探讨它们之间的异同。
2. 结合当代一些通俗小说作品，谈谈你对通俗小说俗与雅的看法。

延 伸 阅 读

张恨水：《八十一梦》《金粉世家》

参 考 文 献

1. 温奉桥、李萌羽：《论张恨水小说的若干特点》，《中国现代文学研究丛刊》2005 年第 3 期。
2. 汤哲声：《被遮蔽的路径：中国传统章回小说的现代化之途——张恨水〈春明外史〉、〈金粉世家〉、〈啼笑因缘〉赏析》，《名作欣赏》2010 年第 6 期。

金锁记

张爱玲

　　三十年前的上海，一个有月亮的晚上……我们也许没赶上看见三十年前的月亮。年轻的人想着三十年前的月亮该是铜钱大的一个红黄的湿晕，像朵云轩信笺上落了一滴泪珠，陈旧而迷糊。老年人回忆中的三十年前的月亮是欢愉的，比眼前的月亮大，圆，白；然而隔着三十年的辛苦路往回看，再好的月色也不免带点凄凉。

　　月光照到姜公馆新娶的三奶奶的陪嫁丫鬟凤箫的枕边。凤箫睁眼看了一看，只见自己一只青白色的手搁在半旧高丽棉的被面上，心中便道："是月亮光么？"凤箫打地铺睡在窗户底下。那两年正忙着换朝代，姜公馆避兵到上海来，屋子不够住的，因此这一间下房里横七竖八睡满了底下人。

　　凤箫恍惚听见大床背后有窸窸窣窣的声音，猜着有人起来解手，翻过身去，果见布帘子一掀，一个黑影跐着鞋出来了，约摸是伺候二奶奶的小双，便轻轻叫了一声"小双姐姐"。小双笑嘻嘻走来，踢了踢地上的褥子道："吵醒了你了。"她把两手抄在青莲色旧绸夹袄里。下面系着明油绿裤子。凤箫伸手捻了那裤脚，笑道："现在颜色衣服不大有人穿了。下江人时兴的都是素净的。"小双笑道："你不知道，我们家哪比得旁人家？我们老太太古板，连奶奶小姐们尚且做不得主呢，何况我们丫头？给什么，穿什么——一个个打扮得庄稼人似的！"她一蹲身坐在地铺上，拣起凤箫脚头一件小袄来，问道："这是你们小姐出阁，给你们新添的？"凤箫摇头道："三季衣裳，就只外场上看见的两套是新制的，余下的还不是拿上头人穿剩下的贴补贴补！"小双道："这次办喜事，偏赶着革命党造反，可委屈了你们小姐！"凤箫叹道："别提了！就说省俭些罢，总得有个谱子！也不能太看不上眼的。我们那一位，嘴里不言语，心里岂有不气的？"小双道："也难怪三奶奶不乐意。你们那边的嫁妆，也还凑合着，我们这边的排场，可太凄惨了。就连那一年娶咱们二奶奶，也还比这一趟强些！"凤箫愣了一愣道："怎么？你们二奶奶……"

　　小双脱下了鞋，赤脚从凤箫身上跨过去，走到窗户跟前，笑道："你也起来看看月亮。"凤箫一骨碌爬起身来，低声问道："我早就想问你了，你们二奶奶……"小双弯腰拾起那件小袄来替她披上了，道："仔细招了凉。"凤箫一面扣钮子，一面笑道："不行，你得告诉我！"小双笑道："是我说话不留神，闯了祸！"凤箫道："咱们这都是自家人了，干吗这么见外呀？"小双道："告诉你，你可别告诉你们小姐去！咱们二奶奶家里是开麻油店的。"凤箫哟了一声道："开麻油店！打哪儿想起的？像你们大奶奶，也是公侯人家小姐，我们那一位虽比不上大奶奶，也还不是低三下四的人——"小双道："这里头自然有个缘故。咱们二爷你也见过了，是个残废。做官人家的女儿谁肯给他？老太太没奈何，打算替二爷置一房姨奶奶，做媒的给找了这曹家的，是七月里生的，就叫七巧。"凤箫道："哦，是姨奶奶。"小双道："原来是做姨奶奶的，后来老太太想着，既然不打算替二爷另娶了，二房里没个当家的媳妇，也不是事，索性聘了来做正头奶奶，好教她死心塌地服侍

174

二爷。"凤箫把手扶着窗台，沉吟道："怪道呢！我虽是初来，也瞧料了两三分。"小双道："龙生龙，凤生凤，这话是有的。你还没听见她的谈吐呢！当着姑娘们，一点忌讳也没有。亏得我们家一向内言不出，外言不入，姑娘们什么都不懂。饶是不懂，还臊得没处躲！"凤箫噗嗤一笑道："真的？她这些村话，又是从哪儿听来的？就连我们丫头——"小双抱着胳膊道："麻油店的活招牌，站惯了柜台，见多识广的，我们拿什么去比人家？"凤箫道："你是她陪嫁来的么？"小双冷笑说："她也配！我原是老太太跟前的人，二爷成天的吃药，行动都离不了人，屋里几个丫头不够使，把我拨了过去。怎么着？你冷哪？"凤箫摇摇头。小双道："瞧你缩着脖子这娇模样儿！"一语未完，凤箫打了个喷嚏，小双忙推她道："睡罢！睡罢！快焐一焐。"凤箫跪了下来脱袄子，笑道："又不是冬天，哪儿就至于冻着了？"小双道："你别瞧这窗户关着，窗户眼儿里吱溜溜的钻风。"

两人各自睡下。凤箫悄悄地问道："过来了也有四五年了罢？"小双道："谁？"凤箫道："还有谁？"小双道："哦，她，可不是有五年了。"凤箫道："也生男育女的——倒没闹出什么话柄儿？"小双道："还说呢！话柄儿就多了！前年老太太领着合家上下到普陀山进香去，她做月子没去，留着她看家。舅爷脚步儿走得勤了些，就丢了一票东西。"凤箫失惊道："也没查出个究竟来？"小双道："问得出什么好的来？大家面子上下不去！那些首饰左不过将来是归大爷二爷三爷的。大爷大奶奶碍着二爷，没好说什么。三爷自己在外头流水似的花钱，欠了公账上不少，也说不响嘴。"

她们俩隔着丈来远交谈。虽是极力地压低了喉咙，依旧有一句半句声音大了些，惊醒了大床上睡着的赵嬷嬷。赵嬷嬷唤道："小双。"小双不敢答应。赵嬷嬷道："小双，你再混说，让人家听见了，明儿仔细揭你的皮！"小双还是不做声。赵嬷嬷又道："你别以为还是从前住的深堂大院哪，由得你疯疯癫癫！这儿可是挤鼻子挤眼睛的，什么事瞒得了人？趁早别讨打！"屋里顿时鸦雀无声。赵嬷嬷害眼，枕头里塞着菊花叶子，据说是使人眼目清凉的。她欠起头来按了一按鬓上横绾的银簪，略一转侧，菊叶便沙沙作响。赵嬷嬷翻了个身，吱吱格格牵动了全身的骨节，她唉了一声道："你们懂得什么！"小双与凤箫依旧不敢接嘴。久久没有人开口，也就一个个的朦胧睡去了。

天就快亮了。那扁扁的下弦月，低一点，低一点，大一点，像赤金的脸盆，沉了下去。天是森冷的蟹壳青，天底下黑魆魆的只有些矮楼房，因此一望望得很远。地平线上的晓色，一层绿，一层黄，又一层红，如同切开的西瓜——是太阳要上来了。渐渐马路上有了小车与塌车辘辘推动，马车蹄声得得。卖豆腐花的挑着担子悠悠吆喝着，只听见那漫长的尾声："花……呕！花……呕！"再去远些，就只听见"哦……呕！哦……呕！"

屋子里丫头老妈子也起身了，乱着开房门，打脸水，叠铺盖，挂帐子，梳头。凤箫伺候三奶奶兰仙穿了衣裳，兰仙凑到镜子前面仔细望了一望，从腋下抽出一条水绿洒花湖纺手帕，擦了擦鼻翅上的粉，背对着床上的三爷道："我先去替老太太请安罢。等你，准得误了事。"正说着，大奶奶玳珍来了，站在门槛上笑道："三妹妹，咱们一块儿去。"兰仙忙迎了出去道："我正担心着怕晚了，大嫂原来还没上去。二嫂呢？"玳珍笑道："她还有一会儿耽搁呢。"兰仙道："打发二哥吃药？"玳珍四顾无人，便笑道："吃药还在其次——"她把拇指抵着嘴唇，中间的三个指头握着拳头，小指头翘着，轻轻地"嘘"了两声。兰仙诧异道："两人都抽这个？"玳珍点头道："你二哥是过了明路的，她这可是瞒着老太太的，叫我们夹在中间为难，处处还得替她遮盖遮盖。其实老太太有什么不知道？有意的装不晓得，照常地派她差使，零零碎碎给她罪受，无非是不肯让她抽个痛快罢了。其实也是的，年纪轻轻的妇道人家，有什么了不得的心事，要抽这个解闷儿？"

玳珍兰仙手挽手一同上楼，各人后面跟着贴身丫鬟，来到老太太卧室隔壁的一间小小的起坐间里。老太太的丫头榴喜迎了出来，低声道："还没醒呢。"玳珍抬头望了望挂钟，笑道："今儿老太太也晚了。"榴喜道："前两天说是马路上人声太杂，睡不稳。这现在想是惯了，今儿补足了一觉。"

紫榆百龄小圆桌上铺着红毡条，二小姐姜云泽一边坐着，正拿着小钳子磕核桃呢，因丢下了站起来相见。玳珍把手搭在云泽肩上，笑道："还是云妹妹孝心，老太太昨儿一时高兴，叫做糖核桃，你就记住了。"兰仙玳珍便围着桌子坐下了，帮着剥核桃衣子。云泽手酸了，放下了钳子，兰仙接了过来。玳珍道："当心你那水葱似的指甲，养得这么长了，断了怪可惜的！"云泽道："叫人去拿金指甲套子去。"兰仙笑道："有这些麻烦的，倒不如叫他们拿到厨房里去剥了！"

众人低声说笑着，榴喜打起帘子，报道："二奶奶来了。"兰仙云泽起身让座，那曹七巧且不坐下，一只手撑着门，一只手撑了腰，窄窄的袖口里垂下一条雪青洋绉手帕，身上穿着银红衫子，葱白线镶滚，雪青闪蓝如意小脚裤子，瘦骨脸儿，朱口细牙，三角眼，小山眉，四下里一看，笑道："人都齐了，今儿想必我又晚了！怎怪我不迟到——摸着黑梳的头！谁教我的窗户冲着后院子呢？单单就派了那么间房给我，横竖我们那位眼看是活不长的，我们净等着做孤儿寡妇了——不欺负我们，欺负谁？"玳珍淡淡的并不接口，兰仙笑道："二嫂住惯了北京的房子，怪不得嫌这儿憋闷得慌。"云泽道："大哥当初找房子的时候，原该找个宽敞些的，不过上海像这样，只怕也算敞亮的了。"兰仙道："可不是！家里人实在多，挤是挤了点——"七巧挽起袖口，把手帕子掖在翡翠镯子里，瞟了兰仙一眼，笑道："三妹妹原来也嫌人太多了。连我们都嫌人太多，像你们没满月的自然更嫌人多了！"兰仙听了这话，还没有怎么，玳珍先红了脸，道："玩是玩，笑是笑，也得有个分寸，三妹妹新来乍到的，你让她想着咱们是什么样的人家？"七巧扯起手绢子的一角遮住了嘴唇道："知道你们都是清门净户的小姐，你倒跟我换一换试试，只怕你一晚上也过不惯。"玳珍啐道："不跟你说了，越说你越上头上脸的。"七巧索性上前拉住玳珍的袖子道："我可以赌得咒——这三年里头我可以赌得咒！你敢赌么？"玳珍也撑不住噗嗤一笑，咕哝了一句道："怎么你孩子也有了两个？"七巧道："真的，连我也不知道这孩子是怎么生出来的！越想越不明白！"玳珍摇手道："够了，够了，少说两句罢。就算你拿三妹妹当自己人，没有什么避讳，现放着云妹妹在这儿呢，待会儿老太太跟前一告诉，管叫你吃不了兜着走！"

云泽早远远地走开了，背着手站在阳台上，撮尖了嘴逗芙蓉鸟。姜家住的虽然是早期的最新式洋房，堆花红砖大柱支着巍峨的拱门，楼上的阳台却是木板铺的地。黄杨木阑干里面，放着一溜大篾篓子，晾着笋干。敝旧的太阳弥漫在空气里像金的灰尘，微微呛人的金灰，揉进眼睛里去，昏昏的。街上小贩遥遥摇着拨浪鼓，那苍凉的"不楞登……不楞登"里面有着无数老去的孩子们的回忆。包车叮叮地跑过，偶尔也有一辆汽车叭叭叫两声。

七巧自己也知道这屋子里的人都瞧不起她，因此和新来的人分外亲热些，倚在兰仙的椅背上问长问短，携着兰仙的手左看右看，夸赞了一会她的指甲，又道："我去年小拇指上养的比这个足足还长半寸呢，掐花给弄断了。"兰仙早看穿了七巧的为人和她在姜家的地位，微笑尽管微笑着，也不大答理她。七巧自觉无趣，踅到阳台上来，拎起云泽的辫梢来抖了一抖，搭讪着笑道："呦！小姐的头发怎么这样稀朗朗的？去年还是乌油油的一头好头发，该掉了不少罢？"云泽闪过身去护着辫子，笑道："我掉两根头发，也要你管！"七巧只顾端详她，叫道："大嫂你来看看，云妹妹的确瘦多了，小姐莫不是有了心事了？"云泽啪的一声打掉了她的手，恨道："你今儿个真的发了疯了！平日还不够讨人嫌的？"七巧把两手笼在袖子里，笑嘻嘻地道："小姐脾气好大！"

玳珍探出头来道："云妹妹，老太太起来了。"众人连忙扯扯衣襟，摸摸鬓脚，打帘子进隔壁房里去，请了安，伺候老太太吃早饭。婆子们端着托盘从起坐间里穿了过去，里面的丫头接过碗碟，婆子们依旧退到外间来守候着。里面静悄悄的，难得有人说句把话，只听见银筷子头上的细银链条窸窣颤动。老太太信佛，饭后照例要做两个时辰的功课，众人退了出来，云泽背地里向玳珍道："二嫂不忙着过瘾去，还挨在里面做什么？"玳珍道："想是有两句私房话要说。"云泽不由得笑了起来道："她的话，老太太哪里听得进？"玳珍冷笑道："那倒也说不定。老年人心思总是活动的，成天在耳边絮聒着，十句里头相信一两句，也未可知。"

兰仙坐着磕核桃，玳珍和云泽便顺着脚走到阳台上来，虽不是存心偷听正房里的谈话，老太太上了年纪，有点聋，喉咙特别高些，有意无意之间不免有好些话吹到阳台上的人的耳朵里来。云泽把脸气得雪白，先是握紧了拳头，又把两只手使劲一撒，便向走廊的另一头跑去。跑了两步，又站住了，身子向前伛偻着，捧着脸呜呜哭了起来。玳珍赶上去扶着劝道："妹妹快别这么着！快别这么着！不犯着跟她这样的人计较！谁拿她的话当桩事！"云泽甩开了她，一径往自己屋里奔去。玳珍回到起坐间里来，一拍手道："这可闯出祸来了！"兰仙忙道："怎么了？"玳珍道："你二嫂去告诉了老太太，说女大不中留，让老太太写信给彭家，叫他们早早把云妹妹娶过去罢。你瞧，这算什么话！"兰仙也怔了一怔道："女家说出这种话来，可不是自己打脸么？"玳珍道："姜家没面子，还是一时的事，云妹妹将来嫁了过去，叫人家怎么瞧得起她？她这一辈子还要做人呢！"兰仙道："老太太是明白人，不见得跟那一位一样的见识。"玳珍道："老太太起先自然是不爱听，说咱们家的孩子，决不会生这样的心。她就说：'呦！您不知道现在的女孩子跟您从前做女孩子时候的女孩子，哪儿能够打比呀？时世变了，人也变了，要不怎么天下大乱呢？'你知道，年岁大的人就爱听这一套，说得老太太也有点疑疑惑惑起来。"兰仙叹道："好端端怎么想起来的，造这样的谣言！"玳珍两肘支在桌子上，伸着小指剔眉毛，沉吟了一会，嗤的一笑道："她自己以为她是特别的体贴云妹妹呢！要她这样体贴我，我可受不了！"兰仙拉了她一把道："你听——不能是云妹妹罢？"后房似乎有人在那里大放悲声，蹬得铜床柱子一片响，嘈嘈杂杂还有人在那里解劝，只是劝不住。玳珍站起身来道："我去看看，别瞧这位小姐好性儿，逼急了她，也不是好惹的。"

玳珍出去了，那姜三爷姜季泽却一路打着呵欠进来了。季泽是个结实小伙子，偏于胖的一方面，脑后拖一根三股油松大辫，生得天圆地方，鲜红的腮颊，往下坠着一点，有湿眉毛，水汪汪的黑眼睛里永远透着三分不耐烦，穿一件竹根青窄袖长袍，酱紫芝麻地一字襟珠扣小坎肩，问兰仙道："谁在里头喊喊喳喳跟老太太说话？"兰仙道："二嫂。"季泽抿着嘴摇摇头。兰仙笑道："你也怕了她？"季泽一声儿不言语，拖过一把椅子，将椅背抵着桌面，把袍子高高的一撩，骑着椅子坐了下来，下巴搁在椅背上，手里只管把核桃仁一个一个拈来吃。兰仙睨了他一眼道："人家剥了这一晌午，是专诚孝敬你的么？"正说着，七巧掀着帘子出来了，一眼看见了季泽，身不由主的就走了过来，绕到兰仙椅子背后，两手兜在兰仙脖子上，把脸凑了下去，笑道："这么一个人才出众的新娘子！三弟你还没谢谢我哪！要不是我催着他们早早替你办了这件事，这一耽搁，等打完了仗，指不定要十年八年呢！可不把你急坏了！"兰仙生平最大的憾事便是出阁的日子正赶着非常时期，潦草成了家，诸事都欠齐全，因此一听见这不入耳的话，她那小长挂子脸便往下一沉。季泽望了兰仙一眼，微笑道："二嫂，自古好心没有好报，谁都不承你的情！"七巧道："不承情也罢！我也惯了。我进了你姜家的门，别的不说，单只守着你二哥这些年，衣不解带的服侍他，也就是个有功无过的人——谁见我的情来？谁有半点好处到我头上？"季泽笑道："你一开口就是满肚子的牢骚！"七巧长长地吁了一口气，只管拨弄兰仙衣襟上扣着的金三事儿和钥匙。半晌，忽道："总算你这一个来月没出去胡闹过。真亏了新娘子留住了你。旁人跪下地来求你也留你不住！"季泽笑道："是吗？嫂子并没有留过我，怎见得留不住？"一面笑，一面向兰仙使了个眼色。七巧笑得直不起腰道："三妹妹，你也不管管他！这么个猴儿崽子，我眼看他长大的，他倒占起我的便宜来了！"

她嘴里说笑着，心里发烦，一双手也不肯闲着，把兰仙揣着捏着，捶着打着。恨不得把她挤得走了样才好。兰仙纵然有涵养，也忍不住要恼了，一性急，磕核桃使差了劲，把那二寸多长的指甲齐根折断。七巧哟了一声道："快拿剪刀来修一修。我记得这屋里有一把小剪子的。"便唤："小双！榴喜！来人哪！"兰仙立起身来道："二嫂不用费事，我上我屋里铰去。"便抽身出去。七巧就在兰仙的椅子上坐下了，一手托着腮，抬高了眉毛，斜瞅着季泽道："她跟我生了气么？"季泽笑道："她干吗生你的气？"七巧道："我正要问呀——我难道说错了话不成？留你在家倒不好？她倒愿意你上外头逛去？"季泽笑道："这一家子从大哥大嫂起，齐了心管教我，无非是怕我花了公账上的钱罢了。"七巧道："阿弥陀佛，我保不定别人不安着这个心，我可不那么想。你就是闹了亏空，押了房子卖了田，我若皱一皱眉头，我也不是你二嫂了。谁叫咱们是骨肉至亲呢？我不过是要你当心你的身子。"季泽嗤的一笑道："我当心我的身子，要你操心？"七巧颤声道："一个人，身子第一要紧。你瞧你二哥弄的那样儿，还成个人吗？还能拿他当个人看？"季泽正色道："二哥比不得我，他一下地就是那样儿，并不是自己作践的。他是个可怜的人，一切全仗二嫂照护他了。"七巧直挺挺的站了起来，两手扶着桌子，垂着眼皮，脸庞的下半部抖得像嘴里含着滚烫的蜡烛油似的，用尖细的声音逼出两句话道："你去挨着你二哥坐坐！你去挨着你二哥坐坐！"她试着在季泽身边坐下，只搭着他的椅子的一角，她将手贴在他腿上，道："你碰过他的肉没有？是软的、重的，就像人的脚有时发了麻，摸上去那感觉……"季泽脸上也变了色，然而他仍旧轻佻地笑了一声，俯下腰，伸手去捏她的脚道："倒要瞧瞧你的脚现在麻不麻！"七巧道："天哪，你没挨着他的肉，你不知道没病的身子是多好的……多好的……"她顺着椅子溜下去，蹲在地上，脸枕着袖子，听不见她哭，只看见发髻上插的风凉针，针头上的一粒钻石的光，闪闪掣动着。发髻的心子里扎着一小截粉红丝线，反映在金刚钻微红的光焰里。她的背影一挫一挫，俯伏了下去。她不像在哭，简直像在翻肠搅胃地呕吐。

季泽先是愣住了，随后就立起来道："我走。我走就是了。你不怕人，我还怕人呢。

也得给二哥留点面子！"七巧扶着椅子站了起来，呜咽道："我走。"她扯着衫袖里的手帕子揾了揾脸，忽然微微一笑道："你这样卫护二哥！"季泽冷笑道："我不卫护他，还有谁卫护他？"七巧向门走去，哼了一声道："你又是什么好人？趁早不用在我跟前假撇清！且不提你在外头怎样荒唐，只单在这屋里……老娘眼睛是揉不下沙子去！别说我是你嫂子了，就是我是你奶妈，只怕你也不在乎。"季泽笑道："我原是个随随便便的人，哪禁得你挑眼儿？"七巧待要出去，又把背心贴在门上，低声道："我就不懂，我有什么地方不如人？我有什么地方不好……"季泽笑道："好嫂子，你有什么不好？"七巧笑了一声道："难不成我跟了个残废的人，就过上了残废的气，沾都沾不得？"她睁着眼直勾勾朝前望着，耳朵上的实心小金坠子像两只铜钉把她钉在门上——玻璃匣子里蝴蝶的标本，鲜艳而凄怆。

季泽看着她，心里也动了一动。可是那不行，玩尽管玩，他早抱定了宗旨不惹自己家里人，一时的兴致过去了，躲也躲不掉，踢也踢不开，成天在面前，是个累赘。何况七巧的嘴这样敞，脾气这样躁，如何瞒得了人？何况她的人缘这样坏，上上下下谁肯代她包涵一点？她也许是豁出去了，闹穿了也满不在乎。他可是年纪轻轻的，凭什么要冒这个险？他侃侃说道："二嫂，我虽年纪小，并不是一味胡来的人。"

仿佛有脚步声，季泽一撩袍子，钻到老太太屋子里去了，临走还抓了一大把核桃仁。七巧神志还不很清楚，直到有人推门，她方才醒了过来，只得将计就计，藏在门背后，见玳珍走了进来，她便夹脚跟出来，在玳珍背上打了一下。玳珍勉强一笑道："你的兴致越发好了！"又望了望桌上道："咦？那么些个核桃，吃得差不多了。再也没有别人，准是三弟。"七巧倚着桌子，面向阳台立着，只是不言语。玳珍坐了下来，嘟哝道："害人家剥了一早上，便宜他享现成的！"七巧捏着一片锋利的胡桃壳，在红毡条上狠命刮着，左一刮，右一刮，看看那毡子起了毛，就要破了。她咬着牙道："钱上头何尝不是一样？一味的叫咱们省，省下来让人家拿出去大把的花！我就不服这口气！"玳珍看了她一眼，冷冷地道："那可没有办法。人多了，明里不去，暗里也不见得不去。管得了这个，管不了那个。"七巧觉得她话中有刺，正待反唇相讥，小双进来了，鬼鬼祟祟走到七巧跟前，嗫嚅道："奶奶，舅爷来了。"七巧骂道："舅爷来了，又不是背人的事，你嗓子眼里长了疔是怎么着？蚊子哼哼似的！"小双倒退了一步，不敢言语。玳珍道："你们舅爷原来也到上海来了。咱们这儿亲戚倒都全了。"七巧移步出房道："不许他到上海来？内地兵荒马乱的，穷人也一样的要命呀！"她在门槛子上站住了，问小双道："回过老太太没有？"小双道："还没呢。"七巧想了一想，毕竟不敢进去告诉一声，只得悄悄下楼去了。

玳珍问小双道："舅爷一个人来的？"小双道："还有舅奶奶，拎着四只提篮盒。"玳珍格的一笑道："倒破费了他们。"小双道："大奶奶不用替他们心疼。装得满满的进来，一样装得满满的出去。别说金的银的圆的扁的，就连零头鞋面儿裤腰都是好的！"玳珍笑道："别那么缺德了！你下去罢。她娘家人难得上门，伺候不周到，又该大闹了。"

小双赶了出去，七巧正在楼梯口盘问榴喜老太太可知道这件事。榴喜道："老太太念佛呢，三爷趴在窗口看野景，说大门口来了客。老太太问是谁，三爷仔细看了看，说不知是不是曹家舅爷，老太太就没追问下去。"七巧听了，心头火起，跺了跺脚，喃喃呐呐骂道："敢情你装不知道就算了！皇帝还有草鞋亲呢！这会子有这么势利的，当初何必三媒六聘的把我抬过来？快刀斩不断的亲戚，别说你今儿是装死，就是你真死了，他也不能不到你灵前磕三个头，你也不能不受着他的！"一面说，一面下去了。

她那间房，一进门便有一堆金漆箱笼迎面拦住，只隔开几步见方的空地。她一掀帘子，只见她嫂子蹲下身去将提篮盒上面的一屉盒子卸了下来，检视下面一屉里的菜可曾泼出来。她哥哥曹大年背着手弯着腰看着。七巧止不住一阵心酸，倚着箱笼，把脸偎在那沙蓝棉套子上，纷纷落下泪来。她嫂子慌忙站直了身子，抢步上前，两只手捧住她一只手，连连叫着姑娘。曹大年也不免抬起袖子来擦眼睛。七巧把那只空着的手去解箱套子上的纽扣，解了又扣上，只是开不得口。

她嫂子回过头去睃了她哥哥一眼道："你也说句话呀！成日价念叨着，见了妹妹的面，又像锯了嘴的葫芦似的！"七巧颤声道："也不怪他没有话——他哪儿有脸来见我！"又向她哥哥道："我只道你这一辈子不打算上门了！你害得我好！你扔崩一走，我可走不了。你也不顾我的死活！"曹大年道："这是什么话？旁人这么说还罢了，你也这么说！你不替我遮盖遮盖，你自己脸上也不见得光鲜。"七巧道："我不说，我可禁不住人家不说。就为你，我气出了一身病在这里。今日之下，亏你还拿这话来堵我！"她嫂子忙道："是他的不是，是他的不是！姑娘受了委屈了。姑娘受的委屈也不止这一件，好歹忍着罢，总有个出头之日。"她嫂子那句"姑娘受的委屈也不止这一件"的话却深深打进她心坎儿里去。七巧哀哀哭了起来，急得她嫂子直摇手道："看吵醒了姑爷。"房那边暗昏昏的紫楠大床上，寂寂吊着珠罗纱帐子。七巧的嫂子又道："姑爷睡着了罢？惊动了他，该生气了。"七巧高声叫道："他要有点人气，倒又好了！"她嫂子吓得掩住她的嘴道："姑奶奶别！病人听见了，心里不好受！"七巧道："他心里不好受，我心里好受吗？"她嫂子道："姑爷还是那软骨症？"七巧道："就这一件还不够受了，还禁得起添什么？这儿一家子都忌讳痨病这两个字，其实还不就是骨痨！"她嫂子道："整天躺着，有时候也坐起来一会儿么？"七巧唶唶的笑了起来道："坐起来，脊梁骨直溜下去，看上去还没有我那三岁的孩子高哪！"她嫂子一时想不出劝慰的话，三个人都愣住了。七巧猛地顿脚道："走罢，走罢，你们！你们来一趟，就害得我把前因后果重新在心里过一过。我禁不起这么掀腾！你快给我走！"

曹大年道："妹妹你听我一句话。别说你现在心里不舒坦，有个娘家走动着，多少好些，就是你有了出头之日了，姜家是个大族，长辈动不动就拿大帽子压人，平辈小辈一个个如狼似虎的，哪一个是好惹的？替你打算，也得要个帮手。将来你用得着你哥哥你侄儿的时候多着呢。"七巧唪了一声道："我靠你帮忙，我也倒了霉了！我早把你看得透里透——斗得过他们，你到我跟前来邀功要钱，斗不过他们，你往那边一倒。本来见了做官的就魂都没有了，头一缩，死活随我去。"大年涨红了脸冷笑道："等钱到了你手里，你再防着你哥哥分你的，也还不迟。"七巧道："你既然知道钱还没到我手里，你来缠我做什么？"大年道："远迢迢赶来看你，倒是我们的不是了！走！我们这就走！凭良心说，我就用你两个钱，也是该的。当初我若贪图财礼，问姜家多要几百两银子，把你卖给他们做姨太太，也就卖了。"七巧道："奶奶不胜似姨奶奶吗？长线放远鹞，指望大着呢！"大年待要回嘴，他媳妇拦住他道："你就少说一句罢！以后还有见面的日子呢。将来姑奶奶想到你的时候，才知道她就只这一个亲哥哥了！"大年督促他媳妇整理了提篮盒，拎起就待走。七巧道："我希罕你？等我有了钱了，我不愁你不来，只愁打发你不开！"嘴里虽然硬着，煞不住那呜咽的声音，一声响似一声，憋了一上午的满腔幽恨，借着这因由尽情发泄了出来。

她嫂子见她分明有些留恋之意，便做好做歹劝住了她哥哥，一面半搀半拥把她引到花梨炕上坐下了，百般譬解，七巧渐渐收了泪。兄妹姑嫂叙了些家常。北方情形还算平靖，曹家的麻油铺还照常营业着。大年夫妇此番到上海来，却是因为他家没过门的女婿在人家当账房，光复的时候恰巧在湖北，后来辗转跟主人到上海来了，因此大年亲自送了女儿来完婚，顺便探望妹子。大年问候了姜家阖宅上下，又要参见老太太，七巧道："不见也罢了，我正跟她怄气呢。"大年夫妇都吃了一惊，七巧道："怎么不淘气呢？一家子都往我头上踩，我要是好欺负的，早给作践死了，饶是这么着，还气得我七病八痛的！"她嫂子道："姑娘近来还抽烟不抽，倒是鸦片烟，平肝导气，比什么药都强。姑娘自己千万保重，我们又不在跟前，谁是个知疼着热的人？"

七巧翻箱子取出几件新款尺头送与她嫂子，又是一副四两重的金镯子，一对披霞莲蓬簪，一床丝绵被胎，侄女们每人一只金挖耳，侄儿们或是一只金锞子，或是一顶貂皮暖帽，另送了她哥哥一只珐琅金蝉打簧表，她哥嫂道谢不迭。七巧道："你们来得不巧，若是在北京，我们正要上路的时候，带不了的东西，分了几箱给丫头老妈子，白便宜了他们。"说得她哥嫂讪讪的。临行的时候，她嫂子道："忙完了闺女，再来瞧姑奶奶。"七巧笑道："不来也罢了，我应酬不起！"

大年夫妇出了姜家的门，她嫂子便道："我们这位姑奶奶怎么换了个人？没出嫁的时候不过要强些，嘴头上琐碎些，就连后来我们去瞧她，虽是比前暴躁些，也还有个分寸，不似如今疯疯傻傻，说话有一句没一句，就没一点儿得人心的地方。"

七巧立在房里，抱着胳膊看小双祥云两个丫头把箱子抬回原处，一只一只叠了上去。从前的事又回来了：临着碎石子街的馨香的麻油店，黑腻的柜台，芝麻酱桶里竖着木匙子，油缸上吊着大大小小的铁匙子。漏斗插在打油的人的瓶里，一大匙再加上两小匙正好装满一瓶——一斤半。熟人呢，算一斤四两。有时她也上街买菜，蓝夏布衫裤，镜面乌绫镶滚。隔着密密层层的一排吊着猪肉的铜钩，她看见肉铺里的朝禄。朝禄赶着她叫曹大姑娘。难得叫声巧姐儿，她就一巴掌打在钩子背上，无数的空钩子荡过去锥他的眼睛，朝禄从钩子上摘下尺来宽的一片生猪油，重重的向肉案一抛，一阵温风直扑到她脸上，腻滞的死去的肉体的气味……她皱紧了眉毛。床上睡着的她的丈夫，那没有生命的肉体……

风从窗子里进来，对面挂着的回文雕漆长镜被吹得摇摇晃晃，磕托磕托敲着墙。七巧双手按住了镜子。镜子里反映着的翠竹帘子和一副金绿山水屏条依旧在风中来回荡漾着，望久了，便有一种晕船的感觉。再定睛看时，翠竹帘子已经褪了色，金绿山水换了一张她丈夫的遗像，镜子里的人也老了十年。

去年她戴了丈夫的孝，今年婆婆又过世了。现在正式挽了叔公九老太爷出来为他们分家。今天是她嫁到姜家来之后一切幻想的集中点。这些年了，她戴着黄金的枷锁，可是连金子的边都啃不到，这以后就不同了。七巧穿着白香云纱衫，黑裙子，然而她脸上像抹了胭脂似的，从那揉红了的眼圈儿到烧热的颧骨。她抬起手来搵了一搵脸，脸上烫，身子却冷得打颤。她叫祥云倒了杯茶来。（小双早已嫁了，祥云也配了个小厮。）茶给喝了下去，沉重地往腔子里流，一颗心便在热茶里扑通扑通跳。她背向着镜子坐下了，问祥云道："九老太爷来了这一下午，就在堂屋里跟马师爷查账？"祥云应了一声是。七巧又道："大爷大奶奶三爷三奶奶都不在跟前？"祥云又应了一声是。七巧道："还到谁的屋里去过？"祥云道："就到哥儿们的书房里兜了一兜。"七巧道："好在咱们白哥儿的书倒不怕他查考……今年这孩子就吃亏在他爸爸他奶奶接连着出了事，他若还有心念书，他也不是人养的！"她把茶吃完了，吩咐祥云下去看看堂屋里大房三房的人可都齐了，免得自己去早了，显得性急，被人耻笑。恰巧大房里也差了一个丫头出来探看，和祥云打了个照面。

七巧终于款款下楼来了。堂屋里临时布置了一张镜面乌木大餐台，九老太爷独当一面坐了，面前乱堆着青布面，梅红签的账簿，又搁着一只瓜棱茶碗。四周除了马师爷之外，又有特地邀请的"公亲"，近于陪审员的性质。各房只派了一个男子作代表，大房是大爷，二房二爷没了，是二奶奶，三房是三爷。季泽很知道这总清算的日子于他没有什么好处，因此他到得最迟。然而来既来了，他决不愿意露出焦灼懊丧的神气。腮帮子上依旧是他那点丰肥的，红色的笑。眼睛里依旧是他那点潇洒的不耐烦。

九老太爷咳嗽了一声，把姜家的经济状况约略报告了一遍，又翻着账簿子读出重要的田地房产的所在与按年的收入。七巧两手紧紧扣在肚子上，身上向前倾着，努力向她自己解释他的每一句话，与她往日调查所得一一印证。青岛的房子，天津的房子，原籍的地，北京城外的地，上海的房子……三爷在公账上拖欠过巨，他的一部分遗产被抵消了之后，还净欠六万，然而大房二房也只得就此算了，因为他是一无所有的人。他仅有的那一幢花园洋房，他为一个姨太太买的，也已经抵押了出去。其余只有老太太陪嫁过来的首饰，由兄弟三人均分，季泽的那一份也不便充公，因为是母亲留下的一点纪念。七巧突然叫了起来道："九老太爷，那我们太吃亏了！"

堂屋里本就肃静无声，现在这肃静却是沙沙有声，直钻进耳朵里去，像电影配音机器损坏之后的锈轧。九老太爷睁了眼望着她道："怎么？你连他娘丢下的几件首饰也舍不得给他？"七巧道："亲兄弟，明算账，大哥大嫂不言语，我可不能不老着脸开口说句话。我须比不得大哥大嫂——我们死掉的那个若是有能耐出去做两任官，手头活便些，我也乐得放大方些，哪怕把从前的旧账一笔勾销呢？可怜我们那一个病病哼哼一辈子，何尝有过一文半文进账，丢下我们孤儿寡妇，就指着这两个死钱过活。我是个没脚蟹，长白还不满十四岁，往后苦日子有得过呢！"说着，流下泪来。九老太爷道："依你便怎样？"七巧呜咽道："哪儿由得我出主意呢？只求九老太爷替我们做主！"季泽冷着脸只不做声，满屋子的人都觉不便开口。九老太爷按捺不住一肚子的火，哼了一声道："我倒想替你出主意呢，只怕你不爱听！二房里有田地没人照管，三房里有人没有地，我待要叫三爷替你照管，你多少贴他些，又怕你不要他！"七巧冷笑道："我倒想依你呢，只怕死掉的那个不依！来人哪！祥云你把白哥儿给我找来！长白，你爹好苦呀！一下地就是一身的病，为人一场，一天舒坦日子也没过着，临了丢下你这点骨血，人家还看不得你，千方百计图谋你的东西！长白谁叫你爹拖着一身病，活着人家欺负他，死了人家欺负他的孤儿寡妇！我还不打紧，我还能活个几十年么？至多我到老太太灵前把话说明白了，把这条命跟人拼了。长白你可是年纪小着呢，就是喝西北风你也得活下去呀！"九老太爷气得把桌子一拍道："我不管了！是你们求爹爹拜奶奶邀了我来的，你道我喜欢自找麻烦么？"站起来一脚踢翻了椅子，也不等人搀扶，一阵风走得无影无踪，众人面面相觑，一个个悄没声儿溜走了。惟有那马师爷忙着拾掇账簿子，落后了一步，看看屋里人全走光了，单剩下二奶奶一个人坐在那里捶着胸脯号啕大哭，自己若无其事地走了，似乎不好意思，只得走上前去，打躬作揖叫道："二太太！二太太！……二太太！"七巧只顾把袖子遮住脸，马师爷又不便把她的手拿开，急得把瓜皮帽摘下来扇着汗。

维持了几天的僵局，到底还是无声无息照原定计划分了家。孤儿寡妇还是被欺负了。

七巧带着儿子长白，女儿长安另租了一幢屋子住下了，和姜家各房很少来往。隔了几个月，姜季泽忽然上门来了。老妈子通报上来，七巧怀着鬼胎，想着分家的那一天得罪了他，不知他有什么手段对付。可是兵来将挡，她凭什么要怕他？她家常穿着佛青实地纱袄子，特地系上一条玄色铁线纱裙，走下楼来。季泽却是满面春风的站起来问二嫂好，又问白哥儿可是在书房里，安姐儿的湿气可大好了。七巧心里便疑惑他是来借钱的，加意防备着，坐下笑道："三弟你近来又发福了。"季泽笑道："看我像一点心事都没有的人。"七巧笑道："有福之人不在忙吗！你一向就是无牵无挂的。"季泽笑道："等我把房子卖了，我还要无牵无挂呢！"七巧道："就是你做了押款的那房子，你要卖？"季泽道："当初造它的时候，很费了点心思，有许多装置都是自己心爱的，当然不愿意脱手。后来你是知道的，那块地皮值钱了，前年把它翻造了衖堂房子，一家一家收租，跟那些住小家的打交道，我实在嫌麻烦，索性打算卖了它，图个清静。"七巧暗地里说道："口气好大！我是知道你的底细的，你在我跟前充什么阔大爷！"

虽然他不向她哭穷，但凡谈到银钱交易，她总觉得有点危险，便岔了开去道："三妹妹好么？腰子病近来发过没有？"季泽笑道："我也有许久没见过她的面了。"七巧道："这是什么话？你们吵了嘴么？"季泽笑道："这些时我们倒也没吵过嘴。不得已在一起说两句话，也是难得的，也没那闲情逸致吵嘴。"七巧道："何至于这样？我就不相信！"季泽两肘撑在藤椅的扶手上，交叉着十指，手搭凉棚，影子落在眼睛上，深深地唉了一声。七巧笑道："没有别的，要不就是你在外头玩得太厉害了。自己做错了事，还唉声叹气的仿佛谁害了你似的，你们姜家就没有一个好人！"说着，举起白团扇，作势要打。季泽把那交叉着的十指往下移了一移，两只大拇指按在嘴唇上，两只食指缓缓抚摸着鼻梁，露出一双水汪汪的眼睛来。那眼珠却是水仙花缸底的黑石子，上面汪着水，下面冷冷的没有表情。看不出他在想什么。七巧道："我非打你不可！"季泽的眼睛里突然冒出一点笑泡儿，道："你打，你打！"七巧待要打，又掣回手去，重新一鼓作气道："我真打！"抬高了手，一扇子劈下来，又在半空中停住了，吃吃笑将起来，季泽带笑将肩膀耸了一耸，凑了上去道："你倒是打我一下罢！害得我浑身骨头痒痒着，不得劲儿！"七巧把扇子向背后一藏，越发笑得格格的。

季泽把椅子换了个方向，面朝墙坐着，人向椅背上一靠，双手蒙住了眼睛，又是长长地叹了口气。七巧啃着扇子柄，斜睐着他道："你今儿是怎么了？受了暑吗？"季泽道："你那里知道？"半晌，他低低的一个字一个字说道："你知道我为什么跟家里的那个不好，为什么我拼命的在外头玩，把产业都败光了？你知道这都是为了谁？"七巧不知不觉有些胆寒，走得远远的，倚在炉台上，脸色慢慢地变了。季泽跟了过来。七巧垂着头，肘弯撑在炉台上，手里擎着团扇，扇子上的杏黄穗子顺着她的额角拖下来。季泽在她对面站住了，小声道："二嫂！……七巧！"

七巧背过脸去淡淡笑道："我要相信你才怪呢！"季泽便也走开了，道："不错。你怎么能够相信我？自从你到我家来，我在家一刻也待不住，只想出去。你没来的时候我并没有那么荒唐过，后来那都是为了躲你。娶了兰仙来，我更玩得凶了，为了躲你之外又要躲她，见了你，说不了两句话我就要发脾气——你哪儿知道我心里的苦楚？你对我好，我心里更难受——我得管着我自己——我不得平白的坑坏了你！家里人多眼杂，让人知道了，我是个男子汉，还不打紧，你可了不得！"七巧的手直打颤，扇柄上的杏黄须子在她额上苏苏摩擦着。季泽道："你信也罢，不信也罢！信了又怎样？横竖我们半辈子已经过去了，说也是白说。我只求你原谅我这一片心。我为你吃了这些苦，也就不算冤枉了。"

七巧低着头，沐浴在光辉里，细细的音乐，细细的喜悦……这些年了，她跟他捉迷藏似的，只是近不得身，原来还有今天！可不是，这半辈子已经完了——花一般的年纪已经过去了。人生就是这样的错综复杂，不讲理。当初她为什么嫁到姜家来？为了钱么？不是的，为了要遇见季泽，为了命中注定她要和季泽相爱。她微微抬起脸来，季泽立在她眼前，两手合在她扇子上，面颊贴在她扇子上。他也老了十年了，然而人究竟还是那个人呵！他难道是哄她么？他想她的钱——她卖掉她的一生换来的几个钱？仅仅这一转念便使她暴怒起来。就算她错怪了他，他为她吃的苦抵得过她为他吃的苦么？好容易她死了心了，他又来撩拨她，她恨他。他还在看着她。他的眼睛——虽然隔了十年，人还是那个人呵！就算他是骗她的，迟一点儿发现不好么？即使明知是骗人的，他太会演戏了，也跟真的差不多罢？

不行！她不能有把柄落在这厮手里。姜家的人是厉害的，她的钱只怕保不住。她得先证明他是真心不是。七巧定了一定神，向门外瞄了一瞄，轻轻惊叫道："有人！"便三脚两步赶出门去，到下房里吩咐潘妈替三爷弄点心去，快些端了来，顺便带把芭蕉扇进来替三爷打扇。七巧回到屋里来，故意蹙着眉道："真可恶，老妈子在门口探头探脑的，见了我抹过头去就跑，被我赶上去喝住了。若是关上了门说两句话，指不定造出什么谣言来呢！饶是独门独户住了，还没个清净。"潘妈送了点心与酸梅汤进来，七巧亲自拿筷子替季泽拣掉了蜜层糕上的玫瑰与青梅，道："我记得你是不爱吃红绿丝的。"有人在跟前，季泽不便说什么，只是微笑。七巧似乎没话找话说似的，问道："你卖房子，接洽得怎样了？"季泽一面吃，一面答道："有人出八万五，我还没打定主意呢。"七巧沉吟道："地段倒是好的。"季泽道："谁都不赞成我脱手，说还要涨呢。"七巧又问了些详细情形，便道："可惜我手头没有这一笔现款，不然我倒想买。"季泽道："其实呢，我这房子倒不急，倒是咱们乡下你那些田，早早脱手的好。自从改了民国，接二连三的打仗，何有一年闲过？把地面上糟蹋得不成样子，中间还被收租的，师爷，地头蛇一层一层勒掯着，莫说这两年不是水就是旱，就遇着了丰年，也没有多少进账轮到我们头上。"七巧寻思着，道："我也盘算过来，一直挨着没有办。先晓得把它卖了，这会子想买房子，也不至于钱不凑手了。"季泽道："你那田要卖趁现在就得卖，听说直鲁又要开仗了。"七巧道："急切间你叫我卖给谁去？"季泽顿了一顿道："我去替你打听打听，也成。"七巧耸了耸眉毛笑道："得了，你那些狐群狗党里头，又有谁是靠得住的？"季泽把咬开的饺子在小碟子里蘸了点醋，闲闲说出两个靠得住的人名，七巧便认真仔细盘问他起来，他果然回答得有条不紊，显然他是筹之已熟的。

七巧虽是笑吟吟的，嘴里发干，上嘴唇黏在牙仁上，放不下来。她端起盖碗来吸了一口茶，舐了舐嘴唇，突然把脸一沉，跳起身来，将手里的扇子向季泽头上滴溜溜掷过去，季泽向左偏了一偏，那团扇敲在他肩膀上，打翻了玻璃杯，酸梅汤淋淋漓漓溅了他一身。七巧骂道："你要我卖了田去买你的房子？你要我卖田？钱一经你的手，还有得说么？你哄我——你拿那样的话来哄我——你拿我当傻子——"她隔着一张桌子探身过去打他，然而她被潘妈下死劲抱住了。潘妈叫唤起来，祥云等人都奔了来，七手八脚按住了她，七嘴八舌求告着。七巧一头挣扎，一头叱喝着，然而她的一颗心直往下坠——她很明白她这举动太蠢——太蠢——她在这儿丢人出丑。

季泽脱下了他那湿濡的白香云纱长衫，潘妈绞了毛巾来代他揩擦，他理也不理，把衣服夹在手臂上，竟自扬长出门去了，临行的时候向祥云道："等白哥儿下了学，叫他替他母亲请个医生来看看。"祥云吓糊涂了，连声答应着，被七巧兜脸给了她一个耳刮子。

季泽走了。丫头老妈子也都给七巧骂跑了。酸梅汤沿着桌子一滴一滴朝下滴，像迟迟的夜漏——一滴，一滴……一更，二更……一年，一百年。真长，这寂寂的一刹那。七巧扶着头站着，倏地掉转身来上楼去，提着裙子，性急慌忙，跌跌绊绊，不住地撞到那阴暗的绿粉墙上，佛青袄子上沾了大块的淡色的灰。她要在楼上的窗户里再看他一眼。无论如何，她从前爱过他。她的爱给了她无穷的痛苦。单只这一点，就使她值得留恋。多少回了，为了要按捺她自己，她迸得全身的筋骨与牙根都酸楚了。今天完全是她的错。他不是个好人，她又不是不知道。她要他，就得装糊涂，就得容忍他的坏。她为什么要戳穿他？人生在世，还不就是那么一回事？归根究底，什么是真的，什么是假的？

她到了窗前，揭开了那边上缀有小绒球的墨绿洋式窗帘，季泽正在弄堂里往外走，长衫搭在臂上，晴天的风像一群白鸽子钻进他的纺绸裤褂里去，哪儿都钻到了，飘飘拍着翅子。

七巧眼前仿佛挂了冰冷的珍珠帘，一阵热风来了，把那帘子紧紧贴在她脸上，风去了，又把帘子吸了回去，气还没透过来，风又来了，没头没脸包住她——一阵凉，一阵热，她只是淌着眼泪。

玻璃窗的上角隐隐约约反映出弄堂里一个巡警的缩小的影子，晃着膀子踱过去，一辆黄包车静静在巡警身上辗过。小孩把袍子掖在裤腰里，一路踢着球，奔出玻璃的边缘。绿色的邮差骑着自行车，复印在巡警身上，一溜烟掠过。都是些鬼，多年前的鬼，多年后的没投胎的鬼……什么是真的，什么是假的？

过了秋天又是冬天，七巧与现实失去了接触。虽然一样的使性子，打丫头，换厨子，总有些失魂落魄的。她哥哥嫂子到上海来探望了她两次，住不上十来天，末了永远是给她絮叨得站不住脚，然而临走的时候她也没有少给他们东西。她侄子曹春熹上城来找事，耽搁在她家里。那春熹虽是个浑头浑脑的年轻人，却也本本分分的。七巧的儿子长白，女儿长安，年纪到了十三四岁，只因身材瘦小，看上去才只七八岁的光景。在年下，一个穿着品蓝摹本缎棉袍，一个穿着葱绿遍地锦棉袍，衣服太厚了，直挺挺撑开了两臂，一般都是薄薄的两张白脸，并排站着，纸糊的人儿似的。这一天午饭后，七巧还没起身，那曹春熹陪着他兄妹俩掷骰子，长安把压岁钱输光了，还不肯歇手。长白把桌上的铜板一搂，笑道："不跟你来了。"长安道："我们用糖莲子来赌。"春熹道："糖莲子揣在口袋里，看脏了衣服。"长安道："用瓜子也好，柜顶上就有一罐。"便搬过一张茶几来，踩了椅子爬上去拿。慌得春熹叫道："安姐儿你可别摔跤，回头我担不了这干系！"正说着，只见长安猛可里向后一仰，若不是春熹扶住了，早是一个倒栽葱。长白在旁拍手大笑，春熹嘟嘟哝哝骂着，也撑不住要笑，三人笑成一片。春熹将她抱下地来，忽然从那红木大橱的穿衣镜里瞥见七巧蓬着头叉着腰站在门口，不觉一怔，连忙放下了长安，回身道："姑妈起来了。"七巧汹汹奔了过来，将长安向自己身后一推，长安立脚不稳，跌了一跤。七巧只顾将身子挡住了她，向春熹厉声道："我把你这狼心狗肺的东西！我三茶六饭款待你这狼心狗肺的东西，什么地方亏待了你，你欺负我女儿？你那狼心狗肺，你道我揣摩不出么？你别以为你教坏了我女儿，我就不能不捏着鼻子把她许配给你，你好霸占我们的家产！我看你这混蛋，也还想不出这等主意来，敢情是你爹娘把着手儿教的！我那两个狼心狗肺忘恩负义的老混蛋！齐了心想我的钱，一计不成，又生一计！"春熹气得白瞪眼，欲待分辩，七巧道："你还有脸顶撞我！你还不给我快滚，别等我乱棒打出去！"说着，把儿女们推推搡搡送了出去，自己也喘吁吁扶着个丫头走了。春熹究竟年纪轻火性大，赌气卷了铺盖，顿时离了姜家的门。

七巧回到起坐间里，在烟榻上躺下了。屋里暗昏昏的，拉上了丝绒窗帘。时而窗户缝里漏了风进来，帘子动了，方在那墨绿小绒球底下毛茸茸地看见一点天色。只有烟灯和烧红的火炉的微光。长安吃了吓，呆呆坐在火炉边一张小凳上。七巧道："你过来。"长安只道是要打，只是延挨着，搭讪把火炉边的洋铁围屏上晾着的小红格子法布衬衫翻了一翻，道："快烤糊了。"衬衫发出热烘烘的毛气。

七巧却不像要责打她的光景，只数落了一番，道："你今年过了年也有十三岁了，也该放明白些。表哥虽不是外人，天下的男子都是一样混账。你自己要晓得当心，谁不想你的钱？"一阵风过，窗帘上的绒球与绒球之间露出白色的寒天，屋子里暖热的黑暗给打上了一排小洞。烟灯的火焰往下一挫，七巧脸上的影子仿佛更深了一层。她突然坐起身来，低声道："男人……碰都碰不得！谁不想你的钱？你娘这几个钱不是容易得来的，也不是容易守得住。轮到你们手里，我可不能眼睁睁看着你们上人的当——叫你以后提防着些，你听见了没有？"长安垂着头道："听见了。"

七巧的一只脚有点麻，她探身去捏一捏她的脚。仅仅是一刹那，她眼睛里蠢动着一点温柔的回忆。她记起了想她的钱的一个男人。

她的脚是缠过的，尖尖的缎鞋里塞了棉花，装成半大的文明脚。她瞧着那双脚，心里一动，冷笑一声道："你嘴里尽管答应着，我怎么知道你心里是明白还是糊涂？你人也有这么大了，又是一双大脚，哪里去不得？我就是管得住你，也没那个精神成天看着你。按说你今年十三了，裹脚已经嫌晚了，原怪我耽误了你。马上这就替你裹起来，也还来得及。"长安一时答不出话来，倒是旁边的老妈子们笑道："如今小脚不时兴了，只怕将来给姐儿定亲的时候麻烦。"七巧道："没的扯淡！我不愁我的女儿没人要，不劳你们替我担心！真没人要，养活她一辈子，我也还养得起！"当真替长安裹起脚来，痛得长安鬼哭神号的。这时连姜家这样守旧的人家，缠过脚的也都已经放了脚了，别说是没缠过，因此都拿长安的脚传作笑话奇谈。裹了一年多，七巧一时的兴致过去了，又经亲戚们劝着，也就渐渐放松了，然而长安的脚可不能完全恢复原状了。

姜家大房三房里的儿女都进了洋学堂读书，七巧处处存心跟他们比赛着，便也要送长白去投考。长白除了打小牌之外，只喜欢跑跑票房，正在那里朝夕用功吊嗓子，只怕进学校要耽搁了他的功课，便不肯去。七巧无奈，只得把长安送到沪范女中，托人说了情，插班进去。长安换上了蓝爱国布的校服，不上半年，脸色也红润了，胳膊腿腕也粗了一圈。住读的学生洗换衣服，照例是送学校里包着的洗衣房里去。长安记不清自己的号码，往往失落了枕套手帕种种零件，七巧便闹着说要去找校长说话。这一天放假回家，检点了一下，又发现有一条褥单是丢了。七巧暴跳如雷，准备明天亲自上学校去大兴问罪之师。长安着了急，拦阻了一声，七巧便骂道："天生的败家精，拿你的钱不当钱。你娘的钱是容易得来的？——将来你出嫁，你看我有什么陪送给你！——给也是白给！"长安不敢做声，却哭了一晚上。她不能在她的同学跟前丢这个脸。对于十四岁的人，那似乎有天大的重要。她母亲去闹一场，她以后拿什么脸去见人？她宁死也不到学校里去了。她的朋友们，她所喜欢的音乐教员，不久就会忘记了有这么一个女孩子，来了半年，又无缘无故悄悄地走了。走得干净，她觉得她这牺牲是一个美丽的，苍凉的手势。

半夜里她爬下床来，伸手到窗外去试试，漆黑的，是下了雨么？没有雨点。她从枕头边摸出一只口琴，半蹲半坐在地上，偷偷吹了起来。犹疑地，"Long Long Ago"的细小的调子在庞大的夜里袅袅漾开。不能让人听见了。为了竭力按捺着，那呜呜的口琴忽断忽续，如同婴儿的哭泣。她接不上气来，歇了半晌，窗格子里，月亮从云里出来了。墨灰的天，几点疏星，模糊的缺月，像石印的图画，下面白云蒸腾，树顶上透出街灯淡淡的圆光。长安又吹起口琴来。"告诉我那故事，往日我最心爱的那故事，许久以前，许久以前……"

第二天她大着胆子告诉她母亲："娘，我不想念下去了。"七巧睁着眼道："为什么？"长安道："功课跟不上，吃的也太苦了，我过不惯。"七巧脱下一只鞋来，顺手将鞋底抽了她一下，恨道："你爹不如人，你也不如人？养下你来又不是个十不全，就不肯替我争口气！"长安反剪着一双手，垂着眼睛，只是不言语。旁边老妈子们便劝道："姐儿也大了，学堂里人杂，的确有些不方便。其实不去也罢了。"七巧沉吟道："学费总得想法子拿回来。白便宜了他们不成？"便要领了长安一同去索讨，长安抵死不肯去，七巧带着两个老妈子去了一趟回来了，据她自己铺叙，钱虽然没收回来，却也着实羞辱了那校长一场。长安以后在街上遇着了同学，脸上红一阵白一阵，无地自容，只得装做不看见，急急走了过去。朋友寄了信来，她拆也不敢拆，原封退了回去。她的学校生活就此告一结束。

有时她也觉得牺牲得有点不值得，暗自懊悔着，然而也来不及挽回了。她渐渐放弃了一切上进的思想，安分守己起来。她学会了挑是非，使小坏，干涉家里的行政。她不时地跟母亲怄气，可是她的言谈举止越来越像她母亲了。每逢她单叉着裤子，挝开了两腿坐着，两只手按在胯间露出的凳子上，歪着头，下巴搁在心口上凄凄惨惨瞅住了对面的人说道："一家有一家的苦处呀，表嫂——一家有一家的苦处！"——谁都说她是活脱的一个七巧。她打了一根辫子，眉眼的紧俏有似当年的七巧，可是她的小小的嘴过于瘪进去，仿佛显老一点。她再年轻些也不过是一棵较嫩的雪里红——盐腌过的。

也有人来替她做媒。若是家境推扳一点的，七巧总疑心人家是贪她的钱。若是那有财有势的，对方却又不十分热心，长安不过是中等姿色，她母亲出身既低，又有个不贤惠的名声，想必没有什么家教。因此高不成，低不就，一年一年耽搁了下去。那长白的婚事却不容耽搁。长白在外面赌钱，捧女戏子，七巧还没甚话说，后来渐渐跟着他三叔姜季泽逛起窑子来，七巧方才着了慌，手忙脚乱替他定亲，娶了一个袁家的小姐，小名芝寿。

行的是半新式的婚礼，红色盖头是蠲免了，新娘戴着蓝眼镜，粉红喜纱，穿着粉红彩绣裙袄。进了洞房，除去了眼镜，低着头坐在湖色帐幔里。闹新房的人围着打趣，七巧只看了一看便出来了。长安在门口赶上了她，悄悄笑道："皮色倒白净，就是嘴唇太厚了些。"七巧把手撑着门，拔下一只金挖耳来搔搔头，冷笑道："还说呢！你新嫂子这两片嘴唇，切切倒有一大碟子！"旁边一个太太便道："说是嘴唇厚的人天性厚哇！"七巧哼了一声，将金挖耳指住了那太太，倒剔起一只眉毛，歪着嘴微微一笑道："天性厚，并不是什么好话。当着姑娘们，我也不便多说——但愿咱们白哥儿这条命别送在她手里！"七巧天生着一副高爽的喉咙，现在因为苍老了些，不那么尖了，可是扁扁的依旧四面刮得人疼痛，像剃刀片。这两句话，说响不响，说轻也不轻。人丛里的新娘子的平板的脸与胸震了一震——多半是龙凤烛的火光的跳动。

三朝过后，七巧嫌新娘子笨，诸事不如意，每每向亲戚们诉说着。便有人劝道："少奶奶年纪轻，二嫂少不得要费点心教导教导她。谁叫这孩子没心眼儿呢！"七巧啐道："你瞧咱们新少奶奶老实呀——一见了白哥儿，她就得去上马桶！真的！你信不信？"这话传到芝寿耳朵里，急得芝寿只待寻死。然而这还是没满月的时候，七巧还顾些脸面，后来索性这一类的话当着芝寿的面也说了起来，芝寿哭也不是，笑也不是，若是木着脸装不听见，七巧便一拍桌子嗟叹起来道："在儿子媳妇手里吃口饭，可真不容易！动不动就给人脸子看！"

这天晚上，七巧躺着抽烟，长白盘踞在烟铺跟前的一张沙发椅上嗑瓜子，无线电里正唱着一出冷戏，他捧着戏考，一个字一个字跟着哼，哼上了劲，甩过一条腿去骑在椅背上，来回摇着打拍子。七巧伸过脚去踢他一下道："白哥儿你来替我装两筒。"长白道："现放着烧烟的，偏要支使我！我手上有蜜是怎么着？"说着，伸了个懒腰，慢腾腾移身坐到烟灯前的小凳上，卷起了袖子。七巧笑道："我把你这不孝的奴才！支使你，是抬举你！"她眯缝着眼望着他。这些年来她的生命里只有这一个男人，只有他，她不怕他想她的钱——横竖钱都是他的。可是，因为他是她的儿子，他这一个人还抵不了半个……现在，就连这半个人她也保留不住——他娶了亲。他是个瘦小白皙的年轻人，背有点驼，戴着金丝眼镜，有着工细的五官，时常茫然地微笑着，张着嘴，嘴里闪闪发着光的不知道是太多的唾沫水还是他的金牙。他敞着衣领，露出里面的珠羔里子和白小褂。七巧把一只脚搁在他肩膀上，不住的轻轻踢着他的脖子，低声道："我把你这不孝的奴才！打几时起变得这么不孝了？"长安在旁答道："娶了媳妇忘了娘吗！"七巧道："少胡说！我们白哥儿倒不是那们样的人！我也养不出那们样的儿子！"长白只是笑。七巧斜着眼看定了他，笑道："你若还是我从前的白哥儿，你今儿替我烧一夜的烟！"长白笑道："那可难不倒我！"七巧道："眈着了，看我捶你！"

起坐间的帘子撤下送去洗濯了。隔着玻璃窗望出去，影影绰绰乌云里有个月亮，一搭黑，一搭白，像个戏剧化的狰狞的脸谱。一点，一点，月亮缓缓的从云里出来了，黑云底下透出一线炯炯的光，是面具底下的眼睛。天是无底洞的深青色。久已过了午夜了。长安早去睡了，长白打着烟泡，也前仰后合起来。七巧斟了杯浓茶给他，两人吃着蜜饯糖果，讨论着东邻西舍的隐私。七巧忽然含笑问道："白哥儿你说，你媳妇儿好不好？"长白说道："这有什么可说的？"七巧道："没有可批评的，想必是好的了？"长白笑着不做声。七巧道："好，也有个怎么个好呀！"长白道："谁说她好来着？"七巧道："她不好？哪一点不好？说给娘听。"长白起初只是含糊对答，禁不起七巧再三盘问，只得吐露一二。旁边递茶递水的老妈子们都背过脸去笑得格格的，丫头们都掩着嘴忍着笑回避出去了。七巧又是咬牙，又是笑，又是喃喃咒骂，卸下烟斗来狠命磕里面的灰，敲得托托一片响。长白说溜了嘴，止不住要说下去，足足说了一夜。

次日清晨，七巧吩咐老妈子取过两床毯子来打发哥儿在烟榻上睡觉。这时芝寿也已经起了身，过来请安。七巧一夜没合眼，却是精神百倍，邀了几家女眷来打牌，亲家母也在内。在麻将桌上一五一十将她儿子亲口招供的她媳妇的秘密宣布了出来，略加渲染，越发有声有色。众人竭力地打岔，然而说不上两句闲话，七巧笑嘻嘻地转了个弯，又回到她媳妇身上来了。逼得芝寿的母亲脸皮紫涨，也无颜再见女儿，放下牌，乘了包车回去了。

七巧接连着教长白为她烧了两晚上的烟。芝寿直挺挺躺在床上，搁在肋骨上的两只手蜷曲着像死去的鸡的脚爪。她知道她婆婆又在那里盘问她丈夫，她知道她丈夫又在那里叙述一些什么事，可是天知道他还有什么新鲜的可说！明天他又该涎着脸到她跟前来了。也许他早料到她会把满腔的怨毒都结在他身上，就算她没本领跟他拼命，至不济也得质问他几句，闹上一场。多半他准备先声夺人，借酒盖住了脸，找点岔子，摔上两件东西。她知道他的脾气。末后他会坐到床沿上来，耸起肩膀，伸手到白绸小褂里面去抓痒，出人意料之外地一笑。他的金丝眼镜上抖动着一点光，他嘴里抖动着一点光，不知道是唾沫还是金牙。他摘去了他的眼镜。……芝寿猛然坐起身来，哗啦揭开了帐子。这是个疯狂的世界。丈夫不像个丈夫，婆婆也不像个婆婆。不是他们疯了，就是她疯了。今天晚上的月亮比哪一天都好，高高的一轮满月，万里无云，像是漆黑的天上一个白太阳。遍地的蓝影子，帐顶上也是蓝影子，她的一双脚也在那死寂的蓝影子里。

芝寿待要挂起帐子来，伸手去摸索帐钩，一只手臂吊在那铜钩上，脸偎住了肩膀，不由得就抽噎起来。帐子自动地放了下来。昏暗的帐子里除了她之外没有别人，然而她还是吃了一惊，仓皇地再度挂起了帐子。窗外还是那使人汗毛凛凛的反常的明月——漆黑的天上一个灼灼的小而白的太阳。屋里看得分明那玫瑰紫绣花椅披桌布，大红平金五凤齐飞的围屏，水红软缎对联，绣着盘花篆字。梳妆台上红绿丝网络着银粉缸，银漱盂，银花瓶，里面满满盛着喜果。帐檐上垂下五彩攒金绕绒花球，花盆，如意粽子，下面滴溜溜坠着指头大的琉璃珠和尺来长的桃红穗子。偌大一间房里充塞着箱笼，被褥，铺陈，不见得她就找不出一条汗巾子来上吊。她又倒到床上去。月光里，她的脚没有一点血色——青，绿，紫，冷去的尸身的颜色。她想死，她想死。她怕这月亮光，又不敢开灯。明天她婆婆会说："白哥儿给我多烧了两口烟，害得我们少奶奶一宿没睡觉，半夜三更点着灯等他回来——少不了他吗！"芝寿的眼泪顺着枕头不停地流。她不用手帕去擦眼睛，擦肿了，她婆婆又该说了："白哥儿一晚上没回房去睡，少奶奶就把眼睛哭得桃儿似的！"

七巧虽然把儿子媳扫描摹成这样热情的一对，长白对于芝寿却不甚中意，芝寿也把长白恨得牙痒痒的。夫妻不和，长白渐渐又往花街柳巷里走动。七巧把一个丫头绢儿给了他做小，还是牢笼不住他。七巧又变着方儿哄他吃烟。长白一向就喜欢玩两口，只是没上瘾，现在吸得多了，也就收了心不大往外跑了，只在家守着母亲和新姨太太。

他妹子长安二十四岁那年生了痢疾，七巧不替她延医服药，只劝她抽两筒鸦片，果然减轻了不少痛苦，病愈之后，也就上了瘾。那长安更与长白不同，未出阁的小姐，没有其他的消遣，一心一意的抽烟，抽的倒比长白还要多。也有人劝阻，七巧道："怕什么！莫说我们姜家还吃得起，就是我今天卖了两顷地给他们姐儿俩抽烟，又有谁敢放半个屁？姑娘赶明儿聘了人家，少不得有她这一份嫁妆。她吃自己的，喝自己的，姑爷就是舍不得，也只好干望着她罢了！"

话虽如此说，长安的婚事毕竟受了点影响。来做媒的本就不十分踊跃，如今竟绝迹了。长安到了近三十的时候，七巧见女儿注定了是要做老姑娘的了，便又换了一种论调，道："自己长得不好，嫁不掉，还怨我做娘的耽搁了她！成天挂搭着个脸，倒像我该她二百钱似的。我留她在家里吃一碗闲茶闲饭，可没打算留她在家里给我气受！"

姜季泽的女儿长馨过二十岁生日，长安去给她堂房妹子拜寿。那姜季泽虽然穷了，幸喜他交游广阔，手里还算兜得转。长馨背地里向她母亲道："妈想法子给安姐姐介绍个朋友罢，瞧她怪可怜的。还没提起家里的情形，眼圈儿就红了。"兰仙慌忙摇手道："罢！罢！这个媒我不敢做！你二妈那脾气是好惹的？"长馨年少好事，哪里理会得？歇了些时，偶然与同学们说起这件事，恰巧那同学有个表叔新从德国留学回来，也是北方人，仔细攀认起来，与姜家还沾着点老亲。那人名唤童世舫，叙起来比长安略大几岁。长馨竟自作主张，安排了一切，由那同学的母亲出面请客。长安这边瞒得家里铁桶相似。

七巧身子一向硬朗，只因她媳妇芝寿得了肺痨，七巧嫌她乔张做致，吃这个，吃那个，累又累不得，比寻常似乎多享了一些福，自己一赌气便也病了。起初不过是气虚血亏，却也将阖家支使得团团转，哪儿还能够兼顾到芝寿？后来七巧认真得了病，卧床不起，越发鸡犬不宁。长安乘乱里便走开了，把裁缝唤到她三叔家里，由长馨出主意替她制了新装。赴宴的那天晚上，长馨先陪她到理发店去用钳子烫了头发，从天庭到鬓角一路密密贴着细小的发圈，耳朵上戴了二寸来长的玻璃翠宝塔坠子，又换上了苹果绿乔琪纱旗袍，高领圈，荷叶边袖子，腰以下是半西式的百褶裙。一个小大姐蹲在地上为她扣揿钮，长安在穿衣镜里端详着自己，忍不住将两臂虚虚地一伸，裙子一踢，摆了个葡萄仙子的姿势，一扭头笑了起来道："把我打扮得天女散花似的！"长馨在镜子里向那小大姐做了个媚眼，两人不约而同也都笑了起来。长安妆罢，便向高椅上端端正正坐下了。长馨道："我去打电话叫车。"长安道："还早呢！"长馨看了看表道："约的是八点，已经八点过五分了。"长安道："晚个半个钟头，想必也不碍事。"长馨猜她是存心要搭点架子，心中又好气又好笑，打开银丝手提皮包来检点了一下，借口说忘了带粉镜子，径自走到她母亲屋里来，如此这般告诉了一遍，又道："今儿又不是姓童的请客，她这架子是冲着谁搭的？我也懒得去劝她，由她挨到明儿早上去，也不干我事。"兰仙道："瞧你这糊涂！人是你约的，媒是你做的，你怎么卸得了这干系？我埋怨过你多少回了——你早该知道了，安姐儿就跟她娘一样的小家子气，不上台盘。待会儿出乖露丑的，说起来是你姐姐，你丢人也是活该，谁叫你把这些是是非非，揽上身来，敢是闲疯了？"长馨咕嘟着嘴在她母亲屋里坐了半晌。兰仙笑道："看这情形，你姐姐是等着人催请呢。"长馨道："我才不去催她呢！"兰仙道："傻丫头，要你催，中甚么用？她等着那边来电话哪！"长馨失声笑道："又不是新娘子，要三请四催的，逼着上轿！"兰仙道："好歹你打个电话到饭店里去，叫他们打个电话来，不就结了？快九点了，再挨下去，事情可真要崩了！"长馨只得依言做去，这边方才动了身。

长安在汽车里还是兴兴头头，谈笑风生的，到了菜馆子里，突然矜持起来，跟在长馨后面，悄悄掩进了房间，怯怯地褪去了苹果绿鸵鸟毛斗篷，低头端坐，拈了一只杏仁，每隔两分钟轻轻啃去了十分之一，缓缓咀嚼着。她是为了被看而来的。她觉得她浑身的装束，无懈可击，任凭人家多看两眼也不妨事，可是她的身体完全是多余的，缩也没处缩，她始终缄默着，吃完了一顿饭。等着上甜菜的时候，长馨把她拉到窗子跟前去观看街景，又托故走开了，那童世舫便踱到窗前，问道："姜小姐这儿来过么？"长安细声道："没有。"童世舫道："我也是第一次，菜倒是不坏，可是我还是吃不大惯。"长安道："吃不惯？"世舫道："可不是！外国菜比较清淡些，中国菜要油腻得多。刚回来，连着几天亲戚朋友们接风，很容易的就吃坏了肚子。"长安反复地看她的手指，仿佛一心一意要数数一共有几个指纹是螺形的，几个是畚箕……

玻璃窗上面，没来由开了小小的一朵霓虹灯的花——对过一家店面里反映过来的，绿心红瓣，是尼罗河祀神的莲花，又是法国王室的百合徽章……

世舫多年没见过故国的姑娘，觉得长安很有点楚楚可怜的韵致，倒有几分欢喜。他留学以前早就定了亲，只因他爱上了一个女同学，抵死反对家里的亲事，路远迢迢，打了无数的笔墨官司，几乎闹翻了脸，他父母曾经一度断绝了他的接济，使他吃了不少的苦，方才依了他，解了约。不幸他的女同学别有所恋，抛下了他，他失意之余，倒埋头读了七八年的书。他深信妻子还是旧式的好，也是由于反应作用。

和长安见了这一面之后，两下里都有了意。长馨想着送佛送到西天，自己再热心些，也没有资格出来向长安的母亲说话，只得央及兰仙。兰仙执意不肯道："你又不是不知道，你参跟你二妈仇人似的，向来是不见面的。我虽然没跟她红过脸，再好些也有限，何苦去自讨没趣？"长安见了兰仙，只是垂泪，兰仙却不过情面，只得答应去走一遭。妯娌相见，问候了一番，兰仙便说明了来意。七巧初听见了，倒也欣然，因道："那就拜托了三妹妹罢！我病病哼哼的，也管不得了，偏劳三妹妹。这丫头就是我的一块心病。我做娘的也不能说是对不起她了，行的是老法规矩，我替她裹脚，行的是新派规矩，我送她上学堂——还要怎么着？照我这样扒心扒肝调理出来的人，只要她不疤不麻不瞎，还会没人要吗？怎奈这丫头天生的是扶不起的阿斗，恨得我只嚷嚷；多是我一闭眼去了，男婚女嫁，听天由命罢！"

当下议妥了，由兰仙请客，两方面相亲。长安与童世舫只做没见过面模样，又会晤了一次。七巧病在床上，没有出场，因此长安便风平浪静的订了婚。在筵席上，兰仙与长馨强拉着长安的手，递到童世舫手里，世舫当众替她套上了戒指。女家也回了礼，文房四宝虽然免了，却用新式的丝绒文具盒来代替，又添上了一只手表。

订婚之后，长安遮遮掩掩竟和世舫单独出去了几次。晒着秋天的太阳，两人并排在公园里走着，很少说话，眼角里带着一点对方的衣服与移动着的脚，女子的粉香，男子的淡巴菰气，这单纯而可爱的印象便是他们身边的栏杆，栏杆把他们与众人隔开了。空旷的绿草地上，许多人跑着，笑着，谈着，可是他们走的是寂寂的绮丽的回廊——走不完的寂寂的回廊。不说话，长安并不感到任何缺陷。她以为新式的男女间的交际也就"尽于此矣"。童世舫呢，因为过去的痛苦的经验，对于思想的交换根本抱着怀疑的态度。有个人在身边，他也就满足了。从前，他顶讨厌小说上的男人，向女人要求同居的时候，只说："请给我一点安慰。"安慰是纯粹精神上的，这里却做了肉欲的代名词。但是他现在知道精神与物质的界限不能分得这么清。言语究竟没用。久久的握着手，就是较妥协的安慰，因为会说话的人很少，真正有话说的人还要少。

有时在公园里遇着了雨，长安撑起了伞，世舫为她擎着。隔着半透明的蓝绸伞，千万粒雨珠闪着光，像一天的星。一天的星到处跟着他们，在水珠银烂的车窗上，汽车驰过了红灯，绿灯，窗子外营营飞着一窠红的星，又是一窠绿的星。

长安带了点星光下的乱梦回家来，人变得异常沉默了，时时微笑着。七巧见了，不由得有气，便冷言冷语道："这些年来，多多怠慢了姑娘，不怪姑娘难得开个笑脸。这下子跳出了姜家的门，趁了心愿了，再快活些，可也别这么摆在脸上呀——叫人寒心！"依着长安素日的性子，就要回嘴，无如长安近来像换了个人似的，听了也不计较，自顾自努力去戒烟。七巧也奈何她不得。

长安订婚那天，大奶奶玳珍没去，隔了些天来补道喜。七巧悄悄唤了声大嫂，道："我看咱们还得在外头打听打听哩，这事可冒失不得！前天我耳朵里仿佛刮着一点，说是乡下有太太，外洋还有一个。"玳珍道："乡下的那个没过门就退了亲。外洋那个也是这样，说是做了几年的朋友了，不知怎么又没成功。"七巧道："那还有个为什么？男人的心，说声变，就变了。他连三媒六聘的还不认账，何况那不三不四的歪辣货？知道他在外洋还有旁人没有？我就只这一个女儿，可不能糊里糊涂断送了她的终身，我自己是吃过媒人的苦的！"

长安坐在一旁用指甲去掐手掌心，手掌心掐红了，指甲却挣得雪白。七巧一抬眼望见了她，便骂道："死不要脸的丫头，竖着耳朵听呢！这话是你听得的么？我们做姑娘的时候，一声提起婆婆家，来不迭地躲开了。你姜家枉为世代书香，只怕你还要到你开麻油店的外婆家去学点规矩哩！"长安一头哭一头奔了出去。七巧拍着枕头嗐了一声道："姑娘急着要嫁，叫我也没法子。腥的臭的往家里拉。名为是她三婶给找的人，其实不过是拿她三婶做个幌子。多半是生米煮成了熟饭了，这才挽了三婶出来做媒。大家齐打伙儿糊弄我一个人……糊弄着也好！说穿了，叫做娘的做哥哥的脸往哪儿去放？"

又一天，长安托辞溜了出去，回来的时候，不等七巧查问，待要报告自己的行踪，七巧叱道："得了，得了，少说两句罢！在我前面糊什么鬼？有朝一日你让我抓着了真凭实据——哼！别以为你大了，订了亲了，我打不得你了！"长安急了道："我给馨妹妹送鞋样子去，犯了什么法了？娘不信，娘问三婶去！"七巧道："你三婶替你寻汉子来，就是你的重生父母，再养爹娘！也没见你这样的轻骨头！……一转眼就不见你的人了。你家里供养了你这些年，就只差买个小厮伺候你，哪一处对你不住了，你在家里一刻也坐不稳？"长安红了脸，眼泪直掉下来。七巧缓过一口气来，又道："当初多少好的都不要，这会子去嫁个不成器的，人家拣剩下来的，岂不是自己打嘴？他若是个人，怎么活到三十来岁，飘洋过海的，跑上十万里地，一房老婆还没弄到手？"

然而长安一味的执迷不悟。因为双方的年纪都不小了，订了婚不上几月，男方便托了兰仙来议定婚期。七巧指着长安道："早不嫁，迟不嫁，偏赶着这两年钱不凑手！明年若是田上收成好些，嫁妆也还整齐些。"兰仙道："如今新式结婚，倒也不讲究这些了。就照新派办法，省着点也好。"七巧道："什么新派旧派？旧派无非排场大些，新派实惠些，一样还是娘家的晦气！"兰仙道："二嫂看着办就是了，难道安姐儿还会争多论少不成？"一屋子的人全笑了，长安也不觉微微一笑。七巧破口骂道："不害臊！你是肚子里有了搁不住的东西是怎么着？火烧眉毛，等不及的要过门！嫁妆也不要了——你情愿，人家倒许不情愿呢！你就拿准了他是图你的人？你好不自量，你有哪一点叫人看得上眼？趁早别自骗自了！姓童的还不是看上了姜家的门第！别瞧你们家轰轰烈烈，公侯将相的，其实全不是那么回事！早就是外强中干，这两年连空架子也撑不起了。人呢，一代坏似一代，眼里那儿还有天地君亲？少爷们是什么都不懂，小姐们就知道霸钱要男人——猪狗都不如！我娘家当初千不该万不该跟姜家结了亲，坑了我一世，我待要告诉那姓童的趁早别像我似的上了当！"

　　自从吵闹过这一番，兰仙对于这头亲事便洗手不管了。七巧的病渐渐痊愈，略略下床走动，便逐日骑着门坐着，遥遥的向长安屋里叫喊道："你要野男人你尽管去找，只别把他带上门来认我做丈母娘，活活的气死了我！我只图个眼不见，心不烦。能够容我多活两年，便是姑娘的恩典了！"颠来倒去几句话，嚷得一条街上都听得见。亲戚丛中自然更将这事沸沸扬扬传了开去。

　　七巧又把长安唤到跟前，忽然滴下泪来道："我的儿，你知道外头人把你怎么长怎么短糟蹋得一个钱也不值！你娘自从嫁到姜家来，上上下下谁不是势利的，狗眼看人低，明里暗里我不知受了他们多少气。就连你爹，他有什么好处到我身上，我要替他守寡？我千辛万苦守了这二十年，无非是指望你姐儿俩长大成人，替我争回一点面子来。不承望今日之下，只落得这等的收场！"说着，呜咽起来。

　　长安听了这话，如同轰雷掣顶一般。她娘尽管把她说得不成人，外头人尽管把她说得不成人，她管不了这许多。唯有童世舫——他——他该怎么想？他还要她么？上次见面的时候，他的态度有点改变么？很难说……她太快乐了，小小的不同的地方她不会注意到……被戒烟期间身体上的痛苦与种种刺激两面夹攻着，长安早就有点受不了，可是硬撑着也就撑了过去，现在她突然觉得浑身的骨骼都脱了节。向他解释么？他不比她的哥哥，他不是她母亲的儿女，他决不能彻底明白她母亲的为人。他果真一辈子见不到她母亲，倒也罢了，可是他迟早要认识七巧。这是天长地久的事，只有千年做贼的，没有千年防贼的——她知道她母亲会放出什么手段来？迟早要出乱子，迟早要决裂。这是她的生命里顶完美的一段，与其让别人给它加上一个不堪的尾巴，不如她自己早早结束了它。一个美丽而苍凉的手势……她知道她会懊悔的，她知道她会懊悔的，然而她抬了抬眉毛，做出不介意的样子，说道："既然娘不愿意结这头亲，我去回掉他们就是了。"七巧正哭着，忽然住了声，停了一停，又抽搭抽搭哭了起来。

　　长安定了一定神，就去打了个电话给童世舫。世舫当天没有空，约了明天下午。长安所最怕的就是中间隔的这一晚，一分钟，一刻，一刻，啃进她心里去。次日，在公园里的老地方，世舫微笑着迎上前来，没跟她打招呼——这在他是一种亲昵的表示。他今天仿佛是特别的注意她，并肩走着的时候，屡屡地望着她的脸。太阳煌煌的照着，长安越发觉得眼皮肿得抬不起来了，趁他不在看她的时候把话说了罢。她用哭哑了的喉咙轻轻唤了一声"童先生"，世舫没听见。那么，趁他看她的时候把话说了罢。她诧异她脸上还带着点笑，小声道："童先生，我想——我们的事也许还是——还是再说罢。对不起得很。"她褪下戒指来塞在他手里，冷涩的戒指，冷湿的手。她放快了步子走去，他愣了一会，便追上来，问道："为什么呢？对于我有不满意的地方么？"长安笔直向前望着，摇了摇头。世舫道："那么，为什么呢？"长安道："我母亲……"世舫道："你母亲并没有看见过我。"长安道："我告诉过你了，不是因为你。与你完全没有关系。我母亲……"世舫站定了脚。这在中国是很充分的理由了罢？他这么略一踌躇，她已经走远了。

　　园子在深秋的日头里晒了一上午又一下午，像烂熟的水果一般，往下坠着，坠着，发出香味来。长安悠悠忽忽听见了口琴的声音，迟钝地吹出了"Long Long Ago"——"告诉我那故事，往日我最心爱的那故事。许久以前，许久以前……"这是现在，一转眼也就变了许久以前了，什么都完了。长安着了魔似的，去找那吹口琴的人——去找她自己。迎着阳光走着，走到树底下，一个穿着黄短裤的男孩骑在树桠枝上颠颠着，吹着口琴，可是他吹的是另一个调子，她从来没听见过的。不大的一棵树，稀稀朗朗的梧桐叶在太阳里摇着像金的铃铛。长安仰面看着，眼前一阵黑，像骤雨似的，泪珠一串串的披了一脸。世舫找到了她，在她身边悄悄站了半晌，方道："我尊重你的意见。"长安举起了她的皮包来遮住了脸上的阳光。

他们继续来往了一些时。世舫要表示新人物交女朋友的目的不仅限于择偶，因此虽然与长安解除了婚约，依旧常常的邀她出去。至于长安呢，她是抱着什么样的矛盾的希望跟着他出去，她自己也不知道——知道了也不肯承认。订着婚的时候，光明正大的一同出去，尚且要瞒了家里，如今更成了幽期密约了。世舫的态度始终是坦然的。固然，她略略伤害了他的自尊心，同时他对于她多少也有点惋惜，然而"大丈夫何患无妻？"男子对于女子最隆重的赞美是求婚。他割舍了他的自由，送了她这一份厚礼，虽然她是"心领璧还"了，他可是尽了他的心。这是惠而不费的事。

无论两人之间的关系是怎样的微妙而尴尬，他们认真的做起朋友来了。他们甚至谈起话来。长安的没见过世面的话每每使世舫笑起来，说："你这人真有意思！"长安渐渐的也发现了她自己原来是个"很有意思"的人。这样下去，事情会发展到什么地步，连世舫自己也会惊奇。

然而风声吹到了七巧的耳朵里。七巧背着长安吩咐长白下帖子请童世舫吃便饭。世舫猜着姜家是要警告他一声，不准他和他们小姐藕断丝连，可是他同长白在那阴森高敞的餐室里吃了两盅酒，说了一会话，天气，时局，风土人情，并没有一个字沾到长安身上。冷盘撤了下去，长白突然手按着桌子站了起来。世舫回过头去，只见门口背着光立着一个小身材的老太太，脸看不清楚，穿一件青灰团龙宫织缎袍，双手捧着大红热水袋，身边夹峙着两个高大的女仆。门外日色昏黄，楼梯上铺着湖绿花格子漆布地衣，一级一级上去，通入没有光的所在。世舫直觉地感到那是个疯子——无缘无故的，他只是毛骨悚然。长白介绍道："这就是家母。"

世舫挪开椅子站起来，鞠了一躬。七巧将手搭在一个佣妇的胳膊上，款款走了进来，客套了几句，坐下来便敬酒让菜。长白道："妹妹呢？来了客，也不帮着张罗张罗。"七巧道："她再抽两筒就下来了。"世舫吃了一惊，睁眼望着她。七巧忙解释道："这孩子就苦在先天不足，下地就得给她喷烟。后来也是为了病，抽上了这东西。小姐家，够多不方便哪！也不是没戒过，身子又娇，又是由着性儿惯了的，说丢，哪儿丢得掉呀？戒戒抽抽，这也有十年了。"世舫不由得变了色。七巧有一个疯子的审慎与机智。她知道，一不留心，人们就会用嘲笑的，不信任的眼光截断了她的话锋，她已经习惯了那种痛苦。她怕话说多了要被人看穿了。因此及早止住了自己，忙着添酒布菜。隔了些时，再提起长安的时候，她还是轻描淡写的把那几句话重复了一遍。她那平扁而尖利的喉咙四面割着人像剃刀片。

长安悄悄地走下楼来，玄色花绣鞋与白丝袜停留在日色昏黄的楼梯上。停了一会，又上去了，一级一级，走进没有光的所在。

七巧道："长白你陪童先生多喝两杯，我先上去了。"佣人端上一品锅来，又换上了新烫的竹叶青。一个丫头慌里慌张站在门口将席上伺候的小厮唤了出去，嘀咕了一会，那小厮又进来向长白附耳说了几句，长白仓皇起身，向世舫连连道歉，说："暂且失陪，我去去就来。"三脚两步也上楼去了，只剩世舫一人独酌。那小厮也觉过意不去，低低地告诉了他："我们绢姑娘要生了。"世舫道："绢姑娘是谁？"小厮道："是少爷的姨奶奶。"

世舫拿上饭来胡乱吃了两口，不便放下碗来就走，只得坐在花梨炕上等着，酒酣耳热，忽然觉得异常的委顿，便躺了下来。卷着云头的花梨炕，冰凉的黄藤心子，柚子的寒香……姨奶奶添了孩子了。这就是他所怀念着的古中国……他的幽娴贞静的中国闺秀是抽鸦片的！他坐了起来，双手托着头，感到了难堪的落寞。

他取了帽子出门，向那小厮道："待会儿请你对上头说一声，改天我再面谢罢！"他穿过砖砌的天井，院子正中生着树，一树的枯枝高高印在淡青的天上，像瓷上的冰纹。长安静静的跟在他后面送了出来。她的藏青长袖旗袍上有着浅黄的雏菊。她两手交握着，脸上显出稀有的柔和。世舫回过身来道："姜小姐……"她隔得远远的站定了，只是垂着头。世舫微微鞠了一躬，转身就走了。长安觉得她是隔了相当的距离看这太阳里的庭院，从高楼上望下来，明晰，亲切，然而没有能力干涉，天井，树，曳着萧条的影子的两个人，没有话——不多的一点回忆，将来是要装在水晶瓶里双手捧着看的——她的最初也是最后的爱。

芝寿直挺挺躺在床上，搁在肋骨上的两只手蜷曲着像宰了的鸡的脚爪。帐子吊起了一半。不分昼夜她不让他们给她放下帐子来，她怕。

外面传进来说绢姑娘生了个小少爷。丫头丢下了热气腾腾的药罐子跑出去凑热闹，敞着房门，一阵风吹了进来，帐钩豁朗朗乱摇，帐子自动地放了下来，然而芝寿不再抗议了。她的头向右一歪，滚到枕头外面去。她并没有死——又挨了半个月光景才死的。

绢姑娘扶了正，做了芝寿的替身。扶了正不上一年就吞了生鸦片自杀了。长白不敢再娶了，只在妓院里走走。长安更是早就断了结婚的念头。

七巧似睡非睡横在烟铺上。三十年来她戴着黄金的枷。她用那沉重的枷角劈杀了几个人，没死的也送了半条命。她知道她儿子女儿恨毒了她，她婆家的人恨她，她娘家的人恨她。她摸索着腕上的翠玉镯子，徐徐将那镯子顺着骨瘦如柴的手臂往上推，一直推到腋下。她自己也不能相信她年轻的时候有过滚圆的胳膊。就连出了嫁之后几年，镯子里也只塞得进一条洋绉手帕。十八九岁做姑娘的时候，高高挽起了大镶大滚的蓝夏布衫袖，露出一双雪白的手腕，上街买菜去。喜欢她的有肉店里的朝禄，她哥哥的结拜弟兄丁玉根，张少泉，还有沈裁缝的儿子。喜欢她，也许只是喜欢跟她开开玩笑，然而如果她挑中了他们之中的一个，往后日子久了，生了孩子，男人多少对她有点真心。七巧挪了挪头底下的荷叶边小洋枕，凑上脸去揉擦了一下，那一面的一滴眼泪她就懒怠去揩拭，由它挂在腮上，渐渐自己干了。

七巧过世以后，长安和长白分了家搬出来住。七巧的女儿是不难解决她自己的问题的。谣言说她和一个男子在街上一同走，停在摊子跟前，他为她买了一双吊袜带。也许她用的是她自己的钱，可是无论如何是由男子的袋里掏出来的。……当然这不过是谣言。

三十年前的月亮早已沉了下去，三十年前的人也死了，然而三十年前的故事还没完——完不了。

（一九四三年十月）

（选自《张爱玲文集》第 2 卷，安徽文艺出版社 1992 年版）

现代女性生命的哀怨

王雪松

关键词：哀怨；意象；现代

《金锁记》是张爱玲的代表作之一，完稿于 1943 年 10 月。张爱玲无意去表现风云惨淡的社会动乱，只是关注俗世中的众生相，特别是现代都市旧式大家庭中的男女悲欢。她凭借一支笔深入人性的深处，《金锁记》为我们打开了一个幽冷、乖戾、疯狂的心灵世界。

主人公曹七巧原本是小镇上麻油店老板的女儿，完全是一个乡野里活泼可爱的少女，朦胧地向往都市生活，在兄长的包办下成了上海姜公馆的二媳妇，做了患骨痨病的二少爷的妻子；十年后熬到婆婆、丈夫死了，独立门户，成了奴役儿女、儿媳的家长。一个女人的人生三部曲构成了人物的前传、正传与后传，留下了一段走向苍凉的生命旅程。曹七巧出身低微，嫁入逐渐没落的大户人家，厮守着毫无生命活力的丈夫。她既为内心物欲所惑，也为大家庭的压迫所逼，成了一个戴着"黄金枷锁"的变态人。曹七巧刻薄、粗鄙、狠毒、乖戾的性格，成了封建文化与殖民文化结姻的怪胎，她身上表现的是走向腐朽的文化与黄金的枷锁对人性的异化。曹七巧的人性异化的悲剧，又暴露了陈腐的封建家族制度、都市畸形的现代文化对一个活泼生命的扭曲，让我们看到文化交替时期的女性在衰颓的社会文化环境中无以自立的生存困境。作者面对文化的衰颓、人性的愚妄显露出的无奈与困惑，使小说呈现出一种苦涩、苍凉的悲剧意味。张爱玲从俗世人生入手，笔下的女性悲剧没有崇高与悲壮，只有生存的琐屑，女性多是旧式家庭的"怨女""怨妇"，她们的诗意的梦想在庸俗平常的日子里幻灭。

这篇小说在艺术上的主要特征为：对人物心理的细腻刻画展示的心理冲突；平常琐屑的生活情景描写与小说的场景结构；犀利传神的讽刺语言与絮叨的从容叙事；象征意象的运用与苍凉氛围的营造。我们主要论析一下意象在张爱玲小说中的运用，意象对人物形象的暗示。曹七巧——玻璃匣子里的蝴蝶标本；长安——美丽而苍凉的手势；芝寿——死去的鸡的脚爪，皆形神毕肖。而月亮、镜子、玻璃等意象都打上了张爱玲独特的艺术印记。与传统意象不同，张爱玲笔下这些意象的象征或隐寓意义是流动不居的，随着人物情态、心理的不同而发生微妙的改变。"影影绰绰乌云里有个月亮，一搭黑，一搭白，像个戏剧化的狰狞的脸谱……黑云底下透出一线炯炯的光，是面具底下的眼睛"——这是曹七巧意欲窥探儿媳芝寿隐私时的月亮；"窗外还是那使人汗毛凛凛的反常的明月——漆黑的天上一个灼灼小而白的太阳"——这是精神濒临崩溃的芝寿眼中的月亮。举凡书中的意象，无一不融入人物的主观体验，由于通感等的运用，主客体之间的界限模糊了，却又妙合无垠。这也是张爱玲小说与古典小说的不同之处，有了些许西方现代派的先锋痕迹。

小说中的意象还同时承担了结构叙事的功能。譬如镜子，"七巧双手按住了镜子。镜子里反映着的翠竹帘子和一副金绿山水屏条依旧在风中来回荡漾着，望久了，便有一种晕船的感觉。再定睛看时，翠竹帘子已经褪了色，金绿山水换了一张她丈夫的遗像，镜子里的人也老了十年", 揽镜自怜间巧妙地掠过十年的物理时间, 堪称叙事节奏变化的经典之笔。它的妙处在于不止用具象取代了古代白话小说中常用的过渡语言, 诸如"有话则长, 无话则短"之类, 平添了生动性与历史感, 而且意象之中自有深意。雕漆长镜就是曹七巧命运的镜子, 她熬死了丈夫与婆婆, 挣得了一份可观的财产, 然而她付出了青春的代价, "翠竹帘子"褪了色, "金绿山水"已成明日黄花, 再也无从追寻。意象的转换, 收到一石三鸟的效果, 实在是出奇制胜之笔。又如"酸梅汤"这一意象:"酸梅汤沿着桌子一滴一滴朝下滴, 像迟迟的夜漏———一滴, 一滴……一更, 二更……一年, 一百年。真长, 这寂寂的一刹那。"一滴一滴的难道不是曹七巧心里的血、眼中的泪? 瞬时的物理时间被这个意象延展成百年的心理时间。

思 考 题

1. 分析曹七巧形象的悲剧意义。
2. 找出书中具有代表性的意象, 分析其意蕴内涵。

延 伸 阅 读

张爱玲:《红玫瑰与白玫瑰》《连环套》《创世纪》

参 考 文 献

1. 刘川鄂:《张爱玲传》, 长江文艺出版社 2020 年版。
2. 刘锋杰:《"故事下的故事"——张爱玲作品的叙事分析》,《清华大学学报》(哲学社会科学版) 2011 年第 5 期。

倾城之恋（存目）

张爱玲

苍凉的启示

王雪松

关键词：苍凉；启示；寓言

张爱玲的《倾城之恋》是少有的以一种"圆满的方式"收场的小说。乍一看题目，还以为是才子佳人一段罗曼蒂克的感情故事，但读下去，却是一种彻骨的苍凉。

白流苏不是佳人，她只是一个离了婚而且前夫已死的寡妇，寄居在娘家，虽然还不显老，但在世人眼里，不过是"败柳残花"（四太太语）。娘家人在花光了她带来的钱财后，都没有好脸色对她，白流苏不得不在冷嘲热讽中度日。范柳原也非才子，他是一个华侨富商的私生子，继承了大笔财产，更是风月场上的高手。白流苏一心想得到"婚姻"的形式保障，而范柳原却只想找个情人。两个自私的人彼此吸引、相互掩饰、互斗心机。只是由于香港的一场战火，意外地使二人结合，白流苏才获得了妻子的名分。

在《自己的文章》中，张爱玲说："我发觉许多作品里力的成分大于美的成分。力是快乐的，美却是悲哀的，两者不能独立存在。'死生契阔，与子成说；执子之手，与子偕老'是一首悲哀的诗，然而它的人生态度又是何等肯定。我不喜欢壮烈。我是喜欢悲壮，更喜欢苍凉。"在她眼里，"悲壮是一种完成，而苍凉则是一种启示"。那么，这段"倾城之恋"带给我们什么启示呢？

首先是一个离婚女子在娘家的寄居生活得不到尊重、理解和保障，是一重悲哀；一个女子无以凭借，只能靠男性才能获得生存和生活的保障，又是一重悲哀（白流苏本可以靠劳动养活自己，但是她不愿失去淑女的身份，这也是她世俗的一面）；一个女子费尽心思，却仍逃脱不了"情妇"的角色，若非那场战火，婚姻几无可能，又是一重悲哀。回到"倾国倾城"的原意中，若抛却道德上的评判，多少有些让人艳羡的成分，美人能使男人甘愿将一切置之度外，故绝色美女常使国家倾覆。《倾城之恋》却有些反其意而用之的味道，香港的倾覆，文明的毁灭，成全的却是世俗人的婚姻。在此，原本无条件的"倾城之恋"被彻底改写，那炫目的光晕消散了，余下的只是俗人在特定状况下的无奈选择，诗意的光晕在此荡然无存，这又是一重悲哀。当白流苏获得了婚姻的空壳，爱情却随之远去，一场战争未能将二人的爱情升华。张爱玲说得好："从腐旧的家庭里走出来的流苏，香港之战的洗礼并不曾将她感化成为革命女性；香港之战影响范柳原，使他转向平实的生活，终于结婚了，但结婚并不使他变成圣人，完全放弃往日的生活习惯与作风。因之柳原与流苏的结局，虽然多少是健康的，仍旧是庸俗；就事论事，他们也只能如此。"（《自己的文章》）

不能不说这又是一重悲哀。至于小说最后四奶奶因白流苏的"榜样"而嚷着要离婚，不过是另一种带着揶揄的启示而已。

然而作家并没有责怪笔下人物的意思，在某种程度上还带有一些同情。猜疑和自危造就了白流苏的自私，多少也有无奈的成分。比如，她第二次赴港，不得已成了范柳原的情妇，作者这样写道："固然，女人是喜欢被屈服的，但是那只限于某种范围内。如果她是纯粹为范柳原的风仪与魅力所征服，那又是一说了。可是内中还掺杂着家庭的压力——最痛苦的成分。"短促的人生，时代的剧变，神秘莫测的命运，使得这场姻缘证明的，不是人生的美满，而是人生更大的缺憾。文章最后一句"说不尽的苍凉的故事——不问也罢！"让人无限感慨。

《倾城之恋》看起来像是一个关于爱情、人性的寓言，没有严肃的教谕，只是一种苍凉的启示。

思 考 题

1. 你如何看待白流苏和范柳原的爱情？试分析二人的心理过程。
2. 分析《倾城之恋》的命名内涵。

延 伸 阅 读

张爱玲：《流言》《封锁》

参 考 文 献

1. 邵迎建：《张爱玲的传奇文学与流言人生》（增订本），生活·读书·新知三联书店 2018 年版。
2. 刘俐俐：《张爱玲研究的现状、问题分析及其思考》，《南京社会科学》2013 年第 10 期。

鬼恋（存目）

徐 訏

亦真亦幻的人"鬼"之恋

王雪松

关键词：亦真亦幻；大众传奇；奇恋

徐訏在 1937 年发表中篇小说《鬼恋》，此后 7 年内印行 19 次，风行一时，他被称为"文坛鬼才"。如果说张爱玲的小说是"在传奇里寻找普通人，在普通人里寻找传奇"，那么徐訏的作品则是地道的"奇人、奇事、奇情、奇恋"，在"奇"字上做足了文章。

小说写"我"在上海南京路上遇到一个自称是"鬼"的美丽女子，在交往中"我"逐渐对"鬼"产生了爱恋。然而"鬼"只想保持友谊而拒绝爱情，"我"在探求"鬼"踪后终于发现，"鬼"其实是人，并曾经从事革命工作，在经历了爱人、朋友被杀和被出卖的打击后厌倦人世，遂以"鬼"的身份生活。"我"想将她拉回人世，希冀得到爱情，但最终"鬼"飘然而去，留给"我"惆怅的回忆。

上述故事进入徐訏的文学世界成为小说情节时，便成了一段亦真亦幻的"人鬼情未了"的传奇故事，显示了作者高超的叙事技巧。首先，小说利用地点、时间的确切标示造成"真实"的错觉。徐訏花了差不多三分之一的篇幅写"我"与女鬼的第一次相遇，这美女究竟是人是鬼，始终扑朔迷离，但他们一路行走的路线清清楚楚。接下来，故事循着其发生的时间顺序进行叙述，如"二个月的旅行生活""十二个星期以后""这样一个月过去了"等，直到"我出院后第一件事情，就是到'鬼'家去。我那时终在怀疑那三四年的人生是一场春梦"，读者才惊觉不知不觉间"我"已经与"鬼"周旋了三四年。

其次，作者发挥新奇的想象，让读者在真实与虚幻间穿梭。月夜、黑衣女子、无血色的冷艳面容、奇特的交谈，都似乎预示着"聊斋"式的情节。传统的志怪小说擅于渲染环境的幽昧或人的主观意识的模糊，以达到"忘路之远近"的效果，人往往为鬼狐所惑，但鬼狐常常以人的形象出现，并且鬼狐都刻意隐瞒自己的身份，整个故事是将"人"证实为"鬼狐"的过程。但徐訏反其意而用之，文中的女子直接宣称自己是"鬼"，于是整个故事被置换成了将"鬼"证实为"人"的过程。在这个框架中，又巧妙地嵌入两个故事，一个是"我"故意讲述的鬼故事，一个是"鬼"讲述的曾经参加革命工作的故事。特别是前一个故事，鬼故事中的情节与眼前"鬼"的举止言谈、居所环境相缠绕，虚虚实实间不由得让人疑窦丛生，如梦如幻。

另外，作者采用第一人称、内视角的方式，由叙事者"我"的视角展开故事。此限制性叙事方式，一方面拉近了读者与作者的心理距离，扩充了心理表现的空间，另一方面也使小说悬念迭起，读者与"我"共赴奇幻之旅。

"小说是书斋的雅静与马路的繁闹融合的艺术。"（徐訏《〈一朵小白花〉序》）徐訏追求文学作品的雅俗共赏。《鬼恋》代表了作者赴港前的写作特色，通俗的一面更浓些，但这并不表示其中没有雅致的一面，只不过如盐在水般化入情节中。比如"我"一心拉"鬼"入世，然而不知不觉间在"鬼境"生活很久，"鬼"想出世，却与世俗之"我"交流颇多，还在白天乔装入世，这是入世与出世思想的矛盾；"我"与"鬼"互有好感，却不能结合，这是友情与爱情的矛盾。凡此种种，启发着读者在猎奇之余不免沉思一番。

思 考 题

1. 试将徐訏的作品与张爱玲、张恨水的作品作一番比较，讨论三人在小说"雅俗共赏"方面的异同。

2. 本文采用第一人称叙事，说说这样写有什么好处。另外，不妨尝试从"鬼"的角度，同样以第一人称复述这个故事。

延 伸 阅 读

徐訏：《风萧萧》《盲恋》《精神病患者的悲歌》

参 考 文 献

1. 吴义勤：《漂泊的都市之魂——徐訏论》，苏州大学出版社 1993 年版。

2. 王泽龙、余文镜：《论徐訏〈鬼恋〉的叙事审美特征》，《人文杂志》2003 年第 5 期。

盲恋（存目）

徐訏

探询生命真谛的现代传奇

王海燕

关键词：浪漫传奇；哲学内涵；潜意识

主张小说是"书斋的雅静"与"马路的繁闹"相融合的徐訏，其大雅大俗、既先锋又通俗的独特风格在 20 世纪三四十年代的《鬼恋》《风萧萧》等作品中已经赢得了文坛的瞩目。在 50 年代寓港之后创作的中篇小说《盲恋》中，他更是将浪漫传奇中探询爱情、生命真谛的优长发挥到炉火纯青的境地。

徐訏曾明确表示："在三十年来中国文学的写实主义主流中，我始终是一个不想遵循写实路线的人。"（《〈斜阳古道〉再版序》）他喜欢浪漫主义，轻写实重浪漫的审美取向使他的小说总是致力于追求异乎寻常的情节，描写异乎寻常的事件，刻画异乎寻常的性格。《盲恋》以奇人奇事、奇情奇恋强烈地吸引着读者。在人物设置上，男女主人公一反"郎才女貌"的完美组合，而是各有常人不能接受的缺憾。陆梦放尽管极富才情，精通文艺，常有文章见诸报端，却天生一副卡西莫多一样奇丑无比的相貌，没有家人的爱，没有亲友、同学的亲近，自幼成了一个"喜欢黑暗""喜欢孤独"的怪人；女主人公微翠虽然天生丽质，聪慧无比，对文学和音乐有非同一般的领悟力，却是天生的盲女。二人虽生理上各有缺憾，但作为恋人也可算"天作之合"：微翠没有视觉，也就无从分辨美丑，所以对梦放的爱是完整的；自卑的梦放渴望的也正是微翠毋需依赖视觉的爱。二人的相恋渗透着浪漫传奇常见的对比——"丑就在美的旁边，畸形靠近着优美，丑怪藏在崇高的背后，美与恶并存，光明与黑暗相共"（雨果《论文学》）。在情节构成上，小说将才子佳人常见的"一见钟情—外生波折—终成眷属"置换为"一见钟情—结为眷属—内生波折"，不仅校正了读者的期待视野，也为小说关注人的内在世界预留了足够的叙述空间。巧设悬念是推动情节发展的要素之一。如"我"（梦放）在寓居张家的第二天清晨，即在花园里瞥见一个转瞬即逝的美丽的"少女的影"，无论是中介人还是张家主人，均未对"我"提及过张家有这样一位妙龄少女，如《鬼恋》一样，通过揭开女子身份之谜遂把我们引入一个奇幻神秘的故事之中。

小说浪漫传奇的艺术特点还在于作者巧妙的叙述策略。小说主体部分第一人称内叙事的主观性、局部性视域不仅具有直接、生动、易激发同情心等特点，而且使读者仅能看到聚焦视野之内的事物，有益于隔断人物与现实之间的直接联系，构筑一个远离尘世的神奇世界。小说人物活动的空间是相对封闭的张家公馆和苏州近郊的住所。梦放与微翠由于生理缺陷的限制，都不喜与人交往，不喜喧闹，白天很少出门活动，所以他们的交往和对谈多在有云和月的夜晚。如水的月色、飘渺的云影、细细的古典音乐，微翠似云一样轻盈飘逸的身影、淡雅的服饰，超尘拔俗、略带感伤的环境氛围烘托出他们爱情的唯美，带给读者亦真亦幻的审美感受。

瑰丽奇幻的爱情故事，寄予着作者对爱情与生命真谛的现代性追问。小说淡化了爱情与外部现实的联系，径直走向了更为复杂、神秘的人性的深处，以视觉的盲与明检验爱情的真与伪、人性的明与暗及残缺与完整的悖谬关系，体现出作者对人之内在生命的紧张思辨与悲剧体验。梦放和微翠在微翠复明之前都体验到了爱情的巨大力量与无比的幸福。爱成了梦放创造的源泉，原本没有天分的梦放不仅摆脱了自卑，还因此获得了灵性的舒展，被文坛惊呼为"天才"。留学归来的张世发带来的微翠有可能复明的消息打破了他们伊甸园般完美的幸福。复明，对微翠无疑是好消息，对梦放也是好消息；但对于二人的爱情来说并非如此。微翠目睹了梦放的丑陋之后爱情能否继续，这对两人来说都是极其严峻的考验。对于梦放来说，为了保证爱情的完整而拒绝微翠复明，无疑是自私的。他在痛苦和矛盾中试图以死亡来成就微翠的复明与爱情的永恒，但"上帝的意旨"不允许他这么做，他自杀而被救，他以"人生最大的幸福决不是'取'而是'给'"的大爱通过了这场爱情与人性的双重考验。那么微翠呢？在手术之前，微翠相信恢复视力是上帝对她的信赖，是为了让她更多一重视觉来爱梦放，但在真正复明之后，眼睛使她同时看到美丽与丑陋，视觉让她同时体会到幸福与痛苦。她发现她做不了自己的主人，尽管她想用理性、道义来约束自己的真正感觉，但这一切都是徒劳，理性并不能主宰活生生的真实的身体感觉，微翠最终由于不能解决道德冲突和生命的痛苦，只能选择自杀。爱情在目盲的残缺中萌生、成长，却又在完整的明眸中凋谢、死亡，其间的悖论又岂是人力可以掌控？小说关于"视觉"的讨论、对"上帝的意旨"的追问，以及微翠复明而死、梦放神经错乱的悲剧结局折射出西方现代哲学的精髓：人是悲剧的存在物，在人身上不仅有同世界的悲剧性冲突，更有同自己的悲剧性冲突。

深入人物的无意识领域是《盲恋》心理剖析的一大特色。梦放因身体缺陷自幼受到冷落和伤害，童年的创伤记忆使他成年后对必须借助他人或者镜子而诞生的"自我"一直心怀恐惧。小说中多次出现的"镜子"意象颇富心理学的隐喻意义，揭示出人类生存的内在世界与外在世界之间微妙而深刻的联系。一些细节描写也颇具象征意义，如微翠复明后世发"低着头，嘴角时时浮出羞涩的微笑"的异常表情，微翠对"我""奇怪的殷勤与关切"，"总是低垂着眼睛"的举止，无不传达出人物潜意识的丰富内涵。

思 考 题

1. 如何理解徐訏小说既通俗又先锋的特征？

2. 《盲恋》的爱情悲剧表达了怎样的人生哲理？

延 伸 阅 读

徐訏：《阿拉伯海的女神》《吉普赛的诱惑》《荒谬的英法海峡》

参 考 文 献

1. 冯芳：《20 世纪上半叶徐訏研究述评》，《中国现代文学研究丛刊》2014 年第 2 期。
2. 吴义勤、王素霞：《我心彷徨：徐訏传》，上海三联书店 2008 年版。

莎菲女士的日记（存目）

丁　玲

现代女性内心世界的大胆告白

范小伟

关键词：现代女性；灵肉冲突；生命体验

五四时期，一些女性作家如冯沅君、庐隐都曾涉足女性的婚恋问题，表现知识女性对恋爱自由的向往与封建主义的冲突这一主题。稍后时期的丁玲，对于女性渴求爱情的坦率、大胆的描写，在很多方面已经超越了同一时期的女性作家，尤其是《莎菲女士的日记》中的莎菲形象，其叛逆精神的强烈、张扬，引发了人们广泛而持久的关注。自 1928 年《莎菲女士的日记》发表以来，人们对于莎菲这一艺术形象就有着不同的认识和评价。茅盾说："莎菲女士是心灵上负着时代苦闷的创伤的青年女性的叛逆的绝叫者。"（《女作家丁玲》）冯雪峰称她是笼罩着由绝望和空虚所构成的感伤主义情绪的"恋爱至上主义者"（《丁玲文集·后记》）。1949 年后，有人把莎菲说成是资产阶级人物的一种，是自我中心主义者，玩弄了别人结果玩弄了自己。新时期有人则把莎菲定位为既背叛封建旧礼教，又惩罚市侩灵魂恶的叛逆女性。

莎菲的叛逆是基于个性主义的，是带有那个时代鲜明印记的。她的行为是现代知识女性在经历了五四个性解放思想洗礼之后，陡然身陷大革命失败的迷茫彷徨境地之中的一种精神表现，莎菲的日记堪称现代知识女性内心世界的率真暴露。莎菲愤世嫉俗，蔑视传统的礼教和封建道德，她一方面强烈要求着热烈而痛快的生活，另一方面在内心深处总充满着情感与理智的矛盾冲突。在婚恋问题上，莎菲有自己的理想和追求。她不满于生活中的三种爱情方式。第一种是毓芳和云霖式的爱情：平平庸庸，缺乏热烈的爱。对毓芳和云霖的结合，她只是觉得他们的幸福"不是在有爱人，是在两人都无更大的欲望，商商量量平平和和地过日子"，并嘲笑他们为怕生小孩而不敢肉体接触的禁欲主义生活。第二种是苇弟式的爱情：真诚却乏味，迷恋于她，一切听从于她，但缺乏主见的爱。她也觉得苇弟是一个好人，乐意在自己需要的时候让苇弟安慰她，但她不爱苇弟，因为她觉得苇弟太不懂得爱的技巧，毫无男子汉的气概，只会把眼泪一颗一颗掉到她的手背上。她有时捉弄苇弟，故意伤害苇弟的心，而事后又会觉得惭愧，并责备自己，觉得自己是一个不配承受苇弟真挚的爱的女人。第三种是凌吉士式的爱情：外表漂亮，灵魂卑劣，充满铜臭气的爱。在同凌吉士交往时，莎菲经常处于矛盾的状态中。凌吉士有着体态丰仪的外表，"颀长的身躯，白嫩的面庞，薄薄的小嘴唇，柔软的头发"，这些都深深地打动着莎菲；凌吉士还有着潇洒的风度，处处得体的行为表现，以及新加坡籍的华侨身份，这些都深深地吸引着莎菲。她希望凌吉士无条件送上门来，有时候她又不顾一切、费尽心机地去追求他。最终她发现了凌吉士的真面目："高贵的美型里，是安置着如此一个卑劣的灵魂"，"他需要的是什么？是金钱，是在客厅中能应酬买卖中朋友们的年轻太太，是几个穿得很标致的白胖儿子。他的爱情是什么？是拿金钱在妓院中，去挥霍而得来的一时肉感的享受"。莎菲的内心经历了一场感情与理智、灵魂与肉体的激烈冲突，最终理智占了上风，终于摆脱了凌吉士的纠缠。在作品中，丁玲通过莎菲的日记，将莎菲的婚恋观念坦率地表达出来："我总愿意有那末一个人能了解得我清清楚楚的，如若不懂得我，我要那些爱，那些体贴做什么？"可见，莎菲所追求的是双方相互了解、彼此真正理解、灵肉统一的理想型的爱情模式。

小说也真实地表现了莎菲的个体生命体验。由于天气寒冷，自身患有疾病，无所事事的莎菲只得"煨牛奶""看报纸"，像一个老人耐心地消磨时间。青春年少的莎菲因病被困在毫无生气的房间里，疾病的折磨，孤独、郁闷的纠缠，她的生命力萎靡不振，莎菲由此感到了生的无趣。苦闷、空虚、绝望的情绪表现正是患病期间莎菲个体生命体验的一种心理表达方式。

《莎菲女士的日记》采用了日记体的形式，便于剖析主人公丰富而复杂的内心世界。在小说中，丁玲大量运用内心独白来表现莎菲的心理活动，充分展现了人物内心世界的复杂性和多面性。尤其是自我叙述视角的娴熟运用，使得文本具有很强的透明度和真实性，同时也具有更强的私语性和隐秘性，"莎菲女士的日记"是莎菲个人全部真实心境的写照，因而具有强烈的个性化色彩。

茅盾曾经称赞丁玲的短篇小说"立意深湛，即使写的是'身边琐事'，也不使人感到琐细单薄"（《女作家丁玲》）。《莎菲女士的日记》虽然描写的是莎菲在北京养病期间的心理过程，但是通过莎菲的所思、所闻、所感诉说了在五四个性解放语境中成长起来的一代现代知识女性的身心苦闷，因而也具有了广泛的社会意义。

思 考 题

1. 分析莎菲这一艺术形象的特点及其意义。
2. 日记体的形式对于表现人物心理有何作用？

延 伸 阅 读

丁玲：《梦珂》《阿毛姑娘》《自杀日记》

参 考 文 献

1. 李向东、王增如：《丁玲传》上、下，中国大百科全书出版社 2015 年版。
2. 贺桂梅：《丁玲的逻辑》，《读书》2015 年第 5 期。

我在霞村的时候

丁 玲

因为政治部太嘈杂，莫俞同志决定要把我送到邻村去暂住，实际我的身体已经复原了，不过既然有安静的地方暂时休养，趁这机会整理一下近三月来的笔记，觉得也很好，我便答应他到霞村去住两个星期，那里离政治部有三十里路。

同去的还有一位宣传科的女同志，她大约有些工作，她不是个好说话的人，所以一路显得很寂寞。加上她是一个"改组派"的脚，我的精神又不大好，我们上午就出发，太阳快下山了，才到达目的地。

远远看这村子，也同其他村子差不多。但我知道，这村子里还有一个未被毁去的建筑得很美丽的天主教堂和一个小小的松林，我就将住在靠山的松林里，从这里可以直望到教堂。现在已经看到靠山的几排整齐的窑洞和窑洞上的绿色的树林，我觉得很满意这村子。

从我的女伴口里，我认为这村子是很热闹的；但当我们走进村口时，却连一个小孩子，一只狗也没有碰到，只是几片枯叶轻轻地被风卷起，飞不多远又坠下来了。

"这里从先是小学堂，自从去年鬼子来后就毁了，你看那边台阶，那是一个很大的教室呢。"阿桂（我的女伴）告诉我，她显得有些激动，不像白天那样沉默了。她接着又指着一个空空的大院子："一年半前这里可热闹呢，同志们天天晚饭后就在这里打球。"

她又急起来了："怎么今天这里没有人呢？我们是先到村公所去，还是到山上去呢？咱们的行李也不知道捎到什么地方去了，总得先闹清才好。"

村公所大门墙上，贴了很多白纸条，上面写着"××会办事处"、"××会霞村分会"、"……"。但我们到了里边，却静悄悄地找不到一个人，几张横七竖八的桌子空空的摆在那里。我们正奇怪，匆匆地跑来一个人，他看了一看我，似乎想问什么，接着又把话咽下去了，还想往外跑，但被我们叫住了。

他只好连连地答应我们："我们的人嘛，都到村西口去了。行李？嗯，是有行李，老早就抬到山上了，是刘二妈家里。"他一边说一边也打量着我们。

我们知道了他是农救会的人，便要求他陪同我们一道上山去，并且要他把我写给这边一个同志的条子送去。

他答应替我们送条子，却不肯陪我们，而且显得有点不耐烦的样子，把我们丢下独自跑走了。

街上也是静悄悄的，有几家在关门，有几家门还开着，里边黑漆漆的，我们也没有找到人。幸好阿桂对这村子还熟，她引导着我走上山，这时已经黑下来了，冬天的阳光是下去得快的。

山不高，沿着山脚上去，错错落落有很多石砌的窑洞，也常有人站在空坪上眺望着。阿桂明知没有到，但一碰着人便要问：

"刘二妈的家是这样走的么？""刘二妈的家还有多远？""请你告诉我怎样到刘二妈

的家里？"或是问："你看见有行李送到刘二妈家去过么？刘二妈在家么？"

回答总是使我们满意的，这些满意的回答一直把我们送到最远的、最高的刘家院子里，两只小狗最先走出来欢迎我们。

接着有人出来问了。一听说是我，便又出来了两个人，他们掌着灯把我们送进一个院子，到了一个靠东的窑洞里。这窑洞里面很空，靠窗的炕上堆得有我的铺盖卷和一口小皮箱，还有阿桂的一条被子。

他们里面有认识阿桂的，拉着她的手问长问短，后来索性把阿桂拉出去了。我一个人留在这屋子里，只好整理铺盖。我刚要躺下去，她们又拥进来了。有一个青年媳妇托着一缸面条，阿桂、刘二妈和另外一个小姑娘拿着碗、筷和一碟子葱同辣椒，小姑娘又捧来一盆燃得红红的火。

她们殷勤地督促着我吃面，也摸我的两手、两臂。刘二妈和那媳妇也都坐上炕来了。她们露出一种神秘的神气，又接着谈讲着她们适才所谈到的一个问题。我先还以为她们所诧异的是我，慢慢我觉得不是这样的，她们只热心于一点，那就是她们谈话的内容。我只无头无尾的听见几句，也弄不清，尤其是刘二妈说话之中，常常要把声音压低，像怕什么人听见似的那么耳语着。阿桂已经完全变了，她仿佛蛮能干的，很爱说话，而且也能听人说话的样子，她表现出很能把握住别人说话的中心意思。另外两人不大说什么，不时也补充一两句，却那么聚精会神地听着，深怕遗漏去一个字似的。

忽然院子里发生一阵嘈杂的声音，不知有多少人在同时说话，也不知道闯进了多少人来。刘二妈几人慌慌张张的都爬下炕去往外跑，我也莫名其妙地跟着跑到外边去看。这时院子里实在完全黑了，有两个纸糊的红灯笼在人丛中摇晃，我挤到人堆里去瞧，什么也看不见，他们也是无所谓的在挤着而已，他们都想说什么，都又不说，只听见一些极简单的对话。而这些对话只有更把人弄糊涂的：

"玉娃，你也来了么？"

"看见没有？"

"看见了，我有些怕。"

"怕什么，不也是人么，更标致了呢。"

我开始以为是谁家要娶新娘子了，他们回答我不是的；我又以为是俘虏兵到了，却还不是的。我跟着人走到中间的窑门口，却见窑里挤得满满的是人，而且烟雾沉沉地看不清，我只好又退出来。人似乎也在慢慢地退去了，院子里空旷了许多。

我不能睡去，便在灯底下整理着小箱子，翻着那些练习簿、相片，又削着几支铅笔。我显得有些疲乏，却又感觉着一种新的生活要到来以前的那种昂奋。我分配着我的时间，我要从明天起遵守规定下来的生活秩序，这时却有一个男人嗓子在门外响起了：

"还没有睡么？××同志。"

还没有等到我的答应，这人便进来了，是一个二十岁左右的、还文雅的乡下人。

"莫主任的信我老早就看到了，这地方还比较安静，凡事放心，都有我，要什么尽管问刘二妈。莫主任说你要在这里住两个星期，行，要是住得还好，欢迎你多住一阵。我就住在邻院，下边的那几个窑，有事就叫这里的人找我。"

他不肯上炕来坐，地下又没有凳子，我便也跳下炕去：

"啊，你就是马同志，我给你的一个条子收到了么？请坐下来谈谈吧。"

我知道他在这村子上负点责，是一个未毕业的初中学生。

"他们告诉我，你写了很多书，可惜我们这里没有卖，我都没有见到。"他望了望炕上开着口的小箱子。

我们话题一转到这里的学习情形时，他便又说："等你休息几天后，我们一定请你做一个报告；群众的也好，训练班的也好，总之，你一定得帮助我们，我们这里最难的工作便是'文化娱乐'。"

像这样的青年人我在前方看了很多很多，当刚刚接触他们的时候常常感到惊讶，觉得这些同自己有一点距离的青年们实在变得很快，我又把话拉回来。

"刚才，他们发生了什么事么？"

"刘大妈的女儿贞贞回来了。想不到她才了不起呢。"即刻我感到在他的眼睛里面多了一样东西，那里面放射着愉快的、热情的光辉。

我正要问下去时，他却又加上说明了："她是从日本人那里回来的，她已经在那里干了一年多了。"

"啊！"我不禁也惊叫起来了。

他打算再告诉我一些什么时，外边有人在叫他了，他只好对我说明天他一定叫贞贞来找我。而且他还提起我注意似的，说贞贞那里"材料"一定很多的。

很晚阿桂才回来睡，她躺在床上老是翻来覆去地睡不着，不住地唉声叹气。我虽说已经疲倦到极点了，仍希望她能告诉我一些关于今晚上的事情。

"不，××同志！我不能说，我真难受，我明天告诉你吧，呵！我们女人真作孽呀！"于是她把被蒙着头，动也不动，也再没有叹息，我不知道她什么时候才睡着的。

第二天一早我到屋外去散步，不觉得就走到村子底下去了。我走进了一家杂货铺，一方面是休息，一方面买了他们很多枣子，是打算送给刘二妈家里煮稀饭吃的。那杂货铺老板听我说住在刘二妈家里，便挤着那双小眼睛，有趣地低声问我道：

"她那俫女儿你看见了么？听说病得连鼻子也没有了，那是给鬼子糟蹋的呀。"他又转过脸去朝站在里边门口的他的老婆说："亏她有脸面回家来，真是她爹刘福生的报应。"

"那娃儿向来就风风雪雪的，你没有看见她早前就在街上浪来浪去，她不是同夏大宝打得火热么？要不是夏大宝穷，她不老早就嫁给他了么？"那老婆子拉着衣角走了出来。

"谣言可多呢，"他转过脸来抢着又说。这次他的眼睛已不再眨动了，却做出一副正经的样子："听说起码一百个男人总'睡'过，哼，还做了日本官太太，这种缺德的婆娘，是不该让她回来的。"

我忍住了气，因为不愿同他吵，就走出来了。我并没有再看他，但我感觉到他又眯着那小眼睛很得意地望着我的背影。

走到天主堂转角的地方，又听到有两个打水的妇人在谈着，一个说：

"还找过陆神父，一定要做姑姑，陆神父问她理由，她不说，只哭，知道那里边闹的什么把戏，现在呢，弄得比破鞋还不如……"

另一个便又说："昨天他们告诉我，说走起路来一跛一跛的，唉，怎么好意思见人！"

"有人告诉我，说她手上还戴得有金戒指，是鬼子送的哪！"

"说是还到大同去过，很远的，见过一些世面，鬼子话也会说哪。……"

这散步于我是不愉快的，我便走回家来了。这时阿桂已不在家，我就独自坐在窑洞里读一本小册子。

我把眼睛从书上抬起来，看见靠墙立着两个粮食篓子，那大约很有历史的吧，它的颜色同墙壁一般黑，我把一块活动的窗户纸掀开，看见一片灰色的天（已经不是昨天来时的天气了）和一片扫得很干净的土地，从那地的尽头，伸出几株枯枝的树，疏疏朗朗地划在那死寂的铅色的天上。

院子里没有什么人走动。

我又把小箱子打开，取出纸笔来写了两封信。怎么阿桂还没回来呢？我忘记她是有工作的，而且我以为她将与我住下去似的了。

冬天的日子本来是很短的，但这时我却以为它比夏天的还长呢。

后来我看见那小姑娘出来了，于是跳下炕到门外去招呼她，她只望着我笑了一笑，便跑到另外一个窑洞里去了。我在院子里走了两个圈，看见一只苍鹰飞到教堂的树林子里边去了。那院子里有很多大树。

我又在院子里走起来，走到靠右边的尽头，我听见有哭泣的声音，是一个女人，而且在压抑住自己，时时都在擤鼻涕。

我努力地排遣自己，思索着这次来的目的和计划，我一定要好好休养，而且按着自己规定的时间去生活。于是我又回到房子里来了，既然不能睡，而写笔记又是多么无聊呵！

幸好不久刘二妈来看我了，她一进来，那小姑娘跟着也来了，后来那媳妇也来了。她们都坐到我的炕上，围着一个小火盆。那小姑娘便察看着那小方炕桌上的我的用具。

"那时谁也顾不到谁，"刘二妈述说着一年半前鬼子打到霞村来的事，"咱们住在山上的还好点，跑得快，村底下的人家有好些都没有跑走，也是命定下的，早不早迟不迟，这天咱们家的贞贞却跑到天主堂去了，后来才知道她是找那个外国神父要做姑姑去的，为的也是风声不好，她爹正在替她讲亲事，是西柳村一家米铺的小老板，年纪快三十了，填房，家道厚实，咱们都说好，就只贞贞自己不愿意，她向着她爹哭过。别的事她爹都能依她，就只这件事老头子不让，咱们老大又没儿，总企望把女儿许个好人家。谁知道贞贞却赌气跑到天主堂去了，就那一忽儿，落在火坑了哪，您说做娘老子的怎不伤心……"

"哭的是她的娘么？"

"就是她娘。"

"你的侄女儿呢？"

"侄女儿么，到底是年轻人，昨天回来哭了一场，今天又欢天喜地到会上去了，才十八岁呢。"

"听说做过日本人太太，真的么？"

"这就难说了，咱也摸不着，谣言自然是多得很，病是已经弄上身了，到那种地方，还保得住干净？小老板的那头亲事，还不吹了，谁还肯要鬼子用过的女人！的的确确是有病，昨天晚上她自己也说了。她这一跑，真变了，她说起鬼子来就像说到家常便饭似的，才十八岁呢，已经一点也不害臊了。"

"夏大宝今天还来过呢，娘！"那媳妇悄声地说着，用探问的眼睛望着二妈。

"夏大宝是谁呢？"

"是村底下磨坊里的一个小伙计，早先小的时候同咱们贞贞同过一年学，两个要好得很，可是他家穷，连咱们家也不如，他正经也不敢怎样的，偏偏咱们贞贞痴心痴意，总要去缠着他，一来又怪了他；要去做姑姑也还不是为了他？自从贞贞给日本鬼弄去后，他倒常来看看咱们老大两口子。起先咱们大爹一见他就气，有时骂他，他也不说什么，骂走了第二次又来，倒是一个有良心的孩子，现在自卫队当一个小排长呢。他今天又来了，好像向咱们大妈求亲来着呢，只听见她哭，后来他也哭着走了。"

"他知不知道你侄女儿的情形呢？"

"怎会不知道？这村子里就没有人不清楚，全比咱们自己还清楚呢。"

"娘，人都说夏大宝是个傻孩子呢。"

"嗯，这孩子总算有良心，咱是愿意这头亲事的。自从鬼子来后，谁还再是有钱的人呢？看老大两口子的口气，也是答应的。唉，要不是这孩子，谁肯来要呢？莫说有病，名声就实在够受了。"

"就是那个穿深蓝色短棉袄，戴一顶古铜色翻边毡帽的。"小姑娘闪着好奇的眼光，似乎也很了解这回事。

在我记忆里出现了这样一个人影：今天清晨我出外散步的时候，看见了这么一个年轻的小伙子，有着一副很机灵也很忠厚的面孔，他站在我们院子外边，却又并不打算走进来的样子；约莫当我回家时，又看他从后边的松林里走出来。我只以为是这院子里人或邻院的人，我那时并没有很注意他，现在想起来，倒觉得的确是一个短小精悍、很不坏的年轻人。

我的休养计划怕不能完成了，为什么我的思绪这样的乱？我并不着急于要见什么人，但我幻想中的故事是不断的增加着。

阿桂现出一副很明白我的神气，望着我笑了一下便走出去了。

我明白了她的意思，于是来回在炕上忙碌了一番；觉得我们的铺、灯、火都明亮了许多。我刚把茶缸子搁在火上的时候，果然阿桂已经回到门口了，我听见她后边还跟得有人。

"有客人来了，××同志！"阿桂还没有说完，便听见另外一个声音噗哧一笑："嘻……"

在房门口我握住了这并不熟识的人的手了。她的手滚烫，使我不能不略微吃惊。她跟着阿桂爬上炕去时，在她的背上，长长的垂着一条发辫。

这间使我感到非常沉闷的窑洞，在这新来者的眼里，却很新鲜似的，她用蛮有兴致的眼光环绕地探视着。她身子稍稍向后仰地坐在我的对面，两手分开撑住她坐的铺盖上，并不打算说什么话似的，最后把眼光安详地落在我脸上了。阴影把她的眼睛画得很长，下巴很尖。虽在很浓厚的阴影之下的眼睛，那眼珠却被灯光和火光照得很明亮，就像两扇在夏天的野外屋宇里洞开的窗子，是那么坦白，没有尘垢。

我也不知道如何来开始我们的谈话，怎么能不碰着她的伤口，不会损害到她的自尊心。我便先从缸子里倒了一杯已经热了的茶。

"你是南方人吧？我猜你是的，你不像咱们省里的人。"倒是贞贞先说了。

"你见过很多南方人么？"我想最好随她高兴说什么我就跟着说什么。

"不，"她摇着头，仍旧盯着我瞧，"我只见过几个，总是有些不同。我喜欢你们那里人，南方的女人都能念很多很多的书，不像咱们，我愿意跟你学，你教我好么？"

我答应她之后忽的她又说了："日本的女人也都会念很多很多书，那些鬼子兵都藏得有几封写得漂亮的信：有的是他们的婆姨来的，有的是相好来的，也有不认识的姑娘们写信给他们，还夹上一张照片，写了好些肉麻的话，也不知道她们是不是真心，总哄得那些鬼子当宝贝似的揣在怀里。"

"听说你会说日本话，是么？"

在她脸上轻微地闪露了一下羞赧的颜色，接着又很坦然的说下去："时间太久了，跑来跑去一年多，多少就会了一点儿，懂得他们说话很有用处。"

"你跟着他们跑了很多地方么？"

"不是老跟着一个队伍跑的，人家总以为我做了鬼子官太太，享富贵荣华，实际我跑回来过两次，连现在这回是第三次了。后来我是被派去的，也是没有办法，我在那里熟，工作重要，一时又找不到别的人。现在他们不再派我去了，要替我治病。也好，我也挂牵我的爹娘，回来看看他们。可是娘真没有办法，没有儿女是哭，有了儿女还是哭。"

"你一定吃了很多的苦吧。"

"她吃的苦真是想也想不到，"阿桂露出一副难受的样子，像要哭似的，"做了女人真倒霉，贞贞你再说吧。"她更挤拢去，紧靠她身边。

"苦么，"贞贞像回忆着一件辽远的事一样，"现在也说不清，有些是当时难受，于今想来也没有什么；有些是当时倒也马马虎虎的过去了，回想起来却实在伤心呢，一年多，日子也就过去了。这次一路回来，好些人都奇怪地望着我。就说这村子的人吧，都把我当一个外路人，有亲热我的，也有逃避我的。再说家里几个人吧，还不都一样，谁都偷偷地瞧我，没有人把我当原来的贞贞看了。我变了么，想来想去，我一点也没有变，要说，也就心变硬一点罢了。人在那种地方住过，不硬一点心肠还行么，也是因为没有办法，逼得那么做的哪！"

一点有病的样子也没有，她的脸色红润，声音清晰，不显得拘束，也不觉得粗野。她并不含一点夸张，也使人感觉不到她有什么牢骚，或是悲凉的意味，我忍不住要问到她的病了。

"人大约总是这样，哪怕到了更坏的地方，还不是只得这样，硬着头皮挺着腰肢过下去，难道死了不成？后来我同咱们自己人有了联系，就更不怕了。我看见日本鬼子吃败仗，游击队四处活动，人心一天天好起来，我想我吃点苦，也划得来，我总得找活路，还要活得有意思，除非万不得已。所以他们说要替我治病，我想也好，治了总好些。这几天病倒不觉得什么了，路过张家驿时，住了两天，他们替我打了两次药针，又给了一些药让我吃。只有今年秋天的时候，那才厉害，人家说我肚子里面烂了，又赶上有一个消息要立刻送回来，找不到一个能代替的人，那晚上摸黑我一个人来回走了三十里，走一步，痛一步，只想坐着不走了。要是别的不关紧要的事，我一定不走回去了，可是这不行哪，唉，又怕被鬼子认出来，又怕误了时间，后来整整睡了一个星期，才又拖着起了身。一条命要死好像也不大容易，你说是么？"

她并没有等我的答复，却又继续说下去了。

有的时候，她停顿下来，在这时间，她也望望我们，也许是在我们脸上找点反应，也许她只是思索着别的。看得出阿桂比贞贞显得更难受，阿桂大半的时候沉默着，有时说几句话，她说的话总只为的传达出她的无限的同情，但她沉默时，却更显得她为贞贞的话所震慑住了，她的灵魂被压抑，她感受了贞贞过去所受的那些苦难。

我以为那说话的人丝毫没有想到要博得别人的同情，纵是别人正为她分担了那些罪过，她似乎也没有感觉到，同时也正因为如此，就使人觉得更可同情了。如果她说起她这段历史的时候，并不是像现在这样，心平气和，甚至使你以为她是在说旁人那样，那是宁肯听她哭一场，哪怕你自己也陪着她哭，都是觉得好受些的。

后来阿桂倒哭了，贞贞反来劝她。我本有许多话准备同贞贞说的，也说不出口了，我愿意保持住我的沉默。当她走后，我强制自己在灯下读了一个钟头的书，连睡得那么邻近的阿桂，也不看她一眼，或问她一句，哪怕她老是翻来覆去地睡不着，一声一声地叹息着。

以后贞贞每天都来我这里闲谈，她不只是说她自己，也常常很好奇地问我许多那些不属于她的生活中的事。有时我的话说得很远，她便显得很吃力地听着，却是非常要听的。我们也一同走到村底下去，年轻人都对她很好；自然都是那些活动分子。但像杂货店老板那一类的人，总是铁青着脸孔，冷冷地望着我们，他们嫌厌她，卑视她，而且连我也当着不是同类的人的样子看待了。尤其那一些妇女们，因为有了她才发生对自己的崇敬，才看出自己的圣洁来，因为自己没有被敌人强奸而骄傲了。

阿桂走了之后，我们的关系就更密切了，谁都不能缺少谁似的，一忽儿不见就会彼此挂念。我喜欢那种有热情的，有血肉的，有快乐、有忧愁、又有明朗的性格的人；而她就正是这样。我们的闲谈常常占去了很多时间，我总以为那些谈天，于我的学习和修养，就是非常有帮助的。可是日子一天天过去，贞贞对我并不完全坦白的事，竟被我发觉了；但我绝不会对她有一丝怨恨，而且我将永远不去触她这秘密，每个人一定有着某些最不愿告诉人的东西深埋在心中，这是指属于私人感情的事，既与旁人毫无关系，也不会关系于她个人的道德。

到了我快走的那几天，贞贞忽然显得很烦躁，并没有什么事。也不像打算要同我谈什么的，却很频繁的到我屋里来，总是心神不宁的，坐立不安的，一会儿又走了。我知道她这几天吃得很少，甚至常常不吃东西。我问过她的病，我清楚她现在所担受的烦扰，绝不只是肉体上的。她来了，有时还说几句毫无次序的话；有时似乎要求我说一点什么，做出一副要听的神气。但我也看得出她在想一些别的，那些不愿让人知道的，她是正在掩饰着这种心情，装出无所谓的样子。

有两次，我看见那显得很精悍的年轻小伙子从贞贞母亲的窑中出来，我曾把他给我的印象和贞贞一道比较，我以为我非常同情他，尤其当现在的贞贞被很多人糟蹋过，染上了不名誉的、难医的病症的时候，他还能耐心的来看她，向她的父母提出要求，他不嫌弃她，不怕别人笑骂。他一定觉得她这时更需要他，他明白一个男子在这样的时候对他相好的女人所应有的气概和责任。而贞贞呢，虽说在短短的时间中，找不出她有很多的伤感和怨恨，她从没有表示过她希望有一个男子来要她，或者就说是抚慰吧；但我也以为因为她是受过伤的，正因为她受伤太重，所以才养成她现在的强硬，她就有了一种无所求于人的样子。可是如果有些爱抚，非一般同情可比的怜惜，去温暖她的灵魂是好的。我喜欢她能哭一次，找到一个可以哭的地方去哭一次。我希望我有机会吃到这家人的喜酒，至少我也愿意听到一个喜讯再离开。

"然而贞贞在想着一些什么呢？这是不会拖延好久，也不应成为问题的。"我这样想着，也就不多去思索了。

刘二妈，她的小媳妇、小姑娘也来过我房子，估计她们的目的，无非想来报告些什么，有时也说一两句。但我总不给她们说话的机会，我以为凡是属于我朋友的事，如若朋友不告诉我，我又不直接问她，却在旁人那里去打听，是有损害于我的朋友和我自己，也是有损害于我们的友谊的。

就在那天黄昏，院子里又热闹起来了，人都聚集在那里走来走去，邻舍的人全来了，他们交头接耳，有的显得悲戚，也有的蛮感兴趣的样子。天气很冷，他们好奇的心却很热，他们在严寒底下耸着肩，弓着腰，笼着手，他们吹着气，在院子中你看我，我看你，好像在探索着很有趣的事似的。

开始我听见刘大妈的房子里有吵闹的声音，接着刘大妈哭了。后来还有男人哭的声音，我想是贞贞的父亲吧。接着又有摔碗的声音，我忍不住，分开看热闹的人冲进去了。

"你来的很好，你劝劝咱们贞贞吧。"刘二妈把我扯到里边去。

贞贞把脸藏在一头纷乱的长发里，望得见两颗铮铮的眼睛从里边望着众人。我走到她旁边便站住了。她似乎并没有感觉我的到来，或者也把我当作一个毫不足介意的敌人之一罢了。她的样子完全变了，几乎使我不能在她的身上回想起一点点那些曾属于她的洒脱、明朗、愉快，她像一个被困的野兽，她像一个复仇的女神，她憎恨着谁呢，为什么要做出那么一副残酷的样子？

"你就这样的狠心，全不为娘老子着想，你全不想想这一年多来我为你受的罪……"刘大妈在炕上一边捶着一边骂，她的眼泪像雨点一样，有的落在炕上，有的落在地上，还有的就顺着脸往下流。

有好几个女人围着她，扯着她，她们不准她下炕来。我以为一个人当失去了自尊心，一任她的性情疯狂下去的时候，真是可怕。我想告诉她，你这样哭是没有用的，同时我也明白在这时是无论什么话都不会有效的。

老头子显得很衰老的样子，他垂着两手，叹着气。夏大宝坐在他旁边，用无可奈何的眼光望着两个老人。

"你总得说一句呀，你就不可怜可怜你的娘么？……"

"路走到尽头总要转弯的，水流到尽头也要转弯的，你就没有一点弯转么？何苦来呢？……"

一些女人们就这样劝贞贞。

我看出这事是不会如大家所希望的了。贞贞早已表示不要任何人可怜她，她也不可怜任何人。她是早已有决定，没有转弯的，要说赌气，就算赌气吧。她现在是咬紧了牙关要坚持下去的神情。

她们听了我的劝告，让贞贞到我的房里边去休息，一切问题到晚上再谈。于是我便领着贞贞出来了。可是她并没有到我的房中去，她向后山上跑了。

"这娃儿心事大呢！……"

"哼，瞧不起咱乡下人了……"

"这种破铜烂铁，还搭臭架子，活该夏大宝倒霉……"

聚集在院子中的人们纷纷议论着，看看已经没有什么好看的了，便也散去了。

我在院子中踟蹰了一会，便决计到后山去。山上有些坟堆，坟周围都是松树，坟前边有些断了的石碑，一个人影也没有，连落叶的声音都没有。我从这边穿到那边，我叫着贞贞的名字，似乎有点回声，来安慰一下我的寂寞，但随即更显得万山的沉静。天边的红霞已经退尽了，四周围浮上一层寂静的、烟似的轻雾，绵延在远近的山的腰边。我焦急，我颓然坐在一块碑上，我盘旋着一个问题：再上山去呢，还是在这里等她呢？我希望我能替她分担些痛苦。

我看见一个影子从底下上来了，很快我便认识出就是夏大宝。我不作声，希望他没有看见我，让他直到上面去吧。但是他却在朝我走来。

"你找到了么？我到现在还没有看见她。"我不得不向他打个招呼。

他走到我面前，就在枯草地上坐下去。他沉默着，眼望着远方。

我微微有些局促。他的确还很年轻呢，他有两条细细的长眉，他的眼很大，现在却显得很呆板，他的小小的嘴紧闭着，也许在从前是很有趣的，但现在只充满着烦恼，压抑住痛苦的样子，他的鼻是很忠厚的，然而却有什么用？

"不要难受，也许明天就好了，今天晚上我定要劝她。"我只好安慰他。

"明天，明天……她永远都会恨我的，我知道她恨我……"他的声音稍稍的有点儿哑，是一个沉郁的低音。

"不，她从没有向我表示过对人有什么恨。"我搜索着我的记忆，我并没有撒谎。

"她不会对你说的，她不会对任何人说的，她到死都不饶恕我的。"

"为什么她要恨你呢？"

"当然啰……"忽的他把脸朝着我，注视着我，"你说，我那时不过是一个穷小子，我能拐着她逃跑么？是不是我的罪？是么？"

他并没有等到我的答复就又说下去了，几乎是自语："是我不好，还能说是我对么，难道不是我害了她么？假如我能像她那样有胆子，她是不会……"

"她的性格我懂得，她永远都要恨我的。你说，我应该怎样？她愿意我怎样？我如何能使她快乐？我这命是不值什么的，我在她面前也还有点用处么？你能告诉我么？我简直不知我应该怎样才好，唉，这日子真难受呀！还不如让鬼子抓去……"他不断的喃喃下去。

当我邀他一道回家去的时候，他站起来同我走了几步，却又停住了，他说他听见山上有声音。我只好鼓励他上山去，我直望到他的影子没入更厚的松林中去，才踏上回去的路，天色已经快要全黑了。

这天晚上我虽然睡得很迟，却没有得着什么消息，不知道他们怎么过的。

等不到吃早饭，我把行李都收拾好了。马同志答应今天来替我搬家。我准备回政治部去，并且回到延安去；因为敌人又要大举"扫荡"了，我的身体不准许我再留在这里，莫主任说无论如何要先把这些伤病员送走。我的心却有些空荡荡的，坚持着不回去么？身体又累着别人；回去么？何时再来呢？我正坐在我的铺上沉思着的时候，我觉得有人悄悄的走进我的窑洞。

她一耸身跳上炕来坐在我的对面了，我看见贞贞脸上稍稍的有点浮肿，我去握着那只伸在火上的手，那种特别使我感觉刺激的烫热又使我不安了，我意识到她有着不轻的病症。

"贞贞！我要走了，我们不知何时再能相会，我希望，你能听你娘……"

"我就是来告诉你的，"她一下就打断了我的话，"我明天也要动身了。我恨不得早一天离开这家。"

"真的么？"

"真的！"在她的脸上那种特有的明朗又显出来了，"他们叫我回……去治病。"

"呵！"我想我们也许要同道的，"你娘知道了么？"

"不，还不知道，只说治病，病好了再回来，她一定肯放我走的，在家里不是也没有好处么？"

我觉得她今天显得稀有的平静。我想起头天晚上夏大宝说的话了。我冒昧的便问她道：

"你的婚姻问题解决了么？"

"解决，不就是那么么？"

"是听娘的话么？"我还不敢说出我对她的希望，我不愿想着那年轻人所给我的印象，我希望那年轻人有快乐的一天。

"听她们的话，我为什么要听她们的话，她们听过我的话么？"

"那末，你果真是和她们赌气么？"

"……"

"那末，……你真的恨夏大宝么？"

她半天没有回答我，后来她说了，说得更为平静的："恨他，我也说不上。我觉得我已经是一个有病的人了，我的确被很多鬼子糟蹋过，到底是多少，我也记不清了，总之，是一个不干净的人了。既然已经有了缺憾，就不想再有福气，我觉得活在不认识的人面前，忙忙碌碌的，比活在家里，比活在有亲人的地方好些。这次他们既然答应送我到延安去治病，那我就想留在那里学习，听说那里是大地方，学校多；什么人都可以学习的。大家扯在一堆并不会怎样好，那就还是分开，各奔各的前程。我这样打算是为了我自己；也为了旁人，所以我并不觉得有什么对不住人的地方，也没有什么高兴的地方。而且我想，到了延安，还另有一番新的气象。我还可以再重新做一个人，人也不一定就只是爹娘的，或自己的。别人说我年轻，见识短，脾气别扭，我也不辩，有些事情哪能让人人都知道呢？"

我觉得非常惊诧，新的东西又在她身上表现出来了。我觉得她的话的确值得我们研究，我当时只能说出我赞成她的打算的话。

我走的时候，她的家属在那里送我，只有她到公所里去了，也再没有看见夏大宝。我心里并没有难受，我仿佛看见了她的光明的前途，明天我将又见着她的，定会见着她的，而且还有好一阵时日我们不会分开了。果然，一走出她家的门，马同志便告诉了我关于她的决定，证实了她早上告诉我的话很快便会实现了。

一九四〇年

（选自《丁玲文集》第 3 卷，湖南人民出版社 1983 年版）

抗争世俗的女性关怀

范小伟

关键词：女性关怀；苦难与抗争；道德审判

在中国现代文坛上，丁玲是一个有着独特思想的作家。她对革命和进步的追求，使她的创作始终与政治保持着这样或那样的联系。但作为一个女性，她又时时关注着女性的命运，女性的解放与前途、女性的困惑与苦难、女性的生存状态与生命体验等，无一不纳入丁玲的视野，并成为她着力表现的主题。《我在霞村的时候》无疑是丁玲表现女性命运的又一篇力作。

《我在霞村的时候》的故事发生在抗日战争这一特定的历史时期，战争给予了贞贞特殊的人生际遇：农家姑娘贞贞因抗婚不成，遂去教堂做姑姑，被日军掳走并被迫做了慰安妇。同时，抗日的武装组织又利用贞贞的这一特殊身份让其获取情报。后来，备受蹂躏、得了性病的贞贞回到了家乡，反为村民所不容。最后，贞贞决定去延安治病和学习，期望在新的环境下"再重新做一个人"。在这里，丁玲无意于精细地描写战争，也无意于精细地构建故事，她展示给我们的是一个活生生的"女人"。贞贞的人生经历折射出的是那个时代女性的生命体验，她既是女性苦难的承载者，又是女性苦难的反抗者。"苦难与抗争"是丁玲赋予贞贞的生存体验。

贞贞的苦难既是传统道德体制下女性的苦难，又有其在特定历史条件下的独特性。首先，贞贞是一个传统婚姻制度的受害者。贞贞本来与村里磨坊的穷伙计夏大宝要好，而她的父亲却要把她许给一个年纪快三十岁的米铺小老板做填房，贞贞曾"向着她爹哭过"，但"别的事她爹都能依她，就只这件事老头子不让"。贞贞在期盼夏大宝带她逃走无望的情况下，有了进教堂做姑姑的行动。其次，贞贞也是一个传统贞操观念的受害者。村人们无视贞贞身心所受的伤害，无视贞贞为抗日队伍转送情报的爱国行为，他们不能容许的是贞贞被"鬼子"蹂躏过，因为"谁还肯要鬼子用过的女人"。战争使贞贞失身并成为不良道德的受审者，抗日战争的特殊境遇又使得贞贞成为一个战争的受害者。然而，在沉重灾难的打击下，贞贞却表现出了顽强的生命力，她对于每种灾难的挑战都有一种义无反顾的决绝反抗的姿态，从而使得"反抗"成为贞贞身上最闪耀的特点。在婚姻面前，贞贞哭诉无助、逃婚不成，便选择了终身不嫁（到教堂当姑姑）；在战争面前，贞贞以其独特的方式向蹂躏她的敌人复了仇（给游击队送情报）；在道德审判面前，贞贞"像一个被困的野兽"，"像一个复仇的女神"，否定了"善良"的人们给她所开设的道路（嫁给夏大宝）而选择了出走，最终让爱她的夏大宝救赎无望。在这里，丁玲将贞贞捍卫女性自我意识的性格特征作了最为充分的开掘。

贞贞的苦难来自侵略者，也来自同胞。贞贞在接受着传统道德审判的同时，也把她的同胞推向了道德审判的法庭，这是丁玲在文本中的一个巧妙安排。丁玲把一个人们认为"失节"的女人命名为"贞贞"，既是对于贞贞纯洁与坚贞的精神世界的肯定，也是对于陈旧的社会规范和道德习俗的反讽。贞贞的遭遇不仅照见了贞贞的精神世界，也还原了山村每一个人的真面目。在小说中，丁玲用镜像展览的方式再现了潜藏在村民意识中的封建的、落后的甚至是畸形的东西。一个为革命作出牺牲的女性，当其带病回到家乡时却遭受冷眼和非议。杂货铺老板说贞贞是"缺德的婆娘"，"是不该让她回来的"，妇女们从贞贞的"失贞"看到了"自己的圣洁"，"因为自己没有被敌人强奸而骄傲"。与村民的表现相反的是，我们从马同志的"愉快的、热情的光辉"的眼神中读到了肯定、赞许和热烈向往的态度，从阿桂唉声叹气的感叹中觉出了关怀和同情，而"我"的超越与不忍对贞贞隐私的窥探无疑又是对女性命运尊重的表现。

也许是作者的个人经历与贞贞的人生遭遇有着某种相似或契合，丁玲把极大的关怀和极大的爱倾注给了贞贞。她没有给贞贞一个悲惨的结局，而是安排贞贞去了延安，接受组织对其进行治疗的决定，同时也暗含了贞贞生命的新的起点。在作品的结尾，丁玲意味深长地写道："我仿佛看见了她的光明的前途，明天我将又见着她的，定会见着她的。"

思 考 题

1. 丁玲的女性意识是怎样在作品中体现的？
2. 丁玲的这篇小说与解放区其他小说相比，在思想主题上有何不同特点？

延 伸 阅 读

丁玲：《韦护》《在医院中》《一颗未出膛的枪弹》

参 考 文 献

1. 李杨：《"革命"与"有情"——丁玲再解读》，《文学评论》2017 年第 1 期。

2. 李遇春：《话语规范与心理防御——论丁玲在延安解放区时期的小说创作》，《中国政法大学学报》2013 年第 2 期。

暴风骤雨（存目）

周立波

中国农村变革的史诗

王泽龙

关键词：土地改革；英雄；史诗

20 世纪 40 年代中后期的解放区，减租减息和土地改革运动使农村社会结构发生了越来越深刻的变化。这场中国历史上从来没有过的巨变，热烈地感召着广大作家以极大的热情，用新的艺术彩笔，记录中国历史发展中这一伟大的社会变革。周立波的《暴风骤雨》与丁玲的《太阳照在桑干河上》是展示这场土地改革运动历史画卷的力作。

同样是反映土改运动，丁玲凭着她对现实生活的审视，她所描绘的农村斗争异常复杂，社会关系错综纠结，广大农民摆脱千百年来旧观念的纠缠走向新的生活经过了一段艰难坎坷的历程，作者把"翻身必先翻心"这样一个来自生活的思考融进了冷峻的现实生活的描绘中。周立波则怀着一股浓烈、朴实的阶级情感，在小说中着意展现土改斗争异常尖锐，两大营垒针锋相对，阶级阵线泾渭分明，农民和地主势不两立。作者在东北农村的实际生活中，更多地为东北老乡高粱般纯朴、正直的品德所感染，作者从他熟悉的人物身上看到的是"体现着我们这个伟大民族的道德的精华，蕴含着一种内在的纯洁、优美和强韧"（周立波《谈思想感情的变化》）。作者对生活的审视态度决定了他对题材的处理与提炼，对人物的选取与设置。因此，在作品中作者更多表现的是在土改斗争中涌现出来的农村新人的迅速成长，发掘其中的英雄人物体现我们民族精神的闪光品格。赵玉林与郭全海为新一代农民的代表。完全不同于五四时期为作家们"哀其不幸，怒其不争"的麻木不觉悟的受难农民，也有别于 30 年代艰难挣扎并初步觉醒的一代农民，他们是以一种掌握命运的崭新姿态出现在历史舞台上的。

第一部的中心人物赵玉林是在土改斗争中最先觉醒并迅速成长起来的新农民英雄形象。工作队进驻元茂屯，第一次与地主韩老六较量时，他不怕抹脖子，顶着封建地主阶级长期统治的强大威势，勇敢地走在抓韩老六队伍的最前面，在"穷棒子"兄弟四斗韩老六的斗争中表现出勇往直前的斗争精神。他对农民兄弟怀有浓烈、质朴的阶级情感。被韩老六活埋的小猪倌吴家富被救出后，他收养了这个孤儿；在分配斗地主后的胜利果实时让出自己的一等一级而把自己排在最后；最终在为保卫土地改革胜利、打土匪的战斗中冲锋在前，壮烈牺牲。赵玉林身上表现出一个新型农民公而无私、积极勇敢、不怕牺牲的崇高品质。继承赵玉林遗志带领农民继续斗争的是郭全海，郭全海是小说第二部的统帅人物。作者着意描写了这位青年干部在土改斗争后期的精明干练，表现了郭全海在斗争中迅速地成长与成熟。小说结尾写他毅然离别新婚妻子，带头参军走上解放全中国的新的斗争历程。作者展望了翻身农民未来的前景，发掘了人物属于未来的某些新品质，在人物塑造中，融进了自己对生活热情洋溢的诗意理解。小说虽然也写了一时的挫折和前进中的困难，但这只是一种衬托，意在突出正面力量的成长，就算赵玉林牺牲时全村出祭的场面，也写得慷慨悲壮，催人奋发与进取。

小说对土改工作队的描写也体现了周立波的社会理想与美学追求。作者要努力把工作队队长萧祥描写成一个有着"为人民服务的大志的群众的政治家"的典型。他具有作为党的干部所应具有的一切品格：坚定、沉着、积极、果敢，具有政治家的远见卓识。他既是元茂屯土改工作中实施具体政策的领导者，又是一个对群众有着血肉情感的贴心人。萧队长的形象直接体现了党领导土改斗争的关键作用，他与《太阳照在桑干河上》中工作员文采脱离群众，脱离实际的主观主义、教条主义表现出明显不同。

《暴风骤雨》对农村新人的塑造，带着鲜明的时代色彩，他们是新文学史上最早成为历史的主人公的一批农村新人形象。他们身上体现了社会变革时期农民的觉悟与主宰自己命运、改变现实生活境遇的历史主人公精神，这在中国文学史上是有着特殊意义的。然而，这些农民新人形象的塑造有明显的艺术上的不足，作者未能充分表现人物成长过程中的矛盾和斗争，对这些人物的描写有的地方显得简单化、概念化。作者塑造理想的农民形象的浓烈热情，掩盖了历史转折时期农民性格的复杂性和丰富性，在突出强化人物的先进品格时带来了对人物真实心灵状态描写的粗疏。

《暴风骤雨》在艺术上追求一种俯瞰全局的史诗性气势。小说在布局谋篇上，十分注意故事的完整性。作品描写了元茂屯土改运动的全过程；注重运动过程和斗争场面的描绘，以农民和地主两大阶级阵营的对立和斗争作为中心线索；第一部按四斗韩老六展开情节，第二部按土改斗争的深入过程描写，各有中心人物统帅，较少旁逸斜出，对立双方的交锋集中而尖锐，矛盾冲突大起大落，张弛有度。写人物多用白描，人物语言做到个性化、口语化，整体上表现出一种单纯、高朗、质朴的风格，与作品展示的暴风骤雨似的阶级斗争与生活变化较好统一为一体，体现了周立波对民族化、大众化追求的突出成就。

思 考 题

1. 与丁玲的《太阳照在桑干河上》比较，《暴风骤雨》体现了作者怎样的文学思想？
2. 作品中的主要人物形象在现代文学史上有何意义？

延 伸 阅 读

周立波：《山乡巨变》
丁玲：《太阳照在桑干河上》

参 考 文 献

1. 胡光凡：《周立波评传》，湖南文艺出版社 2018 年版。
2. 张均：《小说〈暴风骤雨〉的史实考释》，《文学评论》2012 年第 5 期。

小二黑结婚

赵树理

一　神仙的忌讳

刘家峧有两个神仙，邻近各村无人不晓：一个是前庄上的二诸葛，一个是后庄上的三仙姑。二诸葛原来叫刘修德，当年做过生意，抬脚动手都要论一论阴阳八卦，看一看黄道黑道。三仙姑是后庄于福的老婆，每月初一十五都要顶着红布摇摇摆摆装扮天神。

二诸葛忌讳"不宜栽种"，三仙姑忌讳"米烂了"。这里边有两个小故事：有一年春天大旱，直到阴历五月初三才下了四指雨。初四那天大家都抢着种地，二诸葛看了看历书，又掐指算了一下说："今日不宜栽种。"初五日是端午，他历年就不在端午这天做什么，又不曾种；初六倒是个黄道吉日，可惜地干了，虽然勉强把他的四亩谷子种上了，却没有出够一半。后来直到十五才又下雨，别人家都在地里锄苗，二诸葛却领着两个孩子在地里补空子。邻家有个后生，吃饭时候在街上碰上二诸葛便问道："老汉！今天宜栽种不宜？"二诸葛翻了他一眼，扭转头返回去了，大家就嘻嘻哈哈传为笑谈。

三仙姑有个女孩叫小芹。一天，金旺他爹到三仙姑那里问病，三仙姑坐在香案后唱，金旺他爹跪在香案前听。小芹那年才九岁，晌午做捞饭，把米下进锅里了，听见她娘哼哼得很中听，站在桌前听了一会，把做饭也忘了。一会，金旺他爹出去小便，三仙姑趁空子向小芹说："快去捞饭！米烂了！"这句话却不料就叫金旺他爹听见，回去就传开了。后来有些好玩笑的人，见了三仙姑就故意问别人"米烂了没有？"

二　三仙姑的来历

三仙姑下神，足足有三十年了。那时三仙姑才十五岁，刚刚嫁给于福，是前后庄上第一个俊俏媳妇。于福是个老实后生，不多说一句话，只会在地里死受。于福的娘早死了，只有个爹，父子两个一上了地，家里就只留下新媳妇一个人。村里的年轻人们觉着新媳妇太孤单，就慢慢自动地来跟新媳妇作伴，不几天就集合了一大群，每天嘻嘻哈哈，十分红火。于福他爹看见不像个样子，有一天发了脾气，大骂一顿，虽然把外人挡住了，新媳妇却跟他闹起来。新媳妇哭了一天一夜，头也不梳，脸也不洗，饭也不吃，躺在炕上，谁也叫不起来，父子两个没了办法。邻家有个老婆替她请了一个神婆子，在她家下了一回神，说是三仙姑跟上她了，她也哼哼唧唧自称吾神长吾神短，从此以后每月初一十五就下起神来，别人也给她烧起香来求财问病，三仙姑的香案便从此设起来了。

青年们到三仙姑那里去，要说是去问神，还不如说是去看圣像。三仙姑也暗暗猜透大家的心事，衣服穿得更新鲜，头发梳得更光滑，首饰擦得更明，官粉搽得更匀，不由青年们不跟着她转来转去。

这是三十来年前的事。当时的青年，如今都已留下胡子，家里大半又都是子媳成群，

221

所以除了几个老光棍，差不多都没有那些闲情到三仙姑那里去了。三仙姑却和大家不同，虽然已经四十五岁，却偏爱当个老来俏，小鞋上仍要绣花，裤腿上仍要镶边，顶门上的头发脱光了，用黑手帕盖起来，只可惜官粉涂不平脸上的皱纹，看起来好像驴粪蛋上下上了霜。

老相好都不来了，几个老光棍不能叫三仙姑满意，三仙姑又团结了一伙孩子们，比当年的老相好更多、更俏皮。

三仙姑有什么本领能团结这伙青年呢？这秘密在她女儿小芹身上。

三　小　芹

三仙姑前后共生过六个孩子，就有五个没有成人，只落了一个女儿，名叫小芹。小芹当两三岁时候，就非常伶俐乖巧，三仙姑的老相好们，这个抱过来说是"我的"，那个抱起来说是"我的"，后来小芹长到五六岁，知道这不是好话，三仙姑教她说："谁再这么说，你就说'是你的姑姑'。"说了几回，果然没有人再提了。

小芹今年十八了，村里的轻薄人说，比她娘年轻时候好得多。青年小伙子们，有事没事，总想跟小芹说句话。小芹去洗衣服，马上青年们也都去洗；小芹上树采野菜，马上青年们也都去采。

吃饭时候，邻居们端上碗爱到三仙姑那里坐一会，前庄上的人来回一里路，也并不觉得远。这已经是三十年来的老规矩，不过小青年们也这样热心，却是近二三年来才有的事。三仙姑起先还以为自己仍有勾引青年的本领，日子长了，青年们并不真正跟她接近，她才慢慢看出门道来，才知道人家来了为的是小芹。

不过小芹却不跟三仙姑一样：表面上虽然也跟大家说说笑笑，实际上却不跟人乱来，近二三年，只是跟小二黑好一点。前年夏天，有一天前晌，于福去地，三仙姑去串门，家里只留下小芹一个人。金旺来了，嬉皮笑脸向小芹说："这会可算是个空子吧？"小芹板起脸来说："金旺哥！咱们以后说话要规矩些！你也是娶媳妇大汉了！"金旺撇撇嘴说："咦！装什么假正经？小二黑一来管保你就软了！有便宜大家讨开点，没事；要正经除非自己锅底没有黑！"说着就拉住小芹的胳膊悄悄说："不用装模作样了！"不料小芹大声喊道："金旺！"金旺赶紧放手跑出来。一边还咀念道："等得住你！"说着就悄悄溜走了。

四　金旺兄弟

提起金旺来，刘家峧没有人不恨他，只有他一个本家兄弟名叫兴旺跟他对劲。

金旺他爹虽是个庄稼人，却是刘家峧一只虎，当过几十年老社首，捆人打人是他的拿手好戏。金旺长到十七八岁，就成了他爹的好帮手，兴旺也学会了帮虎吃食，从此金旺他爹想要捆谁，就不用亲自动手，只要下个命令，自有金旺兴旺代办。

抗战初年，汉奸敌探溃兵土匪到处横行，那时金旺他爹已经死了，金旺兴旺弟兄两个，给一支溃兵作了内线工作，引路绑票，讲价赎人，又做巫婆又做鬼，两头出面装好人。后来八路军来，打垮溃兵土匪，他两人才又回到刘家峧。

山里人本来就胆子小，经过几个月大混乱，死了许多人，弄得大家更不敢出头了。别的大村子都成立了村公所、各救会、武委会，刘家峧却除了县府派来一个村长以外，谁也不愿意当干部。不久，县里派人来刘家峧工作，要选举村干部，金旺跟兴旺两个人看出这又是掌权的机会，大家也巴不得有人愿干，就把兴旺选为武委会主任，把金旺选为村政委员，连金旺老婆也被选为妇救会主席，其他各干部，硬捏了几个老头子出来充数。只有青抗先队长，老头子充不得。兴旺看见小二黑这个小孩子漂亮好玩，随便提了一下名就通过了，他爹二诸葛虽然不愿，可是惹不起金旺，也没有敢说什么。

村长是外来的，对村里情形不十分了解，从此金旺兴旺比前更厉害了，只要瞒住村长一个人，村里人不论哪个都得由他两个调遣。这几年来，村里别的干部虽然调换了几个，而他两个却好像铁桶江山。大家对他两个虽是恨之入骨，可是谁也不敢说半句话，都恐怕扳不倒他们，自己吃亏。

五 小 二 黑

小二黑，是二诸葛的二小子，有一次反"扫荡"打死过两个敌人，曾得到特等射手的奖励。说到他的漂亮，那不只在刘家峧有名，每年正月扮故事，不论去到哪一村，妇女们的眼睛都跟着他转。

小二黑没有上过学，只是跟着他爹识了几个字。当他六岁时候，他爹就教他识字。识字课本既不是五经四书，也不是常识国语，而是从天干、地支、五行、八卦、六十四卦名等学起，进一步便学些《百中经》《玉匣记》《增删卜易》《麻衣神相》《奇门遁甲》《阴阳宅》等书。小二黑从小就聪明，像那些算属相、卜六壬课、念大小流年或"甲子乙丑海中金"等口诀，不几天就都弄熟了，二诸葛也常把他引在人前卖弄。因为他长得伶俐可爱，大人们也都爱跟他玩；这个说："二黑，算一算十岁属什么？"那个说："二黑，给我卜一课！"后来二诸葛因为说"不宜栽种"误了种地，老婆也埋怨，大黑也埋怨，庄上人也都传为笑谈，小二黑也跟着这事受了许多奚落。那时候小二黑十三岁，已经懂得好歹了，可是大人们仍把他当成小孩来玩弄，好跟二诸葛开玩笑的，一到了家，常好对着二诸葛问小二黑道："二黑！算算今天宜不宜栽种？"和小二黑年纪相仿的孩子们，一跟小二黑生了气，就连声喊道："不宜栽种不宜栽种……"小二黑因为这事，好几个月见了人躲着走，从此就和他娘商量成一气，再不信他爹的鬼八卦。

小二黑跟小芹相好已经二三年了。那时候他才十六七，原不过在冬天夜长时候，跟着些闲人到三仙姑那里凑热闹，后来跟小芹混熟了，好像一天不见面也不能行。后庄上也有人愿意给小二黑跟小芹做媒人，二诸葛不愿意，不愿意的理由有三：第一小二黑是金命，小芹是火命，恐怕火克金；第二小芹生在十月，是个犯月；第三是三仙姑的名声不好。恰巧在这时候彰德府来了一伙难民，其中有个老李带来个八九岁的小姑娘，因为没有吃的，愿意把姑娘送给人家逃个活命。二诸葛说是个便宜，先问了一下生辰八字，掐算了半天说："千里姻缘使线牵。"就替小二黑收作童养媳。

虽然二诸葛说是千合适万合适，小二黑却不认账。父子俩吵了几天，二诸葛非养不行，小二黑说："你愿意养你就养着，反正我不要！"结果虽把小姑娘留下了，却到底没有说清楚算什么关系。

六 斗 争 会

金旺自从碰了小芹的钉子以后，每日怀恨，总想设法报一报仇。有一次武委会训练村干部，恰巧小二黑发疟疾没有去。训练完毕之后，金旺就向兴旺说："小二黑是装病，其实是被小芹勾引住了，可以斗争他一顿。"兴旺就是武委会主任，从前也碰过小芹一回钉子，自然十分赞成金旺的意见，并且又叫金旺回去和自己的老婆说一下，发动妇救会也斗争小芹一番。金旺老婆现任妇救会主席，因为金旺好到小芹那里去，早就恨得小芹了不得。现在金旺回去跟她说要斗争小芹，这才是巴不得的机会，丢下活计，马上就去布置。第二天，村里开了两个斗争会，一个是武委会斗争小二黑，一个是妇救会斗争小芹。

小二黑自己没有错，当然不承认，嘴硬到底。兴旺就下命令，把他捆起来送交政权机关处理。幸而村长脑筋清楚，劝兴旺说："小二黑发疟是真的，不是装病，至于跟别人恋爱，不是犯法的事，不能捆人家。"兴旺说："他已是有了女人的。"村长说："村里谁不知道小二黑不承认他的童养媳。人家不承认是对的：男不过十六，女不过十五，不到订婚年龄。十来岁小姑娘，长大也不会来认这笔账。小二黑满有资格跟别人恋爱，谁也不能干涉。"兴旺没话说了，小二黑反要问他："无故捆人犯法不犯？"经村长双方劝解，才算放了完事。

兴旺还没有离村公所，小芹拉着妇救会主席也来找村长，她一进门就说："村长！捉贼要赃，捉奸要双，当了妇救会主席就不说理了？"兴旺见拉着金旺的老婆，生怕说出这事与自己有关，赶紧溜走。后来村长问了问情由，费了好大一会唇舌，才给她们调解开。

七　三仙姑许亲

两个斗争会开过以后，事情包也包不住了，小二黑也知道这事是合理合法的了，索性就跟小芹公开商量起来。

三仙姑却着了急。她跟小芹虽是母女，近几年来却不对劲。三仙姑爱的是青年们，青年们爱的是小芹。小二黑这个孩子，在三仙姑看来好像鲜果，可惜多一个小芹，就没了自己的份儿。她本想早给小芹找个婆家推出门去，可是因为自己声名不正，差不多都不愿意跟她结亲。开罢斗争会以后，风言风语都说小二黑要跟小芹自由结婚，她想要真是那样的话，以后想跟小二黑说句笑话都不能了，那是多么可惜的事，因此托东家求西家要给小芹找婆家。

"插起招军旗，就有吃粮人。"有个吴先生是在阎锡山部下当过旅长的退职军官，家里很富，才死了老婆。他在奶奶庙大会上见过小芹一面，愿意续她，媒人向三仙姑一说，三仙姑当然愿意。不几天过了礼帖，就算定了，三仙姑以为了却一宗心事。

小芹已经和小二黑商量得差不多了，如何肯听她娘的话？过礼那一天，小芹跟她娘闹起来，把吴先生送来的首饰绸缎扔下一地。媒人走后，小芹跟她娘说："我不管！谁收了人家的东西谁跟人家去！"

三仙姑愁住了，睡了半天，晚饭以后，说是神上了身，打了两个呵欠就唱起来。她起先责备于福管不了家，后来说小芹跟吴先生是前世姻缘，还唱些什么"前世姻缘由天定，不顺天意活不成……"于福跪在地下哀求，神非教他马上打小芹一顿不可。小芹听了这话，知道跟这个装神弄鬼的娘说不出什么道理来，干脆躲了出去，让她娘一个人胡说。

小芹一个人悄悄跑到前庄上去找小二黑，恰在路上碰上小二黑去找她，两个就悄悄拉着手到一个大窑里去商量对付三仙姑的法子。

八　拿　双

小芹把她娘怎样主婚怎样装神，唱些什么，从头至尾细细向小二黑说了一遍，小二黑说："不用理她！我打听过区上的同志，人家说只要男女本人愿意，就能到区上登记，别人谁也作不了主……"说到这里，听见外边有脚步声，小二黑伸出头来一看，黑影里站着四五个人，有一个说："拿双拿双！"他两人都听出是金旺的声音，小二黑起了火，大叫道："拿？没有犯了法！"兴旺也来了，下命令道："捉住捉住！我就看你犯法不犯法，给你操了好几天心了！"小二黑说："你说去哪里咱就去哪里，到边区政府你也不能把谁怎么样！走！"兴旺说："走？便宜了你！把他捆起来！"小二黑挣扎了一会，无奈没有他们人多，终于被他们七手八脚打了一顿捆起来了。兴旺说："里边还有个女的，也捆起来！捉奸要双，这是她自己说的！"说着就把小芹也捆起来了。

前庄上的人都还没有睡，听见有人吵架，有些人就跑出来看，麻秆火把下看见捆着的两个人，大家不问就都知道了八九分。二诸葛也出来了，见小二黑被人家捆起来，就跪在兴旺面前哀求道："兴旺！咱两家没有什么仇！看在我老汉面上，请你们诸位高高手……"兴旺说："这事情，我们管不了，送给上级再说吧！"小二黑说："爹！你不用管！送到哪里也不犯法！我不怕他！"兴旺说："好小子！要硬你就硬到底！"又逼住三个民兵说："带他们走！"一个民兵问："带到村公所？"兴旺说："还到村公所干什么？上一回不是村长放了的？送给区武委会主任按军法处理！"说着就把他两个人拥上走了。

九　二诸葛的神课

邻居们见是兴旺弟兄们捆人，也没有人敢给小二黑讲情，直等到他们走后，才把二诸葛招呼回家。

二诸葛连连摇头说："唉！我知道这几天要出事啦：前天早上我上地去，才上到岭上，碰上个骑驴媳妇，穿了一身孝，我就知道坏了。我今年是罗睺星照运，要谨防戴孝的冲了运气，因此哪里也不敢去，谁知躲也躲不过？昨天晚上二黑他娘梦见庙里唱戏。今天早上一个老鸦落在东房上叫了十几声……唉！反正是时运，躲也躲不过。"他啰哩啰嗦念了一大堆，邻居们听了有些厌烦，又给他说了一会宽心话，就都散了。

有事人哪里睡得着？人散了之后，二诸葛家里除了童养媳之外，三个人谁也没有睡。二诸葛摸了摸脸，取出三个制钱占了一卦，占出之后吓得他面色如土。他说："了不得呀了不得！丑土的父母动出午火的官鬼，火旺于夏，恐怕有些危险了。唉！人家把他选成青年队长，我就说过不叫他当，小杂种硬要充人物头！人家说要按军法处理，要不当队长哪里犯得了军法？"老婆也拍手跺脚道："小爹呀！谁知道你要闯这么大的事啦？"大黑劝道："甭怕！事已经出下了，由他去吧！我想这又不是人命事，也犯不了什么大罪！既然他们送到区上了，我先到区上打听打听！你们都睡吧！"说着点了个灯笼就走了。

二诸葛打发大黑去后，仍然低头细细研究方才占的那一卦。停了一会，远远听着有个女人哭，越哭越近，不大一会就来到窗下，一推门就进来了。二诸葛还没有看清是谁，这女人就一把把他拉住，带哭带闹说："刘修德！还我闺女！你的孩子把我的闺女勾引到哪里了？还我……"二诸葛老婆正气得死去活来，一看见来的是三仙姑，正赶上出气，从炕上跳下来拉住她道："你来了好！省得我去找你！你母女两个好生生把我个孩子勾引坏，你倒有脸来找我！咱两人就也到区上说说理！"两个女人滚成一团，二诸葛一个人拉也拉不开，也再顾不上研究他的卦。三仙姑见二诸葛老婆已经不顾了命，自己先胆怯了几分，不敢恋战，少闹了一会挣脱出来就走了。二诸葛老婆追出门来，被二诸葛拦回去，还骂个不休。

十 恩 典 恩 典

二诸葛一夜没有睡，一遍一遍念："大黑怎么还不回来，大黑怎么还不回来。"第二天天不明就起程往区上走，走到半路，远远看见大黑、三个民兵已都回来了，还来了区上一个助理员、一个交通员。他远远就喊叫道："大黑！怎么样？要紧不要紧？"大黑说："没有事！不怕！"说着就走到跟前，助理员跟三个民兵先走了。大黑告交通员说："这就是我爹！"又向二诸葛说："区上添传你跟于福老婆。你去吧，没有事！二黑跟小芹两个人，一到区上就放开了。区上早就说兴旺跟金旺两个人不是东西，已经把他两个人押起来了，还派助理员到咱村开大会调查他们横行霸道的证据。我赶到那里人家就问罢了，听说区上还许咱二黑跟小芹结婚。"二诸葛说："不犯罪就好，结婚可不行，命相不对！你没有听说添传我做什么？"大黑说："不知道，大约也没有什么大事。你去吧，我先回去告我娘说。"交通员说："老汉！这就算见了你了！你去吧，我再传那一个去！"说了就跟大黑相跟着走了。

二诸葛到了区上，看见小二黑跟小芹坐在一条板凳上，他就指着小二黑骂道："闯祸东西！放了你你还不快回去？你把老子吓死了！不要脸！"区长道："干什么？区公所是骂人的地方？"二诸葛不说话了。区长问："你就是刘修德？"二诸葛答："是！"问："你给刘二黑收了个童养媳？"答："是！"问："今年几岁了？"答："属猴的，十二岁了。"区长说："女不过十五岁不能订婚，把人家退回娘家去，刘二黑已经跟于小芹订婚了！"二诸葛说："她只有个爹，也不知逃难逃到哪里去了，退也没处退。女不过十五不能订婚，那不过是官家规定，其实乡间七八岁订婚的多着哩。请区长恩典恩典就过去了……"区长说："凡是不合法的订婚，只要有一方面不愿意都得退！"二诸葛说："我这是两家情愿！"区长问小二黑道："刘二黑！你愿意不愿意？"小二黑说："不愿意！"二诸葛的脾气又上来了，瞪了小二黑一眼道："由你啦？"区长道："给他订婚不由他，难道由你啦？老汉！如今是婚姻自主，由不得你了，你家养的那个小姑娘，要真是没有娘家，就算成你的闺女好了。"二诸葛道："那也可以，不过还得请区长恩典恩典，不能叫他跟于福这闺女订婚。"区长说："这你就管不着了！"二诸葛发急道："千万请区长恩典恩典，命相不对，这是一辈子的事！"又向小二黑道："二黑！你不要糊涂了！这是你一辈子的事！"区长道："老汉！你不要糊涂了；强逼着你十九岁的孩子娶上个十二岁的小姑娘，恐怕要生一辈子气！我不过是劝一劝你，其实只要人家两个人愿意，你愿意不愿意都不相干。回去吧！童养媳没处退就算成你的闺女！"二诸葛还要请区长"恩典恩典"，一个交通员把他推出来了。

十一 看 看 仙 姑

三仙姑去寻二诸葛，一来为的是逞逞闹气的本领，二来为的是遮遮外人的耳目，其实让小芹吃一吃亏她很高兴，所以跟二诸葛老婆闹了一阵之后，回去就睡了。第二天早上，她起得很迟，于福虽比她着急，可是自己既没有主意，又不敢叫醒她，只好自己先去做饭，饭快成的时候，三仙姑慢慢起来梳妆，于福问她道："不去打听打听小芹？"她说："打听她做甚啦？她的本领多大啦？"于福也再没有敢说什么，把饭菜做成了放在炉边等，直等到她梳妆罢了才开饭。

饭还没有吃罢，区上的交通员来传她。她好像很得意，嗓子拉得长长的说："闺女大了咱管不了，就去请区长替咱管教管教！"她吃完了饭，换上新衣服、新手帕、绣花鞋、镶边裤，又擦了一次粉，加了几件首饰，然后叫于福给她备上驴，她骑上，于福给她赶上，往区上去。

到了区上。交通员把她引到区长房子里，她趴下就磕头，连声叫道："区长老爷，你可要给我作主！"区长正伏在桌上写字，见她低着头跪在地下，头上戴了满头银首饰，还以为是前两天跟婆婆生了气的那个年轻媳妇，便说道："你婆婆不是有保人吗？为什么不找保人？"三仙姑莫名其妙，抬头看了看区长的脸。区长见是个擦着粉的老太婆，才知道是认错人了。交通员道："认错人了！这就是于小芹的娘！"区长打量了她一眼道："你就是小芹的娘呀？起来！不要装神做鬼！我什么都清楚！起来！"三仙姑站起来了。区长问："你今年多大岁数？"三仙姑说："四十五。"区长说："你自己看看你打扮得像个人不像？"门边站着老乡一个十来岁的小闺女嘻嘻嘻笑了。交通员说："到外边耍！"小闺女跑了。区长问："你会下神是不是？"三仙姑不敢答话。区长问："你给你闺女找了个婆家？"三仙姑答："找下了！"问："使了多少钱？"答："三千五！"问："还有些什么？"答："有些首饰布匹！"问："跟你闺女商量过没有？"答："没有！"问："你闺女愿意不愿意？"答："不知道！"区长道："我给你叫来你亲自问问她！"又向交通员道："去叫于小芹！"

刚才跑出去那个小闺女，跑到外边一宣传，说有个打官司的老婆，四十五了，擦着粉，穿着花鞋。邻近的女人们都跑来看，挤了半院，唧唧哝哝说："看看！四十五了！""看那裤腿！""看那鞋！"三仙姑半辈没有脸红过，偏这会撑不住气了，一道道热汗在脸上流。交通员领着小芹来了，故意说："看什么？人家也是个人吧，没有见过？闪开路！"一伙女人们哈哈大笑。

把小芹叫来，区长说："你问问你闺女愿意不愿意！"三仙姑只听见院里人说："四十五""穿花鞋"，羞得只顾擦汗，再也开不得口。院里的人们忽然又转了话头，都说"那是人家的闺女""闺女不如娘会打扮"，也有人说"听说还会下神"，偏又有个知道底细的断断续续讲"米烂了"的故事；这时三仙姑恨不得一头碰死。

区长说："你不问我替你问！于小芹，你娘给你找的婆家你愿意跟人家结婚不愿意？"小芹说："不愿意！我知道人家是谁？"区长问三仙姑道："你听见了吧？"又给她讲了一会婚姻自主的法令，说小芹跟小二黑订婚完全合法，还吩咐她把吴家送来的钱和东西原封退了，让小芹跟小二黑结婚。她羞愧之下，一一答应了下来。

十二　怎么到底

三个民兵回到刘家峧，一说区上把兴旺金旺二人押起来，又派助理员来调查他们的罪恶，真是人人拍手称快。午饭后，庙里开一个群众大会，村长报告了开会宗旨，就请大家举他两个人的作恶事实。起先大家还怕扳不倒人家，人家再返回来报仇，老大一会没有人说话，有几个胆子太小的人，还悄悄劝大家说："忍事者安然。"有个被他两人作践垮了的年轻人说："我从前没有忍过？越忍越不得安然！你们不说我说！"他先从金旺领着土匪到他家绑票说起，一连说了四五款，才说道："我歇歇再说，先让别人也说几款！"他一说开了头，许多受过害的人也都抢着说起来：有给他们花过钱的，有被他们逼着上过吊的，也有产业被他们霸了的，老婆被他们奸淫过的。他两人还派上民兵给他们自己割柴，拨上民夫给他们自己锄地；浮收粮，私派款，强迫民兵捆人，……你一宗他一宗，从晌午说到太阳落，一共说了五六十款。

区上根据这些罪状把他两人送到县里，县里把罪状一一证实之后，除叫他们赔偿大家损失外，又判了十五年徒刑。

经过这次大会之后，村里人也都敢出头了。不久，村干部又都经过大改选，村里人再也不敢乱投坏人的票了。这其间，金旺老婆自然也落了选。偏她还变了口吻，说："以后我也要进步了。"

两个神仙也有了变化：

三仙姑那天在区上被一伙妇女围住看了半天，实在觉得不好意思，回去对着镜子研究了一下，真有点打扮得不像话；又想到自己的女儿快要跟人结婚，自己还卖什么老俏？这才下了个决心，把自己的打扮从顶到底换了一遍，弄得像个当长辈人的样子，把三十年来装神弄鬼的那张香案也悄悄拆去。

二诸葛那天从区上回去，又向老婆提起二黑跟小芹的命相不对，他老婆道："把你的鬼八卦收起吧！你不是说二黑这回了不得吗？你一辈子放个屁也要卜一课，究竟抵了些什么事？我看小芹满不错，能跟咱二黑过就很好！什么命相对不对？你就不记得'不宜栽种'？"二诸葛见老婆都不信自己的阴阳，也就不好意思再到别人跟前卖弄他那一套了。

小芹和小二黑各回各家，见老人们的脾气都有些改变，托邻居们趁势和说和说，两位神仙也就顺水推舟同意他们结婚。后来两家都准备了一下，就过门。过门之后，小两口都十分得意，邻居们都说是村里第一对好夫妻。

夫妻们在自己卧房里有时候免不了说玩话：小二黑好学三仙姑下神时候唱"前世姻缘由天定"，小芹好学二诸葛说"区长恩典，命相不对"。淘气的孩子们去听窗，学会了这两句话，就给两位神仙加了新外号：三仙姑叫"前世姻缘"，二诸葛叫"命相不对"。

1943 年 5 月写于太行

（选自《赵树理选集》，人民文学出版社 2004 年版）

大众化风格的成功尝试

董建华

关键词：农民世界；爱情；大众化

《小二黑结婚》发表于 1943 年，是赵树理的成名作，也是他构筑"农民世界"的奠基之作。在中国现代文学史上，赵树理最突出的特点不仅是他生在农村，长在农村，工作在农村，对农民生活烂熟于心；更重要的是他早就发现五四新文学与大众，尤其与中国农民的隔膜与距离，自觉地努力当一个农民文学家，用自己的创作"一步一步地去夺取那些封建小唱本的阵地"（李普《赵树理印象记》）。这主客观条件，使他的创作不仅努力表现农民的现实生活、思想感情，同时在审美趣味、语言特色等方面，都注意了农民的可接受性，从而推进了文学大众化向纵深发展。《小二黑结婚》就是最具代表性的一篇。

《小二黑结婚》深刻反映了农村变革时期广大农民新的生活与新的精神风貌。小说通过真实地反映解放区青年的爱情生活，赋予传统文学以崭新的时代内容。爱情在中国文学史上是一个传统主题。但是，在传统描写中，爱情的阻力，绝大部分来自封建家长制和等级制。《西厢记》《孔雀东南飞》是这样，即使写于20世纪30年代的《家》中的恋爱叙述也多以悲剧告终。而在《小二黑结婚》中，小二黑与小芹爱情斗争的对立面，不仅来自封建的家长制，还来自社会上的恶霸势力，而恶霸势力不是以其本身的面目出现，是混进农村基层领导组织，以刚建立起来的农村政权代理人的面目出现的。这里的爱情斗争，就不仅是反封建的斗争，而且具有了阶级斗争、保卫人民政权的意义。假如在过去的任何历史时期，小二黑与小芹的爱情无疑是一个爱情悲剧。小二黑与小芹的爱情发生在民主政权已经建立的根据地，他们的自由恋爱与人格自主得到新政权的肯定与支持。他们终于依靠政府的力量，战胜了封建家长势力与伪装了的恶霸势力，得到了结合的美好结局。这一事实说明，共产党领导的根据地本质上已经结束了农民的悲剧时代，迎来了人民翻身的新时代。这种客观环境的变化，必然影响到人物的主观意识。当小二黑遭到家长与恶霸势力的压迫时，他没有五四青年梦醒了无路可走的痛苦，更没有封建社会青年的负罪感，像张生那样去通过考取功名来实现大团圆。他一方面进行抗争，另一方面坚信自己"没有犯了法"，因此，尽管恶霸势力来势汹汹，他还是理直气壮，充满信心。这不仅是新时代农民自我意识觉醒的表现，而且是青年农民对民主政权的理解、信赖。这正是那个时代青年农民思想的真实写照。

小说真实地反映了新的时代、新的生活对"旧式"农民影响与改造的力量。在中国农村，浓厚的封建意识中还夹杂着农民文化的狭隘与愚昧。二诸葛和三仙姑就是这畸形文化下的产儿。尽管他们的迷信有着自欺与欺人的区别，他们干涉子女婚姻有着真诚与虚伪的区别，但他们的家长专制意识，主宰儿女命运、包办儿女婚事的观念极其相似。二诸葛从那么多的凶兆中预测到小二黑被抓到区上去"有些危险"，可结果却大大出乎意料，政府支持了儿子自己作主的婚事。三仙姑兴冲冲到区上去"诉怨"时，也不忘打扮一下。可这种打扮却极不"入时"，成了人们眼中的"稀罕物"。这种"不合时宜"，使"半辈子没有脸红过"的三仙姑，这时也"撑不住气了"。二诸葛与三仙姑的遭遇，颇具时代必然性。因为时代变了，社会前进了，人们都开始纷纷告别旧生活。"二位神仙"抱着"旧黄历"进入新生活，结果处处出乖露丑，与新生活格格不入。从区上回来后，两位"神仙"终于悄悄地拆了"神案"，收起了迷信的老一套。时代变了，落后的农民也开始追赶新的生活。

《小二黑结婚》体现了对文艺大众化、民族化的成功尝试。"农民作家"赵树理不仅熟知农民的审美趣味，并且善于得心应手地创造性改用民间文艺形式。他说："至于故事的结构我也是尽量照顾群众的习惯：群众爱听故事，咱就增强故事性；爱听连贯的，咱就不要因为讲求剪裁而常把故事割断了。"(《也算经验》)小二黑与小芹的爱情故事一波三折，引人入胜，大故事中又套进许多小故事。为介绍三仙姑的诨名而讲"米烂了"的故事，为介绍二诸葛的诨名而讲了"不宜栽种"的故事，其他如"恩典恩典""前世姻缘"等，都是小故事。这种故事套故事的结构方式，趣味性强，情节集中，人物性格鲜明，得到农民普遍的喜爱与欢迎。

　　情节连贯是《小二黑结婚》的另一特色。本篇共十二节，第一节介绍了两位"神仙"的诨号，其中的三仙姑便是第二节中的主角。由介绍三仙姑引出她的女儿小芹，小芹便成了第三节的主角。由小芹又引出金旺与兴旺，于是第四节中金旺与兴旺成了主角。由于他们是村干部，又引出另一村干部小二黑，这是第五节的主角。人物介绍完，发生冲突，又引起人物一系列新的动作，于是又扣紧情节向前发展。这种"链式结构"与农村读者"要求故事连贯到底，中间不要跳得接不上气"（赵树理《〈三里湾〉写作前后》）的审美期待是一致的。

　　《小二黑结婚》语言朴实、生动，具有浓厚的生活气息与个性化特点。作者精心选择群众口头上的活语言，提炼加工，形成具有艺术表现力的文学语言，人物语言十分符合人物身份和心理。如二诸葛的"千万请区长恩典恩典"，三仙姑的"区长老爷，你可要给我作主"等，就很准确、细微地表现出"二位神仙"的性格特点。二诸葛与区长的对话，直接传达了他的怯弱与怕"官"、老实迂腐的心理。三仙姑与区长的对话，活现出的是她佯装委曲、庸俗卖弄的习性。作品的叙事语言也极为朴实生动，叙事写人、传情达意无不惟妙惟肖，与整篇小说文体风格高度和谐。

思 考 题

　　1. 这篇小说是怎样体现赵树理"问题小说"的特点的？其在爱情婚姻题材的表现上有什么新的意义？

　　2. 这篇小说如何体现了新文学的大众化方向？

延 伸 阅 读

赵树理：《传家宝》《孟祥英翻身》《李有才板话》

参 考 文 献

1. 戴光中：《赵树理评传》，南京大学出版社 2013 年版。
2. 李杨：《"赵树理方向"与〈讲话〉的历史辩证法》，《文学评论》2015 年第 4 期。

荷花淀（存目）

孙 犁

战争题材小说的别样风景

苏春生

关键词：战争；真善美；诗意化

孙犁是现当代小说家、散文家，被誉为"荷花淀派"创始人。《荷花淀》是孙犁的代表作。这是一部战争题材小说，但从小说的整体艺术构思与话语组织来看，它又是一篇完全被诗意化了的战争小说。说它是战争小说，是因为它取材于战争年代和以战争为背景，而它所赖以构成的中心事件就是一次激烈的枪战。但作者有意淡化战争场景的正面描写，完全回避了通常那种硝烟弥漫的惨烈景象，甚至把双方激战和对抗的过程也全然省略，三言两语之间如同神话一般便结束战斗，夺取了胜利。读《荷花淀》时，似乎根本得不到什么战争体验。战争的一切特征在此被解构，战争被写意化、诗意化。

孙犁面对战争，对丑并非视而不见，或者漠视、忽视它，而是无意去开掘它，不愿忍受"邪恶"带来的情感压力，更不愿让其干扰他一网情深地专注于人物身心的善良和美好。孙犁小说给我们展现更多的是那些散发着浓郁水乡气息的日常生活之态。在这篇小说中作者采用了富有情趣的生活故事反映战争时期农村新人的精神风貌。几位年轻妇女相约探亲，划船去看望她们新参军的丈夫，在战争环境里，显然是一次鲁莽的冒险行动。果然在茫然无向的探亲途中遇到了日本鬼子的运输船。为了逃命，她们拼命向浅水的荷花淀划去，正在敌船就要追上她们时，荷花淀里突然响起了一阵枪声，当她们定神观察时，藏在荷花下向外射击的正是她们的丈夫。原来游击战士早已在这里设下了埋伏，准备消灭敌人的这艘运输船。她们的逃跑起到了诱敌深入的作用。战争打起来，她们观看了一场精彩的伏击战。这一战争场景具有传奇色彩，作者并没有刻意描写战斗的硝烟弥漫与剑拔弩张，而是轻松着墨，把伏击战写得有声有色，饶有趣味。

《荷花淀》的诗意，还在于刻画了白洋淀生活中具有真善美品格的劳动者形象，特别是年轻妇女的形象。白洋淀的女人们都勤劳朴实，热爱生活，她们深明大义，懂得自己的命运与祖国命运的联系。作品在人物日常生活的对话中展现人物真实美好的内心世界。当水生深夜归来时，细心的女人发现丈夫说话有些气喘，引起了她的警觉。当问出丈夫马上要到部队去的消息后，她手指震动了一下，苇眉子划破了手。水生告诉妻子自己"第一个举手报了名"时，妻子只是嗔怪地说了一句"你总是很积极的"。这里把战争环境中对亲人的担心，分别的不舍，对丈夫的信赖与赞许都包含其中了。当女人对水生说："你走，我不拦你，家里怎么办？"当丈夫说"爹老了，小华还不顶事"，对妻子表达了充分的理解时，女人鼻子有些酸，"你明白家里的难处就好了"。一个能干、善良、深明大义的妇女形象展现在了我们面前。当丈夫最后嘱咐女人，不要叫敌人汉奸捉活的，女人含着泪答应了。这里表现的是老百姓坚贞不渝的爱情和他们与祖国命运休戚相关、生死与共的联系。水生嫂的刚毅与柔情，体现了那个时代特有的风采，具有动人的诗意之美。

孙犁小说的诗意之美还来自描写的简略传神。《荷花淀》中写劳动场面、战斗场景时，并非采用一般小说的叙事方式来表现，而是通过传统的写意化的绘画笔法来描绘。开篇写女人的劳动场景，只是写意似的勾画："女人坐在小院当中，手指上缠绞着柔滑修长的苇眉子。苇眉子又薄又细，在她怀里跳跃着。"一大片席子编好了，女人就像"坐在一片洁白的雪地上""坐在一片洁白的云彩上"。这不是把劳动的场面完全诗化了吗？战争场景也是用诗化的比喻来描绘，写女人们摇船进到荷花淀时，她们看到："一望无边际的密密层层的大荷叶""像铜墙铁壁"，"粉色荷花箭高高地挺起来，是监视白洋淀的哨兵吧！"对荷叶、荷花的描写不但形象逼真，而且寄托着作者强烈的主观感情体验。

思 考 题

1. 谈谈你对孙犁小说诗化特征的理解。

2. 孙犁对真善美的追求在其小说中是怎样体现的？

延 伸 阅 读

孙犁：《嘱咐》《白洋淀纪事》

参 考 文 献

1. 叶君：《参与、守持与怀乡：孙犁论》，社会科学文献出版社 2006 年版。

2. 周维东：《革命与乡土——晋察冀边区的乡村建设与孙犁的小说创作》，《文学评论》2014 年第 6 期。

诗　歌

蝴蝶

胡 适

两个黄蝴蝶，双双飞上天。　　　　剩下那一个，孤单怪可怜；

不知为什么，一个忽飞还。　　　　也无心上天，天上太孤单。

五年八月二十三日

（原载 1917 年 2 月《新青年》第 2 卷第 6 号）

白话新诗的大胆尝试

杨厚均

关键词：白话；尝试；历史价值

此诗最早见于胡适 1916 年 8 月 23 日的日记，是他留美期间的作品，开始题为《窗上有所见口占》，1917 年 2 月发表于《新青年》杂志第 2 卷第 6 号，改题为《朋友》，1920 年收入《尝试集》时又改题为《蝴蝶》。胡适在其《四十自述》之《逼上梁山》一节中，曾详细谈到过此诗写作时的情形："有一天，我坐在窗口吃我自做的午餐，窗下就是一大片长林乱草，远望着赫贞江。我忽然看见一对黄蝴蝶从树梢飞下来；一会儿，一只蝴蝶飞了去了；还有一只蝴蝶独自飞了一会，也慢慢地飞下去，去寻他的同伴去了，我心里颇有点感触，感触到一种寂寞的难受，所以我写了一首白话小诗，题目就叫作《朋友》（后来才改作《蝴蝶》）。"可见这首诗是一首即景抒怀之作，借一个蝴蝶失去同伴后的孤单、惶惑，表达了酝酿文学革命之时寂寞、苦恼的内心感受。

写作此诗之前，胡适就在各种场合提倡文学的改良，就在写作此诗的前两天的日记里，胡适提出了"新文学之要点"，就是后来出现在《文学改良刍议》中的"八事"。但胡适的观点即使在他的好友当中，支持者也很少，反对者颇多，胡适颇感寂寞。他决心自己进行新文学创作的"实地试验"，《蝴蝶》便是胡适最早的白话新诗试验品。放到中国诗歌发展史中进行考察，《蝴蝶》的确是一首大胆的另类诗。这首先体现在此诗的叙述方式上。此诗在叙事上自始至终采取一种直接陈述的叙述方式，没有角度的转换，更没有传统即景抒怀之作最具特色的铺垫和起兴，以两个蝴蝶双飞起，以一个蝴蝶孤单终，平铺直叙，自然朴素。其次，此诗在修辞上不作任何讲究，对仗、用典等传统诗歌中最为常见的修辞方式在此诗中都被摒弃，它整体上是一个具有象征性内涵的叙事。此诗最大胆处是语言上的口语化，每一句都是"俗字俗语"，如"怪""也""太"，这些口语中表情态的词语的运用，如"不知为什么"这样看来随意的散文化句子的出现，都成了他不避俗字俗语的大胆尝试，这些在以往的诗歌中是没有的。

然而，不能不说《蝴蝶》在破坏传统审美规则的同时，却又顽强显露出旧体诗词的趣味。此诗在形式上保留了五言八句的旧体诗的整齐外形，四行双句，一步一韵，带有明显的旧体诗的痕迹。对此，胡适自己曾有过相当清醒的反思。他曾说："我现在回头看我这五年来的诗，很像一个缠过脚后来放大了的妇人回头看她一年一年的放脚鞋样，虽然一年放大一年，年年的鞋样上总还带着缠脚时代的血腥气。"（《〈尝试集〉四版自序》）正如易竹贤在《胡适传》中所评价的那样："我们今天来翻翻《尝试集》，大约多半是为着一点历史的兴趣而已。它作为我国的第一本白话新诗集，在新诗发展征途中的历史价值，看来高于它本身所具有的思想和艺术的价值。"

思 考 题

1. 分析《蝴蝶》在艺术形式上与传统格律诗有何不同。
2. 《蝴蝶》在中国新诗发展史上的价值和局限是什么？

延 伸 阅 读

胡适：《老鸦》《湖上》《威权》

参 考 文 献

1. 易竹贤：《胡适传》（修订本），湖北人民出版社 1998 年版。
2. 王泽龙、钱韧韧：《现代汉语虚词与胡适的新诗体"尝试"》，《中国现代文学研究丛刊》2014 年第 3 期。

关不住了！

胡 适

我说"我把心收起，
　像人家把门关了，
叫爱情生生的饿死，
　也许不再和我为难了。"

但是屋顶上吹来，
　一阵阵五月的湿风，

更有那街心琴调，
　一阵阵的吹到房中。

一屋里都是太阳光，
　这时候爱情有点醉了，
他说，"我是关不住的，
　我要把你的心打碎了！"

八年二月二十六日译美国新诗人
Sara Teasdale 的 *Over the Roofs*
（原载 1919 年 3 月《新青年》第 6 卷第 3 号）

爱与自由的消长

崔思晨

关键词：爱；自由；形式

胡适在文学革命之后的新诗创作中，"犹未能脱尽文言窠臼"。之后，胡适本着实验的精神，开始了《尝试集》的创作。与其说这本诗集是"我们第一部新诗集"，不如说《尝试集》作为一个整体，展现了汉语抒情诗从古典过渡到现代的过程。而《关不住了！》在这本诗集中的地位，是真正开始了"新诗成立的纪元"。卞之琳称其"为白话新诗节奏的规律化探索走出了一步"（《翻译对于中国现代诗的功过》），自此，胡适悟到了诗歌形式和内容间无法割裂的联系，实践了"诗体的大解放"，有了《威权》《乐观》《一颗遭劫的星》等自然之作。《关不住了！》译自美国意象派女诗人 Sara Teasdale 的诗作 *Over the Roofs*，初刊于《新青年》第 6 卷第 3 号，于 1920 年 3 月收录进由上海亚东图书馆出版的《尝试集》。1922 年，在《尝试集》第四版中，作者对于新诗创作的理解更加深入，对第二节做了较大的改动。

虽然这是一首译作，但胡适做到了译作合一，将新诗形式的自由与内容的自由呈现于诗歌之中。"爱情"是自由的，它不受时间和空间的约束，在内心生长。"我"为爱情而烦忧，似是一种痛苦，又在这之间流连于爱情带来的甜蜜。"我"将心门紧闭，想要以此远离由爱而生的苦楚。但这样的决定究竟是否正确？又是否从此便永不受爱情的为难？"我"也拿不定主意，只是这样做了，说一声"也许"。爱情虽是被关在了心里，但同一空间中的物质还在运动，"我"的心仍然未能安定下来。空气中湿润的气流和飘渺的音符，在被爱滋润着的"我"的眼中，都成了一种暧昧的邀请。"五月的湿风"带来了生命的气息，挑动了悸动的灵魂，伴着若有若无的琴声，一阵一阵拨人心弦。"我"的心再也按捺不住了，任阳光铺洒，任情感涌动，这样的气氛让爱情沉醉。当自由的因子开始浮动，心灵再难锁住爱情，自然的人性与道德的制约对抗中，人性获得了胜利。

原诗分三节，译作将此保留下来。同时，胡适在译诗的过程中，尊重原诗的语法关系，由此建立了与现代汉语相适应的语言秩序。形式的自由在诗行的参差排列间体现出来，句子的长短不再受古典诗词的约束，而是随着情绪和语言逻辑的流动铺陈开来。虚词的普遍使用让诗歌的逻辑性增强，"我""你""他"等人称代词开始承担起视角转换的功能。情感在现代的语法结构中单线递进，严谨而精密的语言逻辑包裹住抽象的意象。在狭小的意象空间中，"你"与"我"，"屋顶"与"街心"构成了对应关系，弥补了理念化意象影响下感性的不足，扩展了诗歌的张力空间。"爱情"成了一个具有某种人格的角色，构筑起作者心中的理性世界。"湿风""琴调"等意象不再是中国传统诗词的表达，而染上了现代的气息，传递着现代人的愁绪。

诗歌在修改过后，为避免第二节间词的重复，去掉了其中第一个"一阵阵"，增加了更加口语化的词"的"，同时也平衡了音节的和谐。胡适在音节的实验中重新塑造了新诗的形式和读者的审美，但仍旧顾及韵脚的和谐。英语的原诗是阳韵，采用半格律体。而译诗中偶数行押韵，每节换韵，只第二节"风""中"为阳韵，第一、三节的阴韵表明胡适在新诗创作中实验的决心。"关""难"与"醉""碎"在语气词的连缀下更显口语的自然从容。

思 考 题

1. 对照英文原诗，感受胡适译诗过程中怎样实现译作合一。
2. 结合《尝试集》中其他诗作，体会胡适为"诗体的大解放"做了哪些探索。

延 伸 阅 读

胡适：《一颗星儿》《乐观》《周岁》

参 考 文 献

1. 胡适：《四十自述》《胡适口述自传》，《胡适全集》第 18 卷，安徽教育出版社 2003 年版。
2. 李章斌：《胡适与新诗节奏问题的再思考》，《中国现代文学研究丛刊》2017 年第 3 期。
3. 王雪松：《蒂斯黛尔与中国新诗的节奏建构》，《湖北大学学报》（哲学社会科学版）2018 年第 6 期。

教我如何不想她

刘半农

天上飘着些微云，　　　　　　　　　水面落花慢慢流，
地上吹着些微风。　　　　　　　　　水底鱼儿慢慢游。
啊！　　　　　　　　　　　　　　　啊！
微风吹动了我头发，　　　　　　　　燕子你说些什么话？
教我如何不想她？　　　　　　　　　教我如何不想她？

月光恋爱着海洋，　　　　　　　　　枯树在冷风里摇，
海洋恋爱着月光。　　　　　　　　　野火在暮色中烧。
啊！　　　　　　　　　　　　　　　啊！
这般蜜也似的银夜，　　　　　　　　西天还有些儿残霞，
教我如何不想她？　　　　　　　　　教我如何不想她？

1920.9.4 伦敦

（原载 1923 年 9 月 16 日《晨报副刊》）

向民间学习的白话新诗

杨厚均

关键词： 民间；比兴；反复

　　《教我如何不想她》1920 年 9 月 4 日创作于伦敦，原题为《情歌》，1926 年 6 月收入北新书局出版的新诗集《扬鞭集》时，改题为《教我如何不想她》。白话新诗在它的尝试阶段面临的最大困惑就是，如何在摆脱古典旧体诗歌意蕴与形式的同时又不失诗歌的优美意境，这是白话新诗成长过程中的关键。于是民间歌谣成为白话新诗除西方诗歌之外的另一个重要资源。相对于古典诗歌，民间歌谣因为其"在野"的地位与处境，始终保持着与古典诗歌的抵牾与对立，呈现出其新鲜活泼的品格；而另一方面，古典诗歌又总是在不断吸收民间资源的基础上发展的，自《诗经》以来，采风便成为中国传统诗歌发展的重要途径，民间歌谣与古典诗歌存在着相互渗透的复杂关系。可以说，白话新诗在其诞生之初一方面要保持其与古典诗歌的决裂的姿态，另一方面诗歌的内在的诗性品格又决定其不可能真正完全脱离古典诗歌，民间歌谣因为其特殊性能使白话诗人两全其美。从民间歌谣中汲

239

取营养成为一部分初期白话诗人诗歌探索的有效途径。1920 年新文学诞生的中心北京大学成立了歌谣研究会，它的发起人和参与者正好大多是早期白话诗人，《教我如何不想她》的作者刘半农就是其中之一。刘半农正是那个时期主张向民间歌谣学习的新诗倡导者和实践者。

《教我如何不想她》较成功地运用了民间歌谣比兴和复沓的艺术手法。诗歌的诗眼是"想"，而诗人却以大量自然意象进行比兴，无论是微云微风、海洋月光、落花鱼儿，还是冷风里的枯树和暮色中的野火，这些意象一方面指向白天夜晚春夏秋冬的时间，表达着无时不在想念的情感，另一方面，这些意象本身或缠绵或凄清的特征与"想念"的内在品格和谐共振，产生出动人的效果。"教我如何不想她"四句咏叹在四节诗歌中的反复，同样造成一种缠绵悱恻的思念效果。

1920 年 1 月下旬，郭沫若在日本福冈创作了一首歌颂"年青的女郎"的新诗《炉中煤》，其副题"眷念祖国的情绪"告诉我们：它不仅仅是一首"情歌"。1920 年 9 月上旬，刘半农在英国伦敦创作了这首貌似"情歌"的《情歌》。同样是表达对于祖国的思念，两首诗艺术风格却迥然不同：郭诗激越奔放，直抒胸臆；而刘诗婉转低回，不惮繁复，在节奏和意象的经营上体现了节制与含蓄的特点。在比较中我们可以发现，诗人刘半农正是通过以民间歌谣为中介的策略，既体现了白话新诗与旧体诗的不同姿态，同时又内在地实现了现代白话新诗与中国旧的传统诗歌的沟通，在中国新诗发展史上有其独特的价值。

思　考　题

1. 为什么民间歌谣能成为五四白话诗歌创作的重要资源？
2. 比较《教我如何不想她》与《炉中煤》在艺术上的不同。

延　伸　阅　读

刘半农：《相隔一层纸》《学徒苦》《铁匠》

参　考　文　献

1. 朱洪：《刘半农传》，东方出版社 2007 年版。
2. 郑成志：《初期白话诗的另一种形式构想——以刘半农、赵元任和陆志韦等人为例》，《中国现代文学研究丛刊》2011 年第 7 期。

凤凰涅槃

郭沫若

天方国古有神鸟名"菲尼克司"（Phoenix），满五百岁后，集香木自焚，复从死灰中更生，鲜美异常，不再死。

按此鸟殆即中国所谓凤凰：雄为凤，雌为凰。《孔演图》云："凤凰火精，生丹穴。"《广雅》云："凤凰……雄鸣曰即即，雌鸣曰足足。"

序　曲

除夕将近的空中，
飞来飞去的一对凤凰，
唱着哀哀的歌声飞去，
衔着枝枝的香木飞来，
飞来在丹穴山上。

山右有枯槁了的梧桐，
山左有消歇了的醴泉，
山前有浩茫茫的大海，
山后有阴莽莽的平原，
山上是寒风凛冽的冰天。

天色昏黄了，
香木集高了，
凤已飞倦了，
凰已飞倦了，
他们的死期将近了。

凤啄香木，
一星星的火点迸飞。
凰扇火星，
一缕缕的香烟上腾。

凤又啄，
凰又扇，
山上的香烟弥散，
山上的火光弥满。

夜色已深了，
香木已燃了，
凤已啄倦了，
凰已扇倦了，
他们的死期已近了！

啊啊！
哀哀的凤凰！
凤起舞，低昂！
凰唱歌，悲壮！
凤又舞，
凰又唱，
一群的凡鸟，
自天外飞来观葬。

凤　歌

即即！即即！即即！
即即！即即！即即！
茫茫的宇宙，冷酷如铁！

茫茫的宇宙，黑暗如漆！
茫茫的宇宙，腥秽如血！

宇宙呀，宇宙，
你为什么存在？
你自从哪儿来？
你坐在哪儿在？
你是个有限大的空球？
你是个无限大的整块？
你若是有限大的空球，
那拥抱着你的空间
他从哪儿来？
你的外边还有些什么存在？
你若是无限大的整块，
这被你拥抱着的空间
他从哪儿来？

你的当中为什么又有生命存在？
你到底还是个有生命的交流？
你到底还是个无生命的机械？

昂头我问天，
天徒矜高，莫有点儿知识。
低头我问地，
地已死了，莫有点儿呼吸。
伸头我问海，

海正扬声而呜咽。

啊啊！
生在这样个阴秽的世界当中，
便是把金钢石的宝刀也会生锈！
宇宙呀，宇宙，
我要努力地把你诅咒：
你脓血污秽着的屠场呀！
你悲哀充塞着的囚牢呀！
你群鬼叫号着的坟墓呀！
你群魔跳梁着的地狱呀！
你到底为什么存在？

我们飞向西方，
西方同是一座屠场。
我们飞向东方，
东方同是一座囚牢。
我们飞向南方，
南方同是一座坟墓。
我们飞向北方，
北方同是一座地狱。
我们生在这样个世界当中，
只好学着海洋哀哭。

凰　　歌

足足！足足！足足！
足足！足足！足足！
五百年来的眼泪倾泻如瀑。
五百年来的眼泪淋漓如烛。
流不尽的眼泪，
洗不净的污浊，
浇不熄的情炎，
荡不去的羞辱，
我们这缥缈的浮生
到底要向哪儿安宿？

啊啊！
我们这缥缈的浮生
好象那大海里的孤舟。

左也是漶漫，
右也是漶漫，
前不见灯台，
后不见海岸，
帆已破，
樯已断，
楫已飘流，
柁已腐烂，
倦了的舟子只是在舟中呻唤，
怒了的海涛还是在海中泛滥。

啊啊！
我们这缥缈的浮生
好象这黑夜里的酣梦。

前也是睡眠，
后也是睡眠，
来得如飘风，
去得如轻烟，
来如风，
去如烟，
眠在后，
睡在前，
我们只是这睡眠当中的
一刹那的风烟。

啊啊！
有什么意思？
有什么意思？
痴！痴！痴！

只剩些悲哀，烦恼，寂寥，衰败，
环绕着我们活动着的死尸，
贯串着我们活动着的死尸。

啊啊！
我们年青时候的新鲜哪儿去了？
我们年青时候的甘美哪儿去了？
我们年青时候的光华哪儿去了？
我们年青时候的欢爱哪儿去了？
去了！去了！去了！
一切都已去了，
一切都要去了。
我们也要去了，
你们也要去了，
悲哀呀！烦恼呀！寂寥呀！衰败呀！

凤 凰 同 歌

啊啊！
火光熊熊了。
香气蓬蓬了。
时期已到了。
死期已到了。

身外的一切！
身内的一切！
一切的一切！
请了！请了！

群 鸟 歌

岩鹰
　　哈哈，凤凰！凤凰！
　　你们枉为这禽中的灵长！
　　你们死了吗？你们死了吗？
　　从今后该我为空界的霸王！

孔雀
　　哈哈，凤凰！凤凰！
　　你们枉为这禽中的灵长！
　　你们死了吗？你们死了吗？
　　从今后请看我花翎上的威光！

鸥鹫
　　哈哈，凤凰！凤凰！
　　你们枉为这禽中的灵长！

你们死了吗？你们死了吗？
哦！是哪儿来的鼠肉的馨香？

家鸽
　　哈哈，凤凰！凤凰！
　　你们枉为这禽中的灵长！
　　你们死了吗？你们死了吗？
　　从今后请看我们驯良百姓的安康！

鹦鹉
　　哈哈，凤凰！凤凰！
　　你们枉为这禽中的灵长！
　　你们死了吗？你们死了吗？
　　从今后请听我们雄辩家的主张！

白鹤

哈哈，凤凰！凤凰！
你们枉为这禽中的灵长！

你们死了吗？你们死了吗？
从今后请看我们高蹈派的徜徉！

凤凰更生歌

鸡鸣

昕潮涨了，
昕潮涨了，
死了的光明更生了。

春潮涨了，
春潮涨了，
死了的宇宙更生了。

生潮涨了，
生潮涨了，
死了的凤凰更生了。

凤凰和鸣

我们更生了。
我们更生了。
一切的一，更生了。
一的一切，更生了。
我们便是他，他们便是我，
我中也有你，你中也有我。
我便是你。
你便是我。
火便是凰。
凤便是火。
翱翔！翱翔！
欢唱！欢唱！

我们新鲜，我们净朗，
我们华美，我们芬芳，
一切的一，芬芳。
一的一切，芬芳。
芬芳便是你，芬芳便是我。
芬芳便是他，芬芳便是火。
火便是你。

火便是我。
火便是他。
火便是火。
翱翔！翱翔！
欢唱！欢唱！

我们热诚，我们挚爱。
我们欢乐，我们和谐。
一切的一，和谐。
一的一切，和谐。
和谐便是你，和谐便是我。
和谐便是他，和谐便是火。
火便是你。
火便是我。
火便是他。
火便是火。
翱翔！翱翔！
欢唱！欢唱！

我们生动，我们自由，
我们雄浑，我们悠久。
一切的一，悠久。
一的一切，悠久。
悠久便是你，悠久便是我。
悠久便是他，悠久便是火。
火便是你。
火便是我。
火便是他。
火便是火。
翱翔！翱翔！
欢唱！欢唱！

我们欢唱，我们翱翔。
我们翱翔，我们欢唱。

一切的一，常在欢唱。　　　　　只有欢唱！

一的一切，常在欢唱。　　　　　只有欢唱！

是你在欢唱？是我在欢唱？　　　欢唱！

是他在欢唱？是火在欢唱？　　　欢唱！

欢唱在欢唱！　　　　　　　　　　欢唱！

欢唱在欢唱！

1920 年 1 月 20 日初稿

1928 年 1 月 3 日改削

（原载 1920 年 1 月 30 日和 31 日上海《时事新报·学灯》）

时代赞歌　壮美诗情

王泽龙

关键词：五四精神；浪漫主义；自由诗体

1920 年 1 月 30 日、31 日两天，上海《时事新报》副刊《学灯》，破例以整版篇幅连续发表了《凤凰涅槃》这首抒情长诗，人们惊异地瞩目一对烈火中新生的凤凰在诗国的天空自由飞翔！年轻的诗人郭沫若饱蘸时代激情，挥动如椽的巨笔创造了一首壮美的时代赞歌。

五四峻急的时代精神与磅礴的历史气概深深触发了这位海外赤子神经的异常兴奋与创作灵感的大爆发，全诗几乎一气呵成。诗人在融中外神话传说于一炉的艺术创制中，复合进鲜明的时代精神，借神鸟凤凰涅槃更生，寄寓了对历史与现实黑暗的诅咒，展示了五四时期创造更新的时代风貌，抒发了对祖国新生、自我新生热烈期待的深情。这首诗还在孕育之时诗人就说："我现在很想能如 Phoenix 一般，采集些香木来，把我现有的形骸烧毁了去，唱着哀哀切切的挽歌把他烧毁了去，从那冷静中的灰里再生出个'我'来！"（《三叶集》）后来诗人又说"我的那篇《凤凰涅槃》便是象征着中国的再生"（《创造十年》）。《凤凰涅槃》是讴歌祖国与个人在时代烈火中获得蜕变与新生的悲壮而热烈的交响曲。

全诗分为 1 个序曲，4 个乐章。在雄浑豪放的基调中表现出由悲哀至欢乐的抒情走向。"序曲"调子悲哀，景象凄凉，一对凤凰在辞旧迎新的"除夕"以哀哀切切的歌声为自己安排着一场悲壮的葬礼，凤凰决意要同这"阴莽莽"一片死象的世界诀别。第二个乐章是凤凰慷慨赴死，决意自焚前的"歌唱"，是一曲诅咒旧生活的悲愤之歌。"凤歌"中诗人用极为概括的笔触，揭露了社会现实的"冷酷如铁""黑暗如漆""腥秽如血"，接着以屈原《天问》式的气势与深刻的理性怀疑精神，用一连 11 个问题对负载人类生存的宇宙本体提出追问，表现出对现存的不平等无自由宇宙人生的彻底怀疑与否定。这种大胆怀疑与坚决的否定态度是在对现存环境有了清醒的认识后作出的。"凤"在巡视了四面八方的生存环境之后，痛苦地发现东西南北到处一样，早已没有了一块光明温暖的地方。这样一个不可救治的腐朽社会，应该彻底将它葬送，这就是"凤歌"对旧社会的结论。

"凤歌"对现实的控诉呈现的是男性的悲怆，"凰歌"则以无限幽怨倾诉对罪恶历史的悲愤诅咒。幽怨与悲愤之情如流水声咽，一层层进行历史的剥露：五百年"流不尽的眼泪，洗不净的污浊"，民族的历史充满了悲哀和羞辱，中华民族这叶苦难之舟经历了漫长航程，现实中仍是"前不见灯台，后不见海岸"，帆已破、樯已断，茫茫大海一叶危舟，充满了危难和绝望。这正是旧中国风雨危舟、濒临沉沦的形象写照。在这种无望的死寂般的生活中人们只感到人生幻灭如梦，前途迷茫无向，生活一片死相，早已没有了青春的生机与欢爱。要创造自由幸福的新生活，必须毁灭这现存的一切，"凤"与"凰"得出了同样的结论。凤凰没有停留在苦闷、悲愤的诅咒与失望的感伤中，在走投无路的处境下，这种悲愤情怀促成了它们与旧世界彻底决绝的态度和在火中自焚的决心。凤凰为求新生而自焚的壮举与将中国变成人间地狱、血腥屠场的群鸟的庸俗丑恶形成鲜明对照，第三个乐章群鸟的鼓噪之声更加衬托了凤凰形象的高洁与壮美。

凤凰对历史和现实的诅咒是与对新生活的憧憬和追求结合为一体的。"凤凰更生歌"是凤凰在烈火中更生后的赞歌。"鸡鸣"是凤凰更生后的嘹亮宣告，在光明降临、宇宙更生中凤凰更生了。"更生曲"展示的是一幅曙色辉煌、春回大地、万象复苏的明媚气象，与"序曲"中的"枯槁""阴莽莽"的景象形成对照。"更生曲"宣告了新社会诞生，新生活开始，诗人"自我"的新生。"凤凰和鸣"是一曲激动人心的欢乐颂，是赞美新社会、新生活与自我新生的欢乐之歌。作者用汪洋恣肆的笔调，重叠反复的诗行，急湍似的旋律与欢快节奏，渲染了宇宙更生、凤凰更生后的华美、芬芳、大和谐、大欢乐的异常生动景象。"我们便是他，／他们便是我，／我中也有你，／你中也有我。／我便是你。／你便是我。／火便是凰。／凤便是火。"万象更新，物我同化，欢乐和谐，浑然一体。新鲜、净朗、华美、芬芳，新生活永远代替了旧社会的黑暗如漆，腥秽如血。人们的热诚，挚爱的新的社会关系与旧生活中的悲哀烦恼、无爱人生形成鲜明对照。由外到内，从宇宙到人生，"一切的一，悠久。／一的一切，悠久"。新生活、新生命在烈火中获得了永生！这一节情感浓烈如火，不可遏止，词语华美异常，似飞银溅玉，声彩富丽，声情并茂，把新生后的欢乐与对光明理想的热切追求之情升华到了极致。

《凤凰涅槃》体现了浓郁的浪漫主义特色。在瑰丽奇幻的神话题材中注入时代的新精神。在诗人笔下，神话传说成了一种艺术的再创造。火中更生的"凤凰"人格化、时代化、诗意化，成为反抗黑暗、追求光明的象征，成为五四时期狂飙突进、勇于破坏、勇于创造的时代精神的象征；是中华民族的象征，也是诗人自我的象征。凤凰在烈火中死而更生的历程正是中华民族经过血与火的考验，从黑暗走向光明的形象预言。浓烈的激情与对未来光明理想的热烈向往和歌颂，是诗歌浪漫主义的又一特色。诗歌中呈现的是一种火山爆发式的激情，体现了与传统彻底决裂、对未来充满信念的乐观主义高昂精神。主观情感的表现与宣泄，自我的巨大精神力量交融在凤凰这一崇高形象中。在抒情方式上，雄劲粗犷的格调，大胆的夸张，奇妙的想象，排比复沓的句式，构成了气势磅礴的雄浑的浪漫主义诗风。

思 考 题

1. 分析这首诗歌中凤凰的形象内涵。

2. 这首诗歌的浪漫主义特色体现在哪几个方面?

延 伸 阅 读

郭沫若:《立在地球边上放号》《我是个偶像崇拜者》《太阳礼赞》

参 考 文 献

1. 刘纳:《〈女神〉导读》,中华书局 2002 年版。

2. 李斌:《女神之光——郭沫若传》,作家出版社 2018 年版。

3. 吕周聚:《论郭沫若的"情绪"诗学观》,《中国现代文学研究丛刊》2011 年第 8 期。

天狗

郭沫若

我是一条天狗呀！
我把月来吞了，
我把日来吞了，
我把一切的星球来吞了，
我把全宇宙来吞了。
我便是我了！

我是月底光，
我是日底光，
我是一切星球底光，
我是 X 光线底光，
我是全宇宙底 Energy 底总量！

我飞奔，
我狂叫，
我燃烧。

我如烈火一样地燃烧！
我如大海一样地狂叫！
我如电气一样地飞跑！
我飞跑，
我飞跑，
我飞跑，
我剥我的皮，
我食我的肉，
我嚼我的血，
我啮我的心肝，
我在我神经上飞跑，
我在我脊髓上飞跑，
我在我脑筋上飞跑。

我便是我呀！
我的我要爆了！

1920 年 2 月初作
（原载 1920 年 2 月 7 日上海《时事新报·学灯》）

狂放的时代精神象征

任　毅

关键词：自我；狂放；自由体

《天狗》创作于郭沫若新诗写作的爆发期。诗人曾说"诗的主要成分总要算'自我表现'"（《三叶集》）。这首诗即是诗人"自我"的极度张扬的产物，整体上呈现出强悍、狂暴、紧张的风格。

开篇诗人便高呼"我是一条天狗呀！"而且还是一条能量空前的天狗：不仅吞下了月亮，而且吞下了太阳（这是古典神话"天狗吞食日月"的传统意象），吞下了一切的星球，吞下了全宇宙（暗示了古典神话"盘古开天"的象征意蕴）。我们常常以"气吞山河"形容气魄之宏大，而青年诗人的气度，更是伟大超群得不可想象。"我便是我了！"表现了个性的充分张扬所带来的自豪感。由此，我们也可看出这首诗是诗人在五四时代精神的观照下对个性解放的赞歌，也正因有了冲决一切束缚个性发展网罗的巨大勇气，主观个性才得以充分张扬，五四时期的新人才有了如此巨大的能量："我是全宇宙底 Energy 底总量！"只有这样的五四新人才能够改变山河、大地、宇宙。诗人从他年轻的火热的胸膛里喷射出了惊雷闪电一般的诗句："我飞奔，／我狂叫，／我燃烧。……"这样的诗句就像猛烈的飓风，像奔腾的激流，在读者心头上呼啸而过，放射出极其强烈的冲击波，使人感到五四新人的气概是何等豪迈。而接下来三个"我飞跑"，更给人以急促振奋、迅雷不及掩耳的感觉。五四时代的个性解放，一般都经历过旧我不断被扬弃，新我不断产生的过程，故而"我剥我的皮，／我食我的肉，／我嚼我的血，／我啮我的心肝"，旨在表示脱胎换骨，方成新人。旧的世界与旧的自我在五四吐故纳新的时代一起蜕变新生。诗的最后两句便把这种感情状态表现得淋漓尽致："我便是我呀！／我的我要爆了！"新生的渴望使诗人不能容忍一切旧的束缚，包括肉体对自己的束缚。所以，《天狗》用它强悍、狂暴、紧张的诗句，为五四新时期和新人奏出了一曲惊心动魄的赞歌。"天狗"正是五四时期要求破坏一切旧的传统，彻底毁灭旧世界，创造新世界和新我的社会理想的表现。

青年郭沫若在《天狗》中运用极度夸张的想象，塑造了一个狂放的天狗形象，天狗就是自我。全诗共 29 行，句句以"我"领起，又多以带有肯定语气的判断词"是"强化比喻，以排比句式，构成激昂有力的情绪节奏。全诗没有整齐的外在节奏，却自有感情起伏的内在韵律，诗句或长或短，诗意或急或缓，受感情起伏的支配，是一首典型的高度情绪化的抒情诗。在诗的风格上表现出粗犷、率真和直抒胸臆的特点。诗歌不拘一格的自由体形式与狂放的时代情绪的表现达到了有机的融合，使"天狗"成了五四时代精神的一个象征。

思 考 题

1. 如何认识郭沫若"绝端的自由，绝端的自主"的诗歌主张？
2. 分析天狗形象的时代内涵。

延 伸 阅 读

郭沫若：《炉中煤》《立在地球边上放号》《我是个偶像崇拜者》

参 考 文 献

1. 孙党伯：《郭沫若评传》，人民文学出版社 1987 年版。
2. 李斌：《作为镜像和资源的郭沫若》，《东岳论丛》2018 年第 12 期。

炉中煤

郭沫若

——眷念祖国的情绪

啊，我年青的女郎！
我不辜负你的殷勤，
你也不要辜负了我的思量。
我为我心爱的人儿
燃到了这般模样！

啊，我年青的女郎！
你该知道了我的前身？
你该不嫌我黑奴卤莽？
要我这黑奴的胸中，
才有火一样的心肠。

啊，我年青的女郎！
我想我的前身
原本是有用的栋梁，
我活埋在地底多年，
到今朝才得重见天光。

啊，我年青的女郎！
我自从重见天光，
我常常思念我的故乡，
我为我心爱的人儿
燃到了这般模样！

1920 年 1、2 月间作
（原载 1920 年 2 月 3 日上海《时事新报·学灯》）

五四青年的爱国恋歌

杨　柳

关键词：爱国主义；浪漫主义；科学意象

《炉中煤》创作于 1920 年初，当时国内正是五四运动如火如荼的时期，远在日本留学的青年郭沫若受到时代精神的感召，创作了这首爱国恋歌。他曾在《创造十年》这篇回忆文章中自述："'五四'以后的中国，在我的心目中就像一位很葱俊的有进取气象的姑娘，她简直就和我的爱人一样。……'眷恋祖国的情绪'的《炉中煤》便是我对于她的恋歌。"郭沫若 1921 年出版的诗集《女神》，被认为是新诗发展初期"开一代诗风"的奠基之作，代表了五四时期狂飙突进的时代精神，而《炉中煤》就收录在《女神》第二辑中。

将祖国当作"年青的女郎"去追求，祖国并非"母亲"而是"恋人"，爱情体验和爱国之情相交融，这是诗人大胆而又别致的情感表达。青年时期的郭沫若感情丰富，富于浪漫气质和反叛精神。1912 年，他因不满包办婚姻的安排，新婚五天后即离家。次年他东渡日本，1916 年与日本少女佐藤富子坠入爱河。爱情经历刺激诗思，郭沫若因此写了不少浓烈的情诗。在这首《炉中煤》中，抒情主人公袒露心扉，反复对"年青的女郎"吟咏热烈的爱意，自由奔放的青春气息扑面而来。这种表达一方面受到西方以海涅、雪莱、惠特曼等人为代表的浪漫主义诗风的影响，另一方面又让人联想到中国古典诗歌"香草美人"的比兴传统。思乡爱国之情与对女郎的爱慕在诗中被奇特地统一起来，时代新青年无所顾忌地抒发为爱献身的精神，"我为我心爱的人儿 / 燃到了这般模样！"而对女郎的爱越是强烈，对祖国的眷恋就越是深沉。

以现代科学视角使用"炉中煤"作为全诗的中心意象，这是郭沫若的又一个创造。诗人将"炉中煤"拟人化，以煤炭燃烧比喻人的情感沸腾、生命勃发。隐藏在对女郎的爱恋之情背后的，是煤炭的自然形成和发掘过程。千百万年来植物的枝叶根茎堆积，因为地壳变动被埋入地下，在高温高压中经过复杂的物理化学变化，形成黑色可燃沉积岩。诗人戏剧性地将煤炭的这一形成过程转化为一种"身世自白"："我想我的前身 / 原本是有用的栋梁，/ 我活埋在地底多年，/ 到今朝才得重见天光。"从而隐喻沉睡古国的青年一朝觉醒，重获新生。煤炭作为第一次工业革命的基础燃料，象征着现代文明的力量源泉，本身乌黑坚硬，不易入诗。但经郭沫若飞动的想象力点化，竟然化身成为爱情主体，迸发出浪漫激情，其中包含着诗人对现代工业文明的拥抱和礼赞。由此可见，现代科学知识、观念的传播极大地改变了诗歌的意象使用，使得"炉中煤"迥异于古典诗歌的意象建构，成为极具郭沫若个人风格的现代诗歌意象。纵观诗集《女神》中的诗，类似的意象在诗人这一时期的诗作中经常出现："哦哦，摩托车前的明灯！/ 你二十世纪底亚坡罗！/ 你也改乘了摩托车吗？"（《日出》）"一枝枝的烟筒都开着朵黑色的牡丹呀！/ 哦哦，二十世纪的名花！/ 近代文明的严母呀！"（《笔立山头展望》）这都是诗人以浪漫想象熔铸现代文明、科学意象入诗的体现。

郭沫若擅长无拘无束的自由体新诗，但同时也有不少形式工整、讲究格律的短篇佳构，比如《夕暮》《静夜》等。《炉中煤》的形式感十分明显。全诗四节，每节五行，都以"啊，我年青的女郎！"开头，一韵到底。朗诵起来有较强的音乐美，将恋歌热烈的情绪融入新诗韵律中，体现了诗人在新诗发展初期对形式建构的重视。

思 考 题

1. 结合 20 世纪 20 年代创造社留日学生的创作背景，谈谈如何理解诗歌中将爱国之情与爱情体验相结合的写法。

2. 结合诗集《女神》中的其他名篇，总结这一时期郭沫若诗作的思想艺术特征。

延 伸 阅 读

郭沫若：《日出》《笔立山头展望》《夕暮》《静夜》

参 考 文 献

1. 闻一多：《〈女神〉之时代精神》，1923 年 6 月 3 日《创造周报》第 4 号。

2. 黄曼君、王泽龙、李郭倩：《图本郭沫若传》，长春出版社 2011 年版。

蕙的风

汪静之

是那里吹来
这蕙花的风——
温馨的蕙花的风？

蕙花深锁在园里，
伊满怀着幽怨。
伊底幽香潜出园外，
去招伊所爱的蝶儿。

雅洁的蝶儿，
薰在蕙风里
他陶醉了；
想去寻着伊呢。

他怎寻得到被禁锢的伊呢？
他只迷在伊底风里，
隐忍着这悲惨然而甜蜜的伤心，
醺醺地翩翩地飞着。

（一九二一，九，三。）

（选自汪静之《蕙的风》，亚东图书馆 1922 年版）

天籁之音美且真

张佳惠

关键词：情诗；真率；自由

这是湖畔诗人汪静之作于 1921 年 9 月 3 日的一首诗，也是他的成名作和代表作。此诗以其清新大胆、直率自然地歌颂爱情影响诗坛。朱自清说："中国缺少情诗，有的只是'忆内''寄内'，或曲喻隐指之作；坦率的告白恋爱者绝少，为爱情而歌咏爱情的更是没有。"（《中国新文学大系·诗集·导言》）作此诗时，诗人正在杭州西子湖畔，沉醉在自己纯洁甜美的爱情之中，这首情诗是诗人当时内心情感的写真。诗中运用象征手法，用"蕙花"来象征在封建礼教禁锢下依然怀春的姑娘；用禁锢蕙花的"园"来象征阻碍自由恋爱的封建势力；用闻蕙香而至的"蝶儿"来象征执着的追求者；用"蕙花"与"蝶儿"象征五四时期觉醒的青年男女对于自由恋爱的强烈渴求和对美好生活的向往。诗人曾在自序中说："我很惭愧，我底诗是这么幼稚，这么微弱，这么拙劣！但我有坚决的志愿，我要把灵魂的牢狱毁去！我只尽我所能，努力做着。"

诗歌袭用传统的花与蝶作比喻写情诗，但不同的是，作为少女象征的"蕙花"不再是等待被动施爱，而是主动地将"幽香潜出园外"，大胆地"去招伊所爱的蝶儿"。虽然身体被园门深锁，她却要让灵魂潜出园外，这种大胆地向旧道德挑战的品格，是一代女性的觉醒，具有鲜明的时代气息。前两节描绘了"花引蝶"的大胆，后两节抒发"蝶恋花"的忧伤。"蝶儿"并不满足陶醉在"蕙花"的幽香里，他不满足这精神的幽会，他渴望着与"蕙花"的私语，渴望着与"蕙花"灵肉的相拥，这是爱与美的极致追求。然而，被高墙大院禁锢的伊人，他怎能寻得到呢？他不得不面对悲剧的现实，他只得"隐忍着这悲惨然而甜蜜的伤心"，醺醺地飞在"蕙花"的幽香里，抱着希望或许是无望，他不弃不舍地翩翩飞在伊的幽香里。这种爱与自由的执着追求与反抗的艰难，正是那个时代青年人寻求精神解放的心灵历程的写照与生命体验。

全诗形式活泼，长短句交错，节奏韵律不拘一格，是完全摆脱了旧体诗形式束缚的白话诗，在诗体解放上走到了同时代诗歌的前列。正是完全自由的诗歌体形式，使得情感的表现毫无掩饰与雕琢，呈现出一种纯真的自然之美。

思 考 题

1. 联系时代背景解读《蕙的风》，评价它在当时的意义。
2. 赏读湖畔诗人的诗作，说说他们的风格与同时代其他流派有何异同。

延 伸 阅 读

汪静之：《过伊家门外》《伊底眼》《我愿》

参 考 文 献

1. 汪静之：《蕙的风·自序》，《蕙的风》，亚东图书馆 1922 年版。
2. 缪丽芳：《汪静之的诗歌人生》，《江淮文史》2020 年第 1 期。

蛇

冯　至

我的寂寞是一条长蛇，
冰冷地没有言语——
姑娘，你万一梦到它时
千万啊，莫要悚惧！

它是我忠诚的侣伴，
心里害着热烈的乡思；

它在想那茂密的草原，——
你头上的，浓郁的乌丝。

它月光一般轻轻地，
从你那儿潜潜走过；
为我把你的梦境衔了来，
像一只绯红的花朵！

（选自《冯至全集》第一卷，河北教育出版社 1999 年版）

别出心裁叹寂寞　另辟蹊径寄相思

张佳惠

关键词：意象；梦境；寂寞

冯至是我国现代诗坛上的著名诗人和翻译家。在 20 世纪 20 年代浅草—沉钟社时期，他以幽婉的浪漫主义主观抒情诗作蜚声诗坛，鲁迅称他为"中国最杰出的抒情诗人"。

《蛇》发表于 1927 年，是冯至的一首有名的情诗。蛇在中国文化中内涵丰富，它既可象征缠绵温柔、神秘恬静，又可象征阴柔狡猾、阴森恐怖。在中国古代文明中，蛇图腾代表着绵延不绝的生殖强力；在人类历史上，有人将蛇奉为权威的信符，作为阴谋与罪恶的象征；而在许多中国民间故事中，有神秘恐怖的"美女蛇"，也有美丽善良的"白娘子"。因此，蛇这一意象，有着复杂的文化意蕴。

冯至另辟蹊径，将自己的寂寞比作一条静静蜷伏在草丛中的长蛇。它表面漠然冰冷，没有言语，实际上却藏有万种柔情。这首诗细腻地描写了一个青年男子在远方对家乡心爱姑娘的深深思念。古往今来，倾注对情人思念的作品不计其数，但是像冯至这样的描写还十分鲜见。寂寞是一种抽象的思维活动，看不见摸不着，难以形诸笔端，诗人冯至用"长蛇"意象作比，让寂寞从心灵深处伸出，将剪不断理还乱的情愫刻画得栩栩如生，既显示寂寞的可怖，又说明寂寞之深，相思之苦。这一构想别出心裁，大胆离奇。紧接着，诗人以清幽茂密的草原来比喻姑娘头上浓郁的乌丝，蛇对草原的渴望，正如"我"思念的目光穿越你浓郁的乌丝，缠绵而温馨。在甜美的想象中，诗人再次将姑娘的梦境比喻成绯红的花朵，神奇而瑰丽。诗人不直言自己的相思，而是以衔来你的梦境来诉说相思之苦和寂寞之深，可谓神来之笔。

诗歌的想象与情景表现非常贴近意象的特点与人物心理。内心寂寞与蛇的没有言语的联系是幽暗与僻静；蛇想念它那茂密温馨的绿色草原，与"我"思念的姑娘的浓郁乌丝巧妙对应；蛇的行动悄悄无声，与"我"的思念寂寞无语互相映衬；还有蛇衔来绯红花朵，从民间文化的象征符号寻求意蕴，又体现了一份神秘野性的浪漫想象。全诗以神奇的比喻和美妙的意象，营造出一种神秘浪漫的独特抒情境界。犹如一池春水的涟漪颤动，纤细温婉，诉说着对爱情的渴望和对幸福的祈求，深深拨动着读者的心弦。作品旋律舒缓流畅，柔和内敛，有着内在的音节美，使人心灵颤动，感受到美的微醉，是一首不可多得的抒情杰作。

思 考 题

1. 说说"蛇"这一意象的文化内涵。

2. 你认为《蛇》一诗有何独特之处？请与自己熟知的爱情诗比较分析。

延 伸 阅 读

冯至：《满天星光》《我是一条小河》

参 考 文 献

1. 蓝棣之：《冯至：用原始的眼睛来观看》，《现代诗的情感与形式》，人民文学出版社 2002 年版。
2. 王邵军：《生命的思与诗——冯至的人生与创作》，人民出版社 2021 年版。

什么能从我们身上脱落

冯 至

什么能从我们身上脱落，
我们都让它化作尘埃：
我们安排我们在这时代
像秋日的树木，一棵棵

把树叶和些过迟的花朵
都交给秋风，好舒开树身
伸入严冬；我们安排我们
在自然里，像蜕化的蝉蛾

把残壳都丢在泥里土里；
我们把我们安排给那个
未来的死亡，像一段歌曲，

歌声从音乐的身上脱落，
归终剩下了音乐的身躯
化作一脉的青山默默。

（选自《冯至全集》第一卷，河北教育出版社 1999 年版）

生命的升华

王泽龙

关键词：自然；生命；蜕变

冯至在停笔十年之后，于 1941 年重操诗笔，写下了由 27 首诗歌组成的《十四行集》，实现了他生命与诗的"真淳的觉醒"。他的十四行诗采取与当时抗战诗歌主潮不同的姿态，纯粹是从自然与平常事物的观照上，表达他的人生感受，也从更深远的境界中引发人们对现实人生与生命存在意义的体察。李广田评价冯至的《十四行集》时说："他是沉思的诗人，他默察，他体认，他把他在宇宙人生中所体验出来的印证于日常现象，他看出那真实的诗或哲学于我们所看不到的地方。"（《沉思的诗——论冯至的〈十四行集〉》）

这是一首从自然意象引发生命感受的诗，表达了关于生死的思考。诗歌由三次"安排"来组织结构：安排我们在这时代，安排我们在自然里，安排给我们未来，死亡是一切生命的共同规律，不管是我们人类，还是树木、花朵，还是会蜕化的蝉蛾。在冯至看来死亡并不是生命的结束，它是生命存在形式的一种呈现或完成，就像蝉蛾把残壳蜕在泥里土里，像树木褪落枯叶，像无形的歌声从有形的音乐的身上脱落，只有抛弃了所有的身外之物，才能获得永恒的自在生命，无言的青山就是生命永在的象征。自然万物的生死蜕变与生命转化的观念直接受到了他十分推崇的歌德生命蜕变论的影响。歌德认为，一切有生命的物质都是由一个原型演化而来的，每一次演化都是一次生命的提高。冯至在献给歌德的诗中写道："蛇为什么脱去旧皮才能生长；/万物都在享用你的那句名言，/它道破一切生的意义：'死和变'。"（《十四行集》第十三首）冯至诗歌对宇宙自然生命生生不息的认识，启示我们在生命意义的体认中，超越世俗，完成从有限到无限的飞跃。冯至诗歌的自然意象不与现实生活发生关联，他的诗歌意象与生命体认打成一片，在一种深致幽远的境界中显示它们的意蕴，实现了自然与生命、诗与生命的融合。

诗歌采用十四行的形式，注意把诗歌外部的起承转合与诗歌意象的流动、生命蜕变感受的书写巧妙结合。诗人让每一节诗歌的结尾句与下一节的首句递相接连，自然的意象又随之发生流动。诗人直接从象征生命凋落的秋天写起，在第一节里结尾句是"像秋日的树木，一棵棵"，到了第二节开头句，用"树叶"和"花朵"在秋风里吹落承接；第二节结尾，写树伸入严冬，就像"蜕化的蝉蛾"，第三节开头是（蝉蛾）"把残壳都丢在泥里土里"；第三节尾句"未来的死亡，像一段歌曲"，第四节起句"歌声从音乐的身上脱落"，这里又回头照应了全诗第一句"什么能从我们身上脱落"，最后归结全诗：一切的死亡都化作了"一脉的青山默默"。诗歌婉转相连，形成一个对应生命蜕变回环的循环结构，可谓匠心独运，又不落痕迹。

思　考　题

1. 这首诗歌表达了诗人怎样的生命观念？
2. 阅读冯至的《十四行集》，体会他的诗歌象征意象的艺术特点。

延　伸　阅　读

冯至：《十四行集》第一首、第二十一首、第二十七首

参　考　文　献

1. 周棉：《冯至传》，江苏文艺出版社 1993 年版。

2. ［斯洛伐克］马立安·高利克：《冯至和他歌德风格的十四行诗》，《北方论丛》1999 年第 1 期。

3. 李倩冉：《"物诗"与抒情主体的位置——以冯至、郑敏与里尔克的差异为中心》，《文学评论》2020 年第 4 期。

海韵

徐志摩

一

"女郎，单身的女郎：
　　你为什么留恋
　　这黄昏的海边？——
女郎，回家吧，女郎！"
"阿不；回家我不回，

我爱这晚风吹。"——
　　在沙滩上，在暮霭里，
有一个散发的女郎——
　　　　徘徊，徘徊。

二

"女郎，散发的女郎，
　　你为什么彷徨
　　在这冷清的海上？
女郎，回家吧，女郎！"
"阿不；你听我唱歌，

大海，我唱，你来和。"——
　　在星光下，在凉风里，
轻荡着少女的清音——
　　　　高吟，低哦。

三

"女郎，胆大的女郎！
　　那天边扯起了黑幕，
　　这顷刻间有恶风波，——
女郎，回家吧，女郎！"
"阿不；你看我凌空舞，

学一个海鸥没海波。"——
　　在夜色里，在沙滩上，
急旋着一个苗条的身影，——
　　　　婆娑，婆娑。

四

"听呀，那大海的震怒，
　　女郎，回家吧，女郎！
看呀，那猛兽似的海波，
　　女郎，回家吧，女郎！"
"阿不；海波他不来吞我，

我爱这大海的颠簸！"——
在潮声里，在波光里，
阿，一个慌张的少女在海沫里，
　　　　蹉跎，蹉跎。

五

"女郎，在那里，女郎？
　　在那里，你嘹亮的歌声，

在那里，你窈窕的身影？
　　在那里，阿，勇敢的女郎？"

259

黑夜吞没了星辉，　　　　　　　　沙滩上再不见女郎，——

　　这海边再没有光芒；　　　　　　　再不见女郎！

海潮吞没了沙滩，

（选自《徐志摩全集》第四卷·诗歌，天津人民出版社 2005 年版）

心灵的呼唤

王泽龙

关键词：大海；女郎；理想

　　徐志摩写于 1925 年 8 月的《海韵》一诗，是他单纯理想在蹉跎岁月的情绪诗化，是他精心从事新格律诗尝试的艺术杰作，该诗曾为赵元任先生配曲并广为流传。全诗描绘了一个向往自然，眷恋大海，却又为大海吞没的年轻女郎这一诗化的悲剧形象。

　　这个单纯而又执着的"勇敢的女郎"，可以说是诗人自我向往美与自由的理想情绪的化身。而那个为女郎担忧，召唤女郎回家的声音，却是诗人自我的另一面，在人生苍茫大海的探寻中迷惘、忧虑又失望的情绪象征。我们不妨将这首诗看作诗人爱与怨、希望与失望矛盾心灵的自诉。

　　全诗五节，前四节都以"女郎，回家吧，女郎！"的担忧呼唤与女郎的"阿不……"的回答应和构成情感流动的线索，象征性地表现诗人心灵的历程。女郎留恋大海，在黄昏的海边流连徘徊，在冷清的星光下低哦高吟，她把大海看得那般富有诗情画意，对生活充满了浪漫的热情与美妙的幻想，她不理会那一声声"回家"的呼唤与殷切的叮咛。当天边扯起了黑幕，恶风波顷刻就要降临时，她依然无所畏惧。在夜色里，急旋着一个苗条的身影"婆娑，婆娑"，这是一个试欲与大风大浪搏击的胆大却稚嫩的女郎。顷刻间，大海震怒了，暴风雨降临了，猛兽似的海波终于要吞没女郎："阿不；海波他不来吞我，／我爱这大海的颠簸！"痴情、单纯、幼稚的理想追求者，哪里懂得大海的凶险，这个要学着"海鸥没海波"，天真地幻想着"海波他不来吞我"的女郎，终于被"猛兽似的海波"无情吞没了，沙滩只空余下"女郎，在那里，女郎？"的凄婉呼唤。

黑夜吞没了星辉，

　　这海边再没有光芒；

海潮吞没了沙滩，

沙滩上再不见女郎，——

　　再不见女郎！

诗的结语是人对心中美好形象被毁灭的深情哀婉的慨叹。这首诗正是徐志摩由"有单纯信仰""流入怀疑的颓废"思想变化前兆的形象表现，是诗人自我失落的痛苦歌吟，是一首理想幻灭的深情挽歌。在呼唤女郎避离人生大海的风波中，既有诗人苦闷时的迷惘情绪流露，又表现了诗人对现实"流入怀疑的颓废"后的失望与叹息。"女郎，在那里，女郎？"诗人在迷惘的人生大海中驾着一叶孤独之舟，仍然分辨不出"风是在哪一个方向吹"。

《海韵》一诗是徐志摩诗由前期的"在梦的轻波里依洄"，转向后期对信仰的怀疑的过渡时期的创作。早期受英国湖畔派诗人浪漫诗风影响所具有的一种清新已开始褪落，青春期追求理想的热烈情绪碰到了封建王国冷酷的铁壁时，渐渐陷入了深深的失望与怅惘。诗风开始从热烈转向深沉，从欢快转向悲凉，由美的歌唱变为对美的悼伤，由亢奋趋归于消沉，这一心灵的历程，在《海韵》中得到了十分典型的表现。诗歌采用了戏剧化的方法。叙事因素的引入，情节的呈现，人物的刻画，角色的对话，都是现代戏剧的特点，诗作的成功化用突出了人物的悲剧效果，增强了感人的艺术魅力。

这首诗在艺术上既体现了他对新诗格律美的追求，又呈现出徐诗不完全受制于格律的个性，显得自由舒展，灵动洒脱。全诗五节，每一节采用一呼一应的对唱形式，构成全诗整体结构上的外在形式的匀称美。前面四节中每一节的一呼一应之后，接着的是"和声"似的咏叹。前面四节中的每一节"和声"部分的节拍基本相同，构成全诗连贯美的旋律。到最后的第五节，节奏陡起变化：

> 女郎，在那里，女郎？
> 　　在那里，你嘹亮的歌声，
> 在那里，你窈窕的身影？
> 　　在那里，阿，勇敢的女郎？

第一句三个节拍，语气更急促，接下来一串排比诘问，把一种激愤、惋惜情绪推向高潮。最后直抒沉痛胸怀，语势减缓，节奏延长，声调趋平，表现出绵绵不尽的伤悼与哀婉情绪。全诗可吟可唱，声声的呼唤，句句的回应，如海波荡漾，给人以美的陶醉。

思 考 题

1. 诗名"海韵"有何内涵？女郎形象有哪些象征意义？
2. 分角色朗诵这首诗，体会徐志摩诗歌音韵美的特征。

延 伸 阅 读

徐志摩：《雪花的快乐》《我等候你》《梦游埃及》

参 考 文 献

1. 蓝棣之：《新月派诗选·前言》，人民文学出版社 1989 年版。
2. 龚刚：《中国现代诗学中的性灵派——论徐志摩的诗学思想与诗论风格》，《现代中文学刊》2017 年第 1 期。

偶然

徐志摩

我是天空里的一片云，　　　　　　你我相逢在黑夜的海上，
偶尔投影在你的波心——　　　　　你有你的，我有我的，方向；
　　你不必讶异，　　　　　　　　　　你记得也好，
　　更无须欢喜——　　　　　　　　　　最好你忘掉，
在转瞬间消灭了踪影。　　　　　　在这交会时互放的光亮！

（选自《徐志摩全集》第四卷·诗歌，天津人民出版社 2005 年版）

波光云影的交汇

王泽龙

关键词：爱；交汇；音节

这是徐志摩和陆小曼合写的剧本《卞昆冈》第五幕里老瞎子的唱词，写于 1926 年 5 月，初载同年 5 月 27 日《晨报副刊·诗镌》第 9 期，署名志摩。陈梦家认为这首诗"用整齐柔丽清爽的诗句，来写出那微妙的灵魂的秘密"（《纪念志摩》）。这个灵魂里的秘密是什么呢？作为写爱情诗的圣手，把这个秘密作为隐秘的爱情来破解无疑是合适的通道之一。徐志摩曾经有过刻骨铭心的恋爱，他在剑桥与林徽因的神秘邂逅，最叫他难忘，"波光里的艳影，/在我的心头荡漾"，榆荫下的清泉里"沉淀"的是他那"彩虹似的梦"。比《再别康桥》的写作早两年的这首小诗，抒发的就是他心头挥之不去，不想偏又兜上心来的波光与云影的美丽相遇。诗人把幸福的相遇看作一次"偶然"的交会，的确爱的缘分有太多的机遇与偶然，人生的命运有太多的巧合。从诗的意象表层看，天空中的云影飘动不拘，它投影在大海的波心只会是转瞬即逝；云影向海波表白，"你不必讶异"，"我"惊动了"你"的"波心"，这"偶尔投影"，只当是"你"生命旅途上的一个匆匆过客；"你""更无须欢喜"，因为"我"很快就会消灭了踪影。这是云影对海波的告白，其中包含了爱恋不舍，又不得不舍的惆怅；可以说也是大海自我的内心自诉，与波心交汇，与波心相拥瞬间的陶醉与快乐不会再回，在这"不必"与"无须"的自劝自慰之中无不隐含着感伤和惆怅。

诗歌在甜蜜与感伤的回忆中追寻与思考那次偶然的相逢与必然的分离："你""我"的偶然相逢是在"黑夜的海上"，因此"你""我"互放的光亮最不能忘，这一刻虽然短

暂，却是"你""我"生命中最为宝贵的一次交汇，它给了"我们"黑暗中的光芒，指示了"我们"人生黑暗时期的方向。然而，"你""我"的方向却并不一样，云影的飘荡与海波的流向是两条不同的轨迹，"你""我"的有缘相逢与难忘相识也不能改变彼此必然的分离。虽然分离，但是偶然的相逢成了最宝贵的记忆，彼此当然不会忘记；诗人明明知道"你"（也有"我"）是一定记得（"你记得也好"），却又偏偏要嘱咐对方"最好你忘掉"，以体贴的心理、安慰的语气希望对方忘掉。其中又何尝不是自己忘不掉的心灵诉说呢？"你""我"在诗中已经是一个可以对换的关系，云影与波光的交汇是双方的声影与心灵的邂逅，"你"的欢喜，就是"我"的欢喜，"你"忘不掉"我"，"我"忘不掉"你"。一个偶然的相逢，写成了永恒的思念。当然，还可以在云影的告白中感悟到另外的人生哲理，偶然相逢的刻骨相思也许比永久拥有的现实更加美丽，偶然的遗憾成就了必然的追忆。这是一份曾经拥有的美，不会忘记的美，虽然令人惆怅，却美在其中。这首诗的魅力也就不再只是限于对于某位昔日恋人那份才下眉头，又上心头的爱的表白了。人生一切爱的邂逅的回眸，生命中与精神上一切美的偶然相逢的追忆，都会令我们在这首诗歌的吟咏中唤起心灵的共鸣——忘不掉的美与爱，会像一个记忆的幽灵"轻轻地走了"，又会"悄悄地来"。

诗歌中的意象与概念形成了和谐而巧妙的对应结构关系，云影与波光，"你"与"我"，"讶异"与"欢喜"，"记得"与"忘掉"，"也好"与"最好"等，皆构成了诗的张力空间，增加了丰富的情感与哲理内涵。

诗歌外部形式极为工整，自然、纯熟地显示了早期新月派诗人建构新诗体式的实绩。全诗两节，上下两节格律基本对称。诗歌节奏严谨中不乏变化，形成韵律的起伏错落，给人以纡徐从容、委婉和谐的美感。

思 考 题

1. 把这首诗歌与《再别康桥》对读，谈谈这两首诗在抒情内容与艺术手法上的异同。
2. 这首诗歌运用了对照的手法，体现在哪些地方？有何作用？

延 伸 阅 读

徐志摩：《再别康桥》《黄鹂》《别拧我，疼》

参 考 文 献

1. 陆耀东：《徐志摩评传》，重庆出版社 2001 年版。
2. 余蔷薇：《徐志摩诗歌的文学史评价与读者基础》，《福建论坛》（人文社会科学版）2015 年第 7 期。

再别康桥

徐志摩

轻轻的我走了，
　　正如我轻轻的来；
我轻轻的招手，
　　作别西天的云彩。

那河畔的金柳，
　　是夕阳中的新娘；
波光里的艳影，
　　在我的心头荡漾。

软泥上的青荇，
　　油油的在水底招摇；
在康河的柔波里，
　　我甘心做一条水草！

那榆荫下的一潭，
　　不是清泉，是天上虹，

揉碎在浮藻间，
　　沉淀着彩虹似的梦。

寻梦？撑一支长篙，
　　向青草更青处漫溯，
满载一船星辉，
　　在星辉斑斓里放歌。

但我不能放歌，
　　悄悄是别离的笙箫；
夏虫也为我沉默，
　　沉默是今晚的康桥！

悄悄的我走了，
　　正如我悄悄的来；
我挥一挥衣袖，
　　不带走一片云彩。

十一月六日中国海上

（选自《徐志摩全集》第四卷·诗歌，天津人民出版社 2005 年版）

在梦的轻波里依洄

吴　薇

关键词：康桥；依恋；惜别

　　康桥，是徐志摩深深依恋的精神故乡，在徐志摩的诗文中是一个包含了丰富而独特意蕴的心理情结意象，它被罩上了绚丽的光环，赋予了浪漫的诗意。徐志摩 1920 年 9 月违背父亲让他做一个银行家的人生设计，离开美国到英国留学，寻找他自己的人生梦想。他在剑桥大学以一个特别生的资格，随意选课听课。到 1922 年 10 月回国，徐志摩在那里度过了令他"深深迷恋"的岁月。当年诗人在即将告别康桥时，写过一首献给康桥的诗歌《康桥再会罢》，该诗作于 1922 年 8 月 10 日，发表于 1923 年 3 月 12 日上海《时事新报》副刊《学灯》。诗中写道："康桥！汝永为我精神依恋之乡！"他视康桥为再生母亲："我的眼是康桥教我睁的，我的求知欲是康桥给我拨动的，我的自我意识是康桥给我胚胎的。"（《吸烟与文化》）康桥是他理想王国的象征，是"人天妙合"的自然美圣境的象征，更让诗人钟情的是在康河里有"纯美精神，流贯其间"。当然，诗人和才女林徽因的一段浪漫恋情，也使康桥成为他"深深迷恋"的"香境"。这首诗是诗人写给康桥的颂歌，也是献给康桥的恋歌。

1925 年徐志摩曾去欧洲旅游，经游伦敦，访游过康桥，回国后写有《我所知道的康桥》。1928 年 8 月，诗人再次访英伦，游康桥。然而，时过境迁，此时的诗人已经历了"康桥理想"破灭的现实。他那美、爱与自由单纯信仰的不合时宜，诗意化的爱情婚姻理想破灭的心灵伤痛，无不让他在旧梦重温中感慨万端。《再别康桥》写于 1928 年 11 月 6 日回国途中，发表于 1928 年 12 月 10 日《新月》第 1 卷第 10 号，是诗人故地重游，于"寻梦"之后所作的一首康桥理想的"告别诗"，同时抒发了他对彩虹般的理想依恋不舍的深切情怀。这一次的"再别"康桥与 1922 年的"再会"康桥是有着迥然不同的情怀的。上一次与康桥分别，是热情满怀，盼望回国后，"素愿竟酬"再"含笑归来"。可这一次与康桥再会带回的却是素愿未酬后的满腔愁绪，这次与康桥的"再别"，是与西天"云彩"的诀别，表达的是理想幻灭后的无限忧伤。这首诗一开始以自我形象入诗，以挥手与康桥作别起笔，直接道出对康桥的款款情意。第一句"轻轻的我走了"，不是"我轻轻的走了"，极具情境的再现性，接下来又用两个"轻轻的"重复，描摹无语作别的情景，可谓情韵俱现地传达出诗人的袅袅情思与感伤沉默的哀婉情态。"作别西天的云彩"这一行点题式的诗句，开启了情感的闸门，让诗人涌动的情感缓缓流出。它作为抒情的过渡，自然地引发出对康桥云彩般理想生活的忆念。第二节至第五节，呈现的是诗人昔日经历的康桥生活，是诗人对"浪漫的梦魂"的追忆。第二节一个"那"字总领，把我们一同带入他深深依恋的康桥理想国。康桥的美，诗人对康桥的爱可以说是无处不在。而诗人对康桥的最爱是"康河"。他说："康桥的灵性全在一条河上；康河，我敢说是全世界最秀丽的一条水。"（《我所知道的康桥》）自然，康河成了诗人抒写恋情与别情的载体。这样，全诗也有了一个统领情感表达的线索与聚焦点。诗人首先选取的两个抒情意象，一个是河畔的"金柳"，一个是软泥上的"青荇"，这两个意象清新柔美，情姿婉约，沐浴在康河的柔波里，成了美的性灵象征。诗人的笔下，大自然中的意象是富有生命情感的，在诗中被诗人性灵化、人格化了。他说："人是自然的产儿，就比枝头的花与鸟儿是自然的产儿。""从大自然，我们取得我们的生命；从大自然，我们应分取得我们继续的滋养。"（《我所知道的康桥》）诗人在第二、三两节中，先以人喻物，把"金柳"比为柔情温婉的新娘，再以物喻人，"我"甘愿化为康河柔波里的一条水草。在这样一个物我相融，自然与人调谐的优美境界里，抒发诗人对康河深情的眷恋，对一种自然美、性灵美的纯美理想的执意向往，其中较明显地表现了浪漫主义诗人"自然崇拜"的思想。第四、五两节的抒情链沿康河之水上溯，诗人忆想之情逐步向高潮推进。第四节的中心意象是让人觉得扑朔迷离的清泉中的"彩虹"。康河上游是有名的拜伦潭，当年拜伦常在那里游玩、读诗、写诗。英国浪漫主义抒情诗风与康河晚霞中五彩斑斓的彩虹孕育了诗人"浪漫的梦魂"。诗人所描绘的榆荫下的一潭，完全是一幅镜花水月、朦胧迷离的似梦非梦的意境，是他魂牵梦绕、心神迷醉的诗意王国。"寻梦？撑一支长篙，/向青草更青处漫溯，/满载一船星辉，/在星辉斑斓里放歌。"在星光与波光交汇的背景里，改用奔放热烈的抒情旋律，将忆梦之情推至高潮。他在《我所知道的康桥》中曾这样写道："大自然的优美、宁静、调谐在这星光与波光的默契中不期然的淹入了你的性灵"，"它给你的美感简直是神灵性的一种"。他还在这篇散文中，细致地描绘了令他感到无比美妙的康河中女郎撑篙划船的情境。作者在诗歌中展开浪漫的想象，将散文中描写的宁静、和谐、优美转化为热烈浪漫的星夜放歌，形成诗情的跌宕与消长。在忆梦的情感高潮后，情感转入低潮。诗人从沉醉的梦幻中觉醒，从昔日的美好忆念中回到寂寞忧伤的现实。一切已成过去，一切都只在梦中，只有"沉默是今晚的康桥"。"夏虫也为我沉默"，可谓人哀景也哀，渲染的是一种凄清冷落的离情别绪，也为结尾作情绪过渡。最后一节，重现诗人形象，既与首节呼应，又顺应上一节的抒情氛围，"轻轻的"来了，再"悄悄的"去，在淡淡的神形描写中，蕴含了千种愁绪，万般凄楚。"我挥一挥衣袖，/不带走一片云彩"，此刻，只有告别的感伤，与彩虹般的理想作诀别的沉痛与忧伤。

这首诗的情感内容，在一定程度上映现了那个时代知识分子理想幻灭后的心灵侧影，是有着特定时代意义的。这是一首优美而哀婉的抒情诗。它的艺术魅力在于它是徐志摩性灵的诗化。徐志摩自称是一个"顽固不化的理想者"，他总是在"幻想"的云端用"感情"的经纬编织绮丽的梦境，他的诗可以说大都是诗人"执着而徒劳"地追寻单纯信仰爱、美、自由的歌吟。《再别康桥》的"康桥"意象与康河诗境成了徐志摩"浪漫的梦魂"的象征，单纯人生信仰的象征，自然崇拜的象征，纯粹精神之美与艺术之美的象征，可以说这首诗具有了某种意义的形而上的品格。这是中国的布尔乔亚"开山"诗人受西方浪漫主义诗风影响而创造的一首现代意象抒情诗。清新而典雅的诗歌意象，优美而哀伤的抒情格调，声韵和谐的抒情节奏，给我们传达的是中国古典诗歌情韵的现代回响。然而，诗歌中自由、美与爱的现代理想的表现，抒情主人公潇洒飘逸的浪漫情采的性灵张扬，新体诗律的形式建构，音律上的不拘常格，变化中求和谐的抒情方式的成功运用，都呈现出西方现代诗艺的明显影响。

这首诗是徐志摩较成功地结合中西诗艺的一次尝试，也是他努力建构中国新体诗的一个具有原创性意义的示范。这首诗在形式上最成功的是诗人对现代诗歌音乐美的探索。全诗七小节，每节四行，大多数诗行为三个节拍。每节第一、三行和第二、四行节奏相对，字数大约六、八相间，既体现了"节的匀称和句的均齐"，而又不拘谨板滞，体现了变化中的和谐。如第一节："轻轻的我走了，/正如我轻轻的来；/我轻轻的招手，/作别西天的云彩。"第一、三句皆为六个字，三个节拍，第二、四句皆为七个字，三个节拍。"轻轻的"虽有三次重复，却形成了音节的交错与变化，给人以活泼又和谐的感觉。全诗节奏明朗自然，基本采用以双音节为主的韵律，每行大体以双音节词收束，保证了音节的和谐。在用韵上，则是偶句押韵，每节换韵，基本采用平声韵，而且多选择 ang、ong、ao 等较响亮的尾韵。再加上有意识地大量运用双声叠韵词、叠词，如"艳影""榆荫""荡漾""青荇""招摇""轻轻的""油油的"等，全诗读来响亮、悦耳。诗人还运用了其他的音乐手法，如西方诗中的头韵、间韵、句尾的勾连押韵，形成了全诗多重韵律的立体交响。诗人还有意采用了顶真相连、连环套韵的方式表现诗歌的音乐美，如"满载一船星辉，/在星辉斑斓里放歌"，"但我不能放歌"，"夏虫也为我沉默"，"沉默是今晚的康桥"。这种对现代诗歌音乐美的探索，使这首诗既取得了响亮悦耳的韵律美的流转效果，又较贴切地抒发了缠绵委婉的款款情意。全诗最后一节用回环复沓的表现方式与开头呼应，形成情感的咏叹与韵律上的回旋。全诗宛如一首流畅和谐的乐曲，不愧为现代汉语诗歌的经典。

思 考 题

1. 结合徐志摩抒写康桥的有关诗文，分析这首诗歌的抒情内容。
2. 朗诵《再别康桥》，体会这首诗歌音乐美的特点。

延 伸 阅 读

徐志摩：《沪杭车中》《沙扬娜拉》

参 考 文 献

1. 谢冕主编：《徐志摩名作欣赏》，中国和平出版社 2001 年版。
2. 陈历明：《音乐化：徐志摩的诗歌美学》，《文艺理论研究》2018 年第 6 期。

太阳吟

闻一多

太阳啊，刺得我心痛的太阳！
又逼走了游子底一出还乡梦，
又加他十二个时辰底九曲回肠！

太阳啊，火一样烧着的太阳！
烘干了小草尖头底露水，
可烘得干游子底冷泪盈眶？

太阳啊，六龙骖驾的太阳！
省得我受这一天天底缓刑，
就把五年当一天跑完那又何妨？

太阳啊——神速的金乌——太阳！
让我骑着你每日绕行地球一周，
也便能天天望见一次家乡！

太阳啊，楼角新升的太阳！
不是刚从我们东方来的吗？
我的家乡此刻可都依然无恙？

太阳啊，我家乡来的太阳！
北京城里底官柳裹上一身秋了吧？
唉！我也憔悴的同深秋一样！

太阳啊，奔波不息的太阳！
你也好像无家可归似的呢。
啊！你我的身世一样地不堪设想！

太阳啊，自强不息的太阳！
大宇宙许就是你的家乡罢。
可能指示我我底家乡底方向？

太阳啊，这不像我的山川，太阳！
这里的风云另带一般颜色，
这里鸟儿唱的调子格外凄凉。

太阳啊，生命之火底太阳！
但是谁不知你是球东半底情热，
同时又是球西半底智光？

太阳啊，也是我家乡底太阳！
此刻我回不了我往日的家乡，
便认你为家乡也还得失相偿。

太阳啊，慈光普照的太阳！
往后我看见你时，就当回家一次；
我的家乡不在地下乃在天上！

（选自《闻一多全集》第1卷，湖北人民出版社1993年版）

异乡游子的苦恋心曲

罗昌智

关键词：太阳；思乡；想象美

《太阳吟》作于 1922 年 7 月诗人赴美留学两个月之后。与诗人在此前后所作的《孤雁》《忆菊》等诗篇一样，字里行间充溢着海外赤子对祖国、对故乡的殷切思念。

太阳崇拜可能是人类最原始的崇拜之一。辉煌的日出、苍茫的日落总引起人类神奇、迷惘、赞叹、感伤的心灵震动。在《太阳吟》中，闻一多把"太阳"作为自己对话的伙伴和歌吟的对象，显然是中华民族生命精神中太阳文化意识的昭示。诗人情之所钟，意之所托，使得太阳具有了独立的个性和活泼的生命。在诗中，太阳时而再现远古神话中的风采，驾上六龙，乘车西向，化为金乌，急速飞翔；时而具有游子般的身份和遭遇，奔波不息，无家可归；时而又成为"生命之火"，象征着东半球的情热和西半球的智光。天日昭昭，原只一轮，但在诗人激情的作用下，竟如此缤纷灿烂，变幻多姿，令人叹为观止。然而，也只有如此多姿多彩的形象，才能淋漓尽致地抒发出诗人的邦国之思、故乡之念。

《太阳吟》将丰富的情感内涵交汇在匠心独具的抒情结构里。随着对太阳的一吟再吟，诗人对太阳的感情亦一变再变：诗的一至三节，是为抗议太阳。写清晨从睡梦中醒来，猛然间瞥见"刺得我心痛"的太阳，强烈的不适感自然地让他迁怒于物。继而诗的四至六节，是求助太阳，乍然醒来时的懵懂过去之后，诗人逐渐清醒了过来，他幻想能够骑着太阳旅行，"天天望见一次家乡"；他又由太阳的东升西落、往复不已而想起了《淮南子》"日出于旸谷，浴于咸池"的传说。太阳来自东方，也就是来自自己的故乡，于是诗人急切地向这位故乡的来客打探消息。诗的七至九节，是认同太阳。诗人由太阳的劳碌奔波而想到了自己，继而猛然悟出了太阳与自己的相同命运。既已把太阳引为知己，诗人就要向它倾吐衷肠。诗的十至十二节，是崇拜太阳。眼看还乡无望，归期难定，索性认太阳为家乡。诗人将心目中的故乡凝聚成某种精神的化身投射到了太阳身上："往后我看见你时，就当回家一次"。至此，在心灵纠缠不已的"故乡情结"，得以释放和外化。

对于"家乡"，闻一多曾在给吴景超的信中有过一段解释："我想你读完这两首诗，当不致误会以为我想的是狭义的'家'。不是！我所想的是中国的山川，中国的草木，中国的鸟兽，中国的屋宇——中国的人。"（《致吴景超》）在《太阳吟》里，狭义的"家"是具体实在的，而"中国"的一切则是抽象的和概念性的。在诗人的情绪启动之际，刺激着他灵魂、纠缠着他梦魂的无疑是实实在在的"家"，而随着他思绪的逐渐展开，理性成分逐渐增强，抽象意义的中国整体的"家"也就浮现了出来，并最后成为他诗歌的主体和归宿。

诗人对太阳的感情真是变化多端，诗人逐层变化而又逐层深入的感情，是通过相当整齐的形式表现出来的。全诗每节三行，一韵到底。每一节有一个主题句，第一行均以"太阳啊"呼语领起，是名副其实的"太阳吟"。如此结构，既符合诗人建立格律诗的主张，也和《太阳吟》反复吟咏的恋曲形式特性相吻合，读来一唱三叹，可谓文质俱佳。

清代著名诗歌评论家叶燮的《原诗·外篇》云："诗是心声，……其心如日月，其诗如日月之光。"以此誉之《太阳吟》，甚是恰切。

思 考 题

1. 比较闻一多的《太阳吟》、郭沫若的《太阳礼赞》、艾青的《向太阳》等诗，分析太阳意象的丰富内涵。

2. 分析《太阳吟》一诗的抒情特点。

延 伸 阅 读

闻一多：《孤雁》《忆菊》《秋色》

参 考 文 献

1. 闻黎明：《闻一多传》（增订本），人民出版社 2016 年版。

2. 王泽龙、王雪松：《闻一多的诗歌节奏理论与实践》，《人文杂志》2010 年第 2 期。

死水

闻一多

这是一沟绝望的死水，
清风吹不起半点漪沦。
不如多扔些破铜烂铁，
爽性泼你的剩菜残羹。

也许铜的要绿成翡翠，
铁罐上绣出几瓣桃花；
再让油腻织一层罗绮，
霉菌给他蒸出些云霞。

让死水酵成一沟绿酒，
飘满了珍珠似的白沫；

小珠们笑声变成大珠，
又被偷酒的花蚊咬破。

那么一沟绝望的死水，
也就夸得上几分鲜明。
如果青蛙耐不住寂寞，
又算死水叫出了歌声。

这是一沟绝望的死水，
这里断不是美的所在，
不如让给丑恶来开垦，
看他造出个什么世界。

（选自《闻一多全集》第 1 卷，湖北人民出版社 1993 年版）

愤极的诅咒　深层的忧伤

罗昌智

关键词："恶之花"；沉郁；"三美"

1922 年，诗人留学美国。身处异国他乡，不堪忍受的种族歧视激起了他强烈的爱国主义和民族主义的情绪，于是毅然提前回国。然而，当诗人回到他魂牵梦绕的祖国时，先前日思夜想的"如花的祖国"却军阀混战，生灵涂炭，如死水一般黑暗。梦想幻灭了，在满腔的悲哀和愤懑中，诗人创作了《死水》，发表在 1926 年 4 月 15 日《晨报副刊·诗镌》上。

"死水"是绝望的现实世界的象征，也是全诗的"诗眼"。作品共五节：第一节写诗人对死水的总体印象以及彻底绝望的态度，用"绝望的死水"，"清风吹不起半点漪沦"来象征军阀统治的黑暗。第二节用"翡翠""桃花""罗绮""云霞"等美艳的辞藻来修饰"铜绿""铁锈""油腻""霉菌"这些腐朽的事物，在讥诮的反语中对现实社会进行了辛辣的讽刺，罪恶的"死水"里，开出的是一朵又一朵"恶之花"。第三节对死水进行了本质的揭露，所谓"绿酒""白沫""小珠""大珠""花蚊"只是死水腐烂发酵结出的恶果，让人对这沟恶水横流、花蚊猖獗、行将毁灭的"死水"产生厌恶和绝望。第四节诗人让青蛙在死水中"叫出了歌声"，可谓绝妙的嘲弄。"死水"本该死气沉沉，而由死水养活的青蛙唱起了"鲜明"的赞歌，腐朽的统治者以丑为美、以耻为荣的嘴脸跃然纸上。诗的最后一节，表明诗人对死水已经不存幻想，坚信丑恶断然产生不了美；与其让它存在，不如加速它的灭亡，"不如让给丑恶来开垦"，"索性让'丑恶'早些'恶贯满盈'，'绝望'里才有希望"（朱自清《闻一多全集·序》）。在绝望中饱含着希望，在黑暗里隐伏着光明，在冷峻里灌注着一腔爱国主义的热情之火，是这首诗的思想特色。闻一多说过："只有少数跟我很久的朋友（如梦家）才知道我有火，并且就在《死水》里感觉出我的火来。"（《致臧克家·一九四三年十一月二十五日》）黑暗腐败的旧中国是"一沟绝望的死水"，这是诗人对丑恶现实的憎恨，而在"死水"之中燃起的沉郁愤懑之火，则是诗人对祖国深沉的挚爱。

《死水》在艺术上采用了象征和反讽的手法，对"恶"的歌咏，显然受到法国象征派诗人波德莱尔《恶之花》的影响。同时，这首诗最主要的成就还在于对新格律诗理论的成熟示范。诗人自认为《死水》是"第一次在音节上最满意试验"（《诗的格律》）的作品。全诗每一行均由一个"三字尺"和三个"二字尺"组成；隔行押韵，最后都以双音节词收尾，抑扬顿挫，有很强的节奏感和韵律感。从整体外形上看，结构工整，章法整饰，节与节之间匀称，行与行之间均齐。再者，诗中"绿酒""白沫""翡翠""罗绮"等词汇，错彩镂金，色彩斑斓，产生一种炫目的视觉效果。王瑶先生评论说："他用浓重的笔来描绘形象，烘托意境，新奇的比喻中富有变幻的色彩配置，加以和谐的音节和整饬的诗句的优美诗形，使诗人的情绪得到了充分的抒发，而又蕴意深沉，给人以独特的审美感受。"（《念闻一多先生》）

思　考　题

1.《死水》一诗怎样体现了闻一多的新格律诗主张？

2.《红烛》与《死水》在表达爱国主义情绪上有哪些不同？

延　伸　阅　读

闻一多：《一个观念》《一句话》《洗衣歌》

参　考　文　献

1. 吴丹鸿：《"歌声很快变成了咒诅"——论闻一多归国后的文化诗学与抒情转向》，《中国现代文学研究丛刊》2020 年第 6 期。

2. 肖学周：《闻一多诗学的当代性》，《文学评论》2021 年第 3 期。

奇迹

闻一多

我要的本不是火齐的红，或半夜里
桃花潭水的黑，也不是琵琶的幽怨，
蔷薇的香；我不曾真心爱过文豹的矜严，
我要的婉娈也不是任何白鸽所有的。
我要的本不是这些，而是这些的结晶，
比这一切更神奇得万倍的一个奇迹！
可是，这灵魂是真饿得慌，我又不能
让他缺着供养，那么，即便是秕糠，
你也得募化不是？天知道，我不是
甘心如此，我并非倔强，亦不是愚蠢，
我是等你不及，等不及奇迹的来临！
我不敢让灵魂缺着供养。谁不知道
一树蝉鸣，一壶浊酒，算得了什么？
纵提到烟峦，曙壑，或更璀璨的星空，
也只是平凡，最无所谓的平凡，犯得着
惊喜得没主意，喊着最动人的名儿，
恨不得黄金铸字，给装在一只歌里？
我也说但为一阕莺歌便噙不住眼泪，
那未免太支离，太玄了，简直不值当。
谁晓得，我可不能不那样：这心是真
饿得慌，我不得不节省点，把藜藿当作膏粱。
　　　　可也不妨明说，只要你——
只要奇迹露一面，我马上就放弃平凡，
我再不瞅着一张霜叶梦想春花的艳，

再不浪费这灵魂的膂力，剥开顽石
来诛求碧玉的温润；给我一个奇迹，
我也不再去鞭挞着"丑"，逼他要
那分儿背面的意义；实在我早厌恶了
那勾当，那附会也委实是太费解了。
我只要一个明白的字，舍利子似的闪着
宝光；我要的是整个的，正面的美。
我并非倔强，亦不是愚蠢，我不会看见
团扇，悟不起扇后那天仙似的人面。
那么
　　我便等着，不管得等到多少轮回以后——
既然当初许下心愿时，也不知道是多少
轮回以前——我等，我不抱怨，只静候着
一个奇迹的来临。总不能没有那一天，
让雷来劈我，火山来烧，全地狱翻起来
扑我，……害怕吗？你放心，反正罡风吹不熄
灵魂的灯，情愿蜕壳化成灰烬，
不碍事：因为那——那便是我的一刹那，
一刹那的永恒：——一阵异香，最神秘的
肃静，（日，月，一切星球的旋动早被
喝住，时间也止步了，）最浑圆的和平……
我听见阊阖的户枢謇然一响，紫霄上
传来一片衣裙的綷縩——那便是奇迹——
半启的金扉中，一个戴着圆光的你！

（选自《闻一多全集》第 1 卷，湖北人民出版社 1993 年版）

"情感上吹起了一点涟漪"

罗昌智

关键词：奇迹；爱情；神秘美

闻一多的《奇迹》作于 1930 年 12 月，发表在 1931 年 1 月的《诗刊》创刊号上。1930 年秋至 1932 年 6 月，闻一多在国立青岛大学生活了将近两年时间，《奇迹》就是他在到青岛四个月后的冬天里写成的。闻一多为自己这首诗的产生非常兴奋，写完这首诗当天，他就和新月社诗友说："足二三年，未曾写出一个字来，今天算破了例。这消息自然得先报告你们。"（《致朱湘、饶孟侃·一九三〇年十二月十日》）因此，徐志摩称之为"三年不鸣，一鸣惊人"。

闻一多的这首《奇迹》，也确实给中国新诗创造了一个"奇迹"。因为诗作情感的隐匿和表现的独特，遂成为新诗中一个难解的"谜"。20 世纪 30 年代，苏雪林评论此诗时，把它作为诗人对于寻求艺术美的结晶和创造艺术美忠诚的自我体认。而 60 年代末，曾与闻一多在青岛共事的好友梁实秋在回忆文章中说："一多在这个时候在情感上吹起了一点涟漪。"（《谈闻一多》）到了 90 年代，闻一多长孙闻黎明也对此作了说明：梁实秋说的"所谓'情感上吹起了一点涟漪'，大概是先生与中文系讲师方令孺之间的关系"（闻黎明、侯菊坤《闻一多年谱长编》）。

方令孺，后期新月派富有才华的女诗人、散文家。1930 年春，方氏到青岛大学任教，闻一多对之很是欣赏，曾说："今年新年，是该新诗坛过一个丰富年。此地有位方令孺女士，方玮德的姑母，能做诗，有东西，有东西，只嫌手腕粗糙点，可是我有办法，我可以指给她一个门径。"（《致朱湘、饶孟侃·一九三〇年十二月十日》）不过，闻先生对方氏的这番评价很特别，其中多少透露了几分对欣赏对象的意绪。复杂的情感背景，给这首杰出的爱情诗带来了模糊、曲折与神秘的传达方式和美学特征。

《奇迹》一诗共 48 行，大体可分为四个部分。诗的前 11 行，是第一部分。诗人先以否定的语式，表达自己的爱情观，赞颂了自己追求的"奇迹"所具有的高度的美。诗的第 12—22 行，是第二部分，写"我"的心对于爱的饥渴。诗的第 23—34 行，是第三部分，描写"我"所爱的人应有的神奇与美丽。诗的最后一部分，完整的 14 行，写静候"奇迹"来临的心境与"奇迹"来临时的神奇幻象。整个作品创造的是一个超越真实的"幻象"的感情世界，"在美丽而神秘的意象组合与语言的交织里，构成了一部爱的情感的交响，隐秘地传达了一个爱的期待者曲折跃动、炽热丰富的情感流程，呈现出浓厚的多维闪光的神秘美"（孙玉石《中国现代解诗学的理论与实践》）。

这首诗采用了象征主义诗歌常用的隐喻手法，意象较为神秘、晦涩，对爱情的期盼可以看作对永恒美的追求，爱情诗的现实情感表现兼具了一种形而上的意味。这首象征抒情诗写得曲折反复："我"要的爱情本不是一般的桃花潭的水、蔷薇花的香、琵琶的幽怨，灵魂深处期待的是比这一切"更神奇得万倍的一个奇迹"；然而，由于灵魂饿得慌（应该说还有身体），"又不能让他缺着供养"，只能"把藜藿当作膏粱"；但是，只要心中的"奇迹露一面，我马上就放弃平凡"，因为"我"真正"要的是整个的，正面的美"；当这美的奇迹一旦出现，"我"会舍弃一切，不管多少轮回，将"静候着一个奇迹的来临"，"我"坚信会有那一刻：一阵异香，一声轰然，"半启的金扉中，一个戴着圆光的你"从天而降——那便是"我"生命中体验的"一刹那的永恒"之美的极致。诗人就这样在情感历程的起伏与心理的波折中，把对"奇迹"的渴望推到了情感的极致，十分真切而生动地表达了渴望奇迹降临的神秘心理体验。写完《奇迹》后的闻一多心情一定很复杂，"奇迹"并没有真的降临，但对于闻一多而言，他的生命属于诗歌、属于学术，恋爱不过是个插曲。诗人终究以坚强的理智平服了情感上的"一点涟漪"，把那滚烫的激情化成瑰丽炽热的诗句，从此再无挂碍。关于《奇迹》的体式，闻一多说："本意是一道商籁，却闹成这样松懈的一件东西。也算不得'无韵诗'，那更是谈何容易。"（《致朱湘、饶孟侃·一九三〇年十二月十日》）闻一多在此诗的创作中是将"格律"的谨严与"自由"的散文美进行了较完美的整合，有效地保证了激情与理性的平衡，为中国新诗留下了一首珍奇的诗作。

思 考 题

1. 《奇迹》一诗在爱情的表达上与中国传统的"无题"诗有怎样的异同？
2. 分析《奇迹》的诗体特征。

延 伸 阅 读

闻一多：《红豆》《贡臣》《国手》

参 考 文 献

1. 孙玉石：《闻一多〈奇迹〉本事及解读》，《北华大学学报》（社会科学版）2000 年第 1 期。
2. 罗义华：《胡适、闻一多与意象派关系比较论》，《外国文学研究》2013 年第 2 期。

采莲曲

朱　湘

小船呀轻飘，
杨柳呀风里颠摇；
荷叶呀翠盖，
荷花呀人样娇娆。
日落，
微波，
金线闪动过小河。
左行，
右撑，
莲舟上扬起歌声。

菡萏呀半开，
蜂蝶呀不许轻来，
绿水呀相伴，
清净呀不染尘埃。
溪间
采莲，
水珠滑走过荷钱。
拍紧，
拍轻，
桨声应答着歌声。

藕心呀丝长，
羞涩呀水底深藏；
不见呀蚕茧，
丝多呀蛹裹中央？
溪头

采藕，
女郎要采又夷犹。
波沉，
波升，
波上抑扬着歌声。

莲蓬呀子多，
两岸呀榴树婆娑，
喜鹊呀喧噪，
榴花呀落上新罗。
溪中
采莲，
耳鬓边晕着微红。
风定，
风生，
风飔荡漾着歌声。

升了呀月钩，
明了呀织女牵牛；
薄雾呀拂水，
凉风呀飘去莲舟。
花芳
衣香
消溶入一片苍茫；
时静，
时闻，
虚空里袅着歌音。

一九二五年十月二十四日

（选自朱湘《草莽集》，人民文学出版社 1998 年版）

幻美采莲曲　摇漾一池梦

罗昌智

关键词：宁静；幻美；和谐

《采莲曲》最初刊于 1926 年 4 月 15 日的《晨报副刊·诗镌》第 3 号，是朱湘最有代表性的诗作。采莲是江南的旧俗，这首诗借鉴了民歌的写法，采用吟唱咏叹的调子，描写青春少女荡舟采莲，芳心荡漾的情景。作者把采莲的场景描写与采莲少女的微妙心理活动结合，情景相生相融。这是一首采莲艳曲，作者表现得细腻生动，婉转含蓄，营造出美妙的意境。微风拂柳，绿荷映翠，夕阳西下，金波粼粼，菡萏如火，一叶小舟袅着歌声，一群妙龄少女穿行于碧绿的莲叶之间。妖娆的荷花一般的人儿和人一般妖娆的荷花相融，典雅清纯的东方少女和幽远雅致的乐声歌声交汇，《采莲曲》创造的是一幅平和、宁静的图画，展现的是一种少女情窦初开的美妙情怀。

朱湘主张新诗是可以朗读的，节奏是构成新诗音韵和谐的重要因素。这首诗采用了整齐变化、错落有致的格式。诗歌每一节的行数统一，诗行的字数、节拍数统一：每节各行的节拍数是 2、3、2、3、1、1、3、1、1、3。每节用韵的格式也一致：一、二、四句用一个韵，五、六、七句用一个韵，八、九、十句换另一个韵。在节奏配置上，《采莲曲》也十分精巧：如第一节中，开始两行，第一行两个节拍，第二行三个节拍，既有舒缓到急促的变化，而变化又不过分突兀，显得轻松跳跃。每行都以双音节词收尾，顿挫感强，而这两行第一个节拍"小船"和"杨柳"后面缀上衬字"呀"，又使顿挫中有了摇曳。三、四行仿此。最后三行，在二字一个诗行的"左行，／右撑，"中，以韵的先重后轻模拟采莲舟在水中滑行时随波摇漾的情韵。作者自己说这是"以先重后轻的韵表现出采莲舟过路时随波上下的一种感觉"（《寄赵景深》）。全诗节奏错落变化，匀称和谐，是一首典型的新体格律诗。

朱湘诗中的意象富有浓郁的古典意味。诗中，"采莲"的意象取自李煜的"菡萏香销翠叶残"，显示了诗人对古典意境的推崇。《采莲曲》是采莲少女们唱的歌调，宛如古曲"采莲南塘秋，莲花过人头"的风致，采莲少女也与世事变迁绝无干系，一派典雅的古风古韵。故而苏雪林称赞朱湘是"善于融化旧诗词"（《论朱湘的诗》）的新诗人。朱湘以一颗纯真之心亲近自然，抒写人性，他希冀用柔软的调子，清秀的笔法，为人们勾勒出他心目中的一个古老而悠远的梦想，一个充满爱、美与和谐的世界。然而，朱湘在现实生活里绝没有一丝《采莲曲》的韵致。由于他的抑郁、孤傲与偏狭的性格，友情和爱情、欢乐和幸福都成了镜中之花。此诗只不过是诗人对平和宁静生活的向往以及逃避冷酷人生的真情流露，是他"芳香的梦"的温暖归宿。正如沈从文说："诗人的梦，却在那超物质的生活各方面所有的美的组织里。他幻想到一切东方的静的美丽，倾心到那些光色声音上面。"（《论朱湘的诗》）

思 考 题

1. 比较《采莲曲》和朱自清的散文《荷塘月色》，分析各自不同的意境。

2.《采莲曲》在艺术上怎样体现了新格律诗的"三美"特征？

延 伸 阅 读

朱湘：《答梦》《雨景》

参 考 文 献

1. 赵景深：《朱湘传略》，《新文学史料》1982 年第 3 期。

2. 蓝棣之：《论朱湘的诗歌创作》，《中国现代文学研究丛刊》1984 年第 2 期。

3. 陈向春、赵强：《重建中国诗学："朱湘"价值的再发现》，《文艺争鸣》2010 年第 1 期。

弃妇

李金发

长发披遍我两眼之前，
遂隔断了一切羞恶之疾视，
与鲜血之急流，枯骨之沉睡。
黑夜与蚊虫联步徐来，
越此短墙之角，
狂呼在我清白之耳后，
如荒野狂风怒号：
战栗了无数游牧。

靠一根草儿，与上帝之灵往返在空
　谷里。
我的哀戚惟游蜂之脑能深印着；
或与山泉长泻在悬崖，
然后随红叶而俱去。

弃妇之隐忧堆积在动作上，
夕阳之火不能把时间之烦闷
化成灰烬，从烟突里飞去，
长染在游鸦之羽，
将同栖止于海啸之石上，
静听舟子之歌。

衰老的裙裾发出哀吟，
徜徉在邱墓之侧，
永无热泪，
点滴在草地
为世界之装饰。

（选自李金发《微雨》，北新书局 1925 年版）

"弃妇"的忧郁　苦闷的象征

韩　璇

关键词：弃妇；象征与意象；生命体验

李金发的诗集《微雨》是中国现代文学史上的第一部象征主义诗集。《弃妇》是首篇，也是李金发象征诗的代表作。《弃妇》明显受到了法国象征主义诗歌的影响，在艺术审美趣味、艺术表现手法上都体现了与象征主义的直接联系。

《弃妇》这一标题就具有非常强烈的象征性。他改变了传统诗歌写妇女被抛弃的悲剧主题，以妇女被弃的内心体验象征性地表达了人生悲剧境遇中的生命感受。全诗四节，意象迭出，似乎各不相连，然而我们从灵魂深处去体会弃妇的生存处境及其感受时，它们是有内在脉络联系的。第一、二节写弃妇的人生处境。开头一句："长发披遍我两眼之前，／遂隔断了一切羞恶之疾视，／与鲜血之急流，枯骨之沉睡。"真实地描写了个体生命在他者目光中的黑暗处境：被"羞恶""疾视"。而满街都是"鲜血"与"枯骨"，构成了弃妇的生存环境。这样一个仇恨与衰败的世界，给弃妇带来了恐惧和压抑。这时的"我"，痛苦地用"长发"切断了和世界的联系，退守内心，乞求安宁。然而，"黑夜与蚊虫联步徐来，/越此短墙之角，/狂呼在我清白之耳后，如荒野狂风怒号：/战栗了无数游牧"。生存在这样一个世界，又怎么能回到世外桃源的内心自我。被抛弃者在心灵负重中蹒跚独行，仍觉"狂风怒号"，不得安宁。身心俱伤的个体生命，"靠一根草儿，与上帝之灵往返在空谷里。/我的哀戚惟游蜂之脑能深印着；/或与山泉长泻在悬崖，/然后随红叶而俱去"。由一根草儿与上帝交流，愿自己的哀戚随自然之物四散飘零。第三、四节转换时空，弃妇的隐忧难排难遣，隐忧无法成为"夕阳之火"，"化成灰烬"，染于"游鸦之羽"，"栖止于海啸之石上"，"静听舟子之歌"。最后，承担着排遣不掉的悲戚，弃妇哀吟在荒冢之间，接受生命的终结。

《弃妇》写于李金发思想情感矛盾冲突剧烈，情感与理智、灵与肉相互分裂的人生苦闷时期。与法国女子的失恋，结发妻子的自杀，都成为他难以拂去又难以言说的情结。一份无可奈何的告白，昭示出被弃者的哀怨孤独，与世界决裂的绝望无奈。

本诗在艺术上主要采用象征主义的隐喻方法。意象内涵的不确定与隐晦的特征，意象之间的跳跃以及意象间的超常联想，都是象征意象最典型的特点，它们有效地表达了"弃妇"的复杂而忧郁的生命感受。正是《弃妇》的象征寓意，使这首诗远远超出了"弃妇"作为个体弱者"失宠"的生存遭遇的描写，也非只是诗人对"弃妇"情感的同情与哀怜的诉说，它蕴含了诗人同于"弃妇"的生命体悟与生存思考。

思 考 题

1. 分析《弃妇》一诗体现的象征主义诗歌的特点。
2. 比较这首诗歌与古代弃妇诗的不同。

延 伸 阅 读

李金发：《有感》《完全》《夜之歌》《希望与怜悯》

参 考 文 献

1. 陈厚诚：《死神唇边的笑——李金发传》，上海文艺出版社 1996 年版。
2. 米家路、赵凡：《狂荡的颓废：李金发诗中的身体症候学与洞穴图景》，《江汉学术》2019 年第 4 期。

我愿······

穆木天

我愿奔着远远的点点的星散的蜿蜒的灯光
独独的　寂寂的　慢走在海滨的灰白的道上
我愿饱尝着淡淡消散的一口一口的芳馨的稻香
我愿静静的听着刷在金沙的岸上一声一声的轻轻的打浪

我愿坐在那里的路旁　那一片松原里的横卧的石上
我愿寂对着一涡一涡的回浪滚在那里的岩石的窝上
我愿细细的思维着掠在石面上的介壳的不住的沧桑
朦胧的憧憬着那里　那里　那里　那里的虚无的家乡

我愿寂对着那里古树底下枯叶掩着的千年的石像
我愿凝视着掩住了柴扉的茶屋前的虚设的空床
我愿笑对着微动的泊舟吐不出烟丝不能歌唱
默默的梦想着那里的天边的孤岛　散散的牛羊

啊　到底哪里是我的故乡　哪里的山头　哪里的角上
哪里的风中　哪里的云乡　还是呱呱波动的青蛙的声声声浪
啊　我愿寂寂的独独的漫步在夜半后的海滨的道上
我愿热热的热热的奔着到那远远的灯光而越奔越奔不上

一九二五年七月十日

（选自《穆木天的诗》，北京师范大学出版社 2016 年版）

幽微远渺的心愿

罗　田

关键词：象征；纯诗；虚幻

这是诗人穆木天进入日本东京帝国大学，在毕业前的 1925 年 7 月 10 日创作的一首抒怀诗。作为倾向法国象征派的诗人，他这首诗兼有造型与音乐之美。诗人曾要求"诗与散文的清楚分界"，他在《谭诗》中表明，诗人应追求"纯粹诗歌"的价值，主张诗人应"以诗去思想"。美丽的校园生活，诗人理性的萌醒，西方新潮的刺激，故乡的召唤，牧歌情绪的侵袭等，这一切，促成了诗人在此诗中的独异情感的抒发。

《我愿……》抒发的是寻找"天边的孤岛"的恍惚迷幻之情。定语修饰的扩充，构成了这首诗最为突出的特征：如开首第一句本也可以"我愿奔着远远的灯光"，但诗人加上一连串的修饰："点点的星散的蜿蜒的"，就更加形象化了。须知这不单起了修饰的作用，它还构成了全诗回旋婉曲的旋律，而这与诗人独处异国、思念家乡以及追怀一种清幽淡雅的田园风光的心理情绪十分吻合，正是这九曲回肠式的诗句与这种九曲回肠式的抒情取得了和谐。全诗的语式与抒情内容、抒情格调获得了高度统一。因而，他并非单纯追求一种形式的独特，这种形式也不单纯是为了追求一种修辞效果，而是与诗人艺术上的整体构思、艺术上的独特营造之功分不开的。在艺术表现上，诗人力避说明而侧重暗示，诗歌回环往复地抒唱"我愿"之情，是由那虚幻的"越奔越奔不上"的"远远的灯光"所激起的。试想，诗人如果把这缕灯光作为实有的街灯，并由此惹起思乡念家之情，就显得十分直露与肤浅，而且容易落入前人的窠臼。

诗人尽量将思念中的景物虚化。一方面，让现实的景物与回忆中的景物互换、交融，"蜿蜒的灯光""海滨的灰白的道上""芳馨的稻香""轻轻的打浪"与"千年的石像""呱呱波动的青蛙的声声声浪"交织在一起，这就将诗人自己的情怀朦胧化，其中尽管包含了思念故乡之情，但绝不仅仅如此。因为照一般思乡之作，回忆中的家乡景物是明晰的，但这里，诗人又在与现实景物互换交融的同时，进而将其虚幻化："那里的虚无的家乡""虚设的空床""天边的孤岛""散散的牛羊"，由此，诗人从心底发出呼唤："哪里是我的故乡"？诗中那"远远的灯光"就成了含义丰富的意象，它既是诗人思乡之情的媒介与寄托，又是诗人抒怀寄情的象征，它可以是"故乡"的灯光，也可以是奋斗理想的灯光，可以是诗人对一种生活理想的渴望，也可以是诗人对一种独特心境的体验与追求。这样，通过语言的朦胧就获得了正如魏尔伦所说的"象征意蕴的丰厚"。诗人深受法国象征派诗歌的影响，但这里又具有诗人自己的个性，即那种哀而不伤、婉曲纤徐的格调仍然带有深厚的东方文化的根基与东方民族的心理情愫，这抒情，也是在朦胧含蓄中追求一种意境。这与西方象征派诗歌着力于心理情绪外化的特征是有很大不同的。正如朱自清在《中国新文学大系·诗集·导言》中所指出的："穆木天氏托情于幽微远渺之中，音节也颇求整齐，却不致力于表现色彩感。"这正好道出了《我愿……》的特点，也是诗人大部分诗歌的特征。

思　考　题

1. 比较穆木天的《我愿……》与冯乃超的《红纱灯》的异同。
2. 分析这首诗的象征意象的特征。

延　伸　阅　读

穆木天：《雨后》《苍白的钟声》

参 考 文 献

1. 穆木天：《谭诗——寄沫若的一封信》，《穆木天文学评论选集》，北京师范大学出版社 2000 年版。

2. 陈方竞：《〈谭诗〉的中国象征诗理论建构——留日创造社作家穆木天论稿》，《华文文学》2006 年第 1 期。

3. 肖楚楚：《"纯诗"何为？——论穆木天的诗论转变及其写作实践》，《北华大学学报》（社会科学版）2017 年第 3 期。

雨巷

戴望舒

撑着油纸伞，独自
彷徨在悠长，悠长
又寂寥的雨巷，
我希望逢着
一个丁香一样地
结着愁怨的姑娘。

她是有
丁香一样的颜色，
丁香一样的芬芳，
丁香一样的忧愁，
在雨中哀怨，
哀怨又彷徨；

她彷徨在这寂寥的雨巷，
撑着油纸伞
像我一样，
像我一样地
默默彳亍着，
冷漠，凄清，又惆怅。

她静默地走近
走近，又投出
太息一般的眼光，

她飘过
像梦一般地，
像梦一般地凄婉迷茫。

像梦中飘过
一枝丁香地，
我身旁飘过这女郎；
她静默地远了，远了，
到了颓圮的篱墙，
走尽这雨巷。

在雨的哀曲里，
消了她的颜色，
散了她的芬芳，
消散了，甚至她的
太息般的眼光，
她丁香般的惆怅。

撑着油纸伞，独自
彷徨在悠长，悠长
又寂寥的雨巷，
我希望飘过
一个丁香一样地
结着愁怨的姑娘。

（选自《戴望舒选集》，人民文学出版社 2002 年版）

凄清的愁绪　优美的旋律

曾日红

关键词：象征；孤独；希望

饮誉现代诗坛的戴望舒，是以他的早期诗作《雨巷》一举成名的，他也因之获得"雨巷诗人"的雅号。《雨巷》完成于 1927 年夏，当时正是大革命的低潮期。诗人经历了大革命的血雨腥风后，隐居乡间，十分迷惘惆怅。他想远遁现实，又不甘无所求冀，便拿起沉重的诗笔，把郁闷心底的几许希望和无限愁怨，倾注在自己建构的"雨巷"之中。展读全诗，我们仿佛跟随诗人进入了一个空蒙清冷的"别一世界"，色调灰暗，哀雨凄迷，小巷又是如此悠长和寂寥。一个孤独的"撑伞者"，在绵绵细雨中彳亍彷徨。他在等待，更在希望，希望逢着一个"丁香一样"的姑娘。而那希望中的姑娘悄然幻现，竟也是那样哀怨和惆怅，相交而过，且默默无语，只投来"太息一般的眼光"，又梦一样地消逝在"雨的哀曲里"，寂寥的雨巷，依然空留下的只有怅然迷惘的"撑伞者"。透过这笼罩着浓浓愁绪的哀雨，通过这极富象征意味的雨巷图画，我们不难看出，诗人正是以"雨巷""丁香"为象征意象，真实而又隐晦地抒发了自己在大革命失败后的情绪，暴露了一种"隐秘的灵魂"。而就更深一层的意蕴来说，《雨巷》不仅真实地折射了当时风雨如磐的黑暗现实，而且形象地展示了当时一部分知识分子在迷茫中不甘沉沦的特殊心态。

创作《雨巷》之时，诗人正倾心于法国象征派诗歌，并对中国古典诗歌及新月派格律新诗有着偏爱。他从南唐诗人李璟的词句"青鸟不传云外信，丁香空结雨中愁"中汲取灵感，并把它加以"扩充"和"稀释"（卞之琳《〈戴望舒诗集〉序》），又从法国象征派诗人的理论和创作中顿悟出新意，以一种"既不是隐藏自己，也不是表现自己"（杜衡《〈望舒草〉序》）的特异形式，创造了"雨巷"这个富有象征意味的诗境。诗人把心中的愁绪和希望寓于扑朔迷离的意象之中。

诗中的小巷在江南小镇几乎随处可见，但在诗人笔下变得那样的"悠长又寂寥"，它无声地与凄冷的雨水融为一体，构成一个狭小阴暗的空间格局。这格局似乎小而有形，又似乎大而无边，使我们仿佛真切地看到了江南小镇的雨巷实景，却又不自觉地感受到当时社会环境的冷酷和压抑。甚至这凄清而悠长的雨巷本身就是诗人无限的哀怨与愁绪的象征。而那诗中反复吟咏的丁香，也仿佛是一簇含怨的愁结，又如一种幽微的希望，那清冷的色调和暗浮的清香似乎可见可感。而那雨中弥漫着的愁怨气息却又显得飘忽游移，像一团无形的浮雾悄然飘来，又匆匆地在阴雨中消散，若隐若现，为全诗增加了飘渺神秘的色彩。正是在这虚实藏露之间，我们分明窥视到了诗人心中那忧悒不展的愁结和彷徨中不甘沉沦的微茫希望。

与《雨巷》中飘动着的朦胧意境和缠绵情绪相契合，诗人着意在诗的形式、韵律上创造一种舒缓流动的抒情节奏。全诗共七节，每节六行，总体布局较为匀称，但又不囿于新月派格律诗的拘谨。诗行字句之间，或相互勾联，或参差错落，或呼应首尾。在整饬中寻变化，在变化里求和谐。而那自然流畅的节奏和一唱三叹的旋律则通贯全诗。诗由"雨巷"定韵，通过"悠长""姑娘""芬芳""彷徨"等词，形成听觉柔和的"ang"韵，间隔重复，一韵到底，使全诗的主调统一而和谐。诗人还成功运用复沓回环的手法，并借助排比以及音组的自然停顿等，有意减慢诗的节奏，使其变得更舒缓、更轻柔，构成一种回环流荡的音乐般的旋律，仿佛诗句间有踯躅的足音从雨巷隐约传来，更有一种流动的愁绪在悄然弥漫，淋漓尽致地表达了诗作那种"丁香空结雨中愁"，此愁更向谁倾述的意蕴。《雨巷》赢得了众多读者的喜爱，并在情绪上产生共鸣，是与诗中这音乐般的韵律节奏分不开的。难怪当年叶圣陶欣喜地称赞它"替新诗的音节开了一个新纪元"。

思 考 题

1. 分析《雨巷》一诗象征意象的情感内涵。
2. 诵读《雨巷》，体会这首诗歌音韵美的特征。

延 伸 阅 读

戴望舒：《夜行者》《赠克木》《烦忧》

参 考 文 献

1. 王泽龙：《中国现代诗歌意象论》，中国社会科学出版社 2008 年版。
2. 方长安、张文民：《角落到中心的位移——选本与戴望舒〈雨巷〉的经典化》，《福建论坛》（人文社会科学版）2015 年第 7 期。

我的记忆

戴望舒

我的记忆是忠实于我的，
忠实得甚于我最好的友人。

它存在在燃着的烟卷上，
它存在在绘着百合花的笔杆上，
它存在在破旧的粉盒上，
它存在在颓垣的木莓上，
它存在在喝了一半的酒瓶上，
在撕碎的往日的诗稿上，在压干的花
　片上，
在凄暗的灯上，在平静的水上，
在一切有灵魂没有灵魂的东西上，
它在到处生存着，像我在这世界一样。

它是胆小的，它怕着人们的喧嚣，
但在寂寥时，它便对我来作密切的
　拜访。
它的声音是低微的，
但它的话却很长，很长，

很长，很琐碎，而且永远不肯休：
它的话是古旧的，老是讲着同样的
　故事，
它的音调是和谐的，老是唱着同样的
　曲子，
有时它还模仿着爱娇的少女的声音，
它的声音是没有气力的，
而且还夹着眼泪，夹着太息。

它的拜访是没有一定的，
在任何时间，在任何地点，
甚至当我已上床，朦胧地想睡了；
人们会说它没有礼貌，
但是我们是老朋友。

它是琐琐地永远不肯休止的，
除非我凄凄地哭了，或是沉沉地睡了；
但是我永远不讨厌它，
因为它是忠实于我的。

（选自《戴望舒选集》，人民文学出版社 2002 年版）

新诗散文美的探求

曾日红

关键词：记忆；自我；散文美

　　《我的记忆》是戴望舒继成名作品《雨巷》之后，诗歌创作的又一重要收获。诗人曾受到法国象征派及新月诗派的影响，一度热衷追求诗的音律美，努力使新诗跟旧诗一样，成为可"吟"的东西。然而时隔不久，他便发现了单纯讲求形式和韵律的流弊，也尝到了削足适履、囿于"镣铐"的痛苦。经过不懈探求和认真反思，诗人自觉转向，提出了全新的新诗理论："诗不能借重音乐，它应该去了音乐的成分"，"诗的韵律不在字的抑扬顿挫上，而在诗的情绪的抑扬顿挫上"(《诗论零札》)。而在创作上，诗人则推出了以《我的记忆》为代表的"去了音乐的成分"，以情绪为诗脉的自由体新诗，开始了一种全新的艺术探索。

《我的记忆》是诗人第一首"不借重音乐"的诗。虽然全诗没有新格律诗式整饬的诗行，也没有一贯到底的平仄韵脚，但诗人能借重诗情——一种内在情绪的律动统贯全诗，以此构筑诗形并造成跳动的旋律，使全诗散而有章，活而有序，体现出朴素、平实且意蕴深厚的散文美。全诗共五节，每段形式各异，诗行词句之间，开合有致，给人一种挣脱了"镣铐"的舒展之感。在第一节中，诗人用两行诗句切入主题，简洁地交代"记忆"与"我"的关系，然后铺展笔墨，用一连串排比句式让"记忆"纷至沓来，交叠映现。此时思绪的恣意涌动左右了诗句的构成和布局，造成一种动势，一种内在旋律，真实表现了诗人跳跃、飘逸的情绪。在第三、四节中，诗人又用相对舒缓的节奏和近乎"琐碎"的散文化句式，细细回味"记忆"的性格、声音以及那夹着眼泪、夹着太息的神情，倾注了一种眷恋与爱怜，也流露出一种孤寂无奈的惆怅。在诗的结尾，与篇首的诗句形成情绪上、形式上的呼应，又借助于"但是"一词与前面的内容自然衔接，收到了一种散而不漫、情绪连贯、整体和谐的艺术效果。不难看出，诗人并未被动地搜词索韵，寻求表层的音律，也未刻意讲求字的均齐和节的匀称，而是突出强化了诗情的主导作用。注重了诗情上的变异而不是字句上的变异，从而使情绪的抑扬顿挫成为全诗的主体旋律，在一种笔随情走的自然状态中，紧凑而灵活地完成了全诗的总体布局。

《我的记忆》中诗人用亲切生动的笔致，成功地塑造了"记忆"这一抽象而又具体的诗歌形象。通过它，揭开了诗人昨日隐秘世界的一角。诗人采用蒙太奇式的快速切转镜头的方法，把抽象的记忆定格在平凡而具体的杂乱物什之上。我们通过那"燃着的烟卷""破旧的粉盒"以及那"喝了一半的酒瓶"和"撕碎的往日的诗稿"，依稀可以窥视到"记忆"的残骸。它与"我"同病相怜，与"我"共咀悲欢。遭不散太多的颓唐与痛苦，就"像我在这世界一样"，诗人又把"记忆"拉近并放大特写，用拟人化写实手法，让"记忆"活脱脱地呈现在我们面前。那忠实的品行和颇显固执的性格，那低微的声音和胆怯的身影，那夹着眼泪与太息的忧悒的神情，无不给人留下极深的印象。而诗人自己，则是那般爱怜和喜欢它，让"我"耐心倾听它那"很长，很琐碎"的谈话，等待它"没有一定的""永远不肯休止"的拜访，更把它视为"老朋友"，"永远不讨厌它"。可以说，作品之所以具有含蓄之美和动人的魅力，与"记忆"这一自由的富于感情色彩的诗歌形象分不开。这也是作品获得成功的原因之一。

《我的记忆》虽然在形式上挣脱了新格律诗的"镣铐"，但在思想情绪上与《雨巷》是一脉相承的，反映出戴望舒仍未摆脱悲苦无奈的灰色心态。

思 考 题

1.《我的记忆》一诗与《雨巷》在思想情感上有何联系？

2. 分析这首诗体现的戴望舒诗歌散文化的特点及其意义。

延 伸 阅 读

戴望舒:《印象》《乐园鸟》《深闭的园子》

参 考 文 献

1. 罗振亚:《戴望舒诗歌的特质情思与传达策略》,《文艺理论研究》2001 年第 3 期。

2. 米家路、赵凡:《反镜像的自恋诗学——戴望舒诗歌中的记忆修辞与自我的精神分析》,《江汉学术》2017 年第 4 期。

我用残损的手掌

戴望舒

我用残损的手掌
摸索这广大的土地：
这一角已变成灰烬，
那一角只是血和泥；
这一片湖该是我的家乡，
（春天，堤上繁花如锦幛，
嫩柳枝折断有奇异的芬芳，）
我触到荇藻和水的微凉；
这长白山的雪峰冷到彻骨，
这黄河的水夹泥沙在指间滑出；
江南的水田，你当年新生的禾草
是那么细，那么软……现在只有蓬蒿；
岭南的荔枝花寂寞地憔悴，
尽那边，我蘸着南海没有渔船的

苦水……
无形的手掌掠过无限的江山，
手指沾了血和灰，手掌沾了阴暗，
只有那辽远的一角依然完整，
温暖，明朗，坚固而蓬勃生春。
在那上面，我用残损的手掌轻抚，
像恋人的柔发，婴孩手中乳。
我把全部的力量运在手掌
贴在上面，寄与爱和一切希望，
因为只有那里是太阳，是春，
将驱逐阴暗，带来苏生，
因为只有那里我们不像牲口一样活，
蝼蚁一样死……那里，永恒的中国！

一九四二年七月三日
（选自《戴望舒选集》，人民文学出版社 2002 年版）

开阔的襟怀　深沉的情感

范小伟

关键词：爱国；意象；想象

戴望舒的《我用残损的手掌》与其早期作品的纤细、精致、忧伤、神秘截然不同，体现出一种宽广、博大、深沉、明朗的风格。

精心营造新颖的意象是戴望舒擅长使用的手法，《我用残损的手掌》也不例外。在诗中，诗人以"残损的手掌"这一意象来统领全诗，把"我用残损的手掌 / 摸索这广大的土地"作为诗作的灵魂，从而赋予诗作不同凡响的意味。"残损的手掌"本来是很小的，但它能摸索广大的土地，一会儿"触到荇藻和水的微凉"，一会儿又让"黄河的水夹泥沙在指间滑出"。一大一小形成了强烈的反差，创造出独特的语境，在这种语境的作用下，"手掌"的内涵与外延之间产生一种张力："残损的手掌"已不仅仅是个人的手掌，它还是整个民族的"受伤的、残损的"手掌。个体的有形的手掌与"无形的"民族的手掌合二为一，有效地扩大了"残损的手掌"这一意象的意义。与前期诗歌创作不同的是，《我用残损的手掌》在情感的表达上较以往明朗了。诗人将深沉的感情寄寓在一个生活化的形象（残损的手掌）和相应动作（以手掌"摸索"）上，将内心的创痛具化为残损的手掌，把对祖国的挚爱与对河山沦落的痛惜具象化为深情的摸索。当"无形的手掌掠过无限的江山"时，当"我用残损的手掌轻抚"时，当"我把全部的力量运在手掌"时，都仿佛是一个灵魂从更高的地方观照、审视着这个苦难的中国，深情地爱抚着祖国伤痕累累的大地，赤子之心跃然纸上。

为更好地传达深挚的情感，诗人巧妙地运用了虚写的创作手法。诗人在狱中，想象着祖国的广阔土地如在眼前，他不仅可以真切地看到它的形状、颜色，而且也可以感触到它的冷暖，嗅到它的芬芳，这种虚写，强烈地表现了诗人对祖国的无限爱恋的心情。同时，诗人在虚拟性的总体形象之中，又对现实事物作了直观式的细节描绘：堤上的繁花如锦幛，嫩柳枝折断发出的芬芳，以及长白山的雪峰，夹着泥沙的黄河，岭南的荔枝花等。通过这些细节的描绘，诗人对祖国的眷恋、热爱之情，以及对祖国所遭受的沉重灾难所产生的哀痛，得到了更加完美的表现。

思 考 题

1. 以《雨巷》和《我用残损的手掌》为例，谈谈戴望舒诗歌创作前后期的变化。
2. 分析《我用残损的手掌》一诗的艺术特点。

延 伸 阅 读

戴望舒：《元日祝福》《狱中题壁》《偶成》

参 考 文 献

1. 陈丙莹：《戴望舒评传》，重庆出版社 1993 年版。
2. 龙泉明：《中国新诗第二次整合的界碑——戴望舒诗歌创作综论》，《中国社会科学》1996 年第 5 期。
3. 沈亚明：《林泉水迹：戴望舒与沈仲章在香港》，《新文学史料》2019 年第 2 期。

预言

何其芳

这一个心跳的日子终于来临！
你夜的叹息似的渐近的足音
我听得清不是林叶和夜风私语，
麋鹿驰过苔径的细碎的蹄声！
告诉我，用你银铃的歌声告诉我，
你是不是预言中的年轻的神？

你一定来自那温郁的南方
告诉我那儿的月色，那儿的日光，
告诉我春风是怎样吹开百花，
燕子是怎样痴恋着绿杨。
我将合眼睡在你如梦的歌声里，
那温暖我似乎记得，又似乎遗忘。

请停下，停下你疲劳的奔波，
进来，这儿有虎皮的褥你坐！
让我烧起每一个秋天拾来的落叶，
听我低低地唱起我自己的歌。
那歌声将火光一样沉郁又高扬，
火光一样将我的一生诉说。

不要前行！前面是无边的森林，
古老的树现着野兽身上的斑纹，
半生半死的藤蟒蛇样交缠着，
密叶里漏不下一颗星星。
你将怯怯地不敢放下第二步，
当你听见了第一步空寥的回声。

一定要走吗？请等我和你同行！
我的脚步知道每一条平安的路径，
我可以不停地唱着忘倦的歌，
再给你，再给你手的温存。
当夜的浓黑遮断了我们，
你可以不转眼地望着我的眼睛。

我激动的歌声你竟不听，
你的脚竟不为我的颤抖暂停！
象静穆的微风飘过这黄昏里，
消失了，消失了你骄傲的足音！
呵，你终于如预言中所说的无语而来，
无语而去了吗，年轻的神？

一九三一年秋天，北平
（选自《汉园集》，上海书店出版社 1993 年版）

优美而感伤的爱情梦幻曲

韩　璇

关键词：爱情；感伤；幻美

《预言》写于 1931 年秋，当时作者 19 岁，刚刚进入北京大学哲学系读书。那一年的夏天，"一个郁热的多雨的季节带着一阵奇异的风抚摩我，摇撼我，摧折我，最后给我留下一片又凄清又艳丽的秋光"（《梦中道路》）。这"一阵奇异的风""就是我遇上了我后来歌唱的'不幸的爱情'"（《〈刻意集〉序》），这一阵风的摇撼，催生了他这时期一组甜蜜而忧伤的爱情诗。

诗作基调感伤，主人公"我"是一个品味爱情甘苦的孤独者。诗的第一节以小夜曲似的柔美旋律写"年轻的神"的到来，采用了三个非常新颖而优美的比喻意象，突出描绘爱神降临时那无比神秘的渐进的"足音"：如"夜的叹息似的"，又像是"林叶和夜风私语"，又如同"麋鹿驰过苔径的细碎的蹄声"，爱神的足音被描绘得如此的细微与美妙，表达的正是抒情主人公期待的爱神降临时的亲切、神秘而欣喜的心理感受。第二节想象爱神来自南方，表达对爱神带来的温馨之情的无法忘怀，也借春风吹开百花，燕子痴恋绿杨表白自己对爱神的赞美与爱恋。第三节挽留爱神，向爱神倾诉衷肠。希望年轻的神停下疲劳的奔波，用最温馨的虎皮褥招待爱神，在落叶燃烧的篝火边，将彼此的人生诉说。第四节叙写爱神并不为衷心的表白与温馨浪漫的情景动心，爱神要继续前行。"我"苦心挽留爱神，以前途的险恶向爱神作殷切的叮咛。古老的树现着野兽的斑纹，密叶里漏不下一颗星，前行的路与南方的温馨形成鲜明的对照。第五节，爱神并不为殷勤的挽留而停下前行。你"一定要走吗？请等我和你同行！""我"由对年轻的神的眷顾变为了担忧，毅然表示要和年轻的神同行，用自己的歌声，用手的温存，用探索的眼光，给年轻的神以力量、温暖与光亮，表达了对年轻的神的无限关爱，对爱的坚定信念与永不放弃的执着追求。最后一节写年轻的神的离去与"我"的哀怨与惆怅。

何其芳的早期诗歌受到法国象征主义和晚唐五代诗歌的影响。《预言》题材来自古希腊神话美少年那喀索斯和回声女神厄科的传说。厄科痴恋着那喀索斯，那喀索斯却不爱厄科，厄科痛苦地化为幻影。众女神诅咒报复那喀索斯，让他爱上了自己水中的倒影。因爱而不得，那喀索斯叹息而死，化为水仙花，每日顾影自怜。西方文学中，Narcissus 是水仙与那喀索斯的共同化名。瓦雷里由此写出《水仙辞》，后被梁宗岱译入中国，反响很大。19 岁的少年何其芳经历失恋，正沉湎于无希望的恋爱。但读过梁宗岱的《保罗·梵乐希评传》和瓦雷里的《水仙辞》后，接受了瓦雷里写"纯诗"的主张，提出诗歌要取用西方音乐性、暗示性、感受性、神秘性等象征主义手法，借鉴晚唐诗人镜花水月的意象表现方法。诗歌模仿了《水仙辞》的对话体，却又相异于《水仙辞》的情绪和情节。《水仙辞》主要写水仙花对着水中自己的倒影倾诉着爱情。《预言》则是向恋人倾诉。一个自恋，一个对异性热恋，性质相通，爱的对象不同。《预言》全诗六节写了爱的一段经历：期待、赞美、爱慕、挽留、送行、叹息。我们看到象征派诗歌对何其芳的影响，他对柔美凄艳的晚唐诗也有借鉴。在晚唐诗歌的意象化的婉约抒情与西方象征主义诗歌的幻美象征之处，寻找到了立意与构思、叙事与抒情的结合点，为中西诗艺的融合作了有效探索。诗歌虽然都用传统的意象，在借意象抒情之外，这首诗还明显具有较为丰富的象征意味。诗中的年轻的神可以是爱神的象征，也可以是美与理想的化身，那匆匆而来，又匆匆而去的形象，与诗人对美和理想的无限热望却又难以企及的心理体验完全吻合。还有人认为那无语之神类似灵感降临与消失的情景感受，诗歌文本给读者留下了较多的想象空间。诗歌对音乐性的尝试也有特点。全诗六节，每节六行，韵脚大都落在一、二、四、六行，用韵又不完全相同。诗人还有意地运用了大量的重复，构成回环的节奏与咏叹的韵律，增强了诗歌的婉约之美与旋律之美。

思　考　题

1. 诗作如何体现出西方象征主义和中国晚唐诗歌影响的特征？
2. 这首诗歌的构思有何特点？

延　伸　阅　读

何其芳：《脚步》《欢乐》《花环》

参　考　文　献

1. 孙玉石：《论何其芳三十年代的诗》，《文学评论》1997 年第 6 期。
2. 王德威：《梦与蛇：何其芳、冯至与"重生的抒情"》，《中国现代文学研究丛刊》2017 年第 12 期。

季候病

何其芳

说我是害着病，我不回一声否。
说是一种刻骨的相思，恋中的征候。
但是谁的一角轻扬的裙衣，
我郁郁的梦魂日夜萦系？
谁的流盼的黑睛像牧女的铃声
呼唤着驯服的羊群，我可怜的心？
不，我是梦着，忆着，怀想着秋天！
九月的晴空是多么高，多么圆！
我的灵魂将多么轻轻地举起，飞翔，

穿过白露的空气，如我叹息的目光！
南方的乔木都落下如掌的红叶，
一径马蹄踏破深山的寂默，
或者一湾小溪流着透明的忧愁，
有若渐渐地舒解，又若更深地绸缪……

过了春又到了夏，我在暗暗地憔悴，
迷漠地怀想着，不做声，也不流泪！

1932 年
（选自《何其芳诗全编》，浙江文艺出版社 1995 年版）

有一种病叫作相思

王海燕

关键词：爱情；青春；朦胧

1936 年何其芳在回顾自己的创作道路时，谈及他的诗歌创作的"真正开始"是缘于一个"特别的夏天"："一个郁热的多雨的季节带着一阵奇异的风抚摩我，摇撼我，摧折我，最后给我留下一片又凄清又艳丽的秋光，我才像一块经过了磨琢的璞玉发出自己的光辉，在我自己的心灵里听到了自然流露的真纯的音籁。"（《梦中道路》）朋友们回忆，这个"特别的夏天"是在 1931 年，这"一阵奇异的风"是他和一个女子之间纯真而无结果的爱。是爱情给诗人带来了诗歌的真正自觉，他自然也以全部的热情、全副的笔力去歌唱青春、恋爱与恋爱中的忧愁。1932 年 6 月写作《季候病》时，诗人仍沉浸在已成珠泪玉烟的爱情记忆中，诗篇以绮丽多姿的意象抒写着刻骨的相思，虽忧郁感伤但并不颓废消沉，叹息失落中仍充盈着活泼的青春气息。

诗直接以"说我是害着病"，"说是一种刻骨的相思"开头，显得突兀而新颖，既点明题旨，又由旁观的视角烘托出抒情主人公"季候病"的浓烈程度。三至六句似是调皮地反问前两句的"说"者，又似是"我"在扪心自问，这里故意不点明相思的对象是谁，只

295

借"轻扬的裙衣""流盼的黑睛"暗示出她的美好形象。如果说以"裙衣"萦系"郁郁的梦魂"还未脱窠臼的话，那么五、六两句则出奇制胜，以兼融中西的意象和"远取譬"的手法唤醒了读者的美妙想象和对语言的敏锐知觉。"铃声"这一唐诗宋词中常见的意象沉淀着思乡怀人的情感内涵，而"驯服的羊群"和"牧女"则是《圣经》中的常见意象，常用来喻指教徒和上帝的关系，内蕴着绝对虔诚之意。两者的并置已然产生了中西语境猝然相遇的陌生化效果。更为引人入胜的是以轻扬婉转的"铃声"喻流动顾盼的眼波，远取譬打通了听觉和视觉，不仅勾画出恋人"美目盼兮"的难忘神韵，也传达出"我"对她的情感之虔诚。像是要摆脱这日夜萦系的相思，又像是要在友人面前掩饰自己的爱情，他开始言不由衷地否认了：不，不是在怀人，而是在怀想秋天。是啊，九月的晴空清朗寂寥，最适合年轻的灵魂自由飞翔。但那迷蒙的"白露的空气"偏偏又勾起对那可望而不可即的伊人的怀念，"我"愈要掩饰，摆脱相思，这相思却愈加缠绵，不可排遣。但飞扬的灵魂最终找到了它的栖息之地——那是熟悉的温郁的南方。那里有"乔木"高大潇洒的身姿，有"如掌的红叶"的斑斓色彩，有"一径马蹄"矫健活泼的剪影，还有那"一湾小溪"，清澈潺湲的流水，舒展开了"我"的相思愁结。结尾两句由梦幻回到现实，一南一北，山水阻隔，抒情主人公暗暗憔悴，迷漠怀想的"恋中的征候"并没有因为对家乡秋天的怀想而减轻一丝一毫。对纯粹的爱的歌咏使诗人将五四后的爱情诗升华到了一个新的境界，"爱情不再是一种社会思想的载体，而是人生美丽与痛苦的情感体验"（孙玉石《论何其芳 30 年代的诗》）。

诗人追求现代主义艺术方法与传统抒情艺术的融合。诗中感情的直接抒写相对较少，主要是通过一系列具体可感的富于暗示性的意象将千回百折的相思之情表达出来，具有一种镜花水月般的朦胧美感。自小就沉迷于汉字的色彩图案和幽深意味的诗人很善于捕捉"一些在刹那间闪出金光的意象"（何其芳《梦中道路》），他精心选择的视觉意象如晴空、白露、乔木、红叶色彩纷呈，听觉意象如铃声、马蹄、小溪则撩人意绪。这些回响着古诗词余韵的意象，一经诗人现代诗艺的点化，愈加焕发出迷人的魅力。

思 考 题

1. 20 世纪 30 年代的现代派诗歌中，何其芳的爱情诗有何独特之处？
2. 谈谈中国古典诗歌对何其芳诗歌的影响。

延 伸 阅 读

何其芳：《月下》《爱情》《夏夜》

参 考 文 献

1. 贺仲明：《何其芳评传》，南京大学出版社 2012 年版。
2. 杨义、郝庆军：《何其芳论》，《文学评论》2008 年第 1 期。

白螺壳

卞之琳

空灵的白螺壳，你，
孔眼里不留纤尘，
漏到了我的手里
却有一千种感情：
掌心里波涛汹涌，
我感叹你的神工，
你的慧心啊，大海，
你细到可以穿珠！
我也不禁要惊呼：
"你这个洁癖啊，唉！"

请看这一湖烟雨
水一样把我浸透，
像浸透一片鸟羽。
我仿佛一所小楼，
风穿过，柳絮穿过，
燕子穿过像穿梭，
楼中也许有珍本，
书叶给银鱼穿织，
从爱字通到哀字——
出脱空华不就成！

玲珑吧，白螺壳，我？
大海送我到海滩，
万一落到人掌握，
愿得原始人喜欢：
换一只山羊还差
三十分之二十八；
倒是值一只蟠桃。
怕叫多思者想起：
空灵的白螺壳，你
卷起了我的愁潮——

我梦见你的阑珊：
檐溜滴穿的石阶，
绳子锯缺的井栏……
时间磨透于忍耐！
黄色还诸小鸡雏，
青色还诸小碧梧，
玫瑰色还诸玫瑰，
可是你回顾道旁，
柔嫩的蔷薇刺上
还挂着你的宿泪。

1937 年

（选自《卞之琳代表作》，华夏出版社 1998 年版）

空灵的白螺壳

范小伟

关键词：象征意象；美好理想；现实哀愁

卞之琳的诗往往以其多义性让人着迷，并引发人们对其诗歌作出多样化的阐释，《白螺壳》就是这样的一首诗。但是，无论人们对于《白螺壳》的意义指向作出何种解读，我们都不能忽视诗人自己对于诗作主题的说明。就卞之琳看来，"白螺壳"这一意象更多的是象征着人生的美好理想，而其偶落尘间，就必然要经历一番理想与现实的碰击。

诗的首节表现的是诗人对于大海打造"白螺壳"神奇功力的赞叹。"白螺壳"经过具有"慧心"和"神工"的大海的淘洗，孔眼里不留一丝杂物，成为一个空灵的物体，从而引发了"我"的"千种感情"、万端思绪。第二节既是"白螺壳"的自诉，也是诗人的遐思。从大海到一湖烟雨，从一湖烟雨到小楼，从小楼到楼中的珍本，从珍本到书叶，从书叶到书中的文字，这一切的联想最终指向了"出脱空华"的结局。"空华（花）"在佛经中是指虚幻之花，出脱空花，表明了"白螺壳"或"我"经过了一番历练，终于到达自我境界的超脱。诗的第三节表现了"白螺壳"彻悟后的一种超越。经过大海淘洗后彻悟的"白螺壳"被大海送上海滩，情愿得到原始人的喜欢。因为对于原始人而言，"白螺壳"没有现实的作用，已经不会使他陷入烦恼与痛苦之中。第四节是诗人对于寻梦者内心惆怅的暗示。诗人用了一系列的意象来达成暗示的目的：檐溜滴穿的石阶、绳子锯缺的井栏，时间磨透于忍耐，现实的无情消磨了一切的美好，到头来一切都归复到自身：黄色还诸小鸡雏、青色还诸小碧梧、玫瑰色还诸玫瑰。通过以上四节，诗人巧妙地将人生理想与现实的冲突这一永恒的主题寄寓在"白螺壳"的意象中，委婉含蓄地表达出来。

我们不容忽视的是，卞之琳的诗十分注意自我意识的客观化，他常常将诗人的自我意识出离中心而遁化。因此，在他的诗中，"你""我""他"，甚于至客观的物体的身份都可以互换。解读《白螺壳》我们就会发现，诗中的"白螺壳"和"我"其实是可以合一来认知的。"白螺壳"是"我"，"我"也可以是"白螺壳"。"白螺壳"被大海淘洗的历程也是"我"心灵净化的过程，是"我"追求美好人生理想的过程。"白螺壳"在多思者心中引发的愁潮，也正是"我"回归现实后感伤情绪的一种表现。

思 考 题

1. 谈谈"白螺壳"的象征性寓意。
2. 结合《断章》《鱼化石》，分析人称代词在卞之琳诗歌中的用法及其意义。

延 伸 阅 读

卞之琳:《寂寞》《道旁》《古镇的梦》

参 考 文 献

1. 孙玉石:《中国现代主义诗潮史论》,北京大学出版社 1999 年版。
2. 王泽龙、王晨晨:《卞之琳诗歌与宋诗理趣传统》,《天津社会科学》2013 年第 3 期。

鱼化石

卞之琳

（一条鱼或一个女子说：）

我要有你的怀抱的形状，　　　　　　你真像镜子一样的爱我呢。
我往往溶化于水的线条。　　　　　　你我都远了乃有了鱼化石。

1936 年 6 月 4 日
（选自《卞之琳代表作》，华夏出版社 1998 年版）

爱 的 独 白

范小伟

关键词：爱；含蓄；真醇

中国现代爱情诗有着多种情感表达方式，有的率真无伪，有的含蓄蕴藉，有的浓烈醇厚，但无论何种表达大都立足于一个"情"字，在此方面，卞之琳的爱情诗也不例外。例外之处在于，卞之琳不只是发乎情而止于情，他往往以唯美的情调来开掘诗情的多种意蕴，使其爱情诗在爱的情感呈现中凸显出知性的味道来。这也就是《鱼化石》被人作出多种解释的缘由。

解读《鱼化石》，必须从诗人对诗的限定入手。为避免人们对诗的主题任意解读，诗人在诗的标题后面特意作了标明："一条鱼或一个女子说"，意在指明诗的情爱意蕴。诵读全诗，我们可以明显感到，《鱼化石》一诗均为"鱼"或"女子"的独白，对方成为潜在的存在，在诗中是处于沉默的地位的，因此诗作所表现出来的是"鱼"或"女子"的心理。首先，诗作真切地展现了"鱼"或"女子"寻爱、入爱、唤爱、恒爱的一段心理历程。"我要有"是寻爱的开端，表现了爱的迫切；"我往往"是入爱的历程，表现了爱的真醇；"你真像"是对爱的呼唤，表现了爱的坚定；"你我都远了"是恒定爱情的结果，表现了爱的永恒。其次，诗作以一条鱼或一个女子之口道出了恋爱时恋人的种种情态：既有爱的祈求（有你的怀抱的形状），又有爱的投入（溶化于水的线条），也有爱的坚定（像镜子一样的爱我），更有爱的亘久（爱结晶而成鱼化石），可谓情态毕现。最后，为有效地表达恋爱女子的心理状况，诗人对诗作的语气也作出了巧妙的安排。"我要有"是一种坚定的恳求，"我往往"是一往情深的自我表白，"你真像镜子一样的爱我呢"既有假设，又有肯定的自我作结。这一切都有效地强化了恋爱女子对待爱情的心理要求。

《鱼化石》虽只有短短的四行,却将爱情的主题阐发得淋漓尽致。诗人对于爱情的表达坦率但不直白,有含蓄之美,对爱情的抒发自然、不做作,有真醇之感。尤其是诗人将怀抱之感和线条之美与爱情的柔情蜜意联结起来,将爱情的柔情似水与鱼化石的坚实质感进行贯通,既很好地表达了爱情,又使得诗作透露出深层的哲思学理,极大地延伸了诗的内涵,给人一种耐人寻味的感觉。

思 考 题

1. 在《鱼化石》中,卞之琳是如何描绘爱情的?
2. 分析《鱼化石》的写作特点。

延 伸 阅 读

卞之琳:《断章》《圆宝盒》《无题五》

参 考 文 献

1. 王泽龙:《论卞之琳的新智慧诗》,《文艺研究》1996 年第 2 期。
2. 江弱水:《卞之琳诗艺研究》,安徽教育出版社 2000 年版。
3. 西渡:《卞之琳的新诗格律理论》,《现代中文学刊》2011 年第 4 期。

像观察繁星的天文家离开了望远镜，　　　莫非在外层而且脱出了轨道？
热闹中出来听见了自己的足音。　　　　　伸向黄昏的道路像一段灰心。

1935 年 1 月

（选自《卞之琳代表作》，华夏出版社 1998 年版）

回家路上的茫然

岁　涵

关键词：孤寂迷茫；倦行者

在 20 世纪 30 年代的中国现代派诗人中，卞之琳的现代诗可以说是"上承'新月'，中出'现代'，下启'九叶'"，并且"和其他诗人一起推动新诗从早期的浪漫主义，经过象征主义，到达中国式的现代主义"（袁可嘉《略论卞之琳对新诗艺术的贡献》）。《归》一诗的英文名为 *On the Way Home*——在回家的路上，事实上是一首写回家心境的诗，只是"回家"被诗人赋予了更深邃的哲理内涵。

整首诗一共四句，大概可以划分为两个语意单元，第一、二、三句是一个语意单元，主要写诗人远离尘嚣的孤寂；最后一句自成一个语意单元，写归向的渺茫与无望。二者相互联系，传达出共同的主旨：被放逐的荒原里的游子，在归家的路上心灵的跋涉，孤寂，疲累，找不到出路的忧伤。

诗歌第一句以比喻起首，"像观察繁星的天文家离开了望远镜"，对于天文学家而言，望远镜中看到的宇宙星辰自是热闹非凡，像是一个"仙乡"（《望》），但是他离开了这个梦幻中的"仙乡"，不得不回到"地上"。第二句诗人笔锋轻轻一转，"热闹中出来听见了自己的足音"，热闹是天上的繁星，绚烂而遥不可及，是虚幻而短暂的愉悦，而离开了"望远镜"回到地上，感到地上自己的渺小孤单，由极闹归向极静，自己听得到自己的足音，自己的世界那么冷冷清清。这两句具有强烈的对比色彩，天上的热闹，地上的清冷；宇宙星海的宏大，个体的渺小孤寂都形成鲜明的对比，并在对比中凸显了个体的形单影只，顾影自怜。作者自此由远及近，由大而小陷入沉思。第三句用问句宕开一层，"莫非在外层而且脱出了轨道"，凸显了在寂冷中寻找心灵归宿的孤单，诗人在这里意识到了自己的边缘化处境，透出离群索居者被世界疏远的怅惘与自己漂泊不定的迷茫。最后结句"伸向黄昏的道路像一段灰心”，呈现的是昏暗莫辨的夕阳，伸向黄昏的灰心般的道路，诗人的痛苦、失望不动声色地隐藏在这样一个灰暗意象的背后，给整首诗染上悲情的底色。灰色的路的意象成为整首诗的核心意象，暗暗地释放出无限的哀伤和难以言喻的茫然，活画出一个隐藏于诗句背后的孤单疲累又不得不走在路上的倦行者形象。正如他在另一首诗《望》中所写的那样：“就是此刻我也得像一只迷羊，/带着一身灰沙，幸亏还有蔚蓝，/还有仿佛的云峰浮在缥缈间，/倒可以抬头望望这一个仙乡。”这一“迷羊”般的倦行者形象不仅是当时诗人人生境遇的自况，更重要的是诗人通过自我人生道路上的寂寞、苦闷和荒凉，传达出20世纪人类共有的“世纪末情绪”，一种精神的“荒原感”和“孤单感”，无所作为，无所期待，无所依归，失去精神家园的普遍生存焦虑。卞之琳的诗歌长于将“小我”置于大宇宙中，将相对观念引入诗歌，在有限与无限、时间与空间、生与死、灵与肉等哲学命题的意义上进行对比关照，从而进入对世界本质的聆听和触摸，使他的诗具有了不可多得的思辨美，也有学者称之为“理趣美”，这也是卞之琳诗作令人费解的原因之一。

在诗歌艺术上，卞之琳是个探险者，闻一多把卞之琳称为“技巧专家”。艾略特在《传统与个人才能》中说：“诗不是放纵感情，而是逃避感情，不是表现个性，而是逃避个性。”卞之琳的诗不同于以坦白奔放为特征的主情诗，不直接抒情，而是寻找情思的对应物作为表达思想感情的载体，以思辨取胜，显示出冷隽的辩证意识和思辨之美。《归》一诗运用了戏剧独白的形式。在《归》中诗人正是通过自我对白和对自我发问（“莫非在外层而且脱出了轨道？”）的方式来体验一种寂寞情绪，对自我的内心体验和人生经验进行智性的反思。在语言的运用上表现为具象词和抽象词的巧妙结合。如《归》的最后一句，“伸向黄昏的道路像一段灰心”，具象词“道路”和抽象词“灰心”结合，打破了常有的语言逻辑，增强了诗歌语言的陌生化效果，拉开了语意的空间距离，以极少的文字表现尽可能多的内涵，扩大了语意的阐释张力，极大地丰富了诗歌语言的表现力。

思　考　题

1. 结合诗句，谈谈本诗“倦行者”的形象。
2. 该诗是怎样运用对比来表达“归”的感受的？

延　伸　阅　读

卞之琳：《记录》《还乡》《倦》《望》

延　伸　阅　读

1. 王毅：《中国现代主义诗歌史论》，西南师范大学出版社 1998 年版。
2. 夏莹：《论卞之琳诗歌的语言艺术》，《华中师范大学学报》（人文社会科学版）2013 年第 2 期。

十二月十九夜

废 名

深夜一枝灯，
若高山流水，
有身外之海。
星之空是鸟林，
是花，是鱼，
是天上的梦，
海是夜的镜子。
思想是一个美人，

是家，
是日，
是月，
是灯，
是炉火，
炉火是墙上的树影，
是冬夜的声音。

1936 年
（选自《冯文炳选集》，人民文学出版社 1985 年版）

冬夜孤灯下的玄思

岁 涵

关键词：禅意；自由；温暖

在现代诗坛上废名的诗歌以语意朦胧、艰涩难解著称。废名常以深玄的佛理禅趣入诗，并将禅意与现实人生体验结合起来。诗人的家乡黄梅是禅宗发源地，五祖六祖的故事从小耳熟能详，他对禅宗有着浓厚的兴趣，并身体力行，不仅爱谈禅论道，还常打坐，参禅入定。

废名的这首《十二月十九夜》写于 1936 年。"十二月十九夜"是一个平常的冬夜，废名称自己常成诗于偶然。起句"深夜一枝灯"，点出诗作的时间氛围，诗人冬夜独对孤灯，开始了一场精神的逍遥之旅。"一枝灯"的意象既是实指，又是虚指，"灯"在佛教用语中指代"光明"和"佛道"，只有悟道，才能迎来心中的澄明与宁静，从而超脱人生的苦厄与黑暗。这里的量词"一枝"颇具匠心，强调的是一种孤零之感，这孤单单的"一枝"与四围的无涯暗夜形成鲜明的对照。"一枝灯"是诗中的核心意象，它看似微弱实则强大，并引发后面一系列的意象群。

第一句看似在诉说心中的孤苦，但后面"若高山流水"，在诗情与诗思上都发生陡转，意象对比强烈，灯的孤单和高山流水的崇高壮阔，开启下面对心灵自由壮阔的赞美，丝毫

304

没有凄苦之态。废名的诗好用典故，这里也借高山流水之典点出诗人以"灯"为知己，独伴孤灯却并不寂寞，心灵自足而丰富，并由实入虚，由近及远，开始了精神的幻游。"有身外之海"，思维的触角伸向更广阔的宇宙空间。"海"在此处有两个意思：在佛家的理论体系中"海"喻指人世沧桑与苦难，所谓"苦海无边，回头是岸"，是人的生存荒谬感的象征；在这里诗人更借助"海"这一宏大意象，描绘出心灵宇宙的浩渺无涯和自由丰富，充满生机与灵动之美。星空、鸟林、花、鱼、天上的梦、海、夜、镜子等，诗人的思绪万花筒般的扩散又聚拢，天上地下，人间万象，恣意驰骋，俯仰自得。这些意象是禅宗宣讲禅理禅趣的常有载体，禅宗常常通过对自然万物的具体体认，对日常生活的诗化，"拈花微笑"般的来参悟人生的真理——"佛性"。这些极富审美价值和文化意味的意象是废名诗作中的常有意象，如他的诗作《海》中的"花将长在你的海里"；《灯》里面的"灯""鱼乃水之花"；《拈花》里的"手拈一瓣花儿"与"一天好月"；《星》里面的"满天的星""冬夜梦中的事""子非鱼安知鱼"；《妆台》中的"女郎"与"镜子"等。这种一念三千，心生万物的思维方式，不仅来自禅宗的思维方式，也体现了诗人面对"一生二，二生三，三生万物"的万千世界，不失本心的澄明静朗的观照，在一花一草、一石一木的自然中洞见存在的本相，了悟生命的本质，写出了生命中的至善至美。如果诗人有身居斗室的孤寂与束缚，那么在神驰八方中他已寻回生命的丰富与自由，"海是夜的镜子"，"夜"在"海"这面"镜子"里映照出了万物的生机、美丽、灵动与天人合一。

"思想是一个美人"，由这句起，诗人的遐思由远及近，收回本心，开始对思想本身的思索。思想是美，是爱，是归家的路，是亲切光明和温暖，如美人般令人陶醉，如太阳般普照万物，像月亮般离尘脱俗，于是引发一切有关生命中爱与温暖的一连串想象："家""日""月""灯""炉火"，这五种物象所代表的光明、温暖和爱与漫漫"冬夜"的寒冷、孤寂形成对抗。而这一切的来源，均是内心的那"一枝灯"。归根结底，是思想带来了温暖、自由与光明，是思想昭示了人类对生命中一切阴冷、苦难、黑暗等悲剧宿命的超越与战胜。尘世本为虚空，"色即是空，空即是色"，唯有"思想"坚实而明亮。肉体是个牢笼，但精神必须超越，人只有获得某种"思想"，活在超越的状态中，才可以达到与宇宙万物的齐生与自由，达到跳脱自如的生命状态，而这种生命状态是诗人深夜神游对现实人生的哲理思考。"炉火是墙上的树影"，诗人的深思由虚转实，由灵动到静止，冬夜室内的炉火，墙上映出的斑驳的影，一内一外，一明一暗，一实一虚，在一片静寂与黑暗中烘托出"冬夜的声音"。空寂漫长的冬夜或许是人世的隐喻，而室内炉火的热烈、明亮、温暖，是深夜的"一枝灯"，是"美人"，是"家"，唯有当人被内心的"一枝灯"映照得澄明静朗时，才能获得对抗人世那无涯际的寂冷与黑暗的强大力量。至此，"深夜一枝灯"笼罩下的这最冷最凄凉的冬夜在诗人笔下得到了如此热闹温暖的表现。

诗作秉承了废名一贯的用散文的形式来写诗的创作理念。废名曾说："新诗要诗的内容散文的文字。我再一想，新诗本来有形式，它的唯一的形式是分行，此外便由各人自己去弄花样了。"（《十年诗草》）除了追求诗歌的散文化，诗作在运思方式上受禅宗影响颇深，重直觉感性，不重逻辑。在意象的选取上，跳跃性强，切断因果关联，诗中一系列意象可以看作是诗人进行禅宗式体验的心象记录。结构上具有突出特色的"是"字结构，不仅极富节奏感，更借鉴了禅宗的表达方式，不打妄语，直截了当，直指人心，见性成佛，短促的行云流水般的诗行一气呵成，自成一种诗意的节奏。诗作语言口语化，形式自由，表意隐晦，给人以古朴、神秘的美感。

思 考 题

1. 分析诗作中的意象群与禅宗的关系。
2. 诗作在艺术形式上有什么特点？

延 伸 阅 读

废名：《灯》《星》《海》《妆台》

延 伸 阅 读

1. 王泽龙：《中国现代主义诗潮论》，华中师范大学出版社 1995 年版。
2. 孙玉石主编：《中国现代诗导读（1917—1937）》，北京大学出版社 2008 年版。
3. 冷霜：《废名新诗观念的形成与 1930 年代中期北平学院诗坛氛围》，《中国现代文学研究丛刊》2011 年第 6 期。

鸟儿飞去

朱英诞

什么鸟儿伴着你飞去，
那海鸥的巢在哪儿，
你堕地的哭声？
是不是那一片神秘的大海？

什么鸟儿伴着你飞去，
那白鹇的巢在哪，
你初恋的美？
是不是那凄凉的月？

什么鸟儿伴着你飞去，
那鹧鸪的巢在哪儿，
你六月的新娘？
是不是那一条小园里的斜枝？

什么鸟儿伴着你飞去，
那乌鸦的巢在哪儿，
寒冷的人哪？
是不是那落日里的岩石？

（选自《朱英诞集第四卷现代诗卷》，长江文艺出版社 2018 年版）

生命历程的象征

程继龙

关键词：生命；鸟儿；象征；意义

朱英诞是中国现代诗歌史上的隐逸诗人，他的创作起步于 20 世纪 20 年代末，成熟于 30 年代前期。朱英诞青年时代结识林庚、废名等人，成为"废名圈"诗人中重要的一员。这首创作于 40 年代末期的《鸟儿飞去》堪称他浩瀚的现代诗作品中的代表作。

诗读来晦涩、神秘，难以索解，但能自然地感觉到它的美，境界高远，格调沉静，闪耀着澹澹长空的亮色和森森青铜般的古意。仔细梳理，可以寻出一条通幽的小径，进入这首诗的堂奥。这首短小的抒情诗，实际上是以高度象征的手法概括了人的生命历程。全诗共四节，每节第三、四行依次写到"堕地的哭声""初恋的美""六月的新娘""寒冷的人哪？/是不是那落日里的岩石？"这些连贯起来，可以看出诗人以高度凝练的形式勾画了人从出生到恋爱，再到结婚和死亡的过程。"人是万物的尺度"，对诗人和哲学家而言，世界上最大的问题是思考人是什么，生命和死亡的意义是什么。

更大的难题还在于触摸这首诗内在的肌理，理清意象自身的含义和相互间的关系，感知更深层的东西。诗人也许是在目击天空鸟儿飞去的瞬间，想到了某个人的一生，也许是在沉思生命的间隙瞥见了鸟儿的飞去，于是兴发感动，把"鸟儿飞去"与人的生命联结了起来。这种兴感虽然靠感性，但细思其中也含有理识的成分。"众鸟高飞尽""长空淡淡孤鸟没"，泰戈尔"飞鸟"栖落又飞离，此类意象很容易使人联想到人生。人和飞鸟都是有生命的，鸟的飞翔，很容易使人想到人的努力；鸟的离去，很容易使人想到人的死亡。而且鸟的飞落，就和"大江东去""黄河之水天上来"一样，都暗指时光的飞逝，这都和生命有关。

第一节中和"堕地的哭声"对应的是"海鸥"，在中国诗歌的语境中，"鸥鹭"常见而"海鸥"少见，李白有"海客无心随白鸥"的诗句，但那种寻仙的理想和这里并不吻合。结合后面"一片神秘的大海"，可以理解为：人的出生，是被抛入这个荒诞的，并不存在先天意义的世界上。他带着原始、蛮荒的气息。第二节出现了"白鹇"，"情莽眇以耿洁，貌轩昂以安闲"（萧颖士句），白鹇洁白、安闲，在中国诗歌语境中是美丽的形象，常常喻指高士和恋人。"凄凉的月"，月下白鹇优雅的翔止，正好对应"初恋的美"。热烈纯洁的感情中，隐含着一种"凄凉"。只有深刻到极限的感情，才值得终身铭记不忘。第三节"鹪鹩""小园斜枝"的书写，化用了庄子"鹪鹩巢于深林，不过一枝"的典故。实际上有"弱水三千只取一瓢饮"之意，阅尽千帆，安处一室，在茫茫人世开始安静地过日子，珍惜现时的美好和幸福。最后一节出现了乌鸦，把"寒冷的人"比作"落日里的岩石"，情调灰冷，意绪消沉，明显是对生命将尽乃至死亡的简洁而形象的表达。朱英诞写诗讲究古今的会通，"与古为新"，苦心地采撷和改造古典诗歌的意象、话语，为我所用。

还应注意到，诗中一直在问鸟的"巢在哪儿"，这一声音显得执着、深邃，倦鸟要归巢，人生也必有一个出处和归宿，哪怕一个暂时休息之所。实际上诗人在对人生的不同阶段的经历和情感体验作诗意的标示的同时，一直没有忘记对意义的追寻。这种追寻难以获得恒定的答案，但这种追问本身超越了一时一地的具体形态，进入了形而上思考的境界，大大地提升了这首诗思想的深广度。

这首诗共四节，每节四行，形式对称、工整，继承了诗经"重章叠句"的传统，靠意象的逐步替换、暗示来推进意脉和情调的发展。如果将古典主义理解为尊重传统、注重形式统一的话，那么这首诗充满了古典美，可以说是现代诗中的"古典派"。这也是朱英诞乃至"废名圈"诗人的一个共同的诗学追求。这首诗达到了这一艺术理想。它抵达了一个悖反的极限，既有简洁的形式，又有深奥的情思。

思 考 题

1. 有人把这首诗解读为爱情诗、"女性生命意识的觉醒"等，你觉得有道理吗？

2. 以这首诗及朱英诞的相关诗歌文本为例，思考 20 世纪 30 年代现代派诗歌和中国古典诗歌的关联性。

延 伸 阅 读

朱英诞：《杨柳春风——怀念母亲》《睡眠》《陌巷》

参 考 文 献

1.《朱英诞集》第一、二、三卷"现代诗卷",第十卷"学术卷及其他"中的"朱英诞生平年表",王泽龙主编,长江文艺出版社 2018 年版。

2. 王泽龙:《论朱英诞的诗》,《文学评论》2017 年第 6 期。

3. 程继龙:《诗歌,精神生存术——读朱英诞新诗》,《扬子江诗刊》2014 年第 2 期。

别了，哥哥

殷　夫

（作算是向一个 Class 的告别词吧！）

别了，我最亲爱的哥哥，
你的来函促成了我的决心，
恨的是不能握一握最后的手，
再独立地向前途踏进。

二十年来手足的爱和怜，
二十年来的保护和抚养，
请在这最后的一滴泪水里，
收回吧，作为恶梦一场。

你诚意的教导使我感激，
你牺牲的培植使我钦佩，
但这不能留住我不向你告别，
我不能不向别方转变。

在你的一方，哟，哥哥，
有的是，安逸，功业和名号，
是治者们荣赏的爵禄，
或是薄纸糊成的高帽。

只要我，答应一声说，
"我进去听指示的圈套，"
我很容易能够获得一切，
从名号直至纸帽。

但你的弟弟现在饥渴，
饥渴着的是永久的真理，

不要荣誉，不要功建，
只望向真理的王国进礼。

因此机械的悲鸣扰了他的美梦，
因此劳苦群众的呼号震动心灵，
因此他尽日尽夜地忧愁，
想做个 Prometheus 偷给人间以光明。

真理和愤怒使他强硬，
他再不怕天帝的咆哮，
他要牺牲去他的生命，
更不要那纸糊的高帽。

这，就是你弟弟的前途，
这前途满站着危崖荆棘，
又有的是黑的死，和白的骨，
又有的是砭人肌筋的冰雹风雪。

但他决心要踏上前去，
真理的伟光在地平线下闪照，
死的恐怖都辟易远退，
热的心火会把冰雪溶消。

别了，哥哥，别了，
此后各走前途，
再见的机会是在，
当我们和你隶属着的阶级交了战火。

1929，4，12。

（选自《殷夫选集》，人民文学出版社 1982 年版）

310

殉道者的真情"告别"

陈润兰

关键词：兄弟；阶级；政治抒情

殷夫是著名的左翼政治抒情诗人。其代表作《别了，哥哥》本应是最具个人色彩的话语内容，却采用了最富公共性的宣言式话语形式。向哥哥"告别"，同时也就是向一个"阶级"的"告别"。革命青年殷夫这一抒情主体显然是那个急风暴雨时代的前卫形象，其诗歌话语是 20 世纪 30 年代的一个时代表征。

《别了，哥哥》是殷夫收到哥哥一封语重心长的劝告信后作出的公开答复。无产阶级的革命使命让他清醒地意识到：自己与哥哥是两股道上跑的车。作为"阶级"的战士，理性告诉他个人的得失是微不足道的。于是当夜便写了一首《别了，哥哥》的明志诗，婉拒了大哥的好意劝导，并将自己的信仰、追求和盘托出，作为"向一个 class（阶级）的告别词"。

诗歌最打动我们的是一种悲剧性的人生选择，一种与这钢铁般意志联系在一起的斩断血缘纽带、服膺阶级立场的大爱体验，一种普罗米修斯式的殉道精神。诗中对哥哥二十来年的"手足""爱""怜"，"保护""抚养"，"教导""培植"满含感激之情，但旋即意识到，自己和"最亲爱的哥哥"不是同一阵线的人。感情与理智，人性与阶级性，功名利禄与真理、信仰之间充满着矛盾，它们是那样的不可调和，以致诗人不得不作出非此即彼的果断抉择：哥哥的"诚意""牺牲"不管有多重，"但这不能留住我不向你告别"，"我不能不向别方转变"。那么，是兄长的"诚意""牺牲"还不足以打动弟弟，还是弟弟心如铁石，不肯回报亲人的好意呢？诗人深知，哥哥看重的是"安逸，功业和名号"，是"治者们荣赏的爵禄"，或是"薄纸糊成的高帽"。哥哥心眼中的所谓"前途"唯此为大，弟弟却视它们如粪土。道不同，不相为谋。唯恐哥哥再用亲情降服，诗人诚恳地向哥哥告白："你的弟弟现在饥渴"，"饥渴着的是永久的真理"。明知追求真理的前途"满站着危崖荆棘"，"又有的是黑的死，和白的骨"，仍然义无反顾，"决心要踏上前去"。兄弟的情分在阶级的分野面前黯然失色，个人的富贵荣华在普罗米修斯的光明事业中一无分量。不是弟弟不懂情分，不是弟弟冷若冰霜，委实是兄弟二人分属对立的阶级，他们各有自己的价值判断与人生追求。

尽管诗中明白无误地向哥哥也向世界作了宣告，但诗人依然盼望"握一握最后的手"，然后告诉他"请在这最后的一滴泪水里，/ 收回吧，作为恶梦一场"。人非草木，孰能无情？诗歌最后一节一再咏叹"别了"，"别了"，相当真实地抒发了兄弟惜别的依依深情。意识到个人的感情与阶级的利益是冰炭不容，因而弟弟只能埋藏那份深情，"此后各走前途，/ 再见的机会是在，/ 当我们和你隶属着的阶级交了战火"。这首诗，既表达了兄弟间的手足深情，也袒露了一个为革命信仰献身无悔的战士的襟怀与人格，是一首真挚动人的现代政治抒情诗。

思 考 题

1. 你如何理解和评价诗中抒情主人公对"哥哥"的复杂情感?
2. 兄弟对话的私密内容为何采用公共话语的表达形式?

延 伸 阅 读

殷夫:《血字》《一九二九年的五月一日》《写给一个姑娘》

参 考 文 献

1. 鲁迅:《白莽作〈孩儿塔〉序》,《鲁迅全集》第 6 卷,人民文学出版社 2005 年版。
2. 李松岳:《论殷夫诗歌的精神特质》,《文学评论》2012 年第 4 期。

难民

臧克家

日头坠到鸟巢里，
黄昏还没溶尽归鸦的翅膀，
陌生的道路，无归宿的薄暮，
把这群人度到这座古镇上。
沉重的影子，扎根在大街两旁，
一簇一簇，像秋郊的禾堆一样，
静静地，孤寂地，支撑着一个大的凄凉。
满染征尘的古怪的服装，
告诉了他们的来历，
一张一张兜着阴影的脸皮，
说尽了他们的情况。
螺丝的炊烟牵动着一串亲热的眼光，
在这群人心上抽出了一个不忍的想象：
"这时，黄昏正徘徊在古树梢头，
从无烟火的屋顶慢慢地涨大到无边，
接着，阴森的凄凉吞了可怜的故乡。"

铁力的疲倦，连人和想象一齐推入了
　朦胧，
但是，更猛烈的饥饿立刻又把他们牵
　回了异乡。
像一个天神从梦里落到这群人身旁，
一条灰色的影子，手里亮出一支长枪，
一个小声，在他们耳中开出个天大的响：
"年头不对，不敢留生人在镇上。"
"唉！人到哪里灾荒到哪里！"
一阵叹息，黄昏更加了苍茫。
一步一步，这群人走下了大街，
走开了这异乡，
小孩子的哭声乱了大人的心肠，
铁门的响声截断了最后一人的脚步，
这时，黑夜爬过了古镇的围墙。

1932 年元旦于古琅玡

（选自《臧克家全集》第一卷，时代文艺出版社 2002 年版）

一幅凄凉的难民图

尚文祥

关键词：难民；凄凉；无归

臧克家曾说，他是从农民的饥饿大队中，从大自然的景色中，长成一个泥土的人。他喜欢且擅于表现旧中国的农民。《难民》用简洁的语言、生动的意象，以及对比互文等手法刻画了一幅凄凉的荒年流民图，字里行间隐藏着作者深刻的同情和伤感。

诗歌开头，渲染的是一片暗淡感伤的氛围，"日头坠到鸟巢里，/黄昏还没溶尽归鸦的翅膀"，黄昏将近时夕阳西坠光线转暗，寒鸦带日，意境苍凉。眼前是"陌生的道路，无归宿的薄暮"。

随后，难民"这群人"开始登场，"沉重的影子"以下三句，以"禾堆"这个意象为中心，从整体上写了对这群人"凄凉"的观感。"扎根"既进一步显示了他们的"沉重"，又与下文的"禾堆"形成对照，人群脱离了自己的根，"一簇一簇"如同秋风中蜷缩的"禾堆"一般，三五成群地聚在一起取暖。诗中作者将人物模糊化为一个"影"，而不是直接描绘他们的个体特征。远观"这群人"，只见他们的"身影"，而后写他们的面容，却让"阴影"去"兜着"他们的脸，再写驱逐他们的"天神"，也只是"影子"而已，把他们写成了作为一类人的典型。"满染征尘的古怪的服装"四句将视线移近写他们的"来历"。"征尘""古怪"二字写了他们的艰辛和物质的困窘，"兜着阴影"的脸写了他们精神上的委顿。这七句诗远近结合，生动地刻画了一群身心俱困的难民，进一步烘托了"凄凉"的氛围。

"螺丝的炊烟"七句在异乡—故乡—异乡之间转换，难民的思想也在现实和理想、现在和过去之间徘徊。异乡的"炊烟"固然吸引了难民们"亲热"的目光，他们想到了此时自己的家。在他们心中"抽出"的那三句"不忍的想象"，想象出了这个黄昏自己"无烟火"的房屋和被凄凉"吞了"的故乡。以前的故乡无法回去，强烈的饥饿让他们不得不面对身在异乡的现实。这几句将异乡的炊烟与故乡的无人烟相对，进一步加重了流浪在异乡苦痛。

故乡可望不可即，难民们只得将注意力转向所在的异乡，"像一个天神从梦里落到这群人身旁"，打破了他们对异乡的幻想。《难民》多处运用了对比的手法，像黄昏时归鸦有鸟巢而行人"无归宿"的悲哀，异乡与故乡的对比等，但这几句的对比尤其集中。"天神"往往是强大的，给人以保护和希望的，但这里的"天神"仗势驱逐他们。这个天神的形象被虚化成一个淡淡的影子，一个"小声"写出了他的礼貌，一句"年头不对，不敢留生人在镇上"表白了他的无奈（灾荒年月有很多威胁镇上人们安全的土匪）。"天神"是说话很"小声"，但落在难民心中是"天大的响"，写出了"天神"的无奈之举对难民的沉重打击。尽管难民们被长枪威胁、被驱逐，却并没有发恼，只是一声叹息："人到哪里灾荒到哪里"，天下没有穷人的家，进一步写了难民无处归依的凄凉遭遇。诗最后五句写古镇人在难民离镇后立马锁了铁门，难民被驱赶后仍然住了脚步回望。然而，他们回望到的是"黑夜爬过了古镇的围墙"，黑夜爬过难民的头顶，也爬过了他们的心里。他们饥饿、寒冷、疲惫，身体和心灵都需要一个暂时歇脚的地方，但故乡不可期，往前走，不过是一个新的异乡，等待他们的将是又一次被驱逐。诗歌用最后的"黑夜"写了难民进退无路的无望。

臧克家对难民的刻画并不止于写他们的缺衣少食、颠沛流离、疲倦不堪，更着力于写他们故乡不可回、异乡无法待的无望和悲哀。《难民》是"技巧的外衣"和"生活的骨肉"兼重的经典之作。这"外衣"和"骨肉"内还包含着作者"火样的热情"，在悲凉的整体氛围中展示了作者对难民遭遇的深刻体悟和同情。

思 考 题

1. 分析这首诗歌中难民形象的特点与意义。联系诗人在《老马》中刻画的老马形象，体会臧克家乡土诗歌的情感特征。

2. 体会这首诗歌的语言技巧，分析"度""兜""抽""涨""吞""牵""落""截断""爬"等词语在诗中的表达效果。

延 伸 阅 读

臧克家：《老马》《老哥哥》《当炉女》《歇午工》

参 考 文 献

1. 刘增人、刘泉：《臧克家论稿》，中华书局 2006 年版。

2. 常文昌、王卫英：《中国新诗的两种走向——臧克家、艾青比较论》，《中国石油大学学报》（社会科学版）2010 年第 4 期。

大堰河——我的保姆

艾 青

大堰河，是我的保姆。
她的名字就是生她的村庄的名字，
她是童养媳，
大堰河，是我的保姆。

我是地主的儿子；
也是吃了大堰河的奶而长大了的
大堰河的儿子。
大堰河以养育我而养育她的家，
而我，是吃了你的奶而被养育了的，
大堰河啊，我的保姆。

大堰河，今天我看到雪使我想起了你：
你的被雪压着的草盖的坟墓，
你的关闭了的故居檐头的枯死的瓦菲，
你的被典押了的一丈平方的园地，
你的门前的长了青苔的石椅，
大堰河，今天我看到雪使我想起了你。

你用你厚大的手掌把我抱在怀里，抚
　　摸我；
在你搭好了灶火之后，
在你拍去了围裙上的炭灰之后，
在你尝到饭已煮熟了之后，
在你把乌黑的酱碗放到乌黑的桌子上
　　之后，
在你补好了儿子们的为山腰的荆棘扯
　　破的衣服之后，
在你把小儿被柴刀砍伤了的手包好
　　之后，
在你把夫儿们的衬衣上的虱子一颗颗
　　地掐死之后，

在你拿起了今天的第一颗鸡蛋之后，
你用你厚大的手掌把我抱在怀里，抚
　　摸我。

我是地主的儿子，
在我吃光了你大堰河的奶之后，
我被生我的父母领回到自己的家里。
啊，大堰河，你为什么要哭？

我做了生我的父母家里的新客了！
我摸着红漆雕花的家具，
我摸着父母的睡床上金色的花纹，
我呆呆地看着檐头的我不认得的"天
　　伦叙乐"的匾，
我摸着新换上的衣服的丝的和贝壳的
　　钮扣，
我看着母亲怀里的不熟识的妹妹，
我坐着油漆过的安了火钵的炕凳，
我吃着碾了三番的白米的饭，
但，我是这般忸怩不安！因为我
我做了生我的父母家里的新客了。

大堰河，为了生活，
在她流尽了她的乳液之后，
她就开始用抱过我的两臂劳动了，
她含着笑，洗着我们的衣服，
她含着笑，提着菜篮到村边的结冰的
　　池塘去，
她含着笑，切着冰屑窸窣的萝卜，
她含着笑，用手掏着猪吃的麦糟，
她含着笑，扇着炖肉的炉子的火，
她含着笑，背了团箕到广场上去，

晒好那些大豆和小麦，
大堰河，为了生活，
在她流尽了她的乳液之后，
她就用抱过我的两臂，劳动了。

大堰河，深爱着她的乳儿；
在年节里，为了他，忙着切那冬米的糖，
为了他，常悄悄地走到村边的她的家
　　里去，
为了他，走到她的身边叫一声"妈"，
大堰河，把他画的大红大绿的关云长
　　贴在灶边的墙上，
大堰河，会对她的邻居夸口赞美她的
　　乳儿；
大堰河曾做了一个不能对人说的梦：
在梦里，她吃着她的乳儿的婚酒，
坐在辉煌的结彩的堂上，
而她的娇美的媳妇亲切地叫她"婆婆"
……………
大堰河，深爱她的乳儿！

大堰河，在她的梦没有做醒的时候已
　　死了。
她死时，乳儿不在她的旁侧，
她死时，平时打骂她的丈夫也为她
　　流泪，
五个儿子，个个哭得很悲，
她死时，轻轻地呼着她的乳儿的名字，
大堰河，已死了，
她死时，乳儿不在她的旁侧。

大堰河，含泪地去了！
同着四十几年的人世生活的凌侮，
同着数不尽的奴隶的凄苦，
同着四块钱的棺材和几束稻草，
同着几尺长方的埋棺材的土地，

同着一手把的纸钱的灰，
大堰河，她含泪地去了。

这是大堰河所不知道的：
她的醉酒的丈夫已死去，
大儿做了土匪，
第二个死在炮火的烟里，
第三，第四，第五
在师傅和地主的叱骂声里过着日子。
而我，我是在写着给予这不公道的世
　　界的咒语。
当我经了长长的飘泊回到故土时，
在山腰里，田野上，
兄弟们碰见时，是比六七年前更要亲密！
这，这是为你，静静的睡着的大堰河
所不知道的啊！

大堰河，今天，你的乳儿是在狱里，
写着一首呈给你的赞美诗，
呈给你黄土下紫色的灵魂，
呈给你拥抱过我的直伸着的手，
呈给你吻过我的唇，
呈给你泥黑的温柔的脸颜，
呈给你养育了我的乳房，
呈给你的儿子们，我的兄弟们，
呈给大地上一切的，
我的大堰河般的保姆和她们的儿子，
呈给爱我如爱她自己的儿子般的大
　　堰河。

大堰河，
我是吃了你的奶而长大了的
你的儿子，
我敬你
爱你！

一九三三年一月十四日　雪朝
（选自《中国当代名诗人选集　艾青》，人民文学出版社 2006 年版）

呈给贫苦母亲的赞美诗

刘世楚　杨迎平

关键词：保姆；乳儿；对比

1933 年 1 月 14 日清晨，艾青在监狱里写出了他的成名作：《大堰河——我的保姆》。诗中刻画了一位勤劳善良的中国农村妇女——大堰河的形象。通过对大堰河深沉的忆念，诚挚赞美了大堰河崇高、朴实的灵魂美，愤怒地诅咒了不公道的世界。

作者采用了一系列日常生活意象，描述了大堰河劳苦的一生，表现了她勤劳、善良的性格特征和丰富、复杂的内心世界。大堰河一生贫穷，她身世凄凉，一出生就没有名字，后来一辈子都没有名字，她村庄的名字（大叶荷）成了她的名字，她从小做了童养媳，生了 5 个孩子后又当了地主儿子的保姆，在流净了她的乳液后又做了地主家的女佣——她不断变化的身份就是她人生遭遇的凄凉写照。她作为保姆，养育"我"是为了养育她的家。"乌黑的桌子上"放的是"乌黑的酱碗"，"夫儿们的衬衣上"爬满了虱子，清早起来搭灶火，夜深了还要缝补孩子们破烂的衣裳。为了生活她像千万个贫苦母亲一样不辞辛苦，无怨无悔默默劳作。大概因为她自己就是童养媳，所以对受到父母歧视的乳儿格外疼爱，时常用厚大的手掌把乳儿抱在怀里抚摸。在沦为地主家的女佣后，洗衣、烧饭、喂猪，严寒的冬天到冰冻的池塘去洗菜，炎热的夏天背着团箕到广场上去晒粮食。她什么活都干，而且总是"含着笑"。不论在自己家里，还是在地主家里，大堰河都深爱她的乳儿。大年节里做米花糖，为的是乳儿悄悄地来到身旁叫她一声"妈"。她把乳儿画的"大红大绿的关云长"贴在灶边墙上，向邻居夸耀她的乳儿，她从小就为乳儿骄傲。她做了一个"不能对人说的梦"：那就是吃乳儿的"婚酒"，坐在"辉煌的结彩的堂上"让"娇美的媳妇"亲切地叫她一声"婆婆"。大堰河的"梦"是中国千万个贫苦母亲、劳动妇女灵魂深处的梦，她们一生奉献，流尽乳汁，不图报答。大堰河的梦，一个多么朴实的梦，一个多么苦涩的希望：她虽然十分钟爱乳儿，但是乳儿毕竟是地主的儿子，所以她的梦是"不能对人说的"，她没有资格做地主媳妇的婆婆，她知道她自己的身份。"在她的梦没有做醒的时候已死了"，死时，她轻轻地呼唤着乳儿的名字，然而，她的乳儿却不在她身旁。

大堰河劳苦一生没有得到儿子们的回报，反而落得家破人亡。她死后，故居关闭了，园地典押了，瓦菲已经枯死，石椅长了青苔。丈夫在贫穷中死去，大儿做了"土匪"，二儿"死在炮火的烟里"，其余三个都在苦难日子中痛苦挣扎，而她最钟爱的乳儿为了反抗不公道的世界身陷囹圄，成了"囚徒"。诗人向不公平的社会发出了愤怒的控诉，这是一首写给不公道的世界的咒语！大堰河是中国千万个劳动妇女的化身，她们的辛勤劳动和高尚的美德，哺育了我们的民族。诗人表达了自己对大堰河的赞美，也表达了对像大堰河那样的劳动人民特别是贫苦母亲的由衷赞美与崇高敬意。这是一首呈给大堰河的赞美诗，又是呈给所有如大堰河般的母亲的赞美诗。

《大堰河——我的保姆》带有抒情主人公的自传性质。"我"的身份特殊，诗中的"我"

是一个地主的"弃儿",成为大堰河的"乳儿"后,受到了大堰河的心灵和生活环境的感染,使"我"在"生我"和"养我"的两个家庭之间进行了感情上的选择。大堰河"含着笑"艰辛劳动和"含着泪"地死去加深了"我"和劳动人民之间的感情,加深了"我"对不公道的世界的认识。即使身陷牢狱,"我"也要向吃人的世界喊出愤怒的"咒语",也要立志为大地上一切"大堰河般的保姆和她们的儿子"的翻身解放而战斗。"我"是地主家庭的叛逆者形象。诗歌也正是通过两种情感的对比,突出"我"对大堰河的深情怀念。

在艺术上艾青有独特的审美追求。他认为:"诗的旋律,就是生活的旋律;诗的音节,就是生活的拍节。"(《诗论》)因此,《大堰河——我的保姆》在形式上是十分自由的。基本上是章无定节,节无定行,行无定字,也不勉强押韵,而是凭借内在感情的律动形成诗歌的"散文美"。布局上,做到经线(大堰河一生的苦难命运为经线)与纬线("我"对大堰河的感情变化为纬线)相结合,抒情与叙事相结合;句式上,复沓与排比相结合;语言通俗朴实,诗篇明朗单纯,感人肺腑。

艾青特别善于把自己深切的感受用生动朴实而丰富的意象表达出来。所谓意象,就是"具体化了的感觉"(艾青《诗论》)。意象把难于捕捉的情绪、飘忽不定的思想闪光固定下来,就像把拍动翅膀飞动的蝴蝶伏贴在纸上一样,使它成为"美的凝结"。诗中,作者采用50多个朴实的平常生活中的意象来抒发对劳动人民的敬爱和对旧制度的诅咒,产生了突出的美学效果。如第三节,出现了五个意象。一般自然界的雨和雪最易激起人对往昔的追忆的,诗中的"我"看到"雪"想起了大堰河,从第一个意象"雪"到第二个意象被雪压着的"坟墓",其中的媒介仍然是雪,接着出现的三个意象反映了大堰河死后被草草掩埋,亲人四散,屋在人去的凄凉景象。诗人念物思人,从一片冷落凄凉的气氛中抒写出对大堰河深深的哀情。"瓦菲""园地""石椅"——桩桩件件,更激起诗人痛彻心脾的怀念。首尾两句的回环往复使这一节形成一组封闭型的意象系列,这就在读者的心灵与视野中永远留下凄凉寒冷的"雪"的意象,而中间的四个意象连续迭印在"雪"的背景上,像电影蒙太奇一样,诗情愈见深沉。艾青笔下的意象具有浓重的感情色彩与深沉的感人力量,透露出他对"苦难美""忧郁美"的倾心。

思 考 题

1. 分析大堰河形象的特点与意义。
2. 分析这首诗歌的意象特点,体会诗歌的苦难美与散文美。

延 伸 阅 读

艾青:《农夫》《太阳》

参 考 文 献

1. 牛汉、郭宝臣主编:《艾青名作欣赏》,中国和平出版社 1993 年版。
2. 李点:《母亲"缺席"与艾青的回乡之旅》,《中国现代文学研究丛刊》2015 年第 6 期。

雪落在中国的土地上

艾 青

雪落在中国的土地上，
寒冷在封锁着中国呀……

风，
像一个太悲哀了的老妇，
紧紧地跟随着
伸出寒冷的指爪
拉扯着行人的衣襟，
用着像土地一样古老的话
一刻也不停地絮聒着……

那从林间出现的，
赶着马车的
你中国的农夫
戴着皮帽
冒着大雪
你要到哪儿去呢？

告诉你
我也是农人的后裔——
由于你们的
刻满了痛苦的皱纹的脸
我能如此深深地
知道了
生活在草原上的人们的
岁月的艰辛。

而我
也并不比你们快乐啊
——躺在时间的河流上
苦难的浪涛
曾经几次把我吞没而又卷起——

流浪与监禁
已失去了我的青春的
最可贵的日子，
我的生命
也像你们的生命
一样的憔悴呀

雪落在中国的土地上，
寒冷在封锁着中国呀……

沿着雪夜的河流，
一盏小油灯在徐缓地移行，
那破烂的乌篷船里
映着灯光，垂着头
坐着的是谁呀？

——啊，你
蓬发垢面的少妇，
是不是
你的家
——那幸福与温暖的巢穴——
已被暴戾的敌人
烧毁了么？
是不是
也像这样的夜间，
失去了男人的保护，
在死亡的恐怖里，
你已经受尽敌人刺刀的戏弄？

咳，就在如此寒冷的今夜，
无数的
我们的年老的母亲，

320

都蜷伏在不是自己的家里，　　　　　　拥挤在
就像异邦人　　　　　　　　　　　　　生活的绝望的污巷里：
不知明天的车轮，　　　　　　　　　　饥馑的大地
要滚上怎样的路程……　　　　　　　　朝向阴暗的天
——而且　　　　　　　　　　　　　　伸出乞援的
中国的路　　　　　　　　　　　　　　颤抖着的两臂。
是如此的崎岖
是如此的泥泞呀。　　　　　　　　　　中国的苦痛与灾难
　　　　　　　　　　　　　　　　　　像这雪夜一样广阔而又漫长呀！
雪落在中国的土地上，　　　　　　　　雪落在中国的土地上，
寒冷在封锁着中国呀……　　　　　　　寒冷在封锁着中国呀……

透过雪夜的草原　　　　　　　　　　　中国
那些被烽火所啮啃着的地域，　　　　　我的在没有灯光的晚上
无数的，土地的垦植者　　　　　　　　所写的无力的诗句
失去了他们所饲养的家畜　　　　　　　能给你些许的温暖么？
失去了他们肥沃的田地

一九三七年十二月二十八日夜间
（选自《中国当代名诗人选集　艾青》，人民文学出版社 2006 年版）

苦难民族的时代悲歌

杨迎平

关键词：苦难民族；时代悲歌；忧郁之美

　　1937 年全面抗战爆发后，诗人辞去了他杭州蕙兰中学的教职，满怀激情地来到抗战的中心武汉。现实中的武汉并没有让诗人感受到民族危难时机应有的昂奋气氛。1937 年底的一个冬天的夜晚，阴云密布，一场大雪即将来临，现实的民族灾难和一场大自然酝酿的寒冬一齐袭上诗人的心头。"雪落在中国的土地上，/ 寒冷在封锁着中国呀……"，雪落神州，寒凝大地，饱含着深沉忧郁与刻骨悲凉的氛围奠定了笼罩全诗的抒情基调。苦难的神州，是怎样被寒冷封锁呀？在北方，赶着马车的刻满了皱纹的"中国的农夫"，冒着大雪，不知要到哪儿去；在南方，蓬发垢面的少妇，在寒冷的雪夜，坐在那破烂的乌篷船又将飘向何方？两幅凄凉的画面把民族的苦难的具象深刻地烙印在了我们的痛楚的心灵深处。

　　民族受难，使我们年老的母亲没有了家园，我们的人民失去赖以生存的肥沃的土地。诗人与祖国一起体验不幸与灾难，"苦难的浪涛"几次把诗人"吞没而又卷起"，在"流浪

与监禁"的日子里，失去了宝贵的青春，诗人的生命也像他的同胞一样的憔悴啊！诗人把人民大众的灾难与自我人生的苦难联系在一起，把对民族的忧患之情与自我的生命忧伤打成一片，这种休戚相关的情感表现即包含着厚重悲凉的时代内涵，又体现了真切动人的诗人个体心灵体验，具有格外的表现力与感人效果。这也是艾青诗歌具有的魅力所在，他不仅能把对时代情绪的表现与个人情感的抒写作有机的统一，也擅于把生动的审美形式表现与现实生活的反映有机联系为一体。

"雪落在中国的土地上，/ 寒冷在封锁着中国呀……"，这是一个极有概括力的意象，像是贯穿全诗的主旋律，四次重复奏响，悲凉的氛围弥漫起伏，在寒冷的大地回荡，在人们心中回响，这既是诗人写作时的客观自然景象，又是苦难年代民族灾难的深刻写照，真切地表达了诗人心灵深处深沉的忧郁和悲哀。诗歌不仅提炼了一个具有概括力的意象，而且选取了几个具体的典型意象，构成了诗人抒发情感的生动载体：寒风像悲哀的老妇伸出的指爪，拉扯着行人的衣襟；饥馑的大地朝向阴暗的天伸出颤抖的两臂；刻满皱纹、戴着皮帽的农夫，乌篷船里蓬发垢面的少妇。这一组生活化的意象构成了独具中国民族苦难时代印记的历史图景，是我们民族苦难精神的具象化写照，具有摄人心魄的感染力。

这首诗歌在体式上极具特色。它没有刻意押韵，句子长短不一，每节的句数亦不固定，然而表现出了自然的形式美。它不仅展示了造型艺术的画面之美，让一幅幅感人的画面跃然纸上，而且在不押韵、句式不整齐的情况下，流动着一种内在的节奏和韵律。"雪落在中国的土地上，/ 寒冷在封锁着中国呀……"有规律地一遍一遍地奏响，使整首诗篇形成一种情感的流动之美与回环往复的音韵之美。

思 考 题

1. 这首诗在构思上有什么特点？
2. 结合艾青的其他诗歌，理解艾青诗歌独特的忧郁美的特点。

延 伸 阅 读

艾青：《我爱这土地》《冬天的池沼》《旷野》

参 考 文 献

1. 李妮：《色彩与情感：艾青诗歌中的"色彩体系"及其忧郁诗风的表现》，《杭州师范大学学报》（社会科学版）2014 年第 3 期。

2. 马正锋：《"我在中国的土地上生活着"——艾青的战时"中国风景"抒写》，《中国现代文学研究丛刊》2020 年第 3 期。

他死在第二次（存目）

艾 青

为英雄之死赋义

程继龙

关键词：历史；英雄；叙事；意义

此诗创作于 1939 年春末，正是武汉会战结束，抗日战争转入相持阶段的艰难、悲壮时期。诗人艾青辗转于武汉、桂林等地，了解了战争中真实的国情，见多了数以万计的抗战军民的死亡，在国难当头、风雨飘摇的时刻，写下了这首真切感人的诗，异常真实地记录了一个抗日战士"死在第二次"的过程，一个平凡青年向伟大英雄飞跃的史迹。艾青说，他写这首诗"为'拿过锄头'的、爱土地而又不得不离开土地去当兵的人，英勇地战斗了又默默地牺牲了的人所引起的一种忧伤。这忧伤，是我向战争所提出的，要求答复与保证的疑问"（《为了胜利》）。艾青要回应战争带来的"忧伤"和"疑问"，找到英雄死亡的意义。

这是一首叙事诗。其实，"讲故事"在抗战的街头诗、快板、山歌等艺术体裁中并不少见，现代新诗中形成了一个有迹可循的"叙事"的传统。"叙事"在这首诗中发挥了独特而复杂的作用。一方面，它详细地记录了这个抗日青年士兵从受伤到康复，再到第二次上战场，饮弹牺牲的过程。写他受伤躺在担架上，"两个兄弟抬着他"，"云低沉而移动／风静默地摆动树梢"；在医院养伤，脱去了"涂满血渍的衣服"，"竟像一只被捆绑了的野兽／呻吟在铁床上"；伤愈后走在街上，"自由，阳光，世界已走到了春天"；递换了"红十字的灰布制服"和"草绿色的军装"，"这两种制服是他生命的旗帜"；高挺胸膛再次挺进战场，"除了为追踪光荣而欣然赴死不再想起什么……"；子弹第二次穿过身体，"终于像一株／被大斧所砍伐的树似的倒下了"。这样就实录了这位士兵战斗、生活的各方面的情景，提供了抗战的种种残酷、动人的细节，为诗歌的抒情和沉思提供了坚实的基础。黑格尔在《美学》中认为纯粹的抒情诗偏重于写事物在心灵中的投影，抒情诗中的一切要素都是充分"内在化"的。叙事性因素、话语保证了诗歌和"现实"的关联性。在抗战这样特殊的历史时刻，纯粹的抒情显得空洞、浮华，因此有必要重新进入现实生活的情境，在叙事所提供的具有高度代入性的场域里引人领略、见证一番，才能加深对现实的认识。这样也有了重新介入"历史"的可能，重新找回了诗歌作为历史话语的品质。在生灵涂炭、民族存亡的危急时刻，诗歌应发挥它记录历史、保存历史的功能。

另一方面，这首诗也是"充分的内在化"的。诗人用了大量的篇幅、心血，展示这位年轻的战士"死在第二次"前后的心理变化过程。小说取代了古典史诗的叙事功能，现代叙事诗则竭力地重新找回、开掘叙事所蕴含的抒情性、哲理性。叙事侧面、背面遗漏和隐藏的东西也同样拥有诗的重大价值。艾青在这里进行了深入的思考和卓绝的探索。在推进叙事的过程中，尝试变换人称叙述。比如第一章用第三人称"他"，第二、三章用第二人称"我""我们"，第四章回到"他"等。人称的变换，正是为了便于从不同角度展示这位士兵的感受、回忆和思想，多方面地塑造他的内生活，记录他精神的变化和成长。捕捉人物的深层意识、潜在欲望。比如第二章"医院"中，"我们躺着又躺着 / 看着无数的被金属的溶液 / 和瓦斯的毒气所啮蚀过的肉体"，侧写对战争的可怕回忆，暗示战争的非人性。还使用了许多"变形"。艾青的诗偏于现实主义，高度真实地反映现实生活。但是，这首诗中，带有超现实幻觉色彩的变形，以片段的形式穿插在叙事的进程中，避免了叙事的呆板。比如第四章"愈合"中，写"只有太阳，从电杆顶上 / 伸下闪光的手指 / 抚慰着他的惨黄的脸 / 那在痛苦里微笑着的脸……"，他倒下的一瞬间"蒙上喜悦的泪水的眼睛"，都像一个个饶有意味的长镜头，展示了这位战士的精神世界，在艺术上也带来了横向打开的效果，打破了叙事的线性，做到了以人性的方式，在人的内部看人。

这首诗不仅通过叙事，一外一内在现实、历史和心理的双重维度上记录、解释了战士"死在第二次"的行为和意义，而且思辨了个人与民族、生存与死亡的关系。这首诗无疑是符合"时代精神"的宏大叙事，个人的努力、挣扎、死亡，因为有了民族、历史的参照和接纳，最终赢得了意义。"把千万颗心紧束在 / 同一的意志里"，"他只晓得 / 他应该为这解放的战争而死"，集体主义的情感、观念从总体上统摄了事件的前前后后，因此这也是一首出色的政治抒情诗。但是，诗中"他"的敏感、瞬间的犹疑，叙述人及诗人自己的问询、反诘不时地溢出，萦绕不去。个人性的带有怀疑主义甚至虚无主义色彩的东西既成就着也瓦解着"个人归于集体"式的道德命题论证。第六章写年轻的战士初愈后奔向了"田野"，用肌肤感受大自然的温度，厌倦了"由符号所支配的日子"，其暗指军营生活的枯燥、乏味。第三章专门写与医院护士"纤细洁白的手指"的"缘分"，也蕴含着战争逻辑之外的含义，很容易使人想到"儿女情长"。第七章"一瞥"中瞥见了街边"一个残废了的兵士""哭泣在众人的面前 / 伸着污秽的饥饿的手 / 求乞同情的施舍"，这一情景放在"英雄礼赞"的旋律中尤为触目、刺耳，它构成了宏大叙事的反面。最后三章反复地出现"（死）又有什么用呢？"的疑问。诸如此类的矛盾，在证明"献身战争"的合理性的同时，又流露出更深的意义问询。

艾青显然不是一个通俗意义上的爱国诗人，他并非将自己诗歌书写、意义建构的范围锁闭在"爱国主义"的符号系统以内。这很容易使我们想到陈思和等人在郭小川《望星空》的文本里读出的"个人、时代历史潮流和宇宙恒常之间的复杂关系"（《中国当代文学史教程》）。艾青明显是触摸到了更为蛮荒、深沉的思想的边界，知道雨果"在绝对正确的革命之上，还有一个绝对正确的人道主义"这一类思想。若超越民族、国家这些流行观念，战争的"正义性"还能站得住脚吗？在一个更高、更普遍的层面上看，战争杀人、制造死亡的荒谬本质便显现了出来。这个平凡的士兵，正是在"现代民族国家"的观念以外，亲身体会到了战争的荒谬、无意义。艾青用一连几个"有什么用呢？"的疑问，隐晦地表现了这一点。

也许有人会质疑艾青止步于"现代民族寓言"式的书写，对战争缺乏更为深广的审视。但是，如此质疑艾青，也有失于公正，不够"历史化"，即不能设身处地地站在历史的处境中来理解和评价历史现象，用一种超历史的本质化的静态观念来作出评判。艾青当然也知道战争的荒谬、非人性，但他更知晓投入战争，抗击妨害自由和博爱的敌人、侵略者的必要性和紧迫性。

如此说来，这首诗的诗艺和逻辑都能自圆其说，经得住几十年时过境迁后的反复阅读。他不但写出了英雄的伟大，而且写出了英雄的凡人性，他和我们每一个人一样有爱有恨有寂寞，二者达到了相反相成的效果。这首"一个人的史诗"记录了英雄的抗争和死亡，而且找到了英雄之死的意义，使我们产生理解之同情，最终贯通了现代诗歌的历史性和伦理性。

思　考　题

1. 结合这首诗思考，叙事诗中"叙事"和"抒情"各发挥什么作用？二者关系如何？

2. 如何理解上文引自《为了胜利》的艾青的"忧伤"和"疑问"？

延　伸　阅　读

艾青：《吹号者》《火把》

参　考　文　献

1. 程光炜：《艾青评传》，南京大学出版社 2015 年版。

2. 王泽龙：《走向融合与开放：艾青诗歌意象艺术的探索》，《华中师范大学学报》（人文社会科学版）2007 年第 1 期。

假使我们不去打仗

田 间

假使我们不去打仗，　　　　　　　　还要用手指着我们骨头说：
敌人用刺刀　　　　　　　　　　　　"看，
杀死了我们，　　　　　　　　　　　这是奴隶！"

1938 年作

（选自《中国当代名诗人选集　田间》，人民文学出版社 2006 年版）

时代的鼓手　战斗的诗人

苏春生

关键词：街头诗；鼓动性；虚实相间

　　《假使我们不去打仗》是诗人田间 20 世纪 30 年代中期写就的一首街头诗。当时，中国人民反抗日本法西斯侵略的战斗正如火如荼地展开，面对敌人的疯狂侵略和残酷杀戮的嚣张气焰，是投降还是反抗？田间的这首小诗旗帜鲜明地回答了这一问题，深刻地揭示了不起来、不抗争、不战斗的严重后果。街头诗就是群众的诗，它是抄写在村庄的门楼、墙壁上或印成传单散发的通俗政治鼓动诗，也叫墙头诗或诗传单。田间给街头诗的定义是：它是一种短小通俗，带有鼓动性的韵律语言；街头诗的目的是"让艺术和大众在一起"（《怎样写街头诗》），和大众一起战斗，并且使大众获得艺术，也在艺术的呼声中前进。

　　《假使我们不去打仗》这首小诗的标题就是一个设问句。根据语感和内容可以将其补充完整，实际上是这样一个问题："假使我们不去打仗，会怎么样？"它提出的是一个当时国人应该怎样去对待这场战争的大是大非的问题。这个问题的提出，不仅引起悬念，而且这首诗正是围绕这个问题展开的。诗的第一句提出"假使我们不去打仗"这个警醒人心的假设。第二句写如果我们不反抗，敌人会把我们凶残地杀戮。第三句写敌人还会鄙视不反抗而遭杀害的我们的同胞，在人格上加以践踏。其中第二、三句，是两组假设的具体形象：一是表明敌人不会放弃杀戮，二是一针见血地写出了敌人的凶残，不仅用刺刀杀死，还要辱及尸骨，从而巧妙地回答了标题的假设。

　　这首诗的写作视角独特。日本帝国主义发动侵华战争，中国人民面临亡国的命运，在这首诗里作者号召人们奔向战场，与侵略者血战到底。他不写战斗场面，不写可歌可泣的英雄事迹，也不做一般化的正面号召与动员，只从反面设想：假使我们不去打仗，从而推

326

出假想的镜头，激将人们在残忍的画面中愤怒而起，从而义无反顾奔向卫国的疆场。这首诗的另一写作特色即为以虚显实的手法，用"假使"总领全诗，触发读者产生丰富的联想。"假使"说明以下是假想的镜头，是虚写。然而虚中见实，"用刺刀杀"，这是日本帝国主义屠杀中国人民的真实写照。"杀"已是鲜血淋淋的残忍，一个"还"字又把意境推向更为冷酷的一幕：指着我们的尸骨说："看，/这是奴隶！"虚写中深刻地揭示了侵略者对我们民族尊严的践踏，对人格、国格的侮辱。特别是一个"看"字，一个感叹号，活画出日寇对中国人民的蔑视和他们傲慢、得意的狰狞面目，强烈地刺痛着读者的感官，从肉体穿透到精神，使每个有自尊心的中国人都怒不可遏，让人们面临杀戮，别无选择，只有拿起武器，奋起抗争，从而使主旨得到了升华。这首诗的第三个艺术特色是剪裁严格。作者截取的只是一个镜头，简练得不能再简练：6 行 34 个字，也似乎少得不能再少；语言明白如话，几乎是用日常口语写出来，质朴得不能再质朴。但是，言约而意丰，感情沉重。简短明快的诗行，急促跳跃的节奏，字字血，声声泪，强烈地震撼着读者的心扉，用闻一多先生的评价来说，这首诗是一字字"打入你耳中，打在你心上"（《时代的鼓手》）。诗人田间也获得了"时代的鼓手"和"战斗诗人"的称号。

思 考 题

1. 你如何看待"街头诗"这种诗歌形式？

2. 这首诗写法上的主要特点是什么？在抗战时代，诗人这样写有什么好处？

延 伸 阅 读

田间：《给战斗者》《义勇军》

参 考 文 献

1. 胡风：《关于诗和田间的诗》，《胡风全集》第 2 卷，湖北人民出版社 1999 年版。

2. 熊辉：《论田间自由诗创作中的"韵律"元素——兼论田间对新诗内在节奏的继承和发展》，《常熟理工学院学报》2021 年第 1 期。

哭亡女苏菲

高 兰

你那里去了呢？我的苏菲！
去年今日
你还在台上唱"打走日本出口气"！
今年今日啊！
你的坟头已是绿草凄迷！

孩子啊！你使我在贫穷的日子里，
快乐了七年，我感谢你。
但你给我的悲痛
是绵绵无绝期呀！
我又该向你说什么呢？

一年了！
春草黄了秋风起，
雪花落了燕子又飞去；
我却没有勇气
走向你的墓地！
我怕你听见我悲哀的哭声，
使你的小灵魂得不到安息！

一年了！
任黎明与白昼悄然消逝，
任黄昏去后又来到夜里；
但我竟提不起我的笔，
为你，写下我忧伤的情绪，
那撕裂人心的哀痛啊！
一想到你，
泪，湿透了我的纸！
泪，湿透了我的笔！
泪，湿透了我的记忆！
泪，湿透了我凄苦的日子！

孩子啊！
我曾一度翻看箱箧，
你的遗物还都好好的放起；
蓝色的书包，
深红的裙子，
一叠香烟里的画片，还有……
孩子！你所珍藏的一块小绿玻璃！
我低唤着苏菲！苏菲！
我就伏在箱子上放声大哭了！
醒来夜已三更，月在天西，
寒风里阵阵传来
孤苦的老更人遥远的叹息！

我误了你呀！孩子！
你不过是患的疟疾，
空被医生挖去我最后的一文钱币。
我是个无用的人啊！
当卖了我最值钱的衣物，
不过是为你买一口白色的棺木，
把你深深地埋葬在黄土里！

可诅咒的信仰啊！
使我不曾为你烧化纸钱设过祭，
唉！你七年的人间岁月
一直是穷苦与褴褛，
死后你还是两手空空的。

告诉我！孩子！
在那个世界里，
你是否还是把手指头放在口里，
呆望着别人的孩子吃着花生米？
望着别人的花衣服

你忧郁的低下头去？

我知道你的魂灵漂泊无依，
漫漫的长夜呀！你都在那里？
回来吧！苏菲！我的孩子！
我每夜都在梦中等你。
唉！纵山路崎岖你不堪跋涉，
但我的胸怀终会温暖
你那冰冷的小身躯！

当深山的野鸟一声哀啼，
惊醒了我悲哀的记忆，
夜来的风雨正洒洒凄凄！
我悄然的披衣而起，
提起那惨绿的灯笼，走向风雨，
向暗夜，
向山峰，
向那墨黑的层云下，
呼唤着你的乳名，小鱼！小鱼！
来呀！孩子！这里是你的家呀！
你向这绿色的灯光走吧！
不要怕！
你的亲人正守候在风雨里！

但蜡泪成灰，灯儿灭了！
我的喉咙也再发不出声息。
我听见寒霜落地，
我听见蚯蚓翻泥，
孩子！你却没有回答哟！
唉！飘飘的天风吹过了山峦，
歌乐山巅一颗星儿闪闪，
孩子！那是不是你悲哀的泪眼？

唉！歌乐山的青峰高入云际！
歌乐山的幽谷埋葬着我的亡女！

孩子啊！
你随着我七载流离，
你随着我跨越了千山万水，

我却不曾有一日饱食暖衣！
记得那古城之冬吧！
寒冷的风雪交加之夜，
一床薄被，我们三口之家，
吃完了白薯我们抱头痛哭的事吧！

但贫穷我们不怕，
因为你的美丽像一朵花
点缀着我们苦难的家，
可是，如今叶落花飞
我还有什么呀！

因为你爱写也爱画，
在盛殓你的时候，
你痴心的妈妈呀！
在你右手放了一支铅笔，
在你左手放下一卷白纸，
一年了啊！
我没接到你一封信来自天涯，
我没看见你一个字写给妈妈！

我写给你什么呢？
唉！一年来，我像过了十载，
写作的生活呀，
使我快要成为一个乞丐！
我的脊背有些伛偻了，
我的头发已经有几茎斑白，
这个世界里，依旧是
富贵的更为富贵，
贫穷的更为贫穷；
我最后的一点青春与温情，
又为你带进了黄土堆中！

我写给你什么呢？
我一字一流泪！
一句一呜咽！
放下了笔，哭啊！
哭够了！再拿起笔来。

姗姗而来的是别人的春天，
鸟啼花发是别人的今年！
对东风我洒尽了哭女的泪，
向着云天，
我烧化了哭你的诗篇！

小鱼！我的孩子，
你静静地安息吧！
夜更深，

露更寒，
旷野将卷起狂飙！
雷雨闪电将摇撼着千万重山！
我要走向风暴，
我已无所系恋，
孩子！
假如你听见有声音叩着你的墓穴，
那就是我最后的泪滴入了黄泉！

一九四二,三月的山中
（选自《新辑高兰朗诵诗》第二集，建中出版社 1944 年版）

国破家亡的伤悼

苏春生

关键词：朗诵诗运动；国破家亡；声情并重

　　高兰是朗诵诗运动的主要推动者和实践者。朗诵诗运动是指全面抗战初期的诗歌大众化运动。高兰、光未然、冯乃超等朗诵诗运动倡导者主张用诗歌来发挥文艺的宣传和战斗作用，用饱满昂扬的感情来表达人民大众的革命意志和战斗愿望，同时用适合于朗诵的口语去激发民众的爱国主义激情。高兰以其朗诵诗的数量和质量优势赢得了"朗诵诗人"的美誉。《哭亡女苏菲》作为其朗诵诗的代表作，以朴素的笔墨写出了诗人的国破家亡之痛，宣扬了抗战的时代精神，很好地实践了朗诵诗运动的主张，显示了朗诵诗独特的魅力。

　　在这首诗中，诗人以对比的方式开头来表现自己极度的哀伤和思念之情，接着向孩子说明为什么这一年没有到坟地去看望，也没有写给她只言片语，希望孩子谅解，然后负疚地责备自己既没有能耐把孩子从病魔中夺回，又没有为孩子烧纸钱设祭，他担心孩子在另一个世界漂泊无依，召唤孩子的灵魂回到家中，最后才向孩子述说自己一年来的生活、心境以及今后的打算。全诗以"哭"为中心，"绵绵无绝期"的"悲痛"，"撕裂人心"的"哀痛"，使"我一字一流泪！／一句一鸣咽！／放下了笔，哭啊！／哭够了！再拿起笔来"。是的，没有办法不哭，贫穷的日子里，苏菲是"我"的慰藉、"我"的快乐，然而去年还朝气蓬勃的爱女，今年"坟头已是绿草凄迷！"没有理由不哭，一个只有七岁的活蹦乱跳的孩子，"不过是患的疟疾"，却因"我"的"穷苦与褴褛"，只能"把你深深地埋藏在黄土里"；没有借口不哭，随"我"七载流离的幼女，生前生活窘困，死后也"还是两手空空的"，"望着别人的花衣服／你忧郁的低下头去"。诗人哭亡女苏菲，无时无刻不在思念苏菲。漫漫长夜里，诗人等待着能与亡女在梦中相见。醒来，凄楚的夜里，诗人希望亡女能找到守候在风雨中的亲人。在这样风雨潇潇的夜里，诗人在现实与梦境、想象与生活中穿梭着，而线索只有"我"的苏菲。诗句中悲切的呼唤、真挚深沉的情感、细腻动人的倾诉，无一不敲打着读者的心灵。究竟是谁让"我"和"我"的苏菲七载流离，是谁让"我"生命短暂的爱女"不曾有一日饱食暖衣"，是谁让"我""苦难的家""叶落花飞"，又是谁让"我""快要成为一个乞丐"，头发斑白，"脊背有些伛偻"？如今，"姗姗而来的是别人的春天，／鸟啼花发是别人的今年"，而"我"只能"向着云天""洒尽了哭女的泪"。这里，诗人把对亡女的极度思念与广大民众的悲惨遭遇紧密结合，强烈地控诉了日寇的疯狂侵略和国民党腐败政府的黑暗统治。在诗歌结尾处，诗人没有被撕心裂肺的哀痛所压垮，在将"最后的泪滴入了黄泉"之后，诗人"无所系恋"地"走向风暴"，最终诗人以民族的刚毅精神把悲伤变为坚韧。

这首诗具有深刻的思想内涵，诗人把亡女之痛与民族之痛、个人之悲与大众之悲有机地结合了起来，正如臧克家所说的，《哭亡女苏菲》"以个人的哀痛，概括了整个民族的忧患，这个小女孩的命运，也就是千万人的命运"（《伟大的时代　宏亮的诗声——〈中国抗日战争时期大后方文学书系·诗歌编〉序言》）。诗人善于运用暗示和联想的手法来感染读者，如诗中风寒草黄、雪落燕去、寒霜落地、蚯蚓翻泥等意象向读者传达了诗人生活的凄凉、心境的寂寥。通过对重音与节奏的运用，声调语气的变化来突出诗中的思想感情，形成抑扬顿挫、行云流水的音乐效果，在自由诗体中较好地融入了格律的韵味。

思　考　题

1. 高兰的朗诵诗在中国新诗史上有什么重要意义？
2. 请组织课堂朗诵，体会这首朗诵诗在音韵上的特点。

延　伸　阅　读

高兰：《我们的祭礼》《我的家在黑龙江》《向八百壮士致敬礼》

参　考　文　献

1. 章亚昕：《高兰论纲》，《东岳论丛》1990 年第 2 期。
2. 康凌：《有声的左翼　诗朗诵与革命文艺的身体技术》，上海文艺出版社 2020 年版。

纤夫

阿　垅

　　嘉陵江
风，顽固地逆吹着，
江水，狂荡地逆流着，
而那大木船
衰弱而又懒惰
沉湎而又笨重，
而那纤夫们
正面着逆吹的风
正面着逆流的江水
在三百尺远的一条纤绳之前
又大大地——跨出了一寸的脚步！……

　　风，是一个绝望于街头的老人
伸出枯僵成生铁的老手随便拉住行人（不让再走了）
要你听完那永不会完的破落的独白，
江水，是一支生吃活人的卐字旗麾下的钢甲军队
集中攻袭一个据点
要给它尽兴的毁灭
而不让它有一步的移动！
但是纤夫们既逆着那
逆吹的风
更逆着那逆流的江水。

　　大木船
活够了两百岁了的样子，活够了的样子
污黑而又猥琐的，
灰黑的木头处处蛀蚀着
木板拆裂成黑而又黑的巨缝（里面像有阴谋和臭虫在做窠的）
用石灰、竹丝、桐油捣制的膏深深地填嵌起来（填嵌不好的），
在风和江水里
像那生根在江岸的大黄桷树，动也——真懒得动呢
自己不动影子也不动（映着这影子的水波也几乎不流动起来）

这个走天下的老江湖
快要在这宽阔的江面上躺下来睡觉了（毫不在乎呢），
中国的船啊！
古老而又破漏的船啊！
而船舱里有
五百担米和谷
五百担粮食和种子
五百担，人底生活的资料
和大地底第二次的春底胚胎，酵母，
纤夫们底这长长的纤绳
和那更长更长的
道路，
不过为的这个！

　　一绳之微
紧张地拽引着
作为人和那五百担粮食和种子之间的力的有机联系，
紧张地——拽引着
前进啊；
一绳之微
用正确而坚强的脚步
给大木船以应有的方向（像走回家的路一样有一个确信而又满意的方向）
向那炊烟直立的人类聚居的、繁殖之处
是有那么一个方向的
向那和天相接的迷茫一线的远方
是有那么一个方向的
向那
一轮赤赤地炽火飞爆的清晨的太阳！——
是有那么一个方向的。

　　偻伛着腰
匍匐着屁股
坚持而又强进！
四十五度倾斜的
铜赤的身体和鹅卵石滩所成的角度
动力和阻力之间的角度，
互相平行地向前的
天空和地面，和天空和地面之间的人底昂奋的脊椎骨
昂奋的方向

向历史走的深远的方向，
动力一定要胜利
而阻力一定要消灭！
这动力是
创造的劳动力
和那一团风暴的大意志力。

　　脚步是艰辛的啊
有角的石子往往猛锐地楔入厚茧皮的脚底
多纹的沙滩是松陷的，走不到末梢的
鹅卵石底堆积总是不稳固地滑动着（滑头滑脑地滑动着），
大大的岸岩权威地当路耸立（上面的小树和草是它底一脸威严的大胡子）
——禁止通行！
走完一条路又是一条路
越过一个村落又是一个村落，
而到了水急滩险之处
哗噪的水浪强迫地夺住大木船
人半腰浸入洪怒的水沫飞溅的江水
去小山一样扛抬着
去活鲸鱼一样拖拉着
用了
那最大的力和那最后的力
动也不动——几个纤夫徒然振奋地大张着两臂（像斜插在地上的十字架了）
他们决不绝望而用背退着向前硬走，
而风又是这样逆向的
而江水又是这样逆向的啊！
而纤夫们，他们自己
骨头到处格格发响像会片片迸碎的他们自己
小腿胀重像木柱无法挪动
自己底辛劳和体重
和自己底偶然的一放手的松懈
那无聊的从愤怒来的绝望和可耻的从畏惧来的冷淡
居然——也成为最严重的一个问题
但是他们——那人和群
那人底意志力
那坚凝而浑然一体的群
那群底坚凝成钢铁的集中力
——于是大木船又行动于绿波如笑的江面了。

　　一条纤绳
整齐了脚步（像一队向召集令集合去的老兵），
脚步是严肃的（严肃得有沙滩上的晨霜底那种调子）
脚步是坚定的（坚定得几乎失去人性了的样子）
脚步是沉默的（一个一个都沉默得像铁铸的男子）
一条纤绳维系了一切
大木船和纤夫们
粮食和种子和纤夫们
力和方向和纤夫们
纤夫们自己——一个人，和一个集团，
一条纤绳组织了
脚步
组织了力
组织了群
组织了方向和道路，——
就是这一条细细的、长长的似乎很单薄的苎麻的纤绳。

　　前进——
强进!
这前进的路
同志们!
并不是一里一里的
也不是一步一步的
而只是——一寸一寸那么的，
一寸一寸的一百里
一寸一寸的一千里啊!
一只乌龟底竞走的一寸
一只蜗牛底最高速度的一寸啊!
而且一寸有一寸的障碍的
或者一块以不成形状为形状的岩石
或者一块小讽刺一样的自己已经破碎的石子
或者一枚从三百年的古墓中偶然给兔子掘出的锈烂钉子，
但是一寸的强进终于是一寸的前进啊
一寸的前进是一寸的胜利啊，
以一寸的力
人底力和群底力

直迫近了一寸
那一轮赤赤地炽火飞爆的清晨的太阳！

1941 年 11 月 5 日

（原载 1942 年 1 月《文艺生活》第 1 卷第 5 期）

诗意的群雕

任　毅

关键词：力；沉默；群雕

阿垅的《纤夫》写于 1941 年 11 月，正值抗日战争艰苦卓绝的相持阶段。年初，国民党反动派悍然发动了"皖南事变"，掀起了抗战以来的第二次反共高潮。一时间天低云暗，逆流滚滚，中华民族再一次面临生死存亡的危急关头。共产党领导的团结抗战的进步力量与反动势力进行了针锋相对的坚决斗争，在民族大义的旗帜下，沿着历史的航道一步一个脚印地艰难地而又义无反顾地跋涉着。诗人阿垅真切地感受到了正义力量抗争的艰辛与悲壮。"嘉陵江上的纤夫"触动了他的诗魂，诗人发现这一群真实可感并蕴含着丰富象征意味的立体意象，正好与时局及诗人的现实感受"不谋而合"，他试图以这种沉重而又古老的行进与生存方式，把诗思引向现实与历史深层。他为我们塑造了一尊凝固而又充满力量的诗意的群雕。

诗的开篇 11 行诗，就刻画出逆风逆水艰难向前的脚步："嘉陵江 ／ 风，顽固地逆吹着，／ 江水，狂荡地逆流着，／ 而那大木船 ／ 衰弱而又懒惰 ／ 沉湎而又笨重，／ 而那纤夫们 ／ 正面着逆吹的风 ／ 正面着逆流的江水 ／ 在三百尺远的一条纤绳之前 ／ 又大大地——跨出了一寸的脚步！……"其实，这首长诗每一行所吟咏的都是这前进的"一寸"脚步。虽然只有一寸，却让人铭心刻骨。在那个多难的时代，中华民族的命运像一条行走在狭窄河床里的古船，随时都有触礁或搁浅的危险。此时此刻，一条纤绳拉着笨重的大木船，脚踏实地一寸一寸地跋涉，有了一寸的前进，就在逆流狂涛中立定了脚跟，就能牵引着"古老而又破漏"的，满载着"人底生活的资料 ／ 和大地底第二次的春底胚胎，酵母"的"中国的船"，驶出历史的浅滩，一寸一寸地走向胜利，一寸一寸地走向光明："一绳之微 ／ 紧张地拽引着 ／ 作为人和那五百担粮食和种子之间的力的有机联系，／ 紧张地——拽引着 ／ 前进啊；／ 一绳之微 ／ 用正确而坚强的脚步 ／ 给大木船以应有的方向（像走回家的路一样有一个确信而又满意的方向）"，那"五百担米和谷"既是人们的"生活的资料"，更是大地来年的希望，是人类延续的基础，是我们苦难民族的希望。所以，不管有多大的阻力，都要拼尽心血，奋力向前。"这前进的路 ／ 同志们！／ 并不是一里一里的 ／ 也不是一步一步的 ／ 而只是——一寸一寸那么的，／ 一寸一寸的一百里 ／ 一寸一寸的一千里啊！"对于这"一寸的脚步"的反复、细致、显微式的美学关注，既是诗意的高度凝聚，也是诗意的充分舒展。历史的进程往往是艰辛而又迂缓的。在与历史同步的诗人眼里，这迂缓却有着一种特别的美:"但是一寸的强进终于是一寸的前进啊 / 一寸的前进是一寸的胜利啊, / 以一寸的力 / 人底力和群底力 / 直迫近了一寸 / 那一轮赤赤地炽火飞爆的清晨的太阳!"迂缓的前进毕竟是前进,毕竟是对于停滞,对于倒退,对于历史惰性的否定。因此,前进的一寸是美的,是悲壮的,是历史动力的郁结与蕴蓄。诗人以精雕细刻的纤夫的艺术造型,尽情渲染了这寓雄奇于平实的"力之美":"倚伛着腰 / 匍匐着屁股 / 坚持而又强进! / 四十五度倾斜的 / 铜赤的身体和鹅卵石滩所成的角度 / 动力和阻力之间的角度……动力一定要胜利 / 而阻力一定要消灭! / 这动力是 / 创造的劳动力 / 和那一团风暴的大意志力。"既然历史还在艰难地逆流而上,诗就不能不寻求切入社会现实的最佳角度,不能不歌颂给历史以牵曳的蕴集在人的自然体能内的,古老的甚至是原始的"创造的劳动力"。这里对于"力之美"的虔诚赞叹,隐含着五四诗歌的历史回声。《纤夫》中对于力的美学表现,已不只是郭沫若时代的那种忘情的高亢的以至狂热的顶礼膜拜与放纵呼号,更多的则是那种"一寸一寸的一百里 / 一寸一寸的一千里"式的近乎呻唤的低吟,是对于能够引导中国走出困境,走向解放和进步的"力"的全景式的期待与赞美。

《纤夫》的作者正是在时间艺术的诗行中,融入了作为空间艺术的雕塑手法,从不同的角度,不同的方位,不同的距离,对纤夫进行了反复的多重的美学观照,使得诗的艺术形象在饱满的情感内容之外,又有了很强的立体感与形态感。诗人巧妙地捕捉缓缓行进中相对静止的瞬间,以"特写镜头"来定格和强化诗的雕塑感。纤夫的脚步是沉默的,诗也是沉默的,没有号子,没有欢笑,也没有哭泣;只有沉默,沉默的躯体,沉默的纤绳,沉默的脚步,铁铸般的沉默,雕像般的沉默。他们从漫长的历史中走来,永远向着太阳的方向,浑身洋溢着巨大的坚忍的力量。阿垅创造了一尊诗的雕塑或者说是一首雕塑的诗。

思 考 题

1. 谈谈《纤夫》的主题。
2. 比较新诗中具有雕塑感的诗歌的特点。

延 伸 阅 读

阿垅:《无题》《琴的献祭》《不要恐惧》《孤岛》

参 考 文 献

1. 江锡铨:《中国现实主义新诗艺术散论》,北京大学出版社 2005 年版。
2. 李怡:《阿垅诗论的文学史价值》,《汉语言文学研究》2010 年第 1 期。

铁栏与火 ——————————————————————————

曾 卓

虎在笼中旋转。

虎在狭的笼中
沉默地
　　　旋转，
低声地
　　　咆哮，
不理睬笼外的
嘲弄和施舍。

它累了，俯卧着。
铁栏内，
一团灿烂的斑纹
一团火！

站起来，
两眼炯炯地闪光，
锋锐的长牙露出，
扑出去的姿势
使笼外发出一片惊呼。

它深深呼吸着

栏外流来的
原野的气息，
俯嗅着
自己身上残留的
原野的气息。

它怀念：
大山、草莽、丛林，
峭壁、悬崖、深谷……
无羁的岁月，
庄严的生活。

深夜，
它扑站在栏前。
它的凝聚着悲愤的长啸
震撼着黑夜
在暗空中
流过，
像光芒
流过！
铁栏锁着
火！

1946 年

（选自《曾卓文集》第一卷，长江文艺出版社 1994 年版）

338

囚禁不住的力与火

任　毅

关键词：豹；虎；力

曾卓的这首《铁栏与火》作于 1946 年，显示了诗人青春的激情和敏锐的哲思诗风。这首诗很容易让人联想到奥地利后期象征主义诗人里尔克的诗歌《豹》：

豹

——在巴黎动物园

它的目光被那走不完的铁栏
缠得这般疲倦，什么也不能收留。
它好像只有千条的铁栏杆，
千条的铁栏后便没有宇宙。

强韧的脚步迈着柔软的步容，
步容在这极小的圈中旋转，
仿佛力之舞围绕着一个中心，
在中心一个伟大的意志昏眩。

只有时眼帘无声地撩起——
于是有一幅图像侵入，
通过四肢紧张的静寂——
在心中化为乌有。

两首诗都采用了被囚禁在笼中的猛兽的意象，但是在主题提炼和诗的结构上，它们却不相同。"虎"和"豹"都可看作是受困的"一个伟大的意志"。里尔克的《豹》显得十分"疲倦"，"只有时眼帘无声地撩起——／于是有一幅图像侵入"，但很快就在一片"静寂"中"化为乌有"。在囚困中它变得绝望而无奈，它的"强韧"的生命力似乎正在渐渐消失殆尽。你可以把它看作人在摆脱不掉的宿命中的精神状态：注定要被囚于这"狭的笼"中，无法反抗，于是什么也不愿想，也不再期待甚至没有回忆。曾卓的"笼中虎"却相反。诗人曾说，《铁栏与火》是为一个被囚禁于狱中的友人而作。所以，它是有写作的契机和形象原型的。虎在囚禁中"旋转"得十分焦躁，它"咆哮"，"两眼炯炯地闪光"，"锋锐的长牙露出"，向前"扑出去"，不失威风。"它深深呼吸着／栏外流来的／原野的气息"，"它怀念：／大山、草莽、丛林，／峭壁、悬岩、深谷……／无羁的岁月，／庄严的生活"，它在回忆，它在笼中像一团"火"。火是生命力的象征，是不屈精神的象征。诗的结尾点出全诗的题旨："铁栏锁着／火！"火是锁不住的，火在铁栏中燃烧，它会将铁栏烧熔，冲出栏外。这团在笼中没有停止燃烧的火，正是一个反抗反动统治、争取民主和自由的战斗者的形象。由此不难看到这两首诗歌的主题差异。

从诗的结构上看，里尔克的《豹》富于哲理意蕴和沉思精神，整幅画面相对凝重，韵律节奏也相对整齐。曾卓的《铁栏与火》则富于动感，像一曲律动跳跃的乐章。每节行数、字数相差较大，完全随着情绪起伏的"内在节奏"而跃动，像跳荡的音符。自由动感的诗行富有表现力，把"笼中虎"的那种狂躁不屈的生命力准确传达了出来。节与节之间的跳跃性，使全诗显得灵活而精练，阅读的想象空间得到进一步拓展。全诗体现了诗人在现代自由体新诗艺术上的创造活力和才华。

思 考 题

1. 分析诗中虎的形象内涵。

2. 这首诗和穆旦的《野兽》、郑敏的《马》都受到了里尔克的《豹》的影响，试比较它们在表达方式上有什么异同。

延 伸 阅 读

曾卓：《有赠》《悬崖边的树》

参 考 文 献

1. 曾卓等：《崖边听笛人　曾卓研究文选》，长江文艺出版社 2001 年版。
2. 吴仲华：《诗人曾卓——爱的天使》，《新文学史料》2012 年第 2 期。

王贵与李香香（节选）

李 季

第 一 部

一 崔二爷收租

公元一九三〇年，
有一件伤心事出在三边。

人人都说三边有三宝，
穷人多来富人少；

一眼望不尽的老黄沙，
哪块地不属财主家？

一九二九年雨水少，
庄稼就像炭火烤。

瞎子摸黑路难上难，
穷汉就怕闹荒年。

荒年怕尾不怕头，
第二年的春荒人人愁。

掏完了苦菜上树梢，
遍地不见绿苗苗。

百草吃尽吃树杆，
捣碎树杆磨面面。

二三月饿死人装馆材，
五六月饿死没人埋！

窖里粮食霉个遍，

崔二爷粮食吃不完。

穷汉们饿得皮包骨，
崔二爷心狠见死他不救。

风吹大树嘶啦啦响，
崔二爷有钱当保长。

一个算盘九十一颗珠，
崔二爷牛羊没有数数。

三十里草地二十里沙，
哪一群牛羊不属他家？

烟洞里冒烟飞满天，
崔二爷他有半个天；

县长跟前说上一句话，
刮风下雨都由他。

天气越冷风越紧，
人越有钱心越狠！

天旱庄稼没收成，
庄户人家皱眉头；

打不下粮食吃不成饭，
崔二爷的租子也难还。

341

饿着肚子还好过，
短下租子命难活！

王麻子三天没见一颗米，
崔二爷的狗腿子来催逼。

舌头在嘴里乱打转，
王麻子把好话都说完：

"还不起租子我还有一条命，
这辈子还不起来世给你当牲灵。"

"短租子，短钱，短下粮——
老狗你莫非想拿命来抗？"

一句话来三瞪眼，
三句话来一马鞭。

狗腿子像狼又像虎，
五十岁的王麻子受了苦。

浑身打烂血直淌，
连声不断叫亲娘。

孤雁失群落沙窝，
邻居们看着也难过。

"冬天穿皮袄为避风，
王麻子短租谷不短你的命；

"房子家产由你们挑，
打死他租子也交不了！"

毛驴撞草垛没有长眼，
狗腿子不长人心肝！

一根棍断了又一根换，
白落红起不忍心看！

太阳偏西还有一口气，
月亮上来照死尸。

拔起黄蒿带起根，
崔二爷做事太狠心；

打死老子拉走娃娃，
一家人落了个光塌塌！

冬天里草木不长芽，
旧社会的庄户人不如牛马！

二　王　贵　揽　工

王麻子的娃娃叫王贵，
不大不小十三岁。

崔二爷来好打算，
养下个没头长工常使唤；

算个儿子掌柜的不是大，
顶上个揽工的不把钱花。

羊羔子落地咩咩叫，
王贵虽小啥事都知道。

牛驴受苦喂草料，
王贵四季吃不饱。

大年初一饺子下满锅，
王贵还啃糠窝窝。

穿了冬衣没夏衣，
六月天翻穿老羊皮。

秋天收庄稼一张镰，
磨破了手心还说慢。

冬天王贵去放羊，
身上没有好衣裳；

脚手冻烂血直淌，
干粮冻得硬梆梆；

心想拔柴放火烤，
雪下的柴儿点不着了。

马兰开花五瓣瓣，

王贵揽工整四年。

冬雪大来年冬麦好，
王贵就像麦苗苗。

十冬腊月雪乱下，
王贵想起他亲大；

老牛死了换上牛不老，
杀父深仇要子报。

三　李　香　香

百灵子雀雀百灵子蛋，
崔二爷家住死羊湾。

大河里涨水清浑不分，
死羊湾有财主也有穷人。

死羊湾前沟里有一条水，
有一个穷老汉李德瑞。

白胡子李德瑞五十八，
家里只有一枝花。

女儿名叫李香香，
没有兄弟死了娘。

脱毛雀雀过冬天，
没有吃来没有穿。

十六岁的香香顶上牛一条，
累死挣活吃不饱。

羊肚子手巾包冰糖，
虽然人穷好心肠。

玉米结子颗颗鲜，
李老汉年老心肠软。

时常拉着王贵的手，
两眼流泪说："娃命苦！"

"年岁小来苦头重，
没娘没大孤零零。

"讨吃子住在关爷庙，
我这里就算你的家。"

刮风下雨人闲下，
王贵就来把柴打。

一个妹子一个大，
没家的人儿找到了家。

（选自《中国当代名诗人选集　李季》，人民文学出版社 2006 年版）

黄土地长出来的奇花

江胜清

关键词：信天游；叙事长诗；爱情

李季是 20 世纪 40 年代在毛泽东《在延安文艺座谈会上的讲话》精神指引下成长起来的诗坛新秀，《王贵与李香香》是作者 1945 年创作的一首叙事长诗，是解放区民歌体叙事长诗的代表。信天游原是黄土高原北部晋、陕与内蒙古交界的三边地区流传很广的一种民歌形式，又名"顺天游"，当地有所谓"信天游，不断头，断了头，穷人无法解忧愁"的说法。作为在三边地区工作过多年的诗人，李季对信天游产生了浓厚的兴趣。自古以来，民歌在爱情的土壤里植根最深，最具有生命力，信天游也是如此。李季在三边地区生活采风，深深地喜爱上了信天游。他说："我将永远不会忘记，当我背着背包，悄悄地跟在骑驴赶骡的脚户们的队列之后，傍着一眼望不到头的长城，行走在黄沙连天的运盐道上，拉开尖细拖长的声调，他们时高时低的唱着'顺天游'，那轻快明朗的调子，真会使你忘记了你是在走路。"（《我是怎样学习民歌的》）陕北的信天游震惊了我们的年轻诗人。该诗最初是以《红旗插上死羊湾》为题的说唱文本在《三边报》刊出。随后在《解放日报·副刊》公开发表，1949 年 5 月由新华书店出版单行本。这首诗作发表后引起了广泛的关注，被誉为"是中国土壤里生长出来的奇花，是人民诗篇的第一座里程碑"（周而复《〈王贵与李香香〉后记》），"真正新的人民的文艺"（周扬《新的人民的文艺》）。

从故事框架而言，《王贵与李香香》叙述的是一对陕北农村青年男女的爱情故事。全诗故事按照两条线索展开：一是王贵与李香香争取爱情幸福的斗争，二是王贵与李香香反封建压迫的斗争。两条线索集中于恶霸地主崔二爷身上。作者将悲欢离合的爱情故事放在疾风暴雨式的革命斗争背景上展开，从而真切表现了贫苦农民的翻身解放和革命斗争之间的血肉联系，深刻地揭示了"不是闹革命穷人翻不了身，不是闹革命咱俩也结不了婚"这一主题。王贵与李香香的爱情的胜利，是一曲农民翻身解放的颂歌，长诗赋予了传统题材新的思想意义。长诗塑造了忠于爱情、忠于革命的新一代农民形象。诗作不仅表现了人物在严酷的阶级压迫中的苦难命运，而且突出刻画了人物不屈服苦难命运的斗争性格，展现了受压迫者寻求翻身解放、争取爱情幸福的精神风貌。这在新诗史上具有独到的意义。

《王贵与李香香》在艺术表现上为新诗向民歌学习开了新路。长诗在借鉴陕北民歌信天游的形式时有自己的创新。首先是对信天游题材内容的改造。民间流行的信天游大都是情歌，李季利用它，借爱情故事反映了现实生活中阶级斗争与农民翻身的重大主题。其次，以只用来抒情的信天游形式来叙事，把两行一节的信天游，连缀为 740 多行的鸿篇巨制，赋予了民歌政治抒情与记录时代生活的史诗品格。再次是对信天游比兴丰富的改造与发展。赋予传统比兴新的内涵，如"烟锅锅点灯半炕炕明，酒盅盅量米不嫌哥哥穷"。把单纯的比兴丰富为信中有比，比中有信，如"山丹丹开花红姣姣，香香人材长得好"。长诗为新诗向民歌学习提供了有益的启示。

思 考 题

1. 谈谈《王贵与李香香》爱情抒写的新特征。
2. 分析《王贵与李香香》借鉴并改造信天游形式的特征与意义。

延 伸 阅 读

李季：《菊花石》《玉门诗抄》

参 考 文 献

1. 孙绍振：《李季的艺术道路》，《文学评论》1982 年第 3 期。
2. 李江树：《好地方还数咱老三边——李季与信天游（上）》，《新文学史料》2018 年第 4 期。
3. 李丹梦：《中原漂泊与寻找人民中国的调子——李季论》，《文艺研究》2016 年第 10 期。

漳河水（存目）

阮章竞

农村妇女精神解放的颂歌

江胜清

关键词：妇女解放；叙事长诗；民歌

《漳河水》是继李季的《王贵与李香香》之后出现的又一首著名民歌体叙事长诗，"在40年代解放区文学创作中，两部叙事长诗《王贵与李香香》和《漳河水》以其浓郁的民族风味，鲜明的时代感与地域特色脱颖而出，成为文学（特别是诗歌）民族化、大众化的优秀代表作，甚至被称为'现代新叙事诗创作中的双璧'"（安锐《〈漳河水〉的历史地位》）。该诗1949年5月发表于《太行文艺》，1950年9月由新华书店出版单行本。

《漳河水》分为"往日""解放""长青树"三部，叙写了1949年前后20世纪四五十年代中国北方三个农村妇女荷荷、苓苓、紫金英的命运，塑造了三个善良、单纯、美丽的妇女形象，在她们身上寄托了诗人的理想。诗人"赞扬荷荷的明快勇敢，欣赏苓苓的活泼单纯，对紫金英则是充满同情，为她的痛苦而悲愤"（阮章竞《漫忆咿呀学语时——谈谈我怎样学习民歌写〈漳河水〉》）。

尽管三个女性都有自己的人生理想和爱情追求："荷荷想配个'抓心丹'，苓苓想许个'如意郎'，紫金英想嫁个'好到头'"，但在男权支配下的旧中国，"断线的风筝女儿命，事事都由爹娘定"，女性是无法主宰自己的命运的，所以她们对爱情的美好期待在严酷的现实中必将化为泡影："荷荷配了个'半封建'，天天眼泪流满面"，"苓苓许了个狠心郎，连打带骂捎上爹娘"，"紫金英嫁了个痨病汉，一年不到守空房"，从而演绎出一曲曲旧时代妇女的悲剧。但她们的悲剧命运并未像她们的先辈那样不断延伸，伴随着新政权的建立，新风尚的提倡使得"妇女飞出铁笼来"，三人的命运也因此发生了巨大的转折：荷荷毅然与丈夫离婚，寻找到自己的"那一半"；苓苓在姐妹的支持下，通过"家庭培训班"，对有大男子主义的丈夫进行了彻底的改造，真正实现了男女平等；紫金英也在荷荷、苓苓的帮助下终于走出了心灵的阴影，走上了一条新的生活之路。诗人正是通过新旧社会截然不同的人物命运的比照，歌颂了新生的政权给农村妇女带来的新生活。它不同于《王贵与李香香》，它不仅从政治革命的角度反映农民的翻身解放，而且进一步表现农村妇女在思想上冲破封建束缚，在经济上摆脱依附地位，参加生产，自主自立，真正当家做主人的过程。当新的政权建立以后，广大农村妇女的翻身还必须从封建主义的枷锁中挣脱出来。长诗用较大的篇幅描述了苓苓与丈夫二老怪的封建家长观念及大男人思想的斗争；解放后的紫金英在姐妹们的帮助下，摆脱被纠缠、被歧视的寡妇的屈辱命运，勇敢地卸掉了历史的精神包袱，参加互助组，踏上了新的生活之路。苓苓与紫金英的翻身故事反映了解放区农村革命的深入和妇女真正翻身解放的历史进程，是"一部妇女解放的颂歌"（臧克家《〈中国新文学大系（1937—1949）·诗卷〉序》）。

与《王贵与李香香》借鉴信天游不同，《漳河水》综合运用太行山区多种民歌曲调改写而成。诗中根据内容表达和情感抒写的需要，分别使用"开花调""刮夜鬼""梧桐树""大将""四大恨""割青菜""牧羊小曲""漳河小曲"，因此《漳河水》形式变化多端，较贴切地配合了感情的表达。同时，长诗充分吸收古典诗词、民歌、民间俗语的长于抒情的特点，语言明快，表现力强。像"漳河水，九十九道湾，/层层树，重重山，/层层绿树重重雾，/重重高山云断路"，"声声泪，山要碎！/问句漳河是谁造的罪？/桃花坞，杨柳树，/漳河流水声呜呜"，这样的语言和谐婉转，朗朗上口，具有行云流水般的音乐美。

思　考　题

1. 从荷荷、苓苓、紫金英的形象塑造看中国现代文学中农村妇女命运的变化。
2. 比较《王贵与李香香》和《漳河水》的艺术差异。

延　伸　阅　读

阮章竞：《霜天》《白丹红》《虹霓集》

参　考　文　献

1. 龙泉明：《中国新诗流变论 1917—1949》，人民文学出版社 1999 年版。
2. 周希沼：《诗苑双璧　各有千秋——〈王贵与李香香〉和〈漳河水〉艺术成就比析》，《南都学坛》1989 年第 4 期。
3. 谢冕：《〈漳河水〉的写作与艺术风格》，《中国现代文学研究丛刊》2014 年第 8 期。

在寒冷的腊月的夜里

穆　旦

在寒冷的腊月的夜里，风扫着北方的平原，
北方的田野是枯干的，大麦和谷子已经推进了村庄，
岁月尽竭了，牲口憩息了，村外的小河冻结了，
在古老的路上，在田野的纵横里闪着一盏灯光，
　　一副厚重的，多纹的脸，
　　　他想什么？他做什么？
　　在这亲切的，为吱哑的轮子压死的路上。

风向东吹，风向南吹，风在低矮的小街上旋转，
木格的窗纸堆着沙土，我们在泥草的屋顶下安眠，
谁家的儿郎吓哭了，哇——呜——呜——从屋顶传过屋顶，
他就要长大了渐渐和我们一样地躺下，一样地打鼾，
　　从屋顶传过屋顶，风
　　　这样大岁月这样悠久，
　　我们不能够听见，我们不能够听见。

火熄了么？红的炭火拨灭了么？一个声音说，
我们的祖先是已经睡了，睡在离我们不远的地方，
所有的故事已经讲完了，只剩下了灰烬的遗留，
在我们没有安慰的梦里，在他们走来又走去以后，
　　在门口，那些用旧了的镰刀，
　　　锄头，牛轭，石磨，大车，
　　静静地，正承接着雪花的飘落。

1941 年 2 月

（选自《穆旦诗文集》（增订版）第 1 册，人民文学出版社 2018 年版）

乡土的凝视与沉思

王海燕

关键词：乡土；历史；戏剧化

1940 年三四月间，即创作《在寒冷的腊月的夜里》的前十个月左右，穆旦提出了"新的抒情"的主张，探索诗如何和时代"成为一个感情的大谐和"。这也意味着诗人 1937 至 1938 年在随学校徒步迁徙的过程中，经过几年的沉淀发酵，关于乡土中国的经验终于找到了恰当的传达方式。《在寒冷的腊月的夜里》可视为诗人获得了艺术自觉后抒写民族和时代的带有转折性标志的作品。

整首诗诗句绵长，诗风沉郁。在诗的开头，诗人采取了奥登及若干其他现代诗人喜欢的"现代飞行员置身高空的观点"（袁可嘉《新诗现代化的再分析》）。在阔大的视野中凸显出北方乡村的荒凉、冷寂与严峻。腊月，这一古老的农业形态的记时方式与"枯干的田野"的乡土型空间、"大麦"、"谷子"、"牲口"等物象沉静而分明地传达着农耕社会的信息：这是古老的永恒不变的乡土中国的时与空。随着第四句视角的由大渐小，"一盏灯光"划破了无边的黑暗，也打破了前面冷酷的时空秩序。"他"，一个典型的中国农民，从"古老的"路上走来，"厚重的，多纹的脸"的特写镜头既形象地呈现出他身上因袭的历史重负，也象征着民族命运的沧桑与沉重，它与"古老的""轮子压死的"路之间具有一种同构关系：两者都一样被动地承受着自己命运的重担。作为有着充沛生命力的个体，"他"对自己可能被这既亲切又残酷的生产方式"压死"的命运有无自觉？"他想什么，他做什么？"这是获得了现代主体意识的诗人打量劳苦大众的完整视角：不单是对"他"严酷的生存境遇的关切，更有对"他"内在精神世界觉醒的关注与期待。

第二节以一组排比句开头，由短而长的诗句形象地传达出寒风四面肆虐的动态感。能够"安眠"的"我们"显然已经习惯了"低矮的小街""木格的窗纸""泥草的屋顶"这样的生活，对它的破败、沉滞与压抑习焉不察，只有那尚未完全进入这一生存程序的孩子以鲜活的生命直觉发出了抗议的哭声。但等待他的，并非新的世界，"他就要长大了渐渐和我们一样地躺下，一样地打鼾"，渐渐麻木在千百年如一日的随自然轮回而生老病死的既定秩序中。孩子与"我们"毫无悬念的重复的命运透露出乡土中国的真正主宰：与自然轮回联系在一起的乡土历史的轮回，才是真正掌握"我们"命运的力量。"我们不能够听见，我们不能够听见"，急促的反复传达出诗人对乡土中国命运的警觉与发现：我们的耻辱与痛苦又岂只来自现实的战争，数千年来延续着的历史轮回中潜藏的巨大惰性不也是值得我们深刻检讨与反省的么？

第三节的开头相当突兀，询问"火"的声音既像是来自现实生活的平凡一幕，又似乎别有寓意，有问而无答，给读者留下悬念。岁月流逝，祖祖辈辈在不变的历史时空中上演着相同的戏剧，然而，"所有的故事已经讲完了"，一切都到了该终结的时候。"灰烬的遗留"既含蓄地为开头的询问作出了否定性的回答，也委婉地宣告了乡土历史的终结。冰冷无情的"灰烬"使"我们"从对"祖先"的虚幻的迷梦中清醒过来，在"腊月"这万物终与始的扭结点，痛苦而决绝地与之作别。末尾三句，主体抽离的客观性叙述，寓动于静，诗人将渴望告别历史、创造未来的巨大激情凝定在对"雪花"不动声色的客观呈现中，在雪花的静静飘落中，大地和历史在这个新旧交替的时刻都处于极端缄默的状态，动与静双重的奇异组合产生了震撼人心的艺术效果。犹如"一颗冬日的种子期待着新生"（穆旦《玫瑰之歌》），这超乎寻常的静默中不也正酝酿着超乎寻常的力量吗？果然，十个月后，在"一个民族已经起来"的呐喊声中，依然年轻的诗人为我们古老民族的浴血新生唱出了他最深沉也最高亢的《赞美》。

在诗的表现形式上，本诗也体现出穆旦所追求的戏剧化特征。诗人巧妙地运用了变换叙事角度、戏剧性场景、客观对应物等手法，实现了"有理性地"抒情的艺术追求。第三人称的"他""他们"时而是成人，时而是孩子，时而又是祖先，频频转换的视角暗示出那个隐藏在芸芸众生之下的隐秘主人公。全诗节奏舒缓，音韵谐和，在不断的动静交错中以线性时间打破自然轮回的圆形封闭时间，以个体生命的凸显对抗强大的历史惰性，真正体现出现代主义诗歌的追求——"诗即是不同张力得到和谐后所最终呈现的模式"（袁可嘉《谈戏剧主义》）。整首诗不仅集中凝练地呈现出 20 世纪 40 年代民族存亡特定语境中的时代情绪，也喻示着乡土中国的"故事"即将终结"在寒冷的腊月的夜里"，从而重新开始"春天的故事"的历史转机。

思 考 题

1. 请将这首诗歌与《合唱》《赞美》对照阅读，体会它们在抒情方式上的异同。
2. 分析这首诗的戏剧化特征。

延 伸 阅 读

穆旦：《合唱》《在旷野上》《赞美》《成熟》

参 考 文 献

1. 易彬：《赞美：在命运和历史的慨叹中——论穆旦写作（1938—1941）的一个侧面》，《中国现代文学研究丛刊》2006 年第 5 期。

2. 段从学：《"三千里步行"与穆旦的"转变"》，《北方论丛》2016 年第 5 期。

3. 陈太胜：《"新的抒情"与现代主义——重识穆旦的新诗写作》，《文艺研究》2021 年第 2 期。

赞美

穆 旦

走不尽的山峦的起伏，河流和草原，
数不尽的密密的村庄，鸡鸣和狗吠，
接连在原是荒凉的亚洲的土地上，
在野草的茫茫中呼啸着干燥的风，
在低压的暗云下唱着单调的东流的水，
在忧郁的森林里有无数埋藏的年代
它们静静地和我拥抱：
说不尽的故事是说不尽的灾难，沉
　　默的
是爱情，是在天空飞翔的鹰群，
是干枯的眼睛期待着泉涌的热泪，
当不移的灰色的行列在遥远的天际
　　爬行；
我有太多的话语，太悠久的感情，
我要以荒凉的沙漠，坎坷的小路，骡
　　子车，
我要以槽子船，漫山的野花，阴雨的
　　天气，
我要以一切拥抱你，你，
我到处看见的人民呵，
在耻辱里生活的人民，佝偻的人民，
我要以带血的手和你们一一拥抱，
因为一个民族已经起来。

一个农夫，他粗糙的身躯移动在田
　　野中，
他是一个女人的孩子，许多孩子的
　　父亲，
多少朝代在他的身边升起又降落了
而把希望和失望压在他身上，
而他永远无言地跟在犁后旋转，
翻起同样的泥土溶解过他祖先的，

是同样的受难的形象凝固在路旁。
在大路上多少次愉快的歌声流过去了，
多少次跟来的是临到他的忧患；
在大路上人们演说，叫嚣，欢快，
然而他没有，他只放下了古代的锄头，
再一次相信名词，溶进了大众的爱，
坚定地，他看着自己溶进死亡里，
而这样的路是无限的悠长的
而他是不能够流泪的，
他没有流泪，因为一个民族已经起来。

在群山的包围里，在蔚蓝的天空下，
在春天和秋天经过他家园的时候，
在幽深的谷里隐着最含蓄的悲哀：
一个老妇期待着孩子，许多孩子期
　　待着
饥饿，而又在饥饿里忍耐，
在路旁仍是那聚集着黑暗的茅屋，
一样的是不可知的恐惧，一样的是
大自然中那侵蚀着生活的泥土，
而他走去了从不回头诅咒。
为了他我要拥抱每一个人，
为了他我失去了拥抱的安慰，
因为他，我们是不能给以幸福的，
痛哭吧，让我们在他的身上痛哭吧，
因为一个民族已经起来。

一样的是这悠久的年代的风，
一样的是从这倾圮的屋檐下散开的
无尽的呻吟和寒冷，
它歌唱在一片枯槁的树顶上，
它吹过了荒芜的沼泽，芦苇和虫鸣，

一样的是这飞过的乌鸦的声音
当我走过，站在路上踟蹰，
我踟蹰着为了多年耻辱的历史
仍在这广大的山河中等待，

等待着，我们无言的痛苦是太多了，
然而一个民族已经起来，
然而一个民族已经起来。

1941 年 12 月
（选自《穆旦诗文集》（增订版）第 1 册，人民文学出版社 2018 年版）

苦难民族的赞歌

余蔷薇

关键词：民族；苦难；赞美

《赞美》写于 1941 年 12 月，当时诗人正在西南联大读书。全面抗战爆发后，诗人随西南联大步行千里至昆明。一路上，他的心灵和肉体都受到了严峻的考验。在这段艰苦之旅中，诗人接触了祖国的河山、贫苦的农民，中华民族苦难的生存状况使诗人受到了深深的震撼。他从破旧的河山、苦难的农民身上，看到了灾难、耻辱和悲哀，同时也看到了隐忍、坚韧的民族性格。于是，诗人怀着复杂的心情写下了这首诗。

第一节，诗人行走在祖国大地上，用一双饱含忧患的眼睛，从阴暗的天空到荒芜的土地，全方位地扫视着灾难深重的祖国大地：他用不断铺陈的意象描绘祖国山河，"山峦""河流""草原""村庄""鸡鸣""狗吠""土地""风""水""森林"，这些名词前有着叠加的定语，"走不尽""数不尽""荒凉""茫茫""干燥""低压""单调""忧郁"，这些沉滞、厚重、悲凉的修饰语，呈现的是背负着贫穷和苦难的民族的沧桑。而人民的生存状态也如这环境一般充满着苦难：没有展翅高飞的鹰群，没有轰轰烈烈的爱情，"我到处看见的人民"，是"在耻辱里生活的人民，佝偻的人民"。"干枯的眼睛期待着泉涌的热泪"，"干枯的眼睛"浓缩了人生的无限沧桑和民族沉痛的历史记忆，而"泉涌的热泪"却又让我们看到一种不甘屈辱的力量，因而诗人发出了内心的期待与深沉的赞美：一个民族快快起来，"一个民族已经起来"。

第二节，诗人把一个民族浓缩为一个农夫的意象，农夫悲苦的一生就是整个民族受难的历史缩影。这个农夫世代过着刀耕火种的生活，"多少朝代在他的身边升起又降落了"，一个"永远无言"的"受难的形象"，表现了农夫勤劳善良、惯于隐忍、安于苦难的性格。然而当外族入侵时，他们毅然放下祖祖辈辈赖以生存的工具——锄头，走进了革命的队伍。"再一次相信名词，溶进了大众的爱"，这里的"名词"即"在大路上人们演说，叫嚣"着的觉醒和革命，也许他并没有真正明白革命的内涵，他只是不逃避、不退缩，没有豪言壮语，也没有激情满怀，而是默默地、"坚定地""溶进死亡"，即使这是一条"无限的悠长的"路，他也"不能够流泪"。这种坚强不屈的性格，使诗人看到坚韧的民族有着无限的希望，因而再一次赞美"一个民族已经起来"。

第三节，诗人赞美这个投身革命的农夫对家庭的牺牲与对未来的坚定信念。在春天和秋天经过家园的时候，路旁仍然是黑暗的茅屋，母亲和孩子仍然在饥饿里忍耐，革命并没有很快改变他们古老而贫穷的命运。然而，我们的农夫依然走去，并不回头诅咒，我们的人民默默隐忍现实，坚毅地承受苦难，是因为他们依然抱有改变古老命运的希望。我们的诗人为这一默默无言、悲壮而茫然地抗争苦难的精神，表达了由衷的赞美与沉重的愧疚："为了他我要拥抱每一个人"，"为了他我失去了拥抱的安慰"。面对这种承受苦难的命运与执着的为改变痛苦而牺牲的品格，诗人又一次发出赞美："一个民族已经起来"。

第四节，与开头相照应，依然是一片满目疮痍的景色：悠久的风、倾圮的屋檐、枯槁的树、荒芜的沼泽、芦苇和乌鸦的声音。这些破败不堪的景象，渲染了沉重而悲凉的抒情氛围，再次暗示了中华民族所走过的苦难与屈辱的历程是如此之漫长。"我们无言的痛苦是太多了"，但同时，民族已经在战火硝烟中觉醒，亿万个农民已经义无反顾地从苦难走向了抗争之路，诗人心中又涌起无限希望。他坚信：一个民族已经起来！他激情满怀地歌唱：一个民族已经起来！

诗的每一节均以发自肺腑的呐喊"一个民族已经起来"作结，让我们感受到诗人胸中满溢着的痛苦心潮。作为一个知识分子，诗人对历史与现实有着深刻观照，他将自己融入大众，用现实的深刻观察与心灵的痛苦体验记录了一个民族的苦难与觉醒，对我们这个民族坚韧的品质发出了由衷的赞美。

思 考 题

1. 如何理解诗歌中表达的民族的忧患情感？
2. 试比较穆旦与艾青诗歌中的农夫形象。

延 伸 阅 读

穆旦：《旗》《裂纹》《秋》

参 考 文 献

1. 唐湜：《苦然的搏求者——穆旦论》，《九叶诗人："中国新诗"的中兴》，上海教育出版社2003年版。

2. 李方：《悲怆的受难的品格——穆旦诗歌的审美特质》，《丰富和丰富的痛苦 穆旦逝世20周年纪念文集》，北京师范大学出版社1997年版。

3. 叶琼琼、王泽龙：《论穆旦诗歌语言的欧化特征》，《湖北社会科学》2010年第4期。

春

穆　旦

绿色的火焰在草上摇曳，
他渴求着拥抱你，花朵。
反抗着土地，花朵伸出来，
当暖风吹来烦恼，或者欢乐。
如果你是醒了，推开窗子，
看这满园的欲望多么美丽。

蓝天下，为永远的谜迷惑着的
是我们二十岁的紧闭的肉体，
一如那泥土做成的鸟的歌，
你们被点燃，却无处归依。
呵，光，影，声，色，都已经赤裸，
痛苦着，等待伸入新的组合。

1942 年 2 月

（选自《穆旦诗文集》（增订版）第 1 册，人民文学出版社 2018 年版）

春天的咏叹　欲望的舞蹈

余蔷薇　王泽龙

关键词：青春；生命；欲望

　　这首写春天的诗，没有表达一般春天诗歌伤春怨春的春愁，诗人赋予了春的意象奇异的色彩与新的内涵。他表现的是春天里的自然生命与年轻人青春的生命欲望或理想，也是诗人对青春生命的体验。诗的上一节展现了大自然蓬勃的生命图景。开篇即以强烈的视觉感受呈现春草的生命力，初春的绿草像点燃的火苗，燃烧在春天的大地上，它渴望拥抱花朵，拥抱这片充盈绿意的大自然。"绿色"代表生命，也隐喻着爱情和青春，"火焰"代表激情，"摇曳"这个动词有着强盛的活力，将一颗躁动不安的新生命的无限渴望淋漓尽致地表现出来。花朵反抗着土地，大胆呼应着召唤，冲破土地的压迫，欣然迎接绿色火焰的拥抱。盎然春色的涌动，蕴含着倔强的、不可遏制的青春力量，昭示着一切生命都渴望着自然力量的释放。"当暖风吹来烦恼，或者欢乐"，烦恼与欢乐是一对矛盾体，隐喻着新生命的复杂感受，但无论是烦恼抑或欢乐，都是春天带来的欲望的自然骚动——"如果你是醒了，推开窗子，/ 看这满园的欲望多么美丽"，大自然的一草一木都被春天和欲望唤醒，青春的生命应该属于春天的世界。此处诗歌表现出一种自由展开生命意志的信念。

　　春天的欲望冲破了压抑它的冻土而热烈展现，而我们年轻人青春的欲望则被紧闭在二十岁的肉体里。当热烈的春天火焰点燃了我们青春的欲望，它却无处归依，"一如那泥土做成的鸟的歌"。毕竟春天到来，春天生命的欲望已经蓬勃展开，"光，影，声，色，都已经赤裸"，它们炙热燃烧着，痛苦等待着，渴望实现生命的"新的组合"。诗的下一节，从自然转向人自身，由外在世界描述转向内心体验。"蓝天下，为永远的谜迷惑着的 / 是我们二十岁的紧闭的肉体"，这个"永远的谜"体现着春天的神秘，充满诱惑；年轻的生命沉默着、隐忍着，"紧闭的肉体"因无处释放青春的激情而深感压抑与痛苦，"一如那泥土做成的鸟的歌"，"无处归依"，表达了一种被点燃却无处释放的焦灼与迷茫，诗人将这种抽象的无处归依的悬空感，用具象化的方式准确地表达出来。诗人在苦闷与压抑中坚信"光，影，声，色"等一切大自然的元素与人内心的欲求都已经复苏，时刻准备着喷薄而出，冲破禁闭，获取生命欲望的实现。诗歌借自然春天的感受，扩展到青年人青春生命的欲望展现，充分而有力地表达了一代青年人生命欲望与人生理想的渴望得不到实现的焦虑情绪与痛苦体验。

诗歌的意象饱满集中，语言紧凑而富有张力。在对"草""花朵""土地"这些自然意象的描写中融入了诗人独特的感觉和体验，用"绿色"修饰"火焰"，有着醒目的视觉感，用"摇曳"写出了"绿色"的动感美。拥抱 / 反抗、烦恼 / 欢乐、紧闭 / 赤裸等矛盾共生的词语，将生命复杂难言的情绪表达出来，增强了诗句的张力，拓展了诗歌的想象空间。"他渴求着拥抱你，花朵"，"反抗着土地，花朵伸出来"，这些倒装的欧化句式的运用，形成语感的陌生化，借以突出意象表现的强度；"当""如果"等关联词的运用，构成复合的思想内涵；还有诗歌中光影和色彩的交错，都可以看出诗人对西方现代诗歌艺术的有效借鉴与吸收。

思 考 题

1. 试以《春》为例分析穆旦诗歌是如何表现感情与理性冲突的。
2. 将《春》与描写春的传统诗歌进行比较，分析穆旦诗歌的现代性特征。

延 伸 阅 读

穆旦：《诗八章》《海恋》

参 考 文 献

1. 易彬汇校：《穆旦诗编年汇校》，北京大学出版社 2019 年版。
2. 孙玉石主编：《中国现代诗导读（穆旦卷）》，北京大学出版社 2007 年版。

金黄的稻束

郑 敏

金黄的稻束站在
割过的秋天的田里，
我想起无数个疲倦的母亲
黄昏的路上我看见那皱了的美丽的脸
收获日的满月在
高耸的树巅上
暮色里，远山是
围着我们的心边

没有一个雕像能比这更静默。
肩荷着那伟大的疲倦，你们
在这伸向远远的一片
秋天的田里低首沉思
静默。静默。历史也不过是
脚下一条流去的小河
而你们，站在哪儿
将成了人类的一个思想。

（选自郑敏《诗集》，文化生活出版社 1949 年版）

生命的沉思之美

张佳惠

关键词：生命；沉思；哲理

郑敏是 20 世纪 40 年代"九叶诗派"的代表性作家，也是中国现代诗歌史上杰出的女诗人。她早年攻读西方哲学，后又精心研读英美文学，深受西方文化的浸润。她从 20 世纪 40 年代初期在西南联大哲学系读书时开始写诗。因受歌德、里尔克等人的影响，在冯至的引领下与哲理性诗歌结下了一生情缘。她擅长从日常事物中引发对宇宙与生命的思索，并常将其凝固于静态而又灵动的意象中。她的诗中的每一幅画面仿佛都是静物写生，在雕塑般的意象中凝结着诗人澄明的智慧与静默的哲思。

《金黄的稻束》是郑敏早期诗歌代表作之一，它让读者不由想起让·弗朗索瓦·米勒的名画《拾穗者》。此诗以雕塑般的语言对田野里所见的金黄稻束进行了合理而大胆的想象，通过意象的转换表达了诗人对大地、自然和生命的敬畏和沉思。诗人将秋天田野里收割完毕留下的一捆捆稻束，转换成"疲倦的母亲"意象，然后通过暮色、远山背景的烘托，使金黄的稻束成为感人至深的"静默"的雕像。金黄的稻束如雕像般静默地站立，它们成为人类的思想者。"稻束"使诗人想起"无数个疲倦的母亲"，是因为二者共同经历着生命的成长、成熟与衰老。土地年年栽种，年年收割，正如人类的母亲长年累月为家庭、为子女不辞劳苦。稻子丰收了，留下的只是孤寂地站在秋风中的疲倦的稻束；子女们长大了，家庭丰裕起来了，只有孤寂而疲倦的母亲独自在家园守候。

"那皱了的美丽的脸"既是收割后干裂的土地的象征，也是在生命孕育成熟之后疲倦的母亲的象征。"收获日的满月在／高耸的树巅上"，这里既有丰收的喜悦，也有人类对土地的感恩。在平野、树巅、满月、暮色、远山的衬托下，稻束像雕像一样凸显出它的高贵与伟大，伟大的劳作、伟大的奉献、伟大的疲倦、伟大的枯竭。永恒的土地之上，只要有人类就会有耕种、有收割，春夏秋冬年复一年，土地在不断轮回衍生，生命在不断生长衰退，劳作是充实的，疲倦是伟大的，完成了生命轮回后的稻束有如雕像镌刻在人类历史的进程中，镌刻在人们的心灵深处，站立的稻束由此而升华为历史与生命的思考者。

郑敏的诗具有内省、静态、敏感、沉思的个人气质，她对传统与现代、哲学与美学、语言与生命等重大问题的顽强探索决定了她更专注于倾听内心空旷的寂寞，这是建立在她独特的生命感受基础之上的，而绝非哲理的直陈。郑敏是知性的、静默的、深挚的、纯粹的。她的诗真正实现了知性生命化的诗学追求，同时也展示了现代汉语诗歌语言的魅力。

思 考 题

1. 试分析《金黄的稻束》所蕴含的思想意蕴。
2. 你如何理解这首诗歌的哲理性？

延 伸 阅 读

郑敏：《音乐》《树》《时代与死》《鹰》

参 考 文 献

1. 唐湜：《郑敏静夜里的祈祷》，《新意度集》，生活·读书·新知三联书店 1990 年版。
2. 游友基：《郑敏：一座具有流动美的雕像》，《九叶诗派研究》，福建教育出版社 1997 年版。
3. 吴思敬、宋晓冬：《郑敏：诗坛的世纪之树》，《河南社会科学》2012 年第 1 期。

Renoir 少女的画像

郑　敏

追寻你的人，都从那半垂的眼睛走入你的深处，
它们虽然睁开却没有把光投射给外面的世界，
却像是灵魂的海洋的入口，从那里你的一切
思维又流返冷静的形体，像被地心吸回的海潮

现在我看见你的嘴唇，这样冷酷的紧闭，
使我想起岩岸封锁了一个深沉的自己
虽然丰稔的青春已经从你发光的长发泛出
但是你这样苍白，仍像一个暗澹的早春。

呵，你不是吐出光芒的星辰，也不是
散着芬芳的玫瑰，或是泛溢着成熟的果实
却是吐放前的紧闭，成熟前的苦涩

瞧，一个灵魂先怎样紧紧把自己闭锁
而后才向世界展开，她苦苦地默思和聚炼自己
为了就将向一片充满了取予的爱的天地走去。

（选自郑敏《诗集》，文化生活出版社 1949 年版）

语言塑造的生命存在

张佳惠

关键词：印象派；生命哲学；雕塑美

《Renoir 少女的画像》是郑敏诗歌中的优秀篇章。奥古斯特·雷诺阿是 19 世纪的法国印象派画家，他的画多表现可爱的儿童、鲜艳的花朵、美丽的景色和漂亮的女人。《少女的画像》是其中的一幅。雷诺阿把从客观事物中所得到的赏心悦目的美感直接表达到了画布上。他曾说，为什么艺术不能是美的呢？世界上丑恶的事已经够多的了。他还是一位女性形象的崇拜者，他说，只有当我感觉能够触摸到画中的人时，我才算完成了人体肖

像画。

郑敏的这首诗写的就是观看雷诺阿的《少女的画像》的艺术感受。郑敏把自身的哲学气质和善于思辨的个性自觉地融汇在每一篇作品中。诗人在赏读雷诺阿的《少女的画像》过程中不仅触发了自己的情思，而且把这种立体的、多维的画面用自己诗性的语言将之哲理化、抽象化，诗人通过自己的想象继续拓展、美化画面的同时又空灵地留下了诸多空白。诗人的感觉在诗与画中自由地游走穿插。作品起笔于少女的眼睛，那"灵魂的海洋的入口"，紧接着是"我看见你的嘴唇，这样冷酷的紧闭，/ 使我想起岩岸封锁了一个深沉的自己"。诗人通过对少女的眼睛和嘴唇的刻画，表达一种美孕育在含苞待放与将熟未熟之际的内心感受，"吐放前的紧闭，成熟前的苦涩"，这是一个少女走向生命成熟前的准备。

鲜花是美的，但在绽放之前必须积蓄起足够的力量，这种积蓄的过程便是另一种精神的洗礼，是一种人生经验的历练："瞧，一个灵魂先怎样紧紧把自己闭锁 / 而后才向世界展开，她苦苦地默思和聚炼自己 / 为了就将向一片充满了取予的爱的天地走去。"这种充满沉思的含蓄、朦胧之美，大概就是雷诺阿展现给人们的一种余味无穷、既逼真又空灵的音符。诗人敏锐地捕捉到了这一意境，少女那种"默思"和"聚炼"的眼睛与嘴唇具有雕像之美，她是美的开放的等待与生命成熟的前奏，诗人将一幅少女的肖像画升华为一种生命存在的状态，它既是美的化身，又是智慧、力量和信心的聚合。这便是郑敏诗歌的智慧，美与哲理的统一。

思 考 题

1. 赏析雷诺阿的《少女的画像》，说说自己从中感悟到了什么。
2. 郑敏的诗是如何实现哲学与美的统一的？

延 伸 阅 读

郑敏：《春天》《墓园》《马》

参 考 文 献

1. 钟玲：《灵敏的感触——评郑敏的诗》，《"九叶诗人"评论资料选》，华东师范大学出版社1996年版。

2. 周礼红、陈绮梅：《西南联大与郑敏 20 世纪 40 年代诗歌》，《甘肃社会科学》2010 年第 3 期。

力的前奏

陈敬容

歌者蓄满了声音　　　　　　　　在大风暴来到之前
在一瞬的震颤中凝神　　　　　　有着可怕的寂静

舞者为一个姿势　　　　　　　　全人类的热情汇合交融
拼聚了一生的呼吸　　　　　　　在痛苦的挣扎里守候
　　　　　　　　　　　　　　　一个共同的黎明

天空的云，地上的海洋

1947.4.16

（选自《陈敬容诗文集》，复旦大学出版社 2008 年版）

寓动于静的雕像美

张晋业

关键词：力；前奏；雕像

在现代中国新诗史上，陈敬容是一位才华出众的女诗人，她的诗风蕴藉明澈、刚柔相济，既有女性的柔密纤细，也有志士般的苍劲高远。她的诗明显地带有中国古典诗词的韵味和节律感，沉潜砥砺，意味深长。

《力的前奏》1947 年创作于上海，是陈敬容的代表作之一。这首小诗体现了陈敬容诗歌创作的一个显著特点：首先寻找一个巧妙的诗体支撑"点"，然后围绕这个点结神凝思，递进延伸。诗中的这个点，就是力量爆发前的所谓临界态势，即存储、蓄积、静默。诗人以浮雕般的具象呈现一个绝妙的瞬间，看似蓄势以待、引而不发，却已然雷霆万钧、天崩地陷。"点"的巧妙，也就使诗作有了发挥和释放的极致，给人无尽的联想和富于哲理的启示。这首小诗存在两条结构线索，一条是表层的、具象的、艺术的线索，从歌者的凝神、舞者的拼聚，到云和海洋在风暴到来前的寂静，再到人类在痛苦中挣扎、守候黎明，由此生动地再现出"力的前奏"；另一条是深层的、抽象的、意义的线索，应该说，这条线索事实上很难去作准确的概括和定义，所谓见仁见智也。或执一端而言之，其意义指向当是生命主题中的坚韧或忍耐、牺牲或奉献。当然，联系 20 世纪 40 年代中国的历史情境，我们从诗中读到对力的礼赞和对黎明的憧憬，感受到一代知识分子在痛苦中挣扎的人生体验，这种解读也在情理当中。只是不必拘囿于史实，让这首诗失掉了"出有限入无限"的穿越之翅。

诗人在诗的外在形式上（如音律、节奏），也可谓匠心独运：歌者——舞者——天空的云、地上的海洋——全人类的热情，由小到大，积少聚多，从舒缓沉静到轰然奔放，仅此就能让人强烈地感受到从聚集到爆发的力量的震撼。

思 考 题

1. 我们可以从哪几个方面理解这首诗的象征性思想内涵？
2. 体会这首诗具有的雕像美。比较这首诗的意象与一般现代抒情诗的意象有何不同。

延 伸 阅 读

陈敬容：《雕塑家》《圣者》《贝壳》

参 考 文 献

1. 王泽龙：《九叶诗派意象艺术的现代化追求》，《河北学刊》2006 年第 5 期。
2. 梅隆雪川：《"让所有的虚饰层层剥落"——品读陈敬容》，《郭沫若学刊》2018 年第 3 期。

珠和觅珠人 ——————————————————

陈敬容

珠在蚌里，它有一个等待　　　　　　纷纷沓沓的那些脚步
它知道最高的幸福是　　　　　　　　走过了，它紧敛住自己的
给予，不是苦苦的沉埋　　　　　　　光，不在不适当的时候闪露
许多天的阳光，许多夜的月光　　　　然而它有一个等待
还有不时的风雨掀起白浪　　　　　　它知道觅珠人正从哪一个方向
这一切它早已收受　　　　　　　　　带着怎样的真挚和热望
在它的成长中，变成了它的　　　　　向它走来；那时它将要揭起
所有。在密合的蚌壳里　　　　　　　隐蔽的纱网，庄严地向生命
它倾听四方的脚步　　　　　　　　　展开，投进一个全新的世界。
有的急促、有的踌躇，

1948 年夏于上海

（选自《陈敬容诗文集》，复旦大学出版社 2008 年版）

守候神圣的邂逅

张晋业

关键词：珠；觅珠人；守候

这是陈敬容写于 1948 年的一首小诗。细细品味，诗中字里行间理趣盎然。时空旷远的玄思妙想，对充满悖论的生命过程的叩问、领悟，对信仰和价值观念的忠贞和执守，所有这些，诗人将其锁在了一个寻常却并不简单的意象——孕育在贝壳里的珍珠之中。"蚌病成珠"，中国的先哲们似乎早就透彻地领悟到这样一个多少有些悲壮意味的道理：较之于平庸，天才往往注定是不幸的。但在这首诗里，陈敬容没有在古老命意的基础上作简单的延伸，而是实现了一次全新的书写。

"珠在蚌里，它有一个等待 / 它知道最高的幸福是 / 给予，不是苦苦的沉埋"。珍珠的信念是给予、奉献，并且视之为生命价值实现的最高幸福。但是，在这幸福到来之前，珍珠必须承受、忍耐"苦苦的沉埋"。这似乎是不能化解的二律背反，其实不然，价值之所以成其为价值，恰恰是因为价值在实现过程中所必须付出的代价。"蜡炬成灰泪始干"，价值实现的过程其实也就是价值本身。"珠"的孕育与成长，汇聚了阳光、月光的宇宙精华，

经历了大自然风雨、白浪的洗礼，它把大海、自然、宇宙之神的爱与智慧集于一身；它要把这一切回报自然，给予人类。它庄严地等待，静心地期待。"给予"绝不是信手施舍和随便付出，明珠不能暗投。因此，成熟的珍珠在忍耐沉埋的痛苦当中，以百般的清醒、警惕为信念坚守，避开所有的蛊惑和陷阱，拒绝那些"纷纷沓沓"来自四方的脚步。"它紧敛住自己的 / 光，不在不适当的时候闪露"，正如同守候圣洁爱情的少女，在羞怯、矜持中秉持着忠贞。

终于，"它知道觅珠人正从哪一个方向 / 带着怎样的真挚和热望 / 向它走来；那时它将要揭起 / 隐蔽的纱网，庄严地向生命 / 展开，投进一个全新的世界"。它坚信珍珠不会永远被埋没，它仿佛看到那位识珠的人正在向它走来，它庄严地期待，准备着隆重地迎接，它不是想永久地被沉埋，它热切地盼望给予，它知道给予才是生命价值的实现。它把与识珠人的相遇看得伟大而神圣，这是期待价值实现的终极境界。

《珠和觅珠人》与诗人的另一首诗歌《力的前奏》虽具象各异，但在命意上是连通的，前者以"等待"为线索，后者用"聚集"作结构，其共同的意义指向则是生命主题中的坚韧和奉献。

思 考 题

1. 仔细体会这首诗的思想内涵，与《力的前奏》比较有什么异同？
2. 分析这首诗在构思上的特点。

延 伸 阅 读

陈敬容：《律动》《逻辑病者的春天》

参 考 文 献

1. 游友基：《九叶诗派研究》，福建教育出版社 1997 年版。
2. 杨雪：《中国新诗：歌唱的天使——陈敬容诗歌创作述评》，《当代文坛》2012 年第 5 期。

散　文

乌篷船

子荣君：

　　接到手书，知道你要到我的故乡去，叫我给你一点什么指导。老实说，我的故乡，真正觉得可怀恋的地方，并不是那里；但是因为在那里生长，住过十多年，究竟知道一点情形，所以写这一封信告诉你。

　　我所要告诉你的，并不是那里的风土人情，那是写不尽的，但是你到那里一看也就会明白的，不必罗唆地多讲。我要说的是一种很有趣的东西，这便是船。你在家乡平常总坐人力车，电车，或是汽车，但在我的故乡那里这些都没有，除了在城内或山上是用轿子以外，普通代步都是用船。船有两种，普通坐的都是"乌篷船"，白篷的大抵作航船用，坐夜航船到西陵去也有特别的风趣，但是你总不便坐，所以我也就可以不说了。乌篷船大的为"四明瓦"（Sy-menngoa），小的为脚划船（划读如 uoa）亦称小船。但是最适用的还是在这中间的"三道"，亦即三明瓦。篷是半圆形的，用竹片编成，中夹竹箬，上涂黑油；在两扇"定篷"之间放着一扇遮阳，也是半圆的，木作格子，嵌着一片片的小鱼鳞，径约一寸，颇有点透明，略似玻璃而坚韧耐用，这就称为明瓦。三明瓦者，谓其中舱有两道，后舱有一道明瓦也。船尾用橹，大抵两支，船首有竹篙，用以定船。船头着眉目，状如老虎，但似在微笑，颇滑稽而不可怕，唯白篷船则无之。三道船篷之高大约可以使你直立，舱宽可以放下一顶方桌，四个人坐着打麻将，——这个恐怕你也已学会了罢？小船则真是一叶扁舟，你坐在船底席上，篷顶离你的头有两三寸，你的两手可以搁在左右的舷上，还把手都露出在外边。在这种船里仿佛是在水面上坐，靠近田岸去时泥土便和你的眼鼻接近，而且遇着风浪，或是坐得少不小心，就会船底朝天，发生危险，但是也颇有趣味，是水乡的一种特色。不过你总可以不必去坐，最好还是坐那三道船吧。

　　你如坐船出去，可是不能像坐电车的那样性急，立刻盼望走到，倘若出城，走三四十里路，（我们那里的里程是短，一里才及英里三分之一，）来回总要预备一天。你坐在船上，应该是游山的态度，看看四周物色，随处可见的山，岸旁的乌桕，河边的红蓼和白苹，渔舍，各式各样的桥，困倦的时候睡在舱中拿出随笔来看，或者冲一碗清茶喝喝。偏门外的鉴湖一带，贺家池，壶觞左近，我都是喜欢的，或者往娄公埠骑驴去游兰亭，（但我劝你还是步行，骑驴或者于你不很相宜，）到得暮色苍然的时候进城上都挂着薜荔的东门来，倒是颇有趣味的事。倘若路上不平静，你往杭州去时可于下午开船，黄昏时候的景色正最好看，只可惜这一带地方的名字我都忘记了。夜间睡在舱中，听水声橹声，来往船只的招呼声，以及乡间的犬吠鸡鸣，也都很有意思，雇一只船到乡下去看庙戏，可以了解中国旧戏的真趣味，而且在船上行动自如，要看就看，要睡就睡，要喝酒就喝酒，我觉得也可以算是理想的行乐法。只可惜讲维新以来这些演剧与迎会都已禁止，中产阶级的低能人别在"布业会馆？"等处建起"海式"的戏场来，请大家买票看上海的猫儿戏。这些地方你千万不要去。——你到我那故乡，恐怕没有一个人认得，我又因为在教书不能陪你去玩，坐夜船，谈闲天，实在抱歉而且惆怅。川岛夫妇现在偓山下，本来可以给你介绍，但是你到那里的时候他们恐怕已经离开故乡了。初寒，善自珍重，不尽。

十五年一月十八日夜，于北京。

（选自《周作人散文》，人民文学出版社 2005 年版）

疗治现代文明病的良方

陈润兰

关键词：闲适；趣味；平易

周作人是"言志派"散文的宗师。人们习惯于用"闲适"来指称该派散文的格调，而"闲适"容易令人联想到"隐士"的趣味。周作人同鲁迅一样，曾是五四时期名声显赫的革命斗士，他收集在《谈龙集》《谈虎集》中的散文大多是"任意而谈，无所顾忌"的"浮躁凌厉"之作。只是后来逐渐怀疑启蒙运动的效用，才在行进途中徘徊踯躅。周作人1924 年 7 月在《沉默》中曾经打比方说："其实我们这样说话作文无非只是想这样做，想这样聊以自娱，如其觉得没有什么可娱，可以尽可简单地停止。我们在门外草地上翻几个筋斗，想象那对面高楼上的美人看着（明知她未必看见），很是高兴，是一种办法；反正她不会看见，不翻筋斗了，且卧在草地上看云罢，这也是一种办法。两者都是对的，我这回是在做第二个题目罢了。""翻筋斗"是指批判时弊；"看云"当指忙里偷闲，苦中作乐吧。周作人说自己是"喜欢翻筋斗"的人，但别人以为"翻筋斗"是"妨害社会秩序"，他自己也深知是踩了"老虎尾巴"，于是转为"看云"。撇开"叛徒"和"隐士"的冲突、纷争，仔细想想，"看云"在每个人的一生中都似乎不可或缺。

《乌篷船》作于 1926 年 1 月 18 日，与其后的《关于三月十八日的死者》前后相距不过四十来天。两篇文章的创作背景与心境应该比较接近。在后文中，周作人解剖自己的性情是"我是极缺少热狂的人，但同时也颇缺少冷静"，但得知执政府卫兵枪击民众的情形后，"每天从记载谈话中听到的悲惨事实逐日增加，堆积在心上再也摆脱不开，简直什么事都不能做"。这就告诉我们，周作人的心，其实像钟摆，总不免在时事民生与个人性情趣味之间游走。浮躁的世界，枯涩的人生，功名利禄的追逐，国事家事的不顺，极需要精神的润泽和心理的调谐，且驾一叶扁舟寄情山水吧。对于都市人而言，摆脱烦恼苦闷的最佳途径无疑是放下与投入。采用书信的方式，与朋友任心而谈，暂且获得片刻悠游。当然，他的许多书信，其实是自说自话，是自己写给自己的。他需要的是一种自我疏导、自我释放的渠道。

文章以尺牍形式，细说家乡"很有趣"的一种乌篷船。从船的种类、构造到坐船的感觉、心态，一一道来，意到笔随，不枝不蔓。一股似淡实浓的恋乡之情和回归之意汩汩地从字里行间溢出。文中的"子荣君"是都市知识分子的象征，"我"则是漂泊都市的精神流浪者。"子荣君"和"我"实为一体：一个是身处现实的"我"，一个是企求超越的"我"。童年少年的记忆与中年漂泊的滋味，使"我"产生了天涯倦游渴盼回归的情怀。于是，许多"有趣""很有意思""喜欢""理想"的物事，在"魔术师"的"魔瓶"中尽情抖露出来。"坐夜航船到西陵去"，乘"船头着眉目，状如老虎，但似在微笑"的乌篷船，"骑驴""游兰亭"，"雇一只船到乡下去看庙戏"，或者什么也不做，"夜间睡在舱中，听水声橹声，来往船只的招呼声，以及乡间的犬吠鸡鸣，"甚至是一叶扁舟，"稍不小心，就会船底朝天"的危险，也都是"颇有趣味"的。

然而，欣赏自然之美与欣赏民俗风情需要合适的心态，那就是"游山的态度"，也即悠闲，放松，超脱功利，放下架子，服膺自然，寻求趣味……否则，不仅不得快乐反而徒生厌烦无聊之意。现代人欲望过甚，讲求效率、实用，已经牺牲了许许多多的从容和闲适，造成了莫名的烦躁与焦虑，但从容与闲适的获得靠的是心境的改变。因此，作者对那些出门"总坐人力车，电车，或是汽车"的人们，特别提醒"不能像坐电车的那样性急"，而应当换一种"游山的态度"。这样的话，无论是观赏"四周物色"，阅读可意的"随笔"，还是"冲一碗清茶喝喝"都会是怡然自得的享乐。文章洒脱的文笔，素淡的语言，从容的节奏，与作者心境融成一片，自然成就一种超然的闲适之美。

思 考 题

1. 文章津津乐道于乌篷船的有趣以及乘船游玩的惬意，体会作者的用意。
2. 周作人散文有"浮躁凌厉"与"平和冲淡"两种风格，你认为它们是否对立？

延 伸 阅 读

周作人：《故乡的野菜》《鸟声》《初恋》

参 考 文 献

1. 钱理群：《周作人传》，北京十月文艺出版社 1990 年版。
2. 丁文：《"乡间风景"的发现——周作人早年文学观念与散文文体的生成》，《鲁迅研究月刊》2014年第 5 期。

荷塘月色

朱自清

　　这几天心里颇不宁静。今晚在院子里坐着乘凉，忽然想起日日走过的荷塘，在这满月的光里，总该另有一番样子吧。月亮渐渐地升高了，墙外马路上孩子们的欢笑，已经听不见了；妻在屋里拍着闰儿，迷迷糊糊地哼着眠歌。我悄悄地披了大衫，带上门出去。

　　沿着荷塘，是一条曲折的小煤屑路。这是一条幽僻的路；白天也少人走，夜晚更加寂寞。荷塘四面，长着许多树，蓊蓊郁郁的。路的一旁，是些杨柳，和一些不知道名字的树。没有月光的晚上，这路上阴森森的，有些怕人。今晚却很好，虽然月光也还是淡淡的。

　　路上只我一个人，背着手踱着。这一片天地好像是我的；我也像超出了平常的自己，到了另一世界里。我爱热闹，也爱冷静；爱群居，也爱独处。像今晚上，一个人在这苍茫的月下，什么都可以想，什么都可以不想，便觉是个自由的人。白天里一定要做的事，一定要说的话，现在都可不理。这是独处的妙处，我且受用这无边的荷香月色好了。

　　曲曲折折的荷塘上面，弥望的是田田的叶子。叶子出水很高，像亭亭的舞女的裙。层层的叶子中间，零星地点缀着些白花，有袅娜地开着的，有羞涩地打着朵儿的；正如一粒粒的明珠，又如碧天里的星星，又如刚出浴的美人。微风过处，送来缕缕清香，仿佛远处高楼上渺茫的歌声似的。这时候叶子与花也有一丝的颤动，像闪电般，霎时传过荷塘的那边去了。叶子本是肩并肩密密地挨着，这便宛然有了一道凝碧的波痕。叶子底下是脉脉的流水，遮住了，不能见一些颜色；而叶子却更见风致了。

　　月光如流水一般，静静地泻在这一片叶子和花上。薄薄的青雾浮起在荷塘里。叶子和花仿佛在牛乳中洗过一样；又像笼着轻纱的梦。虽然是满月，天上却有一层淡淡的云，所以不能朗照；但我以为这恰是到了好处——酣眠固不可少，小睡也别有风味的。月光是隔了树照过来的，高处丛生的灌木，落下参差的斑驳的黑影，峭楞楞如鬼一般；弯弯的杨柳的稀疏的倩影，却又像是画在荷叶上。塘中的月色并不均匀；但光与影有着和谐的旋律，如梵婀玲上奏着的名曲。

　　荷塘的四面，远远近近，高高低低都是树，而杨柳最多。这些树将一片荷塘重重围住；只在小路一旁，漏着几段空隙，像是特为月光留下的。树色一例是阴阴的，乍看像一团烟雾；但杨柳的丰姿，便在烟雾里也辨得出。树梢上隐隐约约的是一带远山，只有些大意罢了。树缝里也漏着一两点路灯光，没精打采的，是渴睡人的眼。这时候最热闹的，要数树上的蝉声与水里的蛙声；但热闹是它们的，我什么也没有。

　　忽然想起采莲的事情来了。采莲是江南的旧俗，似乎很早就有，而六朝时为盛；从诗歌里可以约略知道。采莲的是少年的女子，她们是荡着小船，唱着艳歌去的。采莲人不用说很多，还有看采莲的人。那是一个热闹的季节，也是一个风流的季节。梁元帝《采莲赋》里说得好：

> 于是妖童媛女，荡舟心许；鹢首徐回，兼传羽杯；棹将移而藻挂，船欲动而萍开。尔其纤腰束素，迁延顾步；夏始春余，叶嫩花初，恐沾裳而浅笑，畏倾船而敛裾。

可见当时嬉游的光景了。这真是有趣的事，可惜我们现在早已无福消受了。

于是又记起《西洲曲》里的句子：

> 采莲南塘秋，莲花过人头；低头弄莲子，莲子清如水。

今晚若有采莲人，这儿的莲花也算得"过人头"了；只不见一些流水的影子，是不行的。这令我到底惦着江南了。——这样想着，猛一抬头，不觉已是自己的门前；轻轻地推门进去，什么声息也没有，妻已睡熟好久了。

1927 年 7 月，北京清华园。

（原载 1927 年 7 月 10 日《小说月报》第 18 卷第 7 期）

《荷塘月色》主题的多种解读

王汉林

关键词： 主题；人格；生命

朱自清作于 1927 年 7 月的散文名篇《荷塘月色》（以下简称《荷》）是现代文学的经典之作。所谓"经典"，除了能经受时间的考验，也在于能为阅读提供多种可能。《荷》自诞生以来就一直被人们以各种方式解读着。

传统观点往往从社会历史批评角度解读，采用"知人论世"的方法，首先考究时代背景，查证作者当时的心态，然后才切入文本。此文写于 1927 年 7 月，其标志性事件是"四一二"反革命政变。所以，文章的主旨是表现作者对白色恐怖黑暗现实的不满以及他的彷徨、苦闷，反映了作者希望在一个宁静的环境中寻求精神上的解脱而又无法解脱的矛盾心情。有论者从家庭伦理学角度出发，认为作者"心里颇不宁静"是源自"家庭伦理、家庭生活"，而不是当时的政治形势。因为朱自清当时并不是革命者或革命作家，只是一个小资产阶级知识分子。与这种解读相似的观点认为，《荷》文表现了一种"绝望的孤独与悲凉"，认为五四一代知识分子及汲取五四文化资源长大的知识分子，面对传统文化、传统价值大厦崩溃的废墟，心中总有着一种绝望的孤独与悲凉。这些知识分子总在别人丝毫感受不到痛苦的时候体会到一种无法摆脱的刻骨的痛苦。

也有人从存在主义哲学角度解读，提出散文表现的是"普遍人性"，对人的终极关怀。

从普遍人性的角度看，"不宁静"是人类的一种普遍的情感和境遇，"出走"—"逃避"实际上是人为摆脱这一处境而进行的努力，而"荷塘月色"的完美意境成了主体"逃避"过程中获得的片刻的灵魂飞升。从隐喻的角度发掘哲学意味：自由存在和现实存在的对立，由尴尬的存在状态而逃避是一种人类普遍的存在经验。《荷》说出了人类的两难处境，即现实和自由的悖反，现实不自由，自由不现实。从存在处境到自我选择（"逃避"），《荷》文在深层次上具有一种"哲理美"。这种对人的终极关怀是《荷》历久传诵的重要原因之一。还有论者从精神分析学角度解读，认为《荷》其实呈现了一个主人公借助美的自然和文化平息内心的爱欲骚动的心理过程，并在这一过程中寄寓作者所谓"日常生活的中和主义"的道德哲学和求情意之心理满足的"刹那主义"——一种审美化的人生观。荷塘月色下的爱欲景观是一个安抚自然生命之律动和文化生命之凡庸的精神"白日梦"，一个寄托了作者的生命哲学的思想文本。朱自清的散文常以花拟人、以景拟人，通过自然景物表达对异性的爱慕。文中的比喻并非明喻，而是借喻，真正的本体不是"荷塘月色"的自然景致，而是那些关涉女性的爱欲形象。而且，随后主体"我"表达了对于采莲风俗的向往，对这种顺遂人的爱欲的"六朝文化"的神往，直至最后引用《西洲曲》为自己的精神白日梦不露声色地作结。总之，从出离日常生活到自然回归，从产生心理骚动到平息它，从乐于独处到返回家庭和社会，主人公表面上波澜不惊的漫步，却蕴含了一个惊心动魄的心路历程，寄寓了其"日常生活的中和主义"的人生观。

以上种种解读都有其合理性，各从不同侧面揭示了文本独特、深刻的意蕴。经典作品的魅力正在于其多义性。我们认为，《荷》在寻求"苦闷"的释放中体现了作者的一种独特的生命感受，他的"不宁静"体现了多方面的心理意绪。存在主义哲学认为，人的痛苦是与生俱来的，人类总是生活在矛盾、痛苦中，生命在现实生活中总是受到来自各方面的束缚、压抑而产生心理与生理的苦闷。于是人们总是努力寻找各种释放苦闷的途径。当现实生活不能满足苦闷的释放时，人们会不由自主地把希望寄托在虚构的梦幻世界中，在梦幻世界中寻求解脱，寻找人生的自由与逍遥、人性的舒展与实现。这又是中国传统的道家哲学的一种文化心理。社会现实的黑暗、家庭和职业的烦恼、生命中种种"没来由的盲动"等使作者陷于生命中无法消除的苦闷。万般无奈，只有在幻想中寻求精神的寄托与心灵的慰藉。"荷塘月色"便是这样一个虚构的清幽朦胧、如诗如画的梦幻世界。在这个世界里，作者的苦闷——"颇不宁静"的心终于得到暂时的平复。"这一片天地好像是我的；我也像超出了平常的自己，到了另一世界里"，"一个人在这苍茫的月下，什么都可以想，什么都可以不想，便觉是个自由的人"。就在暂时的平复中，两相对比，那沉入内心深处的苦闷又浮出了水面："热闹是它们的，我什么也没有。"怎样消除这"才下眉头，却上心头"的挥之不去的苦闷呢？于是作者进一步把我们带入了一个历史上曾有过的经验世界——家乡古代民间的采莲习俗中。通过对采莲场景的生动描述，作者向我们展现了一个人性得以自由舒展、实现的世界："那是一个热闹的季节，也是一个风流的季节"，在令人回味的忆想中，在乡情乡恋的陶醉里，作者内心深处的生命的苦闷终于在一定程度上得以释放。可以说，"荷塘月色"并不仅是纯粹的自然景观，而且是一个形而上的象征体，作者用它营造了一个虚幻的形而上的象征境界。正如日本文艺批评家厨川白村所言："艺术是纯然的生命的表现"，"文学是苦闷的象征"。作者在"荷塘月色"的象征化境界中释放的是一种生活上、政治上、精神上也包括身体上的多重苦闷，总归来看是生命的苦闷。

《荷》是一种生命情态的审美化，是现代人对生命的苦闷的一种诗意化的心灵超度。

思 考 题

1. 谈谈你对这篇散文的主题的认识。
2. 与写景的现代名篇对比阅读，说说朱自清的《荷塘月色》在艺术上的独到之处。

延 伸 阅 读

朱自清：《温州的踪迹》《桨声灯影里的秦淮河》《春》《松堂游记》

参 考 文 献

1. 高远东：《〈荷塘月色〉：一个精神分析的文本》，《中国现代文学研究丛刊》2001 年第 1 期。
2. 叶炜：《自清芙蓉　朱自清传》，作家出版社 2018 年版。

儿女

朱自清

　　我现在已是五个儿女的父亲了。想起圣陶喜欢用的"蜗牛背了壳"的比喻，便觉得不自在。新近一位亲戚嘲笑我说，"要剥层皮呢！"更有些悚然了。十年前刚结婚的时候，在胡适之先生的《藏晖室札记》里，见过一条，说世界上有许多伟大的人物是不结婚的；文中并引培根的话，"有妻子者，其命定矣。"当时确吃了一惊，仿佛梦醒一般；但是家里已是不由分说给娶了媳妇，又有甚么可说？现在是一个媳妇，跟着来了五个孩子；两个肩头上，加了这么重一副担子，真不知怎样走才好。"命定"是不用说了；从孩子们那一面说，他们该怎样长大，也正是可以忧虑的事。我是个彻头彻尾自私的人，做丈夫已是勉强，做父亲更是不成。自然，"子孙崇拜"，"儿童本位"的哲理或伦理，我也有些知道；既做着父亲，闭了眼抹杀孩子们的权利，知道是不行的。可惜这只是理论，实际上我是仍旧按照古老的传统，在野蛮地对付着，和普通的父亲一样。近来差不多是中年的人了，才渐渐觉得自己的残酷；想着孩子们受过的体罚和叱责，始终不能辩解——像抚摩着旧创痕那样，我的心酸溜溜的。有一回，读了有岛武郎《与幼小者》的译文，对了那种伟大的，沉挚的态度，我竟流下泪来了。去年父亲来信，问起阿九，那时阿九还在白马湖呢；信上说，"我没有耽误你，你也不耽误他才好。"我为这句话哭了一场；我为什么不像父亲的仁慈？我不该忘记，父亲怎样待我们来着！人性许真是二元的，我是这样地矛盾；我的心像钟摆似的来去。

　　你读过鲁迅先生的《幸福的家庭》么？我的便是那一类的"幸福的家庭"！每天午饭和晚饭，就如两次潮水一般。先是孩子们你来他去地在厨房与饭间里查看，一面催我或妻发"开饭"的命令。急促繁碎的脚步，夹着笑和嚷，一阵阵袭来，直到命令发出为止。他们一递一个地跑着喊着，将命令传给厨房里佣人；便立刻抢着回来搬凳子。于是这个说，"我坐这儿！"那个说，"大哥不让我！"大哥却说，"小妹打我！"我给他们调解，说好话。但是他们有时候很固执，我有时候也不耐烦，这便用着叱责了；叱责还不行，不由自主地，我的沉重的手掌便到他们身上了。于是哭的哭，坐的坐，局面才算定了。接着可又你要大碗，他要小碗，你说红筷子好，他说黑筷子好；这个要干饭，那个要稀饭，要茶要汤，要鱼要肉，要豆腐，要萝卜；你说他菜多，他说你菜好。妻是照例安慰着他们，但这显然是太迂缓了。我是个暴躁的人，怎么等得及？不用说，用老法子将他们立刻征服了；虽然有哭的，不久也就抹着泪捧起碗了。吃完了，纷纷爬下凳子，桌上是饭粒呀，汤汁呀，骨头呀，渣滓呀，加上纵横的筷子，欹斜的匙子，就如一块花花绿绿的地图模型。吃饭而外，他们的大事便是游戏。游戏时，大的有大主意，小的有小主意，各自坚持不下，于是争执起来；或者大的欺负了小的，或者小的竟欺负了大的，被欺负的哭着嚷着，到我或妻的面前诉苦；我大抵仍旧要用老法子来判断的，但不理的时候也有。最为难的，是争夺玩具的时候：这一个的与那一个的是同样的东西，却偏要那一个的；而那一个便偏不答应。在这种情形之下，不论如何，终于是非哭了不可的。这些事件自然不至于天天全有，但大致总有好些起。我若坐在家里看书或写什么东西，管保一点钟里要分几回心，或站起来一两次的。若是雨天或礼拜日，孩子们在家的多，那么，摊开书竟看不下一行，提起笔也写不出一个字的事，也有过的。我常和妻说，"我们家真是成日的千军万马呀！"有时是不但"成日"，连夜里也有兵马在进行着，在有吃乳或生病的孩子的时候！

我结婚那一年，才十九岁。二十一岁，有了阿九；二十三岁，又有了阿菜。那时我正像一匹野马，哪能容忍这些累赘的鞍鞯，辔头，和缰绳？摆脱也知是不行的，但不自觉地时时在摆脱着。现在回想起来，那些日子，真苦了这两个孩子；真是难以宽宥的种种暴行呢！阿九才两岁半的样子，我们住在杭州的学校里。不知怎地，这孩子特别爱哭，又特别怕生人。一不见了母亲，或来了客，就哇哇地哭起来了。学校里住着许多人，我不能让他扰着他们，而客人也总是常有的；我懊恼极了，有一回，特地骗开了妻，关了门，将他按在地下打了一顿。这件事，妻到现在说起来，还觉得有些不忍；她说我的手太辣了，到底还是两岁半的孩子！我近年常想着那时的光景，也觉黯然。阿菜在台州，那是更小了；才过了周岁，还不大会走路。也是为了缠着母亲的缘故吧，我将她紧紧地按在墙角里，直哭喊了三四分钟；因此生了好几天病。妻说，那时真寒心呢！但我的苦痛也是真的。我曾给圣陶写信，说孩子们的折磨，实在无法奈何；有时竟觉着还是自杀的好。这虽是气愤的话，但这样的心情，确也有过的。后来孩子是多起来了，磨折也磨折得久了，少年的锋棱渐渐地钝起来了；加以增长的年岁增长了理性的裁制力，我能够忍耐了——觉得从前真是一个"不成材的父亲"，如我给另一个朋友信里所说。但我的孩子们在幼小时，确比别人的特别不安静，我至今还觉如此。我想这大约还是由于我们抚育不得法；从前只一味地责备孩子，让他们代我们负起责任，却未免是可耻的残酷了！

正面意义的"幸福"，其实也未尝没有。正如谁所说，小的总是可爱，孩子们的小模样，小心眼儿，确有些教人舍不得的。阿毛现在五个月了，你用手指去拨弄她的下巴，或向她做趣脸，她便会张开没牙的嘴格格地笑，笑得像一朵正开的花。她不愿在屋里待着；待久了，便大声儿嚷。妻常说："姑娘又要出去溜达了。"她说她像鸟儿般，每天总得到外面溜一些时候。闰儿上个月刚过了三岁，笨得很，话还没有学好呢。他只能说三四个字的短语或句子，文法错误，发音模糊，又得费气力说出；我们老是要笑他的。他说"好"字，总变成"小"字；问他"好不好？"他便说"小"，或"不小"。我们常常逗着他说这个字玩儿；他似乎有些觉得，近来偶然也能说出正确的"好"字了——特别在我们故意说成"小"字的时候。他有一只搪瓷碗，是一毛来钱买的；买来时，老妈子教给他，"这是一毛钱。"他便记住"一毛"两个字，管那只碗叫"一毛"，有时竟省称为"毛"。这在新来的老妈子，是必需翻译了才懂的。他不好意思，或见着生客时，便咧着嘴痴笑；我们常用了土话，叫他做"呆瓜"。他是个小胖子，短短的腿，走起路来，蹒跚可笑；若快走或跑，便更"好看"了。他有时学我，将两手叠在背后，一摇一摆的；那是他自己和我们都要乐的。他的大姊便是阿菜，已是七岁多了，在小学校里念着书。在饭桌上，一定得啰啰唆唆地报告些同学或他们父母的事情；气喘喘地说着，不管你爱听不爱听。说完了总问我："爸爸认识么？""爸爸知道么？"妻常禁止她吃饭时说话，所以她总是问我。她的问题真多：看电影便问电影里的是不是人？是不是真人？怎么不说话？看照相也是一样。不知谁告诉她，兵是要打人的。她回来便问，兵是人么？为什么打人？近来大约听了先生的话，回来又问张作霖的兵是帮谁的？蒋介石的兵是不是帮我们的？诸如此类的问题，每天短不了，常常闹得我不知怎样答才行。她和闰儿在一处玩儿，一大一小，不很合式，老是吵着哭着。但合式的时候也有：譬如这个往床底下躲，那个便钻进去追着；这个钻出来，那个也跟着——从这个床到那个床，只听见笑着、嚷着、喘着，真如妻所说，像小狗似的。现在在京的，便只有这三个孩子；阿九和转儿是去年北来时，让母亲暂时带回扬州去了。

阿九是欢喜书的孩子。他爱看《水浒》《西游记》《三侠五义》《小朋友》等；没有事便捧着书坐着或躺着看。只不欢喜《红楼梦》，说是没有味儿。是的，《红楼梦》的味儿，一个十岁的孩子，哪里能领略呢？去年我们事实上只能带两个孩子来；因为他大些，而转儿是一直跟着祖母的，便在上海将他俩丢下。我清清楚楚记得那分别的一个早上。我领着阿九从二洋泾桥的旅馆出来，送他到母亲和转儿住着的亲戚家去。妻嘱咐说，"买点吃的给他们吧。"我们走过四马路，到一家茶食铺里。阿九说要熏鱼，我给买了；又买了饼干，是给转儿的。便乘电车到海宁路。下车时，看着他的害怕与累赘，很觉恻然。到亲戚家，因为就要回旅馆收拾上船，只说了一两句话便出来；转儿望望我，没说什么，阿九是和祖母说什么去了。我回头看了他们一眼，硬着头皮走了。后来妻告诉我，阿九背地里向她说："我知道爸爸欢喜小妹，不带我上北京去。"其实这是冤枉的。他又曾和我们说，"暑假时一定来接我啊！"我们当时答应着；但现在已是第二个暑假了，他们还在迢迢的扬州待着。他们是恨着我们呢？还是惦着我们呢？妻是一年来老放不下这两个，常常独自暗中流泪；但我有什么法子呢！想到"只为家贫成聚散"一句无名的诗，不禁有些凄然。转儿与我较生疏些。但去年离开白马湖时，她也曾用了生硬的扬州话（那时她还没有到过扬州呢），和那特别尖的小嗓子向着我："我要到北京去。"她晓得什么北京，只跟着大孩子们说罢了；但当时听着，现在想着的我，却真是抱歉呢。这兄妹俩离开我，原是常事，离开母亲，虽也有过一回，这回可是太长了；小小的心儿，知道是怎样忍耐那寂寞来着！

我的朋友大概都是爱孩子的。少谷有一回写信责备我，说儿女的吵闹，也是很有趣的，何至可厌到如我所说；他说他真不解。子恺为他家华瞻写的文章，真是"蔼然仁者之言"。圣陶也常常为孩子操心：小学毕业了，到什么中学好呢？——这样的话，他和我说过两三回了。我对他们只有惭愧！可是近来我也渐渐觉着自己的责任。我想，第一该将孩子们团聚起来，其次便该给他们些力量。我亲眼见过一个爱女儿的人，因为不曾好好地教育他们，便将他们荒废了。他并不是溺爱，只是没有耐心去料理他们，他们便不能成材了。我想我若照现在这样下去，孩子们也便危险了。我得计划着，让他们渐渐知道怎样去做人才行。但是要不要他们像我自己呢？这一层，我在白马湖教初中学生时，也曾从师生的立场上问过丏尊，他毫不踌躇地说，"自然啰。"近来与平伯谈起教子，他却答得妙，"总不希望比自己坏啰。"是的，只要不"比自己坏"就行，"像"不"像"倒是不在乎的。职业，人生观等，还是由他们自己去定的好；自己顶可贵，只要指导，帮助他们去发展自己，便是极贤明的办法。

予同说，"我们得让子女在大学毕了业，才算尽了责任。"SK 说，"不然，要看我们的经济，他们的材质与志愿；若是中学毕了业，不能或不愿升学，便去做别的事，譬如做工人吧，那也并非不行的。"自然，人的好坏与成败，也不尽靠学校教育；说是非大学毕业不可，也许只是我们的偏见。在这件事上，我现在毫不能有一定的主意；特别是这个变动不居的时代，知道将来怎样？好在孩子们还小，将来的事且等将来吧。目前所能做的，只是培养他们基本的力量——胸襟与眼光；孩子们还是孩子们，自然说不上高的远的，慢慢从近处小处下手便了。这自然也只能先按照我自己的样子："神而明之，存乎其人。"光辉也罢，倒楣也罢，平凡也罢，让他们各尽各的力去。我只希望如我所想的，从此好好地做一回父亲，便自称心满意。——想到那"狂人""救救孩子"的呼声，我怎敢不悚然自勉呢？

1928 年 6 月 24 日晚写毕，北京清华园。

（原载 1928 年 10 月 10 日《小说月报》第 19 卷第 10 号）

腴厚平淡出

张佳惠

关键词：伦理；亲情；平实

《儿女》是朱自清以家庭生活为素材的一篇散文。描述自身家庭生活、抒发血缘亲情的文章最能体现朱自清散文的特色，如《背影》《给亡妇》等篇均属这方面的名文。此类散文真挚地表现了作者对家庭生活的眷恋和热爱，也蕴含着作者对家庭伦理的独特体验。

作者看似漫不经心地写家庭琐事，其实包含了自己对儿女教育问题的心灵解剖与道德反省。年轻时没有任何物质与精神上的准备，数年后成了 5 个孩子的父亲。可是不知道怎样做父亲，仍然按照古老的传统，用粗暴的方式教育儿女。年近中年，回忆往事，才觉得惭愧。

作者在文中信手拉拉杂杂地写了些吃饭、游戏等平常家庭生活场景："你要大碗，他要小碗，你说红筷子好，他说黑筷子好……你说他菜多，他说你菜好。""游戏时，大的有大主意，小的有小主意，各自坚持不下，于是争执起来：或者大的欺负了小的，或者小的竟欺负了大的……"（读着这些文字，读者往往也会回到自己的童年）真像一窝小雀子似的叽叽喳喳，打打闹闹，告不完的状，辩不完的是非，做不完的游戏，当然也有享不完的乐趣。这些琐碎的记述，表面上没有动人感情的流泻，实质上却隐含着纯洁的品性，闪现着人性的光辉，流转着若淡实浓的情感，蕴含着难以言说的意味：责任中透着亲切，关爱中蕴含严厉，乐趣中也夹杂着几丝无奈。孩子们永远不知道，他们的打闹、嬉戏、委屈、和解中所蕴藏的无限幸福对于父母则意味着责任，还有诸种情感交杂在一起的复杂感受。其中既有孩子带来的新鲜、好奇、欣喜和乐趣，也有为生活所迫、重担在肩的艰辛和无奈之感，更多的则是对如何教育培养孩子的担心和思考。从不自在、悚然、对"体罚和叱责"的自责、试图摆脱、学着忍耐，到对"难以宽宥的种种暴行"和"可耻的残酷"的描述，都包含了作为父亲的心理检讨与反思。面对聚散的无奈，力不从心的惭愧，到最后终于明确了自己的责任："我想，第一该将孩子们团聚起来，其次便该给他们些力量。"这是一个同孩子一起成长的父亲真实的心路历程。作者一面陶醉于孩子们嬉戏玩耍的天真烂漫,一面又不得不"野蛮地对付着"这群孩子,解剖着自己传统的父权思想使儿女遭受的不公正待遇。这些平常家庭琐事的朴实描绘往往会使读者也置身其中,同作者一起来享受儿时的欢乐,感受为人父母的辛酸无奈和发自内心的真诚检讨。因此,也可以说《儿女》体现了作为学者的父亲对儿女们成长的思考。

杨振声曾说:"我觉得朱先生的性情造成他散文的风格。你同他谈话处事或读他的文章,印象都是那么诚恳、谦虚、温厚、朴素而并不缺乏风趣。对人对事对文章,他一切处理的那末公允,妥当,恰到好处。他文如其人,风华是从朴素出来,幽默是从忠厚出来,腴厚是从平淡出来。他的散文,确实给我们开出一条平坦大道,这条道将永久领导我们自迩以至远,自卑以升高。"(《朱自清先生与现代散文》)此论可谓精到而恰切。

思 考 题

1. 对比阅读鲁迅的《我们现在怎样做父亲》《从孩子的照相说起》,丰子恺的《给我的孩子们》及傅雷的《傅雷家书》等,说说他们是如何对待子女教育问题的,对我们现在的家庭教育有何裨益。

2. 对比阅读《背影》《给亡妇》等篇目,总结朱自清散文的艺术特色。

延 伸 阅 读

朱自清:《我所见的叶圣陶》《你我》《择偶记》

参 考 文 献

1. 林非主编:《朱自清名作欣赏》,中国和平出版社 1993 年版。

2. 朱自清:《朱自清回忆录》,北京大学出版社 2013 年版。

3. 吴周文、张王飞:《朱自清散文文体的独创性及特殊的"语言指纹"》,《江苏社会科学》2017 年第 1 期。

说几句爱海的孩气的话

冰 心

白发的老医生对我说："可喜你已大好了。城市与你不宜，今夏海滨之行，也是取消了为妙。"

这句话如同平地起了一个焦雷！

学问未必都在书本上。纽约，康桥，芝加哥这些人烟稠密的地方，终身不去也没有什么。只是说不许我到海边去，这却太使我伤心了。

我抬头张目的说："不，你没有阻止我到海边去的意思！"

他笑道："是的，我不愿意你到海边去，太潮湿了，于你新愈的身体没有好处。"

我们争执了半点钟，至终他说："那么你去一个礼拜罢！"他又笑说："其实秋后的湖上，也够你玩的了！"

我爱慰冰，无非也是海的关系。若完全的叫湖光代替了海色，我似乎不大甘心。

可怜，沙穰的六个多月，除了小小的流泉外，连慰冰都看不见！山也是可爱的，但和海比，的确比不起，我有我的理由！

人常常说"海阔天空"。只有在海上的时候，才觉得天空阔远到了尽量处。在山上的时候，走到岩壁中间，有时只见一线天光。即或是到了山顶，而因着天末是山，天与地的界线便起伏不平，不如水平线的齐整。

海是蓝色灰色的。山是黄色绿色的。拿颜色来比，山也比海不过。蓝色灰色含着庄严淡远的意味，黄色绿色却未免浅显小方一些。固然我们常以黄色为至尊，皇帝的龙袍是黄色的，但皇帝称为"天子"，天比皇帝还尊贵，而天却是蓝色的。

海是动的，山是静的。海是活泼的，山是呆板的。昼长人静的时候，天气又热，凝神望着青山，一片黑郁郁的连绵不动，如同病牛一般。而海呢，你看她没有一刻静止！从天边微波粼粼的直卷到岸旁，触着崖石，更欣然的溅跃了起来，开了灿然万朵的银花！

四围是大海，与四围是乱山，两者相较，是如何滋味，看古诗便可知道。比如说海上山上看月出，古诗说："南山塞天地，日月石上生。"细细咀嚼，这两句形容乱山，形容得极好，而光景何等臃肿，崎岖，僵冷？读了不使人生快感。而"海上生明月，天涯共此时。"也是月出，光景却何等妩媚，遥远，璀璨！

原也是的，海上没有红，白，紫，黄的野花，没有蓝雀，红襟等等美丽的小鸟。然而野花到秋冬之间，便都萎谢，反予人以凋落的凄凉。海上的朝霞晚霞，天上水里反映到不止红白紫黄这几个颜色。这一片花，却是四时不断的。说到飞鸟，蓝雀，红襟自然也可爱。而海上的沙鸥，白胸翠羽，轻盈的飘浮在浪花之上，"凌波微步，罗袜生尘"。看见蓝雀，红襟，只使我联忆到"山禽自唤名"。而见海鸥，却使我联忆到千古颂赞美人，颂赞到绝顶的句子，是"婉若游龙，翩若惊鸿"！

在海上又使人有透视的能力，这句话天然是真的！你倚栏俯视，你不由自主的要想起这万顷碧琉璃之下，有什么明珠，什么珊瑚，什么龙女，什么鲛绡。在山上呢，很少使人想到山石黄泉以下，有什么金银铜铁。因为海水透明，天然的有引人们思想往深里去的趋向。

简直越说越没有完了，总而言之，统而言之，我以为海比山强得多，说句极端的话，假如我犯了天条，赐我自杀，我也愿投海，不愿坠崖！

争论真有意思！我对于山和海的品评，小朋友们愈和我辩驳愈好。"人心之不同，各如其面"，这样世界上才有个不同和变换。假如世界上的人都是一样的脸，我必不愿见人。假如天下人都是一样的嗜好，穿衣服的颜色式样都是一般的，则世界成了一个大学校，男女老幼都穿一样的制服，想至此不但好笑，而且无味！再一说，如大家都爱海呢，大家都搬到海上去，我又不得清静了！

（选自《冰心散文集》，北新书局 1932 年版）

献给大海的一曲恋歌

陈润兰

关键词： 海与山；人格；对比

冰心的出身和童年生活印记是与大海密不可分的，冰心的创作灵感也常源于大海。可以说，冰心的人格理想、艺术想象，都浸润着大海的气息与精神。《说几句爱海的孩气的话》就是冰心对大海一往情深的内心独白。作者远离故国和亲人，在青山沙穰疗养院养病六个多月的孤独寂寞，时时让她想起故乡的大海，想起海滨快乐温馨的日日夜夜。

文章开头借医患间的对话直言自己对海的想望。在经过了与医生的争执后，双方达成协议，医生允许"我"去海边一个礼拜，于是引发出对海的神秘向往的内心情感的倾吐。爱海的理由与恋海的感情又不直接抒写，偏偏要把山拿来作为对比衬托，洋洋洒洒写成了一篇海、山殊异，海比山美的比较论。文章分别从视野、色彩、状貌、感觉、功能等方面将海与山作了层层对照：作者以爱山人为假想敌，调皮饶舌，意兴飞扬，一通贬山褒海，一股脑儿将自己的情趣、理想、美学观全部凸显了出来。

说到视野，只有在海上"才觉得天空阔远"，在山上的时候，则"只见一线天光"，即或是到了山顶，也不如海上所见"水平线的齐整"。说到色彩，又以为山的黄色绿色"未免浅显小方"，远不及海的蓝色灰色"庄严淡远"。说到状貌，则鄙夷山的"静"、山的"呆板"，觉得它们"如同病牛一般"；而对海的"动"态，海的"活泼"，海的无限生机满含溢美之词。当然这还只是视觉上的差异。如果以"山"和"海"作背景，置身其间，感觉又如何呢？文章引经据典，进一步从美感方面将二者作了比较："南山塞天地，日月石上生"，"光景何等臃肿，崎岖，僵冷"；"海上生明月，天涯共此时"，"光景却何等妩媚，遥远，璀璨！"

在爱"山"的人们看来，山上有四时景色变幻而海上却是永远的单调乏味；但在爱

"海"的冰心看来,却正好相反。她伶牙俐齿甚至强词夺理,一派自说自话不管不顾的执拗劲儿。她说,山上虽有野花,但会"萎谢","反予人以凋落的凄凉"。海上没有红、白、紫、黄的野花,但"朝霞晚霞"却是"四时不断",且"不止红白紫黄这几个颜色"。至于飞鸟,则山上、海上都是有的。山上的蓝雀、红襟虽"也可爱",但"只使我联忆到'山禽自唤名'";而见海鸥"却使我联忆到千古颂赞美人,颂赞到绝顶的句子,是'婉若游龙,翩若惊鸿'!"这个虚拟的争论的最后,作者把自己爱海、恋海的情感推向了极致:"假如我犯了天条,赐我自杀,我也愿投海,不愿坠崖!"

这场虚拟的争论是一种异常偏执的孩气话,正是她的孩气与童心,使得文章显得亲切可爱,因为海比山美,并非客观评价而只是一种主观情绪的倾泻。文章的构思之巧妙,还在于用对比的论争方式,一箭双雕地也写出了山的特色,虽然作者有对海的偏爱,也并不影响我们去爱山。为此,文章最后提醒小朋友:"人心之不同,各如其面"。爱山的尽可以恋山,爱海的也尽可以恋海。如果大家都爱海,"我"又不得清静了。文章浸润着真诚的童心与活泼的意趣。

思 考 题

1. 如何理解本文中"海"作为一种文学形象的象征意义?
2. 仔细体味文章的艺术手法及语言风格。

延 伸 阅 读

冰心:《闲情》、《往事》(二之三)

参 考 文 献

1. 茅盾:《冰心论》,《茅盾论中国现代作家作品》,北京大学出版社 1980 年版。
2. 肖凤:《冰心传》,北京十月文艺出版社 1987 年版。
3. 王本朝:《冰心散文风格的传统资源》,《苏州大学学报》(哲学社会科学版) 2013 年第 2 期。

追悼志摩

胡 适

> 悄悄的我走了，
> 　　正如我悄悄的来；
> 我挥一挥衣袖，
> 　　不带走一片云彩。
>
> 　　　　　　（《再别康桥》）

志摩这一回真走了！可不是悄悄的走。在那淋漓的大雨里，在那迷濛的大雾里，一个猛烈的大震动，三百匹马力的飞机碰在一座终古不动的山上，我们的朋友额上受了一下致命的撞伤，大概立刻失去了知觉。半空中起了一团大火，像天上陨了一颗大星似的直掉下地去。我们的志摩和他的两个同伴就死在那烈焰里了！

我们初得着他的死信，却不肯相信，都不信志摩这样一个可爱的人会死的这么惨酷。但在那几天的精神大震撼稍稍过去之后，我们忍不住要想，那样的死法也许只有志摩最配。我们不相信志摩会"悄悄的走了"，也不忍想志摩会死一个"平凡的死"，死在天空之中，大雨淋着，大雾笼罩着，大火焚烧着，那撞不倒的山头在旁边冷眼瞧着，我们新时代的新诗人，就是要自己挑一种死法，也挑不出更合式、更悲壮的了。

志摩走了，我们这个世界里被他带走了不少的云彩。他在我们这些朋友之中，真是一片最可爱的云彩，永远是温暖的颜色，永远是美的花样，永远是可爱。他常说：

> 我不知道风
> 是在哪一个方向吹——

我们也不知风是在哪一个方向吹，可是狂风过去之后，我们的天空变惨淡了，变寂寞了，我们才感觉我们的天上的一片最可爱的云彩被狂风卷去了，永远不回来了！

这十几天里，当有朋友到家里来谈志摩，谈起来常常有人痛哭。在别处痛哭他的，一定还不少。志摩所以能使朋友这样哀念他，只是因为他的为人整个的只是一团同情心，只是一团爱。叶公超先生说：

> 他对于任何人，任何事，从未有过绝对的怨恨，甚至于无意中都没有表示过一些憎嫉的神气。

陈通伯先生说：

尤其朋友里缺不了他。他是我们的连索,他是粘着性的,发酵性的。在这七八年中,国内文艺界里起了不少的风波,吵了不少的架,许多很熟的朋友往往弄的不能见面。但我没有听见有人怨恨过志摩。谁也不能抵抗志摩的同情心,谁也不能避开他的粘着性。他才是和事佬,使我们怀着无穷的同情,他总是朋友中间的"连索"。他从没有疑心,他从不会妒忌。使这些多疑善妒的人们十分惭愧,又十分羡慕。

他的一生真是爱的象征。爱是他的宗教,他的上帝。

> 我攀登了万仞的高冈,
> 荆棘扎烂了我的衣裳,
> 我向飘渺的云天外望——
> 上帝,我望不见你——
> …………
>
> 我在道旁见一个小孩,
> 活泼,秀丽,褴褛的衣衫
> 他叫声"妈",眼里亮着爱——
> ——上帝,他眼里有你——
>
> (《他眼里有你》)

志摩今年在他的《猛虎集自序》里曾说他的心境是"一个曾经有单纯信仰的流入怀疑的颓废"。这句话是他最好的自述。他的人生观真是一种"单纯信仰",这里面只有三个大字:一个是爱,一个是自由,一个是美。他梦想这三个理想的条件能够会合在一个人生里,这是他的"单纯信仰"。他的一生的历史,只是他追求这个单纯信仰的实现的历史。

社会上对于他的行为,往往有不能谅解的地方,都只因为社会上批评他的人不曾懂得志摩的"单纯信仰"的人生观。他的离婚和他的第二次结婚,是他一生最受社会严厉批评的两件事。现在志摩的棺已盖了,而社会上的议论还未定。但我们知道这两件事的人,都能明白,至少在志摩的方面,这两件事最可以代表志摩的单纯理想的追求。他万分诚恳的相信那两件事都是他实现那"美与爱与自由"的人生的正当步骤。这两件事的结果,在别人看来,似乎都不曾能够实现志摩的理想生活。但到了今日,我们还忍用成败来议论他吗?

我忍不住我的历史癖,今天我要引用一点神圣的历史材料,来说明志摩决心离婚时的心理。民国十一年三月,他正式向他的夫人提议离婚,他告诉她,他们不应该继续他们的没有爱情没有自由的结婚生活了,他提议"自由之偿还自由",他认为这是"彼此重见生命之曙光,不世之荣业"。他说:

> 故转夜为日,转地狱为天堂,直指顾间事矣。……真生命必自奋斗自求得来,真幸福亦必自奋斗自求得来,真恋爱亦必自奋斗自求得来!彼此前途无限……彼此有改良社会之心,彼此有造福人类之心,其先自

> 作榜样，勇决智断，彼此尊重人格，自由离婚，止绝苦痛，始兆幸福，
> 皆在此矣。

这信里完全是青年的志摩的单纯的理想主义，他觉得那没有爱又没有自由的家庭是可以摧毁他们的人格的，所以他下了决心，要把自由偿还自由，要从自由求得他们的真生命，真幸福，真恋爱。

后来他回国了，婚是离了，而家庭和社会都不能谅解他。最奇怪的是他和他已离婚的夫人通信更勤，感情更好。社会上的人更不明白了。志摩是梁任公先生最爱护的学生，所以民国十二年任公先生曾写一封很长很恳切的信去劝他。在这信里，任公提出两点：

> 其一，万不容以他人之苦痛，易自己之快乐。弟之此举，其于弟将来之快乐能得与否，殆茫如捕风，然先已予多数人以无量之苦痛。
> 其二，恋爱神圣为今之少年所乐道。……兹事盖可遇而不可求。……况多情多感之人，其幻象起落鹘突，而得满足得宁帖也极难。所梦想之神圣境界恐终不可得，徒以烦恼终其身已耳。

任公又说：

> 呜呼志摩！天下岂有圆满之宇宙？……当知吾侪以不求圆满为生活态度，斯可以领略生活之妙味矣。……若沉迷于不可必得之梦境，挫折数次，生意尽矣，郁悒侘傺以死，死为无名。死犹可也，最可畏者，不死不生而堕落至不复能自拔。呜呼志摩，可无惧耶！可无惧耶！（十二年一月二日信）

任公一眼看透了志摩的行为是追求一种"梦想的神圣境界"，他料到他必要失望，又怕他少年人受不起几次挫折，就会死，就会堕落。所以他以老师的资格警告他："天下岂有圆满之宇宙？"

但这种反理想主义是志摩所不能承认的。他答复任公的信，第一不承认他是把他人的苦痛来换自己的快乐。他说：

> 我之甘冒世之不韪，竭全力以斗者，非特求免凶惨之苦痛，实求良心之安顿，求人格之确立，求灵魂之救度斗。

人谁不求庸德？人谁不安现成？人谁不畏艰险？然且有突围而出者，夫岂得已而然哉？第二，他也承认恋爱是可遇而不可求的，但他不能不去追求。他说：

> 我将于茫茫人海中访我唯一灵魂之伴侣；得之，我幸；不得，我命，如此而已。

他又相信他的理想是可以创造培养出来的。他对任公说：

> 嗟夫吾师！我尝奋我灵魂之精髓，以凝成一理想之明珠，涵之以热
> 满之心血，朗照我深奥之灵府。而庸俗忌之嫉之，辄欲麻木其灵魂，捣
> 碎其理想，杀灭其希望，污毁其纯洁！我之不流入堕落，流入庸懦，流
> 入卑污，其几亦微矣！

我今天发表这三封不曾发表过的信，因为这几封信最能表现那个单纯的理想主义者徐志摩。他深信理想的人生必须有爱，必须有自由，必须有美；他深信这种三位一体的人生是可以追求的，至少是可以用纯洁的心血培养出来的。——我们若从这个观点来观察志摩的一生，他这十年中的一切行为就全可以了解了。我还可以说，只有从这个观点上才可以了解志摩的行为；我们必须先认清了他的单纯信仰的人生观，方才认得清志摩的为人。

志摩最近几年的生活，他承认是失败。他有一首《生活》的诗，诗是暗惨的可怕。

> 阴沉，黑暗，毒蛇似的蜿蜒，
> 生活逼成了一条甬道：
> 一度陷入，你只可向前，
> 手扪索着冷壁的粘潮，
>
> 在妖魔的脏腑内挣扎，
> 头顶不见一线的天光，
> 这魂魄，在恐怖的压迫下，
> 除了消灭更有什么愿望？
>
> （十九年五月二十九日）

他的失败是一个单纯的理想主义者的失败。他的追求，使我们惭愧，因为我们的信心太小了，从不敢梦想他的梦想。他的失败，也应该使我们对他表示更深厚的恭敬与同情，因为偌大的世界之中，只有他有这信心，冒了绝大的危险，费了无数的麻烦，牺牲了一切平凡的安逸，牺牲了家庭的亲谊和人间的名誉，去追求，去试验一个"梦想之神圣境界"，而终于免不了惨酷的失败，也不完全是他的人生观的失败。他的失败是因为他的信仰太单纯了，而这个现实世界太复杂了，他的单纯的信仰禁不起这个现实世界的摧毁；正如易卜生的诗剧 *Brand* 里的那个理想主义者，抱着他的理想，在人间处处碰钉子，碰的焦头烂额，失败而死。

然而我们的志摩"在这恐怖的压迫下"，从不叫一声"我投降了"——他从不曾完全绝望，他从不曾绝对怨恨谁。他对我们说：

> 你们不能更多的责备。我觉得我已是满头的血水，能不低头已算是
> 好的。(《猛虎集自序》)

是的，他不曾低头。他仍旧昂起头来做人；他仍旧是他那一团的同情心，一团的爱。我们看他替朋友做事，替团体做事，他总是仍旧那样热心，仍旧那样高兴。几年的挫折，失败，苦痛，似乎使他更成熟了，更可爱了。

他在苦痛之中，仍旧继续他的歌唱。他的诗作风也更成熟了。他所谓"初期的汹涌性"固然是没有了，作品也减少了；但是他的意境变深厚了，笔致变淡远了，技术和风格都更进步了。这是读《猛虎集》的人都能感觉到的。

志摩自己希望今年是他的"一个真的复活的机会"。他说：

抬起头居然又见到了。眼睛睁开了，心也跟着开始了跳动。

我们一班朋友都替他高兴。他这几年来想用心血浇灌的花树也许是枯萎的了；但他的同情，他的鼓舞，早又在别的园地里种出了无数的可爱的小树，开出了无数可爱的鲜花。他自己的歌唱有一个时代是几乎消沉了；但他的歌声引起了他的园地外无数的歌喉，嘹亮的唱，哀怨的唱，美丽的唱。这就是他的安慰，都使他高兴。

谁也想不到在这个最有希望的复活时代，他竟丢了我们走了！他的《猛虎集》里有一首咏一只黄鹂的诗，现在重读了，好像他在那里描写他自己的死，和我们对他的死的悲哀：

等候他唱，我们静着望，
怕惊了他。但他一展翅
冲破浓密，化一朵彩雾：
飞来了，不见了，没了！！
像是春光，火焰，像是热情。

志摩这样一个可爱的人，真是一片春光，一团火焰，一腔热情。现在难道都完了？

决不——决不——志摩最爱他自己的一首小诗，题目叫做《偶然》，在他的《卞昆冈》剧本里，在那个可爱的孩子阿明临死时，那个瞎子弹着三弦，唱着这首诗：

我是天空里的一片云，
偶尔投影在你的波心——
    你不必讶异，
    更无需欢喜——
在转瞬间消灭了踪影。

你我相逢在黑暗的海上，
你有你的，我有我的，方向。
    你记得也好，
    最好你忘掉，
在这交会时互放的光亮！

朋友们，志摩是走了，但他投的影子会永远留在我们心里，他放的光亮也会永远留在人间，他不曾白来了一世。我们有了他做朋友，也可以安慰自己说不曾白来了一世。我们忘不了他和我们

在这交会时互放的光亮！

二十年，十二月，三夜

（原载 1932 年 3 月《新月》第 4 卷第 1 期）

精神的相通 心灵的相知

王泽龙

关键词：爱；自由；单纯信仰

这是现代文学史上一篇著名的悼亡散文。胡适曾与徐志摩一起创办《现代评论》周刊、新月书店和《新月》月刊，两人有着深厚的情谊。1931 年 11 月 19 日，徐志摩因所乘飞机失事遇难，12 月 3 日，胡适怀着悲痛的心情写下了这篇追悼文章。文章发表于 1932 年 3 月《新月》第 4 卷第 1 期《志摩纪念号》。

作者没有一一记叙死者生前的人生重大建树，甚至是作为一个著名诗人与学者的贡献；只是集中描述了诗人生前最遭世人误解或非议的个人爱情婚姻，展现了一个真正的诗人特立独行、不同凡俗的可贵性格，对美与爱的人生理想的执着追求，表达了作者对诗人由衷的赞美与真正的相知。这篇悼亡文章突出描述的是把爱作为宗教、把爱奉为上帝的徐志摩，刻画的是"一生真是爱的象征"的徐志摩。他在朋友中间，是一片可爱的云彩。作者借用了诗人生前两位朋友的评价，赞美他的为人整个的只是一团同情心，只是一团爱。然而社会上的人并不懂得徐志摩的行为，因为他的离婚与第二次结婚批评他，不谅解他，更不曾懂得徐志摩"单纯信仰"的人生观，包括他最崇拜、最尊敬的老师梁启超先生。作者有意选取诗人的离婚与第二次结婚两件事，集中展示徐志摩全力为了"爱与美与自由"的理想悲壮地抗争世俗的人生经历与心灵磨难，特别具体地引用了诗人与梁启超先生的对话，从师生的公开冲突中，给我们揭示了诗人为真生命奋斗、为真幸福奋斗，"甘冒世之不韪，竭全力以斗者"的难能可贵的现代人格。诗人面对重重的压迫，在明明知道没有希望的绝望中，也从不叫一声"我投降了"，为了心中那份爱的单纯信仰，知其不可为而为之。诗人那样一份浪漫主义的美好信念与超越凡俗的清俊人格就这样赢得了读者普遍的尊敬。文章把对逝者的怀念与赞美之情融化在了对人物生前性情准确的表现与对人物心灵世界深刻的揭示中。胡适用他那朴实而又充满情感的文字，第一次给我们还原了诗人徐志摩在婚姻与爱情经历中的真实境况，表达了对诗人人生理想与心灵世界的深刻相知，这是对亡友最好的纪念。

胡适作为自由主义知识分子的领袖人物，他这篇散文为之辩护的是徐志摩的失败婚

姻，但张扬的是自由主义精神价值，我们感受最为深刻的就是理性、宽容、平等、信任这些自由主义的基本价值准则。"通过胡适的叙述，我们可以从徐志摩为理想婚姻的奋斗历程中感受到自由精神的飞扬；从他与梁启超的对话中体会到独立品格的傲然；从他的单纯理想失败后的待人处世与艺术创作，欣赏到他大度的宽容与深沉的理性。……胡适在文中对徐志摩真挚的同情，博大的宽容，深透的理解，理性的辩护，让我们深切地体会到，这是两个自由主义者之间心灵的全方位对话。他们彼此之间是那么理解，友情是那么深厚，心灵是那么相通，理想是那么一致。"（谢维强《自由主义精神的深沉辩护——胡适散文〈追悼志摩〉赏析》）

文章自然而巧妙地引用了人们对诗人的评价材料来展现作者的情感倾向，增强了文章的感染力，特别是对师生俩人通信的引用，非常生动、真实地烘托了徐志摩的人格与性情，梁启超怜爱弟子的心理与人生价值观也得到了生动的表现。作者非常巧妙而贴切地引入徐志摩的诗作，或借以表现徐志摩的人格理想，或借此描绘诗人的性情，或用来表达对诗人的评价，或抒发对诗人的怀念之情等，诗人的诗作成了与散文有机融汇的一部分，极大地深化了文章的表现力与感染力。

思 考 题

1. 谈谈你对徐志摩的爱、美、自由三位一体的人生观的看法。
2. 这篇悼亡散文在写法上的主要特点是什么？这样写有什么好处？

延 伸 阅 读

胡适：《我的母亲》《纪念"五四"》

参 考 文 献

1. 韩石山：《徐志摩传》，北京十月文艺出版社 2001 年版。
2. 席扬：《从胡适散文识"学术小品"》，《福建师范大学学报》（哲学社会科学版）2000 年第 3 期。
3. 王富仁：《学识　史识　胆识（其三）：胡适与"胡适派"》，《社会科学战线》2014 年第 11 期。

春末闲谈

鲁 迅

　　北京正是春末，也许我过于性急之故罢，觉着夏意了，于是突然记起故乡的细腰蜂。那时候大约是盛夏，青蝇密集在凉棚索子上，铁黑色的细腰蜂就在桑树间或墙角的蛛网左近往来飞行，有时衔一支小青虫去了，有时拉一个蜘蛛。青虫或蜘蛛先是抵抗着不肯去，但终于乏力，被衔着腾空而去了，坐了飞机似的。

　　老前辈们开导我，那细腰蜂就是书上所说的果蠃，纯雌无雄，必须捉螟蛉去做继子的。她将小青虫封在窠里，自己在外面日日夜夜敲打着，祝道"像我像我"，经过若干日，——我记不清了，大约七七四十九日罢，——那青虫也就成了细腰蜂了，所以《诗经》里说："螟蛉有子，果蠃负之。"螟蛉就是桑上小青虫。蜘蛛呢？他们没有提。我记得有几个考据家曾经立过异说，以为她其实自能生卵；其捉青虫，乃是填在窠里，给孵化出来的幼蜂做食料的。但我所遇见的前辈们都不采用此说，还道是拉去做女儿。我们为存留天地间的美谈起见，倒不如这样好。当长夏无事，遣暑林阴，瞥见二虫一拉一拒的时候，便如睹慈母教女，满怀好意，而青虫的宛转抗拒，则活像一个不识好歹的毛鸦头。

　　但究竟是夷人可恶，偏要讲什么科学。科学虽然给我们许多惊奇，但也搅坏了我们许多好梦。自从法国的昆虫学大家发勃耳（Fabre）仔细观察之后，给幼蜂做食料的事可就证实了。而且，这细腰蜂不但是普通的凶手，还是一种很残忍的凶手，又是一个学识技术都极高明的解剖学家。她知道青虫的神经构造和作用，用了神奇的毒针，向那运动神经球上只一螫，它便麻痹为不死不活状态，这才在它身上生下蜂卵，封入窠中。青虫因为不死不活，所以不动，但也因为不活不死，所以不烂，直到她的子女孵化出来的时候，这食料还和被捕当日一样的新鲜。

　　三年前，我遇见神经过敏的俄国的 E 君，有一天他忽然发愁道，不知道将来的科学家，是否不至于发明一种奇妙的药品，将这注射在谁的身上，则这人即甘心永远去做服役和战争的机器了？那时我也就皱眉叹息，装作一齐发愁的模样，以示"所见略同"之至意，殊不知我国的圣君，贤臣，圣贤，圣贤之徒，却早已有过这一种黄金世界的理想了。不是"唯辟作福，唯辟作威，唯辟玉食"么？不是"君子劳心，小人劳力"么？不是"治于人者食（去声）人，治人者食于人"么？可惜理论虽已卓然，而终于没有发明十全的好方法。要服从作威就须不活，要贡献玉食就须不死；要被治就须不活，要供养治人者又须不死。人类升为万物之灵，自然是可贺的，但没有了细腰蜂的毒针，却很使圣君，贤臣，圣贤，圣贤之徒，以至现在的阔人，学者，教育家觉得棘手。将来未可知，若已往，则治人者虽然尽力施行过各种麻痹术，也还不能十分奏效，与果蠃并驱争先。即以皇帝一伦而言，便难免时常改姓易代，终没有"万年有道之长"；"二十四史"而多至二十四，就是可悲的铁证。现在又似乎有些别开生面了，世上挺生了一种所谓"特殊智识阶级"的留学生，在研究室中研究之结果，说医学不发达是有益于人种改良的，中国妇女的境遇是极其平等的，一切道理都已不错，一切状态都已够好。E君的发愁，或者也不为无因罢，然而俄国是不要紧的，因为他们不像我们中国，有所谓"特别国情"，还有所谓"特殊智识阶级"。

但这种工作，也怕终于像古人那样，不能十分奏效的罢，因为这实在比细腰蜂所做的要难得多。她于青虫，只须不动，所以仅在运动神经球上一螫，即告成功。而我们的工作，却求其能运动，无知觉，该在知觉神经中枢，加以完全的麻醉的。但知觉一失，运动也就随之失却主宰，不能贡献玉食，恭请上自"极峰"下至"特殊智识阶级"的赏收享用了。就现在而言，窃以为除了遗老的圣经贤传法，学者的进研究室主义，文学家和茶摊老板的莫谈国事律，教育家的勿视勿听勿言勿动论之外，委实还没有更好，更完全，更无流弊的方法。便是留学生的特别发见，其实也并未轶出于前贤的范围。

那么，又要"礼失而求诸野"了。夷人，现在因为想去取法，姑且称之为外国，他那里，可有较好的法子么？可惜，也没有。所有者，仍不外乎不准集会，不许开口之类，和我们中华并没有什么很不同。然亦可见至道嘉猷，人同此心，心同此理，固无华夷之限也。猛兽是单独的，牛羊则结队；野牛的大队，就会排角成城以御强敌了，但拉开一匹，定只能牟牟地叫。人民与牛马同流，——此就中国而言，夷人别有分类法云，——治之之道，自然应该禁止集合：这方法是对的。其次要防说话。人能说话，已经是祸胎了，而况有时还要做文章。所以苍颉造字，夜有鬼哭。鬼且反对，而况于官？猴子不会说话，猴界即向无风潮，——可是猴界中也没有官，但这又作别论，——确应该虚心取法，反朴归真，则口且不开，文章自灭：这方法也是对的。然而上文也不过就理论而言，至于实效，却依然是难说。最显著的例，是连那么专制的俄国，而尼古拉二世"龙御上宾"之后，罗马诺夫氏竟已"覆宗绝祀"了。要而言之，那大缺点就在虽有二大良法，而还缺其一，便是：无法禁止人们的思想。

于是我们的造物主——假如天空真有这样的一位"主子"——就可恨了：一恨其没有永远分清"治者"与"被治者"；二恨其不给治者生一枝细腰蜂那样的毒针；三恨其不将被治者造得即使砍去了藏着的思想中枢的脑袋而还能动作——服役。三者得一，阔人的地位即永久稳固，统御也永久省了气力，而天下于是乎太平。今也不然，所以即使单想高高在上，暂时维持阔气，也还得日施手段，夜费心机，实在不胜其委屈劳神之至……。

假使没有了头颅，却还能做服役和战争的机械，世上的情形就何等地醒目呵！这时再不必用什么制帽勋章来表明阔人和窄人了，只要一看头之有无，便知道主奴，官民，上下，贵贱的区别。并且也不至于再闹什么革命，共和，会议等等的乱子了，单是电报，就要省下许多许多来。古人毕竟聪明，仿佛早想到过这样的东西，《山海经》上就记载着一种名叫"刑天"的怪物。他没有了能想的头，却还活着，"以乳为目，以脐为口"，——这一点想得很周到，否则他怎么看，怎么吃呢，——实在是很值得奉为师法的。假使我们的国民都能这样，阔人又何等安全快乐？但他又"执干戚而舞"，则似乎还是死也不肯安分，和我那专为阔人图便利而设的理想底好国民又不同。陶潜先生又有诗道："刑天舞干戚，猛志固常在。"连这位貌似旷达的老隐士也这么说，可见无头也会仍有猛志，阔人的天下一时总怕难得太平的了。但有了太多的"特殊智识阶级"的国民，也许有特在例外的希望；况且精神文明太高了之后，精神的头就会提前飞去，区区物质的头的有无也算不得什么难问题。

一九二五年四月二十二日。

（选自《鲁迅全集》第一卷，人民文学出版社 2005 年版）

并非闲话的"闲谈"

张全之

关键词：闲谈；细腰蜂；麻醉

鲁迅的杂文内容广博，从国家兴亡到日常琐事，均有奇思妙论；艺术上更是自由灵活，穿行于各文体之间，但又不同于任何一种文体，是名副其实的"杂"。可以毫不夸张地说，鲁迅杂文是中国社会的百科全书，要了解中国的社会、文化与人生，就要读鲁迅的杂文。

《春末闲谈》是鲁迅杂文的名篇之一，他的目的是讽刺中国的"阔人"（统治者）处处为自己的安富尊荣算计，而一群帮闲文人也积极为之筹划，但效果总不是太理想——被统治阶级的反抗是不可阻挡的，所以他们所有的威逼和麻醉战略，都将会落空。但鲁迅并没有在杂文中将这一题旨直接、正面表达出来，而是有意站在"专为阔人图便利"的角度来行文，造成了强烈的讽刺效果。

文章开篇谈到了细腰蜂对小青虫实施的残忍的麻醉术，由此想到了中国封建社会的"圣君，贤臣，圣贤，圣贤之徒"一直就有细腰蜂式的理想，并为了这一理想提出了很多麻醉民众的理论，但效果总是不理想。为此他假意对造物主表示了愤恨："一恨其没有永远分清'治者'与'被治者'；二恨其不给治者生一枝细腰蜂那样的毒针；三恨其不将被治者造得即使砍去了藏着的思想中枢的脑袋而还能动作——服役。"他设想，如果只让统治阶级有脑袋，那就不会有革命、共和之类的运动，世间也就太平了——这实在是绝妙的讽刺。但随后他想到了刑天，即使没有脑袋，也还能"舞干戚"，看来统治阶级"长治久安"的梦想是难以实现的。在替统治者做了种种设想之后，作者笔锋一转，认为中国的情形可能会例外：因为中国有"特殊的智识阶级"，他们长期帮助统治阶级麻醉民众，创造了所谓的文明，所以"精神文明太高了之后，精神的头就会提前飞去，区区物质的头的有无也算不得什么难问题"。作者以此来安慰中国的统治者：在"特殊智识阶级"创造的"文明"中，他们的理想在中国还是有实现的可能的。

整篇文章采用讽刺的语调，看似处处为统治阶级着想，替他们谋划，而实际上暴露了他们的残忍与愚蠢。尤为重要的是，文章还无情地批判了中国知识分子的无耻嘴脸。他们打着文明的旗帜，实际从事的是麻醉民众的勾当。从古代的"君子劳心，小人劳力"，到近代的"特殊智识阶级"，都是统治阶级的帮忙和帮闲，所以鲁迅说："文界的腐败，和武界也并不两样，你如果较清楚上海以至北京的情形，就知道有一群蛆虫，在怎样挂着好看

的招牌，在帮助权力者暗杀青年的心，使中国完结得无声无臭。"(《致萧军、萧红》)

思 考 题

1. 鲁迅在文章中是怎样讽刺统治阶级与帮闲文人的？

2. 鲁迅在他的杂文中经常以动物作比喻，就像本文中的细腰蜂一样。试再举其他的例子，并进行简要分析。

延 伸 阅 读

鲁迅：《夏三虫》《现代史》《二丑艺术》

参 考 文 献

1. 吴中杰编著：《吴中杰评点鲁迅杂文》(上、下)，复旦大学出版社 2000 年版。

2. 张洁宇：《"有情的讽刺"：鲁迅杂文的美学特质》，《西北大学学报》(哲学社会科学版) 2020 年第 3 期。

3. 王海燕：《论鲁迅杂文中的戏拟》，《鲁迅研究月刊》2016 年第 1 期。

女吊

鲁 迅

大概是明末的王思任说的罢："会稽乃报仇雪耻之乡，非藏垢纳污之地！"这对于我们绍兴人很有光彩，我也很喜欢听到，或引用这两句话。但其实，是并不的确的；这地方，无论为那一样都可以用。

不过一般的绍兴人，并不像上海的"前进作家"那样憎恶报复，却也是事实。单就文艺而言，他们就在戏剧上创造了一个带复仇性的，比别的一切鬼魂更美，更强的鬼魂。这就是"女吊"。我以为绍兴有两种特色的鬼，一种是表现对于死的无可奈何，而且随随便便的"无常"，我已经在《朝华夕拾》里得了绍介给全国读者的光荣了，这回就轮到别一种。

"女吊"也许是方言，翻成普通的白话，只好说是"女性的吊死鬼"。其实，在平时，说起"吊死鬼"，就已经含有"女性的"的意思的，因为投缳而死者，向来以妇人女子为最多。有一种蜘蛛，用一枝丝挂下自己的身体，悬在空中，《尔雅》上已谓之"蜆，缢女"，可见在周朝或汉朝，自经的已经大抵是女性了，所以那时不称它为男性的"缢夫"或中性的"缢者"。不过一到做"大戏"或"目连戏"的时候，我们便能在看客的嘴里听到"女吊"的称呼。也叫作"吊神"。横死的鬼魂而得到"神"的尊号的，我还没有发见过第二位，则其受民众之爱戴也可想。但为什么这时独要称她"女吊"呢？很容易解：因为在戏台上，也要有"男吊"出现了。

我所知道的是四十年前的绍兴，那时没有达官显宦，所以未闻有专门为人（堂会？）的演剧。凡做戏，总带着一点社戏性，供着神位，是看戏的主体，人们去看，不过叨光。但"大戏"或"目连戏"所邀请的看客，范围可较广了，自然请神，而又请鬼，尤其是横死的怨鬼。所以仪式就更紧张，更严肃。一请怨鬼，仪式就格外紧张严肃，我觉得这道理是很有趣的。

也许我在别处已经写过。"大戏"和"目连"，虽然同是演给神，人，鬼看的戏文，但两者又很不同。不同之点：一在演员，前者是专门的戏子，后者则是临时集合的Amateur——农民和工人；一在剧本，前者有许多种，后者却好歹总只演一本《目连救母记》。然而开场的"起殇"，中间的鬼魂时时出现，收场的好人升天，恶人落地狱，是两者都一样的。

当没有开场之前，就可看出这并非普通的社戏，为的是台两旁早已挂满了纸帽，就是高长虹之所谓"纸糊的假冠"，是给神道和鬼魂戴的。所以凡内行人，缓缓的吃过夜饭，喝过茶，闲闲而去，只要看挂着的帽子，就能知道什么鬼神已经出现。因为这戏开场较早，"起殇"在太阳落尽时候，所以饭后去看，一定是做了好一会了，但都不是精彩的部分。"起殇"者，绍兴人现已大抵误解为"起丧"，以为就是召鬼，其实是专限于横死者的。《九歌》中的《国殇》云："身既死兮神以灵，魂魄毅兮为鬼雄"，当然连战死者在内。

明社垂绝，越人起义而死者不少，至清被称为叛贼，我们就这样的一同招待他们的英灵。在薄暮中，十几匹马，站在台下了；戏子扮好一个鬼王，蓝面鳞纹，手执钢叉，还得有十几名鬼卒，则普通的孩子都可以应募。我在十余岁时候，就曾经充过这样的义勇鬼，爬上台去，说明志愿，他们就给在脸上涂上几笔彩色，交付一柄钢叉。待到有十多人了，即一拥上马，疾驰到野外的许多无主孤坟之处，环绕三匝，下马大叫，将钢叉用力的连连掷刺在坟墓上，然后拔叉驰回，上了前台，一同大叫一声，将钢叉一掷，钉在台板上。我们的责任，这就算完结，洗脸下台，可以回家了，但倘被父母所知，往往不免挨一顿竹篠（这是绍兴打孩子的最普通的东西），一以罚其带着鬼气，二以贺其没有跌死，但我却幸而从来没有被觉察，也许是因为得了恶鬼保佑的缘故罢。

这一种仪式，就是说，种种孤魂厉鬼，已经跟着鬼王和鬼卒，前来和我们一同看戏了，但人们用不着担心，他们深知道理，这一夜决不丝毫作怪。于是戏文也接着开场，徐徐进行，人事之中，夹以出鬼：火烧鬼，淹死鬼，科场鬼（死在考场里的），虎伤鬼……孩子们也可以自由去扮，但这种没出息鬼，愿意去扮的并不多，看客也不将它当作一回事。一到"跳吊"时分——"跳"是动词，意义和"跳加官"之"跳"同——情形的松紧可就大不相同了。台上吹起悲凉的喇叭来，中央的横梁上，原有一团布，也在这时放下，长约戏台高度的五分之二。看客们都屏着气，台上就闯出一个不穿衣裤，只有一条犊鼻裈，面施几笔粉墨的男人，他就是"男吊"。一登台，径奔悬布，像蜘蛛的死守着蛛丝，也如结网，在这上面钻，挂。他用布吊着各处：腰，胁，胯下，肘弯，腿弯，后项窝……一共七七四十九处。最后才是脖子，但是并不真套进去的，两手扳着布，将颈子一伸，就跳下，走掉了。这"男吊"最不易跳，演目连戏时，独有这一个脚色须特请专门的戏子。那时的老年人告诉我，这也是最危险的时候，因为也许会招出真的"男吊"来。所以后台上一定要扮一个王灵官，一手捏诀，一手执鞭，目不转睛的看着一面照见前台的镜子。倘镜中见有两个，那么，一个就是真鬼了，他得立刻跳出去，用鞭将假鬼打落台下。假鬼一落台，就该跑到河边，洗去粉墨，挤在人丛中看戏，然后慢慢的回家。倘打得慢，他就会在戏台上吊死；洗得慢，真鬼也还会认识，跟住他。这挤在人丛中看自己们所做的戏，就如要人下野而念佛，或出洋游历一样，也正是一种缺少不得的过渡仪式。

这之后，就是"跳女吊"。自然先有悲凉的喇叭；少顷，门幕一掀，她出场了。大红衫子，黑色长背心，长发蓬松，颈挂两条纸锭，垂头，垂手，弯弯曲曲的走一个全台，内行人说：这是走了一个"心"字。为什么要走"心"字呢？我不明白。我只知道她何以要穿红衫。看王充的《论衡》，知道汉朝的鬼的颜色是红的，但再看后来的文字和图画，却又并无一定颜色，而在戏文里，穿红的则只有这"吊神"。意思是很容易了然的；因为她投缳之际，准备作厉鬼以复仇，红色较有阳气，易于和生人相接近，……绍兴的妇女，至今还偶有搽粉穿红之后，这才上吊的。自然，自杀是卑怯的行为，鬼魂报仇更不合于科学，但那些都是愚妇人，连字也不认识，敢请"前进"的文学家和"战斗"的勇士们不要十分生气罢。我真怕你们要变呆鸟。

她将披着的头发向后一抖，人这才看清了脸孔：石灰一样白的圆脸，漆黑的浓眉，乌黑的眼眶，猩红的嘴唇。听说浙东的有几府的戏文里，吊神又拖着几寸长的假舌头，但在绍兴没有。不是我袒护故乡，我以为还是没有好；那么，比起现在将眼眶染成淡灰色的时式打扮来，可以说是更彻底，更可爱。不过下嘴角应该略略向上，使嘴巴成为三角形：这也不是丑模样。假使半夜之后，在薄暗中，远处隐约着一位这样的粉面朱唇，就是现在的我，也许会跑过去看看的，但自然，却未必就被诱惑得上吊。她两肩微耸，四顾，倾听，似惊，似喜，似怒，终于发出悲哀的声音，慢慢地唱道：

> "奴奴本是杨家女，
> 　呵呀，苦呀，天哪！……"

下文我不知道了。就是这一句，也还是刚从克士那里听来的。但那大略，是说后来去做童养媳，备受虐待，终于弄到投缳。唱完就听到远处的哭声，这也是一个女人，在衔冤悲泣，准备自杀。她万分惊喜，要去"讨替代"了，却不料突然跳出"男吊"来，主张应该他去讨。他们由争论而至动武，女的当然不敌，幸而王灵官虽然脸相并不漂亮，却是热烈的女权拥护家，就在危急之际出现，一鞭把男吊打死，放女的独去活动了。老年人告诉我说：古时候，是男女一样的要上吊的，自从王灵官打死了男吊神，才少有男人上吊；而且古时候，是身上有七七四十九处，都可以吊死的，自从王灵官打死了男吊神，致命处才只在脖子上。中国的鬼有些奇怪，好像是做鬼之后，也还是要死的，那时的名称，绍兴叫作"鬼里鬼"。但男吊既然早被王灵官打死，为什么现在"跳吊"，还会引出真的来呢？我不懂这道理，问问老年人，他们也讲说不明白。

而且中国的鬼还有一种坏脾气，就是"讨替代"，这才完全是利己主义；倘不然，是可以十分坦然的和他们相处的。习俗相沿，虽女吊不免，她有时也单是"讨替代"，忘记了复仇。绍兴煮饭，多用铁锅，烧的是柴或草，烟煤一厚，火力就不灵了，因此我们就常在地上看见刮下的锅煤。但一定是散乱的，凡村姑乡妇，谁也决不肯省些力，把锅子伏在地面上，团团一刮，使烟煤落成一个黑圈子。这是因为吊神诱人的圈套，就用煤圈炼成的缘故。散掉烟煤，正是消极的抵制，不过为的是反对"讨替代"，并非因为怕她去报仇。被压迫者即使没有报复的毒心，也决无被报复的恐惧，只有明明暗暗，吸血吃肉的凶手或其帮闲们，这才赠人以"犯而勿校"或"勿念旧恶"的格言，——我到今年，也愈加看透了这些人面东西的秘密。

九月十九——二十日。

（选自《鲁迅全集》第六卷，人民文学出版社 2005 年版）

东方的"复仇女神"

张全之

关键词：**女吊；鬼魂；复仇**

鲁迅写过两篇谈鬼的文章，一是《朝花夕拾》中的《无常》，把"鬼而人，理而情，可怖而可爱的无常"写得栩栩如生；另一篇就是《女吊》，向读者介绍绍兴舞台上这个

"比别的一切鬼魂更美，更强的鬼魂"。如果说鲁迅喜欢无常是因为他"人味"十足，那么他喜欢女吊则是因为她的复仇精神。鲁迅憎恶社会上的种种恶劣现象，更痛恨"正人君子"们摆出的那幅"公正""公允"的嘴脸，所以他提倡韧性的战斗，主张"以眼还眼以牙还牙"。也许正是这样一种精神，使鲁迅对女吊大加赞赏。叙述女吊的文字读上去都带上了浓厚的感情，如写女吊出场："自然先有悲凉的喇叭；少顷，门幕一掀，她出场了。大红衫子，黑色长背心，长发蓬松，颈挂两条纸锭，垂头，垂手，弯弯曲曲的走一个全台"。写女吊的脸："她将披着的头发向后一抖，人这才看清了脸孔：石灰一样白的圆脸，漆黑的浓眉，乌黑的眼眶，猩红的嘴唇"。鲁迅认为女吊的形象"比起现在将眼眶染成淡灰色的时式打扮来，可以说是更彻底，更可爱"。他甚至设想："假使半夜之后，在薄暗中，远处隐约着一位这样的粉面朱唇，就是现在的我，也许会跑过去看看的。"一个满身戾气的恶鬼，俨然成为一个夜半出来与人约会的绝色佳人。在介绍女吊的时候，作者时常插入一些精彩的议论来讥讽现实。这些突然插入的议论，看似枝蔓斜出，实则避免使文章变为单纯的知识介绍，并赋予它强烈的现实批判性，这也是鲁迅杂文一贯的笔法。如写到"假鬼"的时候作者议论道："这挤在人丛中看自己们所做的戏，就如要人下野而念佛，或出洋游历一样，也正是一种缺少不得的过渡仪式。"自己做戏给自己看，糊弄一下别人，也骗骗自己，正是中国的要人们经常玩的把戏。在写到自杀的时候，他发挥道："自然，自杀是卑怯的行为，鬼魂报仇更不合于科学，但那些都是愚妇人，连字也不认识，敢请'前进'的文学家和'战斗'的勇士们不要十分生气罢。我真怕你们要变呆鸟。"在文章结尾，谈到报复的时候，鲁迅的语言突然变得尖刻起来："被压迫者即使没有报复的毒心，也决无被报复的恐惧，只有明明暗暗，吸血吃肉的凶手或其帮闲们，这才赠人以'犯而勿校'或'勿念旧恶'的格言，——我到今年，也愈加看透了这些人面东西的秘密。"这刻毒的文字，既揭示了深刻的道理，也攻击了对手，突出了主题，可谓一举三得。

思 考 题

1. 鲁迅赋予了"女吊"怎样的意义？
2. 比较阅读《无常》和《女吊》，谈谈鲁迅对鬼神的态度。

延 伸 阅 读

鲁迅：《无常》《五猖会》《社戏》

参 考 文 献

1. 钱理群：《鲁迅杂文》，《南方文坛》2015 年第 4 期。
2. 周展安：《行动的文学：以鲁迅杂文为坐标重思中国现当代文学》，《文艺理论与批评》2020 年第 5 期。

《野草》题辞

鲁 迅

当我沉默着的时候，我觉得充实；我将开口，同时感到空虚。

过去的生命已经死亡。我对于这死亡有大欢喜，因为我借此知道它曾经存活。死亡的生命已经朽腐。我对于这朽腐有大欢喜，因为我借此知道它还非空虚。

生命的泥委弃在地面上，不生乔木，只生野草，这是我的罪过。

野草，根本不深，花叶不美，然而吸取露，吸取水，吸取陈死人的血和肉，各各夺取它的生存。当生存时，还是将遭践踏，将遭删刈，直至于死亡而朽腐。

但我坦然，欣然。我将大笑，我将歌唱。

我自爱我的野草，但我憎恶这以野草作装饰的地面。

地火在地下运行，奔突；熔岩一旦喷出，将烧尽一切野草，以及乔木，于是并且无可朽腐。

但我坦然，欣然。我将大笑，我将歌唱。

天地有如此静穆，我不能大笑而且歌唱。天地即不如此静穆，我或者也将不能。我以这一丛野草，在明与暗，生与死，过去与未来之际，献于友与仇，人与兽，爱者与不爱者之前作证。

为我自己，为友与仇，人与兽，爱者与不爱者，我希望这野草的死之与朽腐，火速到来。要不然，我先就未曾生存，这实在比死亡与朽腐更其不幸。

去罢，野草，连着我的题辞！

一九二七年四月二十六日，鲁迅记于广州之白云楼上。

（选自《鲁迅全集》第二卷，人民文学出版社 2005 年版）

灵魂深处的心音

张全之

关键词：死亡；虚无；朽腐

《〈野草〉题辞》最初发表于 1927 年 7 月《语丝》周刊第 138 期上，是鲁迅为即将出版的《野草》写的题辞，"总括着《野草》的全部作品以及作者的内心世界"（片山智行《鲁迅〈野草〉全释》）。

鲁迅创作本篇时的心境极为恶劣。一方面，蒋介石刚刚发动了一场骇人听闻的大屠杀，鲁迅因要求校方营救被捕学生未果而辞去了中山大学的一切职务；另一方面，鲁迅的个人生活也发生了巨大变化：他与许广平的恋爱引发了一些人的攻击和嘲骂。在写完《〈野草〉题辞》半年后的一篇文章里，鲁迅对自己的心情进行了描述："我靠了石栏远眺，听得自己的心音，四远还仿佛有无量悲哀，苦恼，零落，死灭，都杂入这寂静中，使它变成药酒，加色，加味，加香。这时，我曾经想要写，但是不能写，无从写。这也就是我所谓'当我沉默着的时候，我觉得充实，我将开口，同时感到空虚'。"（《三闲集·怎么写》）鲁迅从被"挤出"北京之后，心情一直不好，到广州后遭遇政治事变，心情更为苦闷。所谓"不能写，无从写"，除了文禁森严外，作者因思想颓唐对写作的意义产生了怀疑，也是主要原因。在编订《野草》的时候，鲁迅的心情是复杂的，也是灰暗的。百病丛生的现实与围绕个人生活引发的种种非议，使他心力交瘁，说还是不说，就成为一个问题，所以文章开篇就有了"开口"还是"不开口"的犹豫。

在表达了自己的言说困境之后，作者开始反思自己的生活："过去的生命已经死亡。……我借此知道它曾经存活。"以死亡来印证存活，这是一种向死而生的态度，是对生命虚无感的痛切表达。"过去的生命"已经逝去，化为岁月的积尘——"生命的泥"，从这"泥"中生长出来的不是乔木，而是一本薄薄的《野草》，就是这《野草》也注定"将遭践踏，将遭删刈，直至于死亡而朽腐"。但鲁迅会为此而感到高兴，因为"说话说到有人厌恶，比起毫无动静来，还是一种幸福"（《坟·题记》）。《野草》的死亡（遭践踏、遭删刈）恰恰见证了它的价值，他为此而欣然，而歌唱。

但无论怎样的黑暗终究不会长久，地下熔岩会在沉默中爆发，把黑暗烧成灰烬，包括一切乔木和野草，但到这时《野草》早已朽腐，也自然就"无可朽腐"了，他为此感到快意，并再次为之欣然、为之歌唱。但心中毕竟储满了浓得化不开的悲凉，大笑也好，歌唱也好，其实仍然是空虚，是无奈，只能期待着《野草》的"死亡与朽腐"火速到来，作为自己曾经生存过的证据，来化解内心的苦闷和虚无。

思 考 题

1. 从《野草》中挑几个鲁迅独创的意象（如"死火"），谈谈它们的象征意义。

2. "当我沉默着的时候，我觉得充实；我将开口，同时感到空虚。"谈谈你对这句话的理解。

延 伸 阅 读

鲁迅：《死火》《腊叶》

参 考 文 献

1. 王乾坤：《鲁迅的生命哲学》，人民文学出版社 1999 年版。

2. 孙玉石：《〈野草〉研究》，中国社会科学出版社 1982 年版。

3. 张洁宇：《独醒者与他的灯——鲁迅〈野草〉细读与研究》，北京大学出版社 2013 年版。

影的告别

鲁　迅

人睡到不知道时候的时候，就会有影来告别，说出那些话——

有我所不乐意的在天堂里，我不愿去；有我所不乐意的在地狱里，我不愿去；有我所不乐意的在你们将来的黄金世界里，我不愿去。

然而你就是我所不乐意的。

朋友，我不想跟随你了，我不愿住。

我不愿意！

呜乎呜乎，我不愿意，我不如彷徨于无地。

我不过一个影，要别你而沉没在黑暗里了。然而黑暗又会吞并我，然而光明又会使我消失。

然而我不愿彷徨于明暗之间，我不如在黑暗里沉没。

然而我终于彷徨于明暗之间，我不知道是黄昏还是黎明。我姑且举灰黑的手装作喝干一杯酒，我将在不知道时候的时候独自远行。

呜乎呜乎，倘若黄昏，黑夜自然会来沉没我，否则我要被白天消失，如果现是黎明。

朋友，时候近了。

我将向黑暗里彷徨于无地。

你还想我的赠品。我能献你甚么呢？无已，则仍是黑暗和虚空而已。但是，我愿意只是黑暗，或者会消失于你的白天；我愿意只是虚空，决不占你的心地。

我愿意这样，朋友——

我独自远行，不但没有你，并且再没有别的影在黑暗里。只有我被黑暗沉没，那世界全属于我自己。

一九二四年九月二十四日。

（选自《鲁迅全集》第二卷，人民文学出版社 2005 年版）

无地彷徨者的独白

张全之

关键词：无地彷徨；独白；黑暗

鲁迅自五四时期登上文坛之后，就一直坚守着自己的启蒙立场，笔耕不辍。他掘发传统的弊恶，抨击现实的黑暗，文笔辛辣，思想深邃。但在他竭尽全力冲锋陷阵的同时，他对文学的社会功能，对自己写作的价值时常产生怀疑："我想：文学文学，是最不中用的，没有力量的人讲的。"（《革命时代的文学》）一旦对文学失去信心，他对自身的生命价值也产生了怀疑："然而我至今终于不明白我一向是在做什么。比方做土工的罢，做着做着，而不明白是在筑台呢还在掘坑。所知道的是即使是筑台，也无非要将自己从那上面跌下来或者显示老死；倘是掘坑，那就当然不过是埋掉自己。"（《写在〈坟〉后面》）他就这样一边怀疑着，一边写作着，毫无希望地做着好像很有希望的工作。他对中国的社会，对中国的未来，对所谓的知识阶级，几乎不抱希望，但他又在努力地想通过自己的翻译和写作，使中国的社会变好。正如有学者指出的那样："怀疑、希望、再怀疑、再希望，而终于无所希望、反抗绝望的情况，贯穿着鲁迅的一生。"（王乾坤《鲁迅的生命哲学》）而在日常生活中，他常常陷入论争的漩涡，成为人们围剿的对象：有人骂他激进，有人说他保守，有人说他"拿卢布"，有人说他反革命……他自己也常常被骂得一头雾水，不明就里。这种根深蒂固的怀疑情绪和现实中的种种乱象，使鲁迅陷入了精神的危机——找不到自己的位置，没有归宿感。"两间余一卒，荷戟独彷徨"，"梦醒之后无路可走"，都表达了这种精神的两难，而《影的告别》准确地传达了没有归宿感的人生困顿。"影"的告别辞，就是鲁迅的内心独白。

"影"拒绝去天堂、地狱和未来的黄金世界，因为那里有他"不乐意的"，这与鲁迅的人生原则是一样的：他不苟且，不迁就，不退让，不调和，对于他"不乐意的"人或事，他都决不饶恕，竭力给以打击。出于同样的理由，"影"要告别他的主人，但到哪里去呢？去寻找光明吗？光明会使它消失；躲入黑暗中吗？黑暗会将它吞没，那就只有到"明暗之间"了，可是，哪里会有这样一个地方？答案只有一个："无地"。从时间意义上说，"明暗之间"只有两种可能：黄昏或是黎明。但这对一个影子而言都没有意义，无论是黄昏后的黑夜，还是黎明后的白天，都不是一个影子能够存在的地方，似乎除了"无地"之外，它无处可去。可"无地"又是一个怎样的去处？虚空而已。鲁迅自己说："我只觉得'黑暗与虚无'乃是'实有'"（《致许广平》），"影"无处可去的惶惑，就印证了这一点。但鲁迅不会屈服于虚空与黑暗，他"却偏要向这些作绝望的抗战"（《致许广平》），所以文章的结尾又显出了一些亮色："只有我被黑暗沉没，那世界全属于我自己。"自己沉入黑暗中，和黑暗一同消失，以后就不会有别的影在黑暗里了，这是一种很崇高的牺牲精神。鲁迅曾经表达过这个意思："自己背着因袭的重担，肩住了黑暗的闸门"（《我们现在怎样做父亲》），"影"最终以自己的陨灭，"肩住了黑暗的闸门"。

思 考 题

1. 鲁迅反抗绝望的精神体现在哪些方面?

2. "只有我被黑暗沉没,那世界全属于我自己。"谈谈你对这句话的理解。

延 伸 阅 读

鲁迅:《墓碣文》《希望》

参 考 文 献

1. 钱理群:《心灵的探寻》,北京大学出版社 1999 年版。

2. 王富仁:《中国文化的守夜人——鲁迅》,人民文学出版社 2002 年版。

3. 杨剑龙、陈卫炉:《论鲁迅〈野草〉的词语悖反、母题悖论及其艺术张力》,《学术月刊》2010 年
第 4 期。

口中剿匪记

丰子恺

　　口中剿匪，就是把牙齿拔光。为什么要这样说法呢？因为我口中所剩十七颗牙齿，不但毫无用处，而且常常作祟，使我受苦不浅。现在索性把它们拔光，犹如把盘踞要害的群匪剿尽，肃清，从此可以天下太平，安居乐业。这比喻非常确切，所以我要这样说。

　　把我的十七颗牙齿，比方一群匪，再像没有了。不过这匪不是普通所谓"匪"，而是官匪，即贪官污吏。何以言之？因为普通所谓"匪"，是当局明令通缉的，或地方合力严防的，直称为"匪"。而我的牙齿则不然：它们虽然向我作祟，而我非但不通缉它们，严防它们，反而袒护它们。我天天洗刷它们；我留心保养它们；吃食物的时候我让它们先尝；说话的时候我委屈地迁就它们；我决心不敢冒犯它们。我如此爱护它们，所以我口中这群匪，不是普通所谓"匪"。

　　怎见得像官匪，即贪官污吏呢？官是政府任命的，人民推戴的。但他们竟不尽责任，而贪赃枉法，作恶为非，以危害国家，蹂躏人民。我的十七颗牙齿，正同这批人物一样。它们原是我亲生的，从小在我口中长大起来的。它们是我身体的一部分，与我痛痒相关的。它们是我吸取营养的第一道关口。它们替我研磨食物，送到我的胃里去营养我全身。它们站在我的言论机关的要路上，帮助我发表意见。它们真是我的忠仆，我的护卫。讵料它们居心不良，渐渐变坏。起初，有时还替我服务，为我造福，而有时对我虐害，使我苦痛。到后来它们作恶太多，个个变坏，歪斜偏侧，吊儿郎当，根本没有替我服务、为我造福的能力，而一味对我戕害，使我奇痒，使我大痛，使我不能吸烟，使我不得喝酒，使我不能作画，使我不能作文，使我不得说话，使我不得安眠。这种苦头是谁给我吃的？便是我亲生的，本当替我服务、为我造福的牙齿！因此，我忍气吞声，敢怒而不敢言。在这班贪官污吏的苛政之下，我茹苦含辛，已经隐忍了近十年了！不但隐忍，还要不断地买黑人牙膏、消治龙牙膏来孝敬它们呢！

　　我以前反对拔牙，一则怕痛，二则我认为此事违背天命，不近人情。现在回想，我那时真有文王之至德，宁可让商纣方命虐民，而不肯加以诛戮。直到最近，我受了易昭雪牙医师的一次劝告，文王忽然变了武王，毅然决然地兴兵伐纣，代天行道了。而且这一次革命，顺利进行，迅速成功。武王伐纣要"血流漂杵"，而我的口中剿匪，不见血光，不觉苦痛，比武王高明得多呢。

　　饮水思源，我得感谢许钦文先生。秋初有一天，他来看我，他满口金牙，欣然地对我说："我认识一位牙医生，就是易昭雪。我劝你也去请教一下。"那时我还有文王之德，不忍诛暴。便反问他："装了究竟有什么好处呢？"他说："夫妻从此不讨相骂了。"我不胜赞叹。并非羡慕夫妻不相骂，却是佩服许先生说话的幽默。幽默的功用真伟大，后来有一天，我居然自动地走进易医师的诊所里去，躺在他的椅子上了。经过他的检查和忠告之后，我恍然大悟，原来我口中的国土内，养了一大批官匪，若不把这批人物杀光，国家永远不得太平，民生永远不得幸福。我就下决心，马上任命易医师为口中剿匪总司令，次日立即向口中进攻。攻了十一天，连根拔起，满门抄斩，全部贪官，从此肃清。我方不伤一兵一卒，全无苦痛，顺利成功。于是我再托易医师另行物色一批人才来。要个个方正，个个干练，个个为国效劳，为民服务。我口中的国土，从此可以天下太平了。

1947 年冬于杭州

（选自丰子恺《缘缘堂随笔》，人民文学出版社 1957 年版）

"口中"世界　病里乾坤

陈润兰

关键词：以小见大；诙谐幽默；明快犀利

丰子恺的那支笔，多以温和质朴、情韵悠长见称。童心童趣、猫狗鸭鹅、四时景观、人生社会，虽然细碎平凡，却无不体现作家博大的爱心，真率、自由而方正的个性魅力。

《口中剿匪记》以病牙喻"官匪"，以身体喻社会，以"拔牙"喻"剿匪"，真个文思奇崛，令人击掌。口中之牙与社会上的官，本来毫不相干，在丰子恺的奇思妙想里竟然亲密地牵了手："牙"，"原是我亲生的"，"替我研磨食物"，"帮助我发表意见"，理应是"我的忠仆"，"我的护卫"。"官"，"是政府任命的，人民推戴的"，理应效力国家，服务人民，但它们"渐渐变坏"，不但"毫无用处"而且"常常作祟"。于是"歪斜偏侧"的病牙，如同行为不端、为非作歹的"贪官污吏"，成了令主人无法忍受的"官匪"，必欲剿灭而后快。文章借病牙的形状不佳、功能不再、对"我"虐害等劣迹，抨击"不尽责任，而贪赃枉法，作恶为非，以危害国家，蹂躏人民"的"官匪"，真是一针见血，痛快淋漓。《口中剿匪记》是以小见大的文章典范。拔除病牙，乃区区小事，在作家笔下，却转换成一场"剿匪"的大战。病牙成了"匪"的象征，而且是养尊处优、贼喊捉贼、处处受到庇护的"官匪"的象征。

有了病牙怎么办？是姑息养奸、一忍再忍还是长痛不如短痛，来个彻底了断？文章记叙了作家牙病发作的痛苦和决定拔牙的过程与感触，尤其描写了"我"从"文王"到"武王"的态度转变，肯定了"兴兵伐纣，代天行道"的正义举动。最初的"我"有"文王之德"，"不忍诛暴"。对于病牙的作祟每每"忍气吞声"，"敢怒而不敢言"。直到许钦文先生现身说法，"我"才毅然决定采取革命行动。既然十七颗病牙"一味对我戕害"，那么我就要任命牙医为"口中剿匪总司令"，将病牙"连根拔起"，"满门抄斩"。于是，拔牙成了"剿匪"。接着作家对"匪"的内涵进行了具体辨析，在排除"普通所谓'匪'"之后，将笔头一转，态度鲜明地指向了"官匪"。"普通所谓'匪'"也即官逼民反、犯上作乱，被通缉、被严防的民众；"官匪"则专指鱼肉乡里、逼良为娼，不仅不受通缉，反而备受庇护的贪官污吏。于是拔除病牙又象征肃清贪官污吏，拔牙成了治疗社会弊害的政治性隐喻。此文旁敲侧击，含沙射影，嬉笑怒骂，任情纵性，其笔法堪称老道。当然，将新牙比喻为"个个方正"的好官，只能看作作者深受病牙之害后的美好愿望。

思 考 题

1. 本文将"病牙"与"官匪"作类比，这在艺术构思上有何作用？
2. 作者说自己对待病牙的态度是从"文王"到"武王"的转变，你认为此话暗含什么寓意？

延 伸 阅 读

丰子恺：《给我的孩子们》《山中避雨》《白鹅》

参 考 文 献

1. 哈迎飞：《艺术与宗教的信徒——丰子恺与佛教文化关系论之一》，《福州大学学报》（哲学社会科学版）2003 年第 1 期。
2. 陈星：《游艺人生　丰子恺传》，文汇出版社 2020 年版。

憔悴的弦声

叶灵凤

　　每天，每天，她总从我的楼下走过。

　　每天，每天，我总在楼上望着她从我的楼下走过。

　　哑默的黄昏，惨白的街灯，黑的树影中流动着新秋的凉意。

　　在新秋傍晚动人乡思的凉意中，她的三弦的哀音便像晚来无巢可归的鸟儿一般，在黄昏沉寂的空气里徘徊着。

　　没有曲谱，也没有歌声伴着，更不是洋洋洒洒的长奏，只是断断续续信手拨来的弦响，然而在这零碎的弦声中，似乎不自已的流露出了无限的哀韵。

　　灰白的上衣，黑的裤，头发与面部分不清的模糊的一团，曳着街灯从树隙投下长长的一条沉重的黑影，慢慢的在路的转角消灭。似乎不是在走，是在幽灵一般的慢慢的移动。

　　人影消灭在路角的黑暗中，断续的弦声还在黄昏沉寂的空气里残留着。

　　遥想在二十年，或许三十年以前，今日街头流落的人儿或许正是一位颠倒众生的丽姝，但是无情的年华，听着生的轮转，毫不吝啬的凋剥了这造物的杰作，逝水东流，弦声或许仍是昔日的弦声，但是拨弦的手决不是昔日的纤手了。

　　黄昏里，倚在悄静的楼头，从凌乱的弦声中，望着她蠕动的黑影，我禁不住起了昙花易散的怜惜。

　　每天，每天，她这样的从我的楼下走过。

　　每天，每天，我这样的望着她从我的楼下走过。

　　几日的秋雨，游子的楼头更增加了乡思的惘怅。小睡起来，黄昏中望着雨中的街道，灯影依然，只是低湿的空气中不再有她的弦响。

　　雨晴后的第一晚，几片秋风吹下的落叶还湿黏在斜阶上不曾飞起，街灯次第亮了以后，我寂寞的倚在窗口上，我知道小别几日的弦声，今晚在树阴中一定又可以相逢了。

　　但是，树阴中的夜色渐渐加浓，街旁的积水反映着天上的秋星，惨白的街灯下，车声沉寂了以后，我始终不曾再见有那一条沉重的黑影移过。

　　雨晴后的第二晚，弦声的消寂仍是依然。

　　秋风中的落叶日渐增多，傍晚倚了楼头，当着萧瑟的新寒，我于乡怀之外不禁又添了一重无名的眷念。

　　这几日的秋风更烈，窗外的两棵树有几处已露出了光脱的秃干。傍晚的街灯下，沙沙的只有缤纷的落叶，她的弦声是从不曾再听见过了。

　　秋光老了，憔悴的弦声大约也随着这憔悴的秋光一同老去了。我这样喟然叹着。

　　每天，每天，我仍是这样的倚在我的楼上。

每天，每天，我不再见她从我的楼下走过。

（选自《灵凤小品集》，上海现代书局 1933 年版）

游子与歌女

张全之

关键词：歌女；弦声；憔悴

《憔悴的弦声》是一篇结构精巧、情绪低回的优美小品。小品开头写道："每天，每天，她总从我的楼下走过。/ 每天，每天，我总在楼上望着她从我的楼下走过。"语调舒缓，思绪缱绻，有欲说还休的味道；在文章中间，"每天，每天……"第二次出现，与开篇的文字没有丝毫差别，但悲凉、伤感的情绪已经愈积愈浓；到文章结尾，这一低沉的旋律再次响起，但内容出现了变化："每天，每天，我仍是这样的倚在我的楼上。/ 每天，每天，我不再见她从我的楼下走过。"在一阵秋风秋雨之后，随着落叶的飘零，那位流浪歌女再也没有出现，是死掉了，还是变换了行走路线？没人知道。但这种"曲终人不见"式的写法，给读者留下了无限的想象空间。除了结构的匠心之外，作者在对歌女的凝视中看到了自己的命运。一个孤独的流浪歌女，何以会引起"我"如此强烈的情感波动？那是因为自己也是一个怀有思乡病的游子，也是一个四处飘荡的流浪者。只有在一个漂泊者的聆听中，流浪歌女弹奏的三弦的哀音才能"像晚来无巢可归的鸟儿一般，在黄昏沉寂的空气里徘徊着"。

歌女已老，岁月无情。遥想几十年前，眼前流落的身影，可能曾经是"颠倒众生的丽姝"，被人们众星拱月般地包围着。作者的想象更加深了作品的忧郁情绪。离家的游子又何尝不在客居他乡的愁绪中抛掷了青春韶华？作者自身也曾经有过热闹、红火的经历，但当一个人站在楼上向街上眺望时，所有的喧嚣都成为往事，心情在秋风中更显寂寥："秋风中的落叶日渐增多，傍晚倚了楼头，当着萧瑟的新寒，我于乡怀之外不禁又添了一重无名的眷念。"所以，那流浪的身影和憔悴的弦声，让作者有同病相怜之感："同是天涯沦落人，相逢何必曾相识"，这古老的诗句，唤起了多少流浪者的辛酸？

当秋已渐深，落叶堆积的时候，那歌女仍然没有在期盼中出现。站在楼上凝视着空空的街道，就像镜前人突然面对着一面空墙，失去的不只是歌女，还有自己，从此再没了寄托，只能面对着空街怅惘。一个来历不明、去向不清的歌女，成为触媒，引起了作者思绪的波动，而文中多次出现的"游子""乡思"等词提醒我们愁绪的来源。作为海派文人的叶灵凤，心中有太多浪漫的遐想，于生活的颠簸中体验着人生的苦闷和生活的苦涩。为了准确地传达感情，作者在语言的运用上也独具匠心。如"憔悴"的弦声、"哑默"的黄昏、秋光"老了"等，看上去不合语言常规，实则有意想不到的表现效果。

思 考 题

1. 结合本文，谈谈叶灵凤散文小品的艺术风格。
2. 分析本文在语言运用上的特点。

延 伸 阅 读

叶灵凤：《秋意》《雾》《灵魂的归来》

参 考 文 献

1. 李广宇：《叶灵凤传》，河北教育出版社 2003 年版。
2. 李欧梵：《上海摩登：一种新都市文化在中国 1930—1945》，上海三联书店 2008 年版。
3. 王澄霞：《叶灵凤散文创作论》，《世界华文文学论坛》2014 年第 3 期。

我所知道的康桥

徐志摩

一

我这一生的周折，大都寻得出感情的线索。不论别的，单说求学。我到英国是为要从罗素。罗素来中国时，我已经在美国。他那不确的死耗传到的时候，我真的出眼泪不够，还做悼诗来了。他没有死，我自然高兴。我摆脱了哥伦比亚大博士衔的引诱，买船漂过大西洋，想跟这位二十世纪的福禄泰尔认真念一点书去。谁知一到英国才知道事情变样了：一为他在战时主张和平，二为他离婚，罗素叫康桥给除名了，他原来是 Trinity College 的 Fellow，这来他的 Fellowship 也给取消了。他回英国后就在伦敦住下，夫妻两人卖文章过日子。因此我也不曾遂我从学的始愿。我在伦敦政治经济学院里混了半年，正感着闷想换路走的时候，我认识了狄更生先生。狄更生——Galsworthy Lowes Dickinson——是一个有名的作者，他的《一个中国人通信》（*Letters from John Chinaman*）与《一个现代聚餐谈话》（*A Modern Symposium*）两本小册子早得了我的景仰。我第一次会着他是在伦敦国际联盟协会席上，那天林宗孟先生演说，他做主席；第二次是宗孟寓里吃茶，有他。以后我常到他家里去。他看出我的烦闷，劝我到康桥去，他自己是王家学院（King's College）的 Fellow。我就写信去问两个学院，回信都说学额早满了，随后还是狄更生先生替我去在他的学院里说好了，给我一个特别生的资格，随意选科听讲。从此黑方巾黑披袍的风光也被我占着了。初起我在离康桥六英里的乡下叫沙士顿地方租了几间小屋住下，同居的有我从前的夫人张幼仪女士与郭虞裳君。每天一早我坐街车（有时自行车）上学，到晚回家。这样的生活过了一个春，但我在康桥还只是个陌生人，谁都不认识，康桥的生活，可以说完全不曾尝着，我知道的只是一个图书馆，几个课室，和三两个吃便宜饭的茶食铺子。狄更生常在伦敦或是大陆上，所以也不常见他。那年的秋季我一个人回到康桥，整整有一学年，那时我才有机会接近真正的康桥生活，同时我也慢慢的"发见"了康桥。我不曾知道过更大的愉快。

二

"单独"是一个耐寻味的现象。我有时想它是任何发见的第一个条件。你要发见你的朋友的"真"，你得有与他单独的机会。你要发见你自己的真，你得给你自己一个单独的机会。你要发见一个地方（地方一样有灵性），你也得有单独玩的机会。我们这一辈子，认真说，能认识几个人？能认识几个地方？我们都是太匆忙，太没有单独的机会。说实话，我连我的本乡都没有什么了解。康桥我要算是有相当交情的，再次许只有新认识的翡冷翠了。啊，那些清晨，那些黄昏，我一个人发疑似的在康桥！绝对的单独。

但一个人要写他最心爱的对象，不论是人是地，是多么使他为难的一个工作？你怕，你怕描坏了它，你怕说过分了恼了它，你怕说太谨慎了辜负了它。我现在想写康桥，也正是这样的心理，我不曾写，我就知道这回是写不好的——况且又是临时逼出来的事情。但我却不能不写，上期预告已经出去了。我想勉强分两节写：一是我所知道的康桥的天然景色，一是我所知道的康桥的学生生活。我今晚只能极简的写些，等以后有兴会时再补。

三

康桥的灵性全在一条河上；康河，我敢说，是全世界最秀丽的一条水。河的名字是葛兰大（Granta），也有叫康河（River Cam）的，许有上下流的区别，我不甚清楚。河身多的是曲折，上游是有名的拜伦潭——"Byron's Pool"——当年拜伦常在那里玩的；有一个老村子叫格兰骞斯德，有一个果子园，你可以躺在累累的桃李树荫下吃茶，茶果会掉入你的茶杯，小雀子会到你桌上来啄食，那真是别有一番天地。这是上游；下游是从骞斯德顿下去，河面展开，那是春夏间竞舟的场所。上下河分界处有一个坝筑，水流急得很，在星光下听水声，听近村晚钟声，听河畔倦牛刍草声，是我康桥经验中最神秘的一种：大自然的优美，宁静，调谐在这星光与波光的默契中不期然的淹入了你的性灵。

但康河的精华是在它的中权，著名的"Backs"，这两岸是几个最蜚声的学院的建筑。从上面下来是Pembroke，St.Kat harine's，King's，Clare，Trinity，St.John's。最令人留连的一节是克莱亚与王家学院的毗连处，克莱亚的秀丽紧邻着王家教堂（King's Chapel）的宏伟。别的地方尽有更美更庄严的建筑，例如巴黎赛因河的罗浮宫一带，威尼斯的利阿尔多大桥的两岸，翡冷翠维基乌大桥的周遭；但康桥的"Backs"自有它的特长，这不容易用一二个状词来概括，它那脱尽尘埃气的一种清澈秀逸的意境可说是超出了画图而化生了音乐的神味。再没有比这一群建筑更调谐更匀称的了！论画，可比的许只有柯罗（Corot）的田野；论音乐，可比的许只有萧班（Chopin）的夜曲。就这也不能给你依稀的印象，它给你的美感简直是神灵性的一种。

假如你站在王家学院桥边的那棵大槲树荫下眺望，右侧面，隔着一大方浅草坪，是我们的校友居（Fellows Building），那年代并不早，但它的妩媚也是不可掩的，它那苍白的石壁上春夏间满缀着艳色的蔷薇在和风中摇头，更移左是那教堂，森林似的尖阁不可浼的永远直指着天空；更左是克莱亚，啊！那不可信的玲珑的方庭，谁说这不是圣克莱亚（St.Clare）的化身，那一块石上不闪耀着她当年圣洁的精神？在克莱亚后背隐约可辨的是康桥最潇贵最骄纵的三清学院（Trinity），它那临河的图书楼上坐镇着拜伦神采惊人的雕像。

但这时你的注意早已叫克莱亚的三环洞桥魔术似的摄住。你见过西湖白堤上的西泠断桥不是（可怜它们早已叫代表近代丑恶精神的汽车公司给踩平了，现在它们跟着苍凉的雷峰永远辞别了人间。）？你忘不了那桥上斑驳的苍苔，木栅的古色，与那桥拱下泄露的湖光与山色不是？克莱亚并没有那样体面的衬托，它也不比庐山栖贤寺旁的观音桥，上瞰五老的奇峰，下临深潭与飞瀑；它只是怯怜怜的一座三环洞的小桥，它那桥洞间也只掩映着细纹的波鄰与婆婆的树影，它那桥上棂比的小穿阑与阑节顶上双双的白石球，也只是村姑子头上不夸张的香草与野花一类的装饰；但你凝神的看着，更凝神的看着，你再反省你的心境，看还有一丝屑的俗念沾滞不？只要你审美的本能不曾泯灭时，这是你的机会实现纯粹美感的神奇!

但你还得选你赏鉴的时辰。英国的天时与气候是走极端的。冬天是荒谬的坏,逢着连绵的雾盲天你一定不迟疑的甘愿进地狱本身去试试;春天(英国是几乎没有夏天的)是更荒谬的可爱,尤其是它那四五月间最渐缓最艳丽的黄昏,那才真是寸寸黄金。在康河边上过一个黄昏是一服灵魂的补剂。啊!我那时蜜甜的单独,那时蜜甜的闲暇。一晚又一晚的,只见我出神似的倚在桥阑上向西天凝望:——

> 看一回凝静的桥影,
> 数一数螺钿的波纹:
> 我倚暖了石阑的青苔,
> 青苔凉透了我的心坎;……

还有几句更笨重的怎能仿佛那游丝似轻妙的情景:

> 难忘七月的黄昏,远树凝寂,
> 像墨泼的山形,衬出轻柔暝色,
> 密稠稠,七分鹅黄,三分橘绿,
> 那妙意只可去秋梦边缘捕捉;……

四

这河身的两岸都是四季常青最葱翠的草坪。从校友居的楼上望去,对岸草场上,不论早晚,永远有十数匹黄牛与白马,胫蹄没在恣蔓的草丛中,从容的在咬嚼,星星的黄花在风中动荡,应和着它们尾鬃的扫拂。桥的两端有斜倚的垂柳与槐荫护住。水是澈底的清澄,深不足四尺,匀匀的长着长条的水草。这岸边的草坪又是我的爱宠,在清朝,在傍晚,我常去这天然的织锦上坐地,有时读书,有时看水;有时仰卧着看天空的行云,有时反仆着搂抱大地的温软。

但河上的风流还不止两岸的秀丽。你得买船去玩。船不止一种:有普通的双桨划船,有轻快的薄皮舟(Canoe),有最别致的长形撑篙船(Punt)。最末的一种是别处不常有的:约莫有二丈长,三尺宽,你站直在船梢上用长竿撑着走的。这撑是一种技术。我手脚太蠢,始终不曾学会。你初起手尝试时,容易把船身横住在河中,东颠西撞的狼狈。英国人是不轻易开口笑人的,但是小心他们不出声的皱眉!也不知有多少次河中本来优闲的秩序叫我这莽撞的外行给捣乱了。我真的始终不曾学会;每回我不服输跑去租船再试的时候,有一个白胡子的船家往往带讥讽的对我说:"先生,这撑船费劲,天热累人,还是拿个薄皮舟溜溜吧!"我那里肯听话,长篙子一点就把船撑了开去,结果还是把河身一段段的腰斩了去!

你站在桥上去看人家撑,那多不费劲,多美!尤其在礼拜天有几个专家的女郎,穿一身缟素衣服,裙裾在风前悠悠的飘着,戴一顶宽边的薄纱帽,帽影在水草间颤动,你看她们出桥洞时的姿态,捻起一根竟像没分量的长竿,只轻轻的,不经心的往波心里一点,身子微微的一蹲，这船身便波的转出了桥影，翠条鱼似的向前滑了去。她们那敏捷，那闲暇，那轻盈，真是值得歌咏的。

在初夏阳光渐暖时你去买一只小船，划去桥边荫下躺着念你的书或是做你的梦，槐花香在水面上飘浮，鱼群的唼喋声在你的耳边挑逗。或是在初秋的黄昏，近着新月的寒光，望上流僻静处远去。爱热闹的少年们携着他们的女友，在船沿上支着双双的东洋彩纸灯，带着话匣子，船心里用软垫铺着，也开向无人迹处去享他们的野福——谁不爱听那水底翻的音乐在静定的河上描写梦意与春光！

住惯城市的人不易知道季候的变迁。看见叶子掉知道是秋，看见叶子绿知道是春；天冷了装炉子，天热了拆炉子；脱下棉袍，换上夹袍，脱下夹袍，穿上单袍：不过如此罢了。天上星斗的消息，地下泥土里的消息，空中风吹的消息，都不关我们的事。忙着哪，这样那样事情多着，谁耐烦管星星的移转，花草的消长，风云的变幻？同时我们抱怨我们的生活，苦痛，烦闷，拘束，枯燥，谁肯承认做人是快乐？谁不多少间咒诅人生？

但不满意的生活大都是由于自取的。我是一个生命的信仰者，我信生活决不是我们大多数人仅仅从自身经验推得的那样暗惨。我们的病根是在"忘本"。人是自然的产儿，就比枝头的花与鸟是自然的产儿；但我们不幸是文明人，入世深似一天，离自然远似一天。离开了泥土的花草，离开了水的鱼，能快活吗？能生存吗？从大自然，我们取得我们的生命；从大自然，我们应分取得我们继续的资养。那一株婆娑的大木没有盘错的根柢深入在无尽藏的地里？我们是永远不能独立的。有幸福是永远不离母亲抚育的孩子，有健康是永远接近自然的人们。不必一定与鹿豕游，不必一定回"洞府"去；为医治我们当前生活的枯窘，只要"不完全遗忘自然"一张轻淡的药方我们的病象就有缓和的希望。在青草里打几个滚，到海水里洗几次浴，到高处去看几次朝霞与晚照——你肩背上的负担就会轻松了去的。

这是极肤浅的道理，当然。但我要没有过过康桥的日子，我就不会有这样的自信。我这一辈子就只那一春，说也可怜，算是不曾虚度。就只那一春，我的生活是自然的，是真愉快的！（虽则碰巧那也是我最感受人生痛苦的时期。）我那时有的是闲暇，有的是自由，有的是绝对单独的机会。说也奇怪，竟像是第一次，我辨认了星月的光明，草的青，花的香，流水的殷勤。我能忘记那初春的睥睨吗？曾经有多少个清晨我独自冒着冷去薄霜铺地的林子里闲步——为听鸟语，为盼朝阳，为寻泥土里渐次苏醒的花草，为体会最微细最神妙的春信。啊，那是新来的画眉在那边调不尽的青枝上试它的新声！啊，这是第一朵小雪球花挣出了半冻的地面！啊，这不是新来的潮润沾上了寂寞的柳条？

静极了，这朝来水溶溶的大道，只远处牛奶车的铃声，点缀这周遭的沉默。顺着这大道走去，走到尽头，再转入林子里的小径，往烟雾浓密处走去，头顶是交枝的榆荫，透露着漠楞楞的曙色；再往前走去，走尽这林子，当前是平坦的原野，望见了村舍，初青的麦田，更远三两个馒形的小山掩住了一条通道。天边是雾茫茫的，尖尖的黑影是近村的教寺。听，那晓钟和缓的清音。这一带是此邦中部的平原，地形像是海里的轻波，默沉沉的起伏；山岭是望不见的，有的是常青的草原与沃腴的田壤。登那土阜上望去，康桥只是一带茂林，拥戴着几处娉婷的尖阁。妩媚的康河也望不见踪迹，你只能循着那锦带似的林木想象那一流清浅。村舍与树林是这地盘上的棋子，有村舍处有佳荫，有佳荫处有村舍。这早起是看炊烟的时辰：朝雾渐渐的升起，揭开了这灰苍苍的天幕，（最好是微霰后的光景）远近的炊烟，成丝的，成缕的，成卷的，轻快的，迟重的，浓灰的，淡青的，惨白的，在静定的朝气里渐渐的上腾，渐渐的不见，仿佛是朝来人们的祈祷，参差的羼入了天听。朝阳是难得见的，这初春的天气。但它来时是起早人莫大的愉快。顷刻间这田野添深了颜色，一层轻纱似的金粉掺上了这草，这树，这通道，这庄舍。顷刻间这周遭弥漫了清晨富丽的温柔。顷刻间你的心怀也分润了白天诞生的光荣。"春"！这胜利的晴空仿佛在你的耳边私语。"春"！你那快活的灵魂也仿佛在那里回响。

伺候着河上的风光，这春来一天有一天的消息。关心石上的苔痕，关心败草里的花鲜，关心这水流的缓急，关心水草的滋长，关心天上的云霞，关心新来的鸟语。怯怜怜的小雪球是探春信的小使。铃兰与香草是欢喜的初声。窈窕的莲馨，玲珑的石水仙，爱热闹的克罗克斯，耐辛苦的蒲公英与雏菊——这时候春光已是烂漫在人间，更不须殷勤问讯。

瑰丽的春放。这是你野游的时期。可爱的路政，这里不比中国，那一处不是坦荡荡的大道？徒步是一个愉快，但骑自转车是一个更大的愉快。在康桥骑车是普遍的技术；妇人，稚子，老翁，一致享受这双轮舞的快乐。（在康桥听说自转车是不怕人偷的，就为人人都自己有车，没人要偷。）任你选一个方向，任你上一条通道，顺着这带草味的和风，放轮远去，保管你这半天的逍遥是你性灵的补剂。这道上有的是清荫与美草，随地都可以供你休憩。你如爱花，这里多的是锦绣似的草原。你如爱鸟，这里多的是巧啭的鸣禽。你如爱儿童，这乡间到处是可亲的稚子。你如爱人情，这里多的是不嫌远客的乡人，你到处可以"挂单"借宿，有酪浆与嫩薯供你饱餐，有夺目的果鲜恣你尝新。你如爱酒，这乡间每"望"都为你储有上好的新酿，黑啤如太浓，苹果酒姜酒都是供你解渴润肺的。……带一卷书，走十里路，选一块清静地，看天，听鸟，读书，倦了时，和身在草绵绵处寻梦去——你能想象更适情更适性的消遣吗？

陆放翁有一联诗句："传呼快马迎新月，却上轻舆趁晚凉"；这是做地方官的风流。我在康桥时虽没马骑，没轿子坐，却也有我的风流：我常常在夕阳西晒时骑了车迎着天边扁大的日头直追。日头是追不到的，我没有夸父的荒诞，但晚景的温存却被我这样偷尝了不少。有三两幅画图似的经验至今还是栩栩的留着。只说看夕阳，我们平常只知道登山或是临海，但实际只须辽阔的天际，平地上的晚霞有时也是一样的神奇。有一次我赶到一个地方，手把着一家村庄的篱笆，隔着一大田的麦浪，看西天的变幻。有一次是正冲着一条宽广的大道，过来一大群羊，放草归来的，偌大的太阳在它们后背放射着万缕的金辉，天上却是乌青青的，只剩这不可逼视的威光中的一条大路，一群生物！我心头顿时感着神异性的压迫，我真的跪下了，对着这冉冉渐羼的金光。再有一次是更不可忘的奇景，那是临着一大片望不到头的草原，满开着艳红的罂粟，在青草里亭亭的像是万盏的金灯，阳光从褐色云里斜着过来，幻成一种异样紫色，透明似的不可逼视，霎那间在我迷眩了的视觉中，这草田变成了……不说也罢，说来你们也是不信的！

一别二年多了，康桥，谁知我这思乡的隐忧？也不想别的，我只要那晚钟撼动的黄昏，没遮拦的田野，独自斜倚在软草里，看第一个大星在天边出现！

十五年一月十五日

（选自徐志摩《巴黎的鳞爪》，新月书店1930年版）

怎忍别兹去　能不忆康桥

罗昌智

关键词：康桥；理想；依恋

徐志摩一生曾三次来到康桥，有着浓厚"康桥情结"的他把康桥当作了自己"生命的源泉""精神的依恋之乡"。1920 年至 1922 年，徐志摩在康桥度过了两年愉悦的留学生活。对于爱、美与自由的单纯信仰，使他对康桥所体现的英式文明倾心向往，形成了终生依恋的"康桥理想"。此后，徐志摩又两次回到康桥。每临康桥，徐志摩都要以奇幻曼妙的文字写下那一时的心情，一世的怀想。这些文字计有诗歌《康桥再会吧》《康河晚照即景》《康桥西野暮色》《再别康桥》和散文《我所知道的康桥》等。其中《我所知道的康桥》是他 1925 年 4 月重游康桥后写下的散文名篇。

《我所知道的康桥》叙述了自己在康桥的留学生活和对康桥的深切感受。作品先写和康桥接触的缘起，再写对康桥的理解和感受。第三、四部分则是作品的核心，作者从康桥的灵性所在——康河谈起，继而描写河边的建筑，河岸的风景。从所见中抒写对康桥那份独特、细腻的感受，结尾处表达对康桥的深情的怀念："谁知我这思乡的隐忧？"对于康桥而言，徐志摩只是过客；但对于徐志摩来说，康桥却是他心灵的故乡！因此，康桥在徐志摩心中已不再是一个学校的代名词，而是一个美学观点，一个博爱的载体，一个自由的象征，一种理想中的生活方式和生活境界。

《我所知道的康桥》之所以成为中国现代早期游记散文的名作，首先在于它的感人，而感人的最大根由是作家真情的投入。其次是它完美的艺术形式，亦即作品散漫无羁、自由随性的体式。《我所知道的康桥》让人称道于徐志摩不凡的才情。而此文最为闪眼的是作家的语言艺术。在文中，徐志摩写景时多使用欧化长句，有意识地放慢节奏，给读者一种从容漫步山水的心情；而写感悟，则多用短句，以适合于表达感情的急促与热烈；或用长句把一串短句轻轻托住，或长短句错综出现，使长短相间，错落有致，形成一种起伏的韵律美。同时，反复、排比手法恰到好处的运用，也使语言有了强烈的节奏感和音乐感，洋溢着灵动的抒情情调。《我所知道的康桥》与其说是一篇散文，不如说是一首诗，文中满是诗化了的意境，透出诗般的语言魅力。

《我所知道的康桥》表达了徐志摩对康桥浓郁的思念与离别的惆怅，《再别康桥》中诗人吟唱道："轻轻的我走了，／正如我轻轻的来；／我轻轻的招手，／作别西天的云彩。"告别之中，诗人又怎能将康桥从精神深处挥之而去？正所谓：怎忍别兹去，能不忆康桥？

思　考　题

1. 徐志摩的"康桥理想"包含了怎样的内容？

2. 比较徐志摩以康桥为题材的诗歌和散文，分析不同体裁作品的美学特征。

延 伸 阅 读

徐志摩:《康桥再会吧》《康河晚照即景》《康桥西野暮色》《再别康桥》

参 考 文 献

1. 黄宇:《徐志摩散文与康桥文化》,《华中师范大学学报》(哲学社会科学版)1997年第1期。

2. 张立群:《"徐志摩传"现状考察及史料价值问题》,《文学评论》2017年第2期。

雨前

何其芳

最后的鸽群带着低弱的笛声在微风里划一个圈子后，也消失了。许是误认这灰暗的凄冷的天空为夜色的来袭，或是也预感到风雨的将至，遂过早地飞回它们温暖的木舍。

几天阳光在柳条上撒下的一抹嫩绿，被尘土埋掩得有憔悴色了，是需要着一次洗涤。还有干裂的大地与树根也早已期待着雨。雨却迟疑着。

我怀想着故乡的雷声和雨声。那隆隆的有力的搏击，从山谷返响到山谷，仿佛春之芽就从冻土里震动，惊醒，而怒茁出来。细草样柔的雨声又以温存之手抚摩它，使它簇生油绿的枝叶而开出红色的花。这些怀想如乡愁一样萦绕得使我忧郁了。我心里的气候也和这北方大陆一样缺少雨量，一滴温柔的泪在我枯涩的眼里，如迟疑在这阴沉的天空里的雨点，久不落下。

白色的鸭也似有一点烦躁了，有不洁的颜色的都市的河沟里传出它们焦急的叫声。有的还未厌倦那船一样的徐徐的划行。有的却倒插它们的长颈在水里，红色的蹼趾伸在尾后，不停地扑击着水以支持身体的平衡。不知是在寻找沟底的细微的食物，还是贪那深深的水里的寒冷。

有几个已上岸了。在柳树下来回地作它们绅士的散步，舒息划行的疲劳。然后参差的站着，各用嘴细细的抚理它们遍体白色的羽毛，间又摇动身子或扑展着阔翅，使那缀在羽毛间的水珠堕落。一个已修饰完毕的，弯曲它的颈到背上，长长的红嘴藏没在翅膀里，静静合上它白色的茸毛间的小黑睛，仿佛准备睡眠。可怜的小动物，你就是这样做着你的梦吗？

我想起故乡放雏鸭的人了。一大群鹅黄色的雏鸭游牧在溪流间，清浅的水，两岸青青的草，一根长长的竿在牧人的手里。他的小队伍是多么欢欣地发出啾啁声，又多么驯服地随着他的竿头越过一个田野又一个山坡。夜来了，帐幕似的竹篷撑在地上，就是他的家。但这是怎样辽远的想象啊。在这多尘土的国度里，我仅只希望听一点树叶上的雨声，一点雨声的幽凉滴到我憔悴的梦，也许会长成一树圆的绿阴来覆荫我自己。

我仰起头。天空低垂如灰色的雾幕，落下一些寒冷的碎屑到我脸上。一只远来的鹰隼仿佛带着怒愤，对这沉重的天色的怒愤，平张的双翅不动的从天空斜插下，几乎触到河沟对岸的土阜，而又鼓扑着双翅作出猛烈的声响腾上了。那样巨大的翅使我惊异，我看见了它两胁间斑白的羽毛。

接着听见了它有力的鸣声，如同一个巨大的心的呼号，或是在黑暗里寻找伴侣的叫唤。

然而雨还是没有来。

一九三三年春，北京

（原载 1933 年 7 月《文艺月刊》第 4 卷第 1 期）

心灵的渴望

黄火荣

关键词：雨；心灵；象征

《雨前》是何其芳著名的散文诗集《画梦录》中有代表性的一篇。它通过大雨降临之前灰暗沉闷的自然景物的描写，渲染了一种久旱盼甘露的强烈情绪。它写于1933年春，正是作者读大学二年级的时候。据何其芳回忆，他当时的思想情况是：对政治毫不关心，而对法国象征主义文学则入了迷。当日寇逼近，华北局势紧张，学校通知学生离校，离开北平的头一天晚上，他还在一个小公寓里，用他从法国象征派那里学来的艺术手法，写着他的《画梦录》里的那一篇《黄昏》：

马蹄声，孤独又忧郁地自远至近，洒落在沉默的街上如白色的小
花朵……

他"用一些柔和的诗和散文"，"用幻想，用青春"，给自己"制造了一个美丽的、安静的、充满着寂寞的欢欣的小天地"（何其芳《一个平常的故事》）。把何其芳的《雨前》看作像高尔基的《海燕之歌》那样，是对革命的暴风暴的呼唤，显然是不妥当的。如果把文中对"雨"的期待解释为青年人对爱情甘露的渴望，就更切合作者当时的思想实际，也更切合作品的实际。作者以"温柔的泪""憔悴的梦""圆的绿阴"等形象来比喻爱情和对爱情的盼望，立意是含蓄的，朦胧的，但又不是不可捉摸的。最后那只从灰色的天空斜插而下又猛烈腾上的鹰发出了它有力的鸣声。文章说，这鸣声"如一个巨大的心的呼号，或是在黑暗里寻找伴侣的叫唤"。这就把作品的意向指示得更明确了，鹰的愤怒是对着沉重的天色发出的。因为那"天空低垂如灰色的雾幕"，装出要下雨的样子，"然而雨还是没有来"；从这雾幕里掉下的并不是滋润心田的雨滴，而是"一些寒冷的霏屑"。黑暗的现实不能给予青年理想的爱情，青年渴望、期待得太久，难免要变得躁动不安，甚至发出内心狂暴的呼喊。这篇散文就是作者因为迫切地向往爱情而爱情却迟迟不来所产生的苦闷、寂寞、烦躁不安情绪的自然流露。当然，作者对爱情的追求也包含着对美的追求，对光明和理想的追求；对爱情的迟迟不来的怨愤也包含着对整个黑暗世界的怨愤。

这篇散文在艺术上的特色主要表现在它的和谐的诗的意境上。作者成功地运用了西方现代派的"移情"手法，把自己内心的感情外射在周围环境和自然景物之上。鸽群、柳梢、大地、树根、白鸭、鹰隼，无不打上作者浓重的主观色彩。值得指出的是，作者在为自己笔下的景物涂上感情色彩时，十分注意浓淡相宜、虚实相间，并非一味泼墨似的涂抹。比如作者写那白鸭的烦躁只是"也似有一点"，因为他听到"它们焦急的叫声"；但也"有的还未厌倦那船一样的徐徐的划行。有的却倒插它们的长颈在水里，红色的蹼趾伸在尾后，不停的扑击着水以支持身体的平衡"。"有几个已上岸了。在柳树下来回的

作它们绅士的散步……"这些描写并不显得怎样焦急和烦躁，反而使我们看到一幅悠然自得、栩栩如生的动物画。在焦急的期待中插入这样一幅悠闲的画面，使人们紧张的心理略得松弛，使文章更具波澜。作者的笔墨并没有游离主题。"一个已修饰完毕的，弯曲它的颈到背上，长长的红嘴藏没在翅膀里，静静合上它白色的茸毛间的小黑睛，仿佛准备睡眠。"这就和前面写到的鸽群误认这天黑是夜的袭来而过早地飞回它们温暖的木舍相呼应，说明天气的变化竟改变了生物钟的正常节律，集中渲染了雨前阴暗灰色的自然气氛。

作者运用了对比手法，在描写眼前景物的同时两次插入对故乡的回忆：一次是"怀想着故乡的雷声，和雨声"，另一次是"想起故乡牧雏鸭的人"。回忆中故乡的天气和景物与眼前北方的天气和景物形成鲜明的对比。故乡的雷声："那隆隆的有力的搏击，从山谷返响到山谷"。紧接着就是"春之芽"的"惊醒"和"怒茁"，"细草样柔的雨声又以膏脂和温存之手抚摩它，使它簇生油绿的枝叶而开出红色的花"。而缺少雨量的北方大陆，灰暗和凄冷的天空如雾幕笼罩了半边天，嫩柳憔悴了，"大地与树根也早已期待着"，"雨却迟疑着"；鹰焦躁得"仿佛带着怒愤"，"然而雨还是没有来"。鸭的活动环境也显然不同，北方的"白色的鸭"是从那"有不洁色的都市的河沟里传出它们焦急的叫声"的，而故乡的"鹅黄色的雏鸭"则"游牧在溪流间"，"清浅的水，两岸青青的草……"一边是雷响、雨柔、花红、叶绿、草青，令人心旷神怡；而另一边则是天暗、地裂、雨少、尘多、河沟不洁，叫人窒息。从表面看来，作者是在写北国与故乡的差异，实际上反映了作者的理想与现实的矛盾。前面所引两段点题的文字都是紧接在回忆故乡的美之后水到渠成地发出的喟叹。作者的理想是那样美丽，而他对于现实的要求又是那样微薄，只需要一点点雨滴去滋润他心中的枯涩、梦中的憔悴，然而却不能得到。作者就是这样，把自己的情绪巧妙地传递给读者，引起读者强烈的共鸣。

本文在语言上的特点是十分的精致、优美。这首先表现在文字的简约，以一当十。例如一开头就说："最后的鸽群带着低弱的笛声在微风里画一个圈子后，也消失了。"这里用"最后……也……"的句式，使读者不能不想象在此之前的景象，或许还有呢呢喃喃的燕子匆匆回归梁上的泥巢，叽叽喳喳的麻雀钻进檐边的草窝，其他许多飞鸟也以各自特有的姿态躲进它们的栖身之所。将这些写出来，或许嫌啰唆，而作者没有写出来，却能令人想到。又如写白鸭在柳树下来回"作它们绅士的散步"，几个字就令我们想见它们那种胖乎乎、慢悠悠、摇摇摆摆徐徐来回的神态，充分显出言短意长之妙。其次，语言的精致、优美还表现在词语的色彩的配合上。例如写春之芽：簇生出"油绿的枝叶"而开出"红色的花"；写白鸭："长长的红嘴"藏没在翅膀里，静静合上它"白色的茸毛"间的"小黑睛"。红绿相衬，黑白相间。还有那"鹅黄色的雏鸭"与浅青色的水、草相映生辉，这是自然色彩的配合。还有感情色彩的配合："枯涩的眼"向往"温柔的泪"，"憔悴的梦"盼望"幽凉的雨"。这些富有色彩的语言不仅体现了作品文字的优美，更主要的是准确地传达了作者的情绪，深化了主题。第三，本文语言还善于化静为动，化虚为实，使字里行间充满一种流动的美。比如作者不说由于阳光的照耀，使柳枝长出了嫩叶，而说"几天阳光在柳梢上撒下的一抹嫩绿"；作者不说细雨滋润春芽，而说"细草样柔的雨声又以膏脂和温存之手抚摩它"。这些优美的语言是《雨前》作为一篇杰出的艺术作品的重要标志之一，值得玩味。

思 考 题

1. 请你谈谈这篇文章体现了怎样的象征性内涵？
2. 分析这篇文章语言的特色。

延 伸 阅 读

何其芳：《独语》《黄昏》《梦后》

参 考 文 献

1. 贺仲明：《喑哑的夜莺——何其芳评传》，南京师范大学出版社 2004 年版。
2. 李琬：《散文的"有结构"与"无结构"　重审何其芳〈画梦录〉的形式问题》，《上海文化》2020 年第 1 期。

鹰之歌

丽　尼

黄昏是美丽的。我忆念着那南方底黄昏。

晚霞如同一片赤红的落叶坠到铺着黄尘的地上，斜阳之下的山岗变成了暗紫，好像是云海之中的礁石。

南方是遥远的；南方底黄昏是美丽的。

有一轮红日沐浴着在大海之彼岸；在欢笑着的海水送着夕归的渔船。

南方，遥远而美丽的！

南方是有着榕树的地方，榕树永远是垂着长须，如同一个老人安静地站立，在夕暮之中作着冗长的低语，而将千百年的过去都埋在幻想里了。

晚天是赤红的。公园如同一个废墟。鹰在赤红的天空之中盘旋，作出短促而悠远的歌唱，嘹唳地，清脆地。

鹰是我所爱的。它有着两个强健的翅膀。

鹰底歌声是嘹唳而清脆的，如同一个巨人底口在远天吹出了口哨。而当这口哨一响着的时候，我就忘却我底忧愁而感觉兴奋了。

我有过一个忧愁的故事。每一个年轻的人都会有一个忧愁的故事。

南方是有着太阳和热和火焰的地方。而且，那时，我比现在年轻。

那些年头！啊，那是热情的年头！我们之中，像我们这样大的年纪的人，在那样的年代，谁不曾有过热情的如同火焰一般的生活！谁不曾愿意把生命当作一把柴薪，来加强这正在燃烧的火焰！有一团火焰给人们点燃了，那么美丽地发着光辉，吸引着我们，使我们抛弃了一切其他的希望与幻想，而专一地投身到这火焰中来。

然而，希望，它有时比火星还容易熄灭。对于一个年轻人，只须一个刹那，一整个世界就会从光明变成了黑暗。

我们曾经说过："在火焰之中锻炼着自己"；我们曾经感觉过一切旧的渣滓都会被铲除，而由废墟之中会生长出新的生命，而且相信这一切都是不久就会成就的。

然而，当火焰苦闷地窒息于潮湿的柴草，只有浓烟可以见到的时候，一刹那间，一整个世界就变成黑暗了。

我坐在已经成了废墟的公园看着赤红的晚霞，听着嘹唳而清脆的鹰歌，然而我却如同一个没有路走的孩子，凄然地流下眼泪来了。

"一整个世界变成了黑暗；新的希望是一个艰难的生产。"

鹰在天空之中飞翔着了，伸展着两个翅膀，倾侧着，回旋着，作出了短促而悠远的歌声，如同一个信号。我凝望着鹰，想从它底歌声里听出一个珍贵的消息。

"你凝望着鹰么？"她问。

"是的，我望着鹰。"我回答。

她是我底同伴，是我三年来的一个伴侣。

"鹰真好，"她沉思地说了，"你可爱鹰？"

"我爱鹰的。"

"鹰是可爱的。鹰有两个强健的翅膀，会飞，飞得高，飞得远，能在黎明里飞，也能在黑夜里飞。你知道鹰是怎样在黑夜里飞的么？是像这样飞的，你瞧。"说着，她展开了两只修长的手臂，旋舞一般地飞着了，是飞得那么天真，飞得那么热情，使她底脸面也现出了夕阳一般的霞彩。

我欢乐地笑了，而感觉了奋兴。

然而，有一次夜晚，这年轻的鹰飞了出去，就没有再看见她飞了回来。一个月以后，在一个黎明，我在那已经成了废墟的公园之中发现了她底被六个枪弹贯穿了的身体，如同一只被猎人从赤红的天空击落了下来的鹰雏，披散了毛发在那里躺着了。那正是她为我展开了手臂而热情地飞过的一块地方。

我忘却了忧愁，而变得在黑暗里感觉兴奋了。

南方是遥远的，但我忆念着那南方的黄昏。

南方是有着鹰歌唱的地方，那嘹唳而清脆的歌声是会使我忘却忧愁而感觉奋兴的。

一九三四年，十二月。

（选自《丽尼散文选集》，上海文艺出版社 1982 年版）

搏击者的礼赞

江胜清

关键词：黄昏；南方；鹰

丽尼是 20 世纪 30 年代深受读者欢迎的散文家，曾与缪崇群一起被誉为"悲哀与忧伤的歌手"。他同何其芳一样擅长用散文诗的形式表现自己内心深处细腻的感情。《鹰之歌》写于 1934 年 12 月。文章开头作者以饱蘸深情之笔表达了他对"南方"的追忆："黄昏是美丽的。我忆念着那南方底黄昏。"而且反复渲染"南方是遥远的"，南方是"遥远而美丽的"。不仅如此，作者还紧紧抓住南方黄昏的一系列标志性景物，精心描绘出一幅令人神往的南方黄昏图：赤红的晚霞，暗紫的山岗，沐浴大海的红日，夕阳下从大海归来的渔船，垂着长须、如同老人安静伫立的榕树，赤红的天空中盘旋、歌唱的雄鹰。这些景物形与色的巧妙组合，显示出浓郁的诗的意韵。在作者笔下，南方有着无限丰富的内涵：它既是作者过去美好生活的写照，寄托着对青年时代的回忆；也是革命策源地的暗示，表达了作者对和平幸福生活的向往和对理想的追寻；同时它还是作者精神家园的象征，表明了现代人对心灵诗意栖息地的寻找。

《鹰之歌》是一篇颂扬革命女友的散文诗。作者摒弃了一般革命作家惯用的叙事和抒情模式。虽然文章以"我有过一个忧愁的故事"为中心，但是作者并没有着意于叙写故事缘由，甚至女友的行为事迹也无细致交代，而着重描述了女友生前对鹰的赞美，女友模仿鹰腾飞搏击时那种轻松昂奋的情态。作者对鹰的描绘暗喻的正是对革命者战斗品格的象征性写意："鹰有两个强健的翅膀，会飞，飞得高，飞得远，能在黎明里飞，也能在黑夜里飞。"鹰能唱出嘹亮而清脆的歌声，能让人从歌声中听出珍贵的消息。这只搏击长空、翱翔寰宇的"鹰"，展示的正是一种不惧黑暗、追求光明的精神，鹰成了革命女友形象与精神的化身。作者对高飞的"鹰"的赞美实际上蕴含了对女友投身革命的赞美。作者也没有正面去展现女友在革命斗争中奋飞的雄姿，却刻意抒写了她悲壮的死亡："有一次夜晚，这年轻的鹰飞了出去，就没有再看见她飞了回来。一个月以后，在一个黎明，我在那已经成了废墟的公园之中发现了她底被六个枪弹贯穿了的身体，如同一只被猎人从赤红的天空击落了下来的鹰雏，披散了毛发在那里躺着了。"这其中表达的正是对革命战士用生命抗争黑暗的雄鹰品格的深情礼赞，《鹰之歌》是一曲旧世界叛逆者的颂歌。文章虚实相交，采用象征写意的手法描绘雄鹰形象，表达作者的赞美与忧伤、怀想与希望，文章含蓄深沉，意境悠远，令人回味。

文中反复出现的"黄昏是美丽的""鹰是可爱的""南方是遥远的"的句子，不仅使文章文字优美、诗意浓郁，而且还形成一唱三叹的感情旋律，更好地抒发了作者的忆念与赞美之情。

思 考 题

1. 如何理解文中"鹰"的象征性寓意？
2. 这篇散文在写法上的主要特点是什么？这样写有什么好处？

延 伸 阅 读

丽尼：《黄昏之献》《江南的记忆》

参 考 文 献

1. 林非：《现代六十家散文札记》，百花文艺出版社 1980 年版。
2. 徐型：《丽尼散文渗透的人生企盼》，《南通师范学院学报》（哲学社会科学版）2002 年第 4 期。

鸭窠围的夜

沈从文

　　天快黄昏时落了一阵雪子，不久就停了。天气真冷，在寒气中一切都仿佛结了冰。便是空气，也像快要冻结的样子。我包定的那一只小船，在天空大把撒着雪子时已泊了岸。从桃源县沿河而上这已是第五个夜晚。看情形晚上还会有风有雪，故船泊岸边时便从各处挑选好地方。沿岸除了某一处有片沙岨宜于泊船以外，其余地方全是黛色如屋的大岩石。石头既然那么大，船又那么小，我们都希望寻觅得到一个能作小船风雪屏障，同时要上岸又还方便的处所。凡是可以泊船的地方早已被当地渔船占去了。小船上的水手，把船上下各处撑去，钢钻头敲打着沿岸大石头，发出好听的声音，结果这只小船，还是不能不同许多大小船只一样，在正当泊船处插了篙子，把当作锚头用的石碇抛到沙上去，尽那行将来到的风雪，摊派到这只船上。

　　这地方是个长潭的转折处，两岸是高大壁立千丈的山，山头上长着小小竹子，长年翠色逼人。这时节两山只剩余一抹深黑，赖天空微明为画出一个轮廓。但在黄昏里看来如一种奇迹的，却是两岸高处去水已三十丈上下的吊脚楼。这些房子莫不俨然悬挂在半空中，藉着黄昏的余光，还可以把这些稀奇的楼房形体，看得出个大略。这些房子同沿河一切房子有个共通相似处，便是从结构上说来，处处显出对于木材的浪费。房屋既在半山上，不用那么多木料，便不能成为房子吗？半山上也用吊脚楼形式，这形式是必须的吗？然而这条河水的大宗出口是木料，木材比石块还不值价。因此，即或是河水永远涨不到处，吊脚楼房子依然存在，似乎也不应当有何惹眼惊奇了。但沿河因为有了这些楼房，长年与流水斗争的水手，寄身船中枯闷成疾的旅行者，以及其他过路人，却有了落脚处了。这些人的疲劳与寂寞是从这些房子中可以一律解除的。地方既好看，也好玩。

　　河面大小船只泊定后，莫不点了小小的油灯，拉了篷。各个船上皆在后舱烧了火，用铁鼎罐煮红米饭，饭焖熟后，又换锅子熬油，哗的把菜蔬倒进热锅里去。一切齐全了，各人蹲在舱板上三碗五碗把腹中填满后，天已夜了。水手们怕冷怕动的，收拾碗盏后，就莫不在舱板上摊开了被盖，把身体钻进那个预先卷成一筒又冷又湿的硬棉被里去休息。至于那些想喝一杯的，发了烟瘾得靠靠灯，船上烟灰又翻尽了的，或一无所为，只是不甘寂寞，好事好玩想到岸上去烤烤火谈谈天的，便莫不提了桅灯，或燃一段废缆子，摇晃着从船头跳上了岸，从一堆石头间的小路径，爬到半山上吊脚楼房子那边去，找寻自己的熟人，找寻自己的熟地。陌生人自然也有来到这条河中，来到这种吊脚楼房子里的时节，但一到地，在火堆旁小板凳上一坐，便是陌生人，即刻也就可以称为熟人乡亲了。

　　这河边两岸除了停泊有上下行的大小船只三十左右以外，还有无数在日前趁融雪涨水放下形体大小不一的木筏。较小的木筏，上面供给人住宿过夜的棚子也不见，一到了码头，便各自上岸找住处去了。大一些的木筏呢，则有房屋，有船只，有小小菜园与养猪养鸡栅栏，还有女眷和小孩子。

黑夜占领了全个河面时，还可以看到木筏上的火光，吊脚楼窗口的灯光，以及上岸下船在河岸大石间飘忽动人的火炬红光。这时节岸上船上都有人说话，吊脚楼上且有妇人在黯淡灯光下唱小曲的声音，每次唱完一支小曲时，就有人笑嚷。甚么人家吊脚楼下有匹小羊叫，固执而且柔和的声音，使人听来觉得忧郁。我心中想着，"这一定是从别一处牵来的，另外一个地方，那小畜生的母亲，一定也那么固执地鸣着吧。"算算日子，再过十一天便过年了。"小畜生明不明白只能在这个世界上活过十天八天？"明白也罢，不明白也罢，这小畜生是为了过年而赶来，应在这个地方死去的。此后固执而又柔和的声音，将在我耳边永远不会消失。我觉得忧郁起来了。我仿佛触着了这世界上一点东西，看明白了这世界上一点东西，心里软和得很。

但我不能这样子打发这个长夜。我把我的想象，追随了一个唱曲时清中夹沙的妇女声音到她的身边去了。于是仿佛看到了一个床铺，下面是草荐，上面摊一床用旧帆布或别的旧货做成脏而又硬的棉被，搁在床正中被单上面的是一个长方木托盘，盘中有一把小茶盏，一个小烟盒，一支烟枪，一块小石头，一盏灯。盘边躺着一个人在烧烟。唱曲子的妇人，或是袖了手捏着自己的膀子站在吃烟者的面前，或是靠在男子对面的床头，为客人烧烟。房子分两进，前面临街，地是土地，后面临河，便是所谓吊脚楼了。这些人房子窗口既一面临河，可以凭了窗口呼喊河下船中人，当船上人过了瘾，胡闹已够，下船时，或者尚有些事情嘱托，或有其他原因，一个晃着火炬停顿在大石间，一个便凭立在窗口，"大佬你记着，船下行时又来。""好，我来的，我记着的。""你见了顺顺就说：会呢，完了；孩子大牛呢，脚膝骨好了。细粉带三斤，冰糖或片糖带三斤。""记得到，记得到，大娘你放心，我见了顺顺大爷就说：会呢，完了。大牛呢，好了。细粉来三斤，冰糖来三斤。""杨氏，杨氏，一共四吊七，莫错账！""是的，放心呵，你说四吊七就四吊七，年三十夜莫会要你多的！你自己记着就是了！"这样那样的说着，我一一都可听到，而且一面还可以听着在黑暗中某一处咩咩的羊鸣。我明白这些回船的人是上岸吃过"荤烟"了的。

我还估计得出，这些人不吃"荤烟"，上岸时只去烤烤火的，到了那些屋子里时，便多数只在临街那一面铺子里。这时节天气太冷，大门必已上好了，屋里一隅或点了小小油灯，屋中土地上必就地掘了浅凹火炉膛，烧了些树根柴块。火光煜煜，且时时刻刻爆炸着一种难于形容的声音。火旁矮板凳上坐有船上人，木筏上人，有对河住家的熟人。且有虽为天所厌弃还不自弃年过七十的老妇人，闭着眼睛蜷成一团蹲在火边，悄悄的从大袖筒里取出一片薯干，一枚红枣，塞到嘴里去咀嚼。有穿着肮脏，身体瘦弱的孩子，手擦着眼睛傍着火旁的母亲打盹。屋主人有为退伍的老军人，有翻船背运的老水手，有单身寡妇。藉着火光灯光，可以看得出这屋中的大略情形，三堵木板壁上，一面必有个供奉祖宗的神龛，神龛下空处或另一面，必贴了一些大小不一的红白名片。这些名片倘若有那些好事者加以注意，用小油灯照着，去仔细检查检查，便可以发现许多动人的名衔，军队上的连副、上士、一等兵，商号中的管事，当地的团总、保正、催租吏，以及照例姓滕的船主，洪江的木排商人，与其他各行各业人物，无所不有。这是近一二十年来经过此地若干人中一小部分的题名录。这些人各用一种不同的生活，来到这个地方，且同样的来到这些屋子里，坐在火边或靠近床边，逗留过若干时间。这些人离开了此地后，在另一世界里还是继续活下去，但除了同自己的生活圈子中人发生关系以外，与一同在这个世界上其他的人，却仿佛便毫无关系可言了。他们如今也许早已死掉了；水淹死的，枪打死的，被外妻用砒霜谋杀的，然而这些名片却依然将好好的保留下去。也许有些人已成了富人名人，成了当地的小军阀，这些名片却仍然写着催租人，上士等等的衔头。……除了这些名片，那屋子里是不是还有比它更引人注意的东西呢？锯子，小捞兜，香烟大画片，装干栗子的口袋，……

提起这些问题时使人心中很激动。我到船头上去眺望了一阵。河面静静的，木筏上火光小了，船上的灯光已很少了，远近一切只能藉着水面微光看出个大略情形。另外一处的吊脚楼上，又有了妇人唱小曲的声音，灯光摇摇不定，且有猜拳声音。我估计那些灯光同声音所在处，不是木筏上的簰头在取乐，就是水手们小商人在喝酒。妇人手指上说不定还戴了水手特别为她从常德府捎带来的镀金戒指，一面唱曲一面把那只手理着鬓角，多动人的一幅画图！我认识他们的哀乐，这一切我也有份。看他们在那里把每个日子打发下去，也是眼泪也是笑，离我虽那么远，同时又与我那么相近。这正是同读一篇描写西伯利亚的农人生活动人作品一样，使人掩卷引起无言的哀戚。我如今只用想象去领味这些人生活的表面姿态，却用过去一分经验，接触着了这种人的灵魂。

羊还固执地鸣着。远处不知甚么地方有锣鼓声音，那一定是某个人家禳土酬神还愿巫师的锣鼓。声音所在处必有火燎与九品蜡照耀争辉。眩目火光下必有头包红布的老巫师独立作旋风舞，门上架上有黄钱，平地有装满了谷米的平斗。有新宰的猪羊伏在木架上，头上插着小小五色纸旗。有行将为巫师用口把头咬下的活公鸡，缚了双脚与翼翅，在土坛边无可奈何的躺卧。主人锅灶边则热了满锅猪血稀粥，灶中正火光熊熊。

邻近一只大船上，水手们已静静的睡下了，只剩余一个人吸着烟，且时时刻刻把烟管敲着船舷。也像听着吊脚楼的声音，为那点声音所激动，引起种种联想，忽然按捺自己不住了，只听到他轻轻的骂着野话，擦了支自来火，点上一段废缆，跳上岸往吊脚楼那里去了。他在岸上大石间走动时，火光便从船篷空处漏进我的船中。也是同样的情形吧，在一只装载棉军服向上行驶的船上，泊到同样的岸边，躺在成束成捆的军服上面，夜既太长，水手们爱玩牌的各蹲坐在舱板上小油灯光下玩天九，睡既不成，便胡乱穿了两套棉军服，空手上岸，藉着石块间还未融尽残雪返照的微光，一直向高岸上有灯光处走去。到了街上，除了从人家门罅里露出的灯光成一条长线横卧着，此外一无所有。在计算中以为应可见到的小摊上成堆的花生，用哈德门长方纸烟匣装着干瘪瘪的小橘子，切成小方块的片糖，以及在灯光下看守摊子把眉毛扯得极细的妇人（这些妇人无事可作时还会在灯光下做点针线的），如今甚么也没有。既不敢冒昧闯进一个人家里面去，便只好又回转河边船上了。但上山时向灯光凝聚处走去，方向不会错误。下河时可糟了。糊糊涂涂在大石小石间走了许久，且大声喊着，才走近自己所坐的一只船。上船时，两脚全是泥，刚攀上船舷还不及脱鞋落舱，就有人在棉被中大喊："伙计哥子们，脱鞋呀！"把鞋脱了还不即睡，便镶到水手身旁去看牌，一直看到半夜，——十五年前自己的事，在这样地方温习起来，使人对于命运感到十分惊异。我懂得那个忽然独自跑上岸去的人，为甚么上去的理由！

等了一会，邻船上那人还不回到他自己的船上来，我明白他所得的必比我多了一些。我想听听他回来时，是不是也像别的船上人，有一个妇人在吊脚楼窗口喊叫他。许多人都陆续回到船上了，这人却没有下船。我记起"柏子"。但是，同样是水上人，一个那么快乐的赶到岸上去，一个却是那么寂寞的跟着别人后面走上岸去，到了那些地方，情形不会同柏子一样，也是很显然的事了。

为了我想听听那个人上船时那点推篷声音，我打算着，在一切声音全已安静时，我仍然不能睡觉。我等待那点声音，大约到午夜十二点，水面上却起了另外一种声音。仿佛鼓声，也仿佛汽油船马达转动声，声音慢慢的近了，可是慢慢的又远了。像是一个有魔力的歌唱，单纯到不可比方，也便是那种固执的单调，以及单调的延长，使一个身临其境的人，想用一组文字去捕捉那点声音，以及捕捉在那长潭深夜一个人为那声音所迷惑时节的心情，实近于一种徒劳无功的努力。那点声音使我不得不再从那业已被单塞好空罅的舱门，到船头去搜索它的来源。河面一片红光，古怪声音也就从红光一面掠水而来。原来日里隐藏在大岩下的一些小渔船，在半夜前早已静悄悄的下了拦江网。到了半夜，把一个从船头伸在水面的铁兜，盛上燃着熊熊烈火的油柴，一面用木棒槌有节奏的敲着船舷各处漂去。身在水中见了火光而来与受了栎声吃惊四窜的鱼类，便在这种情形中触了网，成为渔人的俘虏。

一切光，一切声音，到这时节已为黑夜所抚慰而安静了，只有水面上那一分红光与那一派声音。那种声音与光明，正为着水中的鱼和水面的渔人生存的搏战，已在这河面上存在了若干年，且将在接连而来的每个夜晚依然继续存在。我弄明白了，回到舱中以后，依然默听着那个单调的声音。我所看到的仿佛是一种原始人与自然战争的情景。那声音，那火光，都近于原始人类的战争，把我带回到四五千年那个"过去"时间里去。

不知在甚么时候开始落了很大的雪，听船上人细语着，我心想，第二天我一定可以看到邻船上那个人上船时节，在岸边雪地上留下那一行足迹。那寂寞的足迹，事实上我却不曾见到，因为第二天到我醒来时，小船已离开那个泊船处很远了。

（选自《沈从文选集》，四川人民出版社 1982 年版）

人性的忧叹　生命的哀乐

江胜清

关键词：人性；生命；哀乐

1934 年 1 月至 2 月，离别湘西 12 年的沈从文因母病回乡探亲。在历时一个多月的来回路上，他几乎每天都要给新婚的妻子张兆和写信报告沿途见闻。回到北平，沈从文便根据这些信件整理成一篇篇散文相继发表，1936 年以《湘西散记》的名称结集出版。《鸭窠围的夜》就是其中的一篇名作。

鸭窠围是沅水流域的一个地名，此地潭深、山高，神秘莫测，有着独特的人文景观和地方风情。散文以传神而细致的笔触真实而又客观地记录了作者夜泊鸭窠围的所见所闻，为读者勾勒出一幅美丽的水乡夜色图。在一个飘雪的黄昏，"我"包定的小船在鸭窠围泊岸，收入眼帘的有雪花、大石，有两岸高处的"吊脚楼"，还有在大大小小的船只上忙着烧火、做饭的水手。"黑夜占领了全个河面"后，"木筏上的火光，吊脚楼窗口的灯光，以及上岸下船在河岸大石间飘忽动人的火炬红光"互相辉映。水手们有的钻进硬棉被休息，有的上岸烤火谈天，有的躲进吊脚楼去吃"荤烟"，还有的因不敢冒昧闯进妇人家里而只好回船看人打牌。岸上和船上人的说话声、吊脚楼上妇人的歌声、男人们的笑嚷声、吊脚楼下小羊的叫声，以及远处不知什么地方的锣鼓声高低混杂，远近呼应。到了半夜，水手们陆续回到了船上，一切的声音也已经归于静寂。到深夜时，所见的是一幕水上打鱼的场景："河面一片红光，古怪声音也就从红光一面掠水而来。原来日里隐藏在大岩下的一些小渔船，在半夜前早已静悄悄的下了拦江网。到了半夜，把一个从船头伸在水面的铁兜，盛上燃着熊熊烈火的油柴，一面用木棒槌有节奏的敲着船舷各处漂去。身在水中见了火光而来与受了桥声吃惊四窜的鱼类，便在这种情形中触了网，成为渔人的俘虏。"这里的黑夜与火光相映，鼓声与桥声交织，水中的鱼儿与水面的渔人相搏，一幅原始、神秘而又悠远的捕鱼图画呈现在读者面前。一个漫长、寂寥、寒冷的夜，经沈从文的描绘、渲染、想象、点化、综合，"交织了庄严与流动，一切真是一个圣境"（沈从文《一个多情水手与一个多情妇人》）。

这里展现了故乡自然的古老诗意，他更是要在自然的背景里描述故乡湘西民众的人生状态与生命哀乐，其中无不寄寓了作者对湘西历史、百姓命运、生命意义的深深忧戚与感伤。散文的描述在现实的情景与浮动的想象中交织展开，构织了一幅迷离凄婉的风情画。在作者笔下，描述的是在水上讨生活的水手与妓女的人生，作品并没有正面展现他们凄苦的生活画面，主要表现的是他们在艰辛的人生岁月中，乐天知命的生活态度，坚忍与强悍的生命力，忠实与庄严的道德情感。"我认识他们的哀乐，这一切我也有份。看他们在那里把每个日子打发下去，也是眼泪也是笑，离我虽那么远，同时又与我那么相近。这正是同读一篇描写西伯利亚的农人生活动人作品一样，使人掩卷引起无言的哀戚。我如今只用想象去领味这些人生活的表面姿态，却用过去一分经验，接触着了这种人的灵魂。"作者结合自己的人生经验，融入了对故乡历史境遇与现实人生以及生命意义的沉重叹喟。由于作者笔下流露出的是苦难中的热爱，艰辛中的温情，使得湘西朴素的人生与生活的困厄被镀上了诗意的色彩，沉寂而停滞的生命被注入了浪漫主义的抒情韵味。

散文写法通脱大气，全篇采用了虚实相间的描写方法，从鸭窠围傍晚泊船，到水手上岸的实写，引发对岸上生活的一系列遐想：吊脚楼吃"荤烟"的快活男女，临街铺子里烤火人的众生相。深夜里一名耐不住长夜寂静的水手的出现，又触发对自己15年前如梦如幻的相同辛酸往事的回忆。作品所写的往事如在目前，现实的故事又如梦中的往事，似真似梦，迷离恍惚，包含了许多难言的人生命运的忧叹。沈从文的小说与散文有许多"船上岸上"的故事，汇集了他关于湘西诸水的经验，这篇散文记录的也是他最为刻骨铭心的一份记忆。他在不少作品中都留下了鸭窠围的影像。这一篇特别的是，作为叙述者的"我"始终在船上，上了岸的只是他的想象、他的灵魂。他经验丰富，感触深刻，写来情景细致入微，细节生动饱满，实景与想象浑然一体，不可分割，像一首迷离朦胧、意境浑然的抒情诗。

这篇散文强烈的艺术感染力，还来自抒情氛围的营造。全篇着意于声音的刻画。作者对这里的一切是那么熟悉、亲切，对这里的声音与色彩的感觉极为敏锐，他的笔下完全是一派"听"出来的夜色与夜境：黄昏开始寻找泊船地方时的钢钻头敲打沿岸石头的声音；船泊定后，烧火煮饭、蔬菜倒入热锅里的声音；夜色里声音更加丰富，岸上、船上的说话声，吊脚楼里妇人唱小曲的歌声、笑嚷声，吊脚楼下小羊固执、柔和的叫声，还有黎明时分，吊脚楼里传来的妇人与水手分别时的嘱托与叮咛……结尾处，作者感慨道：一切的光，一切的声音，将在接连而来的每一个夜晚继续存在，把他带回到四五千年的那个"过去"的时间里去。声音的氛围串连起感伤的命运与人生的零碎，形成一种怅然混沌的意境。既突出了湘西山水的幽静，烘托出人生的寂寞，又渲染了优美、感伤的情绪氛围。

思 考 题

1. 作者在文中表现了故乡民众怎样的生活状态？其中寄寓了怎样的人生感慨？
2. 分析这篇散文构思上的特点与作用。
3. 结合阅读散文集《湘行散记》，体会沈从文湘行散文的艺术特色。

延 伸 阅 读

沈从文：《桃源与沅州》《箱子岩》《一个多情水手与一个多情妇人》

参 考 文 献

1. 凌宇：《从边城走向世界　对作为文学家的沈从文的研究》，生活·读书·新知三联书店1985年版。
2. 李双：《无言哀戚长河水——品沈从文〈湘行散记〉》，《中国现代文学研究丛刊》2019年第9期。

雅舍

梁实秋

到四川来，觉得此地人建造房屋最是经济。火烧过的砖，常常用来做柱子，孤零零的砌起四根砖柱，上面盖上一个木头架子，看上去瘦骨嶙峋，单薄得可怜；但是顶上铺了瓦，四面编了竹篾墙，墙上敷了泥灰，远远的看过去，没有人能说不像是座房子。我现在住的"雅舍"正是这样一座典型的房子。不消说，这房子有砖柱，有竹篾墙，一切特点都应有尽有。讲到住房，我的经验不算少，什么"上支下摘"，"前廊后厦"，"一楼一底"，"三上三下"，"亭子间"，"茆草棚"，"琼楼玉宇"和"摩天大厦"，各式各样，我都尝试过。我不论住在哪里，只要住得稍久，对那房子便发生感情，非不得已我还舍不得搬。这"雅舍"，我初来时仅求其能蔽风雨，并不敢存奢望，现在住了两个多月，我的好感油然而生。虽然我已渐渐感觉它并不能蔽风雨，因为有窗而无玻璃，风来则洞若凉亭，有瓦而空隙不少，雨来则渗如滴漏。纵然不能蔽风雨，"雅舍"还是自有它的个性。有个性就可爱。

"雅舍"的位置在半山腰，下距马路约有七八十层的土阶。前面是阡陌螺旋的稻田。再远望过去是几抹葱翠的远山，旁边有高粱地，有竹林，有水池，有粪坑，后面是荒僻的榛莽未除的土山坡，若说地点荒凉，则月明之夕，或风雨之日，亦常有客到，大抵好友不嫌路远，路远乃见情谊。客来则先爬几十级的土阶，进得屋来仍须上坡，因为屋内地板乃依山势而铺，一面高，一面低，坡度甚大。客来无不惊叹，我则久而安之，每日由书房走到饭厅是上坡，饭后鼓腹而出是下坡，亦不觉有大不便处。

"雅舍"共是六间，我居其二。篾墙不固，门窗不严，故我与邻人彼此均可互通声息。邻人轰饮作乐，咿唔诗章，喁喁细语，以及鼾声，喷嚏声，吮汤声，撕纸声，脱皮鞋声，均随时由门窗户壁的隙处荡漾而来，破我岑寂。入夜则鼠子瞰灯，才一合眼，鼠便自由行动，或搬核桃在地板上顺坡而下，或吸灯油而推翻烛台，或攀援而上帐顶，或在门框桌脚上磨牙，使得人不得安枕。但是对于鼠子，我很惭愧的承认，我"没有法子"。"没有法子"一语是被外国人常常引用着的，以为这话最足代表中国人的懒惰隐忍的态度。其实我的对付鼠子并不懒惰。窗上糊纸，纸一戳就破；门户关紧，而相鼠有牙，一阵咬便是一个洞洞。试问还有什么法子？洋鬼子住到"雅舍"里，不也是"没有法子"？比鼠子更骚扰的是蚊子。"雅舍"的蚊风之盛，是我前所未见的。"聚蚊成雷"真有其事！每当黄昏时候，满屋里磕头碰脑的全是蚊子，又黑又大，骨骼都像是硬的。在别处蚊子早已肃清的时候，在"雅舍"则格外猖獗，来客偶不留心，则两腿伤处累累隆起如玉蜀黍，但是我仍安之。冬天一到，蚊子自然绝迹，明年夏天——谁知道我还是否住在"雅舍"！

"雅舍"最宜月夜——地势较高，得月较先。看山头吐月，红盘乍涌，一霎间，清光四射，天空皎洁，四野无声，微闻犬吠，坐客无不悄然！舍前有两株梨树，等到月升中天，清光从树间筛洒而下，地上阴影斑斓，此时尤为幽绝。直到兴阑人散，归房就寝，月光仍然逼进窗来，助我凄凉。细雨蒙蒙之际，"雅舍"亦复有趣。推窗展望，俨然米氏章法，若云若雾，一片弥漫。但若大雨滂沱，我就又惶悚不安了，屋顶湿印到处都有，起初如碗大，俄而扩大如盆，继则滴水乃不绝，终乃屋顶灰泥突然崩裂，訇然一声而泥水下注，此刻满室狼藉，抢救无及。此种经验，已数见不鲜。

"雅舍"之陈设，只当得简朴二字，但洒扫拂拭，不使有纤尘。我非显要，故名公巨卿之照片不得入我室；我非牙医，故无博士文凭张挂壁间；我不业理发，故丝织西湖十景以及电影明星之照片亦均不能张我四壁。我有一几一椅一榻，酣睡写读，均已有着，我亦不复他求。但是陈设虽简，我却喜欢翻新布置。西人常常讥笑妇人喜欢变更桌椅位置，以为这是妇人天性喜变之一征。诬否且不论，我是喜欢改变的。中国旧式家庭，陈设千篇一律，正厅上是一条案，前面一张八仙桌，一旁一把靠椅，两旁是两把靠椅夹一只茶几。我以为陈设宜求疏落参差之致，最忌排偶。"雅舍"所有，毫无新奇，但一物一事之安排布置俱不从俗。人人我室，即知此是我室。笠翁《闲情偶寄》之所论，正合我意。

"雅舍"非我所有，我仅是房客之一。但思"天地者万物之逆旅"，人生本来如寄，我住"雅舍"一日，"雅舍"即一日为我所有。即使此一日亦不能算是我有，至少此一日"雅舍"所能给予之苦辣酸甜，我实躬受亲尝。刘克庄词："客里似家家似寄。"我此时此刻卜居"雅舍"，"雅舍"即似我家。其实似家似寄，我亦分辨不清。

长日无俚，写作自遣，随想随写，不拘篇章，冠以"雅舍小品"四字，以示写作所在，且志因缘。

（选自《梁实秋散文》，人民文学出版社 2005 年版）

淡泊的心境　闲适的雅趣

周少华

关键词：闲适；闲趣；幽默

《雅舍》原载 1940 年《星期评论》第 1 期，后收入散文集《雅舍小品》中。这一闲适小文取材于日常生活，格调清幽正洁，行文自然从容，语言文白相济，很能代表梁氏散文幽默、清雅的艺术风格。

文中的"雅舍"，位于重庆北碚城区，全面抗战爆发后梁实秋入蜀定居于此。国难当头，左翼文人曾群起攻击梁实秋发表的"与抗战无关论"，梁氏作了沉默的抵抗，以战乱中的陋室为题材创作言志小品，作者有意回避时行的抗战题材，专注于日常生活的体察与玩味，貌似闲适实则仍未忘却人世的炎凉，不过是用曲笔来表达自己遭受误解深感委屈的负气之举。

这篇小品文并没有具体细绘陋室的外观和室内的布局，而是用疏淡的笔墨勾画出陋室之清雅。文章开头，从四川人建造房屋"最是经济"谈起，而他的"雅舍"正是这样经济的南方平房，只住了两个月就产生了感情，虽然"风来则洞若凉亭"，"雨来则渗如滴漏"。

下文围绕陋室可爱的个性展开，虽也写"雅舍"的具体方位，但仅仅是寥寥几笔轻描淡写一番，作者以苦为乐，满眼看到的是陋室的雅趣。先是屋内地板乃依山势而铺，"饭后鼓腹而出是下坡"，想象那样的情景确实会让人开颜莞笑。入夜鼠子"搬核桃在地板上顺坡而下"，如入无人之境，而作者仿佛对调皮捣蛋的自家小孩一样无计可施。在那风雨如晦的日子里，正是这些横行之鼠和猖獗之蚊陪伴着乱世中的人，与其说是侵扰，不如说是慰安，嫌恶之情又从何而来呢？它们不过是为"雅舍"增添了几许生气罢了。陋室的雅趣本也有自然造化的参与，其得天独厚的地势使得月夜中的陋室成为最美的幽绝的风景。陋室之雅趣，不仅仅在于晴日月夜的景之美，也在于阴雨所增添的景之奇，大雨滂沱时屋顶逐渐蔓延的湿印竟如奇葩初绽，最终下注的泥水导致满室狼藉。雅舍的陈设也简朴，但在"我"经常翻新布置下也自有其闲趣。

本文的语言骈散相间，文白夹杂，颇得古风，通篇古雅简练，其文之美不在个别丽句，而在朗朗上口的文调，流淌在这古韵缭绕的传统水墨画中。文章尤以第四段的月景写得绝佳："看山头吐月，红盘乍涌，一霎间，清光四射，天空皎洁，四野无声，微闻犬吠，坐客无不悄然！舍前有两株梨树，等到月升中天，清光从树间筛洒而下，地上阴影斑斓，此时尤为幽绝。直到兴阑人散，归房就寝，月光仍然逼近窗来，助我凄凉。"

这是一篇融合世俗生活和脱俗情调的美文，结尾人生如寄的感慨显现出梁实秋的豁达超脱。适逢乱世辗转漂泊，大江南北，居无定所，居室不过是短暂的寄身之处。作者在苦中咀嚼着乐，文字中所荡漾开来的幽默得自传统士子的随缘自适、宁静淡泊的心境。

思　考　题

1. 谈谈梁实秋的"雅舍"系列散文的艺术风格。
2. 比较梁实秋的闲适小品与林语堂的幽默小品的异同。

延　伸　阅　读

梁实秋：《女人》《送行》

参　考　文　献

1. 许祖华：《双重智慧——梁实秋的魅力》，广西人民出版社 1994 年版。
2. 刘炎生：《20 世纪中国散文的奇葩——梁实秋"雅舍"系列散文略论》，《广东社会科学》1998 年第 4 期。
3. 王方、谢应光：《〈雅舍小品〉与梁实秋的文学观》，《中华文化论坛》2014 年第 7 期。

真假堂·吉诃德

瞿秋白

西洋武士道的没落产生了堂·吉诃德那样的戆大。他其实是个十分老实的书呆子。看他在黑夜里仗着宝剑和风车开仗，的确傻相可掬，觉得可笑可怜。

然而这是真正的吉诃德。中国的江湖派和流氓种子，却会愚弄吉诃德式的老实人，而自己又假装着堂·吉诃德的姿态。《儒林外史》上的几位公子，慕游侠剑仙之为人，结果是被这种假吉诃德骗去了几百两银子，换来了一颗血淋淋的猪头，——那猪算是侠客的"君父之仇"了。

真吉诃德的做傻相是由于自己愚蠢，而假吉诃德是故意做些傻相给别人看，想要剥削别人的愚蠢。

可是中国的老百姓未必都还这么蠢笨，连这点儿手法也看不出来。

中国现在的假吉诃德们，何尝不知道大刀不能救国，他们却偏要舞弄着，每天"杀敌几百几千"的乱嚷，还有人"特制钢刀九十九，去赠送前敌将士"。可是，为着要杀猪起见，又舍不得飞机捐，于是乎"武器不精良"的宣传，一面作为节节退却或者"诱敌深入"的解释，一面又借此搜括一些杀猪经费。可惜前有慈禧太后，后有袁世凯，——清末的兴复海军捐建设了颐和园，民四的"反日"爱国储金，增加了讨伐当时革命军的军需，——不然的话，还可以说现在发现了一个新发明。

他们何尝不知道"国货运动"振兴不了什么民族工业，国际的财神爷扼住了中国的喉咙，连气也透不出，甚么"国货"都跳不出这些财神的手掌心。然而"国货年"是宣布了，"国货商场"是成立了，像煞有介事的，仿佛抗日救国全靠一些戴着假面具的买办多赚几个钱。这钱还是从猪狗牛马身上剥削来的。不听见"增加生产力"，"劳资合作共赴国难"的呼声么？原本不把小百姓当人看待，然而小百姓做了猪狗牛马还是要负"救国责任"！结果，猪肉供给假吉诃德吃，而猪头还是要斫下来，挂出去，以为"捣乱后方"者戒。

他们何尝不知道什么"中国固有文化"咒不死帝国主义，无论念几千万遍"不仁不义"或者金光明咒，也不会触发日本地震，使它陆沉大海。然而他们故意高喊恢复"民族精神"，仿佛得了什么祖传秘诀。意思其实很明白，是要小百姓埋头治心，多读修身教科书。这固有文化本来毫无疑义：是岳飞式的奉旨不抵抗的忠，是听命国联爷爷的孝，是斫猪头，吃猪肉，而又远庖厨的仁爱，是遵守卖身契约的信义，是"诱敌深入"的和平。而且，"固有文化"之外，又提倡什么"学术救国"，引证西哲菲希德之言等类的居心，又何尝不是如此。

假吉诃德的这些傻相，真教人哭笑不得；你要是把假痴假呆当做真痴真呆，当真认为可笑可怜，那就未免傻到不可救药了。

四月十一日

（原载 1933 年 6 月《申报月刊》第 2 卷第 6 期，署名洛文）

凌厉峭拔的战斗檄文

周少华

关键词：政论；尖锐；讽刺

《真假堂·吉诃德》发表于1933年6月的《申报月刊》。这篇政论文立论鲜明，结构精巧，眼光敏锐，语言犀利，议论富有激情，体现了思想与文采俱佳的特点。

20世纪30年代初期，瞿秋白内外交困，不仅遭受党内"左"倾路线的打击，而且要躲避国民党的日夜追捕，自身的肺病也日益加重。到上海后，他与左翼文人并肩战斗在文化阵线上，以《申报·自由谈》为阵地发表了一系列杂文，《真假堂·吉诃德》便是其中的佳作。他是一个介于战士与作家之间的"新型的作家"。

《真假堂·吉诃德》的结构精妙，逐层推进，环环相扣。文章开头，作者将真假堂·吉诃德进行对比，指出真吉诃德不过是老实的书呆子，而假吉诃德则是奸猾的江湖流氓，以假痴假呆来愚弄真吉诃德们。下文连续三段，从政治到经济再到文化三个方面对国民党当局执政方略极尽讽刺挖苦之能事，揭露了中国的假吉诃德们虚伪丑恶的嘴脸。在这一主体部分，作者略过对政局背景的交代，劈头盖脸地斥责执政党的民不聊生的政策，加大了讽刺的密度，从而也就增强了批判的力度。作者首先剑锋指向国民党"攘外必先安内"的战略方针，拱手将大片领土让给日本，又扩充军费进行剿匪，借此搜刮民脂民膏（"杀猪经费"），紧接着一个"可惜"就在对手的伤口处划过了温柔又歹毒的一道剑痕，挖苦他们这已不是什么"新发明"，小百姓早已见怪不怪了。第二剑攻势更加凌厉，指责"国货运动"不过是卖国求荣，根本振兴不了民族工业，让小百姓做猪狗牛马去负"救国责任"。段尾讽刺执政当局的丑态："猪肉供给假吉诃德吃，而猪头还是要斫下来，挂出去，以为'捣乱后方'者戒。"作者不放过国民党的文化帮闲，第三剑直指他们虚假的文化政策，痛斥他们提倡"中国固有文化"，恢复"民族精神"是"咒不死"外敌的。文章结尾在侠客数声冷笑中收剑，告诫政府当局不要再假痴假呆地做戏了。

这篇杂文锋芒锐利，气势如虹，将理性与激情相结合。例如第五、六、七段用排比相联，每段都以他们"何尝不知道"开头，无疑增强了文章的气势。尤其第七段，痛斥执政党及其帮闲文人提倡"固有文化"毫无意义，不过是"岳飞式的奉旨不抵抗的忠，是听命国联爷爷的孝，是斫猪头，吃猪肉，而又远庖厨的仁爱，是遵守卖身契约的信义，是'诱敌深入'的和平"，像是听戏文中斩钉截铁而又酣畅淋漓的唱腔，凸现了斗士瞿秋白的凛然大义与一腔正气。

思 考 题

1. 比较瞿秋白的杂文与鲁迅的杂文艺术手法的异同。
2. 谈谈瞿秋白政论式杂文的艺术特点。

延 伸 阅 读

瞿秋白：《小小一个问题》《鹦哥儿》《内外》

参 考 文 献

1. 陈铁健：《从书生到领袖　瞿秋白》，上海人民出版社 1995 年版。

2. 董利荣：《知己　瞿秋白与鲁迅》，浙江文艺出版社 2020 年版。

3. 胡明：《也谈瞿秋白与鲁迅、冯雪峰》，《西南大学学报》（社会科学版）2012 年第 1 期。

我若为王

聂绀弩

　　在电影刊物上看见一个影片的名字：《我若为王》。从这影片的名字，我想到和影片毫无关系的另外的事。我想，自己如果做了王，这世界会成为一种怎样的光景呢？这自然是一种完全可笑的幻想，我根本不想做王，也根本看不起王，王是什么东西呢？难道我脑中还有如此封建的残物么？而且真想做王的人，他将用他的手去打天下，决不会放在口里说的。但是假定又假定，我若为王，这世界会成为一种怎样的光景？

　　我若为王，自然我的妻就是王后了。我的妻的德性，我不怀疑，为王后只会有余的。但纵然没有任何德性，纵然不过是个娼妓，那时候，她也仍旧是王后。一个王后是如何地尊贵呀，会如何地被人们像捧着天上的星星一样捧来捧去呀，假如我能够想象，那一定是一件有趣的事情。

　　我若为王，我的儿子，假如我有儿子，就是太子或王子了。我并不以为我的儿子会是一无所知，一无所能的白痴；但纵然是一无所知一无所能的白痴，也仍旧是太子或王子。一个太子或王子是如何地尊贵呀，会如何地被人们像捧天上的星星一样地捧来捧去呀。假如我能够想象，倒是件不是没有趣味的事。

　　我若为王，我的女儿就是公主，我的亲眷都是皇亲国戚。无论他们怎样丑陋，怎样顽劣，怎样……也会被人们像捧天上的星星一样地捧来捧去，因为他们是贵人。

　　我若为王，我的姓名就会改作："万岁"，我的每一句话都成为："圣旨"。我的意欲，我的贪念，乃至每一个幻想，都可竭尽全体臣民的力量去实现，即使是无法实现的。我将没有任何过失，因为没有人敢说它是过失；我将没有任何罪行，因为没有人敢说它是罪行。没有人敢呵斥我，指摘我，除非把我从王位上赶下来。但是赶下来，就是我不为王了。我将看见所有的人们在我面前低头、鞠躬、匍匐，连同我的尊长、我的师友和从前曾在我面前昂头阔步耀武扬威的人们。我将看不见一个人的脸，所看见的只是他们的头顶或帽盔。或者所能够看见的脸都是谄媚的、乞求的，快乐的时候不敢笑，不快乐的时候不敢不笑，悲戚的时候不敢哭，不悲戚的时候不敢不哭的脸。我将听不见人们的真正的声音，所能听见的都是低微的、柔婉的、畏葸和娇痴的，唱小旦的声音："万岁，万岁！万万岁！"这是他们的全部语言："有道明君！伟大的主上啊！"这就是那语言的全部内容。没有在我之上的人了，没有和我同等的人了，我甚至会感到单调、寂寞和孤独。

　　为什么人们要这样呢？为什么要捧我的妻，捧我的儿女和亲眷呢？因为我是王，是他们的主子，我将恍然大悟：我生活在这些奴才们中间，连我所敬畏的尊长和师友也无一不是奴才，而我自己也不过是一个奴才的首领。

　　我是民国国民，民国国民的思想和生活习惯使我深深地憎恶一切奴才或奴才相，连同敬畏的尊长和师友们。请科学家们不要见笑，我以为世界之所以还大有待于改进者，全因为有这些奴才的缘故。生活在奴才们中间，做奴才们的首领，我将引为生平的最大的耻辱，最大的悲哀。我将变成一个暴君，或者反而正是明君。我将把我的臣民一齐杀死，连同尊长和师友，不准一个奴种留在人间。我将没有一个臣民，我将不再是奴才们的君主。

我若为王，将终于不能为王，却也真的为古今中外最大的王了。"万岁，万岁，万万岁！"我将和全世界的真的人们一同三呼。

（选自《聂绀弩全集》第一卷，武汉出版社 2004 年版）

戏谑中的沉痛

周少华

关键词：启蒙；寓言；荒诞

《我若为王》是聂绀弩 20 世纪 40 年代中期创作的杂文名篇。作者高擎思想启蒙的旗帜，将尖锐的批判掩藏于荒诞的寓言中，体现了深邃的思想与精巧的讽刺艺术的结合。

这篇杂文构思新颖，采用寓言的方式，将"我"幻化为万民之上的王，以这种"假定又假定的方式"，将潜存在世俗人生的封建奴性思想彰显在我们的视野中。与 20 世纪 30 年代那些剑拔弩张的战斗檄文相比，聂绀弩的杂文更善于在嬉笑怒骂中给敌手致命一击，化严肃庄重的高论为俏皮的雄辩，将普遍的社会现象置于假设的荒诞情景中凸显其不合理之处，唤起"人的觉醒"。

在结构上，《我若为王》杂而不乱，采用反证法，逐层推进：设想—反思—呼告。文章开头由同名电影引出话题，预设自己幻化为王的光景。下文的四段均以"我若为王"开头，拉开想象的帷幕，"我"之妻、之子女、之亲眷都被镀了金身，"被人们像捧天上的星星一样地捧来捧去"。前三段铺排，句式相仿，之后一段，针对自身展开联想，"我"被置身于虚假的境遇之中，看不到一个真人，听不到一句真话，自己为王虽贵为至尊，但长期浸染在假人假语中也会有寂寥孤独之感。第六、七段进行反思：为何会出现这样的情状？点明封建奴性思想在作怪："我生活在这些奴才们中间……而我自己也不过是一个奴才的首领。"由反命题得出了荒谬的结论，"我"若为王就会成为最大的奴才，而作为民国国民，那将是"生平的最大的耻辱，最大的悲哀"，因此自己绝不会为王。这正印证了开头的话："这自然是一种完全可笑的幻想，我根本不想做王，也根本看不起王，王是什么东西呢？"在反思之后愤而起杀戮奴种之心，从而引出结尾对民主的热情的呼告，立论更加鲜明：不能为王才会成为真正的王！由此观之，本文在精巧缜密的结构中寄寓了反对封建皇权的深邃思想内涵，并且理性的论证与激情的语言融合于一体。

这篇杂文行文恣肆，结构精妙，论证严密，俏皮幽默，善用自我调侃的笔调，在曲笔中暗藏机锋，乃杂文中的精品之作。

思 考 题

1. 结合本文，谈谈聂绀弩杂文的艺术特色。
2. 比较聂绀弩的杂文与鲁迅的杂文的异同。

延 伸 阅 读

聂绀弩：《老子的全集》《阮玲玉的短见》《谈杂文》

参 考 文 献

1. 王得后：《聂绀弩先生的鲁迅风》，《鲁迅研究月刊》1993 年第 3 期。
2. 贾小瑞：《书生本色：聂绀弩的精神立场》，《文艺争鸣》2011 年第 12 期。

采蒲台的苇

孙　犁

我到了白洋淀，第一个印象，是水养活了苇草，人们依靠苇生活。这里到处是苇，人和苇结合的是那么紧。人好像寄生在苇里的鸟儿，整天不停地在苇里穿来穿去。

我渐渐知道，苇也因为性质的软硬、坚固和脆弱，各有各的用途。其中，大白皮和大头栽因为色白、高大，多用来织小花边的炕席；正草因为有骨性，则多用来铺房、填房碱；白毛子只有漂亮的外形，却只能当柴烧；假皮织篮捉鱼用。

我来的早，淀里的凌还没有完全融化。苇子的根还埋在冰冷的泥里，看不见大苇形成的海。我走在淀边上，想象假如是五月，那会是苇的世界。

在村里是一垛垛打下来的苇，它们柔顺地在妇女们的手里翻动。远处的炮声还不断传来，人民的创伤并没有完全平复。关于苇塘，就不只是一种风景，它充满火药的气息，和无数英雄的血液的记忆。如果单纯是苇，如果单纯是好看，那就不成为冀中的名胜。

这里的英雄事迹很多，不能一一记述。每一片苇塘，都有英雄的传说。敌人的炮火，曾经摧残它们，它们无数次被火烧光，人民的血液保持了它们的清白。

最好的苇出在采蒲台。一次，在采蒲台，十几个干部和全村男女被敌人包围。那是冬天，人们被围在冰上，面对着等待收割的大苇塘。

敌人要搜。干部们有的带着枪，认为是最后战斗流血的时候到来了。妇女们却偷偷地把怀里的孩子递过去，告诉他们把枪支插在孩子的裤裆里。搜查的时候，干部又顺手把孩子递给女人……十二个女人不约而同地这样做了。仇恨是一个，爱是一个，智慧是一个。

枪掩护过去了，闯过了一关。这时，一个四十多岁的人，从苇塘打苇回来，被敌人捉住。敌人问他："你是八路？""不是！""你村里有干部？""没有！"敌人砍断他半边脖子，又问："你的八路？"他歪着头，血流在胸膛上，说："不是！""你村的八路大大的！""没有！"

妇女们忍不住，她们一齐沙着嗓子喊："没有！没有！"

敌人杀死他，他倒在冰上。血冻结了，血是坚定的，死是刚强！

"没有！没有！"

这声音将永远响在苇塘附近，永远响在白洋淀人民的耳朵旁边，甚至应该一代代传给我们的子孙。永远记住这两句简短有力的话吧！

1947 年 3 月

（选自《孙犁文集》第三卷，百花文艺出版社 2002 年版）

历史的品格与隽永的诗意

罗昌智

关键词：历史品格；生活气息；抒情诗意

《采蒲台的苇》写于抗战胜利后不久的 1947 年。这是一篇精美的抒情小品，典型地体现了孙犁散文清新而细腻的艺术风格。作品所要抒写的是抗日烽火中白洋淀地区爱憎鲜明、智慧、坚强的人民，但是文章开端却从白洋淀的苇草写起。"我到了白洋淀，第一个印象，是水养活了苇草，人们依靠苇生活。"作品把人比喻为"寄生在苇里的鸟儿"，将人和苇的密切关系描述得具体而形象，散发着浓郁的白洋淀生活气息。

北国的早春，白洋淀里的冰凌还没有完全融化，自然"看不见大苇形成的海""苇的世界"，但是依然可见，在村里到处"是一垛垛打下来的苇，它们柔顺地在妇女们的手里翻动"，而"远处的炮声还不断传来，人民的创伤并没有完全平复"。作家巧妙地将平静的生活与残酷的战争联系起来，将具有风俗意味的乡村生活的描写与对采蒲台人民的讴歌联系起来，二者浑然一体，密合无间。特别是对坚韧而"有骨性"的"正草"的描述，以物喻人，亦苇亦人，颇具象征色彩。作为冀中人民"精魂"的象征，苇从内在精神上被人格化了。某年冬日的一天，"在采蒲台，十几个干部和全村男女被敌人包围"。当敌人要搜查的时候，抗日干部们已准备最后的拼搏，妇女们则机智地"偷偷地把怀里的孩子递过去"，告诉干部"把枪支插在孩子的裤裆里。搜查的时候，干部又顺手把孩子递给女人"。十二个女人是"不约而同"地这样做了，岂不令人惊叹和钦佩？而一个打苇回来的中年男儿却被捉住，面对敌人的盘问，他沉着冷静，刚毅不屈。敌人最终杀死了这位坚贞、刚强的男儿。战争中妇女们的智慧，使人不禁想到洁净、高大、柔美的苇；而面对敌人的屠杀，妇女们以及那中年男儿的浩然正气、英勇无畏，又使人不禁想到那坚韧、"有骨性"的苇。

孙犁散文朴实简洁，文字精干，却思想隽永。他虽然描写的是战争的故事与人物，却没有宏大的叙事，也没有刻意表现宏大的主题，但是他的眼睛关注着战时人们的日常现实生活，为时代留下了一曲又一曲动情的歌唱。茅盾说过，孙犁的创作"有他自己的一贯风格"，"他的散文富于抒情味"。孙犁自己说："现实生活里，充满伟大的抒情。"（《作品的生活性和真实性》）《采蒲台的苇》充满浓郁的诗意和艺术魅力，关键在于把日常的生活事件与作家的思考结合在一起，把自己心灵的感动与时代精神和民族命运相联系，这样文章便获得了可贵的历史品格与隽永的诗意，独具感人的艺术魅力。

思 考 题

1. 比较《采蒲台的苇》和《荷花淀》在主题与形式上的异同。
2. 简要分析孙犁散文的诗化特征。

延 伸 阅 读

孙犁:《织席记》《山地回忆》

参 考 文 献

1. 阎庆生:《论孙犁散文美学的内涵和逻辑结构》,《文艺理论研究》2008 年第 4 期。
2. 熊权:《"革命人"孙犁:"优美"的历史与意识形态》,《文艺研究》2019 年第 2 期。

公寓生活记趣

读到"我欲乘风归去，又恐琼楼玉宇，高处不胜寒"的两句词，公寓房子上层的居民多半要感到毛骨悚然。屋子越高越冷。自从煤贵了之后，热水汀早成了纯粹的装饰品。构成浴室的图案美，热水龙头上的H字样自然是不可少的一部分；实际上呢，如果你放冷水而开错了热水龙头，立刻便有一种空洞而凄怆的轰隆轰隆之声从九泉之下发出来，那是公寓里特别复杂，特别多心的热水管系统在那里发脾气了。即使你不去太岁头上动土，那雷神也随时地要显灵。无缘无故，只听见不怀好意的"嗡……"拉长了半响之后接着"訇訇"两声，活像飞机在顶上盘旋了一会，掷了两枚炸弹。在战时香港吓细了胆子的我，初回上海的时候，每每为之魂飞魄散。若是当初它认真工作的时候，艰辛地将热水运到六层楼上来，便是咕噜两声，也还情有可原。现在可是雷声大，雨点小，难得滴下两滴生锈的黄浆……然而也说不得了，失业的人向来是肝火旺的。

梅雨时节，高房子因为压力过重，地基陷落的缘故，门前积水最深。街道上完全干了，我们还得花钱雇黄包车渡过那白茫茫的护城河。雨下得太大的时候，屋子里便闹了水灾。我们轮流抢救，把旧毛巾，麻袋，褥单堵住了窗户缝；障碍物湿濡了，绞干，换上，污水折在脸盆里，脸盆里的水倒在抽水马桶里。忙了两昼夜，手心磨去了一层皮，墙根还是汪着水，糊墙的花纸还是染了斑斑点点的水痕与霉迹子。

风如果不朝这边吹的话，高楼上的雨倒是可爱的。有一天，下了一黄昏的雨，出去的时候忘了关窗户，回来一开门，一房的风声雨味。放眼望出去，是碧蓝的潇潇的夜，远处略有淡灯摇曳，多数的人家还没点灯。

常常觉得不可解，街道上的喧哗，六楼上听得分外清楚，仿佛就在耳根底下，正如一个人年纪越高，距离童年渐渐远了，小时的琐屑的回忆反而渐渐亲切明晰起来。

我喜欢听市声。比我较有诗意的人在枕上听松涛，听海啸，我是非得听见电车声才睡得着觉的。在香港山上，只有冬季里，北风彻夜吹着常青树，还有一点电车的韵味。长年住在闹市里的人大约非得出了城之后才知道他离不了一些什么。城里人的思想，背景是条纹布的幔子，淡淡的白条子便是行驰着的电车——平行的，匀净的，声响的河流，汩汩流入下意识里去。

我们的公寓邻近电车厂，可是我始终没弄清楚电车是几点钟回家。"电车回家"这句子仿佛不很合适——大家公认电车为没有灵魂的机械，而"回家"两个字有着无数的情感洋溢的联系。但是你没看见过电车进厂的特殊情形罢？一辆衔接一辆，像排了队的小孩，嘈杂，叫嚣，愉快地打着哑嗓子的铃："克林，克赖，克赖，克赖！"吵闹之中又带着一点由疲乏而生的驯服，是快上床的孩子，等着母亲来刷洗他们。车里灯点得雪亮。专做下班的售票员的生意的小贩们曼声兜售着面包。有时候，电车全进了厂了，单剩下一辆，神秘地，像被遗弃了似的，停在街心。从上面望下去，只见它在半夜的月光中袒露着白肚皮。

440

这里的小贩所卖的吃食没有多少典雅的名色。我们也从来没有缒下篮子去买过东西。（想起《侬本痴情》里的顾兰君了。她用丝袜结了绳子，缚住了纸盒，吊下窗去买汤面。袜子如果不破，也不是丝袜了！在节省物资的现在，这是使人心惊肉跳的奢侈。）也许我们也该试着吊下篮子去。无论如何，听见门口卖臭豆腐干的过来了，便抓起一只碗来，蹬蹬奔下六层楼梯，跟踪前往，在远远的一条街上访到了臭豆腐干担子的下落，买到了之后，再乘电梯上来，似乎总有点可笑。

我们的开电梯的是个人物，知书达理，有涵养，对于公寓里每一家的起居他都是一本清账。他不赞成他儿子去做电车售票员——嫌那职业不很上等。再热的天，任凭人家将铃揿得震天响，他也得在汗衫背心上加上一件熨得溜平的纺绸小褂，方肯出现。他拒绝替不修边幅的客人开电梯。他的思想也许缙绅气太重，然而他究竟是个有思想的人。可是他离了自己那间小屋，就踏进了电梯的小屋——只怕这一辈子是跑不出这两间小屋了。电梯上升，人字图案的铜栅栏外面，一重重的黑暗往下移，棕色的黑暗，红棕色的黑暗，黑色的黑暗——衬着交替的黑暗，你看见司机人的花白的头。

没事的时候他在后天井烧个小风炉炒菜烙饼吃。他教我们怎样煮红米饭：烧开了，熄了火，停个十分钟再煮，又松，又透，又不塌皮烂骨，没有筋道。

托他买豆腐浆，交给他一只旧的牛奶瓶，陆续买了两个礼拜，他很简单地报告道："瓶没有了。"是砸了还是失窃了，也不得而知。再隔了些时，他拿了一只小一号的牛奶瓶装了豆腐浆来。我们问道："咦？瓶又有了？"他答道："有了。"新的瓶是赔给我们的呢还是借给我们的，也不得而知。这一类的举动是颇有点社会主义风的。

我们的新闻报每天早上他要循例过目一下方才给我们送来。小报他读得更为仔细些，因此要到十一二点钟才轮到我们看。英文，日文，德文，俄文的报他是不看的，因此大清早便卷成一卷插在人家弯曲的门钮里。

报纸没有人偷，电铃上的铜板却被撬去了。看门的巡警倒有两个，虽不是双生子，一样都是翻领里面竖起了木渣渣的黄脸，短裤与长统袜之间露出木渣渣的黄膝盖；上班的时候，一般都是横在一张藤椅上睡觉，挡住了信箱。每次你去看看信箱的时候总得殷勤地凑到他面颊前面，仿佛要询问："酒刺好了些罢？"

恐怕只有女人能够充分了解公寓生活的特殊优点：佣人问题不那么严重。生活程度这么高，即使雇得起人，也得准备着受气。在公寓里"居家过日子"是比较简单的事。找个清洁公司每隔两星期来大扫除一下，也就用不着打杂的了。没有佣人，也是人生一快。抛开一切平等的原则不讲，吃饭的时候如果有个还没吃过饭的人立在一边眼睁睁望着，等着为你添饭，虽不至于使人食不下咽，多少有些讨厌。许多身边杂事自有它们的愉快性质。看不到田园里的茄子，到菜场上去看看也好——那么复杂的，油润的紫色；新绿的豌豆，热艳的辣椒，金黄的面筋，像太阳里的肥皂泡。把菠菜洗过了，倒在油锅里，每每有一两片碎叶子粘在簸箩底上，抖也抖不下来；迎着亮，翠生生的枝叶在竹片编成的方格子上招展着，使人联想到篱上的扁豆花。其实又何必"联想"呢？簸箩子的本身的美不就够了么？我这并不是效忠于国社党，劝诱女人回到厨房里去。不劝便罢，若是劝，一样的得劝男人到厨房里去走一遭。当然，家里有厨子而主人不时的下厨房，是会引起厨子最强烈的反感的。这些地方我们得寸步留心，不能太不识眉眼高低。

有时候也感到没有佣人的苦处。米缸里出虫，所以掺了些胡椒在米里——据说米虫不大喜欢那刺激性的气味。淘米之前先得把胡椒拣出来。我捏了一只肥白的肉虫的头当做胡椒，发现了这错误之后，不禁大叫起来，丢下饭锅便走。在香港遇见了蛇，也不过如此罢了。那条蛇我只见到它的上半截，它钻出洞来矗立着，约有二尺来长。我抱了一叠书匆匆忙忙下山来，正和它打了个照面。它静静地望着我，我也静静地望着它，望了半晌，方才哇呀呀叫出声来，翻身便跑。

提起虫豸之类，六楼上苍蝇几乎绝迹，蚊子少许有两个。如果它们富于想象力的话，飞到窗口往下一看，便会晕倒了罢？不幸它们是像英国人一般地淡漠与自足——英国人住在非洲的森林里也照常穿上了燕尾服进晚餐。

公寓是最合理想的逃世的地方。厌倦了大都会的人们往往记挂着和平幽静的乡村，心心念念盼望着有一天能够告老归田，养蜂种菜，享点清福。殊不知在乡下多买半斤腊肉便要引起许多闲言闲语，而在公寓房子的最上层你就是站在窗前换衣服也不妨事！

然而一年一度，日常生活的秘密总得公布一下。夏天家家户户都大敞着门，搬一把藤椅坐在风口里。这边的人在打电话，对过一家的仆欧一面熨衣裳，一面便将电话上的对白译成了德文说给他的小主人听。楼底下有个俄国人在那里响亮地教日文。二楼的那位女太太和贝多芬有着不共戴天的仇恨，一捶十八敲，咬牙切齿打了他一上午；钢琴上倚着一辆脚踏车。不知道哪一家在煨牛肉汤，又有哪一家泡了焦三仙。

人类天生的是爱管闲事。为什么我们不向彼此的私生活里偷偷地看一眼呢，既然被看者没有多大损失而看的人显然得到了片刻的愉悦？凡事牵涉到快乐的授受上，就犯不着斤斤计较了。较量些什么呢？——长的是磨难，短的是人生。

屋顶花园里常常有孩子们溜冰，兴致高的时候，从早到晚在我们头上咕滋咕滋锉过来又锉过去，像瓷器的摩擦，又像睡熟的人在那里磨牙，听得我们一粒粒牙齿在牙仁里发酸如同青石榴的子，剔一剔便会掉下来。隔壁一个异国绅士声势汹汹上楼去干涉。他的太太提醒他道："人家不懂你的话，去也是白去。"他揎拳掳袖道："不要紧，我会使他们懂得的！"隔了几分钟他偃旗息鼓嗒然下来了。上面的孩子年纪都不小了，而且是女性，而且是美丽的。

谈到公德心，我们也不见得比人强。阳台上的灰尘我们直截了当地扫到楼下的阳台上去。"啊，人家栏杆上晾着地毯呢——怪不过意的，等他们把地毯收了进去再扫罢！"一念之慈，顶上生出了灿烂圆光。这就是我们的不甚彻底的道德观念。

（一九四三年十二月）

（选自《张爱玲文集》第四卷，安徽文艺出版社 1992 年版）

世俗生活的传神写照

罗昌智

关键词：世俗生活；生命常态；审美感悟

王安忆说："……张爱玲的散文。我在其中看见的，是一个世俗的张爱玲。"（《世俗的张爱玲》）张爱玲倾心的是一个世俗的日常世界。陈子善说："贯穿张爱玲散文的始终是她对日常生活的关注，对主流话语的反叛，对历史的独特看法和对人生的别样感悟。"（《张看·写在〈张看〉前面》）用"世俗"的眼睛看世界，用"边缘话语"写生活，用"生命的常态"感悟人生，她笔下真切的人生情趣，直钻进你的心里去。《公寓生活记趣》这篇刊在 1943 年 12 月《天地》月刊第 3 期上的散文，给人留下的正是这般"钻进心里去"的审美感受。

《公寓生活记趣》偏向于"人生安稳"的体察与细腻描述。作品中所展现的日常生活琐细、平庸、普遍，却真实生动。衣、食、住、行，电车、公寓、楼梯、热水管……纯粹是一篇俗人的"生活史"。而这一切，在张爱玲笔下都有了生趣。她似乎对日常生活的一切都由衷地喜欢。城市的喧嚣本来是令人苦恼的，她却说："我喜欢听市声。比我较有诗意的人在枕上听松涛，听海啸，我是非得听见电车声才睡得着觉的。"都市风景线里难以觅到田园的风光，她就说："到菜场上去看看也好——那么复杂的，油润的紫色；新绿的豌豆，热艳的辣椒，金黄的面筋，像太阳里的肥皂泡。把菠菜洗过了，倒在油锅里，每每有一两片碎叶子粘在篾篓底上，抖也抖不下来；迎着亮，翠生生的枝叶在竹片编成的方格子上招展着，使人联想到篱上的扁豆花。"在张爱玲这里，世俗生活的烦恼全凭自己"心"的把握，如此，她总能不愠不火地讲述琐碎的日常生活。在她呈现生活情景之时，也是她发现生活趣味之际。如她写虫子："据说米虫不大喜欢那刺激性的气味。淘米之前先得把胡椒拣出来。我捏了一只肥白的肉虫的头当做胡椒，发现了这错误之后，不禁大叫起来，丢下饭锅便走。在香港遇见了蛇，也不过如此罢了。那条蛇我只见到它的上半截，它钻出洞来矗立着，约有二尺来长。我抱了一叠书匆匆忙忙下山来，正和它打了个照面。它静静地望着我，我也静静地望着它，望了半晌，方才哇呀呀叫出声来，翻身便跑。"又写道："提起虫豸之类，六楼上苍蝇几乎绝迹，蚊子少许有两个。如果它们富于想象力的话，飞到窗口往下一看，便会晕倒了罢？不幸它们是像英国人一般地淡漠与自足——英国人住在非洲的森林里也照常穿上了燕尾服进晚餐。"正是对世俗生活的认同，让原来可恼的生活竟然变得有趣可喜；我们习以为常的人生，由于作者的体察入微，带上了一层温暖的色彩。她作品里的世态俗趣不矫情不做作，传递出她对真实而安稳生活的独特理解。

张爱玲是"世俗"的，但"世俗"得绝妙而精致，乃至同时代的作家在世俗的表现上无第二人可与之相比。她认为世俗才是人生，写作唯有沉入生活的海底，在那里洗尽所谓崇高哲学的铅华与浪漫虚无的幻梦，才能真正把握人生的"生趣"，建立文学真实而且坚实的基础。

思 考 题

1. 怎样理解张爱玲散文的"俗"？
2. 结合《更衣记》和《公寓生活记趣》，分析张爱玲散文的描写手法。

延 伸 阅 读

张爱玲：《洋人看京戏及其他》《私语》《我看苏青》

参 考 文 献

1. 余斌:《张爱玲传》,人民文学出版社 2018 年版。

2. 屈雅红:《评张爱玲散文的世俗性与超越性》,《河南大学学报》(哲学社会科学版)2003 年第 1 期。

3. 祝宇红:《如何读张爱玲散文? —— 一份基于人类学视野的考察》,《现代中文学刊》2020 年第 4 期。

戏　剧

兵变（存目）

余上沅

"兵变"：恋爱的喜剧

胡德才

关键词：兵变；恋爱；喜剧

余上沅是稍晚于洪深而同熊佛西等同时在美国专修戏剧的少数几位早期中国留学生之一，是 20 世纪 20 年代国剧运动的倡导者与实践者。1923 年冬创作于美国的《兵变》充分施展了他从欧美戏剧中学来的编剧技巧，是中国话剧形成时期的优秀喜剧之一。初刊于 1925 年 12 月《晨报》增刊，后收入 1934 年结集出版的《上沅剧本甲集》和洪深编选的《中国新文学大系 1917—1927·戏剧集》。

《兵变》的创作起因是作者在美国获悉故乡（沙市）发生了兵变而触发创作灵感，但他并非平实地写一部"兵变"的人间惨剧，而是另辟蹊径，以"兵变"为幌子写出了一篇"文不对题"而饶有兴味的喜剧。正如茅盾所说："原来《兵变》写的不是'兵变'，而是恋爱的喜剧。"（《读〈上沅剧本甲集〉》）

富绅之女玉兰与穷书生方俊自由恋爱，决心逃出监管严密的家庭，却苦于没有机会。恰逢年关将近，当地军队向商会借饷，磋商未定，市面上就有了兵变的谣言。玉兰的父亲——"财运亨通"却"一钱如命"的钱守之也被商会摊派捐款两千元，他待要答应呢，又舍不得钱，不答应呢，又怕真的闹出个兵变来。回到家里，还在犹豫。全家人也正为将要到来的"兵变"忧心忡忡。此时，方俊正在钱家，他有个同学就是军队里的书记官，因此知道所谓"兵变"不过是军队为得到富绅们的捐款而放出的烟雾弹。而钱老爷却正想从他那儿得到真实的消息。看到机会已来，于是玉兰和方俊定计，唱了一出"双簧"，并最后导演了一出"空城计"：他们哄钱老爷说兵变是迟早要发生的，犯不着交款，倒不如自己先把堂厅上的家具打得东倒西歪，开了大门，人都躲起来，那么变兵来了以为早有同伙来打劫过，自然过门不入了。这一计，钱老爷和姑太太都很中意。刚巧那时，军队的马棚失火，钱老爷以为是兵变的信号，于是实施起"空城计"来。结果自然是一场虚惊。而就在钱府大门敞开，人们东躲西藏的一片混乱之中，玉兰和方俊则如愿以偿，乘机出逃了。《兵变》中的恋爱故事和反封建、追求自由婚姻的主题虽然具有积极的时代意义，但与同类题材的作品相比，它并无多少特殊之处。它的特殊，在于它新颖的手法和独具匠心的艺术处理。

《兵变》的艺术价值，首先表现为巧妙的喜剧构思。《兵变》并不是以"兵变"为题材，而是以"恋爱"为题材。"兵变"是笼罩于作品之中的一种氛围，作品的喜剧性就来自这"文不对题"的巧妙构思。作者意在表现五四时期知识青年冲破封建专制家庭的牢笼，追求个性解放和婚姻自由，但着墨处则在对"兵变"气氛的渲染，使之笼罩全剧，贯穿始终，从而使全剧剧情紧张，悬念迭起。剧中除男女主人公外，另外四个人物相继出场，每一个人物的出场都是对"兵变"气氛的进一步渲染和加强，自然构成四个场次，好比四个圆环，环环相扣，又好比一个倒金字塔，层层加码，直至无法承受，全塔倒塌，从而形成高潮。余上沅在剧本结构上充分借鉴了欧美现代戏剧技巧，如巧设悬念，安置"复壁"，设计"空城计"，以及注意剧情前后的埋伏、照应等，从而使剧作结构异常精密，故事情节丝丝入扣。

其次，成功的喜剧人物描写，是《兵变》的又一成功之处。男女主人公方俊和玉兰是受五四新思潮影响的时代青年，他们热烈地追求个性解放和婚姻自由，痛恨封建专制家庭，并设法与之斗争。他们不仅热情、勇敢，而且聪明、机智，他们本处于专制家庭的严密看管之下，钱府平日大门紧锁，玉兰不得出门半步，为防小姐行为不轨，姑太太和刘氏更是对她轮留监视，寸步不离。方俊作为钱府世交，虽得登门来访，但这对青年男女要单独在一起谈情说爱，则苦无机会，要相携出逃，更谈何容易。在强大的封建专制保守势力面前，这似乎只能酿成又一出人间悲剧。但男女主人公凭着自己的聪明、机智，看准时机，巧于应对，最后哄得长辈们团团转，也为自己创造了机会，取得了胜利。这样前后对比，就充满了强烈的喜剧色彩。特别是玉兰这一人物更具个性，她开朗、乐观，时常哈哈大笑，使姑太太之类人物莫明所以。她不仅骂监视她的姑妈是"老怪物"，骂严守三从四德的嫂嫂是"一脸道德的宝货"，对自己那"一钱如命的爸爸"，也能像开演对口相声似的给予揶揄、嘲弄。在献"空城计"的一场戏中，虽是方俊出面主演，但真正的导演是她。每逢关键时刻，都是她灵机一动，计上心来，给方俊使眼色，递暗号，密切配合，顺利达到目的。在中国现代文学的人物画廊里，玉兰无疑是一个出现较早而颇具特色的喜剧形象。

最后，《兵变》还运用了"喜剧的嘲弄"、夸张、对比等多种手法，增强剧作的喜剧性。如玉兰、方俊早知所谓"兵变"是军队有意放出的谣言，所以才导演了这出喜剧直至实行"空城计"，而剧中其他人物却都被蒙在鼓里，因而跳进跳出，任其调遣。台上一片忙乱，"兵变"气氛万分紧张，但两个知情者和观众早知无事，冷眼旁观。正是"天下本无事，庸人自扰之"。这正是我们在欧美现代戏剧中常常见到的一种手法："喜剧的嘲弄"。

思 考 题

1. 如何理解《兵变》一剧的"文不对题"？
2. 与丁西林的《一只马蜂》比较，谈谈《兵变》在喜剧艺术上的特点。

延 伸 阅 读

余上沅：《塑像》《回家》

参 考 文 献

1. 胡德才:《"不是'兵变'，而是恋爱的喜剧"——析〈兵变〉兼评三十年代的一种评论》,《中国现代文学研究丛刊》1994 年第 3 期。

2. 彭锋:《重思余上沅写意戏剧论》,《戏剧艺术》2019 年第 1 期。

古潭的声音（存目）

田 汉

古潭的诱惑

胡德才

关键词：艺术至上；象征；神秘

《古潭的声音》是田汉早期创作的具有浓厚的象征主义和神秘主义色彩的独幕话剧，初刊于 1928 年 9 月《南国周刊》第 1 卷第 1 期，同年 12 月由南国社首演于上海。1929年 4 月的修改本，增加了一个人物，篇幅亦有较大的增加，同年 6 月发表于《南国》月刊第 1 卷第 2 期。

此剧创意来自田汉 1921 年偶然读到的日本古代诗人芭蕉翁的名句："古潭蛙跃入，止水起清音！"此二句诗创造了一种颇令人玩味的意境，被认为"在天地大寂寞中突然破之，扬悠然之声，这一声之中真具足了人生之真谛与美的福音"（《〈田汉戏曲集〉第五集自序》），具有强烈的艺术至上主义倾向的田汉对此产生了共鸣。剧作写一诗人把一年轻女子"由尘世的诱惑里救出来"，藏之于高楼，教她热爱艺术，叫她懂得"人生是短促的，艺术是悠久的"，"一天一天地向精神生活迈进"。这女子起初也曾静心看书，但她到底是"一个漂泊惯了的女孩子"，"艺术的宫殿她也是住不惯的，她没有一刻子能安"，终于受露台下"古潭的诱惑"而跳进了那深不可测的古潭。旅外二月归来的诗人，为向这诱惑了女子的万恶的古潭复仇，叫喊着"我要听我捶碎你的时候，你会发出种什么声音"，也纵身跳入了古潭。该剧初刊本是只有一个角色（诗人）的抒情短剧，作者"只是想表现一种紧张的静寂"，也就是芭蕉翁的诗句所写的"蛙与水相触而发音的那一刹那"。因为这"一刹那"里"有生与死，迷与觉，人生与艺术的紧张极了的斗争"（《〈田汉戏曲集〉第五集自序》）。剧作就是想描写这一刹那的境界。修改本则是田汉率南国社于 1929 年 3 月赴广州公演归来之后的产物。广州之行，使田汉失去了一批能干的社友，他从广州是"载了许多很深刻的具体的幻灭"回来的，其痛苦心情的艺术结晶就是《古潭的声音》的修改本。与初刊本相比，修改本有明显的变化：其一，初刊本中朦胧的幻灭情绪因作者此时在现实生活中深刻的幻灭情绪体验而得到了加强。其二，初刊本只想"表现一种紧张的静寂"，一种"止水起清音"的一刹那的境界，留有较多的艺术至上主义和唯美主义色彩，修改本则通过年轻女子美瑛难耐寂寞的高楼，逃离诗人的艺术之宫而跳入神秘的古潭以及诗人的极度失望和幻灭，宣告了"不以实生活为根据的艺术至上主义的殿堂的崩溃"（《〈田汉戏曲集〉第五集自序》），也是田汉对自己早期戏剧中那种将爱情和艺术看作人生追求之极致的思想的反省和否定。其三，修改本通过诗人因失望、愤怒而欲探知神秘古潭的秘密而投身其中的行为，更突出了一种斗争和牺牲精神。正如当年的观众曾以诗赞誉的："这里可以听你的幻灭的悲笳，同时可以听你的奋斗的军歌。"（田汉《我们的自己批判——〈我们的艺术运动之理论与实际〉上篇》）

《古潭的声音》是以象征手法创作的具有浪漫主义色彩的抒情哲理短剧。剧中"神秘莫测的古潭"象征着剧作家还没有认清的一种未知世界。古潭就在诗人高楼的露台之下，它"倒映着树影儿"、"沉潜着月光"、飘浮着落叶、舞动着奇花，是"飘泊者的母胎"，也是"飘泊者的坟墓"。那年轻女子正是怀着恐惧和思慕，跳入了古潭。失望而又愤怒的诗人为捣碎这"万恶的古潭"也纵身跳入其中。古潭具有如此大的诱惑力，正是其神秘所在。高楼则是诗人所欲构筑的艺术之宫的象征，艺术之宫重视的是爱情、艺术和精神，诗人将年轻女子"由尘世的诱惑里救出来"，要"给一个肉的迷醉的人以灵魂的醒觉"，年轻女子就是诗人的情人。田汉所构筑的浪漫诗人和美丽情人同居于远离尘世的高楼之上，沉醉于爱情和艺术的世界，正是那一时代崇尚个性自由的青年的梦想。这一美的生活的伊甸园之所以被写成高楼，其象征寓意一在说明其美好、高尚，是令人向往的"灵"的世界、精神的世界，二在暗示其远离实际，没有现实基础，是空中楼阁。最后，年轻女子从高楼跳入"神秘的古潭"，离诗人而去，既是诗人爱情的幻灭，也是艺术之宫的崩溃。这里表现了田汉对这种理想既向往又怀疑的态度。剧中的诗人是艺术至上主义者的象征，他把高楼这个艺术的宫殿作为理想的生活之所。年轻的女子象征着具有无尽的探索本能和不安定的灵魂的"飘泊者"，她的跳入古潭是"飘泊"旅程的继续，是要奔向一个新的未知的世界。诗人的跳入古潭则是出于失望、疑惑和愤怒，他失望于爱情的幻灭、艺术之宫的崩溃；他疑惑于这水晶的宫殿是否比象牙的宫殿"还要深远"和更加高明；他愤怒于"万恶的古潭"吞噬了美丽的生命因而也以自己的生命作最后的搏斗和复仇。因此，年轻女子和诗人的跳入古潭也就不同于生活中的自杀，而是一种象征，象征着对一个新的未知世界的探索。

思 考 题

1. 分析《古潭的诱惑》所表达的思想和情绪。

2. 如何理解《古潭的诱惑》一剧中的象征手法以及"古潭""高楼"等意象的象征寓意？

延 伸 阅 读

田汉：《获虎之夜》《湖上的悲剧》《苏州夜话》《名优之死》

参 考 文 献

1. 董健：《田汉传》，北京十月文艺出版社 1996 年版。

2. 陈瘦竹：《田汉的剧作》，《陈瘦竹戏剧论集》（下），江苏教育出版社 1999 年版。

3. 田本相、吴卫民：《论田汉早期话剧的诗化倾向》，《创作与评论》2013 年第 20 期。

压迫（存目）

丁西林

轻松别致的幽默喜剧

胡德才

关键词：幽默喜剧；精巧结构；俏皮语言

丁西林是中国现代戏剧史上独具风格的喜剧大家，有"独幕剧的圣手"之称。轻松别致、妙趣横生是其剧作的基本特色。1925年创作的独幕喜剧《压迫》是其代表作，洪深曾誉之为"那时期的创作喜剧中唯一的杰作"（《〈中国新文学大系1917—1927·戏剧集〉导言》），熊佛西则风趣地比之为"鸡汤面"："颜色虽清淡，意味却深长。"（《我们的戏剧与天津民众》）

结构精巧，平中见奇，是《压迫》的主要艺术特色。剧作揭露了现实的矛盾与不合理，嘲讽了传统习俗与保守势力的顽固以及社会的愚昧。但像以往很多幽默喜剧一样，讽刺是温和的，笔调是轻松的。它更多的是以理想主义者的姿态描写新生力量的胜利，抒写饶有情趣的生活场面，赞美聪明机智的新型人物。《压迫》只是对一个生活片断的描绘，人物不多，剧情简单，但行文曲折委婉，起伏变化，平中见奇。剧作在开头、结尾和情节发展的安排上都显示出作者在戏剧结构方面的匠心。

剧作以男房客来到房东太太家住宿揭开序幕。透过老妈和男客的对话，可知剧作的幕前情节：房东太太一天到晚在外打牌，家里只有老妈和小姐，因此不肯把房子租给没有家眷的人。而小姐呢，却喜欢没有结婚的单身汉，自作主张收了男房客的定金。作品就在可笑的母女矛盾的基础上展开剧情。太太坚决要退掉小姐接受的男房客，男房客却坚决要住，这就显露出主要矛盾冲突的端倪，而又留下了悬念。冲突在两个古怪的人中间展开，双方同样固执，互不相让，很快就形成僵局。结果是气急败坏的房东太太去叫巡警。这是剧情发展过程中的又一个悬念。但出乎意料，紧接着到来的不是巡警，而是一个女客。丁西林在这里充分地运用了他的结构技巧，在戏剧冲突激化，人物陷入"绝境"之时，他运用"惊人之笔"，不仅使局面出现转机，而且峰回路转，柳暗花明，作者出奇制胜，人物绝处逢生。

真是一波未平，一波又起，男客租房的事还没有了结，又来了个急于找房的女客。萍水相逢的男女房客又在新的戏剧情境里生出新的喜剧波折。起初，心情烦躁的男客未将自己的处境告诉女客，而急于租房的女客误把男客当作房东；随后，男客对在雨夜踩着泥泞的小路急于找房的女客产生同情而改变态度；最后，他竟提出要把房子让给女客，至此，矛盾将要解决，冲突不再存在，剧情仿佛又一次陷入"绝境"。可是男客突然向女客提出

"你结婚了没有？"的问题，从而使剧情来了个异峰陡起。对于一个陌生男子突然提出这样的问题，女客由于误会又惊又气，这又一次产生了极大的喜剧效果。而这的确又是一个对女客租房至关重要的问题，因此，男女房客也由此增进了了解，从而产生反对压迫者的共鸣。而接着女客突然提出"让我来做你的太太"，则又是一个"惊人之笔"，前面是女客因误会而愤怒，这里则是男客因不解而惊诧。男客和女客终于联合起来对付房东太太，从而把剧情进一步推向高潮。

正当男客和女客定好计策之时，巡警和房东太太到来了，进入最后一场戏，剧情发展迅速由高潮到结局。一切都在意料之外，又在情理之中。男女房客装作一对吵了嘴的夫妻，配合默契。他们急中生智，反守为攻，既把巡警顶了回去，又堵住了房东太太的嘴巴。最后，经过男女房客的联合斗争，克服了矛盾并且得到喜剧的结局。房东太太所谓"没有家眷不予租房"的理由，正成了必须租房给这对"夫妇"的最有力的根据，从而形成了最有力的喜剧反嘲。

语言轻松机智、幽默俏皮，是构成《压迫》幽默喜剧的另一特色。丁西林留学英国七年，课余大量阅读英国文学作品。他的剧作亦深受近代英国喜剧的影响，在语言方面尤为突出。丁西林作品中的人物，大多是上层社会人士，尤以知识分子居多，剧中没有粗俗低劣的村言俚语，而多是诙谐的嘲讽、机智的反语和幽默风趣的俏皮话。在《压迫》里，男客因为没有家眷，房东太太不租房给他，于是他给了房东太太一顿教训，后来女客问他房东太太明白了这个道理没有，男客回答说："一个人一过了四十岁，他脑子里就已经装满了旧的道理，再也没有地方装新的道理。"虽是愤激之言，但显得幽默俏皮，这种凭机智引得人们暗自发笑的妙言慧语，既嘲讽了像房东太太的封建顽固者，又刻画了主人公的性格。

丁西林认为喜剧中的俏皮话有三种情况：一种是人物本身的话是俏皮的，被作家巧妙地安排在喜剧中；另一种是经过剧作家加工后的更优美、更聪明的俏皮话；还有一种，语言本身是一句平常话，但放在某种场合、某种情况下由某人嘴里说出来，就变得幽默俏皮了。《压迫》中女客忽然问男客："让我来做你的太太，好不好？"以及随后巡警到来询问男客"府上是哪里"，男客回答说"我没有府上"时，女客插进来，装作"受了委屈的太太"，来一句"啊，你是拿定主意不要家了，是不是？"这些台词，属于第三种俏皮话。在特定情境之下，显得很幽默，叫人从心里笑出来。

思 考 题

1. 分析《压迫》这一幽默喜剧的主要艺术特点。
2. 谈谈丁西林喜剧在中国现代戏剧史上的意义。

延 伸 阅 读

丁西林：《一只马蜂》《三块钱国币》

参 考 文 献

1. 张健:《重读丁西林——对于丁西林喜剧的再探讨》,《戏剧》1999 年第 3 期。

2. 胡德才:《中国现代喜剧文学史》,武汉出版社 2000 年版。

3. 韩琛:《扮装、反讽与乌托邦——丁西林喜剧的越界想象与异质空间》,《戏剧》2011 年第 4 期。

赵阎王（存目）

洪　深

表现主义手法的率先尝试

胡德才

关键词：社会问题剧；心理描写；表现主义

洪深是中国现代"第一个下苦功研习西方戏剧，又把它在中国全力拓殖的人"（司马长风《中国新文学史》）。他从美国哈佛大学师从贝克教授学习戏剧回国后奉献给剧坛的第一部作品就是九幕剧《赵阎王》，是中国话剧形成期的名剧。该剧以揭露封建军阀罪恶的鲜明主题、丰满而复杂的人物形象塑造、细腻深入的心理描写、对表现主义戏剧技巧的成功借鉴而在中国话剧史上独树一帜。

洪深早年曾立志做一个中国的易卜生，他认为，"戏剧的取材，就是人生"（《属于一个时代的戏剧》）。就取材和立意来看，《赵阎王》具有那一时代流行的社会问题剧的特点。剧作取材于当时军阀混战、生灵涂炭、民不聊生的现实。主人公赵大，是军阀部队里的一个老兵油子。他在军阀部队学会了干坏事，几乎无恶不作，"狠似阎王"，故称"赵阎王"。他被迫当兵，混了半辈子，还只是营长的一个勤务兵。后来发现营长确实克扣了全营士兵的薪饷，并用这些侵吞的公款去赌博时，他见财起心，窃取薪饷，开枪打倒营长，夺门逃走。赵大逃进一片大树林，后面追兵将至，鼓声渐紧，赵大在惊恐中神志恍惚起来，疑神疑鬼，草木皆兵。生平种种罪孽和冤情也一一显现，如在眼前。最后他心理错乱，精神崩溃，被追兵击毙。剧作通过"描写一个兵士一生的罪恶与痛苦"（洪深《我的经验》），揭露了封建军阀的罪恶以及给人民带来的深重灾难。剧作细致地展示了赵大从一个淳朴的农民演变为一个作恶多端的"阎王"的异化过程，将批判的矛头指向了罪恶的社会。

赵大是一个性格复杂、充满矛盾的人物，在中国现代话剧的形成期，像这样深刻而丰满的艺术典型还不多见。赵大多年混迹于军阀部队，偷、抢、骗、奸，杀人、放火、活埋伤兵，几乎无恶不作。但赵大虽然"狠似阎王"，却又良心未泯，人性尚存，并非丧尽天良的恶霸。所以，当老李试图说服他合伙盗军饷潜逃时，他不仅坚决不干，反而忠于职守，相信营长，与老李以命相搏。可是营长不仅不表彰他有功，反而对他既骂又打。更令他伤心的是，他发现营长果然私藏军饷以为赌资，至此，他才盗饷出逃。盗得大笔军饷之后，他也曾想买一块地，此后自食其力，安分守己地过日子。还曾想盖一座娘娘庙，烧香上供，忏悔赎罪。剧作还通过赵大出逃过程中的自白细致地展示了他自从家破人亡投入军阀部队以来由一个善良的农民变成一个作恶多端的兵油子的过程。在这一由善及恶的过程中，他几经挣扎，但还是身不由己；他多次想改恶从善，但终于还是同流合污；在作恶中，他有不忍、犹豫、悔恨和自责，但最终还是在社会的淤泥中越陷越深，难以自拔。作者借剧中人老李评价他："做好人心太坏，做坏人心太好，好人坏人，都做不到家。"赵大的人性堕落正是那个社会的产物。

洪深曾说："凡是好的戏剧，都是能够很深刻地表现心理的。"（《戏剧的方法》）《赵阎王》借鉴表现主义戏剧手法刻画赵大逃入大树林后的惊恐、迷乱的心理世界，是该剧艺术表现上的突出特点。该剧第一幕写赵大盗饷出逃前的一场戏，文笔洗练，冲突激烈，剧情紧张，极富感染力，全是写实笔法。自第二至第八幕，是赵大携饷私逃，走进一片大树林后的长篇独白。剧作一方面极力渲染黑夜恐怖的环境："寂寂深夜，惨惨微月，层层古木"，呜呜号哭、怪声鬼影以及贯穿始终的一阵紧似一阵的铁笛、铜鼓之声；另一方面写赵大逃入大树林后因紧张恐惧而神志混乱、心理变态以致精神崩溃，不断产生幻觉，并借幻景来表现赵大过去的所作所为。这七幕戏是借鉴了美国戏剧家奥尼尔《琼斯皇帝》的表现主义手法，着重揭示人物的内心冲突，并通过独白、旁白、幻觉、意识流、象征等手法使人物丰富、激烈的内心冲突富于戏剧性地展示出来。同时它们与首尾两幕戏的写实手法有机结合，成为中国现代话剧史上最早融合现实主义与表现主义手法的戏剧作品。

思 考 题

1. 赵大从一个淳朴的农民演变为一个作恶多端的"阎王"的异化过程说明了什么？
2. 与曹禺的《原野》比较，分析洪深借鉴奥尼尔《琼斯皇帝》中表现主义手法的特点与意义。

延 伸 阅 读

洪深:《五奎桥》《青龙潭》

参 考 文 献

1. 孙青纹编:《洪深研究专集》，浙江文艺出版社 1986 年版。
2. 朱雪峰:《文明戏舞台上的〈赵阎王〉——洪深、奥尼尔与中国早期话剧转型》，《戏剧艺术》2012 年第 3 期。

雷雨（存目）

曹 禺

人性的考量与命运的悲歌

胡德才

关键词：人性；命运悲剧；锁闭式结构

《雷雨》是曹禺的戏剧处女作和代表作，经巴金推荐，于 1934 年 7 月发表在《文学季刊》第 1 卷第 3 期，次年被搬上舞台，八十余年来久演不衰，显示了鲜活而顽强的舞台生命力。《雷雨》是中国话剧发展史上的一块里程碑。它不但是中国文学史上最杰出的话剧作品之一，也是人类文学艺术宝库中的经典戏剧。

《雷雨》以 20 世纪 20 年代中国社会为背景，以血缘关系为纽带，展现了两个家庭的悲剧故事。曹禺的这部剧作，虽然暴露了一个封建大家庭的罪恶与溃败，但是它的主要意义体现在伦理道德的善恶冲突中，它是一部伦理道德的悲剧，剧作揭示了社会与旧的家族伦理对人的自由意志的摧残，道德恶对道德善的毁灭。剧作家体现了超越历史与现实的眼光，表现对人类普遍的生存方式与生命状态的体验与思考，是曹禺"对宇宙间许多神秘的事物一种不可言喻的憧憬"（《〈雷雨〉序》）。《雷雨》中的人物都生活在人生的困境之中。繁漪勇敢而疯狂地反抗斗争，挣扎自救，雷雨般的反抗导致的是对家庭毁灭性的打击。侍萍三十年无法挣脱厄运的纠缠与命运的作弄。周朴园看似强大，却为自己的恶行进行了三十年的忏悔，到头来却是众叛亲离，家毁人亡。冥冥宇宙之中，人不能主宰自我，"宇宙正像一口残酷的井，落在里面，怎样呼号也难逃脱这黑暗的坑"（《〈雷雨〉序》）。

严密而精巧的结构，使《雷雨》充满了戏剧魅力。《雷雨》采用的是典型的锁闭式结构，舞台时间、地点高度集中，比较严格地遵守传统戏剧"三一律"的原则，《雷雨》要表现的故事，时间跨度长达三十年，但舞台时间集中在"一个初夏的上午"到"当夜两点钟"的一天之内，地点主要在周朴园的客厅里，大幕拉开已是危机降临的前夕。主要运用"回溯式"叙事方法以"过去的戏剧"推动"现在的戏剧"发展。以"现在的戏剧"为主，将"过去的戏剧"与"现在的戏剧"紧密结合起来，用前者不断地推动后者的发展，通过"发现"和"陡转"，逼近戏剧高潮，揭示"天地间的'残忍'"，命运的不可逆转，从而有力地反映出悲剧的深刻性。《雷雨》中"过去的戏剧"主要有三个：一是三十年前周朴园和梅侍萍的私情；二是三年前繁漪和周萍的私情；三是三个月前就已开始的周萍和四凤的私情。剧作在"现在的戏剧"发展过程中巧妙地分别在第二幕、第一幕和第四幕展示了这三个"过去的戏剧"，并导致了"现在的戏剧"迅速向高潮发展。《雷雨》在结构艺术上的另一重要特点是精心构筑起错综复杂的人物关系。《雷雨》只有八个人物，首先，这八个人物是靠血缘关系联系起来的；其次，八个人物中除了鲁大海之外，其他七人都卷入了性爱关系之中，包括主仆相爱、母子乱伦、兄妹恋爱；再次，八个人物分属周、鲁两家，一边是主一边是仆，一边是资本家一边是工人，他们之间又存在阶级关系。正是多重而复杂的人物关系使《雷雨》的剧情发展错综变化，矛盾冲突尖锐激烈，人性内涵丰富复杂。《雷雨》以其表现人性内涵之丰富复杂而成为一部像《哈姆莱特》和《红楼梦》似的说不尽的伟大艺术作品。

周朴园是《雷雨》中各种矛盾的交汇点，表面看，他是整个悲剧的肇事者，但最后的悲剧又不是他愿意看到的。周朴园一方面是一个具有浓厚封建特征的资本家，与繁漪的矛盾最突出地展示了他作为一个封建家长的专制性。第一幕的重场戏"喝药"就是最好的体现。作为资本家，他有贪婪、残忍和虚伪的一面，他与以鲁大海为代表的工人的矛盾以及与侍萍重逢后的表现都显露出资本家的本性。但另一方面，周朴园又决不只是一个贴上阶级标签的脸谱式人物，他也是一个有血有肉有情感的人。三十年前，作为一位接受过新思想的资产阶级少爷，周朴园与家里的丫头侍萍是有过一段镂骨铭心的爱情的。他们同居三年，生了两个儿子。后来周家为了娶一位门当户对的小姐，将侍萍连同刚出生的小儿子赶出了家门。侍萍当然成了一个悲剧的牺牲品，但这个悲剧的责任是不能由这个家庭的少爷周朴园完全承担的，更主要的原因是宗法制度下的社会环境。从某种意义上说，周朴园也是牺牲者。他后来娶过两任妻子，生活却不幸福，他一直沉浸在对侍萍的怀念之中。他在家里一直保持侍萍当年的生活环境、家具摆设，包括生活习惯等，这都是他难以忘怀那段感情的表现。后来与侍萍重逢时他却责问："你来干什么？""谁指使你来的？"这里的变化也是符合三十年后的资本家周朴园的身份和心理的。他虽然怀念那段美好的感情，但一旦危及他现在的地位、名誉，他就会在感情和地位、名誉之间冷酷地选择后者。但这并不能说明他此前所做都是伪装，这显现的正是人物体现的人性之丰富与复杂。

繁漪是《雷雨》中最独特的艺术典型。繁漪是一个追求个性自由的女性。十七岁被骗娶到周公馆，由于周朴园受自己婚恋史的影响、时间精力向社会的转移以及他专横的个性，使繁漪在周家过着没有爱情的生活。周公馆像一口"残酷的井"。可是，三年前，周萍从乡下回家了，于是她爱上了一个不该爱的人，发生了母子乱伦。乱伦是有罪的，他们一直就在一个有罪的氛围和心理中度过了三年。繁漪并不后悔自己的选择，当她所爱的周萍又爱上了四凤，千方百计想摆脱她时，她的爱慢慢由一种"罪"变成一种"恶"，她要赶走四凤，留住周萍，她通过恶的行为来挽救自己的爱情，捍卫自己的尊严，甚至不惜做"困兽的斗"，以致最终伤害了几个无辜的生命，包括周萍、四凤和她自己的儿子周冲。为了获得生存的自由与人性的尊严，她作了一个女性"困兽的斗"，被迫选择了一个女人"最残酷的爱和最不忍的恨"，她的悲剧是一曲人性沦落与人性自救的哀怨之歌。作者对他的人物繁漪充满了无比的爱怜。繁漪是一个善恶交织的女性人物。通过这一人物的塑造，剧作对人性深处的邪恶也进行了深入的拷问。

《雷雨》通过塑造具有历史文化内涵的民族化人物形象、富有个性和诗意的戏剧语言以及戏剧技巧上的兼收并蓄的探索，完成了作为"舶来品"的话剧的民族风格的建立，也树立了现代悲剧艺术的典范。

思 考 题

1. 谈谈《雷雨》在结构上的主要特点。

2. 讨论周朴园对侍萍的感情，分析周朴园的性格特点。

3. 你认为繁漪是一个怎样的人物？试谈这一人物形象的独特性及其意义。

延 伸 阅 读

曹禺：《日出》《原野》《北京人》

参 考 文 献

1. 朱栋霖：《论曹禺的戏剧创作》，人民文学出版社 1986 年版。

2. 邹红：《试论曹禺前期剧作中的音乐元素》，《文学评论》2011 年第 2 期。

3. 田本相：《曹禺：中国话剧诗化之集大成者》，《艺术评论》2017 年第 9 期。

原野（存目）

复仇的悲剧　奇诡的戏剧

胡德才

关键词：复仇；善恶；表现主义

《原野》是曹禺创作的第三部戏剧，1937 年发表于《文丛》第 1 卷第 2—5 期，和此前的《雷雨》《日出》一起被人合称为曹禺的"生命三部曲"。曹禺说："《原野》是讲人与人的极爱和极恨的感情，它是抒发一个青年作者情感的一首诗。"（田本相《曹禺传》）《原野》和《雷雨》有着内在的联系，《原野》是要在一个更阔大、自由的空间创造一个原始的蛮性的世界。在这个世界里，展示人的真实性，写出人性的丰富性与复杂性。《原野》写的是人性善恶的冲突，是一部伦理道德的悲剧。

《原野》叙述的故事主要由三大冲突构成：一是焦、仇两家的冲突：八年前，焦阎王看上了好友仇荣的一大片田产，串通土匪将其绑架活埋，将其女卖入妓院，将其子仇虎投进监狱，将仇虎的未婚妻花金子娶做儿媳妇。八年后，作为复仇者，仇虎从监狱逃出，可是复仇对象焦阎王已死，家中只剩下老弱病残和儿媳妇花金子。仇虎遵从"父债子还"的传统观念，终于向焦家讨还血债，然后带着花金子出逃。最后他因为杀戮无辜受良心谴责以致精神崩溃，在追捕的侦缉队到达之前自杀身亡。焦、仇两家的冲突主要表现为情节冲突，故事为世间普通的恩怨仇杀，人物的阶级成分已不重要。《原野》的第二大冲突是仇虎内心世界的冲突，表现为精神冲突。在《原野》里，复仇是仇虎的主要动作，剧作写的也主要是仇虎的复仇悲剧。刚从监狱里逃出来的仇虎心中燃烧着仇恨的火焰，可是剧作家要表现的重心显然并不在复仇本身，因此，他让复仇者仇虎一出场就陷入矛盾之中。失去了复仇对象的仇虎面对的是不堪一击的弱者：瞎眼的阎王婆、懦弱的焦大星以及尚在襁褓中的大星之子。仇虎面临艰难的选择。戏剧重心开始转移：由外部的复仇行为转向由复仇所引发的内心矛盾。面对"还复不复仇"的问题，被仇恨煎熬着的仇虎无法摆脱封建宗法观念的束缚，他选择了"父债子还"的复仇方式。但是，在他完成复仇使命之后，面对失去无辜的儿子和孙子的瞎婆子焦母的一声惨叫："虎子，天不容你呀！"仇虎的精神开始陷入被动，内心的挣扎愈来愈激烈。强烈的犯罪感和复仇欲的激烈交战开始撕裂他的灵魂，直至其精神崩溃。"仇虎的悲剧恰恰在于他有胆识砸掉焦阎王们加于他的外在的镣铐，却无力挣脱传统的无形镣铐。"（钱理群《大小舞台之间——曹禺戏剧新论》）《原野》的第三大冲突是花金子和焦母的性格冲突。婆媳矛盾是中国社会自古以来就有的普遍现象，自汉乐府民歌《孔雀东南飞》以来，文学作品屡有表现。《原野》的描写则将这一矛盾推向了极致。焦母对儿子自私的爱及其阴险、狠毒和花金子的妖媚、泼辣、野性不驯，都趋于极致。花金子一方面叹息着丈夫的软弱无能，另一方面要忍受婆婆的残酷虐待。而在她的心灵深处，始终燃烧着一种强烈的情感欲望，她渴望得到真正男子汉那种充满野性力量的爱。因此，仇虎出现后的十天，她"才真像活了十天"。而不堪焦母的压迫和虐待正是花金子走向疯狂的仇恨与反抗的重要原因。因此，《原野》所描写的爱恨情仇的悲剧故事的精神实质，在于突出人类极爱与极恨的情感特征，展示人性的丰富与复杂，表达人心深处善与恶的激烈交战。

在表现形式上，如果说《雷雨》留有古希腊悲剧和易卜生戏剧影响的痕迹，《日出》的创作受到了契诃夫戏剧的启发，那么，在《原野》的创作中，曹禺则走向了奥尼尔。从不安于现状、大胆反叛传统以及郁热的性情、诗人的气质等方面看，曹禺是很接近奥尼尔的。在《原野》的创作中，"无意中受了他的影响"（《〈原野〉附记》），第三幕写仇虎复仇后"进入丛林"时内心的挣扎与分裂，就借鉴了奥尼尔《琼斯皇帝》中所用的表现主义手法，使《原野》在写实手法与非写实手法的结合上取得了成功。非写实的表现主义手法有助于更好地刻画复仇后的仇虎矛盾、迷惘、内疚、恐惧的复杂心理世界以及最后的灵魂分裂，把戏剧的心理因素提高到了一个新的水平。同时，从《雷雨》到《原野》，曹禺戏剧的象征色彩越来越浓，《原野》中象征手法的运用，有力地渲染了神秘、恐怖的气氛，与剧作所写的爱恨情仇的悲剧故事、人物灵魂的挣扎与裂变、善恶交战的精神内涵都相得益彰，内容与形式得到了高度的融合。

思 考 题

1. 如何认识仇虎的复仇悲剧？
2. 《原野》的戏剧冲突有何特点？

延 伸 阅 读

曹禺：《雷雨》《北京人》《家》

参 考 文 献

1. 田本相、刘一军编著：《苦闷的灵魂——曹禺访谈录》，江苏教育出版社2001年版。

2. 董炳月：《论〈原野〉的精神内涵——兼评〈原野〉研究中的某些观点》，《中国现代文学研究丛刊》1990年第4期。

3. 刘家思、刘桂萍：《论曹禺戏剧的光色艺术及其剧场性追求》，《浙江社会科学》2021年第4期。

这不过是春天（存目）

李健吾

美在和谐恰当

王泽龙

关键词：三一律；巧构剧；和谐美

李健吾是一位卓有成就的戏剧艺术家。美国作家埃德加·斯诺在《活着的中国》一书中，把李健吾和曹禺并提为 1929 年以来中国重要的剧作家。

写于 1934 年的三幕剧《这不过是春天》是李健吾的代表作。这部剧作的角色和情节都较简单：在风雨欲来的北伐战争前夕的某一天，北平警察厅厅长的公馆里，突然闯进了一位不速之客——厅长夫人阔别十年的旧情人冯允平。冯允平突然来访，使年轻貌美而精神苦闷的厅长夫人旧情萌发，她极力想把冯允平留在身边，打算安排他做厅长的秘书，公私兼顾。不料对方是从南方来到北平的负有重要使命的革命党人，她的丈夫警察厅厅长正奉上司紧急命令在千方百计搜捕这个危险分子。厅长夫人在不知情时无意暴露了情人的真实姓名，在危急关头，她又急中生智，巧妙安排冯允平脱离了虎穴。

剧作并没有复杂的矛盾与直接的情节冲突，却能扣人心弦。戏一开场，几乎在冯允平出现于厅长公馆的同时，缉拿冯允平的公文就出现在厅长的办公桌上了。人们在戏一开始的片刻就被吸引，为冯允平自投罗网而生忧。在桃花盛开的春天，厅长夫人的梦中人突然闯入她的生活，使她的灰暗心灵洞开窗口，顿生盎然春意。这对旧情人重逢将会上演什么新的故事，人们无不再添一层关心。当厅长夫人只知冯允平是昔日恋人而不知他现在已是革命党人的身份时，无意之中说出他化名表哥谭刚的真名——允平，使密探头目白振山有了"踏破铁鞋无觅处，得来全不费功夫"的惊喜，这一新"发现"使剧情遽然紧张万分。而剧中另一人物厅长秘书正为支票的事遭到厅长夫人训斥而恼恨，又百般疑虑新来的厅长夫人的旧相好是来顶他职位的，当他发现眼前这位谭刚原来正是上司要缉拿的冯允平时，也心生报复和自保念头，剧情再紧一步。侦探白振山暗中控制了冯允平之后，便隐情先向警察厅厅长讨价，请求一千块钱赏额，本来就十分吝啬的厅长见白振山既支薪又要赏，未免太贪，没加理会。于是这位谁给钱就认谁作主子的白振山转手向厅长夫人勒索放人钱，厅长夫人当即支付，于是势成釜中鱼、笼中鸟的冯允平便绝处逢生。白振山开了"绿灯"，厅长夫人派秘书用她的汽车送冯允平去天津，秘书求之难得，因为这样他的秘书职位便可高枕无忧了，何况正可博得厅长夫人的欢喜呢。

这出戏自始至终没有剧烈的外部情节冲突，像冯允平与侦探白振山这一敌对双方几乎没有正面交锋。其他人物之间冲突也未呈"白热化"，厅长夫人与侦探"角斗"，就是在心领神会的交易中完成的。厅长秘书视冯允平为抢夺饭碗的"大敌"，从他的疑虑、惧恨直到送走冯允平时的称心快意，基本上没有在情节冲突中显现，而是一直在人物心理层次上展开。作者有意不让人物之间的外部矛盾关系产生剧烈冲突，并对要发欲发的冲突，进行有效控御与"节制"，让人们把注意力不单单停留在戏剧情节上，转而关注人物内心冲突。这出戏的主导则正是厅长夫人内心矛盾的交战，其他角色的内心戏也显得饶有趣味。这出戏整体结构显得严谨妥帖，节奏舒徐有致，给人以和谐恰当的美感。与李健吾同系京派作家的沈从文曾说："故事内容呢。无所谓'真'，亦无所谓'伪'（更无深刻平凡区别），要的只是那个'恰当'。文字要恰当，描写要恰当，全篇分配更要恰当。作品的成功条件，就完全从这种'恰当'产生。"（《短篇小说》）李健吾对剧作结构情节的艺术处理较典型地体现了京派作家的美学追求。

李健吾深受西欧古典戏剧美学思想的影响，他的剧场、时间、人物的安排大都符合"三一律"原则，这出戏是他最常采取的结构匀称的三幕剧，地点皆集中在厅长公馆的内客室里，时间共三天，皆在每天下午，属于一种和《雷雨》一样的"锁闭式"结构。为了扩大戏剧容量，在情节的处理上也采用了"过去的戏"与"现在的戏"相结合的方式，使前情往事与今人今事交互影响。在冯允平与厅长夫人的话中交待他们十年前的恋爱生活，激起厅长夫人的心理狂澜，用历史剧情推动现实剧情发展。作者还利用巧妙的人物关系，造成有意味的戏剧化情境。厅长夫人十年后重逢的冯允平正是丈夫要缉拿的对象，冯允平又利用这一特殊环境完成任务后顺利脱险。这一情节恰合，造成了戏剧悬念，构成了情节波澜，对高度集中地表现戏剧人物起了重要作用。

这出戏剧的成功还在于主要人物厅长夫人的艺术塑造上。作者曾把这出戏称为"北伐的山歌"，而革命者冯允平在戏中不过是一只报春的燕子，人们也只能从他来去匆匆的身影中听出远方隐约的春雷，而真正的主角是厅长夫人。厅长夫人曾有过美妙的青春少女梦，她聪慧美貌，十年前与大学生冯允平热烈相爱，当冯允平正式向她求婚时，她嫌他穷，一句话气走了他。现在她当了大她十余岁的警察厅厅长的太太，有了富贵尊荣，然而内心世界却一片荒凉寂寞，她觉得"日子过得腻极了"，看起来"样子做得很快活，像是哄得住人，哄得住自己"，其实背后掩藏隐痛的另一面。她任性，傲慢，"冷起来井水一样凉，热起来小命儿也忘了个净"。爱情上对丈夫十分厌恶，觉得丈夫平淡无味，可惜不能用钱去"再买一个丈夫""一个家庭""一个环境""一个世界"，但是她又超脱不了这过腻了的物质生活与世俗利益，她渴望呼吸新鲜的空气，却又觉得"没有那份劲儿"走出去。她真诚爱恋旧情人冯允平，而她又并不想跟他私奔，只是想留住他做一个永久的情人。她的思想、性情、行为处处充满了矛盾：理想和现实的矛盾，纯情的挚爱和世俗利益的矛盾，物质享受和精神空虚的矛盾，强烈的虚荣心和隐蔽的自卑感的矛盾。然而这个令人怜悯的悲剧角色在事变突然降临时，那纯情的自私的爱化作了舍己的精神，在明白了冯允平不是为了叙旧而是为了革命秘密工作而投奔自己时，并没有因自己的受骗和自尊心受挫而恼恨发怒，反而对冯允平的人生追求与献身革命的无私品格产生敬佩之情。连出走的勇气都没有的软弱一变而为甘冒危险帮助冯允平的大无畏，矛盾的内心情感为冯允平的人格烛照而升华，似乎颇为蹊跷；但是由于作者较充分地展示了她种种复杂的内心冲突，因此使她的最终之举显得合乎其性格逻辑的发展。并且，作者也严格按着生活逻辑，遵循"恰当"的美学原则表现他的人物，厅长夫人最后也并没有要背离现实所属环境，依然将含泪在阴沟里生活。在她用苍凉的手势向冯允平挥手告别时，她命运的步履依然十分沉重。她没有足够的勇气投入新的人生，人生将依旧悲凉。对厅长夫人成功的塑造，典型地体现了剧作者注重对人物心理冲突的表现，在"性格上出戏"的戏剧美学追求。

《这不过是春天》在当时即受到了青年人的厚爱。当年有些从国统区奔赴延安的女学生随身都带着这个剧本，或许她们是从厅长夫人的悲剧中看到了自己的人生出路吧。

思 考 题

1.《这不过是春天》一剧的矛盾冲突有何特点？

2. 厅长夫人的形象与曹禺戏剧中的现代女性人物有何区别？

延 伸 阅 读

李健吾：《委曲求全》《以身作则》

参 考 文 献

1. 胡德才：《论李健吾与莫里哀喜剧的精神联系》，《中国比较文学》2013 年第 3 期。

2. 韩石山：《李健吾传》，人民文学出版社 2017 年版。

上海屋檐下（存目）

夏 衍

平中见奇　情浓如诗

陈润兰

关键词：市民生活；写实；平淡

《上海屋檐下》是夏衍戏剧创作道路上的一次转折、一个突破。它显示了夏衍剧作由情节化到生活化，由观念化到性格化，由重彩到淡墨的发展轨迹。初看平淡无奇，愈咀嚼便愈感到其甘醇芬芳。

《上海屋檐下》的取材迥异于《赛金花》《秋瑾传》乃至稍早问世的《都会的一角》。其描写对象既非英杰也非恶棍，而是一些平常到极点的下层小人物。其故事情节既无传奇色彩也无惊心动魄之处，只是上海普通弄堂里五户人家一天之中的凡人琐事录，为世人所司空见惯的灰色人物的灰色生活的真实写照。

同一屋檐下的五户人家各有各的不幸和痛苦：亭子间房客、洋行失业职员黄家楣与妻子桂芬在贫病交困中潦倒，为了不使乡下来的老父失望，千方百计掩饰自己的艰窘，靠典当、借债表示孝敬而终于露出破绽。灶披间房客、小学教师赵振宇薪水微薄，清贫度日，虽安贫乐命，但到底难以忍受妻子整日的牢骚和怨愤。前楼房客、廉价摩登少妇施小宝因海员丈夫远航在外、经年不归而落入流氓"小天津"的魔掌却无力自拔。阁楼房客、老报贩李陵碑孑然一身，在酗酒和幻觉中打发着失去独子后的风烛残年。住在客堂间的二房东、纱厂职员林志成境遇稍好一点，然而受了八年监禁的好友匡复的意外归来，打破了他的平静生活，在他和杨彩玉的心海中掀起了一场轩然大波。就这样，同住一个屋檐下的十几个人物抱怨着，叹息着，颓丧着，挣扎着。这是一个散发着"黄梅"气息的世界，生活和人心全都沉闷阴暗到令人窒息。作家描写的虽是五户人家的日常生活和感情纠葛，由于取材的典型，却能反映出"这个大时代"：一方面是阶级压迫、民族压迫、剥削、敲榨、欺凌，坏人当道，好人受气，没有公平，没有正义；另一方面，通过匡复从消沉中抬起头来，毅然出走的场面和葆珍、阿牛热情稚气的抗日童谣，显示了剧本的若干亮色。夏衍能以小见大，通过一个小角落反映一个大世界。

为了扩大剧本的艺术容量，将剧本的思想主题发挥得更充分、更完满，夏衍没有专以一户人家的悲喜剧作为剧情，也没有全力以赴去塑造某个主人公形象。他写的是五户人家的生活，刻画的是十几个人物的群像。如此复杂的内容，用一场戏表现一个场景的传统结构方法显然不能胜任。为了解决这一矛盾，夏衍借鉴电影画面组合及镜头剪接的艺术手段，对剧本结构进行了大胆的革新：一是化整为零，分割舞台；二是复线推进，穿插表现。所谓"化整为零，分割舞台"，是指依照上海弄堂房子横切面的本来建构及房客活动环境相连相通的便利特点，自然而然地将一个舞台分割成若干单元，同时呈现在观众、读者面前。有时是两个，有时是三个或四个家庭生活画面的并列式组合。当然，话剧的表现特点规定了人物对话不可能多重齐奏，不可能全部实现声画对应。在几种画面的组合中，一段时间内只能集中表现一个对话场面。在处理声画关系时，作家表现出了高超的舞台调度水平：例如第一幕画面组合是客堂间和灶披间的两家生活场景，作家先写杨彩玉母女的争执，借葆珍约阿牛上学之机，将笔触自然转到赵家，描写赵太太与卖菜人的讨价还价，赵太太对丈夫的种种不满……第二幕是四个家庭生活场景的并列式组合，作家先写黄家父子在老人去留问题上的谈话，表明黄父去意已定，后突然切断话题，转而表现杨彩玉与前夫匡复的相聚相逢和内心冲突。其后趁着匡复的沉默、思索，穿插黄家楣与桂芬夫妻二人围绕老父离沪展开的一场口角。剧本重点描写匡复与杨彩玉、林志成意外重逢所引起的感情纠葛，让它处于全剧的中心地位；其次也较为详细地描写了黄家、赵家的矛盾，对单身房客施小宝和李陵碑则采用简笔带过。这样便做到了该详则详，该略则略，重点突出，不枝不蔓。同时，剧本依照生活的内在逻辑和各个人物的性格特征，精心设计人物的上下场，为剧情演进和穿插创造便利。譬如那位精明泼辣、刻薄自私的赵太太，同时又是一个"包打听""长舌妇"。剧本第一幕就通过她，一方面揭开了林志成的家庭内幕，另一方面又引出了黄家令人心酸的生活故事，同时，还抖落了摩登少妇施小宝的某些隐私，这些都为情节的展开作了必要的交代，并巧妙地埋下了伏笔，制造了"悬念"。

剧作体现了墨淡情浓的写实风格。"淡"指夏衍剧作朴实素淡的艺术风格。口语化、生活化、性格化、不夸饰、不做作的戏剧语言，平易自然的戏剧结构，真实细腻的细节描写，留给观众的感觉简直不是在看戏，而是自己也生活在剧中人之间，同他们一齐哭、一齐笑、一齐叹息、一齐企望着。为什么看似平淡的东西却能收到如此强烈的艺术效果呢？其一，集中笔力刻画人物的心灵；其二，注重气氛渲染，强化人物情绪。《上海屋檐下》只是描写了一些平平常常的生活片断：赵家为柴米油盐而不时暴发的怨怒，黄家的父子瞒骗、夫妻口角，施小宝的沦落风尘、孤独无援，李陵碑的凄戚晚景和苍凉歌声，林志成、匡复、杨彩玉的聚合流散、酸甜苦辣。但这些看似平常的素材，经过作家的挖掘、创造却产生了震颤灵魂的艺术效果。

思 考 题

1.《上海屋檐下》这部戏剧体现了夏衍写实剧怎样的特点？
2. 分析《上海屋檐下》这部戏剧结构的特点。

延 伸 阅 读

夏衍：《法西斯细菌》《赛金花》

参 考 文 献

1. 陈坚、陈奇佳：《夏衍传》，中国戏剧出版社 2015 年版。

2. 赵康太：《试论夏衍戏剧的时空结构》，《中国现代文学研究丛刊》1986 年第 2 期。

3. 刘诗晨：《论夏衍〈上海屋檐下〉的现实主义探索》，《四川戏剧》2020 年第 7 期。

屈原（节选）

郭沫若

第 五 幕

第 二 场

东皇太一庙之正殿。与第二幕明堂相似，四柱三间，唯无帘幕。三间靠壁均有神像。中室正中东皇太一与云中君并坐，其前左右二侧山鬼与国殇立侍，右首东君骑黄马，左首河伯乘龙，均斜向。马首向左，龙首向右。左室为一龙船，船首向右，湘君坐船中吹笙，湘夫人立船尾摇橹。右室一片云彩之上现大司命与少司命。左右二室后壁靠外侧均有门，左者开放，右者掩闭。各室均有灯，光甚昏暗，室外雷电交加，时有大风咆哮。

靳尚带卫士二人，各蒙面，诡谲地由右侧登场。

靳　尚　（命卫士乙）你去叫太卜郑詹尹来见我。

卫士乙　是。（向湘夫人神像左侧门走入。）

　　　　俄顷，一瘦削而阴沉的老人，左手提灯，随卫士乙由左侧门入场。靳尚除去面罩，向郑詹尹走去。

靳　尚　刚才我叫人送了一通南后的密令来，你收到了吗？

郑詹尹　（鞠躬）收到了。上官大夫，我正想来见你啦。

靳　尚　罪人怎样处置了？

郑詹尹　还锁在这神殿后院的一间小屋子里面。

靳　尚　你打算什么时候动手？

郑詹尹　（迟疑地）上官大夫，我觉得有点为难。

靳　尚　（惊异）什么？

郑詹尹　屈原是有些名望的人，毒死了他，不会惹出乱子吗？

靳　尚　哼，正是为了这样，所以非赶快毒死他不可啦！那家伙惯会收揽人心，把他囚在这里，都城里的人很多愤愤不平。再缓三两日，消息一传开了，会引起更大规模的骚动。待消息传到国外，还会引起关东诸国的非难。到那时你不放他吧，非难是难以平息的。你放他吧，增长了他的威风，更有损秦、楚两国的交谊。秦国已经允许割让的商於之地六百里，不用说，就永远得不到了。因此，非得在今晚趁早下手不可。你须得用毒酒毒死了他，然后放火焚烧大庙。今晚有大雷电，正好造个口实，说是着了雷火。这样，老百姓便只以为他是遭了天灾，一场大祸就可以消灭于无形了。

郑詹尹　上官大夫，屈原不是不喝酒的吗？

靳　尚　你可以想出方法来劝他。你要做出很宽大，很同情他的样子。不要老是把他锁在小屋子里。你可让他出来，走动走动。他戴着脚镣手铐，逃不了的。

郑詹尹　（迟疑地）你们是不是有点小题大做呢？

靳　尚　（含怒）你这是什么话？

郑詹尹　我觉得你们把屈原又未免估计得过高。他其实只会做几首谈情说爱的山歌，时而说些哗众取宠的大话罢了，并没有什么大本领。只要你们不杀他，老百姓就不会闹乱子。何苦为了一个夸大的诗人，要烧毁这样一座庄严的东皇太一庙？我实在有点不了解。

靳　尚　哈哈，你原来是在心疼你的这座破庙吗？这烧了有什么可惜？国王会给你重新造一座真正庄严的庙宇。好了，我不再和你多说了。你烧掉它，这是南后的意旨。你毒死他，这是南后的意旨。要快，就在今晚，不能再迟延。南后的脾气，你是知道的。你尽管是她的父亲，但如果不照着她的意旨办事，她可以大义灭亲，明天便把你一齐处死。（把面巾蒙上，向卫士）走！我们从小路赶回城去！

　　　　　靳尚与二卫士由左首下场。

　　　　　郑詹尹立在神殿中，沉默有间，最后下出了决心，向东君神像右侧门走入。俄顷，将屈原带出。

郑詹尹　三闾大夫，请你在这神殿上走动走动，舒散一下筋骨吧。这儿的壁画，是你平常所喜欢的啦。我不奉陪了。

　　　　　屈原略略点头，郑詹尹走入左侧门。

　　　　　屈原手足已戴刑具，颈上并系有长链，仍着其白日所着之玄衣，披发，在殿中徘徊。因有脚镣行步甚有限制，时而伫立睥睨，目中含有怒火。手有举动时，必两手同时举出。如无举动时，则拳曲于胸前。

屈　原　（向风及雷电）风！你咆哮吧！咆哮吧！尽力地咆哮吧！在这暗无天日的时候，一切都睡着了，都沉在梦里，都死了的时候，正是应该你咆哮的时候，应该你尽力咆哮的时候！

　　　　　尽管你是怎样的咆哮，你也不能把他们从梦中叫醒，不能把死了的吹活转来，不能吹掉这比铁还沉重的眼前的黑暗，但你至少可以吹走一些灰尘，吹走一些砂石，至少可以吹动一些花草树木。你可以使那洞庭湖，使那长江，使那东海，为你翻波涌浪，和你一同地大声咆哮呵！

　　　　　啊，我思念那洞庭湖，我思念那长江，我思念那东海，那浩浩荡荡的无边无际的波澜呀！那浩浩荡荡的无边无际的伟大的力呀！那是自由，是跳舞，是音乐，是诗！

　　　　　啊，这宇宙中的伟大的诗！你们风，你们雷，你们电，你们在这黑暗中咆哮着的，闪耀着的一切的一切，你们都是诗，都是音乐，都是跳舞。你们宇宙中伟大的艺人们呀，尽量发挥你们的力量吧。发泄出无边无际的怒火把这黑暗的宇宙，阴惨的宇宙，爆炸了吧！爆炸了吧！

雷！你那轰隆隆的，是你车轮子滚动的声音？你把我载着拖到洞庭湖的边上去，拖到长江的边上去，拖到东海的边上去呀！我要看那滚滚的波涛，我要听那鞺鞺鞳鞳的咆哮，我要飘流到那没有阴谋、没有污秽、没有自私自利的没有人的小岛上去呀！我要和着你，和着你的声音，和着那茫茫的大海，一同跳进那没有边际的没有限制的自由里去！

啊，电！你这宇宙中最犀利的剑呀！我的长剑是被人拔去了，但是你，你能拔去我有形的长剑，你不能拔去我无形的长剑呀。电，你这宇宙中的剑，也正是，我心中的剑。你劈吧，劈吧，劈吧！把这比铁还坚固的黑暗，劈开，劈开，劈开！虽然你劈它如同劈水一样，你抽掉了，它又合拢了来，但至少你能使那光明得到暂时间的一瞬的显现，哦，那多么灿烂的、多么眩目的光明呀！

光明呀，我景仰你，我景仰你，我要向你拜手，我要向你稽首。我知道，你的本身就是火，你，你这宇宙中的最伟大者呀，火！你在天边，你在眼前，你在我的四面，我知道你就是宇宙的生命，你就是我的生命，你就是我呀！我这熊熊地燃烧着的生命，我这快要使我全身炸裂的怒火，难道就不能迸射出光明了吗？

炸裂呀，我的身体！炸裂呀，宇宙！让那赤条条的火滚动起来，象这风一样，象那海一样，滚动起来，把一切的有形，一切的污秽，烧毁了吧，烧毁了吧！把这包含着一切罪恶的黑暗烧毁了吧！

把你这东皇太一烧毁了吧！把你这云中君烧毁了吧！你们这些土偶木梗，你们高坐在神位上有什么德能？你们只是产生黑暗的父亲和母亲！

你，你东君，你是什么个东君？别人说你是太阳神，你，你坐在那马上丝毫也不能驰骋。你，你红着一个面孔，你也害羞吗？啊，你，你完全是一片假！你，你这土偶木梗，你这没心肝的，没灵魂的，我要把你烧毁，烧毁，烧毁你的一切，特别要烧毁你那匹马！你假如是有本领，就下来走走吧！

什么个大司命，什么个少司命，你们的天大的本领就只有晓得播弄人！什么个湘君，什么个湘夫人，你们的天大的本领也就只晓得痛哭几声！哭，哭有什么用？眼泪，眼泪有什么用？顶多让你们哭出几笼湘妃竹吧！但那湘妃竹不是主人们用来打奴隶的刑具么？你们滚下船来，你们滚下云头来，我都要把你们烧毁！烧毁！烧毁！

哼，还有你这河伯……哦，你河伯！你，你是我最初的一个安慰者！我是看得很清楚的呀！当我被人们押着，押上了一个高坡，卫士们要息脚，我也就站立在高坡上，回头望着龙门。我是看得很清楚，很清楚的呀！我看见婵娟被人虐待，我看见你挺身而出，指天画地有所争论。结果，你是被人押进了龙门，婵娟她也被人押进了龙门。

但是我，我没有眼泪。宇宙，宇宙也没有眼泪呀！眼泪有什么用呵？我们只有雷霆，只有闪电，只有风暴，我们没有拖泥带水的雨！这是我的意志，宇宙的意志。鼓动吧，风！咆哮吧，雷！闪耀吧，电！把一切沉睡在黑

　　暗怀里的东西，毁灭，毁灭，毁灭呀！

　　　　郑詹尹左手提灯，右手执爵，由湘夫人神像左侧之门入场。

郑詹尹　三闾大夫，你又在做诗了吗？你的声音比风还要宏大，比雷霆还要有威势啦。啊，象这样雷电交加的深夜，实在可怕。我连庙门都不敢去关了。你怎么老是不去睡呢？是的，我看你好象朗诵了好长的一首诗啦。你怕口渴吧。我给你备了一杯甜酒来，虽然没有下酒的东西，请你润润喉，也好啦。

屈　原　多谢你，请你放在那神案上，手足不方便，对你不住。

郑詹尹　唉，真是不知道要闹成个什么世界了。本来是"刑不上大夫，礼不下庶人"的，这个体统也弄得来扫地无存了。连我们的三闾大夫，也要让他戴脚镣手铐。三闾大夫，这脚镣手铐假如是有钥匙，我一定要替你打开的啦。可恨的是他们把钥匙都带走了啊。

屈　原　多谢你，这脚镣手铐我倒并不感觉痛苦，有这些东西在身上，倒反而增加了我的力量，不过行动不方便些罢了。

郑詹尹　我看你的喉嗓一定渴得很厉害的，这酒我捧着让你喝。还要睡一睡才能天亮呢。

屈　原　多谢你，我现在口不渴。我本来也是不喜欢喝酒的人。回头我口渴了，一定领你的盛情好了。请你不要关照。

郑詹尹　（将爵放在神案上）慢慢喝也好。其实酒倒也并不是坏东西。只要喝得少一点，有个节制，倒也是很好的东西啦。

屈　原　是的，我也明白。我的吃亏处，便是大家都醉而我偏不醉，马马虎虎的事我做不来。

郑詹尹　真的，这些地方正是好人们吃亏的地方啦。说起你吃亏的事情上来，我倒是感觉着对你不住呢！

屈　原　怎么的？

郑詹尹　三闾大夫，你忘记了吧，郑袖是我的女儿啦。

屈　原　哦，是的，可是差不多一般的人都把这事情忘记了。

郑詹尹　也是应该的喽。她母亲早死，我又干着这占筮卜卦的事体，对于她的教育没有做好。后来她进了宫廷，我更和她断绝了父女的关系。她近来简直是愈闹愈不成个体统，她把你这样忠心耿耿的人都陷害成这个样子了。

屈　原　太卜，请你相信我，我现在只恨张仪，对于南后倒并不怨恨。南后她平常很喜欢我的诗，在国王面前也很帮助过我。今天的事情我起初不大明白，后来才知道那是张仪在作怪啦。一般的人也使我很不高兴，成了张仪的应声虫。张仪说我是疯子，大家也就说我是疯子。这简直是把凤凰当成鸡，把麒麟当成羊子啦。这叫我怎么能够忍受？所以别人愈要同情我，我便愈觉得恶心。我要那无价值的同情来做什么？

郑詹尹　真的啦，一般的老百姓真是太厚道了。

屈　原　不过我的心境也很复杂，我虽然不高兴他们的厚道，但我又爱他们的厚道。又如南后的聪明吧，我虽然能够佩服，但我却不喜欢。这矛盾怕是不可以调和的吧？我想要的是又聪明又厚道，又素朴又绚烂，亦圣亦狂，即狂即圣，个个老百姓都成为绝顶聪明，你看我这个见解是不是可以成立的呢？

郑詹尹　这是所谓"大智若愚，大巧若拙"的话啦。

屈　原　不，不是那样。我不是要人装傻，而是要人一片天真。人人都有好脾胃，人人都有好性情，人人都有好本领。可是我自己就办不到！我的性情太激烈了，我自己也觉得有点偏，要想矫正却不能够。你看我怎样的好呢？我去学农夫吧？我又拿不来锄头。我跑到外国去吧？我又舍不得丢掉楚国。我去向南后求情，请她容恕我吧？她能够和张仪合作，我却万万不能够和张仪合作。你看我怎样办的好呢？

郑詹尹　三闾大夫，对你不住。你把这些话来问我，我拿着也没有办法。其实卜卦的事老早就不灵了。不怕我是在做太卜的官，恐怕也是我在做太卜的官，所以才愈见晓得它的不灵吧。古时候似乎灵验过来，现在是完全不行了。认真说：我就是在这儿骗人啦。但是对于你，我是不好骗得的。三闾大夫，象我这样骗人的生活，假使你能够办得到，恐怕也是好的吧。我们确实是做到了"大愚若智，大拙若巧"的地步，呵哈哈哈哈……风似乎稍微止息了一点，你还是请进里面去休息一下吧，怎么样呢？

屈　原　不，多谢你，我也不想睡，请你自己方便吧。

郑詹尹　把酒喝一点怎么样呢？

屈　原　我回头一定领情的啦，太卜。

郑詹尹　你该不会疑心这酒里有毒的吧？

屈　原　果真有毒，倒是我现在所欢迎的。唉，我们的祖国被人出卖了，我真不忍心活着看见它会遭遇到的悲惨的前途呵。

郑詹尹　真的啦，象这样难过的日子，连我们上了年纪的人，都不想再混了。

屈　原　大家都不想活的时候，生命的力量是会爆发的。

郑詹尹　好的，你慢慢喝也好，我还想去躺一会儿。

屈　原　请你方便，怕还有一会天才能亮呢。

　　　　　　　郑詹尹复提着灯笼由原道下场。

　　　　　　　大风渐息，雷电亦止，月光复出，斜照殿上。

屈　原　啊，宇宙你也恬淡起来了。真也奇怪，我现在的心境又起了一个不可思议的变换。我想，毕竟还是人是最可亲爱的呵。不怕就是你所不高兴的人，在你极端孤寂的时候和他说了几句话，似乎也是镇定精神的良药啦。（复在殿中徘徊）啊，河伯！（徘徊有间之后，在河伯前伫立）请让我还是把你当成朋友，让我再和你谈谈心吧。你知道么？现在我所最担心的是我的婵娟呀！她明明是被人家抓去了的。她是很尊敬我的一个人，她把我当成了她的父亲、她的师长，她把我看待得比她自己的性命还要贵重。（稍停）她最能够安慰我。我也把她当成了我自己的女儿，当成了我自己最珍爱的弟子。唉，我今天实在不应该抛撒了她，跑了出来。她虽然在后园子里面看着那些人胡闹，她虽然把我的衣裳拿了一件出去，但我相信那一定是宋玉要她做的，宋玉那孩子，他是太阴柔了。（将神案上的酒爵拿起将饮，复搁置）唉，这酒的气味，我终竟是不高兴。河伯，你是不是喜欢喝酒的呢？你现在的情形又是怎样？我也明明看见，别人也把你抓去了。你明明是为我而受难，为正义而受难呀。啊，我真不知道该怎样报答你的好呵！（复在神殿中徘徊。）

　　　　此时卫士甲与婵娟由右首出场。屈原瞥见人影，顿吃一惊。

屈　原　是谁？

婵　娟　啊，先生在这儿啦，我婵娟啦！（用尽全力，踉跄奔上神殿，跪于屈原前，拥抱其膝，仰头望之，似笑，又似干哭。）

屈　原　（呈极凄绝之态）啊，婵娟，你怎么来的？你脸上怎么有伤呀？你怎么这样的装束？

婵　娟　（断续地）先生，我高兴得很。……你请……不要问我。……我……我是什么话都不想说。我只想……就这样……就这样抱着先生的脚，……抱着先生的脚，……就这样……死了去吧。

　　　　屈原不禁潸然，两手抚摩着婵娟的头，昂头望着天。如此有间。婵娟始终仰望屈原，喘息甚烈。

屈　原　（俯首安慰）婵娟，我没有想到还能够看见你，你一定是逃走出来的，你是超过了死线了。你知道宋玉是怎样吗？

婵　娟　（仍喘息）他……他跟着公子子兰……搬进宫里去了。

屈　原　那也由他去吧。谁能够不怕艰险，谁才可以登上高山。正义的路是崎岖的路，它只欢迎勇敢的人。……那位钓鱼的人呢？

婵　娟　听说丢进监里去了。

屈　原　（沉默一忽之后）婵娟，你口渴吧？

　　　　婵娟点头。

屈　原　（两手移去，将案上酒爵取来）这儿有杯甜酒，你喝了它吧。

　　　　婵娟就爵，一饮而尽，饮之甚甘，自己仍跪于地，紧紧拥抱着屈原的两膝，昂首望之。屈原以两手置爵于神案上之后，仍抚摩其头。俄而，婵娟脸色渐变，全身痉挛。

屈　原　（屈膝俯身，以两手套其颈，拥之于怀）啊，婵娟，你怎样？你怎样？

婵　娟　（凝目摇头）先生，……那酒……那酒……有毒。……可我……我真高兴……我……真高兴！（振作起来）我能够代替先生，保全了你的生命，我是多么地幸运呵！……先生，我是一个普通人家的女儿，我受了你的感化，知道了做人的责任。我始终诚心诚意地服侍着你，因为你就是我们楚国的柱石。……我爱楚国，我就不能不爱先生。……先生，我经常想照着你的指示，把我的生命献给祖国。可我没有想到，我今天是果然作了！（渐渐衰弱）我把我这微弱的生命，代替了你这样可宝贵的存在。先生，我真是多么地幸运呵！……啊，我……我真高兴！……真高兴！……

屈　原　（紧紧拥抱着婵娟）婵娟！你要活下去呵！活下去呵！婵娟！婵娟！……

婵　娟　（更衰弱）……啊，我……真高兴！……（喘息与痉挛愈烈。终竟作最大痉挛一次，死于屈原怀中，殿上灯火全体熄灭，只余月光。）

　　　　屈原无言，拥着婵娟尸体，昂首望天，眼中复燃起怒火。

　　　　卫士甲在前直静立于殿下，至此始上殿至屈原之前。

卫士甲　三闾大夫，请你告诉我，那酒是谁个送给你的？

屈　原　（回顾，含怒而平淡地）是这儿的太卜郑詹尹。（说罢复其原有姿态。）

卫士甲　哼，就是那南后的父亲吗？我是认识他的。（急骤地向左侧房屋走入。）

　　　　　屈原仍如塑像一般，寂立不动。

　　　　　少顷，卫士甲复急骤而出。

卫士甲　三闾大夫，请你容恕我，我把那恶人郑詹尹刺杀了。在他的身上还搜出了一通密令，我念给你听。"太卜执事：比奉南后意旨，望执事于今夜将狂人毒死，放火焚庙，以灭其迹。上官大夫靳尚再拜。"密令是这样，因此我也就照着南后的意旨，在郑詹尹的床上放了一把火。这罪恶的神庙看看也就要和那罪恶的尸体一道消灭了。

屈　原　那很好。我还希望你帮助我，把婵娟安放在神案上，我们应该为她举行一个庄严的火葬。

卫士甲　待我先解除先生的刑具。（解除其刑具）婵娟姑娘穿的还是更夫的衣裳，应该给她脱掉啦。

屈　原　（起立先解婵娟之衣）哦，戴得有这样的花环。（更进行其它动作。）

卫士甲　（一面帮助，一面诉说）先生，这还是你编的花环呢。在东门外被南后给你要去了，后来南后又给了婵娟姑娘。她一身都是挨了鞭打的，你看这手上都有伤，脸上都有伤，鞭得很厉害。南后更打算明天便处死她，把她装在囚槛里，由我看守。……夜半将近的时分，你的两位弟子宋玉和公子子兰走来劝婵娟，要她听从公子子兰的要求，做他的侍女，他们便搭救她。但是婵娟始终不肯。……她所说的话和她的精神太使我感动了，因此我就决心救她。从宋玉口中听说先生今晚上也有生命的危险，所以我也就决心陪着她来救你。……我们是从宫中逃出来的，就是用了一点诡计把一个更夫来顶替了婵娟。在我替她换上更夫装束的时候，婵娟姑娘她还坚决地不肯把你这花环丢掉呢！

　　　　　二人已经将婵娟妥置于神案，头在左侧。

屈　原　（整理婵娟胸部，自其怀中取出帛书一卷，展视之）哦，这是我清早写的《橘颂》啦。我是写给宋玉的，是宋玉又给了你吧！婵娟，你倒是受之而无愧的。唉，我真没有想出，我这《橘颂》才完全是为你写出的哀辞呀。

卫士甲　先生，那么，你好不就拿给我念，我们来向婵娟姑娘致祭。

屈　原　好的，你就请从这后半读起。（授书并指示）一首一尾你要加些什么话，也由你斟酌好了。

　　　　　屈原移至婵娟脚次，垂拱而立，左翼已有火光及烟雾冒出。

卫士甲　（立于屈原之右，在神案右后隅，展读哀辞）维楚大夫屈原率其仆夫致祭于婵娟之前而颂曰：

　　　　呵，年青的人，你与众不同。

　　　　你志趣坚定，竟与橘树同风。

　　　　你心胸开阔，气度那么从容！

　　　　你不随波逐流，也不故步自封。

你谨慎存心，决不胡思乱想。

你至诚一片，期与日月同光。

我愿和你永做个忘年的朋友。

不挠不屈，为真理斗到尽头！

你年纪虽小，可以为世楷模。

足比古代的伯夷，永垂万古！——哀哉尚飨。

　　　　　屈原再拜，卫士甲亦移至其后再拜。礼毕，卫士甲将帛书卷好，奉还屈原。

屈　原　现在一切都完毕了，请问你叫什么名字？

卫士甲　先生，你不必问我的姓名，我要永远做你的仆人，你就叫我"仆夫"吧。

屈　原　你今后打算要我怎样？

卫士甲　先生，你怎么这样问我呢？

屈　原　因为我现在的生命是你和婵娟给我的，婵娟她已经死了，我也就只好问你了。

卫士甲　先生，我们楚国需要你，我们中国也需要你，这儿太危险了，你是不能久呆的。我是汉北的人，假使先生高兴，我要把先生引到汉北去。我们汉北人都敬仰先生，受了先生的感召，我们知道爱真理，爱正义，抵御强暴，保卫楚国。先生，我们汉北人一定会保护你的。

屈　原　好的，我遵从你的意思。我决心去和汉北人民一道，就做一个耕田种地的农夫吧。你赶快把服装换掉啦。那儿有现成的衣帽。（指示更夫衣帽。）

卫士甲　哦，我真糊涂，简直没有想到，幸好有这一套啦。（换衣。）

　　　　　火光烟雾愈燃愈烈。

屈　原　（高举手中帛书）啊，婵娟，我的女儿！婵娟，我的弟子！婵娟，我的恩人呀！你已经发了火，你把黑暗征服了。你是永远永远的光明的使者呀！（执帛书之一端向婵娟抛去，帛书展布于尸上。）

　　　　　　　　　　　　　　　　　　　　　　　　　　　——幕徐徐下

　　　　幕后唱《礼魂》之歌：

　　　　　　唱着歌，打着鼓，

　　　　　　手拿着花枝齐跳舞。

　　　　　　我把花给你，你把花给我，

　　　　　　心爱的人儿，歌舞两婆娑。

　　　　　　春天有兰花，秋天有菊花，

　　　　　　馨香百代，敬礼无涯。

1942 年 1 月 11 日夜

（选自《郭沫若全集·文学编》第六卷，人民文学出版社 1986 年版）

借古讽今的浪漫诗剧

苏春生

关键词： 屈原；历史剧；浪漫主义

《屈原》是郭沫若历史剧中的优秀代表，它的创作成就，主要体现在屈原形象的塑造上。剧本创作的 20 世纪 40 年代之初的中国社会正是光明与黑暗、正义与邪恶、爱国与卖国搏战的年代。在这个时代背景下，剧作展示出了屈原爱国爱民的博大情怀和高尚的政治情操。剧作取材于战国时期楚国诗人屈原一生中的一段经历，一方面，屈原为了使楚国免遭秦国侵犯，识破秦王阴谋，向楚王提出"联齐抗秦"的主张；另一方面，南后为了保持楚王的宠爱，同投降派靳尚等人勾结，不惜出卖国家和人民，以"淫乱宫廷"之罪陷害屈原。本着"失是求似"的创作原则，在作品中，作者创造性地塑造了屈原的形象。为了体现自己的美学理想，表达自己对现实的强烈感受，作者有意识地削弱了历史人物屈原的忠君思想和怀才不遇的痛苦，突出他忧国忧民的爱国思想与高尚正直的人格。第一幕开始，屈原就作为一位诗人出现在舞台上。他放声朗诵着自己的《橘颂》，赞美独立不移、秉性坚贞的性格。正如屈原对宋玉所言，"要抱着一个光明磊落，大公无私的心怀"，"成为顶天立地的男子"。

作品把屈原置于尖锐的矛盾冲突中。楚王原来采纳屈原"合纵"的主张，同意与齐国和好。正在楚国游说的张仪使用诡计威胁南后，南后为了自己的利益，与张仪合谋陷害屈原。上官大夫靳尚出于妒忌，充当了张仪和南后的走狗和合谋者。楚王昏庸腐朽，终于听信了谗言。屈原在身陷囹圄、蒙受不白之冤的时候，表现了坚贞不屈、正直不阿的信念。他沉痛地说："我是问心无愧，我是视死如归。曲直忠邪，自有千秋的判断。"他怒不可遏地斥责南后说："你陷害了的不是我，……是我们的楚国，是我们整个儿的赤县神州呀！"在备受凌辱、性命攸关的时刻，他考虑的不是个人的安危，而是祖国、人民的利益。昏庸专横的楚怀王不听屈原的一再忠告，粗暴地撕毁楚齐盟约，转而依附秦国，走上妥协投降的道路，并且下令囚禁屈原。面对正在沉入黑暗的祖国，失去自由的诗人满腔忧愤，以《雷电颂》的形式无比猛烈地迸发出来。他呼唤咆哮的风，去"吹掉这比铁还沉重的眼前的黑暗"；他呼唤轰隆隆的雷，把他载到"那没有阴谋、没有污秽、没有自私自利"的地方去；他呼唤闪电，要将它作为自己心中无形的长剑，"把这比铁还坚固的黑暗，劈开，劈开，劈开！"他呼唤在黑暗中咆哮着、闪耀着的一切一切，"发泄出无边无际的怒火把这黑暗的宇宙，阴惨的宇宙，爆炸了吧！爆炸了吧！"侍女婵娟，是屈原形象的补充。她是作者以屈原辞赋所一再赞颂的"秋兰""香草"的形象为美学基础创造出来的。她是《屈原》中的"诗的魂"，是"道义美"的形象化。

在屈原的对立面中，南后郑袖的形象塑造得也较为出色。她聪明漂亮，通权达变，极端自私，心狠手辣，为了保持帝王对她的宠幸，她可以不惜陷害屈原这样的忠良，祸国殃民，而且采取的手段又是那样的卑鄙无耻。南后这个形象的刻画，对屈原的典型塑造起到反衬作用。剧中的宋玉，是作为一个"没有骨气"的无耻文人来塑造的。他虚伪自私、全无操持、趋炎附势、卖身求荣的性格，从另一个角度反衬了屈原忠直坚强的品德。

《屈原》是郭沫若的浪漫主义精神继五四以后在 40 年代的又一次爆发，全剧闪耀着浪漫主义的光彩。首先，结构上用一天发生的事来概括屈原的一生，从而突出了尖锐的矛盾冲突。其次，浓郁的诗意，把史、诗、戏融为一体，是郭沫若历史剧的一大特色。作者在剧作的特定情节中多处引用了屈原的诗篇，例如《橘颂》，在剧中多次出现，《橘颂》成了揭示人物内心世界、展现人物性格的有力手段，也增加了全剧诗的气氛。人物的语言，特别是屈原的语言，都称得上是优美的散文诗，清新瑰丽，使剧中充满了诗情画意。为了加深对人物内心世界的发掘和性格的刻画，作者常在戏剧冲突的高潮中，运用大段的、强烈的、诗化的抒情独白，如《雷电颂》，堪称屈原形象塑造中画龙点睛的神来之笔。剧中人物的感情非常丰富，主人公表达感情的方式像喷泉喷水，火山吐浆。发展到高潮时发出的《雷电颂》更像江河一泻千里，构成了作品壮美的抒情格调。这种壮美的抒情，使人激愤，给人力量。

《屈原》写于 1942 年 1 月，正是"皖南事变"后一年。国民党实行消极抗日、积极反共的政策，连连发动反共高潮，并在国统区加强法西斯统治，压制进步舆论，迫害进步作家。这部作品以古鉴今，影射和抨击了国民党消极抗日、积极反共的反动嘴脸，把"时代的愤怒复活在屈原时代"，"借了屈原的时代来象征我们当前的时代"（郭沫若《序俄文译本史剧〈屈原〉》），鼓舞人们向黑暗势力作不懈的斗争。《屈原》于 1942 年 4 月 3 日在重庆公演，连续 17 天，场场爆满，引起空前的轰动和强烈的共鸣。反动派非常恐慌，在排演和演出过程中经常派特务捣乱和破坏，最后陈立夫、潘公展亲自下令禁演。然而，整个山城，仍然到处可以听到"爆炸了吧！"的怒吼声。《屈原》演出后的社会效应由此可见一斑。

思 考 题

1. 试述《屈原》的浪漫主义特色。
2. 分析屈原的形象所体现的郭沫若的史剧思想。

延 伸 阅 读

郭沫若：《棠棣之花》《虎符》《高渐离》

参 考 文 献

1. 周海波：《身体与文体之间——重读郭沫若历史剧〈屈原〉》，《首都师范大学学报》（社会科学版）2019 年第 3 期。

2. 王瑜、周珉佳：《郭沫若历史剧〈屈原〉之"再发现"：戏剧接受的历史逻辑与阐释导向》，《山东社会科学》2021 年第 3 期。

升官图（存目）

陈白尘

政治讽刺喜剧杰作

胡德才

关键词：群丑图；政治讽刺；夸张

陈白尘的三幕讽刺喜剧《升官图》创作于 1945 年 10 月，是中国现代喜剧史上的一块丰碑。剧作构思巧妙，《升官图》的剧情是在两个强盗的梦境中以夸张、漫画化的形式展开的。发生在一个小县城的梦中的荒诞故事，实际成了整个国民党腐败统治机构的缩影，作者将讽刺矛头直指整个腐败的官僚政治。

剧作的"序幕"和"尾声"是梦外世界，中间三幕展开的是两个强盗的升官梦。序幕在"一个凄风苦雨之夜"拉开，在一个古老的宅院里，一个看门老头上场，他一面诅咒着"这是什么世道"，一面期盼着"快点天亮"。就在这时，两个正被追赶的强盗闯入，要在此过夜。于是进入了戏中的强盗升官梦。在梦中，造反的老百姓冲入县衙门，打死了秘书长，打倒了知县，两个强盗乘机沐猴而冠，取而代之，然后就和知县太太、各局局长以及前来视察的省长大人狼狈为奸，演出了一幕幕"贪污成风、廉耻扫地"的丑剧。到尾声，升官梦醒了，又回到梦外世界，强盗被擒，看门老头一边打扫灰尘，一边自言自语："鸡叫了，天快亮了！"大幕就在这预言式的宣告中落下。全剧首尾呼应，结构完整，梦与非梦，相映成趣。在三幕升官梦的戏中，每个人物都掉进了喜剧的"陷阱"，既各有追求，又你纠我缠，互相牵连，形成错综复杂的关系。作者又通过夸张、漫画化的变形处理，将这种关系集中在"钱"与"官"这两个字上。有钱能买官，有官能赚钱，由此入手，展示出一幅幅贪官污吏勾心斗角、尔虞我诈的喜剧场面，剧情简洁生动，喜剧性强，结构精巧，引人入胜。

运用夸张、漫画化的讽刺手法，描绘了一幅 19 世纪 40 年代国统区官场"群丑图"，是《升官图》的又一特点。该剧是作者在否定性喜剧人物塑造上的集大成之作，它在人物塑造上的成就和影响主要不在个别人物的典型性上，而在对国统区贪官污吏群像塑造的成功上。从省长、强盗（假知县与假秘书长）到知县太太和各局局长，个个贪污腐败、争权夺利、勾心斗角、寡廉鲜耻，虽然都是以夸张手法创造的漫画式人物，但就其本质的真实性来说，个个都称得上典型。"坐过两年衙门"，现在失官为盗的假秘书长是戏剧的关键人物，一幕幕权钱交易的官场丑剧大多是由他导演的。他精明、狡猾、阴险、狠毒，深谙官场内幕，能攻善守，巧于应付，又善吹牛撒谎，厚颜无耻。他以假充真，随时都有败露的危险，但他就凭"官""盗"两途的阅历，耍尽欺骗的手腕，每次都能险中取胜，化险为夷。假秘书长正是腐败的官场深谙为官之道而又具有流氓光棍性格的精明官僚的典型。他的同伙假知县则贪财好色、流氓成性而粗俗蠢笨、懦弱无能。这一人物正是那些靠金钱或裙带关系而占据高位但实则粗鄙下流、昏庸无能的官场庸人的生动写照。剧中的省长大人从第二幕一出场，就成了剧本着力刻画的中心人物。省长是反动腐朽的官僚统治集团的重要头目，他的虚伪、狡诈、贪财、好色，也就比一般官僚更胜一筹。省长的喜剧性主要来自他的虚伪，表里不一，言行不一。他看起来"严肃端正"，一派正人君子，而实际上是财色俱贪，欲壑难填。他本是在百姓告状之后来到这个贪污腐化的县城视察工作的，可到来之后，疯狂地接受贿赂的手段和贪财好色、寡廉鲜耻的作为比起小县衙里的官员们更是有过之而无不及。其中，"金条治病"的情节虽然夸张，甚至有些荒诞离奇，却入木三分地刻画了省长视钱如命，而又善于巧立名目、贪得无厌的性格，因而成为戏剧文学中最著名的喜剧情节之一。此外，知县太太贪图权势，生活荒淫，寡廉鲜耻；财政局局长老谋深算，阴险狡猾，谙于权术；警察局局长阿谀谄媚，趋炎附势；工务局局长是"品花能手"；教育局局长是赌场名将。最后，这群贪官污吏经过一番狼争狗夺，权钱交易，终于各有所获，皆大欢喜。在这里，黑白颠倒，官匪一家，人物形神毕肖，讽刺尖锐、犀利，鞭挞深刻有力。

以"写意性"的变形、夸张为主的多种讽刺手法的运用，具有明快、泼辣、犀利的喜剧风格，是《升官图》的又一艺术特点。陈白尘从中外优秀喜剧艺术中汲取了丰富的营养，充分地运用了误会、巧合、反复、对比、夸张、反语等讽刺手法来制造喜剧情景，刻画喜剧人物。《升官图》的创作明显受到果戈理的《钦差大臣》的启发和影响，在题材的取向、尖锐辛辣的讽刺喜剧精神、喜剧情景的设置以及喜剧手法的运用等方面，两部戏剧都有着内在的联系和相似之处。但在对喜剧性人物与情境进行夸张、变形、漫画化描写时，陈白尘较多地吸收了中国传统讽刺文学的手法，不重写实，而表现为一种"写意性"的变形方式，如"金条治病"的情节，形式荒诞不经，它舍弃了生活的原貌，只求反映生活的本质。这种写意性的变形、夸张手法是对中国传统讽刺艺术富于创造性的继承和发扬。相比较而言，陈白尘的讽刺比起果戈理来，更不留情面，更泼辣，更犀利，更具杀伤力，显示出了鲜明的民族特色，但在人性描写的深度上比果戈理则稍逊一筹。

思 考 题

1. 谈谈《升官图》的主要艺术成就。
2. 试比较《升官图》和《钦差大臣》的异同。

延 伸 阅 读

陈白尘：《魔窟》（后改名《新官上任》）、《乱世男女》

参 考 文 献

1. 胡德才:《论陈白尘的讽刺喜剧》,《戏剧》1999 年第 3 期。

2. 张健:《〈升官图〉与政治讽刺喜剧——陈白尘喜剧创作片记》,《天津师范大学学报》（社会科学版）2002 年第 6 期。

3. 胡文谦:《陈白尘及其文学创作新论》,《江苏社会科学》2016 年第 1 期。

白毛女（存目）

贺敬之等

民族新歌剧的奇葩

陈方竞

关键词：复仇；传奇；浪漫主义

在 20 世纪 40 年代解放区出现的大量文学作品中，新歌剧《白毛女》至今仍有强烈的艺术吸引力。西北战地服务团的同志在河北北部带回了一个流传民间的"白毛仙姑"的传奇故事：某地减租减息运动难以开展，因有"白毛仙姑"显灵，人心浮动。经干部和群众跟踪侦察，发现她是被地主污辱而脱逃之孤女，因长期匿于山洞，未见阳光，加以缺盐，毛发皆白。这个故事使"鲁艺"师生的心灵震颤了，他们从中感悟到民族精神的原动力，而决心将此搬上舞台。经过艺术升华后的《白毛女》以其勃发的民族固有精神取得了前所未有的艺术价值，正如一部文学史所述："《白毛女》既是杨白劳的屈辱史，更是喜儿的复仇篇。喜儿作为第一个较为完整地体现劳动人民理想的妇女形象，一个带有鲜明民族特征的复仇女神，在现代文学的人物形象行列中闪着独特的光芒。"（黄修已《中国现代文学发展史》）她不仅代表了中国劳动妇女的觉醒，而且突出地反映出民族的觉醒。

喜儿形象的塑造是通过与杨白劳的鲜明对比完成的。杨白劳是一个被紧紧地束缚在这片土地上的尚未觉醒的老一辈农民的典型形象。剧本开场杨白劳年关外出躲债带回三样东西，表现出一个农民的朴素卑微的生活愿望。在他看来，地主阶级对农民的压迫是天经地义的，所以他被逼在喜儿的卖身契上按了手印后，竟瞒过了赵老汉、王大婶等人，没与乡亲们共商应急办法。他痛恨黄世仁，痛恨自己，却只能含恨自杀。他的死是在宣告那个时代的终结。喜儿终于从杨白劳的悲剧中勇敢走出。这个天真未凿的少女，在经历了父亲被逼死、自身遭遇黄世仁强暴这一连串突然而至的打击后，萌生了反抗复仇的要求。在"不能再像我爹似的"的警醒中，她要告别父辈的屈辱道路。她逃出了地主家庭的囚禁：她要做"舀不干的水，扑不灭的火！"凭着顽强的求生意志和强烈的复仇愿望，喜儿坚持在深山中活了下来。

从一定意义上说，《白毛女》不断修改、完善的过程，也是喜儿所体现的民族复仇精神不断充实、提高的过程。在最初的剧本中，喜儿身上曾经较多地保留了旧思想的痕迹。当她受黄世仁的污辱并怀孕时，曾一度对黄抱有幻想；后来她逃出黄家，在山洞中无法生活下去，回到村里，想求王大婶接济，但又不敢进门，因为她想到自己受过污辱，是不贞的人。对她有重要影响的赵老汉、王大婶也是不觉悟的，他们以为喜儿跳河自杀了，认为这样做有骨气。对应不应该这样写，编剧时就有争论。在演出过程中，人们对此意见很大。这使剧作者发现喜儿忘却杀父之仇而幻想委身黄世仁，这违背了剧本的最初构想，也不符合全剧人物性格发展的逻辑。更重要的是，喜儿与祥林嫂一类旧式妇女有着本质的区别，她不仅生活在人民革命已经蓬勃兴起的时代，而且她身上更多地继承了民族固有的反抗复仇精神。于是，剧作者在全剧增添了时代的亮色，清除了喜儿旧思想的杂质，赋予她坚定的反抗性格，这样使喜儿的复仇精神贯穿全剧。原剧本第四幕是喜儿山洞生活的叙述。有喜儿开荒种地的情节，以让她坚持活下去有点生活根据。这种刻意求真的写法，不仅拖延了剧情发展的速度，而且冲淡了全剧对喜儿复仇精神的表现。所以，许多剧团在演出中干脆舍弃这一幕，致使剧作者最终下决心将这一幕全部删去。

修改、完善后的《白毛女》的基调是浪漫主义的。正是浪漫主义手法使喜儿的复仇精神得到理想化的充分表现。因为从现实主义出发，上述《白毛女》在演出过程中的重大改动不是不可挑剔的。喜儿毕竟生活在旧时代，与她朝夕相伴的杨白劳又是一个典型的旧式农民，无论如何她的觉醒以至复仇都缺乏更充分的客观依据；更主要的是坚持山洞生活数年，以致全身毛发变白，这样的事情发生在一个弱小的孤女身上，无论如何是难以想象的。但是，这些并不真实之处对浪漫主义来说是不重要的。浪漫主义要求作家和读者之间有更多的共同语言，有同质的理想、愿望，用郭沫若的话来说，就是二者要有共同的"振动数"，相等的"燃烧点"。《白毛女》诞生在解放区，这使剧作者与面对的观众之间更多地具有这些"同质"的基础，因此，作者在喜儿形象的塑造中，删除有损形象完美的内容，赋予她强烈的复仇精神，充分表现了人民群众的理想和愿望，使人民看到了"应该如此"的形象。

思　考　题

1. 根据《白毛女》剧本的改编，谈谈你对作品主题的理解。
2. 歌剧《白毛女》在现代文学史上有何意义？

延　伸　阅　读

新秧歌剧《兄妹开荒》《夫妻识字》

参　考　文　献

1. 黄科安：《文本、主题与意识形态的诉求——谈歌剧〈白毛女〉如何成为"红色"经典作品》，《文艺研究》2006 年第 9 期。
2. 贺桂梅：《人民文艺的"历史多质性"与女性形象叙事：重读〈白毛女〉》，《文艺理论与批评》2020 年第 1 期。